Von Manfred Bieler erschienen

Der Schuß auf die Kanzel
Parodien (1958)

Bonifaz
Roman (1962)

Alle meine Tanten
Erzählungen (1964)

Drei Rosen aus Papier
Hörspiele (1965 und 1970)

Der junge Roth
Erzählungen (1968)

Zaza
Bühnenstück (1969)

Vater und Lehrer
Hörspiel (1969)

Märchen und Zeitungen
Erzählungen (1969)

Maria Morzeck
Roman (1969)

Der Passagier
Erzählung (1971)

Mein kleines Evangelium
Verse für Kinder zum Neuen Testament (1974)

Ferner zahlreiche Hörspiele und Fernsehfilme

Manfred Bieler

Der Mädchenkrieg

Roman

Hoffmann und Campe

1. Auflage, 1. bis 50. Tausend August 1975
2. Auflage, 51. bis 75. Tausend Januar 1976

© Hoffmann und Campe Verlag, Hamburg 1975
Gesetzt aus der Korpus-Janson-Antiqua
Satzherstellung Otto Gutfreund & Sohn, Darmstadt
Druck- und Bindearbeiten Richterdruck Würzburg
ISBN 3-455-00351-6 · Printed in Germany

Inhalt

Erstes Buch

Zweites Buch

Drittes Buch

Erstes Buch

1 Zwiebelwetter

Eine Wegstunde von Zerbst entfernt, an einem weidenumstandenen Teich, lag der Gasthof ›Vogelherd‹. Die Büsche und Hecken hinter dem Tanzsaal und den Ställen wucherten mit Rosen, Schlehen, Flieder und wildem Hopfen weit ins Land hinaus, und die Wiesen schäumten mit Klee und Margueriten bis an den frischen Strich zurück, den der Mäher durch die Sauergräser zog.

Zweihundert Jahre zuvor hatte das Gelände noch die ›Schweineweide‹ geheißen, weil die Nuthe dort von einem Torfstich in den anderen gesickert war. Die anhaltischen Flüsse hatten es schwer, in die breite Elbe zu münden, die sich selber unter dem Druck der böhmischen und sächsischen Gewässer durch die Ebene schob und nie ihr Maul aufriß, sondern die Mulde, die Saale und die Nuthe nur mit halben Lippen verschluckte. Die Zuchthäusler des Zerbster Fürsten hatten die Nuthe später ins Bett gebracht und gestaut, und die herzoglichen Vogelfänger hatten Schnepfen, Lerchen und Ammern an die Schloßküche geliefert, bis das Anwesen in den Besitz eines Goldmanufakturiers übergegangen war, der es mit Hilfe von Lusthäusern, überdachten Laubgängen, Tee- und Damenzimmern, einem künstlichen See, einer venezianischen Gondel und einem Roulette-Turm zum Paradies für preußische und russische Intendantur-Offiziere umbaute, die bei ihm Epauletten, Tressen, Quasten und Troddeln kauften.

Als der ›Vogelherd‹ an die Familie Sintenis kam, wurde er ein Gasthof, aber blieb ein Zaubergarten. Wenn am Spielplatz die Schaukel knarrte und quietschte, verwandelte er ihr Geräusch in zwei Pirole, einen lockenden und einen singenden, und sogar Dr. Sellmann, der Filialdirektor der ›Saxonia‹-Bank war ein anderer geworden, als er Betty Sintenis, die Schwester des Wirts, hier kennengelernt hatte.

Montags, an ihrem Ruhetag, kamen die Zerbster Kneipiers heraus, dienstags der Bürgermeister und die Fabrikdirektoren, mittwochs die ›verhungerten Staatshämorrhoidarii‹, wie Wilhelm Sintenis, Frau Sellmanns Bruder, die Beamten nannte, und donnerstags veranstalteten die lutherischen Seelsorger ihre wöchentliche Bitterbier-Synode, zu der Pastor Kuck von Natho mit einem Pony-Wagen und Diakon Liebetruth von Klein-Lübs mit einem Eselskarren anreisten, wobei es in diesem 1932er Frühjahr anläßlich einer ungewöhnlich schneeigen und bienensummenden Süßkirschenblüte geschah, daß die geistlichen Herren gegen Mitternacht in die falschen Wagen gelegt wurden und deshalb zu den falschen Pfarren und den falschen Pfarrersfrauen gefahren waren. Freitags schlenderten über Busch- und Blumenmühle die Damenkränzchen heran, aßen Apfeltorte, tranken Kaffee und Kirschlikör und sprachen französisch oder, bei abgebrochener höherer Töchterschule, durch die Nase. Samstags marschierten die Vereine heran, schoben die Tische zusammen, stellten sich auf die Stühle und sangen, daß die Kastanienblätter zitterten. Sonntags spielte die Angersche Kapelle zum Tanz, und die Mücken schwärmten um die Hälse der Bauschüler und die Busen der Tippfräuleins.

Der ›Vogelherd‹ war auch das Ferienziel der Kinder von Betty und Anton Sellmann. Im Juli kamen sie gewöhnlich zu viert von Dessau nach Zerbst, wurden von Onkel Wilhelm mit dem Einspänner vom Bahnhof abgeholt und Ende August wieder zum Bahnhof zurückkutschiert. Doch in diesem Jahr blieben sie nur drei Wochen. Am Mittwoch, dem Beamtentag, mußte Onkel Wilhelm die Angersche Kapelle abbestellen, weil das Segelschulschiff ›Niobe‹ mit neunundsechzig Kadetten im Fehmarnbelt untergegangen war, und am gleichen Abend hatten die Sellmannkinder die Nachricht erhalten, daß die Eltern sie wegen eines hohen Gastes zu Hause erwarteten. Sie aßen noch einmal ›Schinkenbegräbnis‹, eine Suppe, die auf dem Reststück eines geräucherten Schweineschinkens angesetzt und im Frühling mit Spargel, im Sommer mit Reis, Karotten und Schoten verfeinert wurde; sie gingen noch einmal um den Teich, rochen die muffige Brise aus Grummet und altem Laub, schliefen noch einmal in den mächtigen, über Schultern und Hüften quellenden Betten, stiegen am nächsten Morgen auf den Pferdewagen und saßen eine Stunde später im Zug.

Christine, Sophie und Katharina Sellmann sahen nicht wie Schwestern aus, genaugenommen nicht mal wie Verwandte. Sie schienen nur deshalb zu einer Familie gehörig, weil jede für sich auf ihre Art dem blinden Bruder ähnelte. Die älteste, die blonde Christine, hatte Heinrichs schmale Lippen und seine kleinen, eng am Kopf anliegenden Ohren. Sophie hatte sein dunkles Haar und zeigte, wenn sie lachte, die gleiche Lücke zwischen den oberen Schneidezähnen. Die vierzehnjährige Katharina hatte sein verwegenes Kinn, und solche graugrünen Augen hatte auch der Bruder gehabt, ehe sich seine Pupillen während der Masern entzündeten. Doch Katharinas rotes Haar und ihre dickliche Nase fanden sich erst bei der Sintenis-Großmutter wieder. Nachbarn und Bekannte, die sich die Namen der Sellmann-Schwestern nicht merken konnten, nannten sie die Blonde, die Schwarze und die Rote.

Die Wiesen längs der Strecke hielten ihre Rispen und Quecken vergebens in den Himmel, obwohl der Onkel gestern abend gesagt hatte, daß es regnen würde. Es regnete nicht, aber die Luft war feucht. Das war Zwiebelwetter und bedeutete: die Wolken flogen schnurgerade aus London heran, über Rotterdam, Münster, Bad Pyrmont, Osterwiek bis nach Eikendorf. Zwischen Gnadau und Wespen ging ihnen der Atem aus, sie bogen ab nach Pömmelte und Monplaisir, zogen über die Saale nach Gottesgnaden und blieben hängen zwischen dem Fläming und der Goldenen Au.

»Hört sich an wie Kanonen«, sagte Heinrich, als der Zug über die Elbbrücke donnerte.

»Das sind die Schwellen«, erklärte Sophie.

»Wie weit ist es noch bis Dessau?«

»Eine Viertelstunde.«

»Warum müssen wir immer dritter Klasse fahren, wenn Papa nicht dabei ist?«

»Damit wir auch die Schattenseiten des Lebens kennenlernen«,
sagte Sophie und lächelte.
»Hängen überall Aschenbecher?«
»Ja.«
»Auch bei den Nichtrauchern?«
»Ja, Himmelherrgott!«
»Aber die Nichtraucher rauchen doch nicht?« fragte Heinrich
weiter.
Wenn der Achtjährige zu lange auf Antwort warten mußte,
blies er schmetternd die Lippen auf, bis Christine ihm den Fin-
ger gegen das Knie schnipste.
»Was habt ihr angezogen?«
»Christine das Kleid mit den zwölf Knöpfen. Sophie das Be-
stickte mit der Schleife und ich den Schottenrock«, sagte die
Rote.
»Und wie heißt der Herr, der uns sehen will?« fragte Heinrich,
als der Zug in den Dessauer Bahnhof einfuhr.
Das wußte niemand.

2   Herr Lustig und Herr Hörnchen

Der Herr hieß Eugen Lustig und war aus Prag gekommen. Ihm
gehörten die größten Braunkohlenbergwerke in Falkenau, Brüx
und Dux, er war beteiligt an den Zementwerken in Königshof
und an den Hüttenwerken in Kladno, am Blei in Pribram, am
Glaubersalz von Karlsbad und am Natron von Bilin. Er besaß
Tagebaue in der Lausitz, in Schlesien und in Anhalt, hatte Anteile an den mitteldeutschen Kalisalzwerken und an der Bitter-
felder Chemie. Die Sperrminorität der Böhmischen Landesbank
lag in seinen Händen. Kleinworth & Sons in London, die Banque de Bruxelles und Kreditinstitute in aller Welt wickelten
Geschäfte für ihn ab, auch die ›Saxonia‹.
Er war ein unscheinbarer Mensch, trug einen Zwicker à la Masaryk und hätte am liebsten die gleiche Schirmmütze wie der
von ihm verehrte Staatspräsident aufgesetzt, doch als er das
Modell bei ›Hut-Hess‹ probierte, hatte er das ungute Gefühl,

mit seinem Chauffeur verwechselt zu werden. Gutachten und Bankberichte las er in fünf Sprachen, verhandelte aber nur deutsch. Als ihm der Architekt vorschlug, in sein Palais am Prager Baumgarten ein Schwimmbecken einzubauen, hatte Lustig gefragt: »Bin ich ein Amerikaner, daß ich zweimal am Tag baden muß?« Das Automobil, mit dem die PRAGA-Vertretung zu seinem sechzigsten Geburtstag gratulierte, fuhr er die Belcredi-Straße hinauf und verließ es an jeder Ecke, um nachzusehen, ob kein anderes seinen Weg kreuzte. Beim Hirschgraben durfte der Chauffeur wieder ans Steuer. »Wenn ich alles, was ich verkaufe, auch selber benutzen müßte, wäre ich nächste Woche ein toter Mann«, hatte Lustig gesagt und den Wagen seinem Schwiegersohn, einem Ophthalmologen, geschenkt.

Auf Anregung des Vorstandes der ›Saxonia‹-Bank hatte Dr. Sellmann den böhmischen Magnaten zu einem Besuch des Wörlitzer Parks eingeladen. Dieser Reise nach Dessau war eine Transaktion vorausgegangen, bei der Lustig seine Aktien an den mitteldeutschen Braunkohlewerken der ›Saxonia‹ abgetreten hatte. Noch von Berlin aus hatte er Betty Sellmann ein Teerosenbukett geschickt und sie gebeten, sich mit den Kindern am Ausflug nach Wörlitz zu beteiligen.

Man fuhr also zu acht, in zwei Automobilen, einschließlich des Kammerdieners Rohlik, der sich am liebsten auf das Trittbrett gestellt hätte, um nicht den Eindruck zu erwecken, als beanspruchte er den gleichen Platz wie die Herrschaften. Im ersten Wagen saßen Lustig und Herr und Frau Sellmann, im zweiten der Kammerdiener und die Kinder, und in Waldersee hatte Katharina schon herausgefragt, was Rohlik auf deutsch hieß.

»Hörnchen, gnädiges Fräulein«, antwortete er und sah dem zu erwartenden Gelächter mit eiserner Miene entgegen. Doch blieb das aus. Stattdessen meinte Sophie: »Mit den Namen ist es ein Kreuz. Wir sind, wenn man's aus dem Englischen übersetzt, die ›Verkaufmanns‹, eine Tante von uns hat einen Käsebier geheiratet, und unser Friseur heißt Hühnlein.« Von diesem Tage an liebte Herr Rohlik die Sellmann-Geschwister, besonders aber die schwarze Sophie.

Im vorderen Wagen erklärte Dr. Sellmann seinem Gast die Gegend, das Louisium linkerhand und die Deiche bei Vockerode.

Stellenweise wurde Lustig an Südböhmen erinnert, an Pappeln und Erlen um Pisek und Budweis. Die Wiesen lagen wie am ersten Tage da, die Wäsche war zum Bleichen über Löwenzahn und Schafgarbe gebreitet, die Schwalben flogen aus den Stallfenstern in die blaue Luft, und die Bauern gehörten nicht nur sich selbst, sondern auch den Häusern, in denen sie wohnten, den Äckern, die sie bebauten, und den Pferden, die die Geräte über die Felder zogen.

Bei der Begrüßung war Lustig aufgefallen, daß der achtjährige Heinrich eine Sonnenbrille trug, doch erst als man in Wörlitz durch das Schloß ging, Christine dem Bruder die Bilder an den Wänden erklärte und der Junge in der früheren Bibliothek des Fürsten die Gemmen betastete, wußte er Bescheid. Lustig blieb einen Augenblick stehen, zog ein weißseidenes Tuch aus der Brusttasche, nahm den Zwicker ab und schneuzte sich so geräuschvoll, daß sogar Dr. Sellmann erschrak. Dies war, was allerdings nur Herr Hörnchen hätte verraten können, Lustigs Art, mit seinen Gefühlen fertigzuwerden.

Auf der Freitreppe nahm der kleine Herr aus Böhmen Heinrich bei der Hand und trippelte mit ihm die Stufen hinunter, noch eine, noch eine, und dann geschah, womit niemand gerechnet hatte: Eugen Lustig, der Prager Jude, zeigte seinem blinden Begleiter den unbekannten Park, führte ihn, Sellmanns voraus, zur Anlegestelle der Gondeln, streichelte ihm die Form eines Schwanenhalses in die Hand, den gespaltenen Umriß des Gingko-biloba-Blatts, die Türmchen des Gothischen Hauses und das Tympanon des Floratempels. Heinrich saß auf der Heckbank, den Kopf am lavendelduftenden Jackett des alten Mannes, warf den unsichtbaren Schwänen Brotbrocken hin, hörte ihr Rauschen im Wasser, steckte endlich selber die Finger in den fließenden See und lachte. Frau Sellmann hatte einen stummen Versuch gemacht, den Jungen zu sich zu nehmen, doch sie merkte, daß sie sich um Heinrich nicht zu sorgen brauchte. Lustig hielt ihn fest im Arm, auch Herr Hörnchen ließ keinen Blick von ihm und schien entschlossen, sich in die Schlingpflanzen zu stürzen, erforderlichenfalls. Erst beim Mittagsessen gab ihr Lustig den Jungen wieder. Dann ging er mit Sellmann allein, auch der Kammerdiener blieb zurück, zur Orangerie.

Während sie im grünen Tunnel der Platanen, zwischen den herausgestellten Apfelsinenkübeln, hin und her schlenderten, erzählte Lustig von seinem eigenen Sohn.

»Er ist vierunddreißig. Lebt aber nicht bei mir. Vielleicht hole ich ihn später. Wenn ich mich zur Ruhe setze. Ist Heinrich blind geboren?«

»Nein«, antwortete Sellmann. »Er war drei Jahre alt. Die Masern.«

»Viktor war fünf«, sagte Lustig. »Nein, er ist nicht blind. Er kann alles sehen. Aber seinen Familiennamen kann er sich nicht merken. Er hatte eine Gehirnhautentzündung. Die Ärzte rufen ihn nur ›Viktor‹. Dann kommt er und lacht. Er ist der fröhlichste Mensch, den ich kenne. Er gibt jedem die Hand und sagt: Große Freude! Große Freude! Er ist zwei Köpfe größer als ich, hat dunkles Haar und schwarze Augen, wie meine Frau. Er lebt in Wien, in einer privaten Anstalt. Als ich ihm sagte, daß seine Mutter gestorben sei, sah er mich lange an. Mama ist im Himmel! Große Freude! Große Freude! Ich weiß nicht, woher er das hat. Aber ich ließe ihn taufen, wenn er davon gesund würde. Ich habe ihn nach Wien geschickt, weil ich den Gedanken nicht aushalte, daß er um die nächste Ecke wohnt. Ich liebe ihn, verstehen Sie? Als ich noch jung war, wollte ich viel Geld verdienen, damit man mich als alten Mann nicht mit der Abendzeitung in irgendeine Ecke schiebt und mir den Mund verbietet. Langsam kommt es mir so vor, als gäbe es nichts Schöneres auf der Welt, als in irgendeiner Ecke zu sitzen, die Zeitung zu lesen und still zu sein. Aber . . . haben wir das Gute von Gott empfangen, sollen wir das Böse nicht auch empfangen, was?«

»Ich habe noch drei Töchter«, sagte Sellmann. »Ich kann nicht mitreden.«

»Und welches Ihrer Kinder lieben Sie am meisten?«

»Ja«, sagte Sellmann. »Sie haben recht.«

Auf dem Kiesweg näherten sich die Damen in hellen Kleidern, zwischen ihnen Heinrich im blauen Matrosenanzug und in einigem Abstand Herr Hörnchen im schwarzen Dreß.

»Besuchen Sie mich mit Ihrer Gattin und Heinrich in Prag«, sagte Lustig, »und bringen Sie auch die Mädchen mit! Mein Schwiegersohn ist Augenarzt. Schüler von Elschnig. Der Name sagt Ihnen was? Ich lade Sie ein. Sie sind mein Gast. Kommen Sie im Oktober. Da haben wir meist das schönste Wetter. Aber Sie kennen ja Prag. Haben Sie Lust?«

»Vielleicht.«

Am anderen Vormittag erschien ein Bote in der Sellmannschen Villa am Georgium, den Arm voller Päckchen mit seidenen Schals für die Mädchen und einer Geige für Heinrich. Frau Sellmann bekam ein gleich großes Bukett wie vor vier Tagen, wiederum mit einem Kuvert, in dem sich Eugen Lustig mit spitzen Buchstaben für den Ausflug bedankte und seine Einladung nach Prag wiederholte.

3 Die Sellmanns

Dr. Anton Sellmann war ein Herr der alten Schule und, obwohl er aus Münster stammte, ein Mann wie der General Lichatschow, den Kutusow in der Schlacht bei Borodino gefragt hatte, wo seine Truppen ständen: Lichatschow hatte die Rechte erhoben und auf das entsprechende Terrain gewiesen. Von einer heranfliegenden Kanonenkugel war ihm die ausgestreckte Hand abgerissen worden. Wo? hatte der unaufmerksame und einäugige Kutusow gefragt. Lichatschow hatte die heile Linke gehoben und dem Feldmarschall die Stellung gezeigt. Aber Dr. Sellmann hatte noch zusätzlich etwas in der Hand, womit er die jeweilige Richtung angab: Wertpapiere, Wechsel, Überbrückungskredite, Devisen, Hypotheken oder Pfandbriefe. Deswegen kam er auch nicht mit zwei Händen aus, sondern brauchte zwanzig, und sie wuchsen ihm immer wieder nach.

Er hielt sein Leben durch Sakramente, Fleiß, Manieren und Bügelfalten zusammen. In Straßburg und Oxford hatte er Nationalökonomie studiert. Während der Flandernschlachten hatte er oft am gleichen Abschnitt wie der Freiherr von Richthofen gekämpft, nur nicht in der Luft, sondern im Dreck.

Lange, manche meinten zu lange, war er der junge Mann einer einflußreichen Persönlichkeit des Berliner Bank- und Regierungsgeschäfts gewesen, und viele glaubten, daß er in Dessau, trotz der Nähe der IG-Farben, der Junkers-Flugzeug-Werke, der Solvay AG und der Continental auf verlorenem Posten saß. Als er sich aber das erste Mal zum ›Großen Herbstpreis‹ auf der Rennbahn in Kuchelbad bei Prag zeigte, gingen auf der Tribüne einige Hüte in die Höhe, und die Köpfe darunter gehörten den Herren der Böhmischen Unionsbank, der Escomptebank & Creditanstalt, des Bankhauses Petschek & Co., der Pharma Sperk und Prochazka, der AEG und der Mannesmann AG Komotau. Ein halbes Jahr später gehörte er zu den Förderern des Deutschen Fußballclubs und erklärte dem englischen Trainer Mr. Otaway die entscheidenden Spielzüge des 1. F.C. Nürnberg beim Gewinn der deutschen Meisterschaft, natürlich in der Muttersprache des Coachs. Dabei war er das Gegenteil von einem Selfmademan. Er betonte vielmehr: »Alles, was ich von Finanzen verstehe, verdanke ich Justi, Conrad, Garnier, Lotz und Rathenau.« Manchmal erzählte er, wobei er sein Gegenüber nachsichtig durch die goldgefaßte Brille anblickte, daß Johann von Justi leider in den Kasematten Friedrichs des Großen gestorben sei, im Alter von dreiundfünfzig Jahren – »aber ein hervorragender Kameralist!« Seinen Kindern erläuterte er das Finanzgebaren eines guten Staates und eines guten Familienvaters auf diese Weise: »Was ich einatme, muß ich wieder ausatmen. Was ich ausatme, kann ich wieder einatmen. Gute Lungen vorausgesetzt.« Geld war ihm nicht nur ›nervus rerum‹, sondern auch Luft.

Ihm zuliebe hatte Betty Sintenis den ›Vogelherd‹ verlassen und war katholisch geworden. Seinetwegen hätte sie sich bei den Muselmanen oder den Sonnenanbetern eingeschrieben, aber weil er nun mal katholisch war, wurde sie es auch, hängte Weihwasser in die Diele, aß freitags kein Fleisch, hielt die Fasten, schloß den Papst in ihr Gebet ein, ging regelmäßig zu Beichte und Kommunion und sprach das Vaterunser seit zwanzig Jahren ohne den protestantischen Schluß.

Die blonde Christine, zwei Jahre älter als Sophie, durfte sich mit achtzehn einen Bubikopf schneiden. An ihren mageren Händen hingen die Chopinschen Polonaisen, sie gab der Köchin genau an, wie man Diplomaten-Panaschee oder Liebesknochen machte. Sie wußte, daß zur Schildkrötensuppe Sherry, zum kalten Braten Gewürztraminer, zu Wild Châteauneuf-du-Pape, zum Käse Pinot Noir und zum Dessert Champagner serviert wurde. Geschäftsfreunde ihres Vaters begleitete sie ins Schloß Mosigkau und zeigte ihnen die ›Oranische Erbschaft‹. Sie konnte Büroboten und Bibelforscher abfertigen, ohne sich ein einziges Mal zu verhaspeln, und sie trug, als erste der Schwestern, isabellfarbene Strümpfe an violetten, elastischen Straps. Christine war eine Dame geworden, bevor sie Zeit gehabt hatte, ein Mädchen zu sein.

Die schwarze Sophie spielte auch Klavier, aber laut und falsch, und wenn sie mit Katharina tanzte, fielen Vasen um oder rissen Knöpfe ab. Stand ein Hausierer in der Tür und sagte ›kleines Frolleinchen‹ zu ihr, wurde sie rot und kaufte von ihrem Taschengeld Schnürsenkel oder Mottenkugeln. Wenn die Blonde von ihrem Tanzstundenherrn sprach, drückte Sophie die kleinen, mausigen Schweißblätter ihres Kleides in die Achselhöhlen und meinte, daß ihr erster Verehrer als Schwan oder Goldregen kommen müßte. Nur keine Rendezvous. Zu einem Abenteuer verabredete man sich nicht. Je weniger Geheimnis, desto weniger Hoffnung. Nichts war so langweilig, wie genau zu wissen, was anderntags passierte. Als hinge am Himmel nur eine einzige Geige. Wenn ihr Ritter zwanzig Röhren Veronal in Mamas Bohnensuppe löste – nur zu! Oder wenn er die ganze Familie, außer Katharina und Heinrich, umbrächte und die Villa mit einer gelben Tapete ausklebte, auf der sich Veilchensträuße zu endlosen Achten schlängen – auch das. Sie würden allen Wein austrinken, allen Streuselkuchen essen und vom letzten Geld in die Reichshauptstadt fahren. In der ›Berliner Illustrirten‹ hatte Sophie vom Einbruch der Brüder Saß in die Disconto-Bank gelesen. Man müßte sich bei ihnen erkundigen, wie man Verbrecher wird. Sophie wollte ein Schicksal, kein Stelldichein. Morgens erwachte sie unter dem offenen Schlafzimmerfenster, der weiße Tüll zu ihren Füßen blähte sich und zerfloß in Falten, wie der Lungenflügel eines großen, atmenden Tieres. Manchmal vergaß sie dann, wo sie lag, und besann sich erst auf ihren Namen, wenn Christine die blonde Mähne aus den Kissen hob.

Die rote Katharina trug am liebsten Schottenröcke und grüne

Blusen. Ihr Haar war zu Schnecken oder Schaukeln über den Ohren geflochten. Ihrer dicken Nase hatte sie weder mit Wäscheklammern noch Essigkompressen beikommen können. Wenn sie abends betete, verlangte sie von ihrer Namenspatronin, der Heiligen der Chirurgen: »Stutz mir die Flügel! Laß mich nicht werden wie meine Großmutter, die böse Frau im Korridor mit dem Kartoffelknollen über dem Mund! Gib mir, geräderte Jungfrau, statt meiner roten Fransen Sophies schwarze Wellen, statt meiner mickrigen Zipfel auch eine Brust voll Brust, und vor allem, liebe enthauptete und von den Engeln zum Sinai geflogene Katharina, gib mir Sophies Lebenslust, sonst hänge ich mich auf. Amen.« Sie war oft traurig. Vielleicht las sie nachts zuviel. ›Das Leben der Schmetterlinge‹ von Friedrich Schnack, die ›Französische Revolution‹ von Jules Michelet, die ›Liebesgeschichte einer Wildgans‹ von Bengt Berg, die ›Rätsel der Wüste Gobi‹ von Sven Hedin – im Grunde alles, was ihr in die Hände fiel. Ihr Zimmer teilte sie mit Heinrich. Vor den Fenstern hingen grüne Musselinblenden, damit der Bruder in dem Licht lag, das seinen Augen wohltat. Sonne schmerzte ihn, und im Finstern ängstigte er sich. Er liebte die bedeckten Himmel. Als er in der Blindenschule erfuhr, daß die Meerestiere ewig im Trüben lebten, hatte er gefragt, warum er kein Fisch geworden sei.

4 Im Venusberg

Zu der Reise nach Prag kam es erst im Frühling des nächsten Jahres. Als Dr. Sellmann, nur mit seiner Frau und Heinrich, über die Grenze fuhr, wehte an der Zollstation in Bad Schandau schon das rote Tuch mit dem weißen Kreis und dem Hakenkreuz. Sie wohnten im Hotel ›Palace‹ in der Herrengasse, und Lustig war noch freundlicher als in Wörlitz.
»Jetzt wird endlich Ordnung bei Ihnen«, sagte er zu Sellmann. »Daß Schacht wieder Reichsbankpräsident geworden ist, zeigt doch, daß Hitler gelernt hat. Was halten Sie persönlich von den Mefo-Wechseln, Herr Doktor?«

Sellmann hatte mit einem anderen Empfang gerechnet. Er dachte, er würde nach dem Ermächtigungsgesetz oder dem Reichstagsbrand gefragt werden. Professor Kulik, Lustigs Schwiegersohn, kühlte Heinrich die Teetasse und gab sie ihm in die Hand. Von der Terrasse des Palais hatte man den Blick auf den blühenden Baumgarten. Beim Abschied half Herr Hörnchen in die Mäntel, und man verabredete sich für den nächsten Tag in der Klinik.

Die Untersuchung ergab, daß eine Hornhauttransplantation möglich schien, wenn auch zunächst nur auf einem Auge, um die Reaktion des Gewebes abzuwarten. Benötigt würde die Hornhaut einer möglichst jungen und bislang gesunden Unfall-Leiche, auf die man notfalls einige Zeit warten müßte, um sich dann von heute auf morgen zur Operation zu entschließen. Unter den gegebenen Umständen wäre es das beste, wenn die gnädige Frau mit Heinrich ein halbes Jahr in Prag bliebe, denn der endgültige Erfolg der Transplantation ließe sich erst nach drei oder vier Monaten feststellen.

Betty Sellmann hatte nach den früheren Untersuchungen in Leipzig und Berlin alles Vertrauen zu Ärzten verloren, mochten sie auch noch so glaubwürdig daherreden wie der Professor Kulik. Außerdem wollte sie nicht ohne Mann und Töchter ein halbes Jahr in dieser fremden Stadt leben. Sellmann zuckte die Schultern.

Anderntags zeigte ihnen Lustig ein Schloß bei Prag, das dem Fürsten Colloredo-Mansfeld gehörte. Mit von der Partie war außer Lustigs Tochter auch ein Herr von Lilienthal, Sellmann bekannt als Direktor der Böhmischen Landesbank. Die Damen gingen mit Heinrich voran durch den französischen Park, und die Herren nahmen den Gast in die Mitte. Herr von Lilienthal bot Sellmann an, in die Leitung der Böhmischen Landesbank einzutreten, mit dem Geschäftsbereich Anlagen in Deutschland, inklusive Vermögensverwaltung und Treuhänderschaften. Künftige Beteiligung als Gesellschafter wäre denkbar, und was die Vergütung betraf, nannte Herr von Lilienthal eine Zahl, die Sellmann bedrückte, weil er an ihr ermaß, wieviel Arbeit man von ihm erwartete. »Ihren Wohnsitz könnten Sie in Prag nehmen.«

»Sie müssen sich alles in Ruhe überlegen«, ergriff Lustig das Wort. »Ich darf Ihnen nur sagen, daß Berlin unserer Vereinbarung sicher keinen Stein in den Weg legt.«
Das hieß, übersetzte Sellmann, der alte Herr war mit dem Vorstand der ›Saxonia‹-Bank einig. Natürlich konnte er ablehnen, doch Hans Luther, auf den er gebaut und gewartet hatte, war seit April nicht mehr Präsident der Reichsbank, sondern Botschafter in Washington. Es hatte einen rührenden Abschied von ihm gegeben, man hatte sich durch elf Dioptrien fest in die Augen geblickt, Gottes Segen und so weiter, aber einige Felle waren damit die Spree hinuntergeschwommen, beziehungsweise den Potomac, vielleicht sogar alle. Der Gedanke, Deutschland zu verlassen, ohne zu emigrieren, hatte etwas Verlockendes.
»Ich danke Ihnen«, erwiderte Sellmann, »aber ich fürchte –«, und jetzt legte er eine Pause ein, in der nur der Kies unter den Füßen zu hören war, ›– daraus wird nichts‹, hatte er fortsetzen wollen, aber in diesem Moment rief Heinrich von der Treppe zur Orangerie: »Papa, komm her! Ein Riesenkaktus!« Da lachten Herr Lustig und Herr von Lilienthal, und Sellmann sagte: »– ich muß es mir wirklich durch den Kopf gehen lassen.« Betty stimmte zu, als er ihr vorschlug, den Aufenthalt um eine Woche zu verlängern.

Sophies Gesangstunde war von Fräulein Grabke von Mittwoch auf Donnerstag verlegt worden. Als sie am Donnerstag vor der Wohnungstür stand, hörte sie, wie die Meisterin den Schluß der Wolfram-Partie, zweiter Aufzug, vierter Auftritt markierte:

> » . . . so führst du in die Lande,
> wo ewig strahlt dein Stern.«

Ein Tenor begann zu singen: »Dir, Göttin der Liebe, soll mein Lied ertönen!« Sophie drückte nicht auf die Klingel. Die blanke Melodie stellte sie auf den Kopf, und der zweimalige Timbrewechsel von Stahl- und Taubenblau machte sie schwindlig wie das Riesenrad auf der Muldwiese. Als der Looping endete, hatte sie eine Gänsehaut.
Robert Moldenhauer war eine Spur zu klein für ihren Ge-

schmack, aber blond und hübsch und hatte einen festen Händedruck. Seine Augen schwirrten über alles, was zu besichtigen
war: Das Pepita-Kleid mit dem schmalen Kragen und der
krebsroten Krawatte, die schwarzen Spangenschuhe auf den
hohen Absätzen. Sophie lächelte, nahm dabei die Lippen auseinander und zeigte die kleine Lücke zwischen den Schneidezähnen.
Fräulein Grabke bat, den Tannhäuser-Venus-Auftritt des ersten Aktes gemeinsam durchzugehen.
»Ich übernehme die Sirenen«, kündigte sie an und blätterte im
Klavierauszug zurück. Die Verlegung der Stunde auf Donnerstag war also kein Zufall gewesen. Seit einem Monat studierte
Sophie die Venus-Partie. Die Meisterin gab den Einsatz:

»Geliebter, sag', wo weilt dein Sinn?«

Sophie fiel zum ersten Mal das Bedenkliche ihres Textes auf.
Sie hatte einen Herrn in Tennisschuhen zu fragen, ob es ihn
reute, ein Gott zu sein, und wo die frühere Begeisterung geblieben sei. Moldenhauer-Tannhäuser antwortete mit Ausflüchten.
Ihn verlangte »nach unsrer Vöglein liebem Sange, nach unsrer
Glocken trautem Klange«.
Dann folgte ein heftiger Notenwechsel in der Art eines Duetts,
das sich durch mühsam zu haltende, feuerspeiende Fermaten
zum Duell steigerte:

»Treuloser! Weh! Was lässest du mich hören?
Du wagest, meine Liebe zu verhöhnen?
Du preisest sie und willst sie dennoch fliehn?
Zum Überfluß ist dir mein Reiz gediehn?«

»Ach schöne Göttin! Wolle mir nicht zürnen!
Dein übergroßer Reiz ist's, den ich fliehe!«

»Weh dir! Verräter! Heuchler! Undankbarer! Weh!
Ich laß dich nicht! Du darfst nicht von mir ziehen!
Ach!«

»Nie war mein Lieben größer, niemals wahrer
als jetzt, da ich für ewig dich muß fliehn!«

Nach einem Vorspiel, dessen Süße sich aus den Griffen Fräulein Grabkes nicht entwickeln wollte, reckte sich Venus leise zur letzten Lockung:

> »Geliebter, komm! Sieh dort die Grotte,
> von ros'gen Lüften mild durchwallt!«

Nach dieser Stunde schritten beide, ohne sich anzusehen und wie auf Stelzen, die Treppe hinunter, so verwirrt, daß sie im Parterre um den gedrechselten Antrittspfosten herum noch einige Stufen in den Keller hinabstiegen.

»Von mir aus könnten wir immer so weitergehen«, sagte Moldenhauer.

»Aber wo kämen wir da hin?« fragte Sophie und gab ihm gleich die Hand, um seiner Antwort auszuweichen. Sie lief nicht davon. Sie schwebte über die Zementplatten des Trottoirs, als wäre sie noch unentschieden, ob sie nach Hause fliegen oder gehen sollte. An der Leopoldstraße, in Höhe der sandsteinfarbenen Infanteriekaserne, warf sie die Zöpfe auf den Rücken und bog nach links.

Eine Woche später begleitete Moldenhauer sie bis an die neue Eisenbahnüberführung, und am dritten Donnerstag im Juni – Sellmanns waren inzwischen aus Prag zurückgekehrt – saßen sie auf einer Bank im Georgium.

»Ich mache was«, sagte Moldenhauer ernst.

»Was denn?« fragte Sophie und setzte die Zähne auf die Unterlippe.

»Das werden Sie schon sehen.«

»Ich verstehe nicht, warum Ihnen soviel daran liegt.«

»Ich liebe Sie«, sagte Moldenhauer.

Sophie kniff sich durch den Stoff ihres Kleides ins Bein, bis das Jucken in der Kehle nachließ.

»Sie lachen?«

Manchmal saß ihr das Gelächter wie ein Zapfen im Hals. Sie konnte erst atmen, wenn es in hundert Kickser und Juchzer zersplittert war. Statt ›Du hast mein Haupt mit Öl gesalbt‹ hatte Vikar Hoffmann letzten Sonntag gesagt: ›Du hast mein Öl mit Haupt gesalbt‹, hatte den Versprecher, als er ihn verbessern wollte, wiederholt und ihm schweigend nachgesonnen, als brächte ein Engel Ordnung in die Homilie. Man müßte, dachte Sophie, ein Lachen erfinden, für Menschen unhörbar, wie die Töne einer Hundepfeife. Auch ein Mann wie Moldenhauer, der sich täglich rasierte und schon arbeitslos war, aber für einen Kuß von ihr den Verstand verlor, war lächerlich. Sie küßte sowieso alles, was ihr in den Weg lief. Sie würde einen Goldhamster küssen, wenn ihr Vater erlaubt hätte, ihn im Zimmer zu halten und regelmäßig zu baden. Warum nicht Moldenhauer? Warum mußte er sie denn auch noch lieben?

»Ich nehme mir ein Flugzeug«, sagte Moldenhauer.

»Sie können fliegen?«

»Sie wohnen dort drüben, nicht wahr?« fragte er und zeigte in eine Lücke zwischen zwei grauen Erlen, deren Wipfel wie Feuerwehrhelme glänzten.

»Ja«, sagte Sophie und sah auf das rote, schon im Schatten liegende Dach der Villa, die ihr Vater gemietet hatte.

»Die Bäume stören natürlich«, sagte Moldenhauer. »Ich möchte möglichst tief bleiben, damit ich auch was davon habe.«

»Was können denn meine Eltern dafür?« fragte Sophie.

»Keine Bombe«, beruhigte Moldenhauer. »Mein Onkel hat eine Gärtnerei. Ich kippe Blumen über Ihr Haus. Ich kann nicht anders. Alles hat seine Grenzen, wissen Sie.«

Am folgenden Dienstag wurden aus der Ladeluke einer ›W 33‹, die sich auf dem Frachtflug nach Braunschweig befand, zwei Pakete über der Straße am Georgium abgeworfen. Das erste fiel, ohne sich zu öffnen, in den Garten des Juweliers Steinhöwel und durchbrach eine Scheibe seines Kaldariums. Das zweite zerplatzte an der Walmkappe des Sellmannschen Hauses und überschwemmte den Balkon und die Veranda mit roten Rosen, blauen Schwertlilien und weißen Nelken. Frau Sellmann trat mit ihren Töchtern vor die Tür, um den Schaden zu übersehen.

»Eine Unverschämtheit«, sagte sie.

»Das ist sicher der junge Hauschild gewesen«, sagte Christine. »Er war mit mir in der Tanzstunde. Sein Vater ist Kapitän bei der Lufthansa.«

»Wahrscheinlich war die Ladeklappe nicht geschlossen«, sagte Katharina.

Sophie drückte die Fingernägel in die Handteller, um ihren Schwestern nicht das Gesicht zu zerkratzen.

Zwei Tage darauf wurde die Belohnung fällig. Sophie ging mit Moldenhauer in Fräulein Grabkes Keller und hielt ihm die Lippen hin. Moldenhauer hatte sich die Brust aus einem Parfüm-Automaten mit ›Rose Centifolie‹ besprüht. Er riß Sophie an sich, küßte sie und schnaufte dabei. »Ich liebe dich«, sagte er immer wieder. Zu Hause putzte sie sich die Zähne und gurgelte mit ›Odol‹. In der Nacht schlich sie ins Nebenzimmer, legte sich zu ihrer fünfzehnjährigen Schwester unter die Decke und erzählte ihr alles.

»Man sieht das jetzt oft im Kino«, sagte Katharina. »Ich glaube auch nicht mehr, daß man ein Kind davon kriegt, aber irgendwas ändert sich doch.«

»Es ist, wie wenn man in warmer Brause schwimmt«, sagte Sophie.

»Und wenn er Rollmops gegessen hat?«

»Ißt du auch einen.«

»Du bist hemmungslos«, flüsterte Katharina. »Hast du die Erinnerungen von Hedwig Heyl gelesen? Sie hat den Nationalen Frauendienst gegründet und den Lyzeumklub. Man muß unsäglich viel Mut haben, schreibt sie: es wird einem nichts geschenkt. Nimmt man eigentlich die Zähne dabei auseinander?«

Dr. Sellmann wählte die Stunde nach dem sonntäglichen Kirchgang und das Musikzimmer, um seinen Töchtern und seinem Sohn mitzuteilen, daß die Familie nach Prag übersiedeln werde.

»Auf wie lange?« fragte die Blonde.

»Ein bis zwei Jahre«, sagte Sellmann und erklärte, wie es mit der Schule weiterging. Christine hatte ohnehin schon absolviert. Für Katharina war ein Platz im Deutschen Lyzeum reserviert. Sophie sollte aussetzen, bis sie nach Deutschland zurückkehrten.

»Warum zitterst du so?« fragte Heinrich.

»Ich zittere nicht«, antwortete Sophie. »Wie kommst du denn darauf?«

Als sie sich im September von Moldenhauer verabschiedete, wollte er wissen, wann sie sich wiedersähen.

»Bald«, sagte sie.

»Was heißt bald?«

»Wenn die Hühner im Herbst nach Süden fliegen«, sagte sie, wie Wilhelm Sintenis, der Onkel am ›Vogelherd‹, antwortete, wenn ihn jemand fragte, wann er sich endlich eine Frau nähme. Moldenhauer begriff und stand doch auf dem Bahnsteig, als Sellmanns in den Schnellzug nach Leipzig stiegen. Er trug eine brotfarbene Mütze, ein eigelbes Jackett, milchkaffeebraune Knickerbocker und lauchgrüne Kniestrümpfe um die drallen Waden, der Palette nach eher ein kleines Frühstück als ein Mann. Trotzdem kam es Sophie, als der Zug anruckte, so vor, als würde sie Witwe, ohne verheiratet gewesen zu sein.

5 Frinz

Sophie war siebzehn Jahre alt und fest entschlossen, ihr Schicksal in eigene Regie zu nehmen. Wenn sie morgens ihr Kleid überzog, tat sie es in der gleichen Stimmung, in der ein Tramp den ersten Blick auf die endlose Prärie wirft: hier muß was zu machen sein. Fräulein Grabke, die Dessauer Gesangslehrerin, hatte ihr die Adresse von Fräulein Kalman gegeben, die am Prager Kohlenmarkt wohnte und eine Schülerin der ›göttlichen‹ Emmy Destinn gewesen war. Frau Sellmann, die ihre Tochter beim ersten Besuch begleitete, äußerte einen bestimmten Verdacht, als sie die Treppe vom vierten Stock heruntergingen: »Es müffert. Hast du nichts bemerkt?«

»Wonach denn?« fragte Sophie harmlos.

»Nach Schampus, um ehrlich zu sein.«

»Aber Mama!«

»Ist es nicht auch zu weit?«

Sie probierten es gleich aus, fuhren nicht mit dem Auto, sondern kletterten am Pulverturm in die Tram und rumpelten über die Stefanik-Brücke zum Letnaberg hinauf.

»Endlos«, seufzte Betty. Anfangs war es ihr schwergefallen, sich zurechtzufinden, denn Sellmann hatte nicht, wie vorgesehen, eine Wohnung auf den Weinbergen, sondern in Bubenetsch gemietet, zwischen dem Lustig-Palais und der Maler-Akademie. Betty hatte Ersatz für das Dessauer Georgium gewollt, doch die Wege im Riegergarten waren ihr zu steil gewesen. Blieb also nur das Königliche Wildgehege, der flach gestreckte Baumgarten zwischen der Dresdener Eisenbahnlinie und der Moldau, die hier, nach dem Bogen um Holeschowitz, durch unstädtisches Gelände in westlicher Richtung floß, ehe sie vor Podbaba nach Norden knickte. An der Fähre zwischen Troja und der Kaiser-Insel hatte Frau Sellmann, wie erhofft, an die Elbe gedacht und war zufrieden gewesen.

Katharina, die sich am besten auf Topographie verstand, breitete einen großen Stadtplan aus und fuhr mit dem Zeigefinger die Trassen ab, auf denen man am schnellsten die Innenstadt erreichte. »Nur wenn wir auf die Burg oder nach Smichov wollen, müssen wir nicht übers Wasser«, erklärte sie und machte ein Gesicht, als hätte sie den Plan, die Moldau mit Pontons zu überwinden, schon im Kopf. »Sophie übernimmt den rechten Flügel, die Manes-Brücke, Christine die Stefanik- und ich die Čech-Brücke. Wir treffen uns um fünf am Rathaus in der Altstadt. Jeder nimmt zwei Klappbrote mit und Geld zum Telefonieren.«

Bis zu den Tennisplätzen in den Letna-Gärten liefen sie gemeinsam. Dann bog Christine ab, und Katharina fuhr mit der Rolltreppe zur Moldau hinunter. Sophie blieb noch eine Weile auf dem Plateau und sah über die Stadt. Die Türme standen grün und spitz in dem grauen Nadelkissen, doch alles andere war unvergleichlich. Die Brücken sahen wie Brücken aus, der Fluß wie ein Fluß. Hätte Gott sich eine Stadt gebaut, es wäre diese geworden. »Hier hätte ich auch den Dreißigjährigen Krieg angefangen«, sagte Katharina am Altstädter Ring. »Weil man sich so gut verstecken kann.«

Die Abenteuer winkten hinter den Gardinen, doch ihre Sprache verstand man nicht. Was hieß denn ›Guten Tag‹ und was ›Auf Wiedersehn‹? Dr. Sellmann brauchte das Tschechische nicht. In der Bank war Deutsch die Umgangssprache. Frau Sellmann hatte ein deutsches Dienstmädchen angestellt, das in Prag aufgewachsen war. Sie schickte es mit einem Zettel auf den Markt und in die Läden. Katharina kaufte sich ein Lehrbuch und lernte Sätze wie: ›Die Söhne des Grafen sind alle Helden geworden, aber das Tintenfaß steht auf dem Tisch.‹ Sophie dachte sich eine neue Sprache aus, die ›Frinz‹ hieß und weder Grammatik noch Orthographie hatte. Sie bestand nur aus ›Frinz‹. Doch dieses einzige Wort wurde, wie bei den Chinesen, in so abgestuften Höhen und Tiefen gesprochen, daß es die verschiedensten Bedeutungen annahm. Es konnte Kopftuch heißen oder Lippenstift, Bahnhof oder Gesangstunde. Mit ›Frinz‹ ließ sich auch sagen: »Ich habe Bauchschmerzen.« Oder: »Wenn meine Mutter mich wegläßt, bin ich um vier bei dir.« ›Frinz‹ wurde, außer von Sophie, nur von Jarmila verstanden, einem neunzehnjährigen Mädchen aus der Nachbarschaft. Von November bis April wohnte sie mit ihren Eltern in einer Villa ›Unter den Kastanien‹, das Frühjahr und den Sommer über lebte die Familie Mangl auf ihrem Gut bei Melnik, sah zu, wie der ›Frinz‹, der Hopfen, blühte, wie ihre ›Frinzen‹ Heu machten, Rüben verzogen, Kartoffeln rodeten und Kühe molken, und Herr Mangl ging mit seinen Freunden auf die Fasanen-›Frinz‹. Im Winter besuchte Jarmila einen Englisch-Lehrgang, einen Kurs für Eurhythmie, die Premieren im Nationaltheater, die Konzerte im Repräsentationshaus, oder sie saß hinter den Fenstern des Café ›Edison‹ am Graben und wartete darauf, daß eines Tages der ›Frinz‹ käme, der sie von alledem erlöste. Sie war gescheit, schlagfertig, fröhlich, freigebig, mutig und treu, nur war sie nicht ›Frinz‹, und jetzt hieß das: keine Schönheit. Ihre großen blauen Augen standen zu dicht beieinander, ihre Nase war ein Zipfelchen zu lang, ihr dünnes Haar hing farblos um den Kopf und außerdem lief sie ›über den Onkel‹. »Ich latsche wie ein Gorilla«, sagte sie selber zu Sophie, später, als beide nicht mehr ›Frinz‹, sondern Tschechisch sprachen.

Im Baumgarten hatten sie sich kennengelernt. Heinrich war von Sophies Hand weggerannt und mit Jarmila zusammengestoßen. Sophie entschuldigte sich deutsch, Jarmila tschechisch, und beide redeten in ihren Sprachen weiter, als ob die andere verstände, was die eine sagte. Jarmila knipste ihre Tasche auf und drückte dem blinden Jungen eine Stange saure Bonbons in die Hand. »Drops, Heinrich«, sagte Sophie. »Wie heißt das auf Tschechisch?« fragte sie.

»Drops«, antwortete das fremde Fräulein, und alle drei mußten lachen.

Sophie machte Entdeckungen. In Dessau hatten Sellmanns zu denen gehört, die den Ton angaben. Ihr Vater hatte einen englischen Schneider in Berlin gehabt. Die Mutter ließ für sich und die Mädchen in der Kavalierstraße nähen. Die Stoffe waren gut, Schnitt und Dekor provinziell. Wohin auch mit einem Modell von Maggy Rouff? Ins Café Altmann, wo die Beamten-Frauen schunkelten, wenn ein Buffo aus Leipzig Rhein-Lieder sang? Zum Kränzchen bei Fräulein von Hüllweck, wo die Meißner Puppen in den Vitrinen zitterten, wenn die silberne Zuckerzange auf die Tischdecke fiel? Oder an die Elbe, auf die Terrasse des ›Kornhauses‹, wo die Ausflügler ihren Bienenstich in den Malzkaffee stippten? Dort hießen Herren mit Gamaschen ›Fatzke‹, und Schleier an den Hüten, Begräbnis und Hochzeit ausgenommen, waren ›einfach affig‹. Zu Haus saß Dr. Sellmann an einem Van-de-Velde-Schreibtisch, aber seine anhaltischen Geschäftsfreunde amüsierten sich noch nach Jahren über ›das krumme Ding‹, und als er vorgeschlagen hatte, wenigstens eines der Zimmer im Bauhaus-Stil einzurichten, mit Sesseln aus Stahlrohr und Leinenbezug, schlug Frau Sellmann die Hände überm Kopf zusammen. Es war bei der geschnitzten Eiche und dem weinroten Plüsch geblieben. Man lebte nicht über und nicht unter seinen Verhältnissen, aber plötzlich hatten die Verhältnisse sich geändert, und Frau Sellmann fühlte den Abstand. Am Gelde lag es nicht. Sie war von Hause aus an gewisse Portionen gewöhnt. Trotzdem kehrte sie von der ersten Einladung bei Herrn von Lilienthal beunruhigt, fast verstört zurück. Sie hatte drei Stunden lang in einem kahlen Zimmer gesessen, in dem es außer einem langen Eßtisch und zwölf Stühlen nur zwei Anrichten und drei oder vier Bilder an der Wand gab.

Anschließend standen die Gäste in einem Nebenraum, und ein Diener, dem sie um ein Haar die Hand gedrückt hätte, schenkte Champagner nach. Ihr Tischnachbar unterhielt sie während des Dinners mit Geschichten aus dem Prager Tonfilm-Studio und Anekdoten über einen Minister der Agrar-Partei, ließ sie dann mit einem jüngeren Herrn allein, der sie sofort zu einer Leinwand mit grünen und gelben Mustern zog, als er hörte, daß sie aus Dessau kam. »Sehen Sie, gnädige Frau – das ist leider alles, was bei uns herausspringt! Ein paar Monate nach dem Pariser Salon entdecken wir den Kubismus, den Surrealismus, die Collage. Braque macht im Frühjahr eine Mandoline – im Herbst hängen alle Prager Galerien voll gemalter Zupfinstrumente. Filla? ›Un Picasso pour les pauvres‹, hat Picasso selbst gesagt! Jeder Maler braucht einen Glauben. Als ich in Krakau war und die ›Dame mit dem Hermelin‹ sah, hatte ich plötzlich einen Glauben. So wartet jeder auf seine ›Dame mit dem Hermelin‹. Woran arbeitet Kandinsky? Ist er wirklich nach Frankreich gegangen? Ich finde, ein Maler sollte das Sein malen, l'Être, nicht die Wirkung, oder?«

Frau Sellmann gestand sich, daß man nichts Unmögliches von ihr erwartete. Man erkundigte sich danach, was vor ihrer Haustür geschehen war, und sie wußte nichts davon. Sie kam sich vor wie in einer Falle, in die sie selber den Speck gelegt hatte. Nach einigen solcher Abende wurde sie krank und ließ sich von Christine vertreten.

Sophie wurde von Jarmilas Eltern zum Tee eingeladen. Herr Mangl sprach deutsch, übersetzte für Jarmila und lud Sophie zum Wiederkommen ein. Es gab Quark-Buchteln, und Jarmilas Vater bestand darauf, daß die Schale leergeputzt wurde. Er erzählte, wie er im Oktober auf Gamsjagd gewesen und in eine Schneewehe gefallen war. Seine Begleitung hatte ihn herausgraben müssen.

»Und Sie haben nichts geschossen?« fragte Sophie.

»Ein bißchen«, sagte Herr Mangl und lächelte, als Jarmila zwei Finger hob.

Als Sophie in die große Wohnung am Baumgarten zurückkehrte, hätte sie die porzellanene Rauchverzehrer-Eule am liebsten aus dem Fenster geworfen und den Nähkasten, die schummrigen Tischleuchten, den Uhrenaufsatz und die rosa Filetstickereien gleich hinterher. Sie zog sich einen Stuhl heran und beschaute das Bild, an dem ihre Mutter so hing: ›Die Priegnitz in Zerbst‹. Ein paar Katen, an die Stadtmauer gelehnt, dazwischen ein fensterloser Wehrturm mit rotem Kegeldach über den Zinnen, dahinter wieder Häuser, auf der Straße ein Planwagen, im Vordergrund fünf Hühner, drei alte Frauen und zwei Männer, von denen der eine Miene machte, dem anderen eine Ohrfeige zu geben.

Sie hatte durchgesetzt, dienstags und freitags zu Fräulein Kalman zu fahren. Jarmila holte sie nach der Stunde vom Kohlenmarkt ab. Sie gingen untergehakt durch die trüben Nachmittage und wärmten sich aneinander wie zwei Vögel, die nicht wußten, wohin sie fliegen sollten. Jeden Mittwoch erwartete Sophie die Freundin in der Wassergasse, wo der Eurhythmie-Kurs stattfand, und nach und nach schlichen sich Worte in ihre Frinz-Vertraulichkeit ein. Jarmila zeigte auf einen Hut und sagte: »Klobouk.« Sophie hörte, wie die Freundin grüßte oder sich bedankte, und eines Tages sprach sie ihren ersten tschechischen Satz. Sie hatten sich schon voneinander verabschiedet, auf der Belcredi-Straße, und Sophie mußte sich beeilen, wenn sie zum Abendessen zurechtkommen wollte, aber plötzlich drehte sie sich um, lief hinter Jarmila her und hielt sie fest. »Já tě mám velice ráda«, sagte sie. Ich habe dich sehr gern. Und weil's auch so gemeint war, kamen Jarmila vor Freude die Tränen. »Du bist meine Frinz«, sagte sie auf deutsch und gab Sophie einen Kuß. Sie hielten sich noch einen Augenblick bei den Händen, dann rannten sie auseinander.

An Weihnachten gingen Sellmanns zum ›Kleinen Jesulein‹, an Dreikönig zu St. Salvator, an Mariä Lichtmeß zu Maria Teyn, am Aschermittwoch zu St. Gotthard, am Karfreitag zu St. Jakob und an Ostern in die Nikolaus-Kirche am Kleinseitner Ring. Am Gründonnerstag war Jarmila abgereist, und Dr. Sellmann hatte Besuch aus Berlin bekommen. Herr Frenzel, Vorstandsmitglied der ›Saxonia‹, wollte die Forsythienblüte auf den Schanzen am Wyschehrad sehen. Er war ein Blumenfreund. Hinter seiner Charlottenburger Villa zog er Gloire-de-Dijon-Rosen, und wenn im Botanischen Garten die Victoria regia ihre Kelche öffnete, die erste Nacht weiß, die zweite rosa, stand er ergriffen unter den Zuschauern.

»Ich freue mich, Sie wiederzusehen«, hatte Sellmann gesagt, im Rauchsalon des Hotels ›Blauer Stern‹, wo Frenzel abgestiegen war, und er hatte sich wirklich gefreut. Doch im Laufe der Unterhaltung war ein Satz gefallen, der ihm auch nicht aus dem Kopf ging, als der Chor von St. Nikolaus das Credo der Cäcilien-Messe anstimmte. Frenzel hatte etwas geäußert wie: »Sie werden sehr vermißt, lieber Doktor.« Das war recht schmeichelhaft gewesen. Aber Herr Frenzel hatte auch gesagt: »Es gibt Leute, die meinen, daß wir den Dr. Sellmann wieder unter unsere Fittiche bringen sollten. Das Außenamt brauchte ja nur seinen Paß nicht zu verlängern.« Und dann hatte er gelacht und sich die Zigarrenasche von der Manschette geblasen, und Frau Frenzel war an den Tisch getreten, in fließendem Blau und einen Florentiner auf dem Dutt, und man hatte sich für den zweiten Feiertag zu einem Spaziergang durch den Baumgarten verabredet, mit anschließendem Kaffee bei Sellmanns.

Sophie, drei Plätze weiter in der Kirchbank und den schwarzen ›Schott‹ zwischen den durchbrochenen Handschuhen, war während des ›Kyrie‹ noch bei der Sache. Erst die Lesung aus dem Korinther-Brief brachte sie auf Abwege. Je besser sie sich im Tschechischen auskannte, um so deutlicher wurde ihr Jarmila, und was sich mit Frinz und Wider-Frinz hatte verdecken lassen, war allmählich ans Licht gekommen. Jarmila ging nicht in die Kirche, nicht mal sonntags. »Glaubst du wirklich, daß es dort oben einen Frinz gibt?« hatte sie gefragt und zum Plafond des Café ›Slavia‹ gezeigt. »Warum soll ich die Menschen lieben? Ich will sie auch hassen, wenn mir danach ist. Ich will auch lügen, wenn's mir Spaß macht. Ich will ganz ich selber sein. Was ich nicht ausstehe, ist ›lhostejnost‹.« Das hatte sie im Wörterbuch nachschlagen müssen: Gleichgültigkeit. »Ich bin ich. Ich bin die, die ich bin.« Der Pfarrer bekreuzigte sich, als striche er mit einem unsichtbaren Fiedelbogen über die Brust. Und wer bin ich? fragte sich Sophie. Bin ich mit allem schon so eins, daß ich mich selber nicht mehr fassen kann? Werde ich eines Tages, wenn ich's dann überhaupt noch spüre, auf einem Sofa sitzen und darüber nachdenken, wo ich eigentlich aufhöre? Vielleicht hat man mich schon verwechselt? Wir tragen die gleichen Kleider, die gleichen Schuhe, wir schneiden uns Ponys oder Bubiköpfe, wir legen unser Besteck auf die Messerbänkchen, wir sind verliebt in Clark Gable, wir lesen die ›Bohemia‹, wir spielen die ›Petersburger Schlittenfahrt‹, wir sprechen nicht mit vollem Mund, wir schauen unserm Nachbarn nicht ins Konzertprogramm, wir gehen in fremden Wohnungen nicht auf die

Toilette, wir sitzen gerade, wir lächeln. So sind wir. Wir dürfen nicht leben wie die Mägde am ›Vogelherd‹, die vor Sonnenuntergang auf den Heufuhren heranschaukeln, Brüste wie Osterfladen und Hintern wie Weihnachtsstollen, weiße Kopftücher über der Stirn, Grashalme zwischen den Zähnen und die langen Rechen wie Zeltstangen ineinandergesteckt.

Nicht einmal wie Jarmila, die glaubte, was sie sagte, und niemandem Rechenschaft schuldig war. Sie baute auf kein Gesetz. Also gab es auch kein Gesetz, das auf Jarmila bauen durfte, genau so wenig wie auf Sophies Gesangslehrerin. Fräulein Kalman war nach einem Muster gebildet, aber ihre Vorlage hieß Emmy Destinn, hatte mit achtzehn Jahren ein Theaterstück über Fehlgeburten geschrieben und sich im Weltkrieg einen französischen Sänger arabischer Herkunft als Privatgefangenen auf einem Schloß in Südböhmen gehalten. Bis zum Tode der Meisterin hatte Fräulein Kalman dem Ensemble der Prager Nationaloper angehört. Dann war sie von einer Oldenburger Stute gefallen, die ihr der Direktor der Königshofer Zementwerke zum Ausreiten geliehen hatte, und seitdem hinkte sie in weiten braunen Pumphosen und türkisfarbenen Sweatern durch die kleine Wohnung am Kohlenmarkt, den Korridor-, den Haus- und den Klavierschlüssel an einem Bindfaden um den Hals. Bei Sophies zweitem Besuch hatte die Kalman ihrer Schülerin die Bluse aufgeknöpft, das Unterhemd aus dem Rock gezogen und ihr die Hand auf den nackten Bauch gelegt, um die Schwingungen des Zwerchfells zu prüfen. Sophie war bis in die Zehenspitzen erstarrt, und die Meisterin hatte ihr in den aufgerissenen Mund geblickt. »Du hast eine Brust wie eine Tonne und einen Gaumen wie der Veitsdom. In fünf Jahren singst du in Bayreuth, oder kannst deiner Mutter beim Geschirrspülen helfen.« »Ja«, hatte Sophie geantwortet. »Einen hohen Ton«, hatte ihr die Kalman erklärt, »erzeugt man entweder mit Luft oder mit Spannung. Das eine nennen wir Brüllen, das andere Singen.« »Jawohl«, hatte Sophie gesagt und sich die Bluse zugeknöpft. Ihr graute vor ihrem eigenen Grau. Am meisten fürchtete sie, daß es ihr an Willen fehlen könnte, so bunt und einzigartig zu werden wie die Sophie, von der sie träumte.

Als sie mit Eltern und Geschwistern auf den Kleinseitner Ring hinaustrat, läuteten die Glocken der Stadt. Die Steine bebten. Die Tauben kreisten in weißen und grauen Schwärmen über den Dächern. Frau Sellmann weinte und küßte ihre Mädchen, während Heinrich in dem hellen Licht die Hand vor die Augen hielt. Sellmann ging zwei Schritte voraus in Richtung Karlsbrücke, denn den Wagen hatte man in der Kreuzherrengasse stehen lassen, am anderen Ufer der Moldau.

6 Binz

Anfang August stiegen Sellmanns in den Schnellzug, hielten sich mit Besorgungen und Verwandtenbesuchen einige Tage in Berlin auf und reisten dann weiter nach Rügen, wo sie bis in den September hinein blieben. Wasser und Wetter hätten nicht besser sein können, nur auf die Kurkonzerte im Muschelpavillon mußte man eine Weile warten, weil sich der Reichspräsident zur großen Armee abgemeldet hatte. Auch andere Politiker waren in diesem Sommer gestorben, meist unter weniger friedlichen Umständen als der Sieger von Tannenberg, doch davon wußte Sophie nichts. Sie las keine Zeitungen, nicht einmal Bücher. Nur Katharina bedruckte die Seiten von John Knittels ›Via mala‹ mit ihren ölverschmierten Fingern. Die Sellmann-Mädchen spielten Ball, lagen in den Körben, fotografierten, aßen Eis und schlenderten in weißen, knöchellangen Kleidern über die Promenade. An den Vormittagen nahm Frau Sellmann ihren Sohn an die Hand und sammelte Kiesel, die sie ihm zuliebe Bernstein nannte. Er war immer noch nicht operiert worden. Im Winter hatte Professor Kulik keinen Hornhautspender gefunden, und im Frühjahr war Heinrich durch eine Lungenentzündung so geschwächt, daß man den Eingriff auf unbestimmte Zeit verschob.

Dr. Sellmann schwamm in einem schwarzen Badeanzug bis zu den Bojen hinaus, machte einen Dauerlauf in die Schmale Heide und zog sich danach zum Tennis um. Abends wurde er gelegentlich ans Telefon gerufen, und Ende August kam Herr Frenzel nach Binz. Seine Frau schenkte den jungen Damen silberne

Sanddistel-Broschen. Sie grüßte jeden Kellner mit ›Heil Hitler‹, was den Vorteil prompter Bedienung hatte, auf die Dauer aber lästig wurde. Selbst Herr Frenzel runzelte die beträchtliche Stirn, wenn sie auf dem Corso den rechten Arm hob und allen Bekannten zeigte, daß sie sich die Achselhaare rasierte. Er selbst salutierte wie der Führer, die rechte Hand über die rechte Schulter gelegt, als sollte ein Kuchenblech darauf abgesetzt werden. Die Frenzels wohnten in einem anderen Hotel, doch gemeinsame Ausflüge nach Stubbenkammer und Arkona ließen sich nicht vermeiden.

Einen Abend verbrachten die Herren allein, und Frenzel machte Sellmann dabei einen erstaunlichen Vorschlag. Anfangs hatte man über den defizitären Außenhandel geredet, über die Verrechnungsbüros der Reichsbank, in denen die Salden mit Exporteuren und Importeuren der Partnerländer ausgeglichen wurden, wie in der Prager Nationalbank. »In Anlehnung an Praktiken der Bronzezeit«, hatte Sellmann gesagt, als man auf den Tausch italienischer Weine gegen deutsche Lokomotiven, brasilianischen Kaffees gegen Daimler-Benz-Automobile und tschechischer Schuhe gegen Ruhrkoks zu sprechen gekommen war. Die Einstellung des Zinsen-Transfers ins Ausland und die Kredittilgungen deutscher Schuldner durch Zahlungen auf deutsche Sperrkonten hatten das Geschäft wesentlich erschwert, und man suchte nach Auswegen, wenigstens auf Teilgebieten, wenn es auch nur die ›Saxonia‹ und die Böhmische Landesbank betraf. Was lag näher, als der Jahre zu gedenken, da Frenzel wie Sellmann noch am gleichen Strick gezogen? Das gab der Unterhaltung eine noble Unbestimmtheit, aus der allmählich die Erinnerungen tauchten wie Telegrafenmasten aus dem Nebel, und je weiter die Herren vorankamen, mittlerweile nicht mehr auf der engen Terrasse, sondern in einer sanften Bucht des Prorer Wieks, desto deutlicher trat das Gemeinsame hervor. Kriegsteilnehmer und Blumenfreund Frenzel hing ohnehin an Erde; auch Sellmann hatte in den Argonnen, seinerzeit, dem Vaterland gedient, und das war noch keine zwanzig Jahre her. Nun machte Frenzel seinen Vorschlag, doch Sellmann schüttelte den Kopf und lächelte, so ernst war's ihm. »Man kann nicht zwei Herren dienen«, sagte er unmißverständlich.

»Es gibt ja auch nur einen«, antwortete Frenzel.

»Den meine ich«, versetzte Sellmann trocken, doch Frenzel steckte nicht auf.

Betty lag schon im Bett, als Sellmann ins Hotel zurückkehrte. Er zog die sandigen Schuhe aus und ging in Strümpfen auf und ab. Unablässig die gleichen Bilder: er würde Herrn von Lilienthal um die Lösung seines Vertrages bitten. Lustig würde ihm zum Abschied einen Kupferstich oder eine Meerschaumpfeife schenken. Den Transport der Möbel übernähme wieder die Spedition Holan. Die Figur des heiligen Wenzel, eine verkleinerte Nachbildung des Myslbekschen Originals, würde in Holzwolle verpackt werden. Vom Seminargarten aus würde man noch einmal sehen, wie der Himmel über den Weinbergen die grüne Wölbung der Kreuzherrenkirche wiederholte.

Aber hatte Frenzel denn gewünscht, daß Sellmann Prag verließ? Im Gegenteil. »Halten Sie die Stellung!« hatte er ihn gebeten und das Militärische dieser Wendung mit Nachdruck betont. Wäre es für Lustig, hatte Frenzel gemeint, denn nicht von Vorteil, wenn einer seiner Herren über Kontakte und Nachrichten verfügte, die in den kommenden Jahren sicherlich gebraucht würden, um größere Verluste zu verhindern? Oder glaubte Sellmann im Ernst, daß die Übernahme der jüdischen Simson-Werke in Suhl ein Einzelfall bliebe? Eugen Lustig hatte vor zwei Jahren dank Sellmanns Unterstützung die mitteldeutschen Braunkohlebeteiligungen abgestoßen – aber was würde, zu gegebener Zeit, aus seinen Anteilen an den oberschlesischen Revieren, am Magdeburger Zucker, an den Spinnereien im Vogtland und an den Kieler Werften? Was er, Frenzel, erwartete, liefe auf nichts als gegenseitige Absprache und Unterrichtung hinaus, von Fall zu Fall, verstände sich, und möglichst kontinuierlich, »damit wir nicht im Dunkeln tappen«.

Sellmann setzte sich vor die Frisierkommode, goß Cognac in ein Wasserglas und hatte, während er trank, das Gefühl, als öffnete sich in seinem Kopf eine japanische Papierblume, die sich so weit ausstülpte, bis sie die Hirnrinde mit einer violetten Schicht aus Blättern, Blüten und schwimmenden Stengeln überzogen hatte. Er setzte das Glas ab. In Flandern hatte er eine Hinrichtung erlebt. Ein weißer Pfahl in einer Kiesgrube, ein

Kriegsgerichtsrat, ein Pfarrer. Sehr still, fast vornehm das Ganze, aber der Spion war anschließend unzweifelhaft tot gewesen. Betty, die Sellmann über die Steppdecke hinweg im Spiegel beobachtete, sagte leise: »Es wird alles zuviel für dich, Anton.«
»Möchtest du wieder nach Deutschland?«
»Und Heinrich?«
Als Frenzels abreisten, sah Sophie zum ersten Mal, daß Sellmann die rechte Hand zum Hitlergruß vor die gefütterte Brust seines Leinenjacketts hielt. Es kommt der Tag, an dem er ihr die Gründe dafür erklären wird, aber da werden sie schon unterwegs nach Preßburg sein, begleitet von Hanka, dem Dienstmädchen, das in der dritten Klasse seine Klappbrote ißt. Zwischen Tschaslau und Brünn werden sie durch die Fenster auf die vorbeifliegenden Felder sehen. Sophie wird ein schwarzes Kleid tragen, wie zu einer Beerdigung, aber es wird keine Beerdigung sein. Man wird einen Gedanken verfolgen, den man oft gedacht hat, und plötzlich bekommt er einen Sinn. Erst dann wird ihr Sellmann alles erzählen.

7 Der sandfarbene Anzug

Von Binz machte Betty mit den Kindern einen Abstecher zu Onkel Wilhelm und der Zerbster Verwandtschaft. Sellmann fuhr allein nach Prag voraus, stieg im Hotel ›Paris‹ ab und holte sich frische Leibwäsche aus Bubenetsch. Das Dienstmädchen hatte im Juli geheiratet. Jetzt, im September, roch die Wohnung muffig. Auf den Möbeln lag Staub, alle Uhren mußten aufgezogen werden, der Wasserhahn hatte eine Rostspur in die Badewanne getropft, aus einem Rest Kartoffelbrei in der Speisekammer wuchsen schaumige, blaugraue Kraken. Das war kein Ort für jemanden, der eine Verabredung lieber absagte, als mit angeschmutzten Manschetten zu erscheinen.
Das ›Paris‹ galt weder für ein deutsches noch für ein tschechisches Haus. Es gab sich so international wie der Hotel-Friseur Pippo, der einen ungarischen Großvater, eine Wiener Mutter, einen Makler aus Fiume zum Vater, eine Stiefschwester in Chi-

cago und einen Bruder als Trompeter beim Zirkus ›Sarrasani‹ hatte. Von ihm wurde Sellmann morgens rasiert. Je nach Interessenlage seiner Kunden offerierte Pippo darüber hinaus Theater-Billetts, Tips für Pferderennen, geschmuggelte österreichische Zigarren oder Begleiterinnen in allen Haarfarben, Rassen und Sprachen. Sellmann bot er ohne Glück eine Madonna an, »absolut gotisch und komplett bis auf den linken Zeigefinger«. Sein Geschwätz lockerte und heiterte auf. Gewisse Kernsätze aus Erfahrung und Schmeichelei, etwa: »Ein Mann ohne Bauch ist wie eine Frau ohne Brust«, nannte Sellmann eine ›Pipponische Schenkung‹.

Zu Mittag aß er am Graben, in der Nähe der Böhmischen Landesbank, zum Nachtmahl ging er in ein Bier- oder Weinlokal auf der Kleinseite und kehrte danach durch die Altstadt ins Hotel ›Paris‹ zurück. Lieber noch ließ er sich abends über den Wenzelsplatz schieben. Er kannte Piccadilly Circus und die Champs-Elysées, die Kärntner Straße und die ‑Vaczi útcza, die Via Veneto und die Puerta del Sol, doch am meisten mochte er diesen breiten Boulevard zwischen Brückl und Nationalmuseum.

Als er Bettys Telegramm erhielt, in dem sie mitteilte, daß sich ihre Ankunft wegen der Beisetzung einer Tante um einige Tage verzögerte, setzte er in großen Blockbuchstaben seine Kondolenz auf ein Formular und überlegte, während er schrieb, wieviele Abende ihm für den Wenzelsplatz blieben.

Die Leuchtschriften des ›Melantrich‹-Verlags, von Osram und Bata zuckten über ihm. Der Storch des Wäschegeschäfts Prokop & Čáp ließ aus seinem Schnabel weiße Leinenballen fallen, bis sie die vierte Etage erreicht hatten und wieder verloschen. Die Kinos strahlten mit ihrer Reklame auf die Straßenbahngeleise hinaus. Durch das gelbe Licht gingen die Damen mit den kleinen Pelzen und der neuen Innenrolle, die Mädchen mit den nackten Hälsen und den offenen Mänteln. Die Männer in ihren Raglans und Paletots, mit Krawattenperlen und Kaschmirschals zogen beim Gruß die Schultern nach vorn, machten auf dem Absatz kehrt, um einer Unbekannten in schwarzem Samt oder gestreifter Baumwolle zu folgen, lasen im Gehen das Abendblatt, schnipsten ihre Kippen unter die Autos und schlossen die Schirme vor den Bars. Ein Fremder wurde hier schnell heimisch, denn alle schienen von zu Hause weggelaufen, um sich mit anderen Ausreißern die Nacht um die Ohren zu schlagen. Die Furcht, sich zu langweilen, war größer als die Angst, geneppt zu werden. Das kannte Sellmann auch aus anderen Städten. Was ihm an diesen Bummelanten so gefiel, war ihre Vertrauensseligkeit, die er anfangs für Heuchelei gehalten hatte, und ihre Neigung, über sich selbst zu lachen oder bestenfalls Albernheiten eine Weile ernst zu nehmen. Welch ein Unterschied zu den traurigen, maulfaulen Anhaltinern, denen das Leben nur Schwermut und Schwerarbeit war, und denen es immer so schien, als stiege die Sonne nur deswegen herauf, weil sich alle mit ihrem ganzen Gewicht an den astronomischen Flaschenzug hängten; als sei auch die Liebe ein Deputat und der Frühling einklagbar.

Die Entstehung eines sandfarbenen Anzugs aus roher Seide – von bloßer Anfertigung konnte nicht die Rede sein – fiel gleichfalls in diese Woche, während Sellmann auf Betty und die Kinder wartete. Er ließ sich von Pippo die Namen der berühmtesten Prager Mode-Ateliers übersetzen. Unter den Fürst, Hahn, Glücklich, Silbern, Unfroh, Röschen, Ästchen, Schieler und Spindeldürr bildete der Schneider Tlapa eine Ausnahme, denn ›tlapa‹ hieß Pfote. Doch Sellmann entschied sich für ihn und fühlte sich durchschaut. Nicht weil der Meister auf den ersten Blick gewisse Eigenschaften in Haltung und Körperbau feststellte, die schon von Sellmanns Berliner Taylor erkannt worden waren, etwa, daß er rechts trug, X-Beine hatte und den kleinen Bauch durch Zurücknehmen der Schultern unsichtbar zu machen suchte. Das hatte der Engländer in der Kantstraße auch gemerkt. Tlapa entdeckte, daß Sellmann in seinen Kleidern nicht zu Hause war. Tlapa befremdeten das Uniformelle des Schnitts, die enge Taille und die dicken Polster. Nach der Auswahl des Stoffs entwarf er einen Anzug, den Sellmann für einen Witz hielt. Da Tlapa der ersten Anprobe nicht beiwohnte, blieb es bei einigen Bissigkeiten gegen den Zuschneider. Ansonsten wurde gesteckt und gekreidet, wie überall. Im Licht der hohen Spiegel stach der sandfarbene Stoff plötzlich ins Partei-Braun, und Sellmann bereute den Auftrag.

Bei der zweiten Probe war Tlapa wieder dabei. Der kleine

schlanke Herr betrachtete sein Werk mit kreisenden Augäpfeln, strich mit der knochigen Hand über Sellmanns Brust und Hüfte, griff nach einem Kreidestück und machte zwei Striche in Höhe des Gesäßes. Nach dem Zweck gefragt, antwortete er: »Schlitze.« Er schob jedes Bedenken beiseite und riß mit kräftigen Rucken die gehefteten Nähte auseinander.

Als Sellmann zwei Tage später das Atelier betrat, trug er einen kaffeebraunen Zweireiher, dessen Accessoires ihm das Umsteigen in den neuen Anzug erleichtern sollten. Tlapa bat ihn jedoch, sich statt der gestreiften Krawatte eine beigegepunktete Fliege umzubinden, die schon bereitlag. An Hemd, Manschettenknöpfen, Socken und Schuhen hatte er nichts auszusetzen. Sellmann zog die neuen Hosen in der Kabine über und ließ sich die Schleife am Hals und die Senkel an den Schuhen von einem Gehilfen binden. Vor dem Spiegel hatte er einige Mühe, sich zu erkennen. Tlapas Anzug ersetzte eine Generalbeichte. Er brachte Wünsche an den Tag und legte eine Sehnsucht frei, die sich bis zu dieser Stunde hinter Nadelstreifen versteckt hatte. Sellmann begriff, daß er den Anzug niemals in der Bank tragen durfte. Herr von Lilienthal, von Lustig ganz zu schweigen, müßte ihn für leichtfertig halten, und bis zur Zügellosigkeit wäre es nur ein Schritt. Blieben die Sonntagnachmittage im Baumgarten oder ein Familienausflug. Doch selbst hier war Vorsicht am Platze. Ihm schwante, daß dieser Outfit seinen Töchtern ein Signal zu allgemeiner textiler Libertinage werden könnte. Daß er paßte, war eine Wahrheit zweiten Ranges. Sellmann fühlte sich in den neuen Achseln wie in einem kühlen Bett. Er bekam Lust, die rechte Hand in die Hosentasche zu schieben, und merkte, daß Seitenschlitze solche Bewegung erleichterten. Als er die linke Hand an die Brusttasche hob, hielt ihm der Gehilfe einen Schub mit Tüchern hin. Sellmann bat Tlapa um die Wahl. Der dankte mit den Augen, griff einen cognacfarbenen Batist heraus, wedelte ihn auf, knüllte ihn in der Faust und stopfte ihn, ohne weiter daran zu zupfen, in die Reverstasche.

Als er in das Gefängnis seines Zweireihers zurückkehrte, war er entschlossen, den neuen Anzug überhaupt nicht zu tragen, oder allenfalls auf Reisen mit Betty allein. Schon beim Begleichen der Rechnung wurde er wieder anderen Sinnes, und als ihm Tlapa einen Flakon mit dem ›homologen‹ Parfüm überreichte, tat es Sellmann sogar leid, daß er den Anzug erst am nächsten Morgen per Boten erhalten sollte.

Den folgenden Nachmittag verließ er sein Büro früher als gewöhnlich, ging schnell ins Hotel ›Paris‹ und zerschnitt die Schnüre des Pakets. Eine Stunde später stand er vor den spiegelnden Schaufenstern des Grabens und beobachtete durch seine goldgeränderte Brille einen Herrn mittleren Alters, der einen sandfarbenen Anzug trug und die rechte Hand in der Hosentasche hielt. Das Bewußtsein grenzenloser Freiheit ließ ihn selbst vor Miederwaren-Auslagen haltmachen. Etwas Junggesellen- und Jungenhaftes verklärte ihn. Er zog das Tuch aus der Brusttasche und roch daran. Ein Duft aus der Mitte zwischen Bauernflieder und englischem Pfeifentabak stieg davon auf. Als ihn eine entgegenkommende Blondine mit weiten grünen Augen anblickte, spürte er sein rechtes Lid herabsinken. Ich habe gezwinkert, dachte er, als sie vorüber war. Ich habe sie angezwinkert. Ich bin, sozusagen, außer Rand und Band. Er lief in sein Hotel, warf den neuen Anzug über den Stuhl und kleidete sich zum Essen um.

Am Abend ging er noch einmal auf den Wenzelsplatz, wenn auch nun in dunkler Wolle. Die Sensation des Nachmittags wiederholte sich nicht. Ein älterer Herr begab sich ins Theater oder zu einem Diner. Nur das cognacfarbene Tuch beschwor noch ein Erlebnis, aus dem sehr zögernd und gegen Sellmanns Willen ein Lapsus, ein Mißverständnis, ein Trugschluß, ein Hirngespinst wurde.

8   Der fliegende Braten

Den nächsten Abend fuhr Dr. Sellmann mit einem Taxi ins Palais Lustig. Die Einladung war keine Selbstverständlichkeit. Von wenigen Empfängen abgesehen, setzte der alte Herr seine Konferenzen meist im Stadtbüro, im Tea-room der Böhmischen Landesbank oder im Separée eines Lokals an, weil er seiner eigenen Küche mißtraute. Am liebsten ging er mit seinen Gesprächspartnern aber ins Grüne. »Ich bin Peripatetiker. Ich hätte zu Aristoteles gepaßt.« Auf solchen Wegen zitierte er auch gern den Chronisten Cosmas, und zwar, wie Sellmann bald heraushatte, an denselben Orten jeweils dieselben Sätze. Im Lobkowicz-Garten sagte Lustig: »Belebt vom Gesumm der Bienen und dem Gesang der Vögel.« Auf dem Wyschehrad, der oberen Burg, wo man den schönsten Blick auf die Stadt hatte, zeigte er auf den Laurenziberg hinüber und wiederholte das Urteil der Herzogin Libussa: »Er krümmt sich wie ein Delphin!«

Stets folgten in einiger Entfernung der Kammerdiener Rohlik mit dem Mantel und ein Sekretär mit einer schwarzen Ledermappe, die sich durch einen Handgriff in ein Schreibpult verwandelte. Sellmann, der an solchen Exkursionen mehrmals teilnehmen durfte, erinnerte sich gern der eigentümlichen Leichtigkeit, die ihn und vermutlich auch die übrigen Begleiter angehoben hatte. Es fehlen nur die Pferde, hatte er gedacht, und ich käme mir hinter dem kleinen Herrn wie hinter Napoleon vor.

Ein Essen à trois hatte der Sekretär angekündigt. Wer mochte der dritte sein? Seit seiner Ankunft suchte Sellmann nach einer Gelegenheit, Lustig reinen Wein einzuschenken, selbst auf die Gefahr hin, den Posten bei der Böhmischen Landesbank zu verlieren. Er wollte von Frenzels Offerte berichten, in einer Art, die vorerst noch offenließ, ob er sie akzeptiert hatte. Aus Lustigs Antwort ergäben sich die Konsequenzen von selbst. Aber er wünschte sich für dieses Gespräch mehr Zufall oder wenigstens Beiläufigkeit. Eine Verabredung zu diesem Zweck hätte wie ein Geständnis gewirkt, und so weit brauchte er es, bei aller Sympathie, nicht zu treiben, zumal er dem Umschwung seiner Ansichten selber nicht traute. Wie sollte er Frenzel erklären, daß er Knall und Fall nach Deutschland zurückkehrte? Waren Lustig und Herr von Lilienthal notfalls bereit, ihn so deutlich und diskret an die Luft zu setzen, daß es weder in Prag noch in Berlin Skandal gab? Und letztlich: wozu das alles?

Mit solchen Gedanken betrat er das Vestibül, reichte dem Mädchen Hut und Mantel und ließ sich von Rohlik die Marmortreppe hinaufführen. Er bewunderte das Helldunkel dieses Hauses, die lichtlosen Gobelins, die festen Teppiche auf den Stufen, das leise Öffnen und Schließen der Türen und den matten Glanz des Parketts. Eugen Lustig begrüßte ihn in der Bibliothek. Weil er gehört hatte, daß Sellmann im Hotel wohne, wollten er und seine Tochter versuchen, Sellmann wenigstens für einen Abend die Familie zu ersetzen. Frau Kulik also war die dritte.

Der Alte steckte nicht, wie üblich, in einem dunklen, bis unter den Knoten geschlossenen Zweireiher, sondern trug ein legeres Jackett, aus dem die Krawatte gelegentlich herausrutschte. Solange der Gast redete, hielt Lustig den Kopf geneigt, wie um sich nichts entgehen zu lassen, doch Sellmann hatte den bestimmten Eindruck, als horchte er in eine andere Richtung. Das Eintreten Frau Kuliks machte dieser einseitigen Unterhaltung ein Ende. Nachdem Sellmann ihr die Hand geküßt hatte, hörte er einen schnellen, aber ruhigen Wortwechsel zwischen Lustig und seiner Tochter, wobei sie tschechisch sprachen. Dann öffnete Eva die Tür zum kleinen Salon, dessen Fenster auf den Baumgarten hinausgingen, und bat zu Tisch.

Dieser Raum war im Grunde ein Anhängsel des terrassierten Wintergartens. Eine hohe Glastür gab den Blick auf Orangenkübel, Zwergpalmen und Kakteen frei, an denen Lustig eine besondere Freude hatte, ohne viel Wesens davon zu machen. Immerhin setzte er sich gleich so, daß er die beleuchteten Pflanzen im Auge behielt. Es wurde ein Menü serviert, das Sellmann als Diät für Magenkranke im Gedächtnis blieb: Tomatensuppe, lauwarmes, ungewürztes Hühnerfrikassee mit Reis, dazu einen Mosel, der so leicht war, daß man ihn gut und gerne auch als gehobenen Apfelsaft trinken konnte, und zum Abschluß Joghurt mit geriebenen Nüssen. Als Lustig beim Hauptgang seinen Zwicker abnahm, glaubte Sellmann, er tue es, um das Elend auf seinem Teller nicht mitansehen zu müssen.

Die Unterhaltung blieb förmlich. Der alte Herr spürte es und machte einen Versuch, das Gespräch ins Heitere zu wenden.

»Haben Sie schon das Kloster Brevnov besichtigt?« fragte er.

»Leider noch nicht.«

»Gehen Sie in den Prälatensaal«, sagte Lustig, »und schauen Sie an die Decke! Asam hat dort das Wunder des heiligen Gunter gemalt.« Er lächelte, steckte die Gabel in ein Stück Hühnerbrust und hob es vom Teller. »Der heilige Gunter war während der

Fasten bei einem Heidenfürsten eingeladen. Es gab Fleisch, und zwar gebratenen Pfau. Um die Vorschrift nicht zu verletzen, bat Gunter den lieben Gott, daß er dem Pfau das Leben zurückgäbe, und wie es bei Heiligen ist: dem Vogel, obwohl schon knusprig gebraten, wuchsen Flügel und Federn, er richtete sich von der Platte auf, schlug ein Rad und flog davon, während die Engel im Himmel Fastenspeisen herunterreichten. Aber schön gemalt.« Lustig blickte in das ratlose Gesicht seiner Tochter. »Ich frage mich, ob wir dieser Henne nicht ein ähnliches Schicksal bereiten sollten, kraft unseres Gebets . . .«

Sellmann lachte, so gut er es vermochte. Von Frau Kulik war nur ein Räuspern zu hören. »Aber es hat wohl wenig Zweck«, fuhr Lustig fort. »Wir sind keine Heiligen«, und damit schob er den Bissen in den Mund.

Nein, es klappte nicht. Wie Michelet für die Zeit nach dem Thermidor behauptete: man plauderte, hatte aber die Rede noch nicht wiedererlangt. Irgend etwas war geschehen, und in seiner mißtrauischen Art, die ihre Sicherheiten, wie es einem aufgeklärten Manne zukam, im Geistersehen findet, ahnte Sellmann eine geheime Verbindung zwischen Frenzels Besuch, Tlapas Anzug und Lustigs Einladung. Er blickte kaum noch zu Frau Kulik hinüber, denn er meinte, in ihrem Gesicht etwas wiederzuerkennen, was ihn schon vor einem Jahr bei ihrer ersten Begegnung beunruhigt hatte und für das er keinen anderen Ausdruck als ›Sauertopf‹ besaß. Warum legte sie es besonders heute darauf an, den Abstand zu Sellmann durch ihre Verdrießlichkeit noch um einige Meilen auszudehnen? Ein Familienersatz, wie Lustig versprochen hatte, wurde dieser Abend jedenfalls nicht, und Sellmann war dankbar, als Lustig seine Tochter nach dem Dessert an einen Gast erinnerte, der sie vielleicht brauche. Frau Kulik empfahl sich, und Lustig machte mit Sellmann ein paar Schritte durch den Wintergarten, während im Salon das Geschirr abgetragen wurde.

Warum hatte dieser Gast, überlegte Sellmann, nicht mit am Tisch gesessen? Bezog sich, was Lustig mit seiner Tochter vorhin tschechisch gesprochen hatte, auf ihn? Warum erklärte Lustig die Situation nicht mit einem Wort – oder war er, Sellmann, etwa seinet- oder ihretwegen überhaupt eingeladen worden? Er fand keine Antwort. Auch der Umstand, daß sie, statt in ein anderes der dreißig oder vierzig Zimmer zu wechseln, in denselben Salon zurückgingen, in dem noch der säuerliche Duft des Frikassees hing, kam ihm spanisch vor, doch möglicherweise gab es für ihn keine bessere Gelegenheit, mit Lustig zu reden, als in dieser innerlich wie äußerlich unaufgeräumten Lage. Bevor er aber das Wort nehmen konnte, begann Lustig zu sprechen und unterbrach sich selbst nur durch den Hinweis auf die Zigarren und den Rotspon.

»Zweierlei, mein lieber Herr Doktor«, sagte er. »Ich habe zweierlei auf dem Herzen. Das erste ist geschäftlicher Natur. Fangen wir damit an. Wir wissen zu wenig davon, was in Deutschland wirklich vor sich geht. Wir haben Freunde in Berlin, aber das reicht nicht, zumal ich nach den letzten Ereignissen an deren Loyalität, ich sage es lieber noch einmal: an ihrer Loyalität, nicht an ihrer Ehrlichkeit, zweifeln muß. Ich verstehe das, aber dieser Umstand verlangt von mir, zwischen den Zeilen zu lesen. Drücke ich mich verständlich genug aus?«

»Ja«, sagte Sellmann, »vollkommen.«

»Ich will aber nicht nur die Hälfte wissen, oder drei Viertel, sondern mir darf im Grunde genommen überhaupt nichts entgehen. Sie haben von der Arisierung der Simson-Werke in Suhl gehört? Ich frage mich: Wer ist der nächste? Was wird aus unserer Kohle in Kattowitz, aus den Spinnereien im Vogtland? Wie steht es mit den Anlagen in Kiel? Oder war Simson, woran ich nicht glaube, ein Zufall? Andererseits: was geschieht mit den alten Anlagen des Reiches im Ausland? Wie groß sind die Liquiditätsreserven der deutschen Banken, nachdem der Devisentransfer blockiert ist? Wohin zielt die Kreditpolitik des Reiches gegenüber der Industrie? Das sind die Fragen, lieber Doktor, die mich bewegen, und zwar nicht nur, weil ich erhalten oder vermehren will, was ich besitze, sondern auch, weil ich mir ja auf Grund meiner Lage wenigstens zu einem Drittel wie ein Deutscher vorkomme. Die beiden restlichen Teile halten der Tscheche und der Jude. Ich spreche ganz offen.«

»Das merke ich«, sagte Sellmann.

»Mein Gedanke ist folgender«, fuhr Lustig fort. »Sie haben – ich bin durch Herrn von Lilienthal immer auf dem laufenden – uns sehr geholfen, seit wir Sie bei uns haben. Das deutsche Geschäft ist in Ordnung. Die Beschränkungen sind nicht Ihre Schuld. Aber jetzt brauchen wir mehr. Wir schlagen Ihnen vor, Sie mit einem Extra-Budget auszustatten, über dessen Höhe und Einsatz ich mit der Direktion bereits übereingekommen bin. Seit Jahren erscheint in den Bilanzen ohnehin der Titel ›Öffentlichkeitsarbeit‹, obwohl, wie Sie wissen, das Gegenteil damit gemeint ist. Ich erspare Ihnen Erläuterungen. Ich bitte Sie nur um eines: sagen Sie offen, ob Ihnen ein solches Angebot konveniert. Halt! Bevor Sie antworten, noch eines. Falls Sie akzeptieren, müssen Sie wissen, daß Ihre Unternehmung keine ›Staatsaffäre‹ ist, sondern ausschließlich wirtschaftlichen, oder lassen Sie es mich doch ganz simpel sagen: den Zielen unserer Bank, also meinen und damit auch Ihren Interessen dient. Jetzt haben Sie das Wort.«

»Sie sagten, daß Sie zweierlei . . .?« fragte Sellmann.

»Ihre Haltung gefällt mir«, sagte Lustig. »Aber ich möchte, daß wir bei meiner Reihenfolge bleiben.«

»Ich muß es mir überlegen.«

»Tun Sie es, bitte, jetzt«, sagte Lustig. »Geht Ihnen mein Vorschlag ›contre coeur‹?«

»Das ist vielleicht nicht einmal die Frage«, antwortete Sellmann. Seit einigen Minuten kam es ihm so vor, als bewegte sich etwas zwischen den Gewächsen des Wintergartens. Anfangs vermutete er, daß ein Oleander im Dunkeln gewässert wurde. Eigentlich sah er nichts weiter als eine Silhouette, die sich manchmal sprunghaft, dann wieder langsamer vor einer der im Boden eingelassenen Lampen bewegte, und der schräge Ausfall des Lichts konnte auch den Umriß eines Hundes oder einer Katze ins Riesenhafte vergrößern. Aber Sellmann wußte von der Abneigung des alten Herrn gegen alles, was sich unvermutet an ihm reiben oder ihm die Hand lecken konnte. Wie Lustig einmal in Sellmanns Beisein gesagt hatte, war er als Kind sogar zusammengezuckt, wenn ihn jemand überraschend streichelte. Kein Haustier also. Was dann?

»Ich denke darüber nach«, sagte Sellmann, ohne den Schatten aus dem Auge zu lassen, »ob man mir nicht eines Tages das gleiche Angebot von der anderen Seite machen wird.«

Lustig sah Sellmann eine Weile stumm an. »Etwas Besseres könnte uns gar nicht passieren, Herr Doktor«, sagte er endlich. »Ich wundere mich, daß es noch nicht geschehen ist.«

»Und was dann?« fragte Sellmann. Aber bevor Lustig antworten konnte, wurde an die Tür geklopft und Frau Kulik trat von der Bibliothek her in den Salon. »Verzeihen Sie«, sagte sie zu Dr. Sellmann, »aber ich muß meinen Vater etwas fragen.« Sie richtete an Lustig einige Worte, bei denen sich der alte Herr plötzlich aufrichtete. Er antwortete leise, aber scharf und endgültig. Sellmann hatte nichts als den Namen des Kammerdieners verstanden. Mit einer zweiten Entschuldigung bei Sellmann ging Frau Kulik wieder hinaus.

»Es tut mir leid«, sagte Lustig, und Sellmann dachte schon, daß dies der Abschied war.

»Nein«, bat Lustig und überlegte einen Augenblick. »Warum soll ich es Ihnen nicht sagen? Wir sprachen schon davon, als ich mit Ihnen in Wörlitz war. Sie erinnern sich?«

Sellmann erinnerte sich.

»Er ist hier«, sagte Lustig. »Aber er hat sein Zimmer verlassen, und nun suchen sie ihn.«

»Vielleicht ist er dort«, sagte Sellmann und zeigte auf die Tür zum Wintergarten.

»Viktor?« fragte Lustig, aber Sellmann brauchte nicht mehr zu antworten, denn in einem der gläsernen Quadrate erschien das Gesicht eines jungen Mannes mit großen Augen und lächelndem Mund. Über seiner Stirn und den Schläfen standen die krausen Haare nach allen Seiten. Er bewegte das Kinn und die Lippen. Er sagte ein Wort, das weder Lustig noch Sellmann verstand.

»Ich lasse ihn wegbringen«, sagte Lustig und griff nach der Glocke.

»Bitte, nicht meinetwegen.«

Lustigs Lider flatterten, als er den Versuch machte, Sellmann in die Augen zu sehen. Sellmann nahm es für eine Aufforderung. Er öffnete die Tür. Noch immer sagte Viktor das lautlose Wort. Sellmann las es ihm von den Lippen: »Geburtstag.«

»Komm herein«, sagte Lustig. »Setz dich zu uns!«

Viktor machte einige Schritte in den Salon und blieb neben dem Tisch stehen. Er trug einen weißen Pyjama und Lederpantoffeln. In den Händen hielt er ein paar blühende Zweige, die er im Wintergarten abgerissen hatte.

»Das ist mein Sohn«, sagte Lustig, »und das ist Doktor Sellmann.«

»Ich freue mich«, sagte Viktor leise.

Sellmann verbeugte sich.

»Ich freue mich«, wiederholte Viktor. »Leider kann ich Ihnen nicht die Hand geben. Ich habe Blumen gepflückt.« Er lachte, als sei ihm plötzlich etwas sehr Kurioses eingefallen. »Ich habe nämlich heute Geburtstag«, sagte er.

»Morgen«, verbesserte Lustig.

»Erst morgen?« fragte Viktor und setzte sich auf einen Stuhl. Er senkte den Kopf, runzelte die Stirn und verzog den Mund wie ein Kind, das sich anstrengt, traurig zu sein. Es gelang ihm nicht. Er blickte zu Sellmann und fragte: »Ich darf mich doch aber heute schon freuen, oder?«

»Ganz gewiß«, sagte Sellmann.

»Möchten Sie wissen, wie alt ich werde?«

»Ja«, sagte Sellmann.

Viktor legte die Zweige auf den Tisch, stützte das Kinn in die Hände und dachte nach. »Sag du's!« bat er Lustig nach einer Weile.

»Fünfunddreißig«, sagte sein Vater.

»Ist das sehr alt?« fragte Viktor und sah wieder Sellmann an.

Sellmann konnte nicht sprechen. Er hatte einen Kloß im Hals. Er fürchtete sich davor, ihn herunterzuschlucken, weil ihm dann die Tränen kommen müßten. Er schüttelte den Kopf.

»Sie sind sehr freundlich«, sagte Viktor. »Würden Sie, bitte, einen Moment Ihre Brille abnehmen?«

Ohne Lustigs Einspruch zu beachten, nahm Sellmann die Brille ab, klappte die Bügel gegen die Gläser und steckte sie in die Brusttasche. Viktor trat zu ihm und blickte ihm in die Augen. Sellmann blinzelte, bis er sich an die Unschärfe gewöhnt hatte. Danach sah er, äußerlich ruhig, aber im Herzen erschreckt und aufgewühlt, in Viktors blasses Gesicht.

»Herr Doktor«, glaubte er zu hören und wußte nicht, ob Viktor es laut gesprochen oder nur die Lippen bewegt hatte, »ich freue mich, daß mein Vater solche Freunde hat. Freuen Sie sich auch?«

»Ja, Viktor«, wollte er antworten, aber hinter Viktors Schulter erschien auf einmal der Kopf des Kammerdieners, und Viktor drehte sich um.

»Herr Rohlik«, hörte er Viktor rufen. »Wie schön, daß wir uns wiedersehen!«

»Ich möchte Ihnen Ihr Zimmer zeigen«, mahnte Rohlik.

»Ich komme«, sagte Viktor. »Aber nehmen Sie die Blumen mit!« Er wandte sich wieder zu Sellmann, der noch immer ohne Brille am Rande des Teppichs stand.

»Wollen Sie mir gratulieren?« fragte Viktor.

Sellmann gab ihm die Hand. »Ich wünsche Ihnen Glück«, sagte er. »Ich freue mich, daß ich Sie gesehen habe. Sie sind –« Er suchte nach dem richtigen Wort. »– ein Engel«, sagte er dann. Er wußte sofort, daß er so etwas noch zu niemandem gesagt hatte, nicht einmal zu Betty, und war erstaunt, daß er sich nicht schämte.

Als Viktor und Rohlik aus dem Zimmer gegangen waren, langte er die Brille heraus, putzte sie und setzte sie auf die Nase. Er konnte sich jetzt nicht verabschieden, doch wollte er Lustigs Aufforderung zum Bleiben abwarten, ehe er wieder Platz nahm.

»Ich danke Ihnen«, sagte Lustig nach einer Pause und zeigte mit der Linken auf einen Sessel. Er öffnete den Mund, als wollte er etwas hinzufügen, aber es reichte nur zu einem beinahe verlegenen Lächeln, und seine Lider flatterten, wie zuvor.

»Oder möchten Sie lieber gehen?« fragte er.

»Nein«, sagte Sellmann.

»Ich kann jetzt nicht wieder davon anfangen . . .« sagte Lustig. »Verschieben wir es auf ein andermal.«

»Das ist nicht nötig«, sagte Sellmann und nickte, als Lustig ihn ansah.

»Sie wollen's nicht in Ruhe überdenken?«

»Ich bin ganz ruhig«, sagte Sellmann, »und, wenn Sie wünschen, auch ganz Ohr. Sie sprachen vorhin von zweierlei.«

»Nein«, wehrte Lustig ab, »dazu reicht es heute nicht mehr. Aber etwas anderes wollte ich Ihnen sagen. Ich hörte davon – Sie müssen entschuldigen: Ich weiß alles –, daß Sie ein Hausmädchen suchen. Ist es so? Nun, ich habe Rohlik den Auftrag

gegeben, sich darum zu kümmern. Wäre es Ihnen recht, wenn
zwei oder drei Kandidatinnen am Samstag sich bei Ihnen vor-
stellten? Ich glaube, Ihre Frau würde sich freuen, wenn Sie sie
mit einer neuen Hanka überraschten. Für Zuverlässigkeit bürgt
Rohlik. Er will seine Hand ins Feuer legen, sagt er. Ihr Wohl,
Herr Doktor!«

9 Heinrich, der Wagen bricht

Wenn Sophie sich später an den Winter nach ihrer Rückkehr
aus Binz erinnern sollte, besann sie sich nur auf die zwölf Dekli-
nationsmuster, die ihr Professor Vavra eingetrichtert hatte. Es
war eine Zeit, von der sie nur wußte, daß es sie gegeben haben
mußte, weil keine Zeit sich überspringen ließ. Die Tage gingen
vorüber, ohne sie mitzunehmen. Sie blieb bei sich selber stehen.
Die Sonne stieg herauf, der Mond kam ihr entgegen, die Straße,
wo sie wohnte, hatte einen Namen, doch die Erinnerung war
ohne Rückseite. Ein Wetterleuchten im Riesengebirge, ein Pick-
nick an der Berounka, ein zerrissener Strumpfhalter in der Straßenbahn, ein Arm in Gips, und Grippe.
Professor Vavra war vor Jahren wissenschaftlicher Berater der
Tristan-Inszenierung am Nationaltheater gewesen, hatte sich
dabei in Fräulein Kalman verliebt und hatte ihr den ersten Teil
seiner noch ungedruckten Übersetzung der ›Edda‹ vorgetragen.
War die Lesung beendet, blieb er noch eine Viertelstunde auf
dem Sofa sitzen, kratzte sich hinter den Ohren, sprang plötzlich
um den Tisch herum, als wollte er sich Fräulein Kalman zu
Füßen werfen, trat aber nur ans Fenster und blickte auf den
Kohlenmarkt hinunter. »Dort hat Mozart gewohnt«, sagte er
leise und ging. Doch im Gegensatz zu dem Direktor der Königshofer Zementwerke, auf dessen Pferd Fräulein Kalman
hatte ausreiten dürfen, war Vavra ihr auch nach dem Unfall
treu geblieben. Allerdings bekam seine Zuneigung etwas von
der Melancholie eines Witwers, und gelegentlich nahm er sich
deswegen selbst auf den Arm.
Als Sophie Fräulein Kalman erklärte, daß sie mit ihrem Kau-

derwelsch Schluß machen und richtiges Tschechisch lernen wollte, wurde er ganz selbstverständlich ihr Lehrer. Ohne sich um Sophies Protest zu kümmern, redete er von Anfang an Tschechisch mit ihr. Nur für die Wortarten gebrauchte er die lateinischen Bezeichnungen. Manchmal glaubte sie, er spräche eine andere Sprache als Jarmila. ›Fenster‹ hieß nicht, wie sie angenommen hatte, ›wokno‹ sondern ›okno‹ und ›Milch‹ nicht ›mliko‹ sondern ›mléko‹, doch das waren Kleinigkeiten. Was sie dagegen überraschte, war das Förmliche der Redefiguren und ihrer Melodie. Sie hatte sich Mühe gegeben, ihrer Freundin das flotte Anheben der Satzenden abzulauschen, den fast vorwurfsvoll intonierten und lang ausgehaltenen Vokal, als meinte Jarmila, obwohl sie etwas anderes sagte: Was kann ich denn dafür? Ist das etwa mein Fehler? Auch in den Cafés kam es ihr mitunter so vor, als wären die Leute hauptsächlich damit beschäftigt, sich gegen alte Anschuldigungen zu wehren und neue auszudenken. Sie schienen nur deswegen einen Mokka bestellt zu haben, um dem Nachbarn endlich die Wahrheit zu sagen, natürlich nicht die ganze und schon gar nicht ins Gesicht, sondern mit Hilfe einer vertrackten, weil immer auf die eigene Unschuld bezogenen Wendung, und Sophie nahm diese ständige Bitte um Freispruch, ohne daß es einen Kläger, geschweige denn einen Richter gegeben hätte, für das Wesen tschechischer Konversation. Nur eines gab ihr zu denken: Während man sich in ihrer Heimat nach so vielen Heftigkeiten an die Kehle oder in die Haare gegangen wäre, lehnten sich die Prager plötzlich zurück, lachten, riefen nach dem Ober, bestellten den dritten, vierten, fünften Kaffee mit Wasser und saßen am nächsten Tag wieder beisammen, die Handschuhe im Hut und die Morgenblätter auf dem Knie.

Bei Professor Vavra hieß es umlernen. Er war kein Städter der ›zweiten Generation‹. Seit nahezu einem Jahrhundert hielten die Vavras Prager Lehrstühle, Verwaltungsposten oder Pfarrämter besetzt, und um sie nicht zu verwechseln, hatte ihnen die Familie bestimmte Zunamen vorangestellt. So hieß Professor Vavras Großvater, der frühere Chef der chirurgischen Klinik, der ›blutige‹, sein Vater, Professor für Kirchengeschichte, der ›fromme‹, sein Bruder, der Ordinarius für klassische Philologie, der ›römische‹ Vavra, und sogar einen ›dummen‹ hatte es gegeben, der unmittelbar vor Ausbruch des Krieges als Oberst in den Ruhestand versetzt worden war; ›dumm‹ nicht deswegen, weil er beschränkt gewesen wäre, sondern weil er freiwillig die Karriere eines österreichischen Offiziers angetreten hatte. Sophies Lehrer, der Edda-Übersetzer, trug den Beinamen ›severský‹, der ›nordische‹ Vavra.

An der einzigen freien Wand seines Arbeitszimmers, um eine Radierung Munchs herum, hingen die Porträts der tschechischen ›Erwecker‹, die Fotografien Strindbergs, Björnsons, Ibsens und des Historikers Pekař. Ansonsten gab es in Vavras Wohnung, außer einigen einfachen Möbeln, nur Bücher und ein Klavier. Als Sophie ihm eines Tages Blumen mitbrachte, mußte der Professor sie in die Teekanne stellen, denn eine Vase, wie er zu seiner Verwunderung bemerkte, besaß er nicht.

Sophie hatte bei ihrem Vater erreicht, daß sie drei Wochenstunden nehmen durfte, und der ›nordische‹ Professor, der ihr anfangs wegen der doppelten Sicherung seiner Knickerbocker – durch Hosenträger und Gürtel – lächerlich vorgekommen war, erwies sich, je länger sie ihn besuchte und je besser sie ihn verstand, als gar nicht so altmodisch und zerstreut. Glück oder Unglück waren ihm kein Wert ›an und für sich‹. Er hatte sein Leben, wie er ihr einmal sagte, ›nur anders organisiert‹.

Vavra lehrte Sophie das schöne, das ›griechische‹ Tschechisch mit der durch die ständige Betonung der ersten Wortsilbe angelegten Neigung zu den Versfüßen der alten Epen. Aus dem Stegreif übersetzte er, wenn auch langsam und mit Pausen, die Rede Odysseus’ an Nausikaa – »Ich flehe dich an, seist du nun eine Göttin oder ein Mädchen!« –, und obwohl Sophie nur das wenigste verstand, zog er sie mit seiner weichen, skandierenden Stimme in seinen Bann, und sie saß auf ihrem Holzstuhl, ohne sich zu rühren. Was sie nicht hinderte, Eltern und Geschwistern am gleichen Abend eine Vorstellung zu geben, zu der sie sich, aus Heinrichs Beständen, einen Gürtel um die Taille und Hosenträger über die Schultern hängte. »Scheene Kenigin!« rief sie und setzte eine imaginäre Brille auf die Nase. »Královná Nausikaa, ieberscheene! Mich hat ein Dämon an dieses Ufer geschmissen! Nur einen Zweig kann ich mir vor die Lenden halten ...«

»Sophie!« mahnte Frau Sellmann.

»Schenk mir ein Leintuch, Gettin, hohe Waschfrau, daß ich meine Bleeße bedecke!«

Katharina lachte Tränen, selbst Christine verzog den Mund, und Dr. Sellmann sagte trocken: »Für Unterhaltung scheint jedenfalls gesorgt.«

Lag sie aber dann im Bett und hörte von nebenan noch immer Katharinas Gekicher, war ihr nicht wohl bei dem Gedanken, Professor Vavra am nächsten oder übernächsten Tag in die Augen sehen zu müssen. Eigentlich bin ich gemein, sagte sie sich, und wenn sie Christines flache Atemzüge hörte, stand sie auf, trat hinter den Fenstervorhang, blickte in den verschneiten Park und sagte es laut: »Ich bin gemein.« Sie begriff selber nicht, wie sie einen Menschen zu gleicher Zeit so verehren und veralbern konnte. Die Lust, über Vavra zu lachen, kam sie schon an, wenn sie mit dem Lift von seiner Wohnung im fünften Stock ins Parterre hinunterfuhr. Sie sah ihr Gesicht im Spiegel, runzelte die Stirn und stülpte die Lippen vor, als wollte sie nur eine stumme Probe machen, doch spätestens im Mezzanin hatte sie auch die Schultern hochgezogen und knurrte: »Dies ist der Augenblick, wo alles über Zeit und Ort hinauswächst, wo die Wolken sich teilen, wo sichtbar wird, ob...« Zu mehr langte es nicht, denn der Fahrstuhl hielt, und die Parodie auf den ›nordischen‹ Vavra verwandelte sich in eine schlanke, hochgewachsene junge Dame, die jetzt nur die Unterlippe zwischen die Zähne nahm, um beim Öffnen des Gitters nicht herauszuplatzen. Und wenn sie den Lift in umgekehrter Richtung benutzte? Ahnte sie im Spiegel hinter den eigenen Augen nicht schon Vavras freundlichen Seelöwenblick? Hörte sie ihn nicht schon sagen: Geruhen Sie bitte einzutreten, Fräulein Sophie? Und wenn sie manchmal über den schwankenden Gebrauch der vollendeten und unvollendeten Verben, über die Bildung des Gerundiums oder die Beugung der Hauptwörter vor Wut weinte, genügte dann nicht ein Satz dieses Herrn mit den doppeltgesicherten Hosen, um sie wieder aufzumuntern?

»Ich möchte, daß er mich mal dabei erwischt«, sagte Sophie zu ihrer Gesangslehrerin.

»Wieso?«

»Damit er sieht, was ich für ein Ekel bin.«

Die Kalman beugte sich beim Lachen so weit vor, daß die Schlüssel, die sie an einem Bindfaden um den Hals trug, gegeneinanderklingelten.

»Der Jaro ist ein Depp«, sagte sie. »Er weiß nicht, daß wir ihn lieben. Er brauchte nur mit den Fingern zu schnipsen, und wir würden ihm aus der Hand fressen.«

»So ist es nicht«, widersprach Sophie und wurde rot.

»Doch, so ist es«, behauptete die Kalman und legte sich im Sessel zurück, damit die Schlüssel zwischen ihren Brüsten zur Ruhe kamen. »Aber es ist auch nicht zu ändern«, fuhr sie fort. »Als ich ihn kennenlernte, war er noch ganz saftig. Aber diese Edda, mit der er wahrscheinlich nie zu Ende kommt, saugt ihm das Mark aus den Knochen. In ein paar Jahren, das sage ich dir, mein Kind, ist er nur noch eine Bohnenstange mit einem Kopf darauf. Was soll man dann mit solchem Mann? Zu was ist er noch wert? Zum Wäschetrocknen. Zu weiter nichts. Ich kenne diesen Typ. Wenn er mal über sechzig ist, denkst du bei jedem Nieser, daß er stirbt. Nein. Für das Alter genügt ein reicher, kleiner Dicker, der zuhören kann und nicht nur über seine eigenen Witze lacht. Du aber, du brauchst etwas anderes. Was willst du mit einem Mann, der sommers wie winters lange Unterhosen und Schnürstiefel bis zu den Waden trägt?«

»Ich will ihn doch aber gar nicht!« rief Sophie und mußte lachen.

»Alle wollen ihn«, sagte die Kalman. »Ich hatte letzte Woche hier die Schubertová vom Ballett. Zufällig schaut auch der Vavra herein. ›Was für ein Mann!‹ schreit sie, wie er wieder weg ist, und macht Augen, als wollte sie gleich hinter ihm her. ›Aber nicht für dich‹, sag' ich. Dabei ist sie sechsundzwanzig und muß nach jeder Vorstellung die Kerle mit dem Regenschirm von ihrer Garderobe wegjagen!« Die Kalman seufzte. »Alle wollen sie ihn mir wegnehmen.«

»Aber ich doch nicht!« protestierte Sophie.

Die Kalman strich sich mit den Fingerkuppen die Löckchen aus der Stirn. »Du bist die gefährlichste von allen!«

Sophie lachte schallend und setzte sich auf den Klavierstuhl.

»Wie gerissen du bist«, sagte die Kalman. »Du fragst mich nicht, weshalb, wieso. Du drehst dich einfach um. Du weißt, was in dir steckt. Dir muß man es nicht sagen. Du läßt dein Pulver schon nicht naß werden, aber du hebst es auf. Richtig so! Aber eins merke dir: Der Vavra gehört mir!« Doch jetzt konnte sie selber nicht weiter vor Lachen und verschwand schlüsselklingelnd in ihrem ›Alkoven‹, um für die Oper ihr Schwarzes überzuziehen.

Die Kalman hatte Freikarten für alle Bühnen, auch für das Varieté in Karlin, doch mit ihr ins Theater zu gehen, war kein reines Vergnügen. Ihre Schlüssel steckte sie zwar hinter den Kragen, genierte sich aber nicht, sie nach der Vorstellung hervorzuholen und darauf zu pfeifen. Das wirkte besonders fatal, weil sie ja nicht auf der Galerie, sondern meist in der Nähe der ehemaligen Kaiserloge saß, wo das Publikum bei einem Patzer allenfalls die Zehen verkrampfte. Seit ihrem Unfall begab sie sich mit dem Taxi ins Theater, doch die Fahrer haßten sie. Zum einen wegen der kurzen Strecken, zum anderen, weil die Kalman einfach kein Geld und wenn überhaupt, dann nur Tausender-Scheine bei sich hatte. »Geben Sie ein Stück Papier!« sagte sie in solchen Fällen. »Ich schenk' Ihnen ein Autogramm.« Doch nach einiger Zeit passierte es, daß die Chauffeure, wenn Fräulein Kalman in der Haustür erschien, lieber aufs Gaspedal traten und davonbrausten, als sich im abendlichen Verkehr einen halben Kilometer weit bis an die Rampe des Nationaltheaters zu quälen, wo die nachdrängenden Wagen hupten, die Polizisten schimpften und der Fahrgast nicht zahlen wollte. Seit Sophie bei ihr Unterricht nahm, durfte sie statt des Portiersohns ein Taxi rufen und sich als Geisel neben den Fahrer setzen.

War der Abend schwül, wie es im Kessel der Neustadt besonders im Herbst häufig vorkam, zog die Kalman, sobald sie im Theater Platz genommen hatte, die Schuhe aus, schob sie unter den Sitz und stellte sich während der Pause in Strümpfen auf den Marmor des Foyers, ohne daß es jemandem aufgefallen wäre. Sie wickelte ein selbstgeschmiertes Brötchen aus dem Pergamentpapier und redete – im tschechischen Theater deutsch, im deutschen tschechisch – mit vollem Mund über die ›mizerná inszenace‹ oder die ›miserable Inszenierung‹. Als sie am Steh-

büfett des Nationaltheaters einmal die Fehler der Libussa nachzusingen versuchte, wurde ihr eine Serviette an den Kopf geworfen. »So ist das, meine Liebe«, sagte sie ungerührt zu Sophie. »Wenn Orpheus singt, wandern die Zypressen heran, um
ihm Schatten zu spenden. Aber diese Patrioten hier haben nicht
einmal saubere Taschentücher.«
Nein, ein reines Vergnügen war es nicht, und doch wäre Sophie,
vor die Wahl gestellt, den Abend mit ihren Schwestern oder
mit ihrer Lehrerin zu verbringen, allemal mit der Kalman in
die Oper gegangen. Denn die rote Katharina, die noch das deutsche Lyzeum besuchte, bot ständig Lösungen für Probleme an,
die niemanden juckten, und auf die blonde Christine schien zu
passen, was die Kalman unlängst über eine englische Soprani-
stin gesagt hatte: »Ihr schläft der Kopf ein, wie unsereinem der
Fuß.« Christine langweilte sich und machte, wie es sich für eine
junge Dame gehörte, ein Rätsel daraus. Sie sprach gern in halben
Sätzen, brach plötzlich mitten im Wort ab und lächelte verlegen. Katharina, immer mit einem schweren Vorschlaghammer
zu Nüssen unterwegs, die sich nicht knacken ließen, empfahl
Sophie: »Wir sperren sie mit ein paar Spinnen oder Mäusen so
lange ins Klosett, bis sie auspackt.«
»Was willst du denn von ihr erfahren?« fragte Sophie.
»Warum Sie auf einmal so anders ist«, sagte Katharina.
»Laß sie doch«, sagte Sophie.
Katharina runzelte die Stirn und schob die Lippen vor, daß ihre
Nase wie ein runder Karaffenpfropf zwischen Mund und Augen
zu sitzen kam. »Bei Weibern in ihrem Alter«, sagte sie, »kann
nur ein Kerl dahinterstecken.«
»Frag sie doch einfach!«
»Nein«, sagte Katharina. »So weit erniedrige ich mich nicht!«
»Oder sprich mal mit Karol darüber!«
Katharina versuchte, Stirn und Kinn noch stärker gegeneinan-
der zu drücken. Sie wollte ihren Ekel zeigen, aber dafür war in
dem kleinen Gesicht kein Platz mehr. Wären sie nicht in Sophies Zimmer gewesen, sondern auf der Straße, sie hätte ausge-
spuckt. »Du bist auch nicht besser«, fauchte sie. »Du bist genau so ein Scheusal.« Und damit rannte sie hinaus.
Katharina war von den drei Schwestern die einzige, die einen

wirklichen Freund hatte. Allerdings kannte sie nur seinen Vornamen und wußte nicht einmal, ob er blond oder schwarz war. Ihre Geschichtslehrerin hatte sie Anfang des Schuljahres gefragt, ob sie in einem historischen Klub mitarbeiten wollte, an dem sich auch Schüler des Stephan-Gymnasiums beteiligten. Frau Sellmann hatte abgelehnt, weil sie Heinrich nicht dem Dienstmädchen überlassen wollte und weil sie fand, daß Katharina zu jung war, um sich mit fremden Buben, noch dazu in einer Privatwohnung, zu treffen. Sie konnte aber nicht verhindern, daß sich einer der angehenden Historiker telefonisch bei ihrer Tochter meldete. Er hieß Karol und verabredete mit Katharina, sie über die Arbeit des Klubs auf dem laufenden zu halten. Nein, daran hatte auch Frau Sellmann nichts auszusetzen. Der Klub schlief im November wieder ein, doch Karols Telefonate hörten deswegen nicht auf. Die Gespräche mit ihm hatten etwas Geheimnisvolles, denn Karol hielt es für überflüssig, sich mit vollem Namen vorzustellen. »Wir lassen alles Persönliche beiseite«, hatte er gleich beim zweiten Anruf gesagt. »Ich will nicht wissen, wo Sie wohnen, oder wer Ihre Eltern sind. Ich möchte nur hin und wieder mit Ihnen sprechen, um sicher zu sein, daß ich auf dem richtigen Wege bin.« Das war Musik, und Katharinas Ohren wurden heiß. »Wie denken Sie, zum Beispiel, über die Schlacht am Weißen Berg? War es wirklich, wie man uns heute erzählt, ein Kampf der Tschechen gegen die Deutschen?«

»Das glaube ich nicht«, antwortete Katharina. »Die tschechischen Truppen kommandierte Christian von Anhalt, mein Landsmann.« Sie hörte Karol am anderen Ende der Leitung herzhaft lachen.

»Gut«, sagte er. »Sehr gut. Aber so einfach ist es nicht. Ihr Herr Christian hat auch in Frankreich gekämpft. Wird eine Armee denn gleich deswegen deutsch, weil ihr General ein Deutscher ist?«

Manchmal schrillte das Telefon noch um zehn Uhr in der Nacht.

»Wie hieß der Hafen in Ägypten, wo Ludwig IX. von den Sarazenen gefangengenommen wurde?« fragte Karol.

»Damiette«, antwortete Katharina, schon im Nachthemd.

»Danke«, sagte Karol. »Ich wollte das nur überprüfen. Gute Nacht.« Und legte auf.

»Wenn das so weitergeht«, sagte Sellmann, »muß ich dir einen Anschluß in dein Zimmer legen lassen, damit er dich auch im Schlaf fragen kann, wann Napoleon geboren wurde.«

»Mit solchem Krimskrams geben wir uns nicht ab«, sagte Katharina unwirsch, zog ihr Nachthemd bis zu den Knien und lief auf bloßen Füßen und mit wippenden roten Haaren durch den langen Korridor in ihr Zimmer. Einmal, um ihn hereinzulegen, fragte sie Karol, welches die ungarische Hauptstadt im sechzehnten Jahrhundert gewesen sei.

»Preßburg«, antwortete er sofort.

»Woher wissen Sie das?« fragte sie überrascht.

Es gab eine Pause.

»Ich bin aus Preßburg«, sagte Karol, und Katharina hütete sich, weiterzufragen.

Da sie ihn nie zu Gesicht bekam, erfand sie sich zu seiner Stimme die Figur des Musterschülers, wie sie sie aus dem Freundeskreis ihres Bruders kannte. Doch schon nach ein paar Tagen nahm sie ihm die Brille wieder ab, kämmte ihm den Scheitel weg, band ihm den Schlips vom Hemd, knöpfte seinen Kragen auf, wischte die Pickel von der Stirn und ließ ihn mit langen Beinen, breiten Schultern und kantigem Kinn durch ihre Träume wandern. Nun hatte er dunkles wolliges Haar, blaue Augen, weiße Zähne und einen weichen Mund, und ihre Phantasie, obwohl sie nicht einmal Sophie etwas davon verriet, war so stark, daß sie sich einbildete, ihre Schwestern beneideten sie um Karol.

Es war viel schlimmer. Die Schwestern glaubten nämlich, daß alle Namen und Zahlen, die Karol und Katharina sich durchs Telefon sagten, weiter nichts als chiffrierte Nachrichten seien. Was sollte ›Schlacht am Weißen Berge‹ anderes bedeuten, als daß man sich beim Schloß ›Stern‹ traf, eben an der Stelle, wo Tilly den Winterkönig besiegt hatte? Was hatte das Gerede von dem verrückten Kaiser Rudolf für einen Sinn, wenn dahinter nicht ein Rendezvous am ›Rudolfinum‹ steckte? Voller Mißtrauen gegen sich selbst traute eine der anderen alles zu. Die Blonde vermutete eine Liebschaft zwischen der Schwarzen und

Vavra, und zwar gerade wegen ihrer Parodien auf den Professor. Sophie kann ihr Verhältnis gar nicht raffinierter verstekken, als indem sie ihn verhohnepiepelt, dachte sie. Hat sie ihm in der vorigen Woche nicht sogar Rosen mitgenommen? Unglaublich, einem alten Mann derart schamlos nachzulaufen! Andererseits hatte Sophie es sich in den Kopf gesetzt, daß Christines Langeweile reine Heuchelei war, und um dem Geheimnis endlich auf den Grund zu kommen, verfolgte sie die Blonde eine bei Vavra geschwänzte Stunde lang. Christine stieg, wie erwartet, am Graben aus, ging in eine Passage, betrat ein Café und kam nicht wieder heraus. Nachdem Sophie zehn Minuten vor der Auslage eines Handschuhgeschäfts gefroren hatte, trat sie in das Café und schaute sich um. Christine war verschwunden, was Sophie schon für einen halben Beweis nahm. Dann entdeckte sie einen zweiten Ausgang in der Nähe der Durchreiche und benutzte ihn. Hätte sie sich nicht sofort hinter die riesige hölzerne Speisekarte eines Restaurants gestellt, sie wäre unfehlbar mit Christine zusammengestoßen. Die Blonde blieb keine drei Meter von ihr entfernt stehen, klappte ihre Handtasche auf und blickte hinein. Sie schaut in den Spiegel, wußte Sophie. Es ist besser, ich bücke mich und knöpfe die Schuhschnalle ab, damit ich, wenn sie mich sieht, einen Grund habe, hier zu stehen. Als sie wieder aufblickte, schien Christine wie vom Erdboden verschluckt. Wohin jetzt? Daß sie in Richtung Jungmannplatz gegangen war, glaubte Sophie nicht. Sie hätte mit ihren leichten Schuhen den matschigen Weg am Franziskaner-Kloster vorbei nehmen müssen. Blieben die Passagen über die Wasser- und die Stefansgasse bis hoch zur Krakauer.

Sie merkte, daß es nicht leicht war, überallhin zu sehen, ohne selber gesehen zu werden. Durch die Glasdächer an den Kreuzungen fiel ein Winterlicht, das sich oberhalb der Schaufenster mit dem Schein der Kandelaber und mit den bunten Birnen um die Anschläge der Kinos vermischte. Die Läden und die Tagesbars waren erleuchtete Grotten, vor denen die Fischzüge der Kommis und Kostgänger, der Boten und Fechtbrüder, der Soldaten und Seminaristen, der slowakischen Gewürzweiber und der geschminkten Mädchen ineinanderschwammen, gelegentlich sich verwirbelten, aber rasch wieder weiterzogen, als wäre man vor den böhmischen Granaten eines Juweliers nur einem Irrtum aufgesessen, der durch schnelleren Schritt wieder wettgemacht werden müßte. An einigen Stellen führten Stufen in den Untergrund, und wurde die Portiere zwischen den glänzenden Geländern beiseitegerissen, sah Sophie in die Garderobe eines Keller-Lokals oder in die Gesichter von Leuten, denen die Nacht sechs Stunden zu spät anfing. Das alles war ihr keineswegs neu, doch zum erstenmal suchte sie hier jemanden, wenn auch mit dem Wunsch, nicht mit ihm zusammenzutreffen, und sie mußte sich sagen, daß Christine eigentlich in jeder Tür, hinter jedem Fenster und jedem Vorhang verschwunden sein konnte. Plötzlich wurden ihr die Hände kalt, und die Verfolgerin verwandelte sich in den rettenden Engel: Was denn, wenn Christine nicht wieder auftauchte, nicht nur jetzt, sondern auch heute abend und morgen und übermorgen nicht? Wenn sie irgendeinem Lackaffen, Windhund, Strizzi oder Zuhälter aufgesessen war und schon, wenn auch wahrscheinlich nicht tot, doch sicher gebunden, geknebelt und die Nase an einem Maschendrahtloch, in einer Kiste lag, mit Frachtpost-Lieferschein nach Kairo, Tunis oder Tetuan? Sophie hätte am liebsten geheult, aber unter so vielen Menschen ging das nicht an. So wollte sie wenigstens beten. Sie steckte die Handschuhe ineinander und suchte unter den Nothelfern nach dem geeigneten. Da sie keinen für Mädchenraub zuständigen fand, rief sie alle vierzehn zugleich an und koppelte ihre Bitte mit einem Versprechen. Darüber mußte sie allerdings nachdenken. Der Vorsatz sollte dem Gewicht ihres Wunsches angepaßt, gleichzeitig aber haltbar sein. Sie beschloß, falls sie Christine im Laufe der nächsten vierundzwanzig Stunden wiedersehen sollte, ihr als Buße die Wahrheit zu sagen.

Die Blonde stand an der Ecke Wenzelsplatz-Krakauergasse gegenüber dem Restaurant Schramota und vertrat sich die Füße, als ob sie auf jemanden wartete. Sophie fühlte, wie sich ihre Hände wieder erwärmten.

»Ich laufe dir die ganze Zeit hinterher«, sagte sie.

»Das weiß ich«, sagte Christine trocken.

»Ich habe dich richtig verfolgt«, sagte Sophie.

»Ich bin nicht blind«, sagte Christine. »Denkst du, ich habe nicht gesehen, wie du dich hinter dieser Speisekarte versteckt hast? Du bist zu dumm für sowas, Fiekchen. Ich warte hier schon eine Viertelstunde auf dich.« Christine spitzte einige Mal den schmalen Mund und zog ihn wieder glatt. Das sah so aus, als wollte sie irgend jemandem Küßchen zuwerfen, doch in Wirklichkeit bewegte sie nur die Lippen, um die Haut nicht aufspringen zu lassen. »Warum machst du sowas?«

»Mein Gott, weil ich neugierig bin«, sagte Sophie.

»Wenn ich dich nochmal dabei erwische . . .«, drohte Christine, sprach den Satz aber nicht zu Ende. Sophie sah ihr mit dunklen Augen ins Gesicht.

»Na, Schwamm drüber«, sagte Christine. »Wir treffen uns beim Abendbrot.«

Ohne sich zu verabschieden, ging sie den Wenzelsplatz hinauf zum Nationalmuseum. Weder an diesem noch an einem anderen Tage wurde zwischen Sophie und Christine wieder davon gesprochen. Obwohl sie im selben Zimmer schliefen und oft wach lagen bis nach Mitternacht. Sie fühlten beide: die Luft war fällig für einen Blitz. Aber der Blitz ließ noch ein Vierteljahr auf sich warten, und als er einschlug, ahnte außer Christine niemand davon. Inzwischen, Ende Februar, wurde Heinrich von Professor Kulik operiert, und alle Streitsachen wanderten solange in den Schrank, gut eingemottet, versteht sich, um sie, wenn ihre Zeit gekommen war, gelüftet und geklopft wieder aufzutragen.

Der Termin für Heinrichs Operation wurde kurzfristig angesetzt. Professor Kulik rief gegen Abend an und teilte mit, ein ›Spender‹ stände zur Verfügung; die Übertragung der Hornhaut könnte am nächsten Morgen vorgenommen werden. Frau Sellmann bat um eine Stunde Bedenkzeit, meldete ein Blitzgespräch nach Berlin an und sprach mit ihrem Mann. Dr. Sellmann stimmte zu.

Heinrich wurde gebadet. Dann ging Frau Sellmann mit ihm in sein Zimmer und sagte ihm, was bevorstand. Eine halbe Stunde später rief sie nach Hanka und ließ einen Schlafsaft bringen. Als Katharina sich eine Weile später an die Tür stellte, hörte sie, wie die Mutter dem Elfjährigen das Märchen vom ›Froschkönig‹ erzählte. Es war, vor Jahren, seine Lieblingsgeschichte gewesen, und besonders hatte er die Stelle gemocht, wo die Königstochter den widerlichen alten Frosch aus dem Bett nahm und mit voller Wucht an die Wand warf. Früher hatte er jedesmal dabei in die Hände geklatscht und mit seinem dünnen Stimmchen gerufen: »Da war er ein Prinz!« Diesen Abend sagte er nichts. »Sie heirateten und wurden glücklich und hatten viele Kinder, und wenn sie nicht gestorben sind, dann leben sie noch heute«, wollte Frau Sellmann die Erzählung schließen.

»Du hast was ausgelassen«, sagte der Blinde.

Katharina hörte, wie sich ihre Mutter die Nase schneuzte. »Gleich«, sagte sie.

»Weinst du?« fragte Heinrich.

»Nein«, sagte Frau Sellmann. Dann sagte sie: »Es kam eine Kutsche, die brachte das junge Paar in das Land des Prinzen, und der Kutscher hieß Heinrich.«

»Bin ich das?« hatte Heinrich, als er klein war, an dieser Stelle gefragt, und Frau Sellmann oder eine der Schwestern hatte geantwortet: »Ja, das bist du.« Jetzt fragte er nicht.

»Der Prinz hörte ein Krachen«, sagte Frau Sellmann, »als wäre ein eiserner Reifen zersprungen. Er rief: Heinrich, der Wagen bricht! Doch der treue Heinrich sagte: Nein, Herr, der Wagen nicht. Es war ein Band von meinem Herzen, das ich getragen mit vielen Schmerzen, als Ihr noch ein Frosch gewesen und am Grunde des Brunnens gesessen.«

Katharina ging auf Zehenspitzen in den Salon, wo Christine und Sophie saßen. »Der Froschkönig«, flüsterte sie, und die Schwestern nickten, als wüßten sie nun Bescheid.

Am nächsten Morgen fuhren Frau Sellmann und Katharina mit Heinrich in die Klinik am Karlsplatz. Heinrich wurde sofort für die Operation vorbereitet.

»Er hat überhaupt nicht geweint«, berichtete Frau Sellmann, als sie wieder zu Hause war. »Er hat den Professor nur gefragt: Kann ich dann auch lesen?«

Zu Mittag tranken sie alle nur eine Bouillon. Als das Telefon klingelte, winkte Frau Sellmann Hanka in die Küche zurück und ging selber an den Apparat. Es war Karol.

»Es tut mir leid«, sagte Frau Sellmann. »Aber wir erwarten

einen dringenden Anruf. Meine Tochter ruft Sie am Nachmittag an.«

»Sie hat gar nicht meine Nummer«, sagte Karol.

»Sagen Sie sie mir«, bat Frau Sellmann und schrieb Karols Anschluß auf den Adressenblock. Die Schwestern hatten Frau Sellmann durch die offene Tür mitangehört. Christine, die genau wie Sophie von der Abmachung wußte, daß immer nur Karol anrufen sollte, zischelte: »Na, nun hast du sie ja endlich.« Aber bevor Katharina eine Antwort eingefallen war, klingelte schon wieder das Telefon. Alle drei ließen ihre Tassen stehen und traten auf den Korridor hinaus. Frau Sellmann, bleich und sprachlos, hielt den Hörer mit beiden Händen, als könnte sie sich an ihm festhalten. Lange schwieg sie, und die Schwestern hörten nur das Schnattern der Membrane. Dann atmete sie tief und fragte: »Wann können wir ihn besuchen?«

»Morgen nachmittag«, sagte Professor Kulik. »Der Verband bleibt aber mindestens noch eine Woche auf dem Auge.«

»Danke«, sagte Frau Sellmann. »Danke, Herr Professor.«

Sie hängte den Hörer ein und setzte sich, wie sie war, auf den Fußboden.

Als das Mädchen, durch die Stille beunruhigt, aus der Küche kam, sah sie etwas Merkwürdiges: die blonde, die schwarze und die rote Tochter saßen um Frau Sellmann herum, mitten auf dem Läufer. Die gnädige Frau weinte, die gnädigen Fräuleins strahlten, und Hanka, obwohl noch nicht volljährig und erst seit fünf Monaten im Haus, wußte schon, was man bei solchen Gelegenheit tat. Man setzte Kaffee auf.

Am nächsten Tag wurden die Damen Sellmann von Professor Kulik empfangen und von ihm persönlich in den dritten Stock zu Heinrichs Zimmer gebracht. Als sie mit dem Fahrstuhl nach oben fuhren, bat Lustigs Schwiegersohn die Damen, möglichst ruhig und zuversichtlich mit dem Jungen zu sprechen und, wenn möglich, nicht alle zugleich. Er meinte das mit einem Blick auf die Mädchen, doch Frau Sellmann, die sich aus irgendeinem Grunde gleichfalls für betroffen hielt, fand seine Bemerkung später »im höchsten Grade überflüssig«. Immerhin ließ er ihr den Vortritt in das abgedunkelte Zimmer. Die Mädchen warteten auf dem Korridor. Frau Sellmann sah vorerst nichts als eine weiße Gestalt, auf die sie unsicher zuging, als fürchte sie zu stolpern. Die Krankenschwester an Heinrichs Bett legte den Finger auf den Mund und sagte: »Spí.« »Er schläft«, flüsterte Professor Kulik und berührte Frau Sellmanns Arm, um wieder mit ihr hinauszugehen.

»Die Schwester ruft Sie, sobald er aufwacht«, erklärte er auf dem Korridor. »Ich muß mich leider empfehlen.«

Sie warteten in der Nähe eines Fensters, von dem man in den Hof der Augenklinik und, über eine Mauer hinweg, in einen zweiten Hof blickte.

Nach einer Stunde durften sie hinein, und nach zehn Minuten mußten sie wieder gehen, weil Heinrich der Schweiß ausbrach. Christine und Sophie blieben in der Stadt, trennten sich aber schon an der Gerstengasse. Frau Sellmann und Katharina fuhren mit der Tram nach Hause, und Sophie holte ihre Freundin Jarmila vom Eurhythmie-Kurs in der Wassergasse ab.

Einen Tag, bevor Heinrich der Verband abgenommen wurde, kam Dr. Sellmann aus Berlin zurück. Er schickte das Gepäck mit Ausnahme seiner Aktentasche vom Masaryk-Bahnhof per Boten nach Bubenetsch und besuchte Heinrich in der Klinik. Von der Böhmischen Landesbank aus telefonierte er mit seiner Frau und kündigte sich zum Abendessen an. Danach begab er sich zu Herrn von Lilienthal, an dessen Seite er eine Viertelstunde später das Haus verließ. Er hatte Nachrichten mitgebracht, von denen beide annahmen, daß sie dem alten Herrn sofort mitgeteilt werden müßten.

Während Sellmann im Lustig-Palais über die Tätigkeit der ›Reichsgruppe Banken‹, die Konsequenzen des Saar-Anschlusses vom Januar und die geheime Vorbereitung eines Verteidigungsgesetzes berichtete, das, aller Voraussicht nach, den Wirtschaftsminister zum Generalbevollmächtigten für die Aufrüstung machen sollte, entdeckte Betty im Kleiderkoffer ihres Mannes einen unbekannten sandfarbenen Anzug, den sie auf den ersten Blick für eine Partei-Uniform hielt. Als Hanka das Jackett auf einen Bügel hängte, sah sie, daß sie sich geirrt hatte. »Ausbirsten, gnä' Frau?« fragte Hanka.

Betty griff in die linke Seitentasche und nahm einen kleinen Parfüm-Flakon heraus.

»Ausbirsten?« fragte Hanka noch einmal.

»Ja, gewiß«, sagte Frau Sellmann, verließ das Zimmer und nahm das Fläschchen mit.

Gegen Abend rief Sellmann aus dem Lustig-Palais an und bat, mit dem Essen nicht auf ihn zu warten. Er wäre etwa gegen neun zu Hause. Frau Sellmann fragte, ob sie ihm ein paar Schritte entgegenkommen sollte.

»Es regnet, mein Schatz«, antwortete er. »Du würdest dich erkälten.«

Sellmann erschien um zehn, müde, aber fröhlich und mit rotem Gesicht. Er küßte Betty und die Mädchen, und alle rochen, daß er getrunken hatte. Statt sich nach Heinrich zu erkundigen, sprach er nur von Lustig. »Er ist ein Genie. Er ist kein Tscheche, sondern ein Europäer. Er sieht, was andere nicht einmal ahnen.«

»Ein Hellseher?« fragte Betty.

»Nein!« rief Sellmann. »Er hat Weitblick, weil er einfach größer ist als wir!« Plötzlich mußte er lachen. »Den besten Burgunder hat er auch. Entschuldigt! Aber der Weg hierher hat nicht gereicht, mich auszulüften. Gleich bin ich wieder brav und ernst und streng.«

»Bleib lieber so«, sagte Sophie, doch ihre Mutter begann schon von Heinrich, und Sellmanns Stirn entwickelte präzis die alten Falten, sein Mund trat grüblerisch hervor und seine Finger strichen, wie immer, wenn er überlegte, die schlaffe Haut vom Kinn an den Kragen zurück.

Als Heinrich anderntags die Binden abgenommen wurden, erkannte er mit seinem linken Auge den Umriß Kuliks in dem weißen Mantel. Zwei Wochen später saß er mit Sophie am Fenster der Klinik und sah in den Garten hinunter, wo die ersten Krokusse blühten.

»Mach auf!« sagte er. »Wir pflücken uns welche.«

»Da müßten wir runtergehen«, sagte Sophie, »und das sollst du noch nicht.«

»Aber können wir sie nicht von hier aus . . .?« fragte er und drückte vorsichtig die Nase gegen die Scheibe.

»Es sind mindestens zehn Meter bis dahin.«

Heinrich tastete nach der Klinke, aber sie ließ sich nicht bewegen. Langsam ging er zu seinem Bett und legte sich drauf. Dann griff er nach dem kleinen Spiegel, den ihm Sophie mitgebracht hatte, und blickte hinein.

»Na, wie gefällst du dir?« fragte Sophie.

»Ich bin so klein«, sagte Heinrich. »Ich dachte, ich bin auch schon so groß wie du. Seid ihr immer in die Knie gegangen, wenn ihr mit mir gesprochen habt? Heute nacht wurde es auf einmal hell im Zimmer, und ich hab die Schwester gerufen. ›Machen Sie bitte das Licht aus!‹ hab ich zu ihr gesagt. ›Das ist der Mond‹, sagte sie, und wollte die Jalousie runterlassen. Aber den mußte ich mir anschauen. Er sah so aus wie eine Käsetorte, und ich hab mir eingebildet, ich kann ihn anfassen. Aber der Mond muß ja noch viel weiter weg sein als die Blumen da unten. Wieviel Kilometer sind es bis zum Mond, Sophie?«

»Ein paar hunderttausend.«

»Ich glaube, wenn sie mir auch das andere Auge operieren, dann sehe ich alles noch viel besser. Was meinst du?«

Anfang April durfte Heinrich sich von Kulik verabschieden. Der Professor war zufrieden, wollte aber die zweite Transplantation nicht vor September ansetzen. Sellmann hatte sich von ihm die Anschrift der Mutter des ›Spenders‹ geben lassen und ihr, ohne sich als Absender zu nennen, einen Betrag überwiesen, der wesentlich über dem lag, was das Begräbnis des jungen Mannes, der bei einem Arbeitsunfall ums Leben gekommen war, gekostet haben konnte. Als er Kulik um seine Liquidation bat, erhielt er den Bescheid, daß Eugen Lustig ersucht hatte, alle mit Heinrichs Aufenthalt in der Klinik verbundenen Auslagen übernehmen zu dürfen; dies gelte auch für die zweite Operation. Doch nahm dieser Tag, an dem er, von der Hochherzigkeit des alten Herrn mehr beschämt als erschüttert nach Hause kam, nicht das heitere und beschauliche Ende, das Sellmann sich gewünscht hatte. Schon beim Mittagessen ahnte er, daß irgend etwas in der Luft lag. Das Gespräch bei Tisch blieb kurz. Es gab Rindsrouladen, die ihm wegen ihrer Senf- und Gurkenfüllung zuwider waren. Der Wein wurde nicht eingegossen, sondern kredenzt, das Brot nicht angeboten, sondern dargereicht. Sophie machte einen Versuch, über einen Opernabend mit der Kalman zu sprechen, und Katharinas Augen leuchteten schon in der Vorfreude auf die unausbleibliche Pointe, aber Frau Sellmann schnitt ihr gleich den Faden ab: »Ich überlege schon lange, ob es sich noch verantworten läßt, daß du mit dieser Dame ins Theater gehst.«

Nur Heinrich merkte nichts und drehte gedankenverloren die blinkende Schneide seines Tafelmessers vor den Augen. Frau Sellmann mußte ihn zweimal bitten, den Dank nach Tisch zu sprechen. Er schrak zusammen, faltete die Hände und betete, ohne den Blick von seinem Messer zu wenden:

> »Dir sei, o Gott, für Speis und Trank
> für alles Gute Lob und Dank.
> Du gabst, du willst auch künftig geben,
> dich preise unser ganzes Leben. Amen.«

Die Mädchen verschwanden, und Betty brachte Heinrich ins Bett. Sellmann setzte sich in den Salon, stellte das Radio an und blätterte, während er auf die deutsche Ausgabe der Spätnachrichten wartete, in einer Zeitung. Er hörte die Nachrichten, füllte mit seinem silbernen Drehbleistift die Felder eines französischen Kreuzworträtsels und trank, während aus dem Lautsprecher das zweite der Rasumowsky-Quartette erklang, die Karaffe leer. Betty ließ sich nicht blicken. Anscheinend war sie schon im Bett. Nun, auch für ihn wurde es Zeit. Den Brief an Frenzel wollte er morgen schreiben.

Als er, schon umgezogen zur Nacht, das Schlafzimmer betrat, lag Betty tatsächlich im Bett, doch die Lampe auf seiner Seite brannte noch.

»Du brauchst nicht so zu schleichen«, sagte sie. »Ich bin wach.«

Der Ausdruck ›Schleichen‹ störte ihn. Er paßte nicht zu dem Ton, in dem sie seit über zwanzig Jahren miteinander verkehrten. Aber Sellmann sagte nichts, beziehungsweise sagte er: »Dann können wir ja noch ein bißchen schwatzen.«

»Ja«, sagte Betty.

Sellmann schlug das Deckbett auf und legte sich so hin, daß er Betty ansah.

»Nicht müde?« fragte er, aber Betty fragte erst nach einer Pause zurück: »Riechst du nichts?«

»Nein«, sagte Sellmann.

»Hast du Schnupfen?«

»Ja, ein bißchen.«

»Dann muß ich es dir wohl zeigen«, sagte Frau Sellmann. Sie griff unter ihr Kopfkissen und wollte etwas hervorlangen, das sie aber nicht gleich fand. Sie setzte sich aufrecht hin und hob das Polster an. In der Falte zwischen dem Keilkissen und der Matratze lag ein kleiner Flakon. Er verschwand in Bettys Faust.

»Gib deine Hand her!« sagte sie.

Sellmann streckte ihr nichtsahnend die rechte Hand hin. Betty schraubte den Verschluß auf und spritzte Sellmann den Rest des Parfüms auf die Finger.

»Riech!« sagte sie.

Sellmann verrieb die Tropfen auf dem Rücken der linken Hand und roch daran. Er hatte wirklich Schnupfen. Trotzdem erkannte er die Mischung aus Bauernflieder und Pfeifentabak. Er hatte den Anzug im Herbst, vor Bettys Rückkehr, in den Schrank gehängt, unter einen Lodenmantel, den er selten trug. Bevor er im Februar nach Berlin fuhr, hatte er die Création Tlapas zuunterst in den Koffer gepackt, um sie im ›Adlon‹ hängen zu lassen. Als er aber gerade dabei war, seine Hotel-Rechnung zu begleichen, öffnete sich die Lift-Tür und eines der Zimmermädchen rannte zur Rezeption, Sellmanns sandfarbenen Anzug über den Arm.

»Hast du mir nichts zu sagen?« fragte Betty.

Sellmann schwieg, roch noch einmal an seiner Hand und lächelte.

»Möchtest du lieber das Licht ausmachen?«

»Ja«, sagte Sellmann, legte die Brille ab und zog an der Schnur seiner Nachttischlampe.

»Wer ist es?« fragte Betty.

»Ich bin es«, sagte Sellmann, und sie fühlte sich plötzlich bei den Schultern genommen.

»Was machst du?«

»Ich freue mich so«, sagte Sellmann.

»Aber ich möchte wissen . . .«

»Später«, sagte Sellmann.

Der Blitz. Es wurde Zeit für den Blitz. Er schlug in Sophies
Nähe ein und doch so weit entfernt, daß sie den Donner erst
Monate später im Café ›Slavia‹ hörte, an der Legionenbrücke,
nachmittags um vier, bei blauem Himmel; der Portier kurbelte
gerade die Markisen herunter, denn die Damen an den Fenstern
betupften ihre Schläfen schon mit Eau de Cologne, die Herren
verzögerten den Aufstieg aus der großen, kühlen, weißgekachelten Toilette im Souterrain oder fächerten sich mit dem oberen
Zeitungsrand zaghaft Frische zu. Es war der erste wirklich
heiße Tag im Jahr, man trug noch eine warme Weste unter
dem hellen Jackett und mochte niemandem eingestehen, die Fe-
derwolken, die nach dem Mittagessen über dem Vitkov-Berg
gezogen waren, falsch taxiert zu haben. Es herrschte Kaiser-
wetter, wie die Preußen sagten, und wieder einmal war man
der Angeschmierte.

Jan Amery, ein schlanker blonder Mann Anfang der Dreißig,
Juniorchef des Glas- und Porzellanhauses ›Amery & Herschel‹,
verließ den Salon Hess mit einem Strohhut in der Hand, den
niemals aufzusetzen er fest entschlossen war. Um die Zeit bis
zu seinem Rendezvous auf irgendeine Weise totzuschlagen, war
er vor zehn Minuten von der Sonnenseite der Nationalstraße
in den Schatten hinübergewechselt und an der Auslage des Hut-
geschäfts stehengeblieben. Amery besaß einen Chapeau claque
für Beerdigungen, eine Schiffermütze zum Segeln, einen Loden-
hut für die Jagd, zwei karierte Schirmmützen zum Chauffieren
und einen weichen Schlapphut aus seinen Wiener Jahren. Jede
dieser Bedeckungen hatte auf seinem drahtigen Haar so ausgesehen, als wäre sie von einem Vorgänger mit wesentlich gerin-
gerem Kopfumfang auf ihn gekommen und müßte in aller Öffentlichkeit eine letzte Probe bestehen, ehe sie endgültig in der
Ablage verschwand. Der Hut von Hess wirkte auf den ersten
Blick wie ein steifes, hellbackenes, geriffeltes Omelett, aus dem
der eigentliche Hutknopf flach, aber nachdrücklich herausstand.
Amery machte sich keine Illusionen. Trotzdem hörte er, während er die gelbe Misere ernst und unbewegt in drei Spiegeln
betrachtete, mit großem Genuß den albernen und unverschäm-

ten Lügen des Verkäufers zu. Als er ihm danach eine Visitenkarte gab, um die Rechnung an die bekannte Adresse schicken
zu lassen, bemerkte er am Munde des Kommis immerhin ein
verlegenes Zucken, das er für einen begrüßenswerten Anflug
von Gewissen nahm. An den Tatsachen änderte es nichts. Er
hatte einen Hut gekauft, den er niemals tragen würde.

Bevor er jedoch die Brenntegasse passierte, begann er die ›Kreis-
säge‹ plötzlich in der Hand zu drehen, hielt sie sogar eine Weile
an das braune Tweed-Jackett mit den grünen Noppen, und ein
Gedanke entwickelte sich, der ihn erheiterte. Seine Schritte wurden lebhafter, ohne daß er jene straffe Haltung aufgegeben
hätte, welche den meisten, die ihn kannten, anmaßend und
kaum jemandem als das erschien, was sie war: die zur beinahe
linkischen Gewohnheit gewordene harte Selbsterziehung eines
jungen Herrn, der von Kindesbeinen an mehr Kraft darauf
hatte verwenden müssen, sich die Welt vom Leibe zu halten,
als sie Tag um Tag, wie's üblich war, auf's neue zu erobern. Er
hatte wenig Freunde, genaugenommen nur zwei, einen Jockey
in Kuchelbad und einen Jagdaufseher in Dubislav im Böhmerwald, und er konnte sich nicht erinnern, mit ihnen jemals über
etwas anderes als Pferde, Waffen oder Winterfütterung gesprochen zu haben. Beide wußten nichts voneinander und wären nie
auf den Gedanken gekommen, ihn nach seinen sonstigen Lieb-
habereien zu fragen. Amerys Beziehungen zu Frauen, nicht gerechnet einen Schülerschwarm, der fast zwei Jahre gedauert
hatte, zeichneten sich vor allem durch Schnelligkeit aus. Ein
Verhältnis, das länger als vier Wochen anhielt, nannte er ›ro-
mantisch‹ und brach es ab. Sein Erfolg beruhte zum großen Teil
darauf, keinen Erfolg zu wollen. Gegenüber Frauen, die ihm
andeuteten, daß ein zweiter Abend genauso ergebnislos verlaufen würde wie der erste, gab er sich nicht enttäuscht, sondern
nachsichtig. Sie mußten mit dem Schock fertigwerden, daß er
ihren Widerstand guthieß. »Sie bringen sich um nichts als eine
traurige Erfahrung«, konnte er sagen, und es klang nicht einmal
blasiert, eher wie ein Generalpardon. Nachträglicher Sinnes-
wandel der Damen fand selten Gnade, es sei denn, er vollzog
sich so prompt und so hemmungslos, daß es geradezu ein Gebot
der Schicklichkeit war, der Überbringerin einer bedingungslo-

sen Kapitulation wenigstens einen Schritt entgegenzugehen. In militärischen Kategorien zu denken, war Amery ohnehin nicht unangenehm. Hätte er einen Bruder gehabt, er selber wäre Offizier geworden. Denn die Aussicht, eines Tages Alleininhaber des größten Prager Glas- und Porzellanhandels zu sein, stimmte ihn gelegentlich melancholisch. Aber noch nie war er auf die Idee gekommen, sich vor dieser Aufgabe zu drücken. ›Amery & Herschel‹ war kein Laden mehr, den man verscherbeln konnte wie eine Tabak-Trafik. Mit vier Schaufenstern am Graben, dreihundert Angestellten, einem Dutzend Lagerhallen und Beteiligungen an den größten Fabriken Nordböhmens, die Tausende von Kristallschleifern, Porzellanmachern, Glasbläsern und Zehntausende von Frauen und Kindern in Heimarbeit beschäftigten, galt ihm ›Amery & Herschel‹ als ein Reich, dessen Herrscher, wie die alten Könige, »immer Wahrer und Mehrer« zu sein hatten, nichts anderes.

Sein Vater, Bohuslav Amery, so wenig er in der Branche Zweifel an den wahren Rechtsverhältnissen aufkommen ließ, wollte in der Öffentlichkeit nicht einmal zugeben, daß ihm das Haus ›gehörte‹. Das Wort mißfiel ihm durch die darin versteckte Knechtseligkeit. Er beließ auch den Namen des vor einem halben Jahrhundert ausgeschiedenen jüdischen Kompagnons im Handelsregister und kannte kein größeres Vergnügen, als wenn ihn ortsfremde Kaufleute für einen der Geschäftsführer von ›Amery & Herschel‹ hielten. Durch die Überbelastung oder die Nachlässigkeit der kaiserlichen Behörden im Kriege hatte sich seine Ernennung zum Geheimrat so lange verzögert, bis Österreich zerfallen war. Es hatte ihn nicht geschmerzt, er war von jeher Republikaner gewesen; aber als ihm später die ›post 1918 parvenues‹ mit ihren populären Gesinnungen und ihren Pariser Manieren auf den Hals rückten, bedauerte er es doch ein wenig, solchen nouveaux riches nichts als den demokratischen ›Kommerzienrat‹ und den bürgerlichen ›Direktor‹ entgegenhalten zu können. Wie einer, der den Schwerpunkt verlagert, indem er das Standbein wechselt, verlegte sich Bohuslav Amery auf die bescheidenen Gewohnheiten seiner Väter und führte seit dem Tode seiner Frau im Jahre 1924 das Leben eines Gerechten. Er schickte seinen Sohn auf die Prager und die Wiener Handelsakademie, ließ ihn auf die Messen des Auslands reisen und betraute ihn mit Aufträgen, deren Erfüllung Einsatz und Entscheidung verlangte. An Jans dreißigstem Geburtstag teilte er mit, daß er ihm in spätestens zwei Jahren die Geschäfte überlassen wolle. Bedingung dafür sei jedoch, daß Jan heirate. Ihm, Bohuslav, wäre jede Frau gleich lieb als Schwiegertochter, vorausgesetzt, sie bekam Kinder und war keine Deutsche.

Jan lächelte und schwenkte im Gehen den neuen Strohhut in der Hand. An der VORŠilskágasse blickte er auf seine Armbanduhr. Es blieb ihm immer noch eine gute Viertelstunde.

Sophie, in einem weißen Leinenkleid mit dunkelblauen, gepunkteten Stulpen und Paspeln, hatte sich im Café ›Slavia‹ an einen Zweiertisch gesetzt, von dem aus sie über den Masaryk-Kai, die Kampa-Insel und die Kleinseite bis hinauf zur Burg blicken konnte, aber auch die Haltestelle der Tram im Auge behielt, an der Jarmila aussteigen sollte. Sie bestellte ›Melange‹. Ein Eiskaffee wäre ihr bei diesem Wetter lieber gewesen, doch die Kalman hatte für den Sommer alles Kalte verboten: »Die Nachtigall, mein Kind, frißt keine Graupeln.« Basta. Sie schob ein Stück Zucker zwischen die Lippen, trank einen Schluck aus der Tasse hinterher und hielt den Würfel auf der Zunge, bis er zerschmolz. Ein bittersüßer Rest blieb an den Zähnen, ein molliger Geschmack von Sahne. Sie nippte rasch an ihrem Wasserglas, um wieder klare Verhältnisse zu schaffen. Jarmila, an ihrer Stelle, hätte jetzt eine Zigarette aus der Tasche gezogen und den Rauch wie einen blauen Ring durch Mund und Nase gedreht. Jarmila würde noch eine Weile auf sich warten lassen. Sie kam nie zur verabredeten Zeit und nannte Sophie eine ›Pruska‹, eine Preußin, für ihre Pünktlichkeit. Dabei gab es gerade heute viel zu bereden, denn Jarmila fuhr am andern Morgen auf die ›Manglsche Klitsche‹ zurück. Man mußte sich einen Grund ausdenken, der Sophies Eltern überzeugte, daß es besser für sie wäre, zu ihrer Freundin aufs Land als mit der Familie nach Wien zu reisen. Erwähnt werden mußte außerdem ein gewisser Sixta, und zwar ganz unverblümt, damit kein dummer Verdacht aufkam. Pavel Sixta war ein Protegé der Kalman, besuchte die Dirigierklasse am Konservatorium, hatte Lieder für Sopran nach Texten von Holan geschrieben und Sophie gebeten, sie zu singen. Herrn Mangls Einverständnis vorausgesetzt, würde er gern an zwei oder drei Nachmittagen auf das Gut hinausfahren, seine Kompositionen vorspielen und, falls sie Sophie gefielen, mit ihr an Ort und Stelle gleich einstudieren. Als Mann war er gewissermaßen unstatthaft, ein Träumer, ein Phantast mit Pusteln auf der Stirn und schiefgetretenen Absätzen an den Füßen. Schönbergs Methode, mit zwölf Tönen zu komponieren, nannte er »den Schlüssel zum Himmelreich«.

Sophie war auf den Schwatz präpariert wie auf eine kleine Prüfung, aber Jarmila kam nicht. Aus Langeweile begann sie ein Spiel, das sie mit ihrer Schwester Katharina erfunden hatte, um die trostlosen Teestunden zu überstehen, bei denen die Sellmann-Mädchen kerzengerade und schweigend auf ihren Stühlen zu sitzen hatten. Es hieß ›Inquisition‹ und seine Regeln waren einfach. Man pickte sich mit den Augen jemanden aus der Runde heraus und stellte ihm in Gedanken eine Frage, auf die der Betreffende dreierlei Antwort geben konnte. Alle Bewegungen, die er nach unten, zum Fußboden hin machte, hießen ›ja‹, alle zur Decke hinauf ›nein‹ und alle zur Seite ›vielleicht‹. Es durfte allerdings nur so gefragt werden, daß eine der drei Antworten möglich war. ›Wann‹, ›warum‹, ›wie‹ und ›wohin‹ schieden aus. Sophie steuerte eine ältere zeitunglesende Dame an, die sie, um sie überhaupt anreden zu können, ›Fräulein Hampel‹ nannte. Doch ›Fräulein Hampel‹ war auf die Dauer zu verstockt und wankelmütig, um ein wirkliches Verhör mit ihr in Gang zu bringen. Sie hielt ihre perlmuttgefaßte Lorgnette an die Nasenspitze und schüttelte, während sie die neuesten Meldungen einschlürfte, nach jedem Absatz den Kopf, was nach den Regeln der ›Inquisition‹ nur ›vielleicht‹ bedeutete, oder sie verschob beim Umblättern die rechte Gesichtshälfte tickhaft zur Seite, was allenfalls den Mund- und Augenwinkel zu einem Dreiviertel-Ja erhob. Auch ein ›Herr Sigismund‹ rückte nicht mit der Sprache heraus. Er gab anfangs noch zu, seine Frau ermordet zu haben, und zwar mit einer Axt, die er bei ›Rott‹ am Kleinen Ring gekauft hatte, aber gleich darauf verstummte er ganz und blickte, statt Sophie zu antworten, seinem Nachbarn regungslos auf die Lippen. Dann such ich mir eben einen auf der Straße, dachte Sophie und sah wieder zur Haltestelle der Tram hinüber. Dort stand jetzt ein Herr, knapp dreißig Jahre alt, die meisten überragend, in braunem Tweed mit grünen Noppen, einen Strohhut in der Linken, die Rechte auf der Reling, wie die Passagiere der Ausflugsdampfer an der Čech-Brücke, wenn sie für das Erinnerungsfoto posierten. Er hatte ein schmales Gesicht und ein festes Kinn; die Farbe seiner Augen konnte sie auf diese Entfernung nicht ausmachen. Es dauerte, einen Namen für ihn zu erfinden. Tamino? Doch der keuchende italienische Tenor vom letzten Freitag fiel ihr ein, wie er vor den Schlangen des Deutschen Theaters über die Bühne gesprungen war. »Leider keine echten«, hat die Kalman geknurrt. Tamino nicht. War er ein Max, ein Rudolf, Eugen, Dalibor, ein Ramses, Walter, Carlos oder Lyonel? Sophie nannte ihn den ›Herrn von Sternberg‹. Ein goldener Achtzack auf blauem Grund, der paßte zu ihm.

Die erste Frage. Sie wollte wissen, ob er verheiratet war, aber sie wollte kein ›Ja‹ zulassen. Erkundigte sie sich zu früh, nähme er vielleicht den aufgestützten rechten Schuh von der untersten Barre. Das wäre doch ein Jammer! Sie wartete, bis er zum steinernen Gespann des Nationaltheaters hinaufsah, fragte zugleich: »Bist du verheiratet, Herr von Sternberg?« und freute sich über das glatte ›Nein‹.

Anscheinend hatte sie nicht in Gedanken, sondern laut gesprochen. Der Kellner, der am Nebentisch kassierte, drehte sich zu ihr und fragte mit den weißen Augenbrauen: ›Zahlen?‹ Sophie schüttelte lächelnd den Kopf.

Der ›Herr von Sternberg‹ wartete auf die Fortsetzung des Verhörs.

»Wie soll die Frau aussehen, die du liebst?« fragte Sophie. »Blond?«

Er hob die Hand an die Krawatte: Nein!

»Schwarz?«

Er ließ sie sinken: Ja!

Nach anderen Farben zu fragen, war danach überflüssig.

»Schlank?«

Der ›Herr von Sternberg‹ legte die Hand aufs Geländer.

»Nicht schlank? Also, dick?«

Er sah einem Bierwagen hinterher, der über den Masaryk-Kai Richtung Podol fuhr. Das hieß: Vielleicht.

Der ›Herr von Sternberg‹ war nicht ganz entschieden. Er wollte eine Frau zwischen dick und dünn. Keine Venus von Kilo, aber auch nicht Haut und Knochen. Eben eine richtige Frau. Sophie verschränkte die Arme und drückte unauffällig die Finger gegen die Muskeln. Die waren so, wie er sich's dachte.

Aber Sophies Fragen wurden dem ›Herrn von Sternberg‹ lästig. Er machte ein paar Schritte auf die Legionenbrücke zu, so daß Sophie sich vorbeugen mußte, wollte sie ihn nicht aus den Augen verlieren. An der Brücke drehte er sich um und sah plötzlich so starr und schnurgerade zu ihr herüber, daß sie sich zurücklehnte. Sie griff nach ihrer Melange und spürte dabei seinen Blick durch den Ärmel hindurch bis auf die Haut. Mit langen Fingern zog sie den Untersatz heran und stellte die leere Tasse ab. Sie hatte sie auf einen Zug ausgetrunken. Als sie wieder auf den Bürgersteig hinübersah, setzte der ›Herr von Sternberg‹ gerade seinen Strohhut auf und ging zur Haltestelle zurück. Der Hut war ein Witz. Sie hätte über ihn gelacht, wenn sie in dieser Sekunde nicht die schnarrenden Bremsen der Tram gehört hätte. In ihrer Kehle schoß jetzt eine Hitze hoch, die nicht vom Kaffee kam. Ihr Schicksal, fühlte sie, stieg in die Tram und ließ sie für ein Hundeleben sitzen. Sie erkannte sein Jackett im Anhänger. Sein Kopf war von einer Lüftungsklappe verdeckt. Der Kondukteur riß an der Leine. Die Bahn ruckte an, kein Auto hielt sie auf, kein Baum fiel um. Die Kontaktrolle drückte gegen das Kabel, und die beiden Wagen fuhren rasch davon.

Aber der ›Herr von Sternberg‹ stand immer noch am Geländer. Nur sah er jetzt auf die Moldau hinunter und hatte die rechte Hand einer blonden Frau um die Hüfte gelegt. Sie war groß, sehr schlank, trug ein weißes Leinenkostüm und bewegte unausgesetzt die hohen gepolsterten Schultern. Entweder lachte sie oder rieb sich an dem braunen Tweedjackett. Als ihr der ›Herr von Sternberg‹ etwas ins Ohr sagte und dabei versuchte, sie zu küssen, knickte sie kokett in der Taille zurück und lehnte sich so weit nach hinten, daß er sie halten mußte. Dann stellte er sich vor ihr auf, in einem Abstand, weit genug, ihn von Kopf bis Fuß anzuschauen. Die Blondine in dem weißen Kostüm stützte den Arm auf die Reling und drehte den Kopf herum. Es war Christine. Sie verzog den Mund, und der ›Herr von Sternberg‹ trat wieder zu ihr. Er sagte etwas und verneigte sich dabei. Christine nahm ihm den Strohhut vom Kopf und warf ihn ins Wasser. Sie sahen ihm beide nach und lachten. Dann hängte sich Christine bei ›Herrn von Sternberg‹ ein und ging mit ihm den Kai hinunter in Richtung auf die Karlsbrücke.

˜Als Jarmila kam, saß Sophie bei einer Portion Eiskaffee. Auf dem Marmortisch lag ein angebrochenes Zigarettenpäckchen.

»Du rauchst?«

»Ja«, sagte sie und gab Jarmila Feuer.

»Ist was passiert?« wollte Jarmila wissen und drehte ihren Ring aus Rauch durch Mund und Nase.

»Was soll passiert sein? Ich hatte auf einmal Appetit.«

»Du sprichst eine Oktave tiefer als gestern.«

»Vielleicht hab ich...« Sophie kam nicht auf das Wort für ›Stimmbruch‹. Jarmila sagte es ihr und bestellte im gleichen Atem eine Limonade.

»Ich lade dich zum Essen ein«, sagte sie. »Ich bin heute abend allein.«

»Heute geht es nicht«, sagte Sophie.

»Na, du bist ja Pfingsten bei uns«, sagte Jarmila. »Ich hab' dir viel zu erzählen.«

»Das ist auch noch nicht sicher«, sagte Sophie.

»Fährst du doch mit deinen Eltern nach Wien?«

»Ich muß, wahrscheinlich.«

Sophie erstickte an den Worten, die sich nicht sagen ließen. Sie hielt lange den Strohhalm im Mund, reichte Jarmila Zigaretten und Streichhölzer, sagte ›bitte‹, ›danke‹, schlug die Beine übereinander und sah auf die Straße.

»Ist er verheiratet?« fragte Jarmila leise.

Sophie schüttelte den Kopf.

»Warum bist du so traurig?«

»Ich bin nicht traurig.«

»Also wer ist es? Ein Tenor, oder ein Dirigent?«

»Woher weißt du das?« fragte Sophie und dachte an Sixtas freundliches Gesicht.

»Sowas gehört zu dir«, sagte Jarmila und errötete vor Begeisterung, endlich auf der richtigen Spur zu sein.

»Ja, sowas gehört zu mir«, sagte Sophie. Sie wollte lächeln, verzog aber nur den Mund. »Er ist noch nicht Dirigent.«

»Aber will es werden?«

»Er studiert am Konservatorium.«

»Herrlich!«

»Was ist denn daran herrlich?« fragte Sophie.

»Spielt er gut Klavier?«

»Sehr gut«, sagte Sophie.

»Spielt er Jazz?«

»Ich weiß nicht. Er schwärmt für Schönberg.«

»Den kenne ich nicht.«

»Er hat auch ein bißchen unreine Haut«, gestand Sophie und merkte, wie ihr allmählich wohler wurde.

»Pickel? Wie alt ist er denn?«

»Zweiundzwanzig.«

»Er steckt noch in der Pubertät!« rief Jarmila. »Da hilft keine Salbe. Willst du meinen Schlüssel?«

»Nein, danke«, sagte Sophie.

»Ich fahre morgen früh aufs Land. Bis Ende der Woche steht das Haus leer. Dann kommt meine Mutter wieder.«

»Aber ich will gar nicht«, sagte Sophie.

»Ah, du bist eine Genießerin«, lachte Jarmila. »Auch gut. Aber warte nicht so lange, bis er die Philharmoniker dirigiert! Man darf es nicht übertreiben.«

Es gab nur einen Vorwand, sich von Jarmila zu trennen. »Ich bin mit ihm verabredet«, sagte Sophie.

Als sie am Messinggeländer des Cafés die Stufen hinunterging und auf die Nationalstraße hinaustrat, spürte sie noch nicht, daß es kühler geworden war. Erst auf der Brücke, in Höhe der Schützeninsel, zog sie den Staubmantel an. Die Moldau glänzte von der Kaiserwiese bis zur Südspitze der Sophieninsel, zog aber, weiter stromabwärts, schon in den Schatten des Laurenzibergs, und der ausdauernde Mai-Himmel, der an den stilleren Stellen wie ein glattes Tuch auf dem Wasser lag, war auf der Kleinseite nicht mehr als eine Erinnerung an den heißen Nachmittag. Vom Masaryk-Kai blinkten noch die vier ovalen Dachfenster des Nationaltheaters herüber, und im hellen Zifferblatt am Altstädter Wasserturm verschwammen die Zeiger, als sollte alle Zeit für ein paar Augenblicke vergessen werden, bis die

Glocken von Maria Teyn, von St. Jakob und St. Aegidius, von St. Johann am Felsen, St. Franziskus Seraphicus und St. Salvator die sechste Stunde ausläuteten. Am Harrachplatz bog Sophie nach rechts und ging über den Teufelsbach, die Čertovka, auf die Kampa-Insel. An der Anlegestelle vor dem alten Mühlenhaus rutschten flache Boote von den Planken. Junge Männer in weißen Hemden legten ihren Mädchen dunkle Jacketts um die Schultern, ruderten um die Schützeninsel herum und ließen die Boote durch die schmale Fahrtrinne an der Judeninsel zur Anlegestelle zurück und an ihr vorbei bis vor die Bögen der Karlsbrücke treiben. In die rauschende Stille nach dem Sechs-Uhr-Geläut stieg plötzlich aus einem Boot, kaum mehr als zehn Meter vom Ufer entfernt, eine hohe Männerstimme, ganz fest und rein, nur mit den wechselnden Luftzügen über dem Wasser an- und abschwellend. Lange blieb sie allein. Dann griffen weiter in der Mitte des Stromes zukreuzende Boote den Kehrreim auf, dehnten den Gesang über das Zeitmaß des Anfangs hinaus und akkordierten so lange mit zweiten und dritten Stimmen, bis das Lied in mehrere Tonarten zerflatterte, der erste Sänger aufstand und die Arme ausbreitete. Fünf, sechs Boote bewegten sich auf ihn zu, und nachdem alle aneinander längsseits festgemacht hatten, glitten sie unendlich langsam davon, den hohen, klaren Tenor voraus, die schrillen Stimmen der Mädchen und die Bässe der jungen Männer wehmütig hintennach. Sophie wartete nicht ab, bis sich die Boote vor der Brücke wieder trennten. Sie trat unter die mächtigen Linden an der alten Befestigungsmauer, ging durch den Park an der Čertovka entlang bis zur Traubengasse, bog zum Großprioratsplatz ab und sah, als es von der Malteser-Kirche dreiviertel schlug, schon das Palais Wolkenstein. Sie kam sich auf einmal alt vor, nicht nur älter, als sie tatsächlich war, sondern uralt. Sie nahm die kalten Hände aus den Manteltaschen und steckte sie ineinander, aber die Finger wurden nicht warm davon. Vielleicht versteinere ich schon, dachte sie. Ich stelle mich in irgendeinen Winkel, und wenn ich hart geworden bin, können mich die Leute anschauen als das Denkmal der dummen Gans.

Auf der Brückengasse kaufte sie eine Rolle Pfefferminzdrops, damit ihre Mutter nicht merkte, daß sie geraucht hatte. Von ihrem letzten Geld ließ sie sich in einem Taxi nach Bubenetsch fahren, bis zur Tschechowgasse, und ging den Rest zu Fuß. Christine war schon zu Hause. Sie saß in dem Zimmer, das sie mit Sophie teilte, und heftete mit ein paar großen Stichen das mattsilberne Futter ihres Kostümrocks an den Stoff.

»Abgerissen?« fragte Sophie.

»In der Straßenbahn«, sagte Christine, biß den Faden durch und steckte die Nadel mit dem weißen Garnrest zwischen die Lippen. »Warst du bei Vavra?« fragte sie, ohne die Nadel aus dem Mund zu nehmen.

»Nein. Ich war mit Jarmila verabredet«, sagte Sophie und machte eine Pause, bevor sie hinzusetzte: »Im Café ›Slavia‹.«

Christine fand an ihrem Rock nichts weiter auszubessern. Sie krempelte ihn um und sagte: »Warum gehst du nicht ins ›Deutsche Haus‹? Du bist schon eine halbe Tschechin.« Sie hielt den Rock vor das Unterkleid und besah sich in der Spiegeltür ihres Kleiderschranks. Sie seufzte: »Aber was bleibt uns anderes übrig, nicht wahr?« Und plötzlich fragte sie: »Co máme dělat?« (Was sollen wir tun?) Sie nahm den Rock vor die Brust, machte zwei Schritte zu Sophie und gab ihr einen Kuß auf den Mund.

»Du hast geraucht«, sagte sie, bevor Sophie sich erholen konnte. »Und dann hast du Pfefferminz gelutscht. Aber der Rauch sitzt in den Haaren. Ich gebe dir meinen Zerstäuber.«

Sie warf den Rock aufs Bett, langte von ihrem Nachttisch einen Spritzflakon mit einer langfransigen Quaste um den Gummiball und begann, Sophies Haare zu besprühen.

»Danke, Tine«, sagte Sophie. »Das genügt jetzt.«

Während sie beide wärmere Wollkleider anzogen, hörten sie aus dem Korridor den Gong zum Abendessen. Die Tür des Nachbarzimmers fiel knallend ins Schloß, Katharina sagte: »Mann, hab' ich einen Kohldampf!« und Heinrich antwortete: »Ich rieche Bratwurst.«

An manchen Tagen wurde ›wie zu Hause‹ gekocht. Dann luden Sellmanns keine Gäste ein. Aus gutem Grund. Süßsaure, weiße Bohnensuppe, in die man sich bei Tisch noch kalte Thüringer brockte, mit Birnen oder Pflaumen gekochtes Schweinefleisch oder Milchreis, der zuerst mit braungebratenen Scheiben grober Mettwurst belegt, danach mit ausgelassener Butter übergossen und mit feinem weißen Zucker bestreut wurde – das ging gegen den böhmischen Geschmack. An solchen Abenden war man unter sich, »unter uns Barbaren«, wie Sellmann sagte, und wenn eines der Mädchen nach einer Gelegenheit suchte, den Vater um etwas zu bitten, erkundigte es sich zuvor bei Hanka, was es zum Nachtmahl gab. Gekochtes Huhn nahm allen Mut; bei Fisch wurde immerhin angehört; ein Rinderbraten räumte oft ein Hindernis beiseite, doch erst bei Speckkuchen oder Milchreis machte man sein Glück.

Christine schien sich diesen Abend mit Bedacht ausgesucht zu haben, und doch war es anders. Auch zu jeder Art Geflügel hätte sie heute gesprochen. Seit zwei Stunden war sie ihrer Sache sicher.

»Sag's doch, bitte, nochmal«, bat Sellmann, und Betty legte, um besser zu hören, die Gabel auf den Tellerrand.

»Ich möchte wissen, ob Herr Amery am Sonntag zum Tee kommen darf«, wiederholte Christine. Alle hatten verstanden, nur Heinrich nicht.

»Der Friseur?« fragte er, und da niemand antwortete, fragte er noch einmal: »Der Friseur Amery aus der Jungmannstraße, der mir immer . . .«

»Halt doch endlich deinen Mund!« fuhr ihn Christine an, und nicht einmal Frau Sellmann nahm Heinrich jetzt in Schutz. Nur Katharina sah ihre Schwester drohend an.

»Also nicht der Friseur«, sagte Sellmann.

»Nein«, sagte Christine.

»Sondern?«

»Von Amery und Herschel«, sagte Christine und nahm einen Bissen Reis auf die Gabel. Als hätten sie darauf nur gewartet, taten's ihr alle nach.

»Da haben wir die Kristallschale für Wilhelm gekauft«, sagte Betty Sellmann.

Christine nickte lächelnd, mit vollem Mund.

»Sollten wir nicht noch jemanden dazubitten«, sagte Sellmann, »damit es nicht gleich so feierlich wird?«

Diesem Tempo war Betty Sellmann nicht gewachsen. »Wo hast du ihn überhaupt kennengelernt?«

»Auf der Straße«, sagte Christine, als wäre es das Selbstverständlichste auf der Welt.

»Hat er dich angesprochen?«

»Nein, ich ihn.«

»Deutsch?« fragte Katharina.

»Ja, deutsch«, sagte Christine.

»Ist er Deutscher?« fragte Frau Sellmann, und ihr war anzusehen, wie gern sie ein ›Ja‹ gehört hätte.

»Nein«, sagte Christine. »Aber er spricht deutsch, wie wir.«

»Wie alt ist er denn?« fragte Katharina.

»Dreißig.«

»Vielleicht solltest du auch seine Schwester mit einladen«, sagte Sellmann.

»Ja«, sagte Frau Sellmann. »Sonst wird es gleich so ernst.«

»Jan hat keine Geschwister«, sagte Christine. »Und es ist ernst.«

»Wir wollen erstmal essen«, sagte Sellmann ruhig, »und dann reden wir weiter.«

Als Christine gegen elf in ihr Zimmer kam, lag Sophie im Bett, und Katharina saß am Fußende.

»Geschafft?« fragte die Rote.

Christine nickte und setzte sich müde auf den blauweißgestreiften Frisiersessel.

»Wir müssen noch zwei Männer auftreiben«, sagte sie, »damit's nicht wie eine Verlobung aussieht. Das könntet ihr übernehmen. Wie wär's mit Karol und Professor Vavra?«

Sophie und Katharina wehrten sich, aber am übernächsten Sonntag (eine Woche Verzögerung hatte Christine diplomatisch in Kauf genommen) saßen sie beide vor den Spiegeln und sahen der Ankunft ihrer ungleichen Freunde mit Angst und Zuversicht entgegen.

Dr. Sellmann war in der Zwischenzeit nicht untätig gewesen. Eine diskrete Anfrage bei Herrn von Lilienthal in Sachen ›Amery & Herschel‹ hatte das erwartete Ergebnis gebracht: solider Familienbesitz, solvent trotz allgemeiner Krise durch rasche Export-Umstellung vom deutschen Geschäft auf Übersee-Märkte, Spezialanfertigungen für Kunden in Nahost und ›last not least‹ die Massenproduktion von billigem Glasschmuck zu Kleinstpreisen. Ganz gegen seine übliche, etwas zeremonielle und umständliche Art hatte Lilienthal sogar die Faust vorgestreckt, den

Daumen nach oben abgewinkelt und dadurch Sellmann einen Augenblick befürchten lassen, der Direktor der Böhmischen Landesbank ahnte bereits, wozu er mit solcher Geste den Start freigab.

Die Recherchen im Falle Dr. Djudkos waren nicht so einfach, aber schließlich handelte es sich bei dessen Sohn Karol auch nur um einen Schulfreund Katharinas, den man einlud, um eine ›bunte Reihe‹ zu haben und um der ersten Visite des Herrn Amery junior jede Bedeutsamkeit zu nehmen. Nur soviel ließ sich in Erfahrung bringen, daß Dr. Djudko bei der Prager Anwaltskammer akkreditiert war und sich hauptsächlich in Verfahren gegen slowakische Landsleute einen Namen gemacht hatte, der nicht frei von nationalem Eifer war.

Von Professor Vavra hatte Sophie alles Notwendige und manches Überflüssige berichtet. Man mußte darauf gefaßt sein, daß er außer einem Gürtel noch Hosenträger trug, aber auch ein berühmter Gelehrter sähe wohl keinen Anlaß, zu einem Tee-Empfang ohne Jackett zu erscheinen.

Die überraschende Einladung und die konfuse Zusammenstellung der Gäste begründete Sellmann damit, daß der zweite Jahrestag ihres Prager Aufenthaltes nicht vorbeigehen dürfte, ohne daß sich seine Töchter bei denen bedankten, die diese beiden Jahre so »na, sagen wir mal – so erlebnisreich« hatten werden lassen. Das war nun falsch in jedem Falle, denn Christine kannte Amery seit März, Sophie nahm Unterricht bei Vavra seit November, und Katharina, obwohl schon ein halbes Jahr mit Karol im Gespräch, hatte den Sohn des Preßburger Anwalts überhaupt noch nie gesehen. Doch immerhin konnte bei solcher Begründung jeder der Herren für sich annehmen, daß die beiden anderen zwar ältere Rechte hatten, man ihn selber aber seiner jüngeren Bekanntschaft wegen nicht ausschloß. So stimmten alle zu und kamen.

11 *Das Fegefeuer*

Schon am Vormittag – Sellmanns waren noch nicht vom Kirchgang zurück – wurde ein Strauß gelber Rosen gebracht, so mächtig, daß Hanka ihn auf zwei Vasen verteilen mußte.

»Es hat was Protziges«, sagte Frau Sellmann, als sie die Blumen sah. Im Grunde freute sie sich, wollte nur Christine einen Dämpfer geben. Amerys angeheftetes Büttenbriefchen mit dem nochmaligen Dank für die Einladung fand sie dagegen ›nett‹.

Nach dem Essen deckten Hanka und die Köchin den runden Tisch im Salon, aber Frau Sellmann hatte, als sie vom Mittagsschlaf zurückkam, noch manches zu verbessern. Es sollte »zwangloser« sein, wie sie sagte, doch soviel Deutsch verstanden die Dienstboten nicht. Sie griff also selber zu, schob die Glastür zum angrenzenden Wohnzimmer auf und stellte Zukkerdosen, Sahnekännchen, Gebäckschalen, Zitronenteller und Aschenbecher auch in diesen Raum. Die Cognac- und Chartreusekaraffen kamen mit dem silbernen Tablett auf den Flügel, die Blumen wurden locker gezupft, die Fenster geschlossen. Es blieb noch eine knappe halbe Stunde Zeit für die Frisur, aber da klingelte es schon.

»Mach auf!« sagte Betty zu Hanka. »Das sind wohl wieder Blumen.«

Es war kein Blumenstrauß, sondern der Professor Vavra, mit Blumen.

»Vielen Dank«, sagte Hanka in der Tür und nahm ihm das Bukett ab. Da er aber nicht gehen wollte, merkte sie, daß sie den ersten Gast vor sich hatte. Sie gab ihm die Blumen zurück und bat ihn in die Diele. Frau Sellmann lief in das Zimmer der beiden Ältesten. Christine und Sophie saßen sich stumm auf den Betten gegenüber.

»Dein Professor ist da!« rief sie und eilte zu ihrem Mann, der gerade dabei war, sich die Krawatte zu binden. »Dieser Professor ist schon da!«

Sellmann zog die Uhr aus der Weste, ließ den Deckel aufspringen und sagte: »Sehr ungeduldig, sehr ungeduldig.«

Inzwischen war Sophie in die Diele gegangen.

»Ich bin, verzeihen Sie mir, etwas zu früh«, sagte Vavra auf deutsch und küßte Sophie die Hand. »Ich hatte ganz vergessen, wie schnell man mit der Tram hierherkommt.«

»Um so besser«, sagte Sophie. »Dann habe ich Sie ein paar Minuten für mich allein.«

Sie ging ihm voraus in den Salon, und er legte seine Blumen auf ein Notenpult. Vavra hatte sich das Haar kürzen lassen und trug einen korrekten grauen Zweireiher.

»Ich habe mich ein wenig verkleidet, wie Sie sehen«, sagte er. »Ich hoffe, daß Sie mich bei unserer nächsten Stunde wiedererkennen.«

Sie traten ans Fenster, blickten auf den Baumgarten hinunter und unterhielten sich so lebhaft, daß sie das Eintreten Sellmanns fast überhörten. Sophie machte sie miteinander bekannt.

»Einem Mann wie mir«, sagte Vavra, »verzeiht man eher, wenn er zu spät kommt. Bitte, verehrter Herr Doktor, bringen Sie diese Liebenswürdigkeit auch für das Gegenteil auf. Sehen Sie darin einen Ausdruck meiner Zuneigung und nicht so sehr meines Wunsches, der erste zu sein.«

»Lassen Sie mich's anders sagen«, antwortete Sellmann. »Sie sind uns durch Sophie schon so nahegerückt, daß sich keine Stunde denken läßt, zu der wir uns nicht über Ihren Besuch aufrichtig freuten.«

»Außer wir sind nicht zu Hause«, setzte Sophie hinzu, und beide Herren nahmen es für einen guten Anfang. Christine, sehr schön und blaß, in einem rostfarbenen Kleid, trat ein, gefolgt von Katharina, die vor Aufregung über den Teppich stolperte. Dr. Sellmann erklärte die Motive einiger Bilder. Christine sprang mit Zerbster Geschichten ein, von denen sie glaubte, daß sie dazugehörten, Sophie lächelte, und Katharina war einer Ohnmacht nahe. Als Sellmann erwähnte, daß er als Student, von Schottland aus, einen Abstecher nach Reykjavik gemacht hatte, auf einem Trawler, begann Vavra isländisch zu sprechen.

»Oh, dazu hat es nicht gereicht!« rief Sellmann, aber Vavra ließ solchen Einwand nicht gelten. »Auch meine Aussprache ist schlecht. Ich habe Schwierigkeiten mit dem stimmlos aspirierten ›t‹.« Er machte es Herrn Sellmann und den Mädchen vor, wie schwer es ihm fiel. Er öffnete den Mund und drückte die Zunge an die oberste Zahnreihe, daß ihre blaugeäderte Unterseite gut zu sehen war. »Ich spreche es auch im Englischen wie ›f‹ aus«, sagte er, »zum Beispiel ›Förf of Forf‹. Schauen Sie! Es gelingt mir einfach nicht!« Er wiederholte seine Demonstration: »F – f – f – f – f – f!«

In diesem Augenblick kam Betty Sellmann in den Salon.

»Gnädige Frau«, sagte Vavra, »Sie müssen glauben, an ein wildes Tier geraten zu sein. Erst breche ich zu früh in Ihre Wohnung ein, und wenn Sie erscheinen, fauche ich wie ein Tiger.«

»Solange Sie nicht beißen, Herr Professor«, sagte Betty.

Als sie zur Tür ging, um eine Vase für Vavras Lilien zu holen, klingelte es.

»Das wird Karol sein«, sagte Katharina laut, obwohl sie es nicht einmal hatte flüstern wollen.

»Ich kümmere mich schon um ihn«, sagte Betty über die Schulter und schloß die Tür hinter sich.

Sellmann, dem Katharinas Verlegenheit nicht entgangen war, führte Professor Vavra unter einem Vorwand ins Wohnzimmer, um die erste Begrüßung des jungen Djudko seinen Töchtern zu überlassen.

Hinter Frau Sellmann erschien der ›Herr von Sternberg‹. Christine stellte ihn ihren Schwestern vor, und Sophie fühlte, während er den Kopf mit dem quirligen Haar über ihre Hand beugte, seine kalten Finger. Er trug einen grauen Anzug im gleichen strengen Schnitt wie Sellmann und eine gestreifte Krawatte. Er hatte braune Augen, erkannte sie, obwohl er sie selten ansah, sondern sich ganz Frau Sellmann widmete. Er sprach halblaut, mit verdunkelter Stimme, als läge ein Kranker im Nebenzimmer. Wenn Frau Sellmann redete, beugte er sich ein wenig vor und zog die Brauen zusammen, um sich kein Wort entgehen zu lassen. Sellmann und Professor Vavra, die in den Salon zurückkehrten, begrüßte er mit kräftigem Händedruck, als wüßte er, daß Christines Vater nichts so sehr haßte wie lasch hingehaltene Hühnerpfoten. Als er den Namen des Professors hörte, freute er sich. »Der ›römische‹ oder der ›nordische‹?« fragte er.

»Der ›römische‹ ist mein Bruder«, sagte Vavra.

»Der Tee, bitte«, mischte sich Betty ein, bugsierte Amery mit seiner Tasse zu Katharina und übernahm den Professor selbst, indem sie die Zerbster Bilder, zu denen Sellmann das Nötige bereits gesagt hatte, noch einmal erläuterte. Vavra hörte eine Weile schweigend zu. Dann raffte er sich auf und meinte: »Ich denke schon seit einiger Zeit über diesen Namen nach. Zerbst ist ein slawisches Wort.«

»Ich glaube, ja«, sagte Betty Sellmann und bemerkte, daß der Professor, während er die Umformungen des Namens ›Zerbst‹ erklärte, seine Teetasse auf den Flügel setzte und mit den Unterarmen möglichst unauffällig seinen Hosenbund justierte. Er drückte die Handballen an die Hüften, stellte sich auf die Zehenspitzen und ruckelte eine Sekunde lang an seinem Jackett, als säßen ihm zwei Flöhe unterm Rock, auf jeder Seite einer. Es schien so gut wie sicher, daß er entweder seinen Gürtel oder seine Hosenträger zu Hause gelassen hatte. Daß er unter Umständen auf beides verzichtet haben könnte und ihm die Beinkleider möglicherweise vor ihren Augen auf die Schuhe rutschten, brachte Betty auf die Idee, ihm einen Platz auf dem Sofa anzubieten. Bis dorthin schaffte er es mühelos, auch wenn die Umschläge seiner Hosen schon bedenklich schleiften.

Es klingelte. Betty sah Katharina zur Tür gehen. Ihre einzige Sorge war jetzt, Professor Vavra auf dem Sofa zu halten und zu verhindern, daß er sich zur Begrüßung Karols erhob. Sie hatte einen Einfall. Sie bat Amery, das große Gemälde des ›Vogelherds‹ von der Wand zu nehmen und es dem Professor zu zeigen.

»Vielleicht nehmen Sie es am besten auf die Knie«, sagte Betty lächelnd.

»Mit Vergnügen«, sagte Vavra, der nicht zu begreifen schien, warum er sich ein Bild, das an der gegenüberliegenden Wand hing, vor die Nase halten sollte. Dr. Sellmann hatte ihm schon erklärt, daß es sich bei dem ockerfarbenen Gebäude unter den giftgrünen Kastanien um das Geburtshaus seiner Frau handelte. Wozu das alles nun nochmal und obendrein mit diesem harten, geschnitzten Rahmen auf den Beinen?

Als das Bild unter Sellmanns erstaunten Blicken auf Vavras Beinen abgestellt war, traten Katharina und Karol ein. Der junge Mann in dem schwarzen Anzug hätte ein Lügner, Dieb oder Mörder sein dürfen, in diesem Augenblick, als er mit seinen Blumen auf dem Rande des Teppichs stand, ein wenig unschlüssig noch, wem er sie geben sollte, wären alle Anwesenden, auch Vavra und Amery, von seiner Unschuld überzeugt und zu seiner Verteidigung bereit gewesen. Er sah so gut aus, daß Sophie dachte: Hoffentlich lispelt er wenigstens, oder stottert, sonst ist es nicht zu ertragen! Er war schlank, aber nicht hager, und der Hals über dem weißen Hemdkragen war braun wie sein Gesicht. Er hatte dunkles, lockiges, am Kopf anliegendes Haar. Er ging ruhig zu Frau Sellmann, gab ihr seine Nelken und begrüßte dann den Hausherrn und die übrigen.

»Verzeihen Sie«, sagte Vavra, »aber ich kann im Moment leider nicht aufstehen«, und reichte Karol die Hand über den gemalten Vogelherd hinweg.

Die Art des jungen Djudko hatte etwas Ritterliches, etwas ›Ungarisches‹, fand Sellmann, und hätte er nicht gewußt, daß dieser Tee-Nachmittag eigentlich nur Christine und Amery zuliebe stattfand, er wäre auch mit Karol allein zufrieden gewesen. Es machte ihm Freude, diesem ›hübschen Kerl‹ zuzuschauen, und es dauerte sehr viel länger als in ähnlichen Fällen, ehe er zu dem Urteil fand: Blendend, aber mit Sicherheit blöd. Seine Frau und seine Töchter waren augenscheinlich anderer Ansicht. Betty bat ihn, ohne Professor Vavra zu verlassen, an den Tisch, schenkte ihm Tee ein und lächelte, als Katharina und Sophie ebenfalls mit ihren Tassen kamen.

Vavra ließ sich seufzend an die Lehne sinken. Er kam sich vor wie einer der Giganten am Clam-Gallas-Palais, nur mit dem erschwerenden Unterschied, daß er seine Last allein und nicht einmal auf den Schultern, sondern auf den Knien tragen mußte. Sellmann goß sich und Amery einen Cognac ein. Christine blieb bei ihrem Tee. Nachdem sie getrunken hatten, fragte Amery etwas unvermittelt, ob Sellmann jemals auf einer Auerhahnjagd gewesen sei. »Der Auerhahn ist noch frei bis zum Ende des Monats«, sagte er.

»Kommen Sie, mein Lieber«, antwortete Sellmann, der nur ›frei‹ und ›Ende des Monats‹ verstanden hatte, »wir befreien den Professor von diesem Ungetüm.«

Amery warf Christine einen schnellen Blick zu und folgte Sellmann.

»Aber nur, wenn Sie bei mir sitzenbleiben!« verlangte Betty von Vavra, als ihm Sellmann und Amery das Bild abnahmen. Karol sprang von seinem Stuhl, um behilflich zu sein.

Frau Sellmann fand es an der Zeit, sich um Amery zu kümmern. Sie mußte es nur schaffen, Sophie auf ihren Platz zu lotsen, damit Vavra nicht plötzlich aufstand und wieder an seiner Hose ruckelte, oder sie gar verlor. Sie blickte erst zu Sophie, danach auf die Knie des Professors, griff nach ihrer Halskette, hob sie bis unter ihr Kinn und ließ sie fallen. Sophie hatte verstanden. Betty ging in die Küche, um frischen Tee zu bestellen. Als sie in den Salon gehen wollte, lief ihr Katharina in die Arme und schluchzte. »Was heulst du?«

»Er ist so schön, Mama«, sagte die Rote, »und ich bin so häßlich.«

»Laß dir von Hanka Hoffmannstropfen geben«, sagte Frau Sellmann. »In zwei Minuten bist du wieder zurück, und zwar ohne Tränen.«

Nachdem sie sich überzeugt hatte, daß Vavra auf seinem Platz war, ging Betty zu Amery und Christine und gab der Blonden einen Wink, sich um Karol zu kümmern, der völlig der Gnade des Professors ausgeliefert war.

Bei einer frischen Tasse Tee redeten Sellmanns noch eine Viertelstunde mit Amery. Ein solches Gespräch war keine Beichtgelegenheit, auch kein Seminar, sondern gehörte, wie alle drei glaubten, zu den Regeln einer ersten Begegnung. Man offenbarte sich nicht. Man stellte weder sich noch einen anderen dar. Man bewegte Handpuppen, die eine entfernte Ähnlichkeit mit den Spielern hatten und, wenn nötig, rasch von den Fingern gezogen und weggehängt werden konnten. Niemand wollte überzeugen, es sei denn von seiner Fertigkeit, eigene Ansichten so behutsam wiederzugeben, daß sie anderen genügend Raum zu Ergänzungen ließen. Aber auch dabei war man nicht auf besondere Wirkungen aus. Gelang es, etwas Unbestrittenes mit Hilfe eines überraschenden Beispiels aufs neue zu behaupten, entstand ein Bewußtsein der Zusammengehörigkeit, das nicht mit Gleichheit der Interessen verwechselt wurde. Man wußte meistens nicht einmal genau, was einer im Schilde führte, aber selbst wenn es sicher war, wie in Amerys Fall, blieb dieses sanfte Fegefeuer zwischen den beiden so entgegengesetzten Ausgängen niemandem erspart. Jan Amery, kein Zweifel, verließ es durch die Himmelstür. Betty sah, wie auch Vavra Anstalten machte, sich zu erheben. »Nein, Sie bleiben noch ein bißchen, Herr Professor!« rief sie, und Vavra sank gegen das Polster. Karol dagegen durfte sich ebenfalls verabschieden. Als er Sellmann die Hand gab, fragte er – und wurde sehr blaß dabei –, ob er Katharina während der Pfingstferien das Anthropologische Museum zeigen dürfte. Sellmann freute sich.

»Gehen Sie lieber morgen oder übermorgen«, sagte er. »Wir verreisen über Pfingsten.«

Als Amery sich von Sophie verabschiedete, dachte sie daran, daß sie kaum ein Wort mit ihm gesprochen hatte. Auch jetzt fiel ihr nur eine Höflichkeit ein.

Betty beobachtete, wie Vavra sich vor Karol und Amery erhob. Alles war gut gegangen. Nur jetzt kein Malheur! Sellmann setzte sich mit der Cognac-Karaffe zu ihm. Christine und Katharina begleiteten die Herren in die Diele. Amery bot Karol an, ihn mit seinem Wagen nach Hause zu bringen.

Als Christine und Katharina aus der Diele in den Korridor traten, kamen ihnen Frau Sellmann und Sophie entgegen.

»Wir lassen die Männer ein bißchen allein«, sagte Betty leise, »wir gehen so lange zu Heinrich. Ich erkläre euch alles später.«

»Ich bin Ihnen sehr dankbar, daß Sie mich zurückgehalten haben«, sagte der Professor. »Sie können sich vielleicht nicht ganz vorstellen, aus welchem Grunde.« Seine Stimme veränderte sich. Er sprach stockend und in kürzeren Wendungen. »Sie sagten vorhin etwas sehr Freundliches zu mir«, sagte Vavra und sah Sellmann bedeutungsvoll an. Sellmann nickte, weil er überzeugt war, an alle Gäste dieses Nachmittags ausschließlich Freundlichkeiten verteilt zu haben, aber es fiel ihm schwer, Vavras Blick zu erwidern, weil sich die Brille des Professors beschlagen hatte. »Sie sagten . . .«

»Aber lassen Sie das doch!« bat Sellmann.

»Nein, gestatten Sie«, fuhr Vavra fort, »Sie sagten, daß ich Ihnen durch Sophie so nahegerückt sei . . .«

»Ja, ja«, sagte Sellmann. »So ist es.«

»Ich darf sagen, daß es mir umgekehrt genauso geht.«

»Aber das ist doch schön!« rief Sellmann und hob sein Glas. »So soll es bleiben!«

Sie tranken, und als sie die Gläser abgesetzt hatten, bemerkte Sellmann, daß die Brille des Professors nahezu undurchsichtig geworden war.

»Für wie alt halten Sie mich?« fragte Vavra.

»Sie sind jünger als ich, viel jünger.«

»Aber eben doch nicht mehr ganz jung«, sagte Vavra. »Stört es Sie, wenn ich ein wenig auf und ab gehe?«

»Nicht im geringsten.«

»Dann will ich Ihnen die Wahrheit sagen«, flüsterte Vavra und vergewisserte sich vorsichtshalber noch einmal, daß sie wirklich allein waren. »Ich habe einen neuen Anzug an.«

Sellmann nickte.

»An der Hose dieses Anzugs sind keine Knöpfe für die . . .« Er schämte sich, das Wort auszusprechen.

»Hosenträger«, sagte Sellmann sachlich.

»Ja. Seit fast einer Stunde versuche ich aufzustehen, um meinen Gürtel fester zu schnallen. Aber immer kam etwas dazwischen. Ich trage nämlich normalerweise beides, einen Gürtel und Hosenträger. Nun fehlen an dieser Hose die nötigen Knöpfe, so daß ich nur einen Gürtel umbinden konnte. Gestatten Sie, daß ich rasch, bevor die Damen zurückkehren, eine Sekunde ins Nebenzimmer gehe und – Sie verstehen?«

»Aber bitte!«

Vavra drückte die Hände an den Leib und verschwand. Er war sehr schnell wieder da und lächelte erleichtert. »Jetzt fällt es mir auch nicht mehr so schwer«, sagte er. »Ich hörte, Sie fahren nach Wien –, und ich fahre zufällig auch nach Wien. Die Nordisten der Donauländer treffen sich dort. Aber nun hat es die Gunst der Stunde so gefügt . . .« Er war wieder obenauf. Er ließ den Satz absichtlich hängen, als müßte er mit einer Frage heruntergeholt werden. Sellmann dachte nicht im Traum daran. »Ich besitze ein Zinshaus«, sagte Vavra, »etwas Land bei Beneschau, ein paar Aktien von meinem Vater, und ich werde ab September ein festes Gehalt mit Pensionsanspruch beziehen, so daß Sophie auch nach meinem Tode versorgt wäre.«

»Wer?« fragte Sellmann. »Wer, bitte?«

»Ich wollte Sie erst an Pfingsten fragen«, sagte Vavra.

»Was hat das mit Pfingsten zu tun!« rief Sellmann. »Bitte, sagen Sie es nochmal!«

»Ich möchte Sophie . . .«

»Nein, sagen Sie's nicht!« fiel ihm Sellmann ins Wort. Er stand auf, schob einen Stuhl beiseite, ging um den Tisch herum und schaute sich in dem dunkler gewordenen Salon nach einer passenden Beleuchtung für seine Antwort um. Er entschied sich für die Stehlampe.

»Der Altersunterschied ist natürlich bedenklich«, sagte Vavra.

»Bitte, schweigen Sie!« Sellmann machte einige Schritte über den Teppich. Dieser Tee-Nachmittag hatte für ihn eine völlig unerwartete Wendung genommen. Richtig betrachtet waren auf einen Schlag drei Männer erschienen, die seine Töchter in die Ehe oder in das Anthropologische Museum führen wollten, was letzten Endes auf dasselbe hinauslief.

»Haben Sie mit Sophie darüber gesprochen?« fragte Sellmann.

»Kein Wort. Sie ahnt nichts davon. Ich wollte erst in Wien . . .«

»Hören Sie doch, bitte, mit diesem verdammten Wien auf!« Sellmann verlor die Beherrschung. »Ich warne Sie, verehrter Herr!«

Vavra blickte Sellmann erstaunt an.

»Sollten Sie Sophie auch nur eine einzige Andeutung machen . . .«

Nein. Das konnte er nicht sagen. Das war Unsinn. Sellmann setzte sich. In diesem Augenblick klopfte es.

»Ja!« rief Sellmann.

Hanka steckte den Kopf herein und fragte: »Darf ich . . .?«

»Gehen Sie raus!« sagte Sellmann. Hanka verschwand, und Vavra erhob sich.

»Ich möchte auch gehen«, sagte er.

Sellmann ließ die Schultern hängen und blickte auf das Teppichmuster zwischen seinen Schuhen. »Ich mache Ihnen einen Vorschlag«, sagte er, ohne aufzusehen. »Wir vergessen alles. Wir werden mit niemandem darüber sprechen, weder Sie noch ich. Weder Sie mit Sophie, noch ich mit meiner Frau.« Er blickte hoch. Vavra stand vor ihm, sichtlich bewegt. Er streckte Sellmann die Hand hin: »Empfehlen Sie mich den Damen.«

12   Mariage

Als Katharina am Dienstag vom Besuch des Anthropologischen Kabinetts zurückkehrte, lag Sellmann im Bett und fieberte. Der Arzt stellte Mandelentzündung fest, leichte. Immerhin. Sophie meldete am späten Abend ein Ferngespräch nach Berlin an. Als es durchgestellt wurde, warf Sellmann seinen Morgenmantel über und kam ans Telefon. Er redete lange mit Frenzel. Sophie brachte ihm einen Stuhl, aber er winkte sie ärgerlich weg. Das Telefonat hatte ihn angestrengt. Ihn schwindelte, er rief nach seiner Frau, nach Hanka, nach den Töchtern, doch niemand hörte ihn. Er klammerte sich an einen Kerzenhalter neben dem Korridorspiegel und riß ihn im Fallen ab. Die Auerhahnjagd mußte abgeblasen, die Reise nach Wien verschoben werden.

Christine traf sich mit Amery am nächsten Tag zum Lunch beim ›Pelikan‹, in der oberen Etage. Amery erinnerte dieses Lokal an einen Speisesaal Erster Klasse auf einem Überseedampfer, denn die Kellner trugen weiße Jacken mit vergoldeten Knöpfen, und die Art, wie die Horsd'oeuvre-Wagen zwischen die Tische geschoben wurden, hatte etwas Schlingerndes. Auch waren die Wände mit meergrünem Stoff bespannt, man saß auf gerippten Polstern und erwartete zum Roastbeef das Tuten des Nebelhorns. An hellen Tagen wählte er seinen Platz mit Vorliebe am Fenster und trieb dann geräuschlos über den Passanten. Christine verwandte zuviel Zeit darauf, ihren Vater zu entschuldigen. Ein Satz hätte ausgereicht. Doch sie sprach so lange, daß Amery an Sellmanns plötzlicher Erkrankung hätte zweifeln können. Er tat es nicht. Er verzichtete von jeher auf Überlegungen, die seine Ungewißheit nur vermehren konnten. Betrachtungen darüber anzustellen, ob eine Frau die Wahrheit sprach, war ihm immer genauso überflüssig erschienen wie der Versuch eines Gottesbeweises aus purer Freidenkerei. Er konnte sich nicht darauf besinnen, Christine jemals danach gefragt zu haben, wo sie am Abend zuvor gewesen sei. Er hatte sie auf der Hauptpost in der Heinrichgasse kennengelernt, am Telegrammschalter. Aus irgendeinem Grunde hatte sich der Beamte geweigert, den Fehler, den Christine beim Ausfüllen des tschechischen Vordruckes gemacht hatte, auf deutsch zu erklären. Amery war eingesprungen und dann neben ihr die Stufen zum Ausgang hinuntergegangen. Christine hatte sich noch einmal bedankt, aber vor dem Portal gezögert, wohin sie sich wenden sollte. Ein stürmischer Schneeregen hatte eingesetzt, und beide blickten sich durch die flockigen Schauer etwas verlegen in die Augen. Amery hatte einen großen schwarzen Regenschirm aufgespannt, ihn über Christines Pelzkappe gehalten, sich vorgestellt und gesagt: »Möchten Sie mit mir einen Tee trinken?« Der Tea-room im ›Palace‹ war noch geschlossen gewesen, so hatten sie sich in die Halle gesetzt. Zwei Jahre davor hatten Christines Eltern in diesem Hotel gewohnt, um Heinrich in der Augenklinik untersuchen zu lassen. Sie erwähnte es, und für Amery hatte sich daraus im weiteren ergeben, daß Christine nicht etwa auf der Durchreise, sondern in Prag ansässig war. Er hatte sie zum Essen in den ›Pelikan‹ eingeladen und war, beim Dessert, gleich aufs Ganze gegangen.

»In Ihre Wohnung?« Christine hatte das Kinn gehoben und gelacht. Dann hatte sie beeindruckt, mit welcher Leichtigkeit er über den Korb hinwegredete. Nach einer Viertelstunde konnte sie es nicht mehr ganz glauben, daß er ihr einen solchen Vorschlag gemacht hatte. Sie verabredete sich mit ihm, und nun, fast drei Monate später, saß sie ihm gegenüber im ›Pelikan‹, nur war sie es diesmal, die seine Wohnung zu sehen verlangte. Amery hatte sein Angebot nie wiederholt, weil er mit dieser Wendung gerechnet hatte.

Christine saß in einem seiner lederbezogenen Stahlrohrsessel und ließ die langen weißen Arme über die Lehnen hängen, als sei die Zeit vorbei, in der es darauf angekommen war, sich zu beherrschen. Sie schaute sich um, als müßte sie entscheiden, ob sie die Wohnung beziehen sollte. Amery hatte im vergangenen

Jahr vier Zimmer in der obersten Etage eines Hauses am Rieger-Kai gemietet. Zwei davon benutzte er nicht. Im Wohnzimmer vor den Fenstern zur Moldau hingen helle Leinengardinen. Ein schilfgrüner Teppich bedeckte den Boden von der Fensterseite bis zu einem hohen Regal, dessen dichtgedrängte Bücher nicht alphabetisch oder in Sachgebieten, sondern nach ihrer Rückenfarbe geordnet standen. Ausgehend von einem roten Block in der Mitte, entwickelten sich zu den Rändern hin breiter werdende blaue, grüne und gelbe Schichten. An den Wänden hingen Bilder, die er auf Ausstellungen gekauft hatte: ein altmeisterlich gemalter Frauenakt, dessen linkes Bein in einer Artillerie-Granate endete; eine Landschaft, deren Bäume auf dem Wipfel standen und mit ihren Wurzeln die Wolken trugen; »das schiefe Dorf«, erklärte Amery einen Querschnitt durch Bauernkaten, mit so schräg an den Hang gebauten Grundmauern, daß die Bewohner von den Stühlen rutschten und die Suppe aus den Tellern floß. Eine merkwürdige Sammlung für einen Geschäftsmann, fand Christine, und Amery war in der Tat nicht sicher, ob er sie behalten oder verschenken sollte. Er hatte diese Sachen mehr aus Gefälligkeit erworben, als weil sie ihm gefielen. Die Firma wurde zu den Vernissagen eingeladen, weil sie Kunst-Vereinen jährlich bestimmte Summen zuschoß. Unter den Malern gab es immer Verzweifelte, die, um ihre Atelier-Miete zu zahlen, ein paar originelle Dessins entwarfen, die ein Professor der Kunstgewerbeschule unschwer auf ein Service des Hauses übertragen konnte. Außerdem traf er an solchen Abenden langbeinige, schwärmerische und entsprechend liederliche junge Damen, die nicht nur die Weltanschauungen unbekannter Vorgänger, sondern auch die eigene Haut aufs schönste zu Markte trugen, ohne auf die Verewigung eines derartigen Verhältnisses zu insistieren.

Es fiel Christine, obwohl sie es ununterbrochen tat, nicht ganz leicht, Amerys Wohnung zu bewundern. Sie saß in dem wippenden Sessel, und während Amery von dem bevorstehenden Besuch bei seinem Vater begann, nahm sie sein Feuerzeug in die Hand und spiegelte ihr Gesicht in der gläsernen Tischplatte. Warum versucht er nicht, mich zu umarmen? dachte sie, als sie die blonde Innenrolle neben ihren Augen schaukeln sah. Bin ich zu langweilig, zu traurig, zu glatt, zu kalt? Warum heiratet er mich? Weil ich seinen Strohhut in die Moldau warf? Hat er plötzlich das Gefühl, alles sei vorbei, weil es ausgesprochen ist? Christine hatte keine Ahnung, in welche Verlegenheit Amery geraten wäre, hätte sie ihn wirklich danach gefragt. Er hatte sich erklärt, nachdem sie ihm an der Tram-Haltestelle gegenüber dem Café ›Slavia‹ den Hut abgenommen und ihn aufs Wasser geschleudert hatte, und er wußte, daß alles, was er seit diesem Nachmittag in die Wege leitete, nirgendwo anders als vor dem Altar der Teyn-Kirche enden konnte. Doch nicht nur an diesen Zubereitungen, sondern auch an der Art, wie er sie Christine mitteilte, spürte er etwas Vorsätzliches, das ihm nicht geläufig war; als läge allem, was er seit zwei Wochen unternahm, ein Plan zugrunde, den er selber kaum in Umrissen erkannte. Nicht, daß ihn das Konventionelle gestört hätte! Damit war er aufgewachsen und hatte es schätzen gelernt, je mehr es in Verruf geriet. Nur hatte er nicht vorausgesehen, daß er sich, einmal losgelassen, wie ein Waggon auf schräger Strecke bewegen würde, allen Weichen und Kurven machtlos ausgesetzt, und zwar einiger Worte wegen, die er an einem besonders heißen Tage in der Gegend der Wälschen Kapelle, also vermutlich in der Karlsgasse, zu Christine gesprochen hatte. »Ich möchte, daß du meine Frau wirst.« In dieser Art. Warum wollte er sie eigentlich heiraten? Liebte er sie? Er hatte von Anfang an gemerkt, daß solche Stimmungen sich nicht von selbst ergaben. Er mußte sie und sich in sie hinreinreden. Auch ein gewisses Arrangement war nötig, eine Autofahrt an die Sazava oder eine Weinstube auf der Kleinseite, um Gemeinsamkeit, Wärme, einen Widerschein des Glücks aufkommen zu lassen. Das war er nicht gewohnt, aber gerade deswegen fand er Spaß daran. Es hatte ihm Freude gemacht, ihr Gelegenheiten zu verschaffen, in denen sie es schwer hatte, sich zu verweigern. Er hatte gespielt, nicht nur mit ihr, auch mit sich selbst. Wie ein Millionär, der mit Bauern um ein paar Kronen ›Mariage‹ spielt und sich dabei ertappt, um jeden Preis gewinnen zu wollen. Das Spiel war aus. Anscheinend hatte er es verloren. ›Mariage‹ war kein Spiel mehr.

Jan Amery hatte, was gewisse Ansichten betraf, eine unwiderstehliche Neigung, »sich auf die andere Seite der Barrikade zu stellen«, wie sein Vater es ausdrückte. Er war gegen allen gewerkschaftlichen ›Firlefanz‹, hieß die Bodenreform eine ›maškaráda‹ und sprach, nachdem eine Zeitung den Präsidenten Masaryk den ›jüngeren und vollkommenen Bruder Jesu Christi‹ genannt hatte, von der Burg nur noch als vom ›Neuen Jerusalem‹, in dessen Mauern eine Handvoll geschichtsblinder Publizisten versuchte, den Staat mit einer intellektuellen Schimmelschicht aus hussitischen Legenden, republikanischen Glaubenssätzen und sozialen Versprechungen zu überziehen. Er abscheute den ›braven Soldaten Švejk‹, und als er hörte, daß russische Manövergäste im Generalsrang bei der Aufführung dieser dramatisierten Abenteuer im E.-F.-Burian-Theater keine Miene verzogen hätten, ließ er ihre Adresse ausfindig machen und schickte ihnen fünfzig rote Nelken ins Hotel. Jeden Sonntag besuchte er die heilige Messe, beichtete zweimal im Jahr und kommunizierte an den großen Festen. Die Frage allerdings, ob und wie er an Gott glaubte, hätte Amery genauso schlecht und schlicht beantwortet wie die Frage, ob und wie er Christine Sellmann liebte. ›Ja‹ und ›sehr‹ wäre ihm aufs Geratewohl eingefallen. Doch so wenig man seine Bissigkeiten ernst nahm, solange der Porzellanladen prosperierte, und so geneigt man war, über seine Kirchgängerei als einen Spleen hinwegzusehen, solange er nicht in ein Kloster ging, so sehr würde sich die Gesellschaft über seine Heirat mit Christine den Mund zerfetzen; noch dazu in einer Zeit, da die Henlein-Leute bei den letzten Wahlen selbst die Kommunisten überrundet hatten. Man durfte eine tschechische Tänzerin, notfalls eine geschiedene, man durfte eine Jüdin, man durfte jede beliebige Ausländerin, man durfte eine Ungarin, eine Polin, unter gewissen, beispielsweise finanziellen, Voraussetzungen sogar eine Slowakin heiraten, aber eine Reichsdeutsche eben nicht. Hatte man den Anteil der Deutschen am Personal der Postverwaltung, der Staatsbahnen und der Armee etwa deswegen so drastisch herabgesetzt, um sie per Familienanschluß wieder an die Tête zu bringen? Die Erwartung des Skandals erheiterte Amery. Manchmal glaubte er, ohne diese Aussicht weniger Geschmack an der Ehe mit Christine zu finden. Es reizte ihn der Widerstand des Milieus. Als Christine ihn gefragt hatte, ob sie tschechisch lernen sollte, tat er erstaunt: »Wozu?« Und ihren Augen hatte er angesehen, daß sie ihm dankbar war.

Ja, er liebte Christine, und ›sehr‹, wenn auch, das gestand er sich ein, ohne Rausch und Taumel. Sie war groß, doch immer noch klein genug, um den Kopf an seine Schulter zu legen. Sie hatte starkes helles Haar mit einer maisfarbenen Strähne an der rechten Schläfe. Lange Wimpern faßten, was bei Blondinen nicht alltäglich war, graue Augen ein, und durch einen Lidschlag konnte sie ihren Ausdruck von Gleichgültigkeit auf Bewunderung, von Schmeichelei auf Unmut umstellen. Amery genoß die Mechanik solcher Veränderung. Damit kam man nicht auf die Welt. Es setzte Training voraus, war der Kopf dem Herzen überlegen. Gelänge es ihm, wenigstens auf Stunden, dieses Verhältnis umzukehren, erschiene ihm alles früher mit Frauen Gewesene wie pure Schürzenjägerei. Er wollte sehen, wie ihre Augen brachen. Er wollte sie in seinen Armen schreien hören. Doch jetzt schon sehnte er sich nach ihrem Gesicht am Frühstückstisch, sehr kühl und teilnahmslos, als wäre nichts geschehen. Ja, er liebte sie, und sehr. Gerade das Gemessene, Beherrschte, beinahe Porzellanpuppige liebte er an ihr, und er mochte es besonders, weil er sicher war, daß die Stunde kommen müßte, an dem sie ihre Hand über den wie ein für allemal festgelegten Zirkel hinausstreckte. Ein Vorgeschmack auf diesen Tag war es deshalb gewesen, wie sie ihm auf offener Straße den Hut vom Kopf nahm und in die Moldau warf. Mehr als das: es hatte ihn überwältigt.

Christine nippte an ihrem Glas und lächelte Amery an. Er hatte die letzte Viertelstunde nur von dem Besuch bei seinem Vater gesprochen, aber sie wußte, daß er in Gedanken woanders gewesen war. Sie fürchtete, nicht bei ihr, und sie setzte sich plötzlich zu ihm.

»Was hast du?« fragte sie.

Amery entschied sich für die Antwort: »Ich liebe dich.«

»Sehr?« wollte sie wissen.

»Sehr.«

»Gut«, sagte sie und stand wieder auf. »Wo ist dein Schlafzimmer?«

Er zeigte auf eine hohe weißgelackte Tür.

»Darf ich rein?« fragte sie.

»Natürlich«, sagte er.

Sie nahm ihre Tasche, trat in das Schlafzimmer und versperrte von innen. Amery war verblüfft. Er wartete einige Minuten, erhob sich dann und lächelte. War die Stunde schon gekommen? Seltsamerweise dachte er aber nicht an das, was ihm für diesen Fall bevorstand, sondern ihm fiel ein, daß er zu fünf Uhr einen Fotografen in sein Büro bestellt hatte, um mit ihm das Layout eines Werbeprospekts für die Herbstmesse zu besprechen; und obwohl dieser Prospekt genausogut morgen oder an einem anderen Tag erörtert werden konnte, schien es ihm ungehörig, einen Herrn, mit dem er verabredet war, warten zu lassen. Ja, plötzlich kam es ihm so vor, als hinge nicht nur das pünktliche Erscheinen dieses Reklamebogens, sondern die Existenz der Firma davon ab, ob es ihm gelänge, bis fünf am Graben zu sein. Er sah nicht auf die Uhr. Er wollte nicht wissen, daß es kaum drei war. Andererseits konnte er schlecht den Hörer abnehmen und jemanden bitten, den Fotografen auf sechs oder sieben Uhr zu bestellen, denn Christine könnte das Gespräch durch die Tür mithören und ein solches Limit für taktlos, wenn nicht sogar für beleidigend halten. Ebensowenig durfte er, wenn sie ihn rief, erklären: ›Augenblick, Liebste, ich muß nur eine Konferenz absagen!‹ Christine mußte von ihm einen Liebhaber erwarten, und zwar einen ungeduldigen, nach dem, was vorausgegangen war. Alle Manöver hatten ein Ende, der schöne Krieg brach aus. Doch Amery fühlte sich, zu seiner Überraschung, keineswegs mobilisiert. Die Erklärung war zu unvermittelt gekommen. Der Umstand, daß sie seine Wohnung hatte sehen wollen, reichte nicht hin. Er hatte einige Zeit vom Besuch bei seinem Vater gesprochen, sie währenddessen angeschaut und darüber nachgedacht, warum er sie eigentlich heiraten wollte. Sie hatte ihn unterbrochen, indem sie sich zu ihm setzte. Er hatte ihr gesagt, daß er sie liebe. Sie hatte ihn gefragt, ob sehr. Er hatte es bestätigt. Nun war sie in seinem Schlafzimmer, aber er mußte um fünf in seinem Büro am Graben sein. Das war die Lage. Nun drehte sich der Schlüssel im Schloß, und die Tür wurde einen Spalt breit geöffnet. Amery blieb stehen, wo er stand, in der Nähe des Telefontisches. Christines Stimme kam leise, aber entschlossen.

»Zieh die Vorhänge zu!« sagte sie.

»Welche, bitte?« fragte er.

»Bei dir.«

Er tat es.

»Setz dich hin!« sagte sie. »Auf die Couch. Und schau zur Wand!«

›Ah, eine Überraschung!‹ dachte er und fühlte, während er sich zur Wand drehte, eine angenehme Wärme im Magen. Fast hätte er gelacht. Er hörte die Tür klappen und zwei, drei sanfte Schritte, als ginge sie auf Strümpfen.

»Darf ich mich umdrehen?« fragte er.

»Nein, noch nicht.«

Das hatte sie lauter gesagt, und wie in einem Wort. Amery hörte ein Geräusch, als fiele etwas Schweres, doch zugleich auch Weiches aus geringer Höhe zu Boden. Ein Duft von Heliotrop drang heran, mild und süß, wie eine Erinnerung an Vanillepudding. Noch ein Wischen war zu vernehmen, als striche jemand den Flor eines Kleides glatt, dann sagte Christine oder fragte es: »Jan?«

Als Amery sich umwandte, sah er nur ihren linken Fuß, ohne Strumpf und Schuh. Die beiden großen Sessel hinter dem Glastisch versperrten ihm die Sicht. Auch war es nicht mehr so hell, seit er die Gardinen vor die Fenster gezogen hatte. Amery stand auf und trat um den Tisch und die Sessel herum. Christine lag auf dem Teppich, das rechte Bein angewinkelt, die Hände unter den Kopf geschoben, das Haar ausgebreitet, die Augen geschlossen, völlig nackt. Auf der weißen Haut unter ihren Brüsten zeichneten sich rosige Druckstellen ab, und auch über die Hüften, wo das Gummiband gespannt hatte, zog sich ein schwacher perforierter Streifen. Was Amery aber am meisten verwirrte, waren die blonden Büschel in ihren Achselhöhlen. Ohne zu wissen, was er tat, sank er in die Knie und stützte die Hände auf den dunkler gewordenen, fast meergrünen Teppich. Er wollte sich vorbeugen, um Christine zu küssen, aber sie schlug die Augen auf und sagte: »Setz dich auf den Sessel und schau mich an.« Er brachte kein Wort heraus. »Du sollst mich nur anschauen«, sagte sie. »Und laß dir Zeit. Rauch eine Zigarette, wenn du Lust hast. Ich will nicht, daß du mich anfaßt. Ich möchte nur, daß du mich siehst.«

Amery stand auf, drehte einen Sessel herum und brannte sich eine Zigarette an.

»Warum machst du das?« fragte er mit einer Stimme, die ihm fremd war.

Christine schloß die Augen und lächelte.

»Warum?« fragte Amery wieder.

»Weil ich dich liebe«, sagte sie und bewegte kaum die Lippen dabei. »Damit du weißt, was dich erwartet.«

Amery antwortete etwas.

»Du mußt deutsch sprechen«, sagte Christine.

»Ich sage, daß du mich nicht liebst«, wiederholte Amery leise, mit seiner eigenen Stimme.

»Was kann ich noch mehr für dich tun?« fragte Christine.

»Freundlicher sein«, sagte Amery und drückte die Zigarette aus.

Christine lächelte wieder.

»Zärtlicher«, sagte Amery.

»Das kann Hanka auch«, sagte Christine, winkelte das linke Bein an und streckte das rechte aus.

»Wer ist Hanka?« Er hatte es tatsächlich vergessen.

»Unser Dienstmädchen«, sagte Christine. »Nimm sie dir.«

Er ließ sich vom Sessel gleiten. Christine zog die Hände unter dem Kopf hervor, stützte sich auf die Ellbogen und lachte ihn an. Amery schlug ihr mit der flachen Hand auf den Mund. Sie lachte weiter, und er schlug noch einmal.

Sie warf die Arme um seinen Hals, küßte ihn mit blutenden Lippen und riß ihn mit sich herunter. »Nimm sie dir doch«, flüsterte sie.

Er tat es.

Um halb fünf brachte er sie zur Haltestelle an der Myslikgasse. Sie küßten sich. Christine, hinter der Trambahnscheibe, hielt ein Taschentuch vor den Mund. Sie ließ die Augen nicht von ihm, solange die Tram hielt, doch drehte sie sich nicht um. Amery wollte nach einem Taxi pfeifen, brachte aber keinen Ton heraus. Er lief zu Fuß zum Graben. Er war sehr verliebt.

Das Herz ging ihm über, aber er konnte nicht pfeifen mit dem geschwollenen Mund. Singen war gleichfalls ausgeschlossen. Er trug zwar keine Uniform und hatte nie eine getragen, weil vom Militärdienst wegen eines Lungenspitzenkatarrhs freigestellt, doch Distinktion, auch wenn sie nicht in goldenen Litzen, grünen Spiegeln oder roten Lampassen prangte, sondern nur aus farblosen, dafür aber eingefleischten Lebensregeln bestand, verbot solchen Überschwang.

Der Vorschlag des Fotografen für den Messe-Prospekt war miserabel. Amery, dem es schwerfiel, enttäuscht zu sein, blickte stumm auf die Klebeskizzen und schüttelte den Kopf. »Ich weiß schon, woran's liegt«, sagte der Fotograf und nahm das Papier an sich. »Nächste Woche, Herr Direktor, leg ich Ihnen etwas vor, da werden Sie staunen!«

Nein, dachte Amery, als er allein war, ich werde über nichts mehr staunen. Er trat ans Fenster im vierten Stock und sah auf die Straße hinunter. Die ›Herren Herumläufer‹, wie der Komiker Burian die Passanten dieses Korsos tituliert hatte, rückten wie immer in langen, vom Pulverturm und vom Wenzelsplatz gezogenen Strichen heran, eine Familie konträrer Bandwürmer, deren Glieder sich, aus dieser Höhe gesehen, als Schlapphüte und Baretts, Schiebermützen und Federtoques, Homburgs und Käppis aneinanderhakten. Sie hatten sich nicht geändert in den letzten drei Stunden, Jahrhunderten. Amery kam ihre Haltbarkeit höchst erstaunlich vor. Wie konnte man so fahrig, so zerstreut und unbeschwert sein, ohne auseinanderzufallen? Er befühlte seine Lippen mit dem Mittelfinger. Die Schwellung hatte nachgelassen. Er versuchte zu pfeifen. Es ging wieder. Er setzte sich an den Schreibtisch und telefonierte mit seinem Vater. Freitag gegen sechs, sagte der alte Amery, sei ihm recht. Die Einladung Tante Marketas übernehme er selbst. Ob das Fräulein tschechisch spräche?

»Nein«, sagte Amery. Französisch? »Ja.« Nun dann: Servus! Danach ließ er sich mit der Sellmannschen Wohnung verbinden.

»Ja?« fragte eine junge Stimme.

»Mit wem spreche ich, bitte?«

»Mit dem Mädchen.«

»Hanka?« fragte er und merkte, daß er rot wurde.

»Ano«, sagte sie.

»Würden Sie, wenn es nicht stört, Fräulein Christine an den Apparat bitten?« fragte Amery auf deutsch.

»Není doma«, antwortete Hanka.

»Sagen Sie ihr, daß ich sie im Laufe des Abends noch einmal anrufe.«

»Werd's ausrichten, Herr Amery«, sagte Hanka wiederum tschechisch.

Eine Weile summte es noch in der Leitung, und Amery glaubte, Hankas Atem zu hören, aber wahrscheinlich zitterte nur die Membran seiner eigenen Sprechmuschel. Er legte den Hörer langsam auf die Gabel zurück. Plötzlich fiel ihm ein, daß er sich, wenn er schon anrief, bei einer der Damen nach Dr. Sellmanns Befinden hätte erkundigen müssen. Er schrieb ein paar Zeilen, kuvertierte sie, klingelte einen Boten herbei und gab ihm Auftrag, den Brief samt einem Blumenstrauß nach Bubenetsch zu schaffen. Daß Christine, obwohl er sich vor anderthalb Stunden von ihr verabschiedet hatte, immer noch nicht nach Hause gekommen war, beunruhigte ihn. Am liebsten hätte er das Tram-Depot oder die Polizei angerufen, um zu erfahren, ob ein Unfall gemeldet worden war. Der Gedanke, sie könnte zwischen zwei Straßenbahnen zerquetscht oder von einem Auto überfahren worden sein, schien nicht von der Hand zu weisen. Er glaubte einen Augenblick lang, sich erschießen zu müssen, falls Christine etwas zugestoßen wäre. Allerdings besaß er weder Pistole noch Revolver, und seine Jagdwaffen hingen im Böhmerwald. Blieb der Fenstersturz, die Defenestration. Er erhob sich vom Schreibtisch, sah auf den Graben hinunter und lachte plötzlich so laut, daß die Sekretärin hereinschaute und fragte, ob er gerufen habe. »Nein, nein«, sagte er und schickte sie wieder fort. Nein. Statt sich das Leben zu nehmen, wollte er lieber etwas essen, und als er nach wenigen Minuten das Haus verließ, war er bereits so hungrig, daß er seinen Blick immer wieder auf einen neben ihm gehenden rotgesichtigen Moldau-Matrosen richtete, der die Mütze in den Nacken geschoben, den Rumpf, um die Montur nicht zu bekleckern, weit vorgebeugt hatte und, ohne ein einziges Mal stehenzubleiben, mit großen weißen Zähnen in eine heiße Speckwurst biß. Das war es. Keine Hummer-Krabben am Spieß, nichts Gratiniertes, Garniertes, Flambiertes, keine Pastetchen und Röllchen – etwas Schweinernes mußte her. Amery bog am Ende des Grabens in die Hybernergasse und betrat kurz vor der Havličekgasse einen kleinen, zum ›Volkshaus‹ gehörigen Selcherladen, der um diese Zeit, da er hauptsächlich Frühstückskundschaft hatte, fast leer war. Ein süßlicher, fetter Duft, der mit den wabernden Dampfschwaden aus einem Holzbottich stieg, nahm ihm für Sekunden den Atem, aber ein hilfreiches Gedächtnis an winterliche Schlachtfeste, bei denen es nicht anders gerochen hatte, schob ihn zu dem dicken Metzger, der mit einer hölzernen Gabel in die Brühe stach, ein Stück Wellfleisch herausfischte und auf die Waage warf: ein halbes Pfund.

»Gut so?«

»Bitte«, sagte Amery.

Die Verkäuferin erfaßte das Stück mit einem Papier und wartete mit der Übergabe, bis Amery das Fleisch, den Meerrettich und die Salzstange bezahlt hatte. Er stellte sich mit seiner Portion an das gegenüber dem Tresen angebrachte Brett, nahm Messer und Gabel aus einem Korb und schnitt den ersten weißgrauen Streifen herunter. Als er die Hälfte der Portion gegessen hatte, fühlte er neues Leben ins Kraut schießen, knallartig und herausfordernd. Die Fantasie zog ihren Fehdehandschuh ab: in Gedanken betritt er das Gelände einer Villa im Westen der Stadt, an der Hanspaulka. Im Garten duftet verregneter Holunder. Er hört das Tor hinter sich zuschlagen. Das Haus öffnet sich von selbst. Er steigt die Treppe hinauf in den ersten Stock und schiebt die Flügel einer milchverglasten Tür auseinander. Auf einem Diwan liegt ein dunkler junger Mann, noch nicht zwanzig Jahre alt, unbekleidet, schwarzhaarig. Er hat gewisse Ähnlichkeit mit Karol Djudko. Er raucht und streift die Zigarette aus und sagt: ›Jetzt.‹ Christine erhebt sich, doch der junge Mann schüttelt den Kopf. Sie läßt sich auf die Knie nieder und torkelt, weil der Rock sie hindert, langsam zum Diwan hin. ›Gut so?‹ fragt sie. Der junge Mann nickt. Amery scheint es an der Zeit einzugreifen. ›Christine!‹ ruft er, aber sie hört ihn nicht, und das Seltsame, daß er selber seine Stimme nicht vernimmt. Sie rutscht weiter und reißt dabei die Augen auf, wie die Zigeunerinnen vor der Schwarzen Muttergottes und die Weiber auf dem Heiligen Berg bei Příbram. ›Bitte, steh auf!‹ sagt Amery, will sie unter den Achseln packen und anheben. Aber seine Hände greifen nicht. ›Bist du wahnsinnig?‹ brüllt er, hat aber plötzlich den Einfall, sie anzurufen, und während Christine den rechten Fuß des jungen Mannes küßt, geht er zum Telefon, das auf einem Glastisch vorm Fenster steht, und merkt sich die Nummer. Dann verläßt er den Raum und sieht, während er die beiden Flügel zusammenschiebt, daß sich Christine auf den jungen Mann wirft, der nun kein anderer als Karol Djudko ist.

Inzwischen hatte Amery das Wellfleisch aufgegessen. Er sah noch einen Augenblick auf das fettige Papier und den Rest der Salzstange. »Hat's geschmeckt?« hörte er den Metzger hinter sich fragen. Er nickte, sagte aber nichts, weil er meinte, niemand würde ihn verstehen. Er trat auf die Straße, ging über die Havlíčekgasse zum Masaryk-Bahnhof und wählte in einer Telefonzelle die Sellmannsche Nummer.

»Katharina Sellmann«, hörte er sagen. Er bat, Christine ans Telefon zu holen.

Christine lachte.

»Wo warst du?« wiederholte er.

»Wo soll ich denn gewesen sein?« fragte sie.

»Ich habe vor einer Stunde angerufen, und Hanka hat mir gesagt, du wärst noch nicht zu Hause.«

»Hanka?«

»Ja.«

Christine lachte. »Das war nicht Hanka. Es war Sophie.«

»Warum gibt sie sich für Hanka aus?«

»Weil's ihr Spaß macht.«

»Du warst also zu Hause?«

»Nein«, sagte Christine. »Mein Vater läßt sich übrigens bedanken für die Blumen.«

»Aber wo warst du denn?«

»Ich hab mir etwas gekauft.«

»Was?«

Christine antwortete nicht gleich.

»Was hast du dir gekauft?«

»Essigsaure Tonerde.«

»Was ist das?«

»Ein Wasser«, sagte Christine. »Man kippt es auf einen Lappen und drückt ihn auf die geschwollene Stelle, falls man eine hat, und mit so einem Lappen vor dem Mund bin ich eine Stunde lang zwischen Belvedere und Kadettenschule auf und ab gegangen. Unter den Kastanien. Weißt du, wo das ist?«

»Ja«, sagte Amery leise.

»Dort war ich.«

»Ich liebe dich«, sagte Amery. »Sehr.«

»Ich dich auch«, flüsterte Christine.

Sie verabredeten, daß er Christine am Freitag abholen sollte, um mit ihr zu seinem Vater zu fahren. Als er den Bahnhof verließ, war es merklich dunkler geworden. Das Mißverhältnis zwischen seiner Laune und den mausgrauen Farben des Abends war offensichtlich. Durch die Schlucht der Pflastergasse ging er zum Havlíčekplatz, trat in einen Stehausschank und stellte den Ausgleich mit dem Himmel durch ein großes Glas Rum wieder her. Als er am Ende der Heinrichgasse auf den Wenzelsplatz kam, hatte sich das Firmament tiefblau eingefärbt, und aus dem roten Storchenschnabel über dem Wäschegeschäft Prokop & Čáp fielen die großen weißen elektrischen Leinenballen.

13 Die silberne Kuh

Bohuslav Amery besaß eine gewisse Ähnlichkeit mit einem längst verstorbenen Schauspieler, der sich in den Komödien des vergangenen Jahrhunderts als zweiter ›Roscius Trepidans‹ einen Namen gemacht hatte. Sein Sohn behauptete sogar, er sei diesem Kaschka wie aus dem Gesicht geschnitten. Das Porträt aus der ›National-Zeitung‹ kam unter eine geschliffene Glasplatte, und Bohuslav Amery hatte sich angewöhnt, auf Kaschkas Bild wie in einen Spiegel zu schauen. So sehr er es ablehnte, sich mit einem Hanswurst zu vergleichen – es gab einige unleugbare Übereinstimmungen, die mit den Jahren noch schärfer hervorgetreten waren. Wie Kaschka trug der alte Amery den weit zurückgenommenen Scheitel auf der linken Seite, auch seine Brauen wölbten sich breit und mit verdickten Enden über dunklen Augen, und zwei tiefe Falten zogen sich von den Tränensäcken bis zum Kinn. Über dem ernsten Mund saß die gleiche knollige Nase, und Kaschkas Ohr – auf der Zeichnung war nur das linke zu sehen – hatte den gleichen knorplig eingeschlagenen Rand und das runde freihängende Läppchen. Doch diese Äußerlichkeiten hätten wenig bedeutet, wäre nicht eine auffällige Gleichheit des Ausdrucks hinzugekommen. Beide Gesichter, das tote wie das lebende, schienen zu sagen: ›Wir wissen, was gespielt wird. Uns macht ihr nichts vor.‹ Der alte Amery hatte sogar anerkennend genickt, als er in dem feuilletonistischen Begleittext einen von Kaschkas Aussprüchen las: ›Was? Ich soll natürlich gespielt haben? Ach, wenn die Natur doch nur sowas fertigbrächte!‹ Er ließ sich für den Hausgebrauch das gleiche Stehkragenhemd wie Kaschka nähen, band sich einen Plastron dazu, trug über der zweireihigen Weste eine Jacke mit braunem Samtbesatz, und wenn er in diesem Kostüm über dem Bilde seines Doppelgängers saß, freute er sich an dem Gedanken, daß auch hinter ihm bald der Vorhang fallen werde und er dem Komödianten möglicherweise im Jenseits begegnete, wo man Gelegenheit zu einer Aussprache hätte, unter vier Augen, wenn nötig eine halbe Ewigkeit lang.

Große, insbesondere finanzielle Entscheidungen traf Bohuslav Amery nach gründlichen Vorarbeiten, und immer erst dann, wenn er alles dafür und dagegen Sprechende überschlafen hatte. Beschlüsse kleineren Formats dagegen unterlagen mitunter einer Art Gottesurteil. Das Zuklappen eines Fensters, das Abbrechen eines Bleistifts oder ein auf dem Rücken liegendes Messer erhielten Bedeutung. Zum Beispiel verzichtete er darauf, sich ein Haustier zuzulegen, weil ihm eine Kartenschlägerin in der Karpfengasse immer wieder geraten hatte, sich vor Hunden in acht zu nehmen. Hätte sie ihn jedoch vor einer neuen Glasiermaschine oder vor dem Abschluß eines Vertrags mit dem Schweizer Handelskontor gewarnt, er hätte sie ausgelacht. Orakel hatten ihren Wert nur im Unterholz des Privaten, nicht im Hochwald des Geschäfts. Die Verbindung seines Sohnes mit

Christine Sellmann allerdings reichte an Wurzeln und Wipfel, und als Bohuslav Amery am Freitag, vor seinem Mittagsschlaf, die Lederpantoffeln von den Füßen warf und beide nebeneinander wie ausgerichtet auf die Bettumrandung zu liegen kamen, konnte ihn ein so günstiges Vorzeichen allein nicht beruhigen.

Bei seinen Nachforschungen zur Person des Dr. Sellmann war ihm anfangs nichts Besonderes aufgefallen. Daß ein Katholik in einem jüdischen Bankhaus arbeitete, schien nicht ungewöhnlich, und daß sich Herr von Lilienthal einen echten Deutschen hielt, um die Szenerie des Reiches beobachten zu lassen, sprach für seinen Geschäftssinn und die Größe des Unternehmens. Warum aber – und an dieser Stelle wurde der Alte stutzig – verkehrte Dr. Sellmann so selten mit seinen Landsleuten? Daß er nicht in die Emigrantencafés ging, war begreiflich. Aber weshalb kannte ihn niemand im ›Deutschen Haus‹ und beim Verein der Reichsdeutschen? Stieß doch die Nekazankagasse mit dem ›Goldenen Kreuzl‹, dem deutschen Stammlokal, genau dort auf den Graben, wo die Böhmische Landesbank ihren Sitz hatte. War er ein verheirateter Hagestolz, der sich ins Häusliche verkroch? Keineswegs. Den Berichten zufolge konnte er weder ungesellig, noch menschenscheu sein. Er besuchte die Rennen und den Fußball-Club, hatte eine Theater-Loge, empfing Gäste und stand sich gut mit Eugen Lustig. Aber Jan hatte auch erzählt, daß außer ihm nur der ›nordische‹ Vavra und ein junger Slowake zum Tee eingeladen wurden. Woher diese Vorliebe für das Slawische? Und aus welchen Gründen hatte Sellmann eigentlich seine Stellung in Deutschland aufgegeben? Um das große Geld zu verdienen? Aber wie konnte es geschehen, daß die ›Saxonia‹ einen solchen Mann ziehen ließ? Hatte man ihn plötzlich nicht mehr gebraucht? War er zu alt, zu störrisch, zu beschränkt gewesen? Dann hätte Lustig ihn kaum engagiert. Nein, Amery fragte lieber andersherum: Wer machte denn hier den Rebbach? Sellmann? Das mochte er meinen, aber dazu fehlten ihm die Mittel. Also Lustig. Doch nicht er allein, denn sonst hätte Berlin auf den tüchtigen Direktor nicht verzichtet. Wie aber konnten sowohl Lustig wie die ›Saxonia‹ denselben Mann und seine Tätigkeit kapitalisieren? Darauf gab es nur zwei Antworten. Die erste: die Interessen der Böhmischen Landesbank deckten sich zeitweilig mit denen der ›Saxonia‹. Die zweite: Dr. Sellmann war nicht mit sich selbst identisch. Stimmte die erste Antwort, so hätte dieser Herr allenfalls ein Gastspiel an der Moldau gegeben und wäre nicht mit Kind und Kegel übergesiedelt; stimmte die zweite, so mußte er entweder ein Verrückter oder ein Betrüger sein. Schizophrenie schied nach allem, was man hörte, aus. Also? Was blieb? Nein, er durfte es nicht zulassen, daß Jan dieses Fräulein Sellmann heiratete. Der alte Amery drehte sich auf die Seite. Die Entscheidung war gefallen. Er schlief ein. Als er sich nach einer Stunde erhob, sagte ihm seine Wirtschafterin durch die Tür, daß Frau Farel gekommen sei und im kleinen Salon auf ihn wartete.

Marketa Farel, die Schwester seiner verstorbenen Frau, war eine hochgewachsene, sehr schlanke Dame mit eisgrauen, kunstvoll frisierten Haaren, einem faltigen, nahezu wangenlosen Gesicht und freundlichen braunen Augen. Ihr untailliertes schwarzes Kleid fiel vom Hals über die Knie, ohne an irgendeiner Stelle zu beulen oder zu bauschen. Lange vor dem Kriege hatte ihr ein Arzt zu Pilsner Bier geraten, falls sie etwas gegen ihre Magerkeit unternehmen wollte. Das Bier schlug nicht an, aber sie hatte es weitergetrunken, dreißig Jahre lang, etwa vier Halbe täglich, auf Schlückchen verteilt. Sie lebte von einer Witwenpension und regelmäßigen Zuschüssen ihres Schwagers. Sie besuchte ihn nur, wenn sie darum gebeten wurde, und steckte bei solchen Gelegenheiten ein Tütchen Veilchenpastillen zu sich, weil sie wußte, daß ihr Schwager den leichten Biergeruch, der von ihr ausging, nicht mochte. Durch ihre Zurückhaltung hatte sie sich aber Respekt und Autorität gewahrt, und der alte Amery wäre nie auf die Idee gekommen, sie zu duzen. Er schätzte ihre Gesellschaft, mitunter sehnte er sich sogar nach ihr, und in manchen Fällen sicherte er die Empfehlungen seiner Kartenlegerin noch dadurch ab, daß er den Rat Marketa Farels einholte.
»Ich weiß nicht, ich bin dagegen«, sagte er, nachdem er sich zu ihr gesetzt hatte.
»Hat es Ihre Hexe verboten?« fragte Marketa und legte die weißen Zähne bloß.

Amery winkte ab. »Ich war seit einem Vierteljahr nicht dort.«
Seine Schwägerin bot ihm von ihren Veilchenpastillen an.
»Nein, danke«, knurrte er. So bediente sich Marketa allein.
»Was spricht dagegen?« fragte sie und schob den Bonbon mit
der Zunge gegen die Wange, daß sich die Haut blähte.
»Das sind keine Leute für uns.«
»Kennen Sie sie?«
»Nein. Aber ich habe meine Erfahrungen.«
»Warum haben Sie die junge Dame dann eingeladen?«
»Es ist mir erst vor einer Stunde klargeworden, daß es falsch
war.«
»Eine junge Erfahrung«, sagte Frau Farel.
Bohuslav Amery zuckte die Schultern. »Immer noch früh ge-
nug.«
»Woran erkennen Sie eigentlich, ob eine Frau und ein Mann
zusammenpassen?«
»Das ist das Problem meines Sohnes.«
»Immerhin«, sagte Frau Farel. »Sie haben mich sicher nicht
kommen lassen, damit ich feststelle, ob diese junge Dame etwas
von Ihrem Geschäft versteht. Ich erinnere mich, wie überrascht
meine Schwester war, als sie hörte, daß Sie einen Porzellanladen
besitzen.«
Bei dem Wort ›Porzellanladen‹ hob Amery leicht die Brauen,
lächelte dann aber.
»Darum kann es also nicht gehen«, fuhr Marketa fort. »Es stört
Sie, daß Jan sich ausgerechnet für eine Deutsche entschieden
hat. Ich muß Ihnen sagen, Bohuslav, daß ich an Ihrer Stelle sogar eine Chinesin akzeptieren würde.«
»Wie kommen Sie darauf?«
»Damit er endlich Ruhe gibt. Diese Amouren–«
Amery unterbrach sie, indem er aufstand und fragte: »Möch-
ten Sie ein Bier, Marketa?«
»Gern«, sagte sie, nahm, während er zur Tür ging, die Veil-
chenpastille aus dem Mund und steckte sie in die Tüte zurück.
»Sie müssen sich das Mädchen genau anschauen«, sagte Amery,
nachdem die Wirtschafterin wieder hinausgegangen war. Frau
Farel trank einen winzigen Schluck und spülte die Zähne frei.
»Das werden Sie tun, nicht wahr?«

Marketa nickte, nahm einen größeren Schluck und sah, wie sich Amery zur Seite setzte, um nicht angehaucht zu werden.

»Wir werden französisch mit ihr sprechen«, sagte er.

»À quoi bon?« fragte Marketa. »Wollen Sie erfahren, ob das Mädchen gute Noten hatte? Das ist doch Quälerei.«

»Ich kann dieses Deutsch nicht hören!«

»Bitte«, sagte Marketa und lächelte.

»In Gablonz ist das etwas anderes«, sagte Amery, der ihre Gedanken erriet.

»Darf ich noch einmal darauf zurückkommen«, sagte Marketa und legte dabei die Fingerkuppen in die Maschen der Filetdecke auf dem kleinen Tisch, als probte sie eine Séance. »Als Sie meine Schwester heirateten – woran merkten Sie damals, daß es die richtige war?«

Amery schüttelte den Kopf. »Ich habe mich nie um Äußerlichkeiten gekümmert«, sagte er.

»Das weiß ich«, bestätigte Marketa. »Was war es dann?«

»Die richtige Frau erkennt man daran, daß man in ihrer Gegenwart ein richtiger Mann ist«, sagte Amery und fühlte, daß er die Wahrheit sprach.

»Wie schön«, sagte Marketa. »Wenn ich kein Bier getrunken hätte, würde ich Ihnen einen Kuß dafür geben, Bohousch.«

Amery zog das Kinn in den Kragen und blickte seine Schwägerin verdutzt an. Einen Kuß? Und ›Bohousch‹? War sie etwa betrunken? Am liebsten hätte er sich, wie eine Schildkröte, mit Händen, Kopf und Füßen unter dem Panzer seines Anzugs verkrochen.

Bis zur Ankunft Jans und Christines blieb das Gespräch von seiner Seite her einsilbig. Als es klingelte, steckte Marketa eine frische Veilchenpastille in den Mund, und Amery sah mit Erstaunen, wie weit ihre Zunge die Wangenhaut auftrieb. Er mußte an den atmenden Hals einer Baumechse denken. Gräßliches Weib!

Der Tee wurde im großen Salon serviert. Dieser Raum war nicht größer als der kleine, aber er enthielt außer einem Tisch und vier Stühlen nichts als eine Sammlung handgemalter irdener und porzellaner Teller, die drei Wände bedeckten. Zwischen den Fenstern hing eine Ansicht der Burg von Schvabinsky, kaum zu erkennen im Gegenlicht und an den Seiten von gerafften Portieren verhängt. Frau Farel wartete mit vor dem Bauch gefalteten Händen, daß ihr Schwager, der in die Diele gegangen war, die Gäste hereinführte.

Christine war ungeschminkt. Sie kam in einem kaffeebraunen Kleid mit langen engen Ärmeln. Der Stoff ließ Haut und Haar leuchten. Um das linke Handgelenk trug sie böhmische Granaten, als einzigen Schmuck. Über ihrem Arm hing eine kleine dunkellederne Tasche. Jan stellte sie seiner Tante vor.

»Je suis enchantée, Mademoiselle«, sagte Frau Farel und zerbiß dabei den Bonbon. An Christines kühler Hand spürte sie Aufregung. Kein schlechtes Zeichen, dachte Marketa. Christine blickte fragend auf die Teller an den Wänden, und der alte Amery zeigte ihr seine Prunkstücke. Währenddessen flüsterte Marketa ihrem Neffen zu: »Eine Schönheit.«

»Finden Sie wirklich?« fragte Jan. »Dann sagen Sie's ihr.«

Die Wirtschafterin brachte den Tee. Man setzte sich. Bohuslav Amery goß Christine ein wenig Sahne aus einer kleinen silbernen Kuh in die Tasse.

»Wie hübsch«, sagte Christine und nahm dem alten Herrn das Spielzeug aus der Hand.

»Aus der Launaschen Kollektion«, erklärte er.

»Ach«, sagte Christine.

»Ein Einzelstück«, setzte Amery hinzu.

»Ich dachte es mir beinah«, sagte Christine.

»Wie kommen Sie darauf?«

»Soviel ich weiß, hatte Monsieur Launa hauptsächlich Becher gesammelt«, antwortete Christine.

»Das stimmt«, sagte der alte Amery erstaunt.

»Vor allem aus dem siebzehnten Jahrhundert, mit Wappen, Blumen und Szenen aus der Bibel.«

»Ganz recht«, sagte Amery. Mehr fiel ihm im Augenblick nicht ein. Christine reichte die silberne Kuh Frau Farel, und Jan lächelte über den Tisch hinweg seinen Vater an.

Tante Marketa zog das Gespräch eine Weile an sich, indem sie fragte, in welchem Stadtteil Christine mit ihren Eltern wohnte.

»Bubenetsch? Das ist dieses Dorf, nicht wahr! Es wurde erst

nach dem Krieg eingemeindet. Die Hauptstadt einer Republik will immer größer sein als eine Residenz. Wenn wir als Kinder Schloß Troja besuchten, war das eine Tageswanderung. Ich bin Kleinseitnerin, müssen Sie wissen. Für uns ist Prag, die alte wie die neue Stadt, ein bißchen fremd und unheimlich geblieben.«

»Sagen Sie nur, was Sie meinen!« bat Jan.

»Gewiß«, sagte Frau Farel, »es macht durchaus einen Unterschied, ob man unter einer königlichen Burg oder unter einem Wasserturm wohnt.«

»Die Kleinseite hatte früher sogar ihr eigenes Recht«, sagte Jan.

»Ja«, sagte Frau Farel und krauste die Stirn.

»Magdeburger Recht«, sagte Jan.

»Ich glaube, daß Fräulein Sellmann daran unschuldig ist«, erklärte Marketa.

»Zumal meine Geburtsstadt slawisch ist«, sagte Christine und entwickelte Vavras Deduktion von ›Zerbst‹ zu ›Wurmhaufen‹, was den alten Amery anscheinend belustigte.

»Hat Ihnen der Professor auch erklären können, was das für Würmer sind?« fragte er Christine.

»Nein«, antwortete sie.

»Sehen Sie«, sagte er, »das ist das Elend der Wissenschaften. Und Sie selber wissen es auch nicht?«

»Nein.«

»Das Wort ›červ‹ bedeutet ›Wurm‹. Aber ›červec‹ ist die Schildlaus, die Cochenille. Und was beziehen wir von ihr? Du weißt es, Jan, sei still. Ich will es Ihnen sagen, mein Fräulein: einen Farbstoff. Das Karminrot.«

»Aha«, sagte Marketa, »nun wissen wir's.«

»Ich fürchte nur, daß Zerbst durch die Verwandlung aus einem Würmerhaufen in einen Haufen Läuse nicht allzuviel gewonnen hat«, sagte Christine, und alle, sogar der alte Amery, lachten.

»Nein, aber denken Sie«, fuhr Bohuslav fort, »was man auf diese Weise erklären kann. In unseren Worten für rot und erröten, für Morgen- und Abendrot, ja sogar für die Monatsnamen Juni und Juli ist dieser Stamm enthalten.«

»Man sieht mal wieder«, ergänzte Marketa auf deutsch, »überall steckt der Wurm drin.« Sie wollte diese Ungeziefer-Debatte beenden.

»Nein, man sieht«, nahm Amery seinen Gedanken, französisch sprechend, wieder auf, »daß der Geburtsort des gnädigen Fräuleins ursprünglich eine Siedlung von Färbern gewesen sein muß, und ich wette meinen Kopf, daß es dort heute noch irgendeinen Hinweis darauf gibt.«

»Sie haben Ihren Kopf gewonnen«, sagte Christine trocken. »Eine meiner Tanten wohnt in der Färberstraße.«

»Na, also!« rief der alte Amery, hob die Arme an und befühlte seine Stirn. »Ich danke Ihnen«, sagte er zu Christine. »Ich werde ihn noch ein bißchen brauchen.«

Tante Marketa brachte die Unterhaltung auf Prag zurück und bewunderte Christines Ortskenntnis.

»Oh, dafür kann ich nichts«, antwortete die Blonde. »Das verdanke ich meinem jüngeren Bruder. Ich gehe mit ihm in die Stadt und erkläre ihm, was er nicht sieht.«

»Comment?« fragte Bohuslav erstaunt.

»Ach, ich dachte, Jan hätte es Ihnen erzählt«, sagte Christine. »Heinrich ist blind, das heißt, er war es. Er ist inzwischen operiert worden, an einem Auge. Eigentlich sind wir seinetwegen überhaupt nach Prag gezogen.«

Christine lächelte, aber als sie merkte, daß sie weder von Frau Farel noch vom alten Amery verstanden wurde, errötete sie.

»Meine Eltern hatten in Berlin und Leipzig alles versucht, aber kein Arzt wollte es riskieren. Erst hier in Prag . . .« Sie schlug die Augen nieder und griff nach ihrer Teetasse.

»Aber es geht ihm jetzt besser?« sagte Frau Farel, fast beschwörend. Der alte Amery schüttelte den Kopf, als wäre solche Frage ungehörig.

»Ich weiß nicht, wie ich es sagen soll«, antwortete Christine. »Vorige Woche hat ihm meine Schwester Sophie einen Strauß . . .«, ihr fiel das französische Wort für Mohnblumen nicht ein. Sie gestand es.

»Sprechen Sie doch deutsch!« bat Amery, selber ins Deutsche fallend.

»Sophie hatte Mohnblumen mitgebracht, und natürlich waren sie nach ein paar Tagen verwelkt. ›Warum habt ihr mir das nie gesagt?‹ fragte er uns, aber wir verstanden ihn nicht. Heinrich tippte an einen Mohnstengel, und die Blüten fielen herunter. ›Daß alles so kaputtgeht‹, sagte er. ›Am Haus nebenan blättert der Putz ab, alles wird grau und schmutzig, die Seiten in den Büchern, die Schürzen, die Tischdecken. Überall sind Flecken. Das hab ich nicht gewußt.‹ Ich versuchte, ihm zu erklären, daß alles nur vergeht, damit wieder etwas Neues entstehen kann. ›Ich will nichts Neues‹, sagte er. ›Ich möchte, daß alles so bleibt, wie es ist.‹ Jetzt sitzt er abends oft in seinem Zimmer, ohne das Licht einzuschalten.«

Christine schwieg, und niemand sprach.

»Entschuldigen Sie«, sagte sie nach einer Pause.

»Reich mir mal die Kuh herüber«, bat Amery seinen Sohn. Er kippte den Sahnerest in seine Tasse, spülte das silberne, vierbeinige Kännchen mit Tee aus und sagte dabei: »Es gibt Gottseidank einige Dinge, die nicht so schnell vergehen und haltbarer sind als der Mensch. Dieses Spielzeug hier hat schon Generationen überdauert. Nehmen Sie es Ihrem Bruder mit. Vielleicht findet er darüber wieder ein bißchen Gefallen an der Welt.«

Bohuslav Amery stellte die kleine silberne Kuh neben Christines Teller.

»Das darf ich nicht annehmen«, sagte Christine.

»Sie nicht«, meinte Amery, »aber Ihr Bruder.«

»Dann muß ich mich für Heinrich auch bedanken«, sagte Christine, stand auf und küßte Amery leicht auf die Wange. Sie wollte sich schnell wieder auf ihren Stuhl setzen, aber Amery hielt sie am Arm fest und zeigte auf die linke Backe. »Bitte, auch diese Seite!« Das Eis war gebrochen. Doch Tante Marketa hielt sich noch zurück. Daß ihr Schwager sich von einer Unbekannten zweimal küssen ließ, während er bei dem bloßen Gedanken an einen Kuß von ihr schon den Kopf eingezogen hatte, schien ihr unerhört. Nun, er hatte sie eingeladen, um das fremde Fräulein unter die Lupe zu nehmen, und dabei blieb sie. Ihr entging nicht, daß alles, was Christine sprach, nur für einen Zuhörer, für Bohuslav, gesagt war. Selbst wenn sie das Wort an Frau Farel richtete, sah sie zwischendurch zu ihm hinüber. Der junge Amery war anscheinend Luft für sie. Jan saß am Tisch wie jemand, der die Karten gemischt und gegeben hatte, selber aber nicht mitspielen durfte, und Tante Marketa hatte den Eindruck, daß er sich noch darüber freute. Warum blickte dieses Fräulein Christine ihren Geliebten nicht ein einziges Mal verliebt an? Oder wenn nicht gleich verliebt, so doch freundlich oder wenigstens interessiert? Nahm Jan, was selten vorkam, das Wort, dann schien es Tante Marketa, als hörte Christine ihm nur aus dem Grunde zu, weil es Sitte war, jedermann ausreden zu lassen, und als hielte sie die Lippen noch geöffnet, um a tempo einzuspringen, falls er eine Dummheit sagen sollte. Man konnte denken, sie führte Jan bei Verwandten ein, und nicht umgekehrt. Kein Wunder also für Tante Marketa, daß Bohuslav solch ein Publikum nutzte und alte Geschichten hervorkramte, über die in dieser Familie seit zwanzig Jahren niemand mehr gelacht hatte. Der Witz von dem Pfarrer, der für seine Grabrede, bei der niemand weinte, zehn Kronen, bei der die Angehörigen weinten, zwanzig, und bei der er selber weinte, dreißig Kronen verlangte, wie die Anekdote von dem Bauern, der in der Jakobskirche eine ›Echo-Messe‹ bestellte, bei der ein Ministrant, von der Orgelempore herunter, den Doppelvokal des ›cum spiritu tuo‹ (›uo, uo, uo!‹) wiederholen mußte – Christine lachte und nahm den Kopf gerade so weit zurück, daß der schöne Schwung ihres Halses vom Kinn bis zur Kehle zu sehen war. Sie ist kalt, dachte Marketa, und klug. Nur kalte Weiber sind wirklich klug. Die anderen verstricken sich in ihr Temperament. Aber sie hat Pech. Ich bin auch kalt. Eine Personalie wie die ihres Bruders erzählt man nicht, weil sie einem anderen keinen Ausweg läßt. Man muß Mitleid haben, ob man will oder nicht, und das ist ungezogen. Ich spreche niemals davon, wie der Rittmeister Farel von den Serben in den Rücken geschossen wurde, als er versuchte, über die Drina zurückzuschwimmen, und schon gar nicht, wenn ich das erste Mal zu Gast bin. So etwas behält man für sich. Bohuslav, zu dem ich nie wieder Bohousch sagen werde, weil er vor Angst in seine Manschetten kriecht, Bohuslav ist ein Trottel. Sein Sohn ist nicht klüger, aber entschuldigt. Er macht große Nasenlöcher, wenn das Fräulein die Schultern bewegt. Das bedeutet: er hat noch nicht genug von ihr. Also muß ich mich an den Alten halten.

Als Jan und Christine aufbrachen, sah Amery seine Schwägerin auffordernd an. Nein. Sie gab ihm mit den Augen zu verstehen, daß sie bleiben wollte.

»Warum haben Sie's ihr nicht gesagt?« fragte Jan leise, als er sich von seiner Tante verabschiedete.

»Was?«

»Daß sie eine Schönheit ist.«

»Sie wird es von Ihnen oft genug zu hören bekommen«, sagte sie und hielt ihm die Wange hin.

Als Bohuslav Amery aus der Diele zurückkehrte, fand er Frau Farel im kleinen Salon bei einem frischen Glas Bier.

»Ich hasse Tee«, sagte sie und legte den Arm so endgültig auf das Seitenpolster des kleinen Sofas, als wollte sie noch stundenlang bleiben.

»Ich bin etwas müde«, sagte Amery, ohne Platz zu nehmen.

»Sie sind rot im Gesicht«, sagte Tante Marketa. »Sie sollten sich setzen.«

Er knurrte und ließ sich in einem Sessel nieder.

»Nun, wann soll die Verlobung sein?« fragte sie.

»Vielleicht schon bald«, sagte Amery und lächelte.

»Darf ich Sie etwas fragen?«

»Bitte, bitte!«

»Warum waren Sie eigentlich so freundlich zu ihr, von Anfang an?«

Amery nickte, als hätte er diese Frage erwartet.

»Das war eine List.«

»So«, sagte Frau Farel. Sie sah ihm an, daß er log. »Und was wollten Sie damit erreichen?«

»Ich wollte sie in Sicherheit wiegen«, antwortete Amery, dem dieser Gedanke im Nachhinein sehr schlüssig schien. »Vielleicht würde sie einen Fehler machen.«

»Nun? Und? Hat sie einen gemacht?«

»Nein«, sagte Amery, und wieder trat ein Lächeln in sein Gesicht, das die beiden Falten um seinen Mund vertiefte. »Keinen.«

»Ich möchte Ihnen etwas verraten, Bohuslav«, sagte Frau Farel, »dieses Mädchen ist gefährlich.«

»Ich weiß«, sagte Amery und lächelte weiter.

»Doch nicht, wie Sie meinen«, schimpfte Frau Farel und setzte das Bierglas hart auf den Tisch.

»Wissen Sie, was Cosmas über Božena gesagt hat?«

»Die das ›Großmütterchen‹ geschrieben hat?«

»Ich bitte Sie: Cosmas!« rief Amery und schüttelte den Kopf.

»Die Herzogin Božena, natürlich.«

»Nun?« fragte Frau Farel.

»Weißer als Schnee, geschmeidiger als ein Schwan, glänzender als altes Elfenbein und schöner als ein Saphir.«

»Nun gut, Božena«, sagte Frau Farel, »und dieser Cosmas hat sie nicht gesehen. Außerdem war er ein Geistlicher, und Sie sind Kaufmann. Haben Sie den Verstand verloren, Bohuslav?«

»Ja«, sagte er.

»Dieses Fräulein Sellmann ist gewissenlos, falsch und hartherzig. Und das Schlimmste: Sie ist kalt. Wollte Gott, man könnte das auch von Ihrem Bier sagen.« Frau Farel merkte, daß sie sich vergaloppiert hatte. Der alte Amery stemmte sich in seinem Sessel hoch und sagte: »Auf jeden Fall, liebe Marketa, danke ich Ihnen, daß Sie mich mal wieder besucht haben.« Es blieb nichts übrig als zu gehen. Amery brachte sie an die Wohnungstür und küßte ihr die Hand. Danach ging er in sein Arbeitszimmer, setzte sich an den Schreibtisch und blickte lange auf das Bild seines Doubles unter der Glasplatte.

»Was meinen Sie, Herr Kaschka?« fragte er. Doch der Schauspieler verzog keine Miene. Er behielt den sauertöpfischen Ausdruck um die Lippen, denen zugleich aber auch anzusehen war, daß sie sich plötzlich auseinanderreißen konnten, um Parkett, Logen und Galerie mit einem ungeheuren Gelächter zu erschüttern.

14   *Erhebet die Herzen, aber bleibt auf dem Teppich*

Im September, bei der Verlobung Jans mit Christine, hielt sein Vater auf deutsch eine kleine Tischrede, die mit den Worten schloß: »Mein Name ist Bohuslav. Er bedeutet ungefähr ›Gottlob‹. Ich lobe Gott, daß ich den heutigen Tag noch erleben

durfte.« Danach küßte er die Brautleute und schenkte Christine
ein Halsband mit einem blau blitzenden Diamanten.
Man hatte die Feier klein gehalten. Schließlich sollte das keine
Hochzeit sein. Nur Wilhelm Sintenis vom ›Vogelherd‹ war an-
gereist. Katharina wurde dem Onkel an die Seite gesetzt, obwohl er lieber Frau Farel als Tischdame gehabt hätte, doch
Tante Marketa erhielt ihren Platz neben dem Hausherrn. Betty
war zu dem alten Amery gekommen, und Sophie saß neben
Heinrich.
Sellmann klopfte ans Glas und hielt eine seiner besinnlichen
Ansprachen, vor denen es seine Töchter grauste. Nur Betty
ruckelte sich wie in der Kirchbank zurecht und blickte nach-
denklich auf den Blumenschmuck aus weißen und roten Rosen.
In Anlehnung an den alten Amery begann Sellmann mit einer
scherzhaften Paraphrase über seinen Vornamen und schilderte,
wie sich der heilige Antonius von Padua in der Krone eines alten Nußbaums einen Hochsitz hatte errichten lassen, wo er, unerreichbar für seine Verehrer, an seinen Predigten arbeitete.
»Ein solches Dasein«, sagte er, »ist allerdings nur wenigen Aus-
erwählten beschert.« Damit leitete er zu den Maximen eines
Lebens über, die von jenen im Herzen getragen werden sollten,
die nicht damit rechnen durften, zur ›Ehre der Altäre‹ erhoben
zu werden. Sophie lächelte, weil die Altäre so nahe bei den
Hochsitzen standen, und sah zu Jan Amery hinüber, der wohl
einen ähnlichen Gedanken hatte, denn wie ein Schüler, der seinem Nachbarn zu verstehen geben will, daß er derselben läster-
lichen Ansicht sei, zog er die Lider hoch und starrte seine künftige Schwägerin sekundenlang an. Sellmann sprach nun über
den Wert selbstauferlegter Prüfungen, über den Sinn des War-
tens und des Reifens, aber bald schien auch er zu merken, daß
er zu lange redete, denn plötzlich griff er nach seinem Glas, als
hoffte er, dadurch schneller zum Ende zu kommen. Das Gegenteil war der Fall. Während alle am Tisch, außer Betty, sich
schon bereitmachten, auf das junge Paar anzustoßen, riß Sellmann mit jeder abschließenden Wendung neue Löcher auf, die
er durch Nach- und Zusätze verstopfen mußte. Wahrscheinlich hatte ihm zu Beginn so etwas wie ›die Welt in der Nuß-
schale‹ vorgeschwebt – anders konnten sich seine Zuhörer die

Erwähnung Florence Nightingales, der Habeas-Corpus-Akte und des Untergangs der ›Titanic‹ kaum erklären. Streckenweise minderte sich seine Rede zur Verhaltenheit des Selbstgesprächs, als wollte er eine leise Brücke zu einem Gedanken schlagen, den er danach mit Bruststimmensalven von sich gab. Es wurde peinlich, und es gab kein anderes Ende als dieses: »Wie dem auch sei«, sagte Sellmann und räusperte sich so, daß die meisten es für Rührung nahmen, »ihr wißt, was ich euch wünsche!«

Als die Gläser wieder gefüllt waren, erhob sich zur allgemeinen Verwunderung Wilhelm Sintenis, Frau Sellmanns Bruder, und klopfte mit dem Siegelring ans Glas. Dies hatte niemand voraus-, geschweige denn vorgesehen, denn eigentlich hatten ihn Sellmanns nur eingeladen, weil sie sicher gewesen waren, daß er absagen würde. Nun aber stand er zwischen Stuhl und Tisch, die Hände über dem schwarzen Rock gefaltet, und Betty ahnte, daß Schlimmes bevorstand. Hoffentlich kam er nicht auf die Idee, der Gesellschaft vorzuführen, wie man Zigarillos verkehrtrum rauchte, mit der Glut im Mund!

»Meine Lieben«, sagte er. »Eigentlich passe ich gar nicht zu euch. Ich bin ein eingeschworener Junggeselle. Aber gerade deswegen bin ich zu eurer Verlobung gekommen und werde mir dafür die Hochzeit schenken. Mich interessieren nämlich die Anfänge immer mehr als die Schlüsse. Meine Herren Vorredner haben in wunderbaren Worten hauptsächlich von sich selber gesprochen. Ich verstehe das. Wovon soll man auch bei so einer Gelegenheit reden? Ich will's nicht anders halten. Ich werde euch was erzählen von der Liebe. Keine Angst, Betty! Nicht von meiner eigenen. Du brauchst auch nicht zu befürchten, daß ich auf dem Tisch tanze. Ich weiß schon, was sich bei feinen Leuten gehört.«

»Aber Wilhelm!« rief Frau Sellmann.

»Ich rede von der Liebe, von einer großen Liebe«, fuhr Sintenis fort, »zu einer Zeit, wo die Humpelröcke modern waren. Sie werden sich erinnern, gnädige Frau?« fragte er Tante Marketa. Sie nickte lächelnd. »Unterm Knie wurden die Kleider so eng, daß die Mädchen grade noch trippeln konnten. Aber getanzt haben sie trotzdem, wie verrückt. Na, es war Sonntag, und die Angersche Kapelle hat gespielt. Da kamen drei junge Männer

zum ›Vogelherd‹. Zweie davon waren ja bekannt, aber der dritte
war neu. Er hatte einen blauen Zweireiher an und sah zu, wie
die Tippmamsells mit den Bauschülern schwoften.«
»Tanzten«, erklärte Christine.
»Der Pavillon hinterm Teich war mit Karbid-Lampen beleuchtet und spiegelte sich im Wasser. War'n schöner Abend, Betty,
nicht?«
»Ja«, sagte Frau Sellmann leise und senkte den Kopf.
»Die beiden andern drehten schon ihre Runde, der eine mit
Elschen Specht, das war die Tochter vom Archivrat Specht aus
der Brüderstraße, der andere – das weiß ich nicht mehr. Bloß
der dritte, der Blonde mit der goldenen Brille, der war sitzengeblieben. Aber nicht etwa, weil er sich'n Korb geholt hätte.
I bewahre! Da hat sich manche den Hals verrenkt, und die Mütter wurden auch schon unruhig. Die hatten gleich spitzgekriegt,
daß er noch ledig war und nobel und schnieke und vielleicht
auch'n paar Taler hinterm Kreuz. Die nahmen ihren Zwicker
gar nicht wieder ab. Stimmt's?« fragte er Betty, doch Frau Sellmann nickte nur.
»Aber der junge Mann, der kuckte immer bloß in die gleiche
Richtung. Und wer stand da?« Sintenis machte eine Pause und
sagte dann unter allgemeinem Gelächter: »Ich.«
Nachdem Frau Farel ihr Taschentuch wieder in den Ärmel geschoben hatte, fuhr er fort:
»Ich nicht allein. Neben mir stand noch jemand. Das heißt, wir
standen beide am Gläsertisch, unter der Kastanie, und paßten
auf, daß nichts verschwand. Manchmal waren nämlich auch ein
paar Herren von der Firma Klemm und Lange bei uns zu Besuch. Das verstehen Sie vielleicht nicht: es wurde hin und wieder ein bißchen gemaust. Na, was soll ich Ihnen sagen: steht
doch der junge Mann plötzlich auf und kommt zu uns rüber.
›Wen muß ich, bitte, fragen‹, fragt er, ›ob ich mit Ihnen tanzen
darf?‹ Meine Nachbarin sagt: ›Meinen Bruder.‹ Das war ich,
aber ich war damals noch eine Rotznase. Verzeihung, ich war
klein, äh – jung, meine ich. Er fragte mich, ob er darf, und ich
sage: ›Von mir aus.‹ Und dann sind sie beide auf den Estrich
vorm Haus. Der mußte jeden Sonntag frisch gewachst werden.
Und dann haben sie getanzt. Er in seinem dunkelblauen Rock

und sie mit ihrem weißen Kleid, einen Walzer und noch einen.
Na, da war schon zu sehen, was die Glocke geschlagen hatte.
Bloß so schnell und so einfach wie heute ging's früher nicht. Jeden Sonntag kam er zu uns raus, der junge Herr Doktor Sellmann, und wie er meine Schwester zum erstenmal fragte, wann sie ihn denn ihrem Vater vorstellen wollte, sagte sie . . .«
Sintenis blickte zu Frau Sellmann: »Na, Betty, was hast du gesagt?«
»Bald«, sagte Frau Sellmann.
»Bald«, wiederholte Sintenis. »Aber dann hast du noch gesagt: ›Wenn die Hühner im Herbst nach Süden fliegen.‹ Das hast du auch gesagt. Du warst nämlich ein ziemliches Reibeisen.«
»Ja«, sagte Frau Sellmann.
»Aber im Herbst«, sagte Sintenis, »habt ihr schon Hochzeit gefeiert.« Er machte eine lange Pause und schloß die Augen.
»Ich wünsche euch so eine große, so eine einfache Liebe«, sagte er endlich und sah zu Jan und Christine hinüber. »Und daß sie genauso lange hält. Denn wenn einer so liebt . . .« Sintenis zögerte einen Augenblick, entschloß sich dann aber doch, weiterzureden. »Ich will euch auch was über *meinen* Namen sagen. Er stammt aus Frankreich. Dort heißt er Saint Denis. Das ist der heilige Dionysius. Der ist nach seiner Hinrichtung mit dem Kopf unterm Arm noch ein paar Kilometer weit gelaufen. Da seht ihr, was die Liebe fertigbringt. Ich trinke auf die Liebe!«
Christine fiel Sintenis um den Hals und weinte.
»Das ist ein Mann«, sagte Tante Marketa zu Bohuslav Amery. Er nickte.
Jan war ein bißchen verlegen, als er sich bei Sintenis bedankte. Aber die Verlegenheit stand ihm gut, und in Sophies Augen sah er wieder so aus wie der Herr von Sternberg.
Am nächsten Morgen erschien die Verlobungsanzeige in den meisten tschechischen und deutschen Blättern. Es kamen Karten und Blumen von Lustig, Professor Kulik, Professor Vavra, von Fräulein Kalman und Karol. Zwei Tage später verabschiedete sich Onkel Wilhelm, und das Leben schien weiterzugehen wie zuvor, nur daß Sellmanns nun eine Braut im Hause hatten.
Anfang Oktober wiederholte Jan Amery seine Einladung zur Jagd, und Sellmann reiste mit ihm in den Böhmerwald, beglei-

tet von Christine und Katharina. »Einen Zwölfender schieße
ich ganz bestimmt!« rief die Rote noch aus dem Autofenster.

Sophie fuhr an jedem freien Nachmittag zum Kohlenmarkt, wo
sie mit ihrer Lehrerin und Pavel Sixta die Lieder einstudierte,
die sie im November singen sollte. Mit den Texten hatte es bald
Schwierigkeiten gegeben, denn Fräulein Kalman hielt die von
Sixta ausgewählten Gedichte für gestelzt und verblasen. Ein
Versuch mit deutschen Versen scheiterte an seiner Harthörig-
keit. Immer wieder setzte er schwere Taktteile auf unbetonte
Silben, und die Kalman ärgerte ihn oft damit. Er brauchte nur
einen einzigen Fehler zu machen, schon sang sie: ›Leise zieht
durch mein Gemüt liebliches Geläute.‹ Schließlich einigte man
sich auf den Zyklus ›Der Widerhall italienischer Volkslieder‹
von Jan Neruda. »Das ist international«, sagte die Kalman.
»Eine Deutsche singt das tschechische Echo auf italienische Lieder!« Wenn Sophie gegen Abend nach Hause kam, war sie jedesmal fest entschlossen, Sängerin zu werden, und da sie während Katharinas Abwesenheit im Zimmer ihres Bruders schlief,
erzählte sie ihm davon, und Heinrich war Feuer und Flamme:
»Sobald mein anderes Auge operiert ist, lerne ich Klavierspielen
und begleite dich.«
»Ja«, sagte Sophie und legte sich zu ihm, bis er eingeschlafen
war.
Zu Vavra ging sie seit der Sommerpause nur noch einmal die
Woche. Der ›nordische‹ Professor schien alt und nachlässig geworden, im Laufe weniger Monate. Es kam vor, daß er sie un-
rasiert empfing, oder mit offenem Kragen. Auch hielt er sich
genau an die vereinbarte Zeit und beendete die Lektion, wenn
die Glocke von St. Ludmilla die volle Stunde schlug. Er gab
Sophie kleinere, scheinbar zufällig ausgewählte Texte auf und
schloß daran ein paar Betrachtungen. An dem Tage, als Sellmann von seinem Jagdausflug zurückerwartet wurde, legte ihm
Sophie die Übersetzung eines Aphorismus aus der ›Literarischen
Welt‹ vor. Statt die Niederschrift, wie üblich, mit seinem spitzen, über den Zeilen schwebenden Bleistift durchzugehen, bat
Vavra, den Absatz vorzulesen, zuerst auf deutsch. Sie las: »Was
stört dich? Was reißt an deines Herzens Halt? Was tastet um

die Klinke deiner Tür? Was ruft dich von der Straße her und kommt doch nicht durch das offene Tor? Ach, es ist eben jener, den du störst, an dessen Herzens Halt du reißest, an dessen Tür du um die Klinke tastest, den du von der Straße her rufst und durch dessen offenes Tor du nicht kommen willst . . .«

Sie hatte die Sätze mit heller Stimme gesprochen und blickte danach fragend auf Vavra. Er nickte. Sie trug nun auch die Übersetzung vor, und Vavra hatte nichts auszusetzen, denn er nickte noch einmal.

»Wie würden Sie das interpretieren?« fragte er nach einer Pause.

»Ich habe schon darüber nachgedacht«, sagte Sophie, »aber ich kann es nicht.« Sie wollte etwas hinzufügen, doch Vavra schien auf dieses Eingeständnis nur gewartet zu haben, um Sophie zu Hilfe zu kommen. »Überlegen Sie mal«, sagte er und lehnte sich in seinem Stuhl zurück. »Was stört mich? Was zieht mir das Herz in den Magen? Was ruft mich, ohne bei mir einzutreten?«

»Ich dachte«, sagte Sophie, »daß es eine Halluzination ist.«

»Eine Halluzination!« lachte Vavra grimmig. »Nein, das ist es sicher nicht.«

»Es ist so spitzfindig«, sagte Sophie.

»Was soll das heißen?« fragte Vavra.

»So ausgeklügelt und knifflig.«

»Rabulistisch?« fragte Vavra.

»Ja«, sagte Sophie, »aber dabei auch ganz einfach, und man könnte den Gedanken ins Endlose verlängern . . .«

»Endlos ist gut«, warf Vavra ein. »Sagen wir: ins Unendliche.«

»Ja«, bestätigte Sophie. »Er ändert sich nämlich nicht, wenn man ihn erweitert.«

»Wie, zum Beispiel?«

»Man müßte eine Kette von Sätzen erfinden«, sagte Sophie, »die man dann jeweils auf den Kopf stellt. Vielleicht so . . .« Sie überlegte einen Augenblick. »Wer winkt dir zu? Wer sieht dich an? Wer hat dich gern?«

»Ja?« fragte Vavra auffordernd.

»Wer läßt dich nicht schlafen? Wer denkt an dich?«

»Jaja!« rief Vavra. »Und jetzt drehen Sie's mal um!«

»Ach, es ist eben jener . . .«, sagte Sophie.

»Nun?«

»Dem du zuwinkst«, sagte Sophie, »der dich ansieht, der dich . . .
Ich glaube, ich weiß, was Sie meinen, Herr Professor.«

Vavra setzte seine Brille auf die Augenbrauen und blickte Sophie an, als hinge von dem, was sie nun sagen müßte, sein Leben ab. Sie knickte das Papier, auf dem die Übersetzung stand,
und strich die Falte mit dem Daumennagel glatt.

»Lebt der Verfasser eigentlich noch?« fragte sie.

»Nein«, sagte Vavra und ließ die Brille von den Brauen rutschen. »Er ist vor etwa zehn Jahren gestorben.«

»Kannten Sie ihn?«

»Flüchtig. Ein langer dünner Kerl mit abstehenden Ohren und
schweißigen Händen. Er starb an Tuberkulose. Aber er war
eigentlich sehr nett. Er kam gelegentlich ins Café ›Arco‹.«

Sophie wollte mehr hören aus jener Zeit, und Vavra erzählte,
bis es fünf schlug. Danach brachte er Sophie zur Tür und gab
ihr die Hand. Er schwitzte.

Als sie nach Hause kam, hingen die Mäntel ihres Vaters und
Amerys an der Garderobe. Hanka kam gerade mit dem Punsch-
Tablett aus der Küche, und der Duft aus den Loden und der
Dampf aus der Terrine zog durch den Korridor. Aus der offenen Tür zum Salon drang die Stimme Katharinas. Sophie ging
ihr entgegen. Um den Tisch saßen alle noch in grauen Joppen
und begrüßten Sophie mit großem ›Hallo!‹ Sellmann umarmte
sie und hätte sie am liebsten auf sein Knie gezogen, mußte sie
aber loslassen, damit sie Amery und ihre Schwester begrüßen
konnte. Jan küßte ihr die Hand. Seine blonden, harten und naß-
glänzenden Haare schwebten für einen Augenblick vor ihrem
Gesicht, dann legte sie es an Christines und Katharinas rote
Wangen. Die Jüngste war durch Sophies Eintreten in ihrer
Schilderung unterbrochen worden, wie man Forellen gefangen
und auf einem Kuchenblech gebacken hatte, mit Kümmel und
Rührei, und wie sie alle Bier dazu getrunken hatten. Danach
wurde auf den Zwölfender angestoßen, den Sellmann geschossen hatte und dessen Geweih in der nächsten Woche eintreffen
würde, nach sorgfältiger Präparation. Jan Amery sagte fast
nichts. Er lächelte nur oder nickte hin und wieder, wenn Katharina oder Sellmann bei ihren Erzählungen zu ihm hinübersahen,

als bedürften sie der Bestätigung durch einen, der es am besten wußte. Auch Christine hielt sich zurück. Sophie sah ihr an, daß sie sich am liebsten umgezogen hätte, um den Geruch von Holz und Feuer, Fisch und Wild wieder loszuwerden.

»Im Grunde war es langweilig«, sagte sie zu Sophie, als sie gegen Mitternacht im Bett lagen. »Wir mußten kochen, abwaschen und heizen, und geschlafen haben wir auf Holzpritschen. Ich glaube, der Hirsch, den Papa geschossen hat, wurde vorher an einen Baum gebunden. Sonst hätte er ihn nie getroffen.«

»Warst du dabei?« fragte Sophie.

»Nein«, sagte Christine, »mir war das zu früh, morgens um vier in den Wald zu gehen, und außerdem hatte ich Kopfschmerzen.«

Christine warf die Bettdecke beiseite und hob die ausgestreckten Beine an. Ihr Nachthemd rutschte auf den Bauch und legte ihre weißen Schenkel frei. Danach grätschte sie die Beine, soweit es ging, und nahm sie nach einer Weile zitternd und langsam wieder zusammen.

»Für den Bauch«, sagte sie ächzend. »Ich habe es in einer Illustrierten gelesen. Willst du es auch mal probieren?«

»Ich habe keinen Bauch«, sagte Sophie.

»Vielleicht gibt es auch eine Übung für die Brust«, sagte Christine, bevor sie die Beine das zweite Mal anhob. »Oder hast du auch keine Brust?«

Sophie drehte sich zur Wand, ohne zu antworten.

»Er hat übrigens einen schicken Jagdaufseher«, sagte Christine, als sie die Füße über dem Laken auseinandernahm.

»Wer?« fragte Sophie.

»Mein Bräutigam«, sagte Christine.

»Bist du seinetwegen immer so lange im Bett geblieben?«

»O nein!« lachte Christine und schnaufte. »Der wäre eher was für dich. Er spricht nur tschechisch, oder will nur tschechisch reden. Außerdem mußte er die Herren ja führen. Er kam zum Holzhacken. Dabei zog er sich sogar das Hemd aus.«

»Dir zuliebe«, sagte Sophie.

»Es wurde ihm einfach heiß«, sagte Christine, ließ die Füße sinken und knackste die Zehen in den Gelenken.

»Bist du fertig?« fragte Sophie.

»Du wirst bald von mir erlöst sein«, sagte Christine.

»Wann heiratet ihr?«

»Im Mai«, sagte Christine. »Wenn es nach Jan ginge, schon morgen. Aber Papa meint, daß man sich wenigstens ein halbes Jahr lang prüfen müßte.«

»Und wenn es nach dir ginge?«

Christine legte die Arme zurück und faßte mit beiden Händen nach den Bettpfosten. Dann hob sie die Beine wieder an, und als sich die Fußspitzen in der vorgeschriebenen Höhe befanden, sagte sie: »Ich finde, Jan hat seine Prüfung schon bestanden. Er ist sehr gut. Er bekommt eine Eins mit Sternchen.«

Dr. Sellmann bereitete die Rückkehr von diesem Jagdausflug ein größeres Vergnügen, als wenn er von weiten Geschäftsreisen nach Hause kam. Während er sonst, wie er selber sagte, nur immer grünen gegen roten Plüsch vertauschte, kroch er an jenem Abend aus einem Lager unter freiem Himmel in seine teppich- und daunengepolsterte Acht-Zimmer-Höhle zurück.

»Übertreib nicht so!« sagte Betty lächelnd, nahm ihn an ihre Schulter und steckte die Nase in sein Haar. Sellmann wünschte sich nichts mehr, als daß diese Behaglichkeit ein paar Wochen anhielte, vielleicht bis Weihnachten oder bis zur winterlichen Hasenjagd, die er mit seinem künftigen Schwiegersohn bereits verabredet hatte. Eine Familie, in der die Eltern sich liebten und die Töchter reich und glücklich heirateten, schien ihm das Paradies auf Erden. Am anderen Morgen war der Traum schon ausgeträumt.

Katharina erzählte beim Frühstück, daß Karols Vater seine erste Rede im Parlament gehalten habe. Welcher Partei er angehörte, wußte sie allerdings nicht. Sellmanns Vermutung bestätigte sich bald darauf: Dr. Djudko war Mitglied des Rechtsausschusses, als Vertreter der Kommunisten. Sellmann entschied sich, weniger seinem Naturell als seiner Lage entsprechend, zu schnellem Durchgriff. Er wußte, daß Karol sich nach der Matura an der juristischen Fakultät eingeschrieben hatte, gegen den Willen seines Vaters übrigens, der es lieber gesehen hätte, wenn er nach Wien gegangen wäre. Sellmann ließ das private Telefon Dr. Djudkos heraussuchen und erreichte Karols Mutter, die auf eine etwas wehleidige, aber vielleicht auch nur verschlafene Art zu verstehen gab, daß ihr Sohn erst gegen Mittag wieder nach Hause käme. Das Gespräch wurde, da Frau Djudko kaum deutsch sprach, französisch geführt. In Sellmanns Ohren dauerte es eine Ewigkeit, bis sie Zettel und Stift gefunden hatte, um die Nummer der Böhmischen Landesbank zu notieren. Aus der umständlichen Art, wie sie ›Sellmann‹ buchstabierte, schloß er, teils ungehalten, teils beruhigt, daß ihr sein Name nichts bedeutete. Karol meldete sich kurz nach zwölf Uhr.

»Ich möchte Sie sehen«, sagte Sellmann und wunderte sich selbst über das Zittern in seiner Stimme.

»Ist etwas passiert?« fragte Karol.

»Wie man's nimmt«, sagte Sellmann.

»Mit Fräulein Katharina?« fragte Karol.

»Wo sind Sie jetzt?« fragte Sellmann, ohne Karols Frage zu beantworten.

»Hier«, sagte Karol, »im Schalterraum.«

»Sprechen Sie von einem Hausapparat?« fragte Sellmann.

»Ja«, sagte Karol kleinlaut.

Das stellte in Sellmanns Augen eine Ungehörigkeit dar. »Kommen Sie herauf!« sagte er. Daß Karol, nachdem ihm seine Mutter von dem Anruf Bescheid gegeben hatte, sofort zum Graben gefahren sein mußte, kam ihm überhaupt nicht mehr in den Sinn. Der Gedanke, daß einer der Schalterbeamten mitangehört hatte, wie sich irgendein Rotzbengel danach erkundigte, ob mit seiner, Sellmanns, Tochter etwas passiert sei, empörte ihn. Er bat seine Sekretärin, den jungen Mann im Vorzimmer warten zu lassen, bis er ihn rufe. Danach klappte er ein kleines Lavoir aus der Wandtäfelung, riß die Arme in die Luft, bis die Manschetten weit genug zurückgerutscht waren, und wusch sich die Hände unter dem kalten Wasser. Minuten später bat er Karol herein. Der junge Djudko wollte ihn um Verzeihung bitten, aber Sellmann wehrte ab. »Das ist eine Geschmacksfrage.«

»Ich hatte gefürchtet . . .«, versuchte es Karol noch einmal, aber Sellmann schnitt ihm wieder das Wort ab: »Wie fühlen Sie sich hier?«

Karol errötete. »Ich verstehe nicht . . . meinen Sie, in Prag?«

»Nein, in diesem Hause«, sagte Sellmann.

Karol senkte die Lider und legte die Hände auf die Knie. »Gut, Herr Doktor«, sagte er.

»Wirklich?«

»Ja«, sagte Karol. »Aber ich nehme nicht an, daß Sie mich rufen ließen, um mich zu fragen, wie es mir in einer Bank gefällt.«

»Warum nicht?« fragte Sellmann und nahm Karols leise Dringlichkeit gleich für Unverschämtheit und Angeberei. »Warum sollte ich mich mit einem Bekannten meiner Tochter nicht darüber unterhalten?«

»Ich weiß es nicht«, sagte Karol und schlug die Augen auf. »Wahrscheinlich haben Sie recht.«

Karols Nachgiebigkeit erbitterte Sellmann noch mehr, weil er mit allem, was er sich zu sagen vorgenommen hatte, nun in den leeren Raum hineinstieß, ein Risiko im Gespräch wie im Krieg, wie er wußte. Karol sah aus wie ein Römer, oder wie ein Eintänzer, oder wie ein Hütejunge aus einem slowakischen Ziegendorf, den man in englisches Tuch gesteckt hatte. Sellmann war zuinnerst der Überzeugung, daß ein Mensch nicht zu gleicher Zeit gesund und intelligent, gut gebaut und klug, apfelbäckig und distinguiert sein konnte. Dieser Karol war ihm ein Monstrum. Er, Sellmann, an seiner Stelle, hätte singen gelernt, mit den Absätzen klackern oder Kammblasen. Mit solchem Gesicht war ein Mann einfach unglaubwürdig. Das gehörte ins Varieté oder in den Aktsaal der Akademie, nicht in ein Büro oder auf den Klappsitz eines Auditoriums.

»Ich möchte Sie um etwas bitten«, sagte Sellmann endlich. »Sie können es sich denken.«

Nein. Karol ging nicht darauf ein. Er konnte sich nichts denken.

»Ich möchte, daß Sie Ihre Beziehungen zu meiner Tochter abbrechen.«

Nun war es heraus, zwar nicht sehr eindrucksvoll, aber immerhin streng und endgültig. Karol legte plötzlich die Arme auf die Sessellehnen, und es sah für einen Augenblick so aus, als wollte er aufstehen und davongehen. Aber dann lächelte er.

»Was finden Sie daran so komisch?« fragte Sellmann.

»Nichts, Herr Doktor«, sagte Karol. »Im Gegenteil. Ich wun-

128

dere mich nur, weshalb Sie das von mir verlangen. Wäre es nicht einfacher, Sie bäten Katharina darum?«

»Das werde ich schon tun«, sagte Sellmann und merkte, wie ungeschickt er noch im Umgang mit Verehrern war, die er seinen Töchtern vom Hals schaffen wollte.

»Es fiele mir nämlich leichter, wenn Katharina es mir sagte.«

»Sie wird, sie wird«, nickte Sellmann.

»Wird sie mir dann auch den Grund angeben, weswegen wir uns nicht mehr sehen sollen?«

»Sie wird Ihnen alles schreiben«, sagte Sellmann und erhob sich so förmlich, daß Karol ebenfalls aufstehen mußte.

»Erlauben Sie mir noch eine Frage«, sagte Karol. »Gründet sich Ihr Entschluß einzig und allein auf meine Person, oder spielen dabei andere Gründe eine Rolle?«

»Ich habe Ihnen persönlich nichts vorzuwerfen«, sagte Sellmann.

»Ich danke Ihnen, Herr Doktor«, sagte Karol, verbeugte sich und ging hinaus, ohne Sellmanns leicht angehobene Hand zu beachten.

Am gleichen Tage brachte der Briefträger den Sellmanns ein Päckchen, das an Mademoiselle Katharina Sellmann adressiert war. Der Absender war eine Firma in Annemasse, ein Name, der weder Frau Sellmann noch Christine oder Sophie etwas sagte. Da sich der Nachnahmebetrag einschließlich der Zollgebühren aber in Grenzen hielt, wurde es angenommen. Als Katharina um Mittag nach Hause kam, lag das Päckchen neben ihrem Suppenteller, und alle sahen mit einigem Vergnügen ihre Verlegenheit. Sie beeilte sich mit dem Essen, ging in ihr Zimmer, und bald darauf hörten Sophie und Christine, wie das Bad von innen verriegelt wurde.

»Seife«, tippte Sophie.

»Oder Liebestropfen«, sagte Christine, »für den kleinen Hübschen aus Preßburg. Sie hat mir in Dubislav dauernd mit ihm in den Ohren gelegen. Wahrscheinlich ist er ihr zu schüchtern.«

Sie hörten Katharina aus dem Bad kommen und in ihr Zimmer gehen. Kurz darauf klappte wieder die Tür ihres Zimmers, und Christine sah durch das Schlüsselloch auf den Korridor.

»Sie hat ein dickes Buch unterm Arm«, flüsterte sie und richtete sich auf.

»Was für eins?« fragte Sophie.

»Kann ich nicht erkennen«, sagte Christine und begann sich umzuziehen. »Vielleicht die Bibel.«

Katharina hatte den Toussaint-Langenscheidt aus ihrem Zimmer geholt, weil ihr Französisch nicht hinreichte, um die Gebrauchsanweisung für den Rectificateur zu lesen, den sie aus Annemasse, von der Firma ›Le beau nez‹ bestellt hatte. Eine halbe Stunde später saß sie, die Bänder des Nasenberichtigers fest am Hinterkopf zusammengebunden, auf dem Wannenrand und spürte unter dem Druck der hornigen Paßform ein wohliges Kribbeln, das sie für den Anfang der erwünschten Schrumpfung hielt. Mitunter stand sie auf und blickte über den segeltuchfarbenen Deckverband hinweg in den Spiegel. Ich schaffe es, sagte sie sich immer wieder, und obwohl die Herstellerin von einem längeren Gebrauch zu Anfang abriet, hielt es Katharina bis zum Abend im Bad aus. Als sie den Rectificateur abnahm, hatte er zwei senkrechte, rot leuchtende Furchen in ihre Nase gegraben. Sie schloß sich in ihr Zimmer ein und erschien nicht zum Essen. Als Frau Sellmann Heinrich zu Tisch holte, hielt sie sich die Hände vors Gesicht, weinte aber nicht.

Sellmann befand sich in ramponierter Verfassung. Das Gespräch mit Karol hatte einen Abschluß gefunden, der ihn verletzte. Außerdem war er im Laufe des Nachmittags zu Herrn von Lilienthal gebeten worden, und der Direktor der Landesbank hatte sich für Sellmanns Begriff zu maliziös nach seinem Jagdglück erkundigt. Auf der Heimfahrt nach Bubenetsch rutschte der Wagen in einer Kurve über die regennasse Straße, Sellmann schlug mit der Stirn gegen den harten Fensterrahmen, und der Disput mit dem Chauffeur geriet unerquicklich. Der Mann quengelte so lange über das Wetter, bis ihm Sellmann kurzerhand den Mund verbot. Das Abendessen – Königsberger Klopse – hätte ihn von Rechts wegen versöhnlicher stimmen müssen, aber der Umstand, daß Katharina sich geweigert hatte, zu Tisch zu kommen, machte ihn argwöhnisch, verdrossen und appetitlos. Seine Fragen, ob sie am Nachmittag aus dem Hause gegangen sei oder mit irgend jemandem telefoniert habe, wurden reihum verneint. Doch war ihm das kein Alibi. Der junge Djudko konnte Katharina vor dem Lyzeum abgepaßt haben; früh genug hatte er die Bank verlassen. Sellmann wunderte sich auch, daß seine Frau und Sophie mit solcher Bestimmtheit behaupteten, die Jüngste sei von halb drei bis sechs Uhr im Bad gewesen. Gab es vielleicht schon so etwas wie eine Verschwörung gegen ihn?

Er stocherte in seinen aufgewärmten Klopsen, die immer kühler wurden, je tiefer er in sie eindrang. Wären sie, folgerte er, so groß wie Medizinbälle, so müßten sich bald die ersten Vergletscherungen zeigen. Aber nicht einmal dieser Gedanke erheiterte ihn. Er schob den Teller von sich und verzichtete auf das Birnen-Dessert. Nach Heinrichs Gebet sagte er zu Betty:

»Ich erwarte Katharina in einer halben Stunde bei mir.« Das hieß: in seinem Arbeitszimmer.

Die Rote erschien auf die Minute und hielt ein Häkeltaschentuch vor die Nase. Sellmann, der annahm, daß sie sich schneuzen wollte, ließ ihr etwas Zeit. Er trennte sich von seinem Van-de-Velde-Schreibtisch, ging an den verglasten Regalen vorbei zur Tür, kehrte wieder um und setzte sich in einen Ledersessel. Bevor er zu sprechen begann, umfaßte er den kleinen Messing-Aschenbecher in der um die rechte Seitenlehne gespannten Bordüre. Sellmann war ruhiger geworden. Er wollte milde sein. Katharina nahm das Taschentuch vom Gesicht und ließ ihn die blutunterlaufene Nase sehen.

»Mein Gott!« entfuhr es Sellmann. »Wer hat dich so zugerichtet?«

»Du«, sagte Katharina, »du und deine Frau. Ihr habt mich mit solch einem Zinken in die Welt gesetzt, und ich muß damit leben.« Er legte ihr den Arm um die Schulter und war entschlossen, das Gespräch zu verschieben, als Katharina fragte:

»Was wolltest du mir sagen?«

»Das können wir uns auch für morgen aufheben.«

»Geht es um Karol?«

»Ja.«

»Ist was passiert?«

Sellmann schüttelte den Kopf und stand auf.

»Du hast ihn nicht gesehen, seit wir zurück sind?«

»Nein«, antwortete Katharina.

»Ich möchte, daß du dich nicht mehr mit ihm triffst.«

Katharina sah Sellmann hinterher, der wieder unterwegs zur Tür war.

»Warum nicht?« fragte sie.

»Wenn du Wert darauf legst«, sagte Sellmann und drehte sich vor der Tür auf den Absätzen herum, »dann will ich es so einrichten, daß ihr euch noch einmal sprechen könnt. Ansonsten verlange ich dein Ehrenwort, daß diese Geschichte endgültig vorbei ist.«

»Aber warum?« fragte Katharina.

»Ich kann es nicht zulassen, daß du mit dem Sohn eines Kommunisten verkehrst.«

»Ist Doktor Djudko Kommunist?« fragte Katharina ahnungslos.

»Ja«, sagte Sellmann trocken.

»Aber Karol...«, begann Katharina. »Er ist nichts. Ich meine, er hat überhaupt keine festen Ansichten.«

»Das ist das Schlimmste«, sagte Sellmann. »Möchtest du ihn nochmal sehen?«

»Nein«, sagte Katharina. Sie war blaß geworden. Nur die dicke blutunterlaufene Nase leuchtete in ihrem Gesicht. Sie erhob sich und verließ das Zimmer, ohne sich noch einmal umzudrehen. Sellmann mußte ihre Haltung bewundern. Historische Lektüre zahlte sich demnach aus. Mit seinen Tränen ging man ins Bett, nicht auf die Straße.

Er goß sich einen Cognac ein und stellte den Fuß des Schwenkers in den Aschenbecher auf der Sessellehne. Als er sich hinsetzte, schaukelte das goldbraune Destillat und schwappte bis zum Rand.

Man läuft nicht über. Man hat sich in der Hand. Um frei zu sein, muß man Freiheit verachten. Nur Affen wollen frei sein. Wer aber den Affen braucht, um seinen Entwicklungsabstand zu begreifen, gehört auf den Baum. Oder an die Laterne. Den Soldaten der französischen Revolutionsarmee wurde für den Fall der Desertion angedroht, daß sie zehn Jahre lang nicht wieder Dienst tun dürften. Das war Freiheit, alles andere war Tinnef aus der Sonntagsbeilage.

Sellmann hob das Glas aus dem Aschenbecher und nahm einen Schluck.

Die Menschen wurden nicht von den Dingen erschüttert, sondern von ihren Meinungen über die Dinge. Deshalb: Sursum corda! Erhebet die Herzen! Aber bleibt auf dem Teppich! Jan Amery hatte ihm von einem Bild erzählt, einem Dorf, das schief an den Hang gebaut war. Die Einwohner fielen im Schlaf aus den Betten und das Essen rutschte ihnen vom Tisch. Sehr sinnig. Was war es sonst als das Resultat idealischer Anfänge? Je schwächer die Denkfähigkeit, desto kräftiger die Phantasie, wie Vico sagt. Die deutschen Emigranten sitzen in den Kleinseitner Weinstuben und reden, bis der Morgen kommt und das Reich untergegangen ist. Anarchisten ohne Widerstand, ins Freigehege strafversetzt. Sie können sich immer noch nicht entscheiden, in welcher Welt sie leben wollen: da, wo die Roten regieren, oder dort, wo sie im Gefängnis sitzen.

Sellmann hatte das Klopfen an der Tür und das Eintreten Katharinas überhört. Er fuhr im Sessel herum, als das Parkett hinter ihm knackste.

»Ich habe es mir überlegt«, sagte Katharina und setzte sich ihrem Vater gegenüber auf das Ledersofa. »Ich möchte Karol doch noch einmal sehen.«

»Von mir aus«, sagte Sellmann, ein bißchen enttäuscht darüber, wie rasch die Heldin wieder in die Holde umgeschlagen war, doch nahm sich die Verwandlung so rührend aus, daß er augenblicklich vergaß und vergab.

»Nur eine Bitte hab ich«, sagte Katharina.

»Ich höre.«

»Karol soll hierherkommen.«

»Warum nicht?«

»Das ist noch nicht alles«, sagte Katharina. »Ich möchte, daß du dabei bist, wenn wir . . .«

»Was?« fragte Sellmann.

»Wenn wir uns verabschieden«, sagte Katharina.

»Was versprichst du dir davon?«

Katharina schien auf diese Frage nicht vorbereitet. Sie hatte eine Bühne gebaut und Schauspieler aufgestellt, aber Text und Rollen vergessen.

»Es ist besser so«, sagte sie aus dem Stegreif, und da eine solche Behauptung, von einer Frau gesprochen, in Sellmanns Ohren immer plausibler klingen mußte als jeder logische Schluß, empfand er selber mit einem Mal, daß es eigentlich nur recht und billig, ja in der Tat eben ›besser‹ war, wenn er ihren Wunsch erfüllte. Ein paar Minuten später, als Katharina das Zimmer verlassen hatte, meinte er schon, einen Fehler gemacht zu haben, doch hatte er sein Wort gegeben, und es galt.

Seltsamerweise gelang es, das Vorhaben geheimzuhalten. Weder Betty noch die Schwestern erfuhren etwas davon. Frau Sellmann begab sich in diesen Tagen mehrmals in die Augenklinik, wo Heinrich untersucht und auf die für November in Aussicht genommene Operation vorbereitet wurde. Christine hatte, ohne Wissen ihres Verlobten, aber mit Billigung und durch Vermittlung ihres Vaters, einen Buchführungskurs in der deutschen Handelsakademie belegt, und Sophie stand neben Fräulein Kalmans Klavier und sang dem spielenden, nickenden, taktierenden und korrigierenden Sixta in die Ohren: ›Wen liebe ich? Ach, seinen Namen hab ich leserlich ins Herze mir geschrieben!‹ Die zwölftonige Reihe der ersten Strophe verlangte von ihr einen Sprung vom ›f‹ zum hohen ›fis‹, der Mut und Spannung verlangte, wollte sie nicht auf der glatten Oktave landen, auf dieser ›dümmer als dummen, hornochsigen Niedertracht‹, wie Sixta sagte.

Man war also geschäftig, und weil man sich dabei größere Umständlichkeiten auf den Hals lud als bei wirklicher Arbeit, wurde der Abschied Karols von Katharina entweder ganz übersehen, oder man maß ihm unterm Druck eigener Dringlichkeiten keine Bedeutung bei. Nur den Beteiligten blieb dieser Abend unvergeßlich, und erst nach Wochen gingen auch den anderen die Augen auf. Katharina wartete mit der Festsetzung des Termins, bis die Schwellung durch den ›Irrectificateur‹, wie er in der Familie hieß, zurückgegangen war. Dann paßte sie einen Tag ab, an dem sowohl Frau Sellmann wie auch die Schwestern die Wohnung verlassen mußten, verständigte ihren Vater beim Frühstück und bat Karol von einer Telefonzelle aus, am Nachmittag um vier Uhr nach Bubenetsch zu kommen. Obwohl der Ausgang von vornherein feststand, hatte die Begegnung Sellmanns mit dem jungen Djudko etwas von der atemlosen Förmlichkeit eines Duells. Karol trug einen hellgrauen Leinenanzug unter dem schwarzen Regenmantel, Katharina ein dunkelgrünes hochgeschlossenes Kleid, Sellmann einen fischgrätengemusterten Zweireiher von schwer bestimmbarer Farbe; solange man noch Tageslicht hatte, schimmerte er grünlich, bei elektrischem Licht schien er schwarz. Sellmann stand von seinem Schreibtisch auf, als Katharina und Karol eintraten.

»Katja hat meine Anwesenheit gewünscht«, sagte er.

»Ich weiß«, sagte Karol. Sie hatte es ihm am Telefon ohne jede Begründung mitgeteilt.

»Möchten Sie etwas trinken?«

»Danke, nein.«

Karol war ungewöhnlich blaß, ›tiefblaß‹, dachte Sellmann. Katharina hatte ihr Haar im Nacken mit einem Kamm zusammengesteckt und hielt die Hände auf dem Rücken, als müßte sie im nächsten Moment ein Gedicht aufsagen. Sellmann wollte das feierliche Herumstehen durch einen Witz auflockern, aber nach einem Blick in Karols traurige Augen verlor er alle Lust. Er bot die Plätze an und machte Miene, sich wieder hinter den Schreibtisch zu setzen, als Katharina bat:

»Komm doch zu uns, Papa.«

Sellmann, seine Tochter und Karol saßen in derselben Entfernung voneinander. Sellmann hatte die Beine übereinandergeschlagen und sah abwechselnd auf Katharina und den jungen Djudko. Nach ein paar Minuten sagte er:

»Also, Kinder, zur Sache. Ihr wißt, daß ich . . .«

»Ich möchte etwas sagen«, unterbrach ihn Katharina.

»Ich bitte darum«, mahnte Sellmann.

»Ich möchte Ihnen etwas sagen«, erklärte Katharina, und Sellmann glaubte sich verhört zu haben, als sie Karol siezte.

»Wir haben noch nie darüber gesprochen«, fuhr Katharina fort, die Augen starr auf Karol gerichtet. »Aber ich will nicht, daß Sie von hier weggehen, ohne es zu wissen. Ich weiß gar nicht, wie Sie darüber denken. Im Januar werde ich siebzehn. Dann sind es noch vier Jahre, bis ich mündig bin. Verstehen Sie, was ich damit sagen möchte?«

»Ja«, antwortete Karol.

»Ich kann Ihnen nicht versprechen, daß ich bis dahin hübscher werde. Ich kann nur ...«

»Bitte, lassen Sie das!« sagte Karol leise.

»Nein, ich wollte etwas anderes sagen. Ich verspreche Ihnen, daß ich niemals einen anderen Mann ...«

»Ich höre mir das nicht länger mit an«, sagte Sellmann.

Er war ärgerlich, nahm seine Brille ab und steckte sie in die Brusttasche. Daß Katja diesen Slowaken liebte, überraschte ihn nicht, aber er kam sich plötzlich vor wie ein Voyeur, den man vom Schlüsselloch weg ins Zimmer geholt hatte, um die unterbrochenen Zärtlichkeiten vor seinen Augen und Ohren fortzusetzen. Er nahm die Brille ab, weil er wie viele Kurzsichtige insgeheim glaubte, daß sich damit zugleich und etwa in demselben Maße auch das Gehör verschlechtern müßte.

»Mein Vater hätte genauso reagiert«, beruhigte Karol Katharina.

»Immerhin ein Punkt, in dem wir einig sind«, knurrte Sellmann.

»Nein, es sind sogar zwei«, sagte Karol zu Sellmann. »Er hat mir verboten, mit Ihrer Tochter zu verkehren.«

»Ach«, fragte Sellmann, »auf einmal?«

»Ja«, sagte Karol und blickte wieder zu Katharina hinüber. »Ich hatte ihn nämlich gefragt, was er davon hielte, wenn Katja und ich heiraten.«

»Da wird doch der Hund in der Pfanne verrückt!« brüllte Sellmann, holte die Brille wieder heraus und sah durch die Gläser erst zu Karol, danach auf die Tür.

»Ich weiß nicht genau, was Sie damit meinen«, sagte Karol, ohne die Stimme zu heben. »Aber wahrscheinlich dasselbe wie mein Vater. Er sagte, ich wäre von der Erdbeere gefallen.«

»Verstehe ich nicht«, sagte Sellmann. »Braucht mich auch nicht zu kratzen. Mir genügt's, wenn ich mit Ihrem Herrn Vater in der Hauptsache einig bin. Gibt es sonst noch was?«

Als Karol vom Heiraten gesprochen hatte, war Katharina feuerrot geworden. Nicht im Traum hatte sie mit einer solchen Wendung gerechnet.

»Nein«, sagte sie und stand auf, um das Gespräch so rasch wie möglich zu beenden. Jedes weitere Wort konnte nur schaden. Sie zog an der Stehlampenschnur und nahm, bevor sich Karol erhob, noch einmal sein weißes Gesicht mit den blassen Lippen und den dunklen Augen in sich auf. Dann drehte sie sich um und ging wie blind aus dem Zimmer. Als die Tür hinter ihr ins Schloß klappte, läutete Sellmann nach Hanka, doch anscheinend überhörte sie die Glocke, so daß Sellmann nichts anderes übrigblieb, als Karol selbst in die Diele zu begleiten. Karol hängte sich den Regenmantel über den Arm, verbeugte sich wortlos und trat auf die Treppe hinaus.

In der Nacht lag Sellmann, obwohl er ein Schlafmittel genommen hatte, lange wach, und während Betty neben ihm leise schnarchte, dachte er über einen Vorschlag nach, den ihm der alte Lustig wenige Tage nach Christines Verlobung gemacht hatte, ein Angebot ›in Seidenpapier‹, wie es Sellmann empfand, aber unter der Verpackung doch von deutlicher und erregender Kontur. Lustig hatte schon im März erwähnt, daß er bei Sellmanns Besuch im Baumgarten-Palais ›zweierlei‹ mit ihm hatte reden wollen, was damals aber durch die Dazwischenkunft seines Sohnes verhindert worden war; wobei das Paradoxe dieser Unterlassung nach Lustigs Meinung darin bestanden hatte, daß er eben im Begriff gewesen war, von Viktor zu sprechen, als dessen Gesicht hinter der Glastür des Wintergartens erschien. Im März hatte er nun Sellmann gefragt, ob es ihm angenehm wäre, bei seiner Reise nach Wien einen kleinen Abstecher zu seinem Sohn zu machen, und der alte Herr hatte dabei viel Wert auf die Teilnahme der ganzen Familie gelegt. Aus dieser Pfingstreise war aber wegen Sellmanns Mandelentzündung nichts geworden, und da er bald darauf eine Gelegenheit gefunden hatte, sich mit Frenzel in München zu treffen, fiel der eigentliche Grund für die Wien-Reise weg.

Erst nach Christines Verlobung war der Bankier wieder auf seinen Sohn zu sprechen gekommen, und zwar deutlicher als ein halbes Jahr zuvor, denn inzwischen hatte er, wie er selber sagte, ›einige ärgerliche Vexationen‹ hinnehmen müssen, die ihn bewogen hatten, Viktor ganz zu sich nach Prag zu holen. Der Versuch, seinen Sohn bei einer entfernten Verwandten in Kost und Logis zu geben, um ihn über ihre Familie allmählich wieder an ein Leben in Freiheit heranzuführen, war an der Habgier der Linzer Großnichte und den Schwindelmanövern ihres Mannes gescheitert. Wenn Sellmann richtig verstand, hatten diese Leute Viktor nicht nur vorausdatierte Papiere unterschreiben lassen, sondern waren auch drauf und dran gewesen, ihn mit ihrer eigenen Tochter zu verkuppeln. Da sie jedoch wußten, daß einer Ehe die Aufhebung des Entmündigungsbeschlusses hätte vorausgehen müssen, hatten sie sich bereit erklärt, eine Art Vormundschaft zu übernehmen, um durch eigene juristische Kniffe und Finten – der Mann der Großnichte war Prozeßagent – die Rechtsfähigkeit Viktors wieder herstellen zu lassen. Als sie aber merkten, daß sie mit diesem Anerbieten auf wenig Gegenliebe stießen, behaupteten sie eines Tages im August schlankweg, daß der verrückte Gast ihre Tochter geschwängert hätte. Eugen Lustig erledigte diese Angelegenheit natürlich im Handumdrehen, und Sellmann konnte sich gut denken, welche Rolle Herr Rohlik, der Kammerdiener ›Hörnchen‹, bei dieser Unternehmung gespielt hatte.

Seit dieser Zeit, jedenfalls, wohnte Viktor im Hause seines Vaters, und Lustig erkundigte sich nach Christines Verlobung, ob es nicht möglich sei, »die Kinder gelegentlich zusammenzubringen, bevor«, dies waren seine Worte, »alle Ihre jungen Damen verheiratet sind.« Sellmann hatte sich geschmeichelt gefühlt und im Namen seiner Töchter bedenkenlos akzeptiert. Aber in dieser Nacht, die dem Abschied Karols von Katharina folgte, erschien ihm Lustigs Einladung plötzlich in anderem Licht. Das Vorhaben des Linzer Konsulenten war hanebüchen und absurd gewesen, zumal ihm die Voraussetzungen für den Erfolg gemangelt hatten, nämlich Ausdauer und Geduld. Man brauchte härteres Sitzfleisch und längere Spucke, um zur Stelle zu sein, wenn die dicken Brocken serviert wurden. Und noch einen anderen Fehler hatte der Plan des Nepoten von der Welser Heide gehabt. Er war davon ausgegangen, daß man den reichsten Herrn in Böhmen betrügen und hinter seinem Rücken Geschäfte mit der Substanz machen konnte. Lachhaft! Einem Mann, der den Halbjahresumsatz einer Egerländer Spinnerei mit dreißig Beschäftigten im Kopf hatte, durfte man nicht den eigenen Sohn stiebitzen wollen, als wäre er ein Rainstück, das im Vorbeifahren unter den eigenen Acker gepflügt wurde. Sophie, Heinrich und vor allem Katharina würden am Sonntag hinüber ins Palais Lustig gehen und mit Viktor Tee trinken. Soviel hielt Sellmann fest, und mit diesem Entschluß schlief er ein.

15   Die Entführung

Heinrichs rechtes Auge wurde Ende November von Professor Kulik operiert, und Sellmanns verschoben Sophies Liederabend auf den 14. Dezember, um den Erfolg des Eingriffs abzuwarten. Man hatte angenommen, es würde genügen, das Datum auf den gedruckten Einladungskarten zu ändern, doch bei Sixtas Rückfrage im Volksbildungsverein ›Urania‹ stellte sich heraus, daß der Saal für diesen Tag bereits vermietet war. Ein Auftritt im Deutschen Casino kam wegen der tschechischen Lieder nicht in Frage, und die Geschäftsleitung des Savarin winkte ab, als sie hörte, daß es sich um eine ›Dilettanten-Vorstellung‹ handelte, empfahl aber das ›Mozarteum‹ in der Jungmanngasse und die ›Lucerna‹. Doch auch dort hatte Sixta keinen Erfolg.

»Es muß an meinem Gesicht liegen«, sagte er traurig. Die Kalman überlegte, ob sie den Direktor des Nationaltheaters, »meinen Intimfeind«, um den kleinen Ballettsaal bitten sollte, und hatte zuletzt sogar den Einfall, bei der italienischen Gesandtschaft um einen Raum nachzusuchen, »denn erstens singst du das ›Echo auf italienische Lieder‹, und obendrein wohnen diese verlausten Paviane in der Nerudagasse!« Bevor es dazu aber kam, erschien eines Nachmittags in Fräulein Kalmans Wohnung überraschend, doch wie selbstverständlich, Jan Amery und bot an, einen Saal im Repräsentationshaus zu mieten. Er habe durch Christine von Sixtas und Sophies Verlegenheit gehört und sei bereit, auf der Stelle mit ihnen beiden zum Graben zu gehen, um den Vertrag zu machen. Sixtas Einwand, das Repräsentationshaus sei zu teuer, beantwortete Amery mit dem Angebot, die Miete vorzustrecken, bis ›der Komponist und die Sängerin‹ zur Rückzahlung imstande wären.

»Was überlegen Sie denn noch!« brüllte die Kalman den völlig verwirrten Sixta an. »Gehen Sie! Und nehmen Sie gleich den Smetana-Saal, wenn Sie von Ihrer Musik und Sophies Stimme überzeugt sind!«

Zu dritt gingen sie im Regen durch die Rittergasse. Als sie am Ständetheater vorbeikamen, fragte Amery, wobei er die Hand unter Sophies Ellenbogen legte:

»Und wann werden Sie in diesem Hause singen?«

»Wenn man Pavels erste Oper spielt«, antwortete sie wie aus der Pistole geschossen und drehte sich zu Sixta, um ihren Arm aus Amerys Hand zu nehmen.

»Haben Sie schon ein Projekt?« fragte Amery und beugte sich ein wenig vor, sah aber nur den verzückten Blick, mit dem sich Sixta bei Sophie bedankte.

»Nein«, antwortete Sixta und fühlte selber, daß diese Auskunft zu kurz und zu verzagt war. Sein Gesicht begann zu zukken, als suchte er mit Mund und Nase nach einem ergänzenden und erklärenden Satz, der nichts verriet, aber immerhin freundlich war. Es mißlang. Amerys sichere und lässige Art war ihm zuwider. Er war verstimmt, fast erbittert darüber, daß Sophies künftigem Schwager gelungen war, was er, Sixta, trotz aller Betteleien und Bittgänge nicht zuwege gebracht hatte. Auch fürchtete er, sich vor diesem Weltmann mit seiner fehlerhaften Aussprache zu blamieren, und während sie nun wortlos über den Obstmarkt gingen und danach in die Zeltnergasse einbogen, fühlte Sixta, wie das Wasser aus den Pfützen in seinen rechten Schuh sickerte. Das machte ihn vollends stumm.

Als sie durch den Torbogen des Pulverturms auf die Revolutionsstraße hinaustraten, nannte Amery das Repräsentationshaus »ein Massengrab für die Lieblingsfrauen der Prager Großmogulen«, aber entweder wurde seine verschrobene Anspielung auf das Tadsch Mahal nicht verstanden, oder seine Begleiter waren einfach zu aufgeregt, um an etwas anderes als an das Konzert zu denken. Über dem Haus im Sezessionsstil, dessen Baumassen die Fronten von vier Straßenzügen bildeten, stand eine gläserne Kuppel, die allerdings nicht zwieblig wie in Agra, sondern in steiler Verjüngung gewölbt war. Das Repräsentationshaus beherbergte vom Volkskeller bis unters Dach Restaurationen, Cafés, Vereinszimmer, Konferenzräume und Säle, von denen der Smetana-, der Sladkovsky- und der Gregor-Saal die wichtigsten waren.

Amery schien eine Ablehnung seines Vorschlages gar nicht einkalkuliert zu haben, denn sie wurden bereits von einem Angestellten der Verwaltung erwartet, der sofort die Führung übernahm. Der Raum, den er ihnen anbot, schien nach Größe und Möblierung ideal. In einem flachen Bogen und sechs Reihen standen etwa fünfzig Stühle vor einem Podium. Amery blickte fragend auf Sophie. Sie nickte lächelnd. Sixta aber, wie um den Ernst des Unternehmens zu beweisen, trat an den schwarzen Petroff-Flügel und verlangte eine Probe der Akustik. Er gab auch nichts auf die Versicherungen des Angestellten, daß in diesem Saal seit zwanzig Jahren schon Konzerte ohne eine einzige Beanstandung stattfänden, sondern bat Sophie, abzulegen und sich ans Klavier zu stellen. Sie reichte Amery ihren Mantel, kletterte auf das Podium, und Amery setzte sich neben den Angestellten in die dritte Reihe. Sixta öffnete den Deckel und sagte Sophie, daß sie ›Gib mir dein Herz‹ singen sollte, die Nummer zehn in der Folge ihres Programms:

»Denken Sie an das ›piano‹ bei ›wenn ich sterbe‹«, erinnerte er, »und singen Sie den Schluß ›fortissimo‹!« Er gab ihr die Noten und schraubte den Drehstuhl ein wenig höher.

Schon das Vorspiel schien den Angestellten des Repräsentationshauses zu verwirren, denn er drehte sich nach einigen Anschlägen hilfesuchend zu seinem Nachbarn. Amery aber hielt den Blick auf das Podium gerichtet, und während Sophie zu singen begann, stieg ihm aus ihrem feuchten Mantel der Duft eines unbekannten Parfüms in die Nase. Er schmeckte in Gedanken die Hälse und die Ohren früherer Freundinnen ab, aber es fiel ihm nicht ein. Den Text des Liedes fand er altmodisch aufgedonnert, streckenweise sogar albern, und Sophies Stimme kam ihm hin und wieder piepsig vor, was ihn jedoch mehr rührte als verdroß. Die Komposition Sixtas schien ihm extravagant aus Einfallslosigkeit, nicht aus Überfluß. Wie ein junger Mann solche Musik schreiben konnte, weil er eine Sängerin liebte, war Amery ein Rätsel. Erst gegen Ende des Liedes hatte er sein Herz anscheinend über die Zwölftonhürde geworfen, und Sophie schmetterte strahlend zu den kräftigen Akkorden: »Dann schneid' ich dir dein Herze aus, um vor den Toten mich mit dir zu rühmen!« Böhmisch-italienische Liebesraserei in unerwartetem F-Dur und aus dem Munde einer deutschen Bankierstochter, die in ein paar Monaten seine Schwägerin sein würde – er hatte sich amüsiert und applaudierte.

»Konnten Sie alles gut hören?« fragte Sixta vom Podium herab.

»Wunderbar!« rief Amery und nickte dem Angestellten des Repräsentationshauses aufmunternd zu: Also, abgemacht! Als er Sophie in den Mantel half, fragte er sie nach dem Namen ihres Parfüms.

»Ich hab gar keins«, sagte Sophie und drehte sich lachend herum. Amery blickte auf die kleine Lücke zwischen ihren Schneidezähnen und schüttelte den Kopf.

»Dann hat es Ihnen jemand in den Mantel gekippt«, sagte er.

Sophie hielt das rechte Ärmelloch an die Nase und sagte:

»Tut mir leid, aber ich rieche nur Mottenpulver.«

Zwei Wochen später saß Amery neben Christine in der ersten Reihe des kleinen Saals. Der Platz links von ihm war leer. Katharina hatte um die Mittagszeit vom Apparat einer Mitschülerin angerufen und gesagt, daß sie direkt aus der Stadt zu Sophies Konzert kommen wollte. An jedem anderen Tage hätten ihre Eltern darauf bestanden, daß sie wenigstens zum Essen erschien, aber an diesem Dezembertag gab es auch in Bubenetsch nur ein Gesprächsthema: die Abdankung des Präsidenten der Republik. Sellmann hatte das Extrablatt mit der Meldung aus dem Büro mitgebracht und telefonierte gegen Abend zweimal mit Berlin. Sophie hatte sich gesorgt, ob nach dieser Wendung noch jemand an ihrem Konzert interessiert sein konnte, und auch ihr Vater schien nur, um sie zu trösten, zuversichtlich. Desto größer war ihre Überraschung, als sie den Saal am Abend nahezu voll besetzt fanden. Aber gleich nach den ersten Worten, die Sellmann, noch an der Garderobe, mit Professor Kulik und Herrn von Lilienthal wechselte, wurde ihm bewußt, daß man nicht Sophies oder der Neruda-Lieder wegen ins Repräsentationshaus gekommen war, sondern um von ein paar Gleichgesinnten zu hören, wie es nun eigentlich weitergehen sollte. Man begrüßte sich mit ungewöhnlichem Ernst und wortkarger Herzlichkeit, neigte sich rasch über die Hände der Damen, steckte das als Billett gedruckte Programm in die Seitentasche des Smokings, ohne auch nur einen Blick darauf zu werfen, und war, während man die breite Marmortreppe hinaufstieg, schon bei dem Nachfolgekandidaten im Präsidentenamt.

Zu seiner Freude bemerkte Sellmann unter den Gästen auch Eugen Lustig und wartete, am Ende seiner Reihe stehenbleibend, den Blick des Magnaten ab, um sich knapp zu verbeugen. Der alte Amery war mit Frau Farel erschienen. In ihrer Nähe saß Professor Vavra neben Fräulein Kalman. Die Professoren des Konservatoriums mit ihren Damen bildeten auf der linken Seite einen geschlossenen Block von Charakterköpfen, und hinter ihnen saßen die Studenten in dunklen engen Anzügen und mit gepunkteten Fliegen, fest entschlossen, Sixtas erstes öffentliches Auftreten stürmisch zu bejubeln. Im Hinsetzen sah Sellmann noch ein kleines bleiches Gesicht unter grauen Haaren, aber erst als Sophie und Sixta schon auf das Podium traten, fiel ihm der Name des älteren Herrn ein. Es war der Schneider Tlapa, der Hersteller des sandfarbenen und etwas leichtfertigen Anzugs, den Sellmann nur einen Nachmittag lang getragen und den er in Berlin vergeblich zurückzulassen versucht hatte.

Sophie trug ein schwarzes, langes und enganliegendes Kleid, an dessen spitzen Ausschnitt sie auf Drängen ihrer Lehrerin eine helle Stoffrose gesteckt hatte.

»Ich weiß«, hatte die Kalman gesagt, »ein billiger Effekt, aber Pavels Musik ist so neunmalgescheit, daß ein bißchen Kitsch nicht schadet. Außerdem siehst du damit so hinreißend aus, daß man die Patzer überhört.«

Sixta hatte sich einen Frack, das dazugehörige Hemd und Lackschuhe geliehen. Am Nachmittag hatte er sich außerdem eine Kräuterkompresse angelegt, die seinem Gesicht eine indianerfarbene Tönung gab.

Während Christine sich die Texte von Sophie hatte übersetzen lassen, verstanden Sellmann und Betty rein gar nichts. Aber vielleicht gerade deswegen spürten sie die freundliche Aufmerksamkeit, mit der die anderen ihrer Tochter zuhörten, die stille, schnell wachsende Bereitschaft zum Wohlwollen, die plötzlich in so aufrichtige Begeisterung umschlug, daß Sophie, womit niemand gerechnet hatte, schon das fünfte Lied wiederholen mußte. Mochte sein, daß sich die anwesenden Tschechen besonders über die Zeile ›wie der schöne Bursche reden kann‹ freuten – auf jeden Fall verflüchtigte sich mit diesem Applaus der zweifelhafte Ruch eines Liebhaberabends, und die Kalman atmete mit zitternden Nasenflügeln schon die Höhenluft des Erfolgs.

In der Pause begab man sich an das kalte Büfett, und während Lustig Frau Betty beiseite nahm, wechselte Sellmann einige Worte mit Tante Marketa, und erst ihre Frage, ob Katharina zu Hause geblieben sei, weil sie sich wohl um Heinrich kümmern müßte, brachte ihn auf den Gedanken, in Bubenetsch anzurufen und nach dem rechten zu hören. Gerade aber, als er sich von Frau Farel getrennt hatte, lief ihm Herr Tlapa in den Weg und machte ihm ein Kompliment zu Sophies Gesang. Sellmann antwortete mit einer Floskel, doch ehe er sich von dem Schneider lösen konnte, trat der Leiter der Prager Lufthansa-Filiale, ein Major a. D., zu ihnen und beglückwünschte Sellmann nicht nur zu seiner Tochter, sondern auch zur Adresse des Herrn Tlapa, als dessen Kunde sich der ehemalige Offizier erwies. Sellmann brauchte einige Minuten, um sich auf schickliche Weise zu entfernen, und erkundigte sich dann bei einem Bediensteten nach dem nächsten Telefon. Als er die Zelle im unteren Stockwerk fand, war sie besetzt, und als sie endlich frei wurde, merkte er, daß er kein Kleingeld bei sich hatte. In der Hoffnung, daß Katharina inzwischen eingetroffen wäre, fuhr er mit dem Lift nach oben und kam noch zurecht, bevor der zweite Teil des Programms begann. Auf Katharinas Platz lag ein Bukett, das Amery gegen Ende der Pause mit hereingebracht hatte, um es Sophie nach ihrem letzten Lied zu überreichen. Sellmann kam dieser leere Stuhl mit dem Blumenstrauß wie ein böses Omen vor.

Es ging weiter mit dem Lied, das Amery schon bei der Akustik-Probe gehört hatte. Sophies Stimme klang nun auch in den sanften Bögen fest, und nach dem überraschenden harmonischen Schluß erzwang das Auditorium Wiederholung. Sellmann blickte auf seine Uhr. Er sah, daß es dreiviertel zehn war, und so sehr er Sophie diesen Abend gönnte, so sehr wünschte er dessen Ende herbei.

»Hast du telefoniert?« fragte Betty flüsternd.

Sellmann kam zu keiner Antwort mehr, denn Sixta legte schon die Hände auf die Tasten. Er schüttelte den Kopf und merkte an der Art, wie Betty sich in den Schultern zurechtsetzte, daß sie sich die gleichen Gedanken machte.

Als der Zyklus gegen halb elf beendet war, traten Amery, Jarmila und ein unbekanntes Mädchen zum Podium und übergaben Sophie und Sixta ihre Blumen. Man forderte eine Zugabe, und Sophie sang zart und schön das ›Heideröslein‹. Sie sang die volkstümliche Weise und sang sie wie ein Kind, Amerys Strauß im Arm. Sixta begleitete so zurückhaltend, daß das Klavier kaum zu hören war. Die Kalman weinte und legte Wert darauf, daß man es sah. Auch Betty kamen die Tränen, und sie legte ihre Hand sekundenlang auf Sellmanns Smokingärmel. In den Beifall hinein ging der alte Lustig nach vorn und küßte Sophie die Hand.

»Das ist soviel wert wie ein Orden«, hörte Sellmann den Major der Lufthansa zu Herrn von Lilienthal sagen. Doch dann geschah etwas Peinliches. Ein Kommilitone Sixtas, ein kleiner Kerl mit einer gestreiften Krawatte, drängte sich an den Flügel und brüllte einen langen Satz in den Saal, von dem Sellmann nur die Worte ›Republik‹ und ›Masaryk‹ verstand, und bevor sich das Publikum von seiner Überraschung erholt hatte, saß der Schreihals schon am Manual und intonierte, von einigen Stimmen aus der letzten Reihe unterstützt, die Nationalhymne. Es blieb auch Sellmanns nichts anderes übrig, als aufzustehen. Der alte Lustig, noch in Sophies Nähe, machte ein paar Schritte zur Seite und stellte sich mit dem Rücken zur Wand. Er vermied es, irgend jemanden anzublicken. Amery lächelte ironisch und schlug den Takt mit der Schuhspitze. Die unglücklichste Figur machte Sixta. Wie der Koch im ›Dornröschen‹, den die Fee verzaubert hatte, als er dem Küchenjungen eine Ohrfeige geben wollte, stand er leicht vorgeneigt und mit ausgestreckter Hand am Flügel. Von Sellmanns Bekannten fand einzig Frau Farel Gefallen an der patriotischen Erhebung. Zum Erstaunen des alten Amery summte sie sogar den slowakischen Teil des Staatsliedes mit.

Als Sellmanns in Bubenetsch aus dem großen Wagen stiegen,

ging es auf halb zwölf. Katharina war nicht zu Hause. Man weckte das Mädchen und fragte es aus. Hanka hatte geglaubt, das Fräulein sei mit den Eltern im Konzert gewesen. Betty ließ sich eine Decke in den Salon bringen und schickte alle anderen in die Zimmer. Zu Christines Vorschlag, die Klassenkameradin Katharinas anzurufen, von der aus sie am Nachmittag telefoniert hatte, schüttelte sie nur den Kopf.

Etwa um die gleiche Zeit zogen Karol und Katharina einen dicken Pelz über ihr Bett in Amerys Jagdhaus und sahen zu, wie das Kaminfeuer allmählich verlosch. Um Mitternacht hörten sie die letzten Radio-Nachrichten, doch die befürchtete Suchmeldung blieb aus.

Statt in die Schule war Katharina am Morgen zum Karolinum gefahren, in die juristische Fakultät. Den Anschlägen am Vorlesungsbrett entnahm sie jedoch, daß Karol erst gegen zehn Uhr eintreffen mußte. Sie blieb eine Weile unter der Erkerkapelle stehen und sah zum Seitenaufgang des Ständetheaters hinüber. Danach ging sie in die Gallusgasse, nahm das Geschichtslehrbuch und das Federetui aus ihrer Schultasche und kippte alle übrigen Bücher und Hefte in eine Abfalltonne. Am Wilson-Bahnhof kaufte sie zwei Billetts nach Strakonice und schrieb die Abfahrtszeiten und die Umsteigestationen auf das Vorsatzpapier ihres Geschichtsbuchs. Auf dem Rückweg zum Karolinum hob sie ihr Postsparbuch bis auf den vorgeschriebenen Restbetrag ab und kaufte außer Unterwäsche und einem Regenschirm auch zwei Zahnbürsten und Seife. Mit ihrem neuen Gepäck kam sie sich plötzlich frei und unaufhaltsam vor. Daß Karol nichts von ihrem Vorhaben ahnte und daß er möglicherweise Bedenken haben konnte, erschien ihr, wenn sie die beiden steifen Pappkarten gegen den Handteller drückte, belanglos, ›une quantité négligeable‹, wie Sellmann zu sagen pflegte, wenn an den Strümpfen seiner Töchter eine Masche fiel.

Katharinas Fluchtplan war einfach, weil er ein einziges Ziel hatte, und klug, weil er die Geistesverfassung der Verfolger berücksichtigte. Bei seinen Kriegszügen in Oberitalien hatte Napoleon die Beschränktheit der österreichischen Generalität als festen Bestandteil der gegnerischen Strategie in seine Schlachtpläne einbezogen, ja, er war von ihr ausgegangen wie von der

Unverrückbarkeit einer kartographisch gesicherten und durch Späher ausgekundschafteten Position. Und wenn es Katharina auch nicht um Mantua oder Marengo ging, sondern nur um Dubislav, einen Weiler im Böhmerwald, fühlte sie sich doch ganz wie eine Feldherrin, zumal ihr Sieg mehr wog als Ruhm und Beute. Ihre Eltern, rechnete sie, würden sie in Prag, in Deutschland suchen oder in der Slowakei, aber sie kaum für so verwegen halten, daß sie sich in Amerys Jagdhaus versteckte und verschanzte. Sie paßte Karol am Eingang zur Fakultät ab, drückte ihm den neuen Regenschirm in die Hand und hängte sich bei ihm ein.

»Ich entführe Sie«, sagte Katharina, während sie durch die Eiserne Gasse zum Altstädter Ring hinuntergingen. »Wollen Sie Widerstand leisten?«

»Im Gegenteil«, sagte Karol lächelnd. »Ich habe schon den rechten Fuß in der Kutsche.«

»Möchten Sie nicht wissen, wohin die Reise geht?«

»Wir bewegen uns, glaube ich, in Richtung Nordwesten«, sagte Karol und blickte unter dem Schirm zur astronomischen Uhr des Rathauses hinüber. »Aber wir könnten uns vorher noch das Glockenspiel anhören.«

»Sie brauchen feste Schuhe«, sagte Katharina unbeirrt, »und Ihren Rasierapparat. Eine Zahnbürste habe ich Ihnen schon gekauft.« Sie zog die Fahrkarten aus der Tasche und drückte sie ihm in die Hand.

»Von Strakonice aus«, erklärte sie, »sind es nur noch dreißig Kilometer. Trauen Sie sich das zu?«

Karol steckte die Billetts in seinen Mantel und nickte.

»Wir können aber erst am Nachmittag fahren«, sagte Katharina. »Ich muß zu Hause anrufen und meine...« Sie hatte ›meine Eltern‹ auf der Zunge, brachte es aber nicht heraus. »...und meine Leute mit einem Schwindel hinhalten, damit unser Vorsprung größer wird. Es ist besser, wenn sie uns erst morgen suchen. Morgen ist Sonntag. Vor Montag können sie praktisch nichts unternehmen.«

Karol glaubte, daß Katharina ein Wort des Einverständnisses erhoffte und suchte nach etwas Passendem. Dabei kam ihm plötzlich der Gedanke, und zwar mit der Heftigkeit eines elektrischen Schocks, daß sich Katharina gemeinsam mit ihm das Leben nehmen wollte.

»Ist Ihnen schlecht?« fragte sie sofort.

»Nein, nein«, stammelte er. »Ich freue mich nur so.«

Weshalb dann aber diese Umstände? überlegte er weiter. Und warum nicht hier? Wozu der Rasierapparat und die festen Schuhe? Er erholte sich wieder.

»Fahren Sie jetzt in Ihre Wohnung«, bat Katharina. »Sagen Sie, wenn jemand zu Hause ist, Ihre Vorlesung wäre ausgefallen, und Sie wollten statt dessen eine Wanderung machen, mit Ihren Freunden. Man sollte Sie nicht vor dem späten Abend zurückerwarten. Denken Sie auch daran, daß wir etwas Geld brauchen. Können Sie schießen?«

»Ja«, sagte Karol und wurde blaß.

»Dann holen wir uns einen Hasen aus dem Wald«, sagte Katharina. »Essen Sie ihn gern ›polnisch‹ oder lieber gespickt und mit Preißelbeeren?«

»Polnisch«, sagte Karol und schloß den Schirm, weil es zu regnen aufgehört hatte.

»Nehmen Sie aber keinen großen Koffer mit«, warnte Katharina und verabredete sich mit ihm auf zwölf Uhr im Wartesaal des Wilson-Bahnhofs.

Karol stieg in ein Taxi. Seine Knie zitterten, und beim Bezahlen des Fahrlohns fiel ihm ein Zehn-Kronen-Schein zwischen die Füße, den er sich aus Angst vor einer Ohnmacht nicht aufzuheben getraute. Er hörte, daß seine Mutter in die Stadt gegangen sei, und sah dabei das Gesicht der Köchin hinter einem schwärzlichen Nebel. Er lief in sein Zimmer, warf sich, ohne den Mantel abzulegen, aufs Bett, blieb eine Viertelstunde so liegen und fürchtete sich mit offenen Augen. Danach schrieb er einen Brief an seine Eltern, verschloß das Kuvert und steckte es in die Seitentasche des Mantels. Er packte das Nötigste in eine Reisetasche und nahm alles Geld an sich, das er in der Wohnung fand. Als er den Schreibtisch seines Vaters durchsuchte, entdeckte er ein in schwarzes Wachstuch gebundenes Notizheft. Er schlug es auf und fand auf der ersten Seite den Satz: ›Die Notwendigkeit des Treubruchs ist nirgends größer als bei mit Blut geschriebenen Verträgen.‹ Er unterstrich die Stelle mit

Rotstift und fühlte sich von nun an besser. Zu denken, daß der Verrat ein Programm sein konnte, bestärkte ihn ungemein. Ein Mann mußte seine Rechtfertigung in anderen als den gültigen Gesetzen suchen, um endlich unbedrängt von Reue und Gewissen seinen Weg zu gehen. Karol zerriß den Brief an die Eltern und warf die Schnipsel ins Klosett. Der Köchin sagte er, daß man nicht mit dem Abendessen auf ihn warten sollte. Er gab keine Gründe dafür an. Sein Überschwang ließ keine Kinkerlitzchen zu.

Punkt zwölf betrat er den Wartesaal des Wilson-Bahnhofs, konnte Katharina aber nicht finden. Er setzte sich an einen Tisch und bestellte Slivovitz. Als sie ihm von hinten die Hand auf die Schulter legte, erschrak er. Sie hatte ihre Eltern angerufen. Eine Stunde später saßen sie im Zug von Písek, eingeklemmt zwischen Arbeitern und Marktfrauen, von denen die meisten an den ersten Stationen ausstiegen. In Lochovice verließ auch der letzte Passagier, ein angetrunkener Landvermesser, das Abteil, und Karol setzte sich Katharina gegenüber ans Fenster. Bisher hatten sie kaum miteinander gesprochen, um sich vor den Mitreisenden nicht siezen zu müssen. Als der Zug in Příbram hielt, stiegen zwei junge dralle Weiber zu, wickelten ihre belegten Brote aus und begannen sich laut zu unterhalten, als Karol und Katharina deutsch sprachen.
Das Land hinterm Fenster sah stellenweise wie die Decke eines Kirschenauflaufs, einer Bublanina, aus. Die Hügel zogen durch die Flur wie große alte und bemooste Elefantenkruppen, zwischen denen gerade genug Platz blieb für ein Dorf, ein Sägewerk oder eine Kiesgrube. Überall tat sich etwas auf, ein Bach, ein Tal, ein Streifen Wintergerste, aber ehe Katharina hingeschaut hatte, klappte die Gegend schon wieder zu. Selten hoben sich die Felder so allmählich an wie die Dünung des Atlantik oder von Smetana aus Leitomischl ein zweiter Satz. Gleich schmiegten sie sich wieder einer Kuppe um den Hals, auf der nichts als ein Windrad stand oder der Mast einer Starkstromleitung, die irgendwo im Südwesten, im fahlen Licht der Wintersonne, hoch über den blattlosen Apfelbaumchausseen verschwand.

Als Katharina einmal zur Seite blickte, sah sie, wie sich die eine der beiden Frauen die dicken roten Lippen leckte, und hörte sie zu der anderen sagen:

»Jetzt verschlucke ich noch den Hübschen da in der Ecke – dann reicht's mir für heute.«

Karol hielt die Stirn an die Scheibe gedrückt und sah hinaus.

»Frag ihn doch mal«, meinte die andere und lachte.

Katharina hatte das einfache Tschechisch der beiden gut verstanden und erwartete von Karol, daß er aufstände und sie zurechtwiese. Doch er rührte sich nicht.

»Er sieht aus wie ein Italiener«, sagte die erste und die andere gab eine schamlose Antwort, von der Katharina nur wenig verstand. Beide lachten und kratzten sich, wie auf Verabredung, mit den Fingernägeln unterm Knie. Karol drehte sich langsam herum und sagte einen Satz, in dem Ausdrücke vorkamen, die Katharina an den Wänden der Schultoiletten gelesen, aber noch nie gehört hatte. Die beiden Frauen machten plötzlich kleine Augen, stopften ihr Butterbrotpapier in die Taschen und traten auf den Gang hinaus.

»Entschuldigen Sie«, bat Karol.

»Ich kann Gottseidank nicht soviel tschechisch«, sagte Katharina.

Als der Zug in Mirovice hielt, gingen die Frauen unter ihrem Fenster vorbei, und die mit den dicken roten Lippen streckte ihnen die Zunge heraus.

Da sie in Písek eine Stunde auf den Zug nach Strakonice warten mußten, wollten sie Lebensmittel einkaufen, doch die Geschäfte hatten schon geschlossen. So nahmen sie vom Bahnhofsbüfett ein Dutzend kalte Würstchen, eine Flasche Rum und ein Weißbrot mit. Die Heizung im Zug nach Strakonice erwärmte sich erst auf der Hälfte der Strecke, wurde danach aber so heiß, daß sie sich die Mäntel ausziehen mußten, um dicht beieinander sitzen zu bleiben. Karol legte seinen Arm um Katharinas Schulter, doch obwohl sie bald müde wurden, mochten beide nicht schlafen. Sie lehnte den Kopf gegen seine Brust und spürte den rauhen Rand seines Revers. Karol fühlte seinen Arm steif werden, doch aus Katharinas Haar stieg ein Duft, von dem er sich nicht trennen konnte.

»Il agira pendant votre sommeil, sans gêne, sans opération«, sagte sie leise.

»Wer?« fragte Karol.

»Das verrate ich nicht.«

»Warum haben Sie dann davon angefangen?«

»Weil ich Sie neugierig machen will«, flüsterte sie.

»Nun, also: Wer bewirkt was, während du schläfst, ohne Zwang und Operation?«

»Das sage ich Ihnen nie«, flüsterte Katharina.

»Niemals?«

»Niemals«, wiederholte sie. »Oder wenn ich ganz alt bin.«

»Wie alt?«

»Steinalt«, sagte Katharina, »und häßlich.«

Als sie in Strakonice ausstiegen, war es dunkel. Auch hatte der Regen wieder eingesetzt, doch nicht mehr in fließenden Schauern wie am Vormittag, sondern in kalten flockigen Tropfen, die eine Weile an Kinn und Nase haften blieben, ehe sie herabflossen. Ein älterer Mann in einem grünen Lodenmantel fragte Karol auf tschechisch, ob die Herrschaften einen Gasthof suchten. Karol schüttelte den Kopf. Der Alte wiederholte seine Frage auf deutsch, und Katharina sagte ihm, daß sie einen Wagen brauchten, der sie nach Javornik brächte.

»Das ist ziemlich weit«, antwortete der Alte, »aber nichts auf der Welt ist unmöglich.«

Er lehnte sich im Licht der Bahnhofslampe zurück, sah Katharina mit halboffenem Munde an und stieß die blaue Zungenspitze in unregelmäßigen Abständen gegen die Unterlippe.

»Morgen ist der zweite Advent«, sagte er nach einer Pause. »Das Christkindl kommt bald.«

Karol griff nach seiner Brieftasche und zog einen Fünfzig-Kronen-Schein heraus. Der Alte steckte ihn ein und schnalzte mit der Zunge. Aus der Dunkelheit näherte sich eine Art Fiaker, gezogen von einem einzigen Gaul, dessen Fell im Regen zu schwarzer Farblosigkeit verkommen war. Der Alte wartete, bis das Coupé vor ihnen stehenblieb, klinkte die Tür auf, ließ die beiden einsteigen, und kletterte dann auf den Bock. Das Kutschenleder roch muffig. Der Atem beschlug die Scheiben und machte die Häuser, an denen sie vorbeiholperten, zu flüchtigen

Schatten. Nur hin und wieder fiel das Licht einer Laterne auf vier weiße Hände und zwei dunkle Taschen. Weder Karol noch Katharina wußten, wohin die Reise ging. Daß der Alte sie ohne Halt nach Javornik hinaufbrachte, war nicht anzunehmen. Doch wollte die Fahrt kein Ende nehmen. Als der Wagen das Kopfsteinpflaster verließ und die Räder auf weicherem Boden rollten, hörten sie den Alten etwas rufen. Das Pferd zog so plötzlich an, daß sie gegen das Rückenpolster sanken. Die rasche schaukelnde Bewegung erheiterte sie, und sie waren enttäuscht, als der Wagen nach wenigen Minuten hielt. An der Neigung des Chassis merkten sie, daß der Alte auf der rechten Seite vom Bock stieg, und sie hörten ihn davongehen. Katharina öffnete den Schlag und sah ihn in einem langgestreckten Haus verschwinden, dessen Fenster zu ebener Erde durchweg erleuchtet waren.

»Vielleicht ein Lokal«, sagte sie zu Karol, aber bevor er antworten konnte, trat der Alte wieder in die Tür und winkte, daß sie in der Kutsche bleiben sollten. Er schien sich von jemandem zu verabschieden, der hinter dem Türrahmen stand. Sie hörten ihn lachen, dann kam er, den Pfützen ausweichend, wieder heran.

»Er hat Besuch«, erklärte er und zeigte mit dem Daumen über die Schulter. »Wir müssen es woanders versuchen.« Er wartete keine Antwort ab, sondern warf den Schlag zu, stieg auf und wendete das Gefährt.

Es ging auf sieben Uhr, als sie wieder Pflaster unter den Rädern spürten. Der Wagen hielt, der Alte tauchte in die Dunkelheit, Katharina stellte ihre Tasche ab und begann, die klammen Finger gegeneinander zu reiben. Karol knöpfte Mantel und Jackett auf, nahm ihre Hände und schob sie sich unter die Achseln. Dabei knickte sie die Arme ein, und ihr Atem kam ihm sehr nah. Er versuchte sie zu küssen und berührte mit den Lippen ihre Nasenspitze.

»Was soll das!« fuhr sie ihn an.

»Ich wollte Ihnen einen Kuß geben«, sagte Karol einfach.

»Wissen Sie nicht, wo mein Mund ist?«

»Ich kann ihn nicht finden«, sagte Karol und beugte sich vor, doch Katharina zog die Hände aus seinem Jackett und kroch in die Ecke, warf sich dann plötzlich in seinen Schoß und schluchzte so herzzerreißend, daß Karol überlegte, ob er ihr's nicht erleichtern sollte, indem er von Umkehr zu reden anfinge, und während er ihr den Rücken streichelte, baute er in Gedanken schon an einer Eselsbrücke, fest genug, die Niederlage hinüberzutragen, zugleich aber auch so zunderig und morsch und mürb, sie im Handumdrehen zu verbrennen und zu vergessen. Sie hörten beide ein ohrenbetäubendes Knattern, die Tür wurde geöffnet, der Alte steckte den Kopf herein und rief etwas. Er mußte einsteigen und den Schlag schließen, um sich verständlich zu machen. Er hatte einen Mann mit einem Motorrad aufgetrieben, »eine Harley-Davidson mit Beiwagen«. Allerdings verlangte er, weil es Nacht sei, zweihundert Kronen, verspreche aber, sie in einer halben Stunde ans Ziel zu bringen. Karol gab das Geld, und als er merkte, wie der Alte mit dem Einstecken zögerte, legte er noch fünfzig Kronen dazu.

Der Mann, der sie fahren sollte, saß in einer ledernen Montur auf dem Sattel der schweren Maschine und schaltete, als sie aus der Kutsche stiegen, den Scheinwerfer an. Karol verstaute die Taschen im Beiwagen, half Katharina auf den niedrigen Sitz und hakte die Ösen der Segeltuchplane fest. Er versuchte, dem Fahrer ein Wort zu sagen, doch der nickte nur und schob sich die Schutzbrille von der Stirn auf die Augen. Karol kletterte auf den Sozius und wollte sich nach dem Alten umdrehen, mußte sich aber schon mit beiden Händen an den Haltegriff klammern, um nicht herunterzufallen.

Der Weg, soweit erkennbar, führte rasch in hügeliges Gelände. Ging es aufwärts, preßte sich Karol an den Rücken des Vordermanns, bergab hob er die Füße an, um den riesigen Lachen auszuweichen, durch die das Motorrad in den Tälern rauschte. Sie durchfuhren mehrere Dörfer, bogen, ohne die Geschwindigkeit zu vermindern, um grellweiß aufscheinende Hauswände, flakkernde Zäune und hohe, scheinbar unausweichliche Brennholzfeime, sahen im Vorbeifliegen die warmen Fenster einer Gastwirtschaft und schlossen die Augen vor dem peitschenden Regen. Nach und nach gewöhnte sich Karol an das Motorgeräusch, unterschied das schrille Kreischen des zweiten vom Jaulen des dritten und Brummen des vierten Gangs und hörte auf einmal, wie aus der Unendlichkeit her, eine Stimme singen. Er kannte das Lied nicht, seine Melodie zerfetzte bei jedem Windstoß, sammelte sich schnell wieder über dem Gedröhn und flog ihnen nach. Er legte den Kopf an die Schulter des Fahrers und blickte in die Richtung, aus der die Stimme kam. Katharina hatte sich weit nach vorn gebeugt, dicht an die Windschutzscheibe. So sang sie, und so fühlte sie Karols Blick, denn nun sah er den Fleck ihres weißen Gesichts und spürte ihre Hand.

Als sie das Ortsschild von Dubislav passierten, winkte Katharina nach rechts und ließ hinter dem Dorf halten. Während sie ihre Taschen ausluden, hielt der Fahrer seine Armbanduhr vor den Scheinwerfer und sagte auf tschechisch: »Achtundzwanzig Minuten. Eine schlechte Zeit. Aber bei dem Regen . . .!« Danach wünschte er ihnen ›Gute Nacht‹, wendete sein Rad und fuhr davon.

Nach einer halben Stunde erreichten sie das Jagdhaus Amerys. Katharina setzte ihre Tasche vor der Eingangstür ab und lief in den Geräteschuppen, um die Schlüssel zu holen. Als sie in die Diele traten, schlug ihnen kalte Luft entgegen. Katharina suchte im Dunkeln nach einer Taschenlampe und richtete, nachdem sie sie gefunden hatte, ihr Licht auf Karol.

»Herzlich willkommen!« sagte sie und schwenkte die Lampe auf den elektrischen Sicherungskasten, damit er die gelockerten Verschlüsse festschraubte.

Das Haus hatte drei Räume, Küche und Bad im unteren und vier Gästezimmer im oberen Geschoß. Karol und Katharina beschlossen, für die erste Nacht nur das große Kaminzimmer zu benutzen, weil es sich am schnellsten heizen ließ, hängten die nassen Mäntel an den Jagdtrophäen auf, zogen warme Baudenschuhe über die Füße und bewegten sich im Hause wie in ihrem Eigentum. Da es zu umständlich gewesen wäre, die schweren Bettgestelle auseinanderzunehmen und im Kaminzimmer wieder aufzustellen, holte Karol, nachdem er Feuer gemacht hatte, ein paar Matratzen aus dem Schlafzimmer, legte sie vor den Waffenschrank und breitete Kissen und Federbetten, die Katharina vor ihrer Abreise im Oktober noch frisch bezogen hatte, über den hohen Sessellehnen aus, damit sie sich von allen Seiten erwärmten. Als sie mit den Würstchen und dem Grog hereinkam, hockte Karol auf dem Teppich und betrachtete eine Karte des südlichen Böhmerwalds, auf der das Amerysche Jagdhaus mit einem Bleistiftkreuz markiert war. Katharina setzte das Tablett vor ihm ab und ließ sich dabei auf die Knie nieder. Sie hatte einen Herrenpullover übergezogen und die langen Ärmel mehrmals umgeschlagen. Karol beugte sich über das Tablett, legte die Hände in ihren Nacken und versuchte, sie zu küssen, doch sie lehnte sich so weit zurück, daß er sie freigeben mußte, wollte er nicht auf das Geschirr fallen.

»Aber vorhin . . .«, sagte er, wie zur Entschuldigung.

»Jetzt sind wir hier«, fiel sie ihm ins Wort.

»Ich sehe da keinen Unterschied!«

»Sprechen Sie nicht so«, bat Katharina und nahm ihr Grogglas zwischen die Hände.

»Offengestanden«, sagte Karol lächelnd, »begreife ich Sie nicht ganz.« Er ließ sich auf die Ellenbogen zurücksinken, behielt aber die Karte auf seinem Schoß. »Haben Sie mich entführt, damit wir uns Geschichtszahlen abfragen?«

»Warum nicht?« antwortete Katharina und trank einen Schluck.

»Das hätten wir auch in Prag machen können.«

Katharina nickte und biß in die Wurst. Während Karol diesen Gedanken leise und lässig erweiterte, so als wäre die Rede nicht von ihm und ihr, sondern von einem merkwürdigen, aber zu entfernten Fall, um ihn anders als beiläufig zu traktieren, aß sie und schwieg. Anfangs schämte sie sich wegen seiner ungenierten Art, alle Umstände der letzten Wochen beim Namen zu nennen, doch je länger sie ihm zuhörte, desto deutlicher spürte sie, wie er bis zur Scheinheiligkeit schwadronierte, so daß sie manchmal vor lauter Rührung drauf und dran war, ihm um den Hals zu fallen. Erst allmählich begriff sie den Vorteil, ihn so lange reden zu lassen, bis er zu erschöpft war, sich ihrer Ansicht zu widersetzen. Sie liebte ihn deshalb nicht weniger als zuvor, doch in ihre Liebe mischte sich etwas, wofür das Wort ›Mitleid‹ schon darum ein falscher Ausdruck schien, weil es die Person, auf die es sich beziehen sollte, unweigerlich erniedrigt hätte. Es kam ihr eher so vor, als wäre von Karol nicht nur heute, mit der Flucht in die Wälder, sondern auch damals, bei dem Gespräch

mit Sellmann, zuviel verlangt worden. Immerhin hatte er ihrem Vater ins Gesicht gesagt, daß er sie heiraten wollte. Doch mit welchem Ergebnis? Sie hatten sich heimlich im Seminargarten getroffen und waren zur Hungermauer hinaufgestiegen. Ein anderes Mal fuhren sie mit der Tram nach Braník und wieder zurück zur Stefanikbrücke. Er hatte von seinen Vorlesungen erzählt, während sie erwartete, daß er ihr entweder einen Revolver, eine Rolle Schlaftabletten oder zwei Schiffskarten der Hamburg-Amerika-Linie anbot. Aber konnte sie ihn denn überhaupt drängen, weit über seine Verhältnisse hinaus entschlossen und mutig zu sein? Bestand nicht die Gefahr, daß er bei schwierigeren Proben versagte? Sie durfte seine Posen nur so lange ernst nehmen, wie er bereit schien, sich ihnen nachzubilden. Das hieß, ihn seinen eigenen Ansprüchen hinterherschicken, um ihn immer, nicht nur heute und morgen, zu lieben.
Sie setzte das Glas auf das Tablett und merkte, wie schnell ihre Finger wieder kalt wurden. Es überraschte sie nicht. Sie kannte die gleiche Sensation vom Schach- und Bridge-Spielen. Das Blut stieg zu Kopf, aus Händen und Füßen, wehrte einen kombinierten Dame-Läufer-Angriff ab oder gab acht auf den siebenten Stich. Doch jetzt entdeckte sie, oder war der Entdeckung zumindest nahe, daß eine Frau zu keiner Zeit kühler kalkulieren muß, als wenn sie einen Mann abweist, um ihn zu behalten.
Sie ließ Karol ausreden und hatte nichts dagegen, daß er lauter wurde und die Karte des südlichen Böhmerwalds zwischen seinen Knien zerknüllte. Als er sich endlich aufrichtete und nach seinem Glas greifen wollte, bat sie ihn um eine Zigarette. Er hielt ihr die Schachtel und das Feuer hin. Seine Hand war ganz ruhig. Anscheinend glaubte er, nicht nur alles geklärt zu haben, sondern auch im Recht zu sein.
»Ich bin ganz Ihrer Meinung«, sagte Katharina und machte eine Pause, die Karol irrigerweise für das Finale hielt. Als Katharina weitersprach, kam er sich jedenfalls ähnlich gefoppt und herausgefordert vor wie sein ungarischer Großvater, der bei einem Gastspiel der Wiener Philharmoniker in Preßburg nach dem ersten Satz der ›Schicksalssymphonie‹ so dröhnend, so trotzig, so einsam und so lange applaudiert hatte, bis es ihm von seiner Frau verwehrt worden war.

»Aber ich glaube, um das zu tun, wovon Sie sprachen, hätten wir nicht hierherzufahren brauchen. Es gibt genug Absteigen in Prag, in die Sie mich bringen konnten, statt mit mir auf den Laurenzberg zu gehn. Nein, Karol, verstehen Sie mich nicht falsch! Ich bin Ihnen ja dankbar, daß Sie es gar nicht erst versucht haben. Aber Sie dürfen es sich jetzt nicht bequem machen. Ich sollte vielleicht lieber sagen: Wir dürfen es beide nicht. Wir dürfen nicht schwach werden. Wenn unsere . . .« Sie vermied das Wort ›Flucht‹, weil es ihr zu kleinlich schien. »Wenn unsere Reise einen Sinn hat, dann doch den, zu beweisen, daß wir die Stärkeren sind.«

Katharina hörte sich selber zu. Sie zitierte aus einem frommen und fleckenlosen Roman, den sie zwar nicht gelesen hatte, dessen Ablauf sie aber Satz um Satz und ohne zu blättern hersagen konnte. Sie schämte sich, als Karol ernsthaft fragte:

»Stärker als wer?«

»Als meine und Ihre Eltern«, antwortete sie und zog noch einmal an der Zigarette, bevor sie sie ausdrückte.

»Finden Sie nicht auch, daß wir im Vorteil sind, wenn wir . . .« – sie mußte sich wieder in den Roman retten – ». . . vor sie hintreten können, ohne die Augen niederschlagen zu müssen?«

Karol runzelte die Stirn, und Katharina wußte bis in den Bauch, daß sie ihm ausgeliefert war, wenn er jetzt ›Red nicht solchen Unsinn‹ sagen würde.

»Ich sehe das anders«, meinte er nur und ließ ihr die Wahl, sich enttäuscht oder bestärkt zu fühlen.

»Sie müssen etwas essen, Karol«, sagte sie, ihm den Teller mit den kaltgewordenen Würstchen hinhaltend.

»Wozu?« fragte er. »Wäre es nicht das beste, wenn wir uns gleich zu Tode hungerten?«

Katharina lachte. Sie hatte gewonnen.

»Nein!« sagte sie. »Ich brauche Sie noch.«

Karol sah sie an, als ob er nicht richtig verstanden hätte.

»Ich brauche Sie«, wiederholte sie. »Noch lange.«

Gegen Mitternacht lüfteten sie das Zimmer, zogen einen Bärenpelz über das Lager und hörten die letzten Nachrichten. Der Sprecher wiederholte die Meldung von der Abdankung Masaryks und verlas Ausschnitte aus Kommentaren europäischer Abendzeitungen. Für den Süden und den Westen der Republik kündigte er die ersten Schneefälle an. Im Straßen- und Schienenverkehr mußte mit Verwehungen gerechnet werden. Danach erklang das Harfenmotiv aus ›Mein Vaterland‹.

16 Happy Bird

Am Sonntag nach der Frühmesse fuhren Frau Sellmann und Christine zu Heinrich in die Klinik. Sellmann rief die Mitschülerin an, von der aus Katharina telefoniert haben wollte. Er erfuhr, daß seine Tochter am Samstag nicht einmal in der Schule gewesen war, geschweige denn sich unter dieser Adresse aufgehalten hatte. Man untersuchte ihr Zimmer, um festzustellen, ob Kleidung oder Wäsche fehlte, aber Sophie fand alles an seinem Platz und Hanka brachte aus dem Bad sogar die rote Zahnbürste mit dem eingeritzten ›K‹. Sellmann steckte sie ins Jackett, als hätte er damit eine erste wichtige Spur gesichert. In Wahrheit wußte er nicht weiter. Als Betty und Christine aus der Klinik nach Hause kamen, wurde beschlossen, sich bei der Polizei zu erkundigen. Sophie fragte sich beim Sonntagsdienst der Polizeidirektion bis zu jenem Beamten durch, der das Unfall-Ressort leitete. Bisher, so sagte er, befände sich bei seinen Unterlagen die Gesuchte nicht. Allerdings erwarte er die Berichte der Kommissariate und die Eingangsmeldungen der Pathologie, letzte Nacht betreffend, erst in etwa einer Stunde und bitte um nochmaligen Anruf gegen vierzehn Uhr. Beim Mittagessen weinte Betty, und Sellmann löffelte seine Lauchsuppe wie Lebertran.

»Wir müssen Wilhelm telegrafieren«, sagte sie. »Vielleicht ist sie zu ihm gefahren.«

»Ohne Paß?« fragte Christine.

»Könnte sie nicht bei deiner Freundin Jarmila sein?« wandte sich Frau Sellmann an Sophie und lächelte, als hätte man Katharina schon gefunden. Sophie schüttelte den Kopf, ging aber zum Telefon und wählte die Manglsche Nummer. Daß niemand sich meldete, war eine Hoffnung. Sophie mußte ein Gespräch auf das Manglsche Gut anmelden.

»Wenn sie zu Mangls wollte, hätte sie's doch vorher gesagt«, meinte Christine.

»Mädchen sind oft seltsam«, wußte Betty.

Das Telefon läutete, während Sophie das Tischgebet sprach. Trotzdem sprang sie sofort auf und lief hinaus.

»Nein«, sagte sie, als sie zurückkam.

»Ob vielleicht Herr Lustig etwas weiß?« fragte Betty. Niemand antwortete. Man blieb am Tisch sitzen und sah auf die halbvollen Schüsseln.

»Darf ich auch mal einen Vorschlag machen?« fragte Christine, und ihrer Stimme war Ungeduld anzuhören.

»Bitte«, sagte Sellmann, wohl wissend, was bevorstand, und froh, daß Christine es übernahm.

»Ich kann diesen Herrn nicht anrufen«, sagte er, nachdem Christine gesprochen hatte.

»Dann mache ich es«, erklärte Betty. »Such mir die Nummer heraus, Sophie!«

Sellmann brachte seine Frau wenigstens dahin, noch die Auskunft der Polizeidirektion abzuwarten. Als man in den Salon hinüberwechselte, schellte das Telefon. Hanka ging an den Apparat und meldete:

»Herr Doktor Djudko möchte den Herrn Doktor sprechen.«

Sellmann faßte sich und nahm den Hörer. Die Stimme des Abgeordneten Djudko war gelassen, liebenswürdig und von unverkennbarem Wiener Akzent. Er wolle sich, sagte er, nur vergewissern, ob Sellmann gleichfalls ein Kind abgehe. Wenn dem so sei, würde er seinerseits auf die Verständigung der Polizei verzichten, denn bei diesem Wetter hielten es die Deserteure sicher nicht lange im Freien aus. Auch wisse er aus Erfahrung, daß man bei tschechischen Behörden um so mehr Erfolg habe, je weniger man urgiere, und da es beiläufig aussichtslos scheine, alle Polizisten des Landes zu bestechen, sei es vermutlich ratsamer, die Hände in den Schoß zu legen und zuzuwarten. Sellmann antwortete bestimmt, aber verbindlich, daß es einen Unterschied mache, ob ein zwanzigjähriger junger Mann oder ein sechzehnjähriges Mädchen über Nacht ausbliebe. Sollte Katharina bis morgen nicht nach Hause gekommen sein, sehe er jedenfalls keinen anderen Weg als die Fahndung. Er halte sie sogar, nachdem feststände, daß Djudkos Sohn mit von der Partie sei, für äußerst probat, denn immerhin ließen sich zwei Leute – fast hätte er gesagt ›ein Pärchen‹ – leichter finden als einer allein.

»Ich kann Ihnen«, hörte er Djudko sagen, »weder etwas raten noch vorschreiben. Geht die Sache von Karol aus, sind sie mit großer Wahrscheinlichkeit in die Slowakei gefahren.«

»Das meine ich wohl«, sagte Sellmann.

»Nur finden Sie dort niemanden.« Sellmann kam es so vor, als ob der Abgeordnete lachte.

»Das müssen Sie wissen«, sagte er schroff. »Ich werde meine Tochter nicht deswegen in Prag suchen, weil hier die Straßen besser beleuchtet sind.«

»Herr Doktor«, lenkte Djudko ein, »lassen Sie mir Zeit bis heute abend. Ich spreche mit Preßburg und rufe Sie wieder an.«

Das Telefonat mit dem Unfall-Ressort brachte nichts Neues. Der Nachmittag schleppte sich in den Abend. Als Sellmann das zweite Mal mit Dr. Djudko sprach, hatte er den Eindruck, daß der Abgeordnete inzwischen unruhig geworden war. Die Nachfragen bei den slowakischen Verwandten hatten nichts ergeben. Man verabredete, sich am nächsten Vormittag wiederum zu verständigen, und Sellmann gab Djudko die Nummer seines Büros.

Am anderen Morgen las er während der Fahrt zur Bank die kleine Kritik im ›Tagblatt‹ über Sophies Konzert. Nach einigen ironischen Hieben auf die Neruda-Texte schrieb der Rezensent: ›Die Überraschung des Abends war zweifellos Fräulein Sophie Sellmann. Für eine Dilettantin fast zu sicher und zu perfekt, beherrschte sie, was unseren professionellen Sängern durch das ständige Forte-Singen nahezu abhanden gekommen ist, die bezaubernde Technik des ›rinforzamento‹ in solchem Maße, daß sie das sachverständige Publikum zu wahren Jubelstürmen hinriß. Man möchte sie gern einmal mit deutschen Liedern wiederhören!‹

Pavel Sixtas Vertonungen nannte er ›streckenweise akademisch und hausbacken‹. Er riet dem Komponisten, die Fesseln der

Zwölftönerei abzustreifen und sich mit mehr Witz und Mut an größere Vorhaben zu wagen.

Sellmann nickte zufrieden, faltete die Zeitung und stieg aus dem Auto. Im Vorzimmer sagte ihm die Sekretärin, daß seine Frau um sofortigen Anruf bitte. Nach Vermittlung des Gesprächs erfuhr er von Betty, daß die Polizei mehrere Hefte und Schulbücher Katharinas gefunden hatte.

»Wo?« wollte Sellmann wissen.

»In einer Mülltonne«, antwortete Betty und brauchte eine Weile, ehe sie sagen konnte, daß man ihn, falls er Rückfragen habe, auf der Polizeidirektion erwarte.

Sellmann einigte sich mit Dr. Djudko, um zehn Uhr gemeinsam ins Hauptkommissariat zu gehen. Bevor er die Bank verließ, instruierte er seine Sekretärin, daß er voraussichtlich erst nach Tisch zurückkehren werde.

Dr. Djudko kam ihm in Höhe der Polizeidirektion entgegen. Er klappte seinen Regenschirm zusammen, um Sellmann die Hand geben und den Hut abnehmen zu können. Etwas irritiert vom bürgerlichen Habitus des kommunistischen Abgeordneten, wollte Sellmann möglichst rasch das Gebäude betreten, aber Dr. Djudko, indem er den Schirm wieder spannte und ihn zur Hälfte über den anderen Homburg hielt, bat zuvor um ein Wort unter vier Augen.

»Bei allem, was wir jetzt unternehmen«, begann er und machte eine Pause, wie um Sellmann Zeit zu geben, die Übereinstimmung ihrer Interessen zu erkennen, »berücksichtigen Sie bitte, daß weder Ihnen noch mir an einem Skandal gelegen ist.«

Sellmann ließ den Vater Karols zu Ende sprechen und blickte ihm dabei ohne Ausdruck in das kantige, fast viereckige Gesicht, in dem sogar Mund, Brauen und Stirnfalten ein lineares Gleichmaß ohne jeden Umschweif bildeten. Ein Mann ohne Fortune, dachte er, erinnerte sich aber rechtzeitig wieder, daß Djudko ins Parlament gewählt worden war.

»Es gibt Leute, die mich gern kujonieren möchten«, kam der Rechtsanwalt zum Ende, »und ich kann mir vorstellen, daß auch Sie, lieber Herr Doktor, in Prag nicht nur Freunde haben.«

»Ich suche meine Tochter«, sagte Sellmann.

»Bitte«, meinte Djudko, und damit traten sie in das Haus. Der

Polizeikommissär, der die Bücher Katharinas vor ihnen ausbreitete, nannte Ort und Zeit des Fundes. Dr. Djudko übersetzte für Sellmann: Gallusstraße, sieben Uhr dreißig. Auf einem Stadtplan bezeichnete der Kommissär den genauen Punkt.

»Nur ein paar Schritte von der juristischen Fakultät«, sagte Djudko und zeigte mit einem goldenen Drehbleistift auf das Karolinum.

»Wo kann ich eine Suchanzeige aufgeben?« fragte Sellmann.

»Bei mir«, antwortete der Kommissär auf deutsch. »Aber es wäre besser, wenn wir dazu eine Fotografie Ihrer Tochter hätten.« Sellmann versprach das Bild und die übrigen Angaben zur Person für den Nachmittag und verließ mit Dr. Djudko die Kanzlei. Als er zum Essen nach Bubenetsch kam, erzählte er Betty, daß es ihm gelungen sei, den Abgeordneten zur Aufgabe einer Suchanzeige zu bewegen. Nicht erwähnte er, daß ein kleines Frühstück im Café ›Réunion‹ den Ausschlag gegeben hatte, bei dem Dr. Djudko nach Sellmanns Angebot, ihn aus dem Spiel zu lassen, plötzlich weich und väterlich geworden war.

Man fand ein Bild Katharinas aus dem Vorjahr, von einem Strandfotografen an der Ostsee aufgenommen. Ihr runder Hut saß so weit im Nacken, daß die Krempe wie ein Heiligenschein um ihren Hinterkopf stand, doch das freigelegte Gesicht schien Sellmann »äußerst zweckdienlich«. Er steckte das Bild in die Brieftasche und dankte Sophie mit den Augen, als sie von Sixta und den Kritiken zu sprechen begann. Sixta war am Vormittag mit einem Armvoll Treibhausflieder und allen Zeitungen erschienen, die das Konzert besprochen hatten. Er hatte den Gedanken des ›Tagblatt‹-Rezensenten sofort aufgegriffen und für Sophie eine Liste historischer Themen zusammengestellt, aus der sie sich das ihr Liebste aussuchen sollte.

»Welches ist das?« wollte Christine wissen.

»Ich bin noch nicht sicher«, sagte Sophie. »Vielleicht nehmen wir Ferdinand und Philippine.«

»Ferdinand und Isabella habe ich schon mal gehört«, lächelte Betty. »Aber Philippine?«

»Philippine Welser«, erklärte Sophie, »die Tochter des Augsburger Bankiers Welser. Sie wohnte bei ihrer Tante in Březnice und hatte ein Verhältnis mit Kaiser Ferdinand.«

»Nicht mit dem Kaiser«, verbesserte Sellmann, »sondern mit seinem Sohn, dem Statthalter.«

»Oder mit dem«, sagte Sophie trocken. »Wir können ja Katharina fragen.«

Es gab eine Pause, in der man schweigend aß.

»Soll das eine Oper werden?« fragte Sellmann.

»Ja«, antwortete Sophie. »Als Hintergrund nehmen wir das Schloß ›Stern‹ am Weißen Berge, weil Ferdinand es für Philippine gebaut hat.«

»Wenn ich nicht irre«, sagte Sellmann, »müssen die beiden später nach Innsbruck gezogen sein ... Haben wir in der Hofkirche nicht sogar ihr Grab gesehen?«

»Ich kann mir sowas nicht merken, Anton«, sagte Frau Sellmann. »Aber wenn du meinst, ist es wohl so.«

»Bestimmt«, sagte Sellmann, weniger um Recht zu behalten, als um den Faden nicht zu verlieren. »Ich fürchte, daß ihr mit dieser Geschichte beim hiesigen Publikum auf wenig Gegenliebe stoßt. Oder glaubst du, man möchte im Nationaltheater einen Habsburger sehen?«

»Dann nehmen wir eben das ›Deutsche‹«, sagte Sophie und schob den Mund vor.

»Aber dort kannst du nicht tschechisch singen«, wußte Sellmann.

»Mein Gott, dann mieten wir ein Zirkuszelt und singen Volapük!« rief Sophie.

Man freute sich, und Hanka war verwundert, wie die Herrschaften an solchem Tage lachen konnten. Das änderte sich bald. Heinrich, der schon in der Klinik mehrmals nach der jüngsten Schwester gefragt hatte, wurde Mitte der Woche entlassen. Frau Sellmann mußte ihm sagen, daß Katharina mit der Klasse ins Riesengebirge gefahren sei und an Weihnachten zurückkomme. Damit machte sie aber nicht nur jedes Gespräch über Katharinas Flucht in seiner Gegenwart unmöglich, sondern hatte auch, wie sie zu spät merkte, einen festen Termin für ihre Wiederkehr genannt. Jeden Morgen sah sie mit an, wie er unter der Post nach einer Karte seiner Lieblingsschwester suchte, und spürte sein Mißtrauen, wenn sie ihn mit verschneiten Straßen und Schienen belog.

Am Freitag wurden Sellmann und Djudko auf die Polizeidirektion bestellt, wo ihnen der Kommissär, abgesehen von einer sehr dubiosen Angabe, nur die Vergeblichkeit aller bisherigen Bemühungen mitteilte. Als Sellmann ihn um Auskunft auch über das zweifelhafte Indiz bat, verlegte sich der Kommissär vom Deutschen wieder aufs Tschechische und redete Djudko an. Der Rechtsanwalt antwortete, als der Kommissär geendet hatte, energisch verneinend. Als sie die Kanzlei verließen, erklärte er Sellmann den Sachverhalt. Eine Frau aus Mirovice, die Schwester eines Landpolizisten, hatte behauptet, die Flüchtlinge im Zuge nach Písek gesehen zu haben.

»Ja, und?« fragte Sellmann und drehte die Handteller nach oben. »Das ist doch ein Anhaltspunkt!«

»Ja«, sagte Dr. Djudko. »Man wird dem auch nachgehen. Nur hat die Geschichte einige Schönheitsfehler.« Djudko legte den Handschuh gegen Sellmanns Ellbogen, um ihn aus dem Treppenschacht der Polizeidirektion hinauszubringen.

»Erstens«, sagte er im Weitergehen, »hat diese Frau keinen guten Ruf, und zwar nach Meinung ihres eigenen Bruders, also des Polizisten. Zweitens ist sie als Denunziantin bekannt. Und drittens . . .« Dr. Djudko schien einen Augenblick lang ungewiß, ob er seinem Begleiter auch diese Wahrheit mitteilen sollte. »Drittens ist sie keine Frau«, sagte er endlich.

»Sondern?« fragte Sellmann.

»Nun, die Auswahl ist nicht sehr groß, Herr Doktor. Die Dame ist ein Mann in Frauenkleidern.«

Sellmann verzog keine Miene. Er knurrte nur und machte einige schnelle Schritte, als wollte er sich von seinem Begleiter lösen. Doch fiel ihm Djudkos heftige Abrede gegen den Polizeikommissär wieder ein, und er fragte nach ihrem Anlaß.

»Das möchte ich Ihnen ersparen«, meinte der Abgeordnete, sprach aber im selben Atemzug so flüssig weiter, als müßte er seine Zurückhaltung schon allein deswegen aufgeben, weil er Luft für einen längeren Satz geholt hatte:

»Doch wenn Sie es wünschen: Dieser Transvestit aus Mirovice behauptet, von einem jungen Mann, dessen Beschreibung vage auf meinen Sohn zutrifft, beschimpft worden zu sein. Sie werden fragen – na und? Der Kommissär hat mir davon etwas angedeutet. Hauptsächlich deshalb wechselte er die Sprache. Ich moralisiere nicht gern. Ich bin auch kein Kind von Traurigkeit. Aber ich muß Ihnen gestehen, daß ich diese Ausdrücke nicht einmal unter Anwendung der Daumenschraube ins Deutsche übersetzen werde. Muß ich deutlicher werden?«

»Danke«, sagte Sellmann.

»Sehen Sie«, fuhr Djudko fort, »und selbst wenn dieser südböhmische Zwitter meinen Sohn einwandfrei nach der Fotografie wiedererkennt, ist diese Aussage für mich ohne Belang. Sie haben, soviel ich weiß, zwei- oder dreimal mit Karol gesprochen.«

Sellmann nickte.

»Würden Sie ihn für fähig halten, daß er zu einer Dame eine – Pardon! – Schweinerei sagt? Obendrein in Gegenwart Ihrer Tochter?«

»Ausgeschlossen«, sagte Sellmann, aber schon auf dem Weg in die Bank kamen ihm Zweifel. Wenn, so überlegte er, der junge Djudko von diesem Kerl herausgefordert oder Katharina von ihm beleidigt worden war, lag eine deutliche und aufgebrachte Antwort doch geradezu auf der Hand, um so mehr, als Karol sicher war, daß Katharina kein Wort verstand! Nun, der Kommissär hatte weitere Untersuchung zugesagt, und man mußte abwarten. Wußte man doch, wenn die Flüchtlinge tatsächlich im Zug nach Písek gesessen hatten, auch nicht mehr, als daß sie eben nach Písek gefahren waren. Wo lag dieses Písek überhaupt? Wieder in seinem Büro, ließ Sellmann einen Atlas holen und folgte der südlichen Bahnlinie mit dem Brieföffner. Písek lag an der Wottawa, die etwa zwanzig Kilometer nordwärts, nachdem sie sich mit anderen bläulichen Linien vereinigt hatte, Vltava, also Moldau, hieß. An den Namen Wottawa erinnerte er sich, denn bei dem Oktoberausflug zu Amerys Jagdhaus war die Straße hinter Schüttenhofen dem Lauf dieses Flusses gefolgt. Sellmann lehnte sich langsam zurück und verschanzte sich eine Weile vor seinem Fund. Er wollte die Entdeckung noch nicht wahrhaben. Am Ziel zu sein, schien unerquicklich, sobald die Hindernisse in Vergessenheit gerieten. Resultate ohne Anstrengungen waren ihm verdächtig wegen ihrer Zufälligkeit, man konnte sie ebensowenig begründen wie die Tonart eines Musikstücks. Gewiß, es gab Geistesblitze, doch sie erwiesen sich in der Regel als ins Licht gestemmte Glieder einer versteckten Kausalkette. Was darüber hinausging, verwehrte den Genuß des Nachvollzugs. Ahnung statt Augenmerk, Riecher statt Reflexion war Sellmanns Sache nicht. Wie die Zutaten für einen Kuchen stellte er abends vorm Einschlafen sogar die Elemente für den Traum zusammen, den er träumen wollte, und wenn die Nacht ihn dann mit anderen Schimären lockte oder quälte – er hatte das Seinige getan. Er nahm sein Notizbuch, verglich die eigenen Eintragungen mit den Angaben der Polizei, überprüfte den Winterfahrplan, fuhr die Strecke Prag-Písek ein zweites Mal mit dem Papiermesser ab, verlängerte die Reise aber nun nach Strakonice und legte die restlichen Kilometer bis Dubislav mit einem abgeknickten Streichholz zurück, das er dann an den Maßstab hielt. Erst jetzt war er angekommen, und als hätte er es Eugen Lustig abgesehen, zog er plötzlich sein Taschentuch, um sich laut und gefühlvoll zu schneuzen.

Jan Amery, von Christine schon Anfang der Woche ins Bild gesetzt, schickte seinem Aufseher ein Telegramm mit der Bitte um sofortigen telefonischen Anruf. Der Forstmann, ein gewisser Hanusch, meldete sich um die Mittagszeit, konnte aber nicht sagen, ob das Jagdhaus bewohnt sei, da er sich in der zurückliegenden Woche »od rána do večera«, wie er sagte, das hieß: von morgens bis abends, um das Aufstellen der Schneezäune hatte kümmern müssen. Auch wären in einer herabstürzenden Wächte vier Jungtiere erstickt, und es sei fraglich, ob man alle Futterstellen rechtzeitig erreiche. Falls er, Amery, herauskommen wollte, würde er ihm einen Schlitten nach Strakonice entgegenschicken. Seinen Bericht versprach Hanusch noch für denselben Tag.

Um Zeit zu sparen, gab Amery seinem Angestellten die Telefonnummer der Sellmannschen Wohnung und fuhr gegen Abend nach Bubenetsch. Wie bei jedem seiner Besuche hatte er auch diesmal Blumen für Betty und ein Geschenk für Heinrich bei sich, das er dem Elfjährigen anhand der englischen Beschreibung erklärte. ›Happy Bird‹ hieß der kleine, auf einer Querstange schaukelnde Vogel, dessen Unterleib aus einem federbedeckten Glaskolben bestand. Feuchtete man seinen Kopf an, so stieg allmählich eine violette Flüssigkeit in die Halsröhre, bis der Schwerpunkt sich so weit nach oben verlagert hatte, daß der Vogel vornüberkippte und seinen Schnabel neuerdings ins Wasser tauchte. Dabei floß die Tinktur in den Kolben zurück, und das Spiel begann von neuem. Auch Betty, Christine und Sophie hatten, von Heinrich zu schweigen, ihren Spaß daran, und als Sellmann kam, erzählte Amery, wie er diesen ›glücklichen Vogel‹ auf der Brüsseler Weltausstellung gesehen und sofort an Heinrich gedacht hatte.

»Waren Sie auch dabei, als Charlotte Wassef zur schönsten Frau der Welt gewählt wurde?« fragte Sophie und hätte den Satz am liebsten verschluckt, als sie die Miene ihres Vaters sah.

»Nein«, sagte Amery und blickte zu Christine. »Die schönste Frau der Welt kannte ich damals schon.« Sophie errötete wie nach einer Ohrfeige und drückte den Kopf des ›glücklichen Vogels‹, so tief es ging, ins Wasserglas.

Als Betty zu Tisch bat, schellte das Telefon. Hanka, die Anweisung hatte, kein Gespräch entgegenzunehmen, zeigte sich nur in der Tür. Sellmann und Amery gingen hinaus, und Sellmann hob den Hörer ab. Als er die Stimme des Polizeikommissärs erkannte, gab er Amery kopfschüttelnd Bescheid, so daß dieser in den Salon zurückkehrte. Die Mitteilung des Kommissärs war kurz und bündig: der Verdacht, die Geflüchteten seien mit der Südbahn gefahren, müsse fallengelassen werden; die ›Schwester‹ des erwähnten Polizisten habe nach Vorlage der Fotos erklärt, daß sie den abgebildeten Personen weder im Zuge nach Písek noch anderswo begegnet sei.

Sellmann bedankte sich, legte den Hörer zurück und blieb eine Weile wie von Sinnen neben dem Telefon stehen. Das einzige Pfand auf seine Theorie war uneinlösbar geworden. Er mußte Dr. Djudko überzeugen, daß man die Zeitungen um Hilfe anging. Den Anruf aus Dubislav abzuwarten, schien sinnlos. Sellmann langte schon nach dem Hörer, als Betty zu ihm trat. Er verschob das Gespräch mit dem Abgeordneten und folgte ihr.

Amery las aus Sellmanns Blick, daß die Dinge nicht zum besten standen, doch da es in Heinrichs Gegenwart keine Möglichkeit sich zu verständigen gab, setzte er seine Erzählung dort fort, wo er sie bei Sellmanns Eintritt unterbrochen hatte. Amery liebte es, Geschichten vorzutragen, bei denen er den Kürzeren zog, aber die Lacher auf seiner Seite hatte. An diesem Abend erzählte er von einer Zigeunerin, der er, noch als Student an der Wiener Handelsakademie, aus Leichtsinn einen größeren Geldbetrag schenkte, weil sie ihm aus den Linien der linken Hand ein geradezu paradiesisches Glück prophezeit hatte.

»Wenn auch nicht auf lange Zeit«, lächelte Amery in die Runde.

»Und weiter?« fragte Heinrich, ›Happy Bird‹ und das Wasserglas vor sich, um das amerikanische Patent auch während des Essens im Auge zu behalten.

»Nun«, sagte Amery, »ich verließ am nächsten Morgen wie gewöhnlich meine Wohnung, sah aber plötzlich vor der Haustür einen Mann mit einer Geige unter dem Arm. Allem Anschein nach ein Zigeuner. Als er mich sah, verbeugte er sich, legte die Geige ans Kinn und fing an zu spielen. Ich blieb stehen, hörte ihm einen Augenblick zu und ging dann die Colloredogasse zum Währinger Park hinunter. Aber was soll ich Ihnen sagen? Er kam mir hinterher, und zwar ununterbrochen geigend.«

Amery nahm einen Bissen des fleischlosen Freitagsgerichts und nickte, als Christine fragte:

»Warum bist du nicht schneller gegangen?«

»Bin ich«, sagte er. »Ich bin sogar gerannt – aber er auch!«

Auch Sellmann verzog das Gesicht zu einem Lächeln.

»Jetzt gibt es nur noch eine Rettung, dachte ich«, sagte Amery. »Ich lauf durch den Währinger Park auf den alten israelischen Friedhof.«

Das Telefon läutete ... Sellmann ging hinaus.

»Dort wird er mir nicht länger in den Ohren liegen«, sagte Amery noch und sah zur Tür.

»Und weiter?«

»Gleich«, sagte Amery, bat Betty um Entschuldigung und erhob sich. »Ich bin sofort zurück.«

Sellmann beobachtete Amery, während er mit dem Jagdaufseher sprach. Erst lachte er, später runzelte er die Stirn, seine Stimme wurde schärfer, schließlich schwieg er, um das metallische Quäken aus dem Hörer nicht zu unterbrechen. Dann drehte er sich zu Sellmann und fragte ihn, ob er bereit wäre, mit irgendeinem Nacht- oder Frühzug in den Böhmerwald zu fahren.

»Selbstverständlich«, antwortete Sellmann und spürte, wie sich sein Herz zusammenzog. Amery redete anscheinlich Sachliches, ruhig und ohne Bewegung.

»Er sieht gleich im Fahrplan nach«, sagte Amery, zwischendurch auf deutsch, und Sellmann mußte sich durch Nachfragen vergewissern, daß diese Worte ihm gegolten hatten. Amery beendete das Gespräch und ging mit Sellmann in dessen Arbeitszimmer.

»Es ist etwas Seltsames geschehen«, sagte Amery und blieb, wie Sellmann, stehen. »Hanusch ist am Nachmittag zu meinem Jagdhaus gegangen. Etwa vierzig Meter vor der Tür hat man auf ihn geschossen.«

»Dann ist Katharina nicht dort«, sagte Sellmann.

»Doch«, sagte Amery. »Hanusch hat sie erkannt: das Fräulein mit den roten Haaren, das im Oktober hier war.«

Sellmann setzte sich. »Was haben Sie veranlaßt?«

»Ein Pferdeschlitten holt uns vom Bahnhof in Strakonice ab.«

17   Ich liebe mich

Vor den Fenstern des Ameryschen Jagdhauses öffnete sich nach Südosten hin ein kleines, flach abfallendes Tal, von dessen Rändern der Fichtenwald weit in die Senke vordrängte, stellenweise bis an den Bach heran, der den ganzen Grund der Länge nach halbierte und in einen Teich bei Dubislav mündete. Neben diesem Bach lief ein Weg, der auch im Sommer nur umständlich befahren werden konnte, so daß Amery sein Automobil meist im Dorf unterstellte und das Gepäck in einem Handkarren nachschaffen ließ. Kamen Gäste, spannte Hanusch einen vierrädrigen Buggy an und kutschierte sie die wenigen hundert Meter hinauf.

Den Blick auf das Dorf verwehrten zwei mächtige, schräg ineinandergeschobene Wiesenbuckel, zwischen denen sich Bach und Weg so dicht bei dicht hindurchzwängten, daß sie in schneereichen Wintern unter den Wehen verschwanden. Ungerechnet einen schmalen Wildpfad, der über die südliche Seite des Hanges bis an die Wasserstelle unterhalb des Jagdhauses führte, verschloß sich der Kessel an solchen Tagen jedem Zutritt.

Am Morgen nach der ersten Nacht öffneten Karol und Katharina die Fenster, hängten sich die Federbetten um die Schultern und sahen, wie sich das Wetter an die Vorhersage hielt. Das Tal war weiß. Lange Zeit hörten sie nichts als das ziehende und schmatzende Geräusch der elektrischen Wasserpumpe aus dem Keller, bis allmählich, doch so zögernd und tropfend, als tauten sie erst im Herüberfliegen auf, die Töne der Dubislaver Kirchglocke zum Amt riefen. Karol machte Feuer im Kamin, Katharina brühte Tee auf und setzte die Rumflasche neben die Kanne. Das Reden fiel noch schwer. Sie suchten Anlässe für einen Satz, als sähen sie sich nach Ostereiern um, die sie weder finden noch essen wollten. Was sie sich zu sagen hatten, lag nicht auf der Zunge. Es mußte von weit her geholt werden und machte schlapp und schrumpfte unterwegs. Sie merkten: Was nur mit Worten groß wird, kümmert, wenn sie fehlen. Und Karol folgerte: Wenn wir mit uns schon nicht zu Rande kommen, dann sollen andere leiden. Er nahm das kleine Beil vom Kamin und brach Amerys Waffenschrank auf, ohne nach dem Schlüssel zu suchen. In den Halterungen hingen zwei Doppelflinten, zwei Repetiergewehre und ein dreiläufiger Selbstspanner mit Zielfernrohr.

»Hatten Sie nicht etwas von einem Hasen ›polnisch‹ gesagt?« fragte er, langte eine Bocksflinte heraus, klappte die Sicherung herum, knickte den Doppellauf ab und richtete ihn so gegen das Fenster, daß er durch den Kugel- und den Schrotgang zugleich blicken konnte.

»Ja«, sagte sie und sah ihn schwärmerisch an.

Er hängte das Gewehr zurück und zog die Schubfächer am Schrankboden auf. Als er die Munitionspäckchen in die Hände nahm, mußte er sich hinsetzen. Er kam sich plötzlich so verwegen vor, daß ihm die Knie zitterten. Er fühlte seine Finger an den Papphülsen der Schrotgeschosse kleben und drückte sie rasch an den kalten Mantel der Patronen. Um Katharina, die herangetreten war, seine Schwäche nicht spüren zu lassen, erklärte er den Unterschied zwischen Rehposten und Vogeldunst, grobem und feinem Schrot, und zeigte ihr, wie man den Ladestreifen einlegte.

»Woher wissen Sie das?« fragte sie.

»Oh, ich war mit meinem Großvater auf der Jagd.«

»Und haben Sie auch getroffen?«

»Natürlich«, sagte Karol.

»Bären?«

»Bären nicht, aber Wölfe.«

»Wo war das?«

»Bei Mukačevo in den Ostkarpaten.«

»Bei Mukačevo«, wiederholte Katharina flüsternd und legte die Hand auf seine Schulter. »Würden Sie mich einmal mitnehmen?«

»Ach, wissen Sie«, sagte Karol und schob mit den Füßen die Splitter der Tür unter den Schrank, »das ist eigentlich nichts für Frauen.«

»Denken Sie, ich fürchte mich?«

»Nein...«, sagte Karol und sah zu ihr hoch. »Aber ich hätte Angst um Sie.«

»Was ist das hier?« fragte Katharina und griff nach einem Röhrchen, das wie das Mundstück einer Wasserpfeife aussah.

»Damit lockt man Rehböcke an«, sagte Karol, nahm das Instrument an die Lippen und blattete.

»Und die fallen darauf rein?«

»Es hängt von der Jahreszeit und der Stimmung ab.«

Sie nahm die Hand von seiner Schulter. So sehr sie die Wölfe von Mukačevo beeindruckten, ihnen zuliebe wollte sie dem gestrigen Vorsatz nicht untreu werden. Karol behielt den Duft ihres Ärmels im Gedächtnis, irrte sich aber, was seine Herkunft anging, genauso wie Amery, als er Sophie im Repräsentationshaus nach dem Namen ihres Parfüms gefragt hatte; nur daß es in Dubislav nicht Motten- sondern Waschpulver war.

Gegen Mittag begannen sie, das Haus auf den Kopf zu stellen. In den oberen Räumen fanden sie nichts als Wäsche und Bettzeug. In dem unteren Zimmer, das dem Eingang zunächst lag und von Amery selbst benutzt wurde, entdeckten sie neben einigen Kleidungsstücken, die auch Karol passen mochten, Bücher, Zeitschriften, ein Grammophon mit Handaufzug und Schallplatten. Eß- und trinkbaren Erfolg hatte ihre Suche aber erst im Keller. Das Vorhangschloß der Gattertür, zu der sie den Schlüssel nicht finden konnten, schlug Karol mit demselben Beil herunter, mit dem er den Waffenschrank aufgebrochen hatte. In einem mannshohen Regal lagerten mehrere hundert Flaschen Wein, einige Pakete Zwieback und drei hartgetrocknete, mit grauen Mullsäcken überzogene Rehschinken.

»Davon können wir bis zum Frühjahr leben«, sagte Karol. Katharina nickte nur und lockerte den Pergamentverschluß eines irdenen Kruges. Sie steckte den Zeigefinger hinein, hielt ihn unter die Nase und leckte daran.

»Pflaumenmus«, sagte sie, und schob Karol den Mittelfinger in den Mund, ohne daß er den Betrug merkte. Sie holten von allem eine Tagesration ins Erdgeschoß, aßen im Kaminzimmer zu Mittag und tranken eine Flasche roten ›Ludmilla‹ dazu. Katharina, an Wein nicht gewöhnt, ließ sich nach dem letzten Schluck zurücksinken und schlief ein. Karol deckte sie zu, räumte das Geschirr ab und verschloß die Fensterläden. Als sie aufwachte, war das Kaminfeuer erloschen. Karols Armbanduhr zeigte halb sieben. Um sicher zu sein, ob Morgen oder Abend war, genügte es nicht, nach draußen zu sehen. Dunkel war es auf jeden Fall. Karol wollte das Radio anstellen, doch Katharina hielt ihn zurück.

»Wozu müssen wir das wissen?« sagte sie.

»Es ist besser, wenn wir tagsüber schlafen«, sagte Karol, »damit man den Rauch nicht sieht.«

Katharina widersprach ihm nicht. Ihr Plan hatte nur bis hierher gereicht. Es gab keine Ziele darüber hinaus. Alles weitere lag bei Karol, der sich einzurichten schien, als könnten sie hier die ersten Veilchen abwarten. Manchmal vermutete sie einen Entschluß hinter soviel Gelassenheit, das machte sie sicher. Sie hätte ihn gern unterhalten, doch er saß am Feuer, las in einem Magazin und trank. Sie überlegte, was Christine oder Sophie an ihrer Stelle täten, hielt sich aber nicht lange bei diesem Gedanken auf, sondern stemmte sich mit Ellbogen und Fersen aus dem Bett. Wenn es, wie sie annahm, Montagmorgen war, müßte Fräulein

Anglade, die Biologie-Lehrerin aus dem Elsaß, an die Tafel treten und die Umwandlung der Insekten-Puppe zur Imago wiederholen, sischerheitshalbär, nämlisch wie der Papillon dursch den Blutdrück die Flügel breitet, die Ürin abläßt und à présent bereit ist für die Reprodüktion. Daß es immer noch Stunden, Pausen, Klassenarbeiten, Hausaufsätze, Wandertage und Ferien geben sollte, entsprach Katharinas Befürchtung, alles Leben laufe auch nach ihrem Tode unbekümmert weiter. Erst Karols Gelächter brachte sie wieder zur Raison. Er hatte einen Witz gelesen und übersetzte ihn.

So verging mit Essen, Trinken, Feuermachen und Lesen der zweite Tag. Karol hielt sich an die Verabredung und rückte, als sie sich schlafen legten, Katharinas Matratze sogar so weit von der seinen ab, daß er nicht einmal im Traum zu ihr hinüberlangen konnte. Am dritten Tag erzählte er, wie er als Junge die Ferien auf dem Lande verbracht hatte. Sein Großvater, ein ungarischer Offizier, schmählich verabschiedet, aber reich verheiratet, besaß ein Gut an der Donau, gegenüber Esztergom, und lehrte den Enkel mit den Pferden reden.

»Er hatte mir eine Fabel von La Fontaine vorgelesen«, sagte Karol, »die Geschichte vom Pferd und dem Wolf. Ich saß abends immer in den Ställen und wartete darauf, daß die Tiere miteinander sprechen. Als er merkte, wie traurig ich war, weil sie stumm blieben, zeigte er mir, wie man mit den Pferden redet.«

»Und wie machte er das?« fragte Katharina und ließ es zu, daß Karol ihr die Hand zuerst auf die Schulter, dann an den Hals und zuletzt aufs Gesicht legte. Sie schloß die Augen und hörte, wie er etwas sagte, das sie für Ungarisch hielt.

»Was war das?« fragte sie, als er die Hand wegnahm.

»Ich sage es Ihnen später mal«, lächelte Karol und erzählte, wie er sich gefürchtet hatte, wenn sein Vater nach Štúrovo kam. Doktor Djudko hatte die Angewohnheit, seinem Sohn zu drohen: ›Eines Tages fresse ich dich auf.‹ Karol hatte geglaubt, daß er mit den Zehen, den Fingern oder den Ohren anfinge, weil sie ihm vor dem Besuch seiner Eltern immer besonders gründlich gewaschen wurden.

Katharina hatte sich vor dem Kamin ausgestreckt und wälzte

sich herum, je nachdem, ob ihr das Feuer zu heiß oder das Zimmer zu kalt war.

»Wem trauen Sie es eigentlich zu, uns zu finden?« fragte Karol nach einiger Zeit.

»Meinen Schwestern«, antwortete sie prompt.

»Und warum glauben Sie das?«

»Weil meine Schwestern Phantasie haben«, sagte Katharina, »und weil sie eifersüchtig sind. Sie gönnen es mir nicht, daß ich mit Ihnen allein bin. Sie beneiden mich, weil ich ...«

»Sprechen Sie weiter!« drängte Karol.

»Weil wir den Mut haben, uns nicht an die Regeln zu halten. Besonders Christine muß toben.«

»Schade, daß sie uns hier nicht sehen kann«, witzelte Karol.

»Was wollen Sie damit sagen!« fragte Katharina und richtete sich auf.

»Sie würde sich sofort beruhigen.«

»Ich weiß nicht, warum Sie wieder damit anfangen«, sagte Katharina.

»Oh, es kam mir nur grade so in den Sinn«, entschuldigte sich Karol und ging hinaus, um eine Flasche Wein zu holen.

»Also gut«, sagte Katharina, als er sich zu ihr setzte. »Sie sollen es haben.«

»Was?« fragte er.

»Mich«, sagte sie, schloß die Augen und machte ein Gesicht, als sollte sie geschlachtet werden.

»Wollen wir uns nicht wenigstens vorher duzen?« fragte Karol und goß Wein in die Gläser. Katharina schüttelte den Kopf.

»Lieben Sie mich eigentlich?« fragte Karol.

Sie nickte mit geschlossenen Augen.

»Warum sagen Sie's mir dann nicht?«

»Gehört das dazu?« fragte sie tonlos.

»Ja.«

»Ich liebe Sie.«

Karol trank einen Schluck Wein und neigte sich zu ihr.

»Sagen Sie es zärtlicher«, bat er.

Katharina riß die Augen auf und sah ihn vorwurfsvoll an.

»Warum machen Sie solche Umstände?«

»Mache ich das?« fragte er.

»Haben Sie schon viele Frauen gehabt?«

»Nein«, sagte er, »höchstens dreißig.«

Sie stieß Karol die Fäuste gegen die Brust, aber er fing ihre Schultern auf und zog sie an sich. Sie öffnete den Mund, weil sie keine Luft mehr bekam, und spürte Karols Zunge zwischen den Zähnen. Ich könnte sie ihm abbeißen, dachte sie, aber dann wollte sie plötzlich wissen, ob man beim Küssen wirklich in warmer Brause schwamm, wie Sophie gesagt hatte. Sie merkte nichts davon. Sophie hatte gelogen. Katharina war wie ein prall aufgeblasener Luftballon, über den eine Gänsehaut lief, und je höher sie stieg, desto mehr fürchtete sie zu platzen. Sie kam sich vor wie bei einem akrobatischen Kunststück, und als sich Karol einen Augenblick löste, schien ihr, als ginge sie rückwärts auf einem schwankenden Schlappseil, so daß sie froh war, als er sie wieder umarmte. Sie hörte, wie er das Tablett mit den klingelnden Löffeln beiseiteschob, und ihre Arme rutschten an seinem Hals vorbei. Sie glaubte zu zerbrechen, als er die Hände um ihre Taille legte, doch er hob sie nur an, um sich mit ihr auf den Rücken fallen zu lassen. Die Arme immer noch um seinen Nacken, drehte sie sich von seiner Brust auf den Teppich und nahm, als müßte sie sich an ihm festhalten, sein Kinn in den Mund. Als Karol ihren Pullover anhob, fühlte sie sich unter den langen verschwitzten Maschen so allein und verraten, daß sie den Saum über ihrer Brust festhielt. Soweit sie jetzt noch denken konnte, dachte sie, er müßte ihr die Hände wegreißen. Statt dessen legte er den Mund auf ihren Bauch und sagte etwas, was sie nicht verstand. Es kitzelte. Sie schob den Pullover übers Gesicht. Karol folgte den Ärmeln mit den Lippen bis zu den Fingerspitzen, zog sich aus und legte sich neben sie. Er drehte sie auf den Bauch, küßte sie zwischen die Schulterblätter, und als sie sich lachend wieder herumwarf, nahm er ihre Ohren zwischen die Zähne. Sie schnappte nach ihm, verlor das Maß für ihre Zärtlichkeit, gab einen Biß auf einen Kuß, fuhr ihm mit gespreizten Fingern über den Rücken und zitterte, wenn seine kurzen Nägel sich in ihre Haut drückten. Als er den Kopf zwischen ihre Beine legte, richtete sie sich mit einem Ruck auf und wollte nach seinen Haaren greifen, aber mitten in der Bewegung zuckte sie zurück und fiel hart auf den Boden. Als er an ihr hinaufrutschte, sah sie an ihm vorbei gegen die getäfelte Decke, und während sie ihm, ohne es zu wissen, mit den Hüften antwortete, gingen ihr die Augen über.

Als sie aufstand, um ins Bad zu gehen, saß Karol nackt vor dem Kamin und legte Holz auf die Glut.

»Dreh dich jetzt nicht um!« bat Katharina und kam nach einiger Zeit in einem langen dunkelblauen Bademantel zurück. Karol hatte die Laken über den Matratzen ausgebreitet und die Betten daraufgelegt. Katharina setzte sich in den Sessel ihm gegenüber und steckte die Füße unter den Mantel.

»Ist dir nicht kalt?« fragte sie.

»Ich ziehe mich überhaupt nicht wieder an, solange wir hier sind«, sagte Karol.

»Ich habe geblutet«, sagte sie.

Er kam zu ihr, zog ihren rechten Fuß unter dem Mantel hervor und küßte die kalten Zehen. Sie trank einen Schluck Wein und sah durch das Glas zu ihm hinunter.

»Ich habe Hunger«, sagte sie dann. »In der Speisekammer hängt noch eine Salami. Holst du sie? – Aber zieh dir was über!« Im Hinausgehen bückte er sich nach einem Schaffell und wickelte es um den Leib.

»Du hast etwas zu mir gesagt«, sagte sie später mit vollem Mund.

»Ich?« fragte Karol und streifte die Asche von seiner Zigarette ab.

»War es slowakisch?«

»Nein.«

»Ungarisch?«

»Ja«, antwortete er und blies ihr den Rauch ins Haar.

»Sag's mir«, bat sie und drehte den Kopf so, daß sie ihm über das Knie hinweg ins Gesicht sehen konnte.

»Wer bewirkt was, während du schläfst, ohne Zwang und Operation?« wollte Karol wissen.

Katharina versteckte die Nase hinter ihrem Bein.

»Wer?« fragte er.

»Ich kann es dir nicht sagen«, flüsterte sie.

»Bist du immer noch nicht alt genug?«

Sie schüttelte den Kopf und merkte, wie ihr die Tränen über die Nase liefen.

»Warum hast du solche Geheimnisse?«
Katharina zuckte die Schultern, als wüßte sie keine Antwort.
»Ist es ein Mann?« fragte er.
Sie starrte ihn entgeistert an, bis sie spürte, daß er die Frage
ernst gemeint hatte.
»Ich würde es ganz gern wissen«, meinte Karol.
»Gut«, sagte Katharina. »Aber zuerst will ich das andere hö-
ren.«
Er drückte die Zigarette aus, brachte den Mund an ihr Ohr und
sagte: »Pferdchen.«
»Was?«
»Pferdchen«, wiederholte Karol und nahm den Kopf zurück.
»Du hast ›Pferdchen‹ zu mir gesagt?«
»Ja. ›Komm, mein Pferdchen‹, hab ich gesagt.«
»Sag es nochmal«, bat Katharina. »Aber so wie vorhin.«
Er sagte es.
»Nein, hier«, sagte Katharina, rutschte vom Sessel und zog sei-
nen Kopf heran.
Er sagte es noch einmal.
»Leg dich auf mich, und sag es noch einmal«, bat sie.
Er legte sich auf sie, sagte es noch einmal und fragte im selben
Atem:
»Wer ist es?«
Katharina lächelte und schnappte mit den Lippen nach seinem
Kinn.
»Du bist es«, sagte sie. »Du machst es, sans gêne, sans opéra-
tion.« Bevor sie das Gesicht zur Seite drehen konnte, küßte er
sie auf die Nase.
Sie holten alle Federbetten, die sie fanden, in das große Zimmer
und blieben zwischen Kissen und Decken, ohne zu wissen, daß
drei Tage vergingen. Das Fenster klappten sie nur auf, wenn es
draußen dunkel war. Einmal, als es schneite, sagte Katharina:
»Fräulein Kalman, die Gesangslehrerin meiner Schwester, hatte
einen Geliebten, einen ungarischen Grafen. Er ist eines Nachts
in die Puszta geritten. Da hat ihn ein Sandsturm verweht. Ist
das nicht furchtbar?«
»In der Puszta gibt es keine Sandstürme«, sagte Karol.
»Sie hat es doch aber erzählt!«

»Sie sollte den Grafen lieber in einen Ziehbrunnen fallen lassen. Das ist schlimm genug. Vielleicht hat er sich inzwischen in einen Frosch verwandelt und wartet darauf, daß ihn Fräulein Kalman an die Wand wirft, damit ein Prinz aus ihm wird.«

»Das ist das Lieblingsmärchen meines Bruders«, sagte Katharina und schloß das Fenster.

»Erzähl es mir«, bat Karol, als sie wieder im Bett lagen, »und sprich nur weiter, auch wenn ich schlafe . . .«

Karol ging oft ins Bad. Wenn er zurückkam, streckte er sich aus und drehte das Gesicht zur Wand. Katharina wollte mit ihm reden und suchte nach einem Anfang. Schließlich sagte sie:

»Die Nacht hat der liebe Gott für die Bäume gemacht, damit sie Ruhe haben und sich unterhalten können. Meinst du nicht auch?«

»Ja«, knurrte Karol, »aber ich bin kein Baum.«

»Heißt das, daß du nicht mit mir sprechen willst?« fragte Katharina, warf sich auf ihn und roch seinen Atem. »Du hast Wein getrunken.«

»Ich bin zwar kein Baum«, sagte Karol und lächelte mit starren Augen, »aber ich muß mich ab und zu ein bißchen begießen.«

Im Bad fand sie ein Dutzend leerer Flaschen unter der Wanne. Sie stieg in den Keller, nahm das Beil, mit dem Karol das Türschloß aufgebrochen hatte, und fing an, die Flaschen im Regal zu zerschlagen. Als ihr ein Splitter die Haut am linken Handrücken zerschnitt, ließ sie das Beil fallen, leckte das Blut ab und sah zu, wie der Wein auf den Boden floß.

»Es reicht«, sagte Karol hinter ihr. »Ich trinke nichts mehr.«

Er ging mit ihr in die Küche, legte ihr einen Verband an und wollte sie trösten, aber seinen ungeschickten Bewegungen, seinem albernen Lachen und der Art, wie er dabei die Stirn runzelte und die Augen zusammenkniff, merkte sie an, daß er immer noch nicht nüchtern war. Auch hatte er sich nicht rasiert, die Haare standen ihm zu Berge, und um seine Augen lagen dunkle Ringe. Er schien so verändert, daß sie einen Augenblick glaubte, gestern vor dem Karolinum – oder wann war es gewesen? – einem Fremden aufgesessen zu sein. Sie bedankte sich und lief auf wackligen Knien ins Kaminzimmer, um Feuer zu machen. Als er ihr helfen wollte, schickte sie ihn ins Bett, und er gehorchte wie einer, der sich zum Sterben legt, weil es der Arzt verlangt.

Katharina blieb vor dem Kamin sitzen. Die fällige Wahrheit kam aus dem Magen. Sie früher als die andern zu wissen, war kein Trost, doch ahnte man die Blamage wenigstens voraus und konnte den lächerlichen Ausgang abwarten, während Karol, ihre Eltern und ihre Schwestern sich immer noch dem dicken Ende des Abenteuers entgegenfürchteten. Flucht rückte die Zellenwände näher. Aussicht auf Freiheit hatte nur, wer sich mitsamt seinem Gefängnis in die Luft sprengte. ›Wer klug ist, verläßt die Welt, bevor sie ihn verläßt.‹ Mein Gott, wer hatte das gesagt? Sie stocherte in den glimmenden Holzscheiten, blies in die Glut und sah den blauen Flammen nach, die über die Rinde züngelten. Sie lächelte. Sie lebte.

»Wann starb Maria Theresia?« fragte sie Karol, als er die Augen aufschlug.

»Siebzehnhundertachtzig«, antwortete er, konnte sich aber nicht darauf besinnen, in welchem Jahre Cromwell Lordprotektor geworden war. Er ging ins Bad, sich zu rasieren. Katharina blieb sitzen. Sie wollte sich sammeln, ohne zu wissen, worin. Wie jemand lange schlaflos liegt, weil die Gedanken, statt von einer Sorge nur bedrängt, durch eine Flucht von Mißbehagen und Verdrießlichkeiten laufen, sah sie sich bald nach Anhaltspunkten um. Als sie sich aufstützte, fühlte sie die mürbe Mullschleife zwischen den Fingern. Sie schnüffelte an der jodgetränkten Gaze und kam im Handumdrehen zu sich. Sie hielt die schmutzigen Nägel, die nach Kien und Asche dufteten, dicht vor die Augen, und holte tief Luft, um das säuerlich-brenzlige Gemisch nicht aus der Nase zu verlieren. Ich müßte mich vor mir ekeln, dachte sie, aber ich schmecke mir. Sie zog den Pullover aus und hob die Ellenbogen. Ich kann mich riechen. Sie fing an, ihre Arme zu küssen.

»Was machst du da?« fragte Karol in der Tür.

»Ich liebe mich«, antwortete sie und wurde rot bis in die Schultern.

»Ich wollte dir gerade etwas erklären«, sagte Karol und trocknete sich das Gesicht ab.

»Oh, das hat Zeit«, flüsterte sie.

»Ich habe nämlich etwas entdeckt«, sagte Karol, »was mindestens genau so wichtig ist wie das biogenetische Grundgesetz von Haeckel.«

»Wirklich?« fragte Katharina und nahm ein Stück Haut an ihrem rechten Unterarm zwischen die Zähne.

»Es geht um folgendes«, sagte Karol.

»Komm doch her!« bat sie.

»Nein, warte«, sagte er, »ich muß es dir erklären.« Er setzte sich in einen Sessel und schlug die Beine übereinander.

»Es gibt im wesentlichen fünf Etappen in der menschlichen Geschichte.« Er zählte sie an den Fingern ab:

»Die Urgesellschaft, den Feudalismus, die Demokratie, die Diktatur und den Sozialismus. Wenn man nun jeder dieser Etappen ein Grundgefühl zuordnet, das sie charakterisiert, und wenn es gelingt, dieses Gefühl in den verschiedenen Altersstufen des Menschen als bestimmend nachzuweisen, dann könnte man davon sprechen, daß der Mensch nicht nur biologisch, im Embryonalzustand, seine Entwicklung rekapituliert, sondern daß er als lebendiger einzelner später auch wiederholt, was die Menschheit als Ganzes in ihrer Geschichte schon vorweggenommen hat.«

»Das ist ja wunderbar«, sagte Katharina und richtete sich auf.

»Ich nenne es das soziogenetische Grundgesetz«, sagte Karol bescheiden und blickte auf seine Hände.

»Dafür bekommst du den Nobelpreis«, rief Katharina.

Karol winkte ab. »Darum geht es mir nicht«, sagte er. »Das wichtigste ist jetzt, die Grundgefühle der jeweiligen Etappe genau zu bestimmen.«

»Könntest du das auch im Liegen?« fragte Katharina und schmiegte sich an ihn, als er sich neben ihr ausgestreckt hatte.

»Der Urgesellschaft gehört der Haß«, erklärte Karol, »aber auch die Lust zur Unterwerfung.«

»Hmhm«, machte Katharina.

»Zur Feudalität die Achtung, wie die Verachtung. Zur Demokratie der Neid.«

»Richtig«, sagte Katharina und knöpfte ihm den Pyjama auf.

»Aber als Tarnung, als Camouflage, auch die Caritas, die Volksküche, die Arbeitslosenunterstützung. Zur Diktatur gehört die Furcht. Doch die Furcht ist nicht denkbar ohne den Spaß am Unterdrücktwerden.«

»Und dann?« fragte Katharina. »Was kommt dann?«

»Der Sozialismus«, sagte Karol und hielt ihre Hand fest.

»Und was gehört zum Sozialismus?«

»Die Liebe«, sagte Karol.

»Ich mag Sozialismus«, sagte Katharina.

»Das geht heute nicht«, sagte Karol.

»Warum nicht?« fragte Katharina und legte die Nase an ihre Hand.

»Ich kann nicht.«

»Aber ich kann«, sagte Katharina.

»Das glaube ich. Aber davon wird es nicht besser.«

»Wir sollten es wenigstens mal probieren«, flüsterte sie.

»Du hast zu kalte Hände«, sagte Karol nach einer Weile. Sie drehte ihm den Rücken zu.

»Wie kann sowas passieren?« fragte sie und fühlte, wie er die Schultern anhob und wieder fallen ließ. »Ob es vom Wein kommt?«

»Mein Großvater hat jeden Tag drei Liter getrunken, und trotzdem war das halbe Dorf von ihm schwanger.«

»Du mußt dich eben ein bißchen anstrengen. Du mußt an etwas ganz Bestimmtes denken. Woran denkst du?«

»An meinen Großvater«, sagte Karol, »aber es hilft nicht.«

»Wie lange kann denn das dauern?«

»Ich weiß nicht. Ich erlebe es zum erstenmal.«

»Du mußt an etwas denken, was dich aufregt. Was regt dich auf?«

»Ich weiß nicht.«

»Du darfst jetzt nicht an dieses Grundgesetz denken.«

»Nein.«

»Soll ich dir was erzählen?«

»Ich glaube, das würde es nur noch schlimmer machen.«

»Soll ich noch mehr Holz auflegen?«

»Nein, es reicht.«

Katharina richtete sich mit einem Ruck hoch und sah auf ihre Kleider.

»Ich ziehe mich an«, sagte sie.

»Wozu?«

»Du ziehst mich dann wieder aus.«

»Bleib hier!« bat Karol und hielt sie fest, als sie aufstehen wollte.

»Es ist doch bloß ein Versuch«, sagte sie, aber Karol ließ sie nicht los.

»Du bist so stark.«

»Mir fehlt nur Albumin.«

»Was ist das?«

»Eiweiß. Ich brauchte Milch.«

»Hat dein Großvater auch Milch getrunken?«

»Nein. Er hat Fisch gegessen. In Wien Austern, zu Hause Sumec.«

»Sumetz?«

»Ich weiß nicht, wie er auf deutsch heißt. Er ist sehr lang und kann vier Zentner wiegen. Bei Komárno hat er mal ein Kind gefressen. Auf dem Rücken ist er blau, fast schwarz, an den Seiten grünlich, und einen langen Bart hat er.«

»Das muß ein Wels sein«, erinnerte sich Katharina. »Aber wie soll ich hier einen Wels auftreiben?« Sie stand auf und zwang Karol im Bett zu bleiben.

»Ich bin doch nicht krank«, beschwerte er sich.

»Du bist sogar sehr krank«, widersprach Katharina und drückte ihn in die Kissen zurück. Sie wärmte Zwieback auf der elektrischen Herdplatte, belegte ihn mit Rehschinken und servierte warmen Rotwein dazu. Während er aß, holte sie ein deutsches Buch, das sie in Amerys Zimmer gefunden hatte, und las ihm daraus vor.

»Der wahre Feldherr soll ein Charakter sein, ein Charakter in des Wortes vollster und edelster Bedeutung; er muß an seinen Stern glauben und darf an seiner Kraft nie verzweifeln.«

»Das klingt sehr gut«, sagte Karol und verlangte den Titel zu wissen.

»Paul von Hindenburg als Mensch, Staatsmann und Feldherr«, sagte Katharina. »Wo es hart auf hart geht«, las sie weiter, »da reißen starke Forderungen, gepaart mit starkem Eigenwillen

182

des Fordernden, die Schwachwerdenden mehr und stärker empor, als es Worte des Trostes und Hinweise auf kommende bessere Zeiten zu sein vermögen.«

»Gut«, wiederholte Karol, »sehr gut.« Doch es half nicht.

Am anderen Morgen hockte Katharina etwa zweihundert Meter unterhalb des Hauses in einer kleinen Schneewehe und zog eine Schnur an langer Angel über den Bach, ließ die künstliche Fliege aber nicht aufklatschen, sondern führte sie mit Schwung über das Wasser hin, wie sie es Amery vor zwei Monaten abgesehen hatte.

Die Kälte der letzten Tage war nicht streng genug gewesen, den Bach zu vereisen, doch der Schnee hatte sich an einigen Stellen so weit vorgewölbt, daß man meinen konnte, von Ufer zu Ufer wäre es nur ein Schritt. Um die Fichten, deren Wipfel schon klar und schwarz gegen den Himmel standen, drehten sich die letzten Nachtnebel, flossen langsam ins kürzere Geäst und schienen dabei die Ränder des Talgrunds mit in die Höhe zu ziehen. Doch die Illusion verdunstete schnell und wich einem lauen, nach Lebermoosen duftenden Wind, der alle Standorte wieder verfestigte und Katharina das rote Haar aus der Stirn blies. Sie war ins Schwitzen gekommen und drillte die Schnur zurück, um ein paar Wegmeter am Bach entlangzustampfen. Ab und zu blickte sie zum Haus hoch, verschnaufte dabei, fuhr sich mit dem betauten Wollhandschuh über den Mund und trampelte danach weiter an ihrem Pfad. Als sie die Schnur ausrollen wollte, wurde der Schnee plötzlich dunkel zu ihren Füßen, und sie glaubte hinzufallen. Sie stieß den Angelgriff in die festgetretene Strecke, aber die aneinandergeleimten Bambusrippen gaben wenig Halt. Sie mußte die Beine grätschen, bis der Boden wieder glatt und weiß war.

Karol machte ihr Vorwürfe, aber sie sah ihn nur stumm und ärgerlich an, weil sie nichts gefangen hatte. Am Nachmittag stand sie wieder am Bach, einen Leinenbeutel über der Schulter und den Kescher in der Linken, doch der Abend kam so rasch, daß sie Mühe hatte, in ihrer alten Spur zurückzufinden. Karol schlief. Und zum erstenmal glaubte sie, daß soviel Müdigkeit nicht mit Erschöpfung allein, sondern auch durch seine slowa-

kisch-ungarisch-makedonische, also wenigstens teilweise balka-
nische Herkunft zu erklären sei. (Karols Großmutter mütter-
licherseits stammte aus Ohrid am Ohrider See, nahe der albani-
schen und griechischen Grenze.) Als er in der Nacht auf sein
›soziogenetisches Grundgesetz‹ zu sprechen kam, gähnte sie und
drehte sich auf die Seite.

Der nächste Tag, Freitag, war hell, und über den beiden weißen
Buckeln, die das Tal nach Osten hin begrenzten, stand ein la-
vendelblauer Himmel. Sie finden uns nicht, dachte Katharina,
sie werden uns niemals finden, oder wirklich erst im Frühjahr.
Karol legte ihr die Hand in den Nacken, aber sie trat vom Fenster zurück und ging in die Küche, um den Verband zu wechseln. Sie hörte, wie er das Grammophon aufzog, und warf die
Tür zu. Am Nachmittag machte sie einen Spaziergang zu ihrer
Angelstelle. Es war so warm, daß sie die Handschuhe auszog
und die Mütze abnahm. Dicht am Ufer sah sie, wie sich eine
Forelle, schmal wie ein Schülerlineal, in der Strömung hielt. Sie
bückte sich, und im selben Moment rief Karol nach ihr. Zum
Trotz blickte sie in die entgegengesetzte Richtung, aus der sie
aber, wie ein vergröberndes Echo, gleichfalls ihren Namen
hörte, allerdings mit den Vorschlägen ›Hallo‹ und ›Fräulein‹.
Hanusch, Amerys Jagdaufseher, trat aus dem Waldschatten
heraus und kam langsam durch den Schnee auf sie zu. Sie erkannte ihn und rannte, ohne sich umzudrehen, zum Haus zurück. Karol erwartete sie in der Tür.

»Nun ist es soweit«, sagte er.
Katharina schob ihn beiseite und lief in das große Zimmer.
»Nimm ein Gewehr heraus und lade es!« sagte sie. »Tu, was
ich dir sage!« rief sie, als Karol zögerte.
»Wer ist das?« fragte er, während er das Magazin einlegte. Sie
erklärte es ihm.
»Willst du auf ihn schießen?«
»Was denn sonst?« fragte sie zurück und nahm ihm das Gewehr
aus der Hand.
»Aber er kann doch gar nichts dafür«, sagte Karol und sah hin-
aus, wo die mächtige Gestalt Hanuschs bis auf fünfzig Meter
herangestapft war.
»Bleiben Sie stehen!« schrie Karol auf tschechisch.

184

»Du bist ein Feigling«, sagte Katharina durch die Zähne und legte das Gewehr an.

»Fräulein!« rief Hanusch auf deutsch.

Katharina klappte den Sicherungsflügel herum.

»Gehen Sie weg!« brüllte Karol. »Schnell! Laufen Sie!«

Hanusch nahm den Hut ab und winkte.

»Wir kennen uns doch!«

Katharina drückte ab, ohne zu zielen. Karol riß ihr das Gewehr weg.

»Verschwinden Sie!« rief er und schoß den Rest des Streifens in den Schnee. Nach dem zweiten Schuß hatte Hanusch begriffen. Er wandte sich um und lief, den Hut in der Hand, das Tal hinunter und schien schneller zu werden, je näher er dem Waldrand kam.

Als er verschwunden war, versuchte Katharina zu erklären, daß sie nur geschossen hatte, um Hanusch den Weg ins Haus zu verwehren. Karol nickte, ohne ihr zu glauben, und schloß das Fenster. Doch allmählich leuchtete ihm ein, daß es tatsächlich ein Schreckschuß gewesen war; wenn er den Gedanken zu Ende dachte, sogar ein ›Lockschuß‹. Denn hätten sie Hanusch empfangen, ihm ein Glas Wein vorgesetzt und erzählt, daß sie ein paar Tage Ferien in Dubislav machten, er wäre wahrscheinlich, trotz aller Bedenken, gutmütig genug gewesen, sie nicht zu verraten. So blieb ihm nur der Weg zur Polizei oder ans Telefon.

Karol sah, wie Katharina das Zimmer aufräumte. Sie schaffte die Betten und Kissen hinaus, holte Besen und Schaufel, fegte den Boden und den Teppich und wischte mit einem Staublappen die Regale, den Waffenschrank, die Lampen und den Kaminsims ab.

»Freust du dich?« fragte er. Sie wurde rot, als müßte sie's mit Haut und Haar bezeugen.

»Du hast Einfälle«, sagte sie und brachte das Geschirr hinaus.

»Ich glaube, es hat keinen Sinn, sich überhaupt noch hinzulegen«, sagte Karol, als er ihr in der Küche beim Abwasch half.

»Alle drei Stunden lösen wir uns ab«, schlug Katharina vor.

»Die brauchen Lampen, wenn sie in der Nacht kommen. Wir sehen sie früher als sie uns.«

Sie richtete das Bett für Karol in einem der oberen Zimmer her und übernahm die erste Wache, stellte zwei Sessel vor den Kamin, damit das niedrig brennende Feuer nicht den Blick nach draußen behinderte, und schlüpfte in ihren Mantel. Als Karols Schritte über ihr verstummten, öffnete sie leise den Schrank und langte die Waffe heraus, mit der sie am Nachmittag geschossen hatte. Sie legte sie ins Fenster und stützte den Kopf so neben dem Gewehrschloß auf, daß ihr der Kolben weit über die Schulter hinausragte.

»Große Augenblicke«, hatte Onkel Wilhelm mal gesagt, »neigen zum Singen oder zum Wasserlassen.« Ihr war nach Singen, drei Stunden lang.

Um neun weckte sie Karol, legte sich ins Bett und hörte, wie er das Gewehr in den Schrank zurückhängte. Als sie sich auf die Seite drehen wollte, fiel ihr ein, daß sie lange nicht gebetet hatte. Sie faltete die Hände und wunderte sich, wie leicht sie in dieser Woche eingeschlafen war. Sie lächelte, streckte sich, daß die Kniegelenke knacksten, und zog die Finger auseinander. Nicht mehr zu brauchen, was die Kinder brauchten, schien ihr Beweis genug, daß sie erwachsen war.

Karol hatte sich vorgenommen, Katharina nicht zu wecken. Als sie um Mitternacht aber herunterkam, war er froh über die Ablösung. Er küßte sie im Dunkeln auf den Hals und roch die Bettwärme in ihrem offenen Kragen. Er legte ihr die Hände auf den Rücken, doch sie flüsterte:

»Geh! Leg dich hin!« Er stieg nach oben, schob einen Stuhl ans Schlafzimmerfenster und sah wie Katharina, nur um ein Stockwerk höher, in das nachtblaue Tal hinaus. Er war müde und konnte nicht schlafen, aber weil er Schlaflosigkeit für das Eingeständnis einer Verfehlung hielt, beschloß er, sich den Schlaf willentlich zu versagen, und mischte in den Duft aus Katharinas Kragen die Erinnerung an schwimmende Kalmuswurzeln und Kisch, den Buchhalter seines Großvaters, der jeden Sonntag an die Donau hinuntergegangen war, um dort Trompete zu blasen, auf eine so quellende, stoßende, schwappende, kurz: unanständige Weise, daß man in Štúrovo sagte: »Wenn der Kisch bläst, legt sich eine jede hin.« Zu welchem Grundgefühl gehörte das? Feudalität? Demokratie? Oder war es einfach Natur, platte Natur, die erst durch Zukunft sublimiert werden mußte?

Immerhin: Kisch mit seiner Trompete nahm ein Stück Kommunismus vorweg. Ich muß Antizipation in das Gesetz einbauen, dachte Karol, und Reproduktion auch. Bei Einführung der Liebe wird man nicht auskommen ohne ein bißchen Haß. Gegen drei Uhr morgens, als er Katharina ablösen sollte, schlief er ein. Sie hörte ihn schnarchen, ging nach oben, kippte ihn vom Stuhl aufs Bett und deckte ihn zu. Danach nahm sie das Gewehr wieder aus dem Schrank, setzte sich auf ihren Platz und erwartete den Aufgang der Sonne.

Die Herren, die den Zug in Strakonice verließen, waren sich während der Fahrt ein wenig nähergekommen. Schon in Radotín hatte Amery seinen Begleitern einen Schluck Slivovitz angeboten, aber Djudko sträubte sich bis Karlstein, und Sellmann wurde erst hinter Tetin weich. Das dunkle Einerlei hinter den Fenstern gab kaum ein Stichwort her, man war auf seine Nachtgedanken angewiesen, denn schlafen ließ sich schlecht in dieser Compagnie. Also ein Schlückchen zum Anwärmen! Mit den Pelzen knöpfte man sich selber auf, und in Písek war Amerys silberne Reiseflasche leer. Beim Umsteigen formte Dr. Djudko mit bloßen Händen einen Schneeball und warf ihn gegen den nächsten Kandelaber.
»Goal!« rief Sellmann.
Leider konnte die Flasche wegen der frühen Stunde nicht nachgefüllt werden, aber Hanusch hatte dem Kutscher einen Liter Wacholder ins Schlittenstroh gesteckt, so daß man in Strakonice wieder Anschluß bekam. Ohne ein Wort zu verlieren, waren Sellmann und Djudko einig gewesen, vom Zweck ihres Ausflugs zu schweigen, und da Amery sich zu fragen hütete, machten sie den Eindruck dreier zechfreudiger Herren, die vom gestrigen Prager Christkindl-Markt übriggeblieben waren, sich aber mittlerweile schon einem Böhmerwälder Frühschoppen entgegentranken. In Wirklichkeit wußten weder Sellmann noch Djudko, wie sie sich verhalten sollten, sobald sie Katharina und Karol gegenüberstanden. Normalerweise hätte man die beiden Ausreißer einfach ohrfeigen und in den Schlitten setzen können, aber das war unmöglich wegen der Anwesenheit Amerys, als des künftigen Schwiegersohns und Schwagers. Auch mußte man

die lange Rückfahrt in Betracht ziehen, das zweimalige Umsteigen und den unvermeidlichen Abschied – wenigstens der Väter – voneinander. Viel bedenklicher aber war, daß Katharina und Karol die Herren eventuell mit Doppelsalven aus Schrotflinten begrüßen würden. Also, lieber noch ein Schlückchen, Herr Doktor! Und sehr zum Wohl! Die Sonne ging, wie immer zwischen den Bergen, sehr umständlich auf und konnte den Schritt der Schlittenpferde nicht beschleunigen. Hinter jeder Erhebung glitten sie noch einmal hundert Meter weit in die Nacht zurück, und es dauerte die ganze Korbflasche lang, ehe sie auf der Höhe von Javornik in die gleißende Spur nach Dubislav bogen.

Hanusch erwartete sie vor seinem Hause, wiederholte, was er schon am Telefon gesagt hatte, und bat zu einem Imbiß, doch Sellmann drängte weiter. Der Kutscher, der sie von Strakonice hergebracht hatte, überließ Hanusch den Bock, und sie fuhren auf der Straße Richtung Vimperk, bis sie oberhalb einer Futterstelle den Wildpfad erreichten, der über den südlichen Hang hinweg in den Ameryschen Grund führte. Zur Freude Sellmanns schickte Amery den Aufseher zurück, sobald er den Weg gewiesen und an eine Abzweigung erinnert hatte, auf der die Herren, wenn sie ihr folgten, nach einer halben Stunde und fast in gleicher Höhe mit dem Hause aus dem Wald treten müßten.

Anfangs noch zu zweien gehend, schlurften die Säume ihrer Gehpelze bald hintereinander durch den Tann. Da sie aufwärts marschierten und streckenweise der Schnee bis an die Knie reichte, mußte Djudko nach zwanzig Minuten um eine Pause bitten. Sie stellten sich unter einen Baum und zogen ihre Zigarren.

»Ich komme Ihnen mit meiner Frage sicher seltsam vor«, sagte Amery, während sie rauchten. »Aber ich will es trotzdem riskieren. Glauben Sie eigentlich, daß sich durch Tatsachen etwas rechtfertigen läßt?«

»Nein«, sagten Sellmann und Djudko wie aus einem Munde.

»Es freut mich«, lächelte Amery, »Sie einer Meinung zu sehen.«

»Ich weiß nicht genau, was Sie bewegt, mein Lieber«, sagte Sellmann, »aber bestenfalls geht es ja wohl anders herum: daß nämlich Tatsachen einer Rechtfertigung bedürfen.«

»Es ist mir ein Vergnügen, mit Ihnen übereinzustimmen«, sagte Djudko, verbeugte sich leicht gegen Sellmann und paffte an seiner Zigarre.

»Auch die Tatsache, zu der wir jetzt unterwegs sind?« fragte Amery weiter.

»Ich habe diese Frage befürchtet«, antwortete Sellmann, »und ich muß sie korrekterweise bejahen, obwohl ich, wenn Ihr Verwalter keine Scherereien macht, noch immer eine Möglichkeit sehe.«

Er legte eine Pause ein, um Jan nachfragen zu lassen.

»Sie sind sehr rücksichtsvoll«, bemerkte Dr. Djudko, weil ihm das Schweigen zu lange dauerte. »Ich verrate es Ihnen: es gibt Tatsachen, die man aus der Welt schafft, bevor sie uns in die Verlegenheit bringen, eine Rechtfertigung für sie suchen zu müssen. Das klingt vielleicht unmoralisch, aber es entspricht dem, was die Natur selber an allen Ecken und Enden tut. Was sich nicht durchsetzt, zieht sie aus dem Verkehr.«

»Großartig!« rief Amery. »Ihr Sohn wird auf Sie schießen!«

»Ich bitte sehr, Jan!« sagte Sellmann. »Malen Sie nicht den Teufel an die Wand!«

Djudko richtete die lange Asche der ›Upman‹ gegen seine Brust und sagte:

»Ich habe geschossen zu meiner Zeit.«

»Hoffentlich hat es Ihr Herr Vater überstanden«, konterte Sellmann.

»Ein glatter Durchschuß«, lachte Djudko. »Das Schulterfutter!«

»Immerhin«, knurrte Sellmann, »gezielt.«

»Mein Sohn wird es nicht tun«, sagte Djudko leise, fast melancholisch, und warf die Zigarre in den Schnee. »Ihre Tochter auch nicht«, fügte er hinzu, als bedauerte er das. »Es gibt keine Tragödie, sondern Topinky mit Gänsefett. Das ist schlimmer, als wenn unsere Kinder auf uns schießen würden. Solange man weder das eigene noch ein anderes Leben riskiert, ist alles reversibel. Die Welt hat einen Zug zur Versöhnlichkeit. Soviel Verzeihung wird gewährt, wie Reue bittet. Wer Großes will und dabei ohne Blutvergießen auf die Nase fällt, ist heutzutage gerettet.«

»Gottseidank«, sagte Sellmann.

»Wie sollte man denn sonst auch Abgeordneter werden?« fragte
Amery, und in seiner Stimme klang so wenig Bosheit, daß
Djudko schmunzelte.

»Sie haben recht«, sagte er. »Aber ehe wir weitergehen, muß
ich Ihnen wenigstens erklären, warum ich auf meinen Vater geschossen habe.«

»Er wollte Sie wahrscheinlich hindern, in die Politik zu gehen«,
sagte Sellmann.

»Oh, nein!« rief Djudko und atmete tief, als brauchte er eine
Lunge voll Luft für den nächsten Satz. »Mein Vater wollte mir
meine Braut entführen«, sagte er dann und bellte dem Gelächter Sellmanns und Amerys rasch voraus.

Sie stapften weiter. Sellmann verzichtete, was das Bevorste-
hende betraf, auf jede Verabredung mit Djudko. Die Trennung würde durch Übereinkünfte nur erschwert. Widerspruchs-
los nahm er, als sie aus dem Walde traten und auf das Haus zugingen, auch einige Trost- und Beruhigungsworte hin, obwohl
er keinen Anlaß sah für diese Intimität. Man hatte Kinder, die
was miteinander hatten. Schlimm, aber reparabel, oder reversibel, wie der Anwalt sagte. Man hatte miteinander Slivovitz getrunken, später noch Wacholder, überflüssigerweise. Damit genug.

Sie fanden sie schlafend, bei offener Tür, Karol im Bett, Katharina am Fenster, das ungeladene Gewehr im Arm. Als sie sich
eine Stunde später auf den Weg nach Dubislav machten, schritt
Amery mit Katharina weit voran, hinter ihnen gingen Djudko
und Karol, und Sellmann, der aus irgendeinem Grunde Katharina-
nas Schultasche an sich genommen hatte, bildete den Schluß. Es
hatte keine Tränen gegeben. Es war weder geschrien noch ge-
schimpft worden. Sie hatten miteinander gesprochen wie zwei
verfeindete Seilschaften, die sich zufällig, weil von entgegengesetzten Seiten kommend, auf dem Gipfel desselben Viertau-
senders treffen: man einigt sich über den Abstieg. Amerys Verwalter wird, obwohl unverletzt, ein bedeutendes Schmerzens-
geld erhalten, Karol fährt nicht nach Prag zurück, sondern über
Tabor, Iglau und Brünn nach Preßburg, wo er die Weihnachten
bei den Großeltern verbringt und anschließend seine Studien in
Wien fortsetzt. Katharina folgt einer Einladung, ihr Land-

arbeitsjahr auf einem Bauernhof am Chiemsee abzuleisten, dessen Besitzer zu einer berühmten Maschinengewehrschützen-Abteilung der flandrischen Front gehört hatte. Sellmann schreibt ihm schon einen Brief: »Mein lieber Jakob Schweiberer! Es sind fast siebzehn Jahre her . . .« So fängt er an. Dr. Djudko, in einem anderen Abteil, überlegt, ob er dem Vorsitzenden seiner Fraktion über den Vorfall berichten muß.

Der einzige, der aus Dubislav einfach wieder nach Hause fährt, scheint Jan Amery. Dabei blickt er auf das spiegelnde Coupé-fenster und sieht sein Gesicht durch die verschneiten Wälder, die Signalanlagen und die Bahnsteige ziehen. Er denkt: man sollte einen Spiegel erfinden, der die Seiten nicht verkehrt, sondern uns so zeigt, wie wir tatsächlich sind. Mein rechtes Auge müßte mein rechtes Auge sein.

Zweites Buch

1 Venezianische Spitzen

Die Salut-Kanone der Artilleriekaserne von San Giorgio Maggiore schoß ihren Mittagsgruß über Venedig und die Lagune. Es war Mai. Jan und Christine wohnten im ›Grand-Hotel d'Italie Bauer-Grünwald‹, zwischen Campo S. Moise und Canal Grande. Ihre Trauung war eindrucksvoll gewesen. Betty und Tante Marketa hatten geweint. Sophie hatte bei ihrem Solo im ›Laudate Dominum‹ die Stimme verloren, so daß eine Choristin einspringen mußte. Heinrich hatte sich nicht sattsehen können an Christines Schleier und Kleid. Katharina hatte telegrafiert, daß ihr der Anschlußzug in München davongefahren war. Dr. Sellmann hatte eine seiner gefürchteten Reden gehalten, und der Kaplan der Teyn-Kirche hatte sich mit einem Falkenauer Porzellanfabrikanten bis zur Besinnungslosigkeit betrunken.

Schon im März war das Geschäftliche erledigt worden, hauptsächlich auf seiten des Bräutigams, denn im Verhältnis zu seinen Unternehmungen nahm sich die Mitgift der Braut, sie sagte es selber, eher wie ein Mitbringsel aus. In Form eines notariellen Vertrags hatte Amery seinem Sohn Jan den gesamten Besitz inklusive aller Grundstücke und Beteiligungen übergeben. Neben einer Reihe von Spenden, Stiftungen und Verpflichtungen, die der Senior im Laufe der Jahre oft nur per Handschlag zugesagt, doch stets gehalten hatte, sah der Vertrag zweierlei Haftungen vor, von denen die eine Bohuslav, die andere seine Schwägerin betraf. Um der erwarteten Geldentwertung zu begegnen, garantierte Jan seinem Vater nicht einen monatlichen Fixbetrag, sondern das Salär eines Staatssekretärs im Justizministerium und Frau Farel die Bezüge eines Bezirksrichters, jeweils bis ans Lebensende.

Am Tage vor der Trauung war Jan mit Christine noch einmal in die Teyn-Kirche gegangen und hatte sie zu einer Gedenktafel im Nordschiff geführt. »Hier liegt ein kleiner Jude«, erklärte er. »Er hieß Simon Abeles und wurde von zwei Jesuiten in der Wiege getauft, während sein Vater in einem Nebenraum nach passenden Handschuhen für die geistlichen Herren suchte. Als er zwölf Jahre alt war, erhob das Clementinum Ansprüche auf das Kind. Aber Herr Abeles wollte es nicht herausgeben, und bedauerlicherweise starb der kleine Simon genau zu dieser Zeit. Der Vater richtete sich im Rathausgefängnis selbst, doch«, Jan lächelte, »man konnte wenigstens des Onkels habhaft werden. Die Knechte banden ihn aufs Rad und zerschmetterten ihm die Knochen. Nach dem sechsunddreißigsten Schlag trat er zum Christentum über und wurde getauft. Nach dem siebenunddreißigsten war er tot und flog, als ›anima candida‹, direkt in den Himmel.«

»Warum redest du so lästerlich?« fragte Christine.

»Ich mag es selber nicht«, erwiderte Jan. »Ich wollte dir nur sagen, warum ich diese Kirche so liebe.«

Christine legte die Ärmel ihres schokoladenfarbenen Frühjahrsmantels übereinander und folgte Jan in das kahle und kalte Mittelschiff. Wenn es nach ihr gegangen wäre, sie hätte lieber in St. Jakob geheiratet, zweihundert Schritte von hier. Maria Teyn kam ihr so protestantisch vor. Aber es ging nicht nach ihr.

Jan blickte zur Decke und sagte: »Die ist barock. Früher war der Dachstuhl aus Holz. Man wollte ihn schon 1437 bauen, aber da mußten Galgen errichtet werden für Rohatsch von Sion und seine fünfzig Mitkämpfer, und ehe man wieder so viele Balken beisammen hatte, dauerte es zwanzig Jahre. Glücklicherweise starb König Ladislaus Postumus unmittelbar vor seiner Hochzeit, so daß die Festtribüne abgerissen und für das Dach verbraucht werden konnte.«

Christine lachte. Seit einiger Zeit lachte sie über alles, was ihr nicht auf der Stelle einleuchtete, und zu ihrem Erstaunen hielt man sie deswegen nicht für oberflächlich und dumm, sondern für gewitzt und durchtrieben. Sie wußte, daß man sie prüfte, aber sie lachte darüber. Zu Tischnachbarn im Hotel de Saxe, bei Schroubek, Schramota oder Ellner hatte sie häufig gutaussehende junge Kauflaute oder Juristen der ersten Prager Generation, deren Eltern noch in Liblice, Babice oder Hudlice auf die Welt gekommen waren. Man hatte diesen Herren von klein auf beigebracht, niemals ihren Gleichmut zu verlieren: ›Contenance, Pavlitschku!‹ Aber ihre Ohren röteten sich, wenn die Braut des Porzellan-Millionärs über die Anhebung der Einkommensteuer lachte, und manche fürchteten sich sogar vor diesem deutschen Fräulein, das nicht einmal die Besetzung des Rheinlandes, den Antikominternpakt oder die Olympischen Spiele ernst nehmen wollte.

»Sie war nett«, beschrieb ein Porzellanfabrikant aus dem Kaiserwald (derselbe, der sich am Tage der Hochzeit so furchtbar betrank) ein Gespräch mit Christine. »Zuerst war sie wirklich nett. Dann hat sie das Kinn gehoben und mich so angestarrt, mit so eiskalten Augen, mein Lieber, daß ich dachte, ich werde füsiliert. Mir lief schon der Schweiß herunter. Und plötzlich hat sie mich ausgelacht!«

»Das ist Preußen«, erklärte ihm Jan. »Aber findest du sie nicht hinreißend?«

Christine hätte gern die Karten auf den Tisch gelegt, doch für jeden ihrer Auftritte bedankte sich Jan mit einer solchen Leidenschaft, daß sie es angenehmer fand, zu lügen und zu lieben, als zu bekennen und möglicherweise trocken zu stehn. Darin unterschätzte sie ihn. Hätte Jan gewußt, daß ihre Potsdamerei, »cette tenue frédéricienne«, wie Tante Marketa sagte, weniger Natur als Anstrengung war, er hätte Christine wahrscheinlich geliebt, statt sie nach dem Muster ihres ersten Nachmittags am Rieger-Kai nur zu erobern. Er mochte Leute, die nicht bei sich stehen blieben, und er bewunderte die Vermessenheit derer, die weit über ihren Rand hinauslebten und dabei ihre Phantasie so lange mit Vollkommenheit verwechselten, bis eine Uferpromenade, ein Damenprofil, ein bestimmter Septakkord oder die Art, eine Mokka-Tasse zu balancieren, unvergeßlich geworden waren.

Venedig lag gewissermaßen an der Strecke, wollte man eine Frau zum Äußersten treiben, und Jan schien ein solches Kunststück sinnvoller, als Christine einfach glücklich zu machen. Er lieferte sich diesem Gedanken besonders gern aus, weil er ihn für seinen eigenen hielt. In Wirklichkeit hatte er ihn letzten Winter bei einem österreichischen Schriftsteller gefunden. Gutes zu lesen und das Gelesene nicht nur gut zu merken, sondern sich auch so anzuähneln, daß er nach einiger Zeit den Mut aufbrachte, es für seine Erfindung zu halten, war eine seiner brillantesten Fähigkeiten.

Das Äußerste also, gleichgültig woher, aber selbst auf die Gefahr hin, aus dem Leben geworfen zu werden. Was war das Äußerste? Die Rammelei perennis oder etwas Denkerisches, dem das gelbgraue Schlafzimmer im ›Bauer-Grünwald‹ mit seinem Blick auf die Attraktionen südlich und östlich des Kanals eher im Wege stand? Außerhalb von Kalkulationen und Buchungsvorgängen schien das Denkerische als Kategorie dubios, weil es seinen Anspruch auf Vernunft meist im Dunstkreis von Zigarettenkippen, Wurstpellen, Bierneigen und Schweißfüßen erhob. Nein, das Äußerste mußte etwas Zuständliches sein, kein Vorgang, sondern das noch zu Erreichende, nicht wahr? Christine nickte und hob einen Silberlöffel mit honiggelben Melonenstücken zum Mund. (Amery entwickelte seine Theorie der Seligkeit in der Taverna della Fenice.) Sie trug ein für die Jahreszeit zu leichtes Kleid aus weißer Seide mit aufgedruckten heidelbeerfarbenen Streifen. Ihr Hals stieg zwischen bläulichen Venen aus dem Kragen und hielt das blasse Gesicht mit den herzförmig geschminkten Lippen in den Halbschatten beim Fenster.

Seligkeit besitzen wir als Kinder, wenn wir den Tieren noch so ähnlich sind. Unser goldenes Zeitalter endet mit dem ersten Schwindel. Wer lügt, beweist, daß er die Welt durchschaut und ihre Spielregeln akzeptiert. Diese leiten sich aus der Überzeugung her, daß sowohl die Natur wie ihre Erkenntnis objektiv sind, wir also mit Urteilen, die durch Erfahrung bestätigt wurden, auch in Zukunft recht behalten. Sehr vernünftig, aber auch sehr langweilig, und Menschen, die es sich vermittels Naivität, tiefer Einblicke oder finanzieller Unabhängigkeit erlauben können, auf diese Regeln zu pfeifen, tun es mit dem größten Vergnügen. Ist das schon das Äußerste?

Christine öffnete die blauen Augen über den heidelbeerfarbenen Streifen ihres Kleides, doch als ihr einfiel, daß es für solche Valeurs zu dunkel war, senkte sie die Lider und legte den Kopf so weit in den Nacken, daß sie plötzlich ihre Nase in etwa der gleichen Perspektive vor sich hatte wie alle Dromedare und Trampeltiere zeit ihres Lebens. Diese Haltung verschaffte Amery, während er weitersprach, den Anblick ihrer Hut-und-Haar-Grenze. Zwischen dem Ansatz der schmalrandigen weißen Glocke und dem nach oben gesteckten blonden Wulst bildete sich eine fast schwärzliche Vertiefung, die durch natürliches Bauschen und willkürliches Drücken zu gleichen Teilen arglos und schamlos schien.

Das ist nicht das Äußerste. Das ist Rüpelei, Zynismus oder Politik. Das gibt sich wild, um Wahlen zu gewinnen. Das rechnet immer noch, wenn auch inzwischen mit Defekten, nicht mit Erfolgen. Doch muß einer unzurechnungsfähig sein, wenn er das Äußerste will. Die Heiligen sind unberechenbar. Wer zieht Franziskus ins Kalkül? Das Äußerste ist der äußerste Mangel an Objektivität. Es ist reinstes, leidenschaftlichstes Interesse.

Frau Amery ahmte mit den Lippen das Spreizen der roten indischen Seerosenblüte (Nelumbo nucifera) aus dem englischen Kulturfilm ›The Meaning of the Lotus Symbols‹ nach, und zwar in Zeitlupe. Es gab Seerosen, die morgens mit Sonnenaufgang aus dem Wasser tauchten und bei Einbruch der Dunkelheit wieder versanken. Andere erschlossen ihre Kelche nur dem Vollmond, hatte der Kommentator erklärt, ein älterer Herr in Shorts und mit einem Tropenhelm. Christine blieb bei ihrer Position bis zum Kaffee.

Was aber muß man tun, will man das Äußerste erreichen? Nein, die Frage lautete anders. ›Was muß man tun?‹ – das liefe nur auf praktische Albernheiten hinaus. Die Frage ist: Wie muß man werden? Dazu gehört, zu wissen, was man ist.

»Meine Modelle stammen aus der Branche. Sie heißen Käseglocke und Nachtgeschirr. Pardon! Das eine stinkt von unten, das andere von oben her. Je vais quitter cette image! Ich will sagen: wer sich nach oben hin verschließt, ist auch nicht besser dran, als wer sich sperrt nach unten. Ein schlechtes Beispiel. Dafür biete ich dir jetzt ein geruchfreies Gleichnis an.«

Jan nahm die Arme zurück, damit sie dem Kellner beim Servieren des Mokkas nicht im Wege waren.

»Der Mensch als Schleppnetz! Was sagst du dazu?«

Christine senkte das Kinn und lächelte.

»Du verstehst mich. Es ist eine fröhliche Weisheit. Offen sein nach beiden Richtungen. Die Differenz nicht spüren zwischen innen und außen. Die Form wahren«, Jan hob die Stimme, »ja, die Form erst finden bei größter Geschwindigkeit. Sich aufblähen mit dem Fang des Lebens. Sein Element im Tode wechseln, wenn man aufs Deck fällt, prall und schwer. Bis dahin aber, den Bauch auf den Sandbänken und auf den Gipfeln der Meergebirge, sich füllen mit Wracks und Wasserleichen, mit Muscheln und Ungeheuern, mit Sternen und Schlangen und Rettungsringen und Flaschenpost, und die kleinen Fische durch die Maschen ziehen lassen, bis sie erwachsen sind und uns noch einmal in den Rachen schwimmen...« Er blickte sie schon mehr erschöpft als fragend an.

»Ja, das gefällt mir«, meinte Christine. »Aber ich bin um halb drei beim Friseur angesagt.«

Jan beugte sich vor, küßte ihre rechte Hand oberhalb des Knöchels und flüsterte:

»Du hast mich verstanden.«

Er begleitete sie bis zu den Arkaden der Alten Prokuratien, begab sich danach durch die Calle Cavaletto zur Banca di Napoli und ließ sich einen Kreditbrief der Tschechoslowakischen Notenbank aushändigen. Er wechselte die Hälfte der Summe, kehrte ins Hotel zurück und versuchte, während er Hemd und Krawatte wechselte, die Theorie der Seligkeit zu vervollständigen. Doch machte er die Erfahrung, daß ein Gedanke, vor kurzem noch so saftig, frisch und schlagend, mitunter schnell vom Fleische fällt, sobald sein Denker ganz mit ihm allein ist. Es half nichts, daß er ihn und sich aufs Sofa legte. Die Stuckrosetten an der Decke blieben stumm, wie die filigranen Glasanhängsel des Kronleuchters. Ein Duft von Heliotrop stand in der offenen Schlafzimmertür und trat mit einem Windstoß ein, von dem auch alle Fensterläden zitterten.

Was anfangs nur zum Zweifeln schien, war nach Minuten des Alleinseins wirklich zum Verzweifeln. Kam man denn zu sich selber nur durch andere? War das nicht eine Quäker-Idee? Jeden duzen, vor keinem den Hut ziehn, Haferflocken anbauen, mit Freunden in Baracken sitzen und warten, bis der Geist kommt – was hatten die Styliten vom Sinai eigentlich gehört und gesehn?

Jan ließ die Augen nicht von dem Salviati-Lüster, und in dem gleichen Maß, wie alle Theorie verdunstete, hob sich die praktizierte Seligkeit vom Hintergrunde der Erinnerungen ab. Hatte er doch vor neun Jahren, aus Wien kommend, Murano besucht und einen Monat lang in den Salviati-Werkstätten volontiert, um seinen Kenntnissen über das bleifreie böhmische Kristallglas den Umgang mit venezianischen Kalibleisilicaten anzuschließen. Dabei war er mancher Prozedur auf die Sprünge gekommen, vor allem, was die Nachahmung alter Millefiori- und Netzgläser, die Restauration beschädigter oder die Herstellung neuer Mosaiken betraf, und hatte schließlich sogar Einsicht in die Entwürfe für die Villa Pringsheim und das Siegesdenkmal in Berlin nehmen dürfen. Damals wohnte er auf Murano unweit der Basilika Santi Maria e Donato, fuhr aber erst nach einer Woche – und auf Drängen des Salviati-Direktors – zu den Fondamenta Nuove hinüber, um sich in der Accademia wenigstens die Werke der Muraneser Schule, Alemannos und Vivarinis, anzusehen. Ob er auf dem Weg von der nördlichen Reede bis an die Gitterbrücke über den großen Kanal zu lange gesäumt hatte, oder weil wegen eines Staatsfeiertags die Galerien geschlossen waren – er erinnerte sich jetzt nur, daß er vor der versperrten Tür gestanden hatte, obwohl die Schatten der Minerva und des Löwen überm Eingang noch nicht ans Wasser hinanreichten. Er besann sich weiter, daß er einen Teil des Abends gegenüber dem Giardino Reale verbracht hatte, auf der Punta della Salute, vor welcher zehn, fünfzehn oder mehr Barken geschwommen waren, besteckt mit roten, grünen und gelben Lampions, und selbst die Serenade, mit der sich eins der Boote auf den weißen Streifen Monds hinausgeschoben hatte, kam ihm ins Ohr zurück. Ganz auswendig aber wußte er immer noch das schmale Gesicht einer Sechzehnjährigen. Ihr Name war Jane Osgood gewesen, und sie hatte am Nachmittag neben ihm vor der verschlossenen Tür der Akademie gestanden.

Amery erhob sich, nahm einen leichten Mantel übern Arm und fuhr mit dem Lift in die Halle. Dort legte er seinen Zimmerschlüssel ab, dankte dem Angestellten, der ihm die Reservierung einer Theaterloge bestätigte, zu dessen Überraschung auf englisch und blieb noch sekundenlang, wie in Erwartung einer Antwort, vor dem Pult stehen. Erst als er sicher war, daß sie ausblieb, drehte er sich zum Ausgang. Vom Fährplatz neben dem Hotel de l'Europe ließ er sich in einer Gondel zur Punta della Salute übersetzen. Er sah nicht zurück, sondern trat an die Spitze der Landzunge und blickte auf das Becken von San Marco. Die Vaporetti rieben sich an den schwimmenden Anlegestellen und ließen die eisernen Schnäbel der Gondeln zwischen den Lärchenstäben auf- und niedertanzen, im gleichen Takt wie die Köpfe gefangener Eisbären. Hinten, an der slawonischen Reede, hatte ein schwerer Kreuzer der Zara-Klasse festgemacht. Er lag starr auf dem Wasser, ein graues kanonenbestücktes Bügeleisen, ungerührt von den Stadt- und Lagunendampfern, die tief unter seinen Aufbauten vorbeizogen. Was hatte sich geändert? Alles stand an seinem Platz, wie vor neun Jahren: die Piazzetta, der Dogenpalast, die Türme, die Kuppeln. Es war nur Nacht gewesen, una notte di luna, Mandolinen, funiculi, funicula – und die Liebe sprang aus dem Zylinder! Das Schmieröl um die Duckdalben glänzte wie Achat, und die Kondome vor der Mole sahen wie Tintenfische aus. »It's a dream«, hatte Jane Osgood geflüstert. War es ein Traum gewesen? Jeden Morgen nach dem Bad rieb sie sich mit einem weißen Pulver ein, das nach Talkum roch.

»Du duftest wie ein neuer Handschuh«, hatte er zu ihr gesagt.

»Well, pull me on«, war ihre Antwort gewesen. »You are the best hand I know.«

Damals hatte er Venedig sehr geliebt, weil er Jane Osgood sehr geliebt hatte. Liebte er Christine nicht? Mußte man lieben, um diese Stadt zu lieben? Er ärgerte sich darüber, daß er hierhergefahren war, um einer Plattheit auf den Grund zu kommen. Er schlug den Mantelkragen hoch und ging zum Zattere, auf das Nordufer des Giudecca-Kanals. Wenn Jane Osgood sich freute, stellte sie ihm den Absatz auf den Fuß. Sie wollte einen Tabakpflanzer heiraten und Jan mit ihren Kindern in Prag besuchen.

Sie hatte aber nur eine Ansichtskarte aus Richmond, Virginia, geschickt und mit Tinte eine Gondel in den James River gestrichelt. Wieviel Kinder mochte sie inzwischen haben? Vor der Kirche dei Gesuati bog er in den Rio Terrà Sant'Agnese. Rio Terrà, das hieß zugeschütteter Kanal. Auch die Straßennamen grenzten an Gemeinplätze. Galt er der böhmischen Agnes, der Tochter König Ottokars, verlobt mit Heinrich von Schlesien, versprochen dem Erben Friedrichs, umworben vom Kaiser selbst und vom dritten, dem englischen Heinrich, endlich von allen Zusagen befreit durch Papst Gregor den Neunten? Die der heiligen Klara nach Assisi geschrieben hatte: ›Du Hälfte meiner Seele‹? Nicht doch! Es war die kleine römische Märtyrerin, in deren Kirche die weißen Lämmer geweiht werden, aus deren Wolle man die Pallien der Erzbischöfe webt. Böhmische Heilige hatten es schwer.

Die Akademie am Ende der begrabenen Wasserstraße war geschlossen. Wie hätte es um diese Zeit auch anders sein sollen? Es hatte längst fünf Uhr geschlagen, und niemand stand vor der Tür, der Jane Osgood ähnlich gewesen wäre.

Nach dem Abschied von Amery am Markusplatz war Christine nicht sofort in die Merceria gegangen, sondern hatte sich an einen Tisch vor dem Café Lavena gesetzt und Eis bestellt. Sie wußte, daß es unsinnig war, an dieser windigen Stelle zu sitzen und Eis zu essen, aber bis zu ihrem Termin beim Friseur blieb ihr noch mehr als eine halbe Stunde, genau die Zeit, um die sie ihren Mann beschwindelt hatte.

Es war kühl, und ein Blick auf die Fremden genügte, daß sie fröstelte. Man trug Wollmäntel, sogar Pullover, und die Kinder liefen in langen braunen Strümpfen den Tauben hinterher. Trotzdem bestellte sie Nuß, Pistazie und Vanille und legte danach die Säume ihres Gabardine-Hängers unter den Knien zusammen.

Amerys Art, vor Leber und Langusten zu reden, als säße er in einem Seminar für Glücksfragen der gehobenen Mittelklasse, hatte Christine aufgebracht. Der Verdacht, daß ein beschäftigungsloser Mann mitunter dazu neigte, sich und die Welt so lange in Frage zu stellen, bis ihm keine andere Antwort als die Erfindung einer radikalen Lebensregel einfiel, lag ihr noch fern.

Umso weniger konnte sie sich deshalb vorstellen, daß Amery seine neue Wahrheit einem zwölfflammigen Salviati-Lüster zuliebe verließ und vergaß. Sie war zweiundzwanzig Jahre alt und auf ihrer ersten Hochzeitsreise. Also nahm sie ihren Mann beim Wort, wenn auch nicht wörtlich. Der Mensch als Käseglocke? Hübsch.

Doch was hieß ›wie ein Schleppnetz leben‹? Jan war erregt gewesen. Sie hatte es am Zucken seiner rechten Schulter erkannt. Vor einem Jahr noch hatte sie geglaubt, die Armlöcher seiner Jacketts seien zu eng. Inzwischen wußte sie, daß es ein Tick war, der sich selten, aber immer dann meldete, wenn er versuchte, rücksichtslos zu sein. Christine fühlte, daß sie sich auf etwas einzustellen hatte, das ihr rätselhaft war, und zwar nicht deswegen, weil es über ihren Horizont ging, sondern weil es sie kalt ließ. Von Seligkeit zu reden, schien ihr überflüssig. Man sprach von Schuhen doch nur, wenn sie drückten.

Eine Bö fiel auf den Platz, hob die Tauben an und nahm ein paar Hüte mit. Christine schlug die Beine übereinander, klemmte den Mantelschoß ein und steckte den Löffel in das grünliche Eis. Als sie sich vorbeugte, spürte sie ein ziehendes Stechen im Unterleib. Sie ließ den Löffel los, bückte sich über die Knie und merkte, daß sie zu schwach war, sich wieder zurückzulehnen. Sie dachte an Stricknadeln, die ihr langsam durch die Leisten geschoben wurden. Den Schmerz ins Bild zu bringen, half. Das Tischtuch mit der verchromten Klammer tauchte allmählich aus dem Dunkel, gleich darauf auch der Becher mit den dreifarbigen Kugeln, und während sie sich wieder zurücksetzte, klappte sie schon die Handtasche auf, um in den Spiegel zu sehen. Natürlich war sie bleich, und die Nase ein bißchen spitz. Na, hoppla, davon ging die Welt nicht unter. Die Lippen schienen fühllos und pelzig, wie nach einer Zahnbetäubung. Aber hatte sie nicht brav durchgehalten? Sie wurde gewahr, daß sie nicht einmal leiden konnte, ohne stolz darauf zu sein. Das genierte sie ein Weilchen, bis sie darauf kam, Amery die Schuld zu geben. Gottseidank bin ich nicht schwanger, dachte sie. Wäre es ein Kind, müßte ich brechen. Damit wollen wir lieber noch ein paar Jahre warten.

Als Christine ins Hotel zurückkehrte, saß Amery in einem der

großen geblümten Ohrensessel des Wohnraums und las den
›Corriere della Sera‹. Er hörte ihren Schritt, ließ das Blatt aber
nicht sinken, sondern erzählte, was er in der Spalte ›Curiosa‹
gefunden hatte:

»Stell dir vor, in Rom ist ein Landstreicher in ein Geschäft für
Herrenartikel gegangen und hat eine Krawatte verlangt. Als
ihn der Verkäufer nach der Farbe fragte, sagte er: ›Bitte, zu
meinen Socken passend!‹ Er war barfuß!«

Amery lachte, legte die Zeitung auf den Tisch und sah sich nach
Christine um. Sie stand hinter der offenen Schranktür und
hängte ihren Mantel auf einen Bügel.

»Wie findest du das?«

»Komisch«, antwortete sie, schloß den Schrank und drehte sich
herum. »Und wie findest du mich?«

Erst als er auf gut Glück ›wunderbar‹ gesagt hatte, bemerkte er
die Veränderung. Christine trug das Haar nicht mehr blond,
glatt und hochgesteckt. Es stand geplustert, kastanienbraun ge-
färbt und mit gekräuselten Spitzen von ihren Schläfen ab. Als
wollte sie ihm keine Zeit lassen, sich von der Überraschung zu
erholen, sprang sie auf die Zeitung in seinem Schoß, drückte
ihm dabei eines der toupierten Büschel ins Gesicht und flüsterte
etwas Unverständliches. Unter dem Parfüm, das wie eine Haube
um ihren Kopf saß, roch das Haar brandig und nach Grünspan.
Henné-l'Oréal, dachte Amery, oder Youpla. Er brachte seine
Nase durch den kitzelnden Flaus und schob die Lippen
an ihr Ohr, noch unschlüssig, ob er es anreden oder küssen
sollte.

»Ist das nicht schon sehr viel?« hörte er sie fragen.

»Oh, ja«, antwortete er.

»Es ist noch nicht das Äußerste«, sprach sie weiter. Ihr Ton
alarmierte ihn, weil es die Stimmlage war, die Geständnissen
voranging. Dazu war er nicht aufgelegt. Deshalb küßte er ihr
Ohr und brummelte:

«Du hast mich lange warten lassen. Aber es hat sich gelohnt.«

»Nicht wahr?« fragte sie und legte den Kopf in den Nacken, als
wollte sie aufstehn.

Obwohl ihn die Schenkel schmerzten, weil Christine ihre Knie-
scheiben auf seine Muskeln preßte, hielt er sie fest. Er wußte,

daß sie gern eine Tischbreite zwischen zwei Ansichten schob; am liebsten erklärte sie sich in Restaurants.

»Es leuchtet«, sagte Amery und sah auf ihr Haar.

»Es paßt auch besser zu den Bezügen im Schlafzimmer«, sagte sie und spürte, daß sich sein Griff lockerte.

»Wie meinen?« fragte er albern.

Sie wiederholte es, rutschte mit der Zeitung von seinem Schoß, ließ sich in den anderen Sessel fallen und lachte. Amery blickte zu den Prismen des Salviati-Leuchters hinauf und begriff, daß er ein Geschenk ausgeschlagen hatte.

»Man kann es wieder auswaschen«, hörte er Christine sagen, »oder ich kaufe mir eine blonde Perücke.«

»Und wenn ich dir sage, daß es mir gefällt?«

»Dann glaube ich es nicht mehr.«

»Tina«, bat Amery und wollte noch etwas hinzufügen, als sie sich mit einem Ruck aufsetzte und so weit nach vorn kippte, daß er annahm, sie schlüge mit der Stirn auf die Tischkante. Er hob den ›Corriere‹ vom Boden und warf ihn in den Papierkorb. Danach stand er auf, trat neben sie und legte ihr die Hand auf die Schulter.

»Deine Frisur gefällt mir wirklich«, sagte er ernsthaft, doch sie schüttelte so energisch den Kopf, daß es ihn amüsierte.

»Bitte, laß mich eine Weile allein«, flüsterte sie.

»Gut«, sagte er, »ich ziehe mich zum Essen um.«

Als Christine die Schlafzimmertür klappen hörte, lehnte sie sich stöhnend zurück und wischte den Schweiß aus den Augenbrauen. Dann stemmte sie sich hoch und ging mit wackligen Schritten ins Bad.

Später, bei ›Paganelli‹, trank sie so viel Lambrusco, daß sie Amery bat, eine Gondel zu mieten. Er hieß den Poppe das Verdeck schließen, und sie fuhren bis Mitternacht durch die Kanäle.

Am nächsten Morgen kam mit dem Frühstück Post aus Prag. Frau Sellmann schrieb heiter und überschwenglich, als müßte sie beweisen, wie gut sie sich an ihre eigenen Flitterwochen erinnerte. Nur aus dem Postskriptum klang eine Sorge. ›Sophie‹, hatte Betty mit steilen Buchstaben an den Rand gesetzt, ›kann leider nicht unterschreiben, weil sie vor einer halben Stunde zu Prof. Ruschka (angeblich eine Kapazität) gegangen ist. Wahrscheinlich muß sie das Singen vorläufig ganz aufgeben. Sie läßt Euch von Herzen grüßen.‹ Christine reichte Amery den Brief und kroch unter seinen Arm, während er las.

»Wie kann man plötzlich seine Stimme verlieren?« fragte sie.

»Wahrscheinlich hat sie Schreiknoten. Das kommt bei Debütanten öfter vor, wenn sie sich überanstrengen.«

»Ich wüßte gern, woher du das weißt«, sagte Christine, »aber ich frage dich nicht.«

»Danke«, sagte Amery und riß mit dem Eierlöffel das Kuvert eines Geschäftsbriefes auf.

»Vielleicht braucht sie einen Mann«, sagte sie.

»Das glaube ich nicht«, sagte Amery. »Sophie gehört zu den Leuten, die sich nicht mit zweierlei zur gleichen Zeit beschäftigen. Wenn sie singt, dann singt sie. Mir kam es immer so vor, als hätte sie sogar Schwierigkeiten, sich bei Tisch zu unterhalten, weil sie, wenn sie ißt, nichts weiter als essen kann.«

»Du hast recht«, sagte Christine, »sie ist ein Landei. Sie hat Hemmungen, wenn Gäste da sind. Am besten versteht sie sich mit Hanka. Aber du bist trotzdem nett zu ihr, ja?«

Amery nickte mit vollem Mund.

Christine überlegte, ob sie ihrer Mutter antworten sollte. Wozu eigentlich? Sie war schließlich kein ›liebes Tinchen‹ mehr. Sie war eine verheiratete Frau. Sobald sie ihren eigenen Haushalt führte, mußte sie ihren Eltern diese Veränderung zu verstehen geben. Schade, daß Amery nicht die Villa auf den Weinbergen, sondern nur eine – wenn auch herrschaftliche – Wohnung am Karlsplatz gemietet hatte. Man würde einen Besuchstag für die Familie festsetzen, vielleicht den zweiten Sonntag im Monat. Das genügte. Christine atmete so tief, daß Amery sich zu ihr drehte und sie fragend anblickte.

»Es ist alles gut«, sagte sie und lächelte.

An den nächsten Tagen absolvierten sie das Sehenswerte in Begleitung eines älteren schottischen Ehepaars, das jedes Jahr im Mai nach Venedig kam und auf der gleichen Etage im ›Bauer-Grünwald‹ wohnte. Christine sträubte sich anfangs gegen diese Gesellschaft, aber Mr. und Mrs. Grey waren so besorgt, nicht lästig zu werden, daß die Amerys ihnen bei jedem Ausflug erneut bestätigen mußten, welches Vergnügen es machte, mit ihnen spazieren zu gehen. Wenn sie richtig verstanden hatte, war Mr. Grey sowohl Präsident eines Kartographischen Instituts in Edinburgh wie Mitherausgeber des Londoner ›Geographical Journal‹ und befaßte sich in beiden Eigenschaften mit der Vervollkommnung eines fotografischen Verfahrens, das die dreidimensionale Wiedergabe von Objekten ermöglichte.

»Nur mich sieht er, wie ich bin«, sagte Mrs. Grey und nahm die Lippen von ihren langen und starken Zähnen.

Jan Amery, von Greys Fach bisher nur durch eine oberflächliche Bekanntschaft mit Spiegelteleskopen berührt, interessierte sich sofort für den praktischen Wert der Stereoskopie und schien es zu bedauern, daß sich die Greys schon nach dem Fünf-Uhr-Tee regelmäßig zurückzogen, um die Jungverheirateten allein zu lassen. Christine hielt sich an Mrs. Grey. Es gefiel ihr, mit welcher Gelassenheit sie ihren Mann ausreden ließ, seinen Vortrag aber, sobald er sich die kalt gewordene Pfeife anzündete, auf einen knappen ironischen Nenner brachte.

»Ena hat niemals einen meiner Aufsätze gelesen«, erklärte Grey. »Ich weiß nicht, wie sie es macht, daß sie trotzdem mehr davon versteht als ich.«

Zwischen beiden herrschte völlige Übereinstimmung, und Christine fühlte, daß Mrs. Grey stets über sich selber witzelte, wenn sie ihren Mann auf den Arm nahm, so wie Mr. Grey von seinen Arbeiten redete, als hätte seine Frau sie getan. Mit Ausnahme der Zähne – Grey hatte kurze gelbe Stummel – glichen sich beide so sehr, daß man sie für Geschwister halten konnte, und selbst darüber lachten sie.

»Ich verstehe die Japaner, wenn sie nach Edinburgh kommen und glauben, alle Schotten seien Zwillinge«, sagte Grey, und Ena zeigte ihr Pferdegebiß, als wollte sie auf ›the little difference‹ hinweisen.

Diese Zufallsbekanntschaft war nicht folgenlos, denn ohne sich dessen bewußt zu sein, übernahmen Amery und Christine gewisse Umgangsformen der Greys und übten sie so unmerklich in ihre eigenen Gewohnheiten ein, daß sie den Wandel zwar am andern, jedoch nicht an sich selber merkten. Als die Greys abgereist waren, kaufte Amery ein Plaid und eine Shagpfeife und setzte sich mit Christine auf die Terrasse, sie den Tartan um die Knie und er den ungewohnten Kautschuk im Mund, als hätten sie das auffälligste Ritual ihrer Freunde erst annehmen dürfen, nachdem unwiderruflich feststand, daß sie sie verloren hatten.

»Morgen sehen wir uns ›La Bohème‹ an«, sagte Amery durch die Zähne.

»Oh!« sagte Christine in Enas Tonfall. »Ist das diese Oper, wo das Mädchen an Tuberkulose stirbt?«

»You're right«, antwortete Amery und streckte ihr die Hand hin, wobei er das leichte Zittern Greys nachahmte.

Christine sah ihn an und fragte mit ihrer eigenen Stimme:

»Ob wir auch in zwanzig Jahren hier so sitzen, Jan?«

Amery nahm die Pfeife aus den Zähnen und lächelte.

»Es spricht alles dafür, Tina«, sagte er. »Es spricht alles dafür. Ich hoffe nur, daß ich dir bis dahin ein bißchen ähnlicher werde.«

»Du sollst bleiben, wie du bist«, sagte sie und war schon drauf und dran, ihm von ihren Beschwerden zu erzählen, als er plötzlich die Hand zurückzog.

»Du verwechselst mich mit dem, der ich sein möchte«, sagte er. »Aber vielleicht schaffe ich's.«

Als Christine am Morgen der Premiere nach einer Robe suchte, fand sie, obwohl mit zwei knöchellangen Gesellschaftskleidern für die Reise ausgestattet, nichts Geeignetes. Damit hatte sie gerechnet. Deshalb suchte sie auch nicht im strengen Sinn des Wortes, sondern vergewisserte sich eigentlich nur, daß sie nichts, aber wirklich gar nichts, zum Anziehen besaß. Als sie die behängten Bügel zum dritten Mal über die Messingstange scharren ließ, wurde Amery aufmerksam und erkundigte sich. Christine bat um Verzeihung, nicht früher an ihre Toilette für die Oper gedacht zu haben, und beschwor Amery so lange, allein ins Teatro Fenice zu gehen, bis er fest entschlossen war, ihr ein neues Kleid zu kaufen. Christine wußte, wo dieses Kleid hing. Sie hatte es bereits in der vorigen Woche auf ihre Maße hin ändern lassen. Statt aber Amery in den betreffenden Salon zu führen, machte sie mit ihm zuerst einen Umweg durch mehrere Läden, in denen sie die aussichtslosen Modelle anprobierte und der Verkäuferin mit einem bedauernden Lächeln zurückgab.

Dabei verging viel Zeit, und Amery ermüdete zusehends. Als er sie gegen ein Uhr fragte, ob sie nicht hungrig sei, nahm sie ohne Widerrede seinen Arm, und sie gingen in Richtung ihres Hotels zurück. In der Salizzada S. Moise, wenige Meter vor dem ›Bauer-Grünwald‹, verhielt Christine plötzlich den Schritt und sah in die Auslage eines Geschäfts.

»Versuch's doch nochmal!« bat Amery und hielt ihr die Tür auf. Das Kleid, in dem Christine Minuten später aus der Kabine trat, war aus weißer venezianischer Nadelspitze.

»Eine Point-de-rose-Arbeit«, erklärte die Direktrice mit rollenden Augen. Die Schultern und der hohe Kragen, wie auch die enganliegenden Ärmel, waren ungefüttert, um die Haut durch das reliefartig hervortretende Blütenmuster hindurchschimmern zu lassen. Von der Brust bis zum Saum war das Gespinst mit weißem Satin unterlegt.

»Mein Gott«, seufzte Amery. »Daran sind wir nun die ganze Zeit vorbeigegangen!«

»Es paßt sehr gut zu meinen Haaren, nicht wahr?« fragte Christine, hob die Hände an die rotbraunen Locken und drehte sich herum, damit Amery den Rückenausschnitt sehen konnte. Er reichte vom schmalen Kragen bis zur Taille und ähnelte dem Umriß eines Lindenblatts, durch dessen Mittelachse sich der weiche Schatten ihrer Wirbelsäule zog. Amery war hingerissen und machte kein Hehl daraus.

»Ich möchte nicht, daß du es kaufst«, sagte Christine leise. Die Direktrice verschwand.

»Warum nicht?« fragte Amery.

»Es sind so viele Nullen auf dem Schild.«

Amery trat an den Tresen, wo zwei kleine Papp-Kupons lagen, und las die Zahl auf dem ersten.

»Ich bitte dich«, sagte er und lächelte.

»Das sind nur die Schuhe«, sagte Christine und nahm die Lippen zwischen die Zähne.

Er griff nach dem zweiten Abschnitt und behielt ihn in der Hand.

»Nein«, sagte Christine.

Der Preis entsprach dem Jahresverdienst eines seiner Geschäftsführer.

»Punto a rilievo«, las Amery laut und sah Christine an. »Wie schön das klingt.«

Sie legte die Hand auf einen Kleiderständer, als müßte sie sich festhalten.

»Signora!« rief Amery, und die Direktrice riß den Vorhang der Kabine auf, um Christine beim Auskleiden behilflich zu sein.

Die Vorstellung im Teatro Fenice begann mit der üblichen Verspätung. Eine Viertelstunde lang bewegten sich die Amerys an Roben, Pelzen, Uniformen und Smokings vorbei durch das Foyer, und Christine genoß es, niemanden grüßen zu müssen, aber von allen bestaunt zu werden. Am Nachmittag hatte sie noch einen bordeauxroten Lippenstift gekauft, dessen Ton sich jetzt, im matten elektrischen Kerzenlicht, so vollkommen der Frisur anpaßte, daß ihr blasses Gesicht wie aus einem Renaissance-Karton geschnitten schien. Als das Gedränge so dicht wurde, daß die Spitzen an Armen und Hüften Gefahr liefen, von fremden Taschenbügeln zerrissen zu werden, gingen Amery und Christine auf ihre Plätze, und im gleichen Moment klingelte es.

Christine spürte, wie die Blicke der Herren und die Gläser der Damen ganz ungeniert gegen ihre Loge gerichtet waren, und ärgerte sich, daß Amery seinen Sessel an sie heranrückte. Im Mittelpunkt so hemmungslosen Interesses war sie lieber allein.

»Fängt es immer so spät an?« fragte sie.

»Nein«, sagte Amery, »nur heute.«

Sie wollte, daß seine nächste Antwort nur eine Schmeichelei war. Deshalb fragte sie:

»Warum?«

»Deinetwegen«, sagte er prompt. »Damit dich alle anschauen können.«

Sie nahm den Programmzettel vors Gesicht und flüsterte:

»Ich will aber, daß nur du mich siehst.«

»Dann laß uns gehen«, sagte Amery und machte Miene aufzustehen. Christine lächelte und drückte seinen Arm an die Lehne. Die Lichter erloschen.

»Jetzt hast du mich doch«, sagte sie und hielt ihm das Gesicht hin. Er streichelte ihren Mund mit der Zunge, schmeckte den kremigen Lippenstift und griff nach ihren Knien. Erst der Beifall für den Dirigenten zwang ihn zurück. Er fühlte ein Zittern in den Schultern und schlug, um sich nicht loszulassen, die Beine übereinander.

Der Vorhang legte eine Mansarde in Paris frei. Der Geruch von Tischlerleim und Farbe flog heran. Rodolfo trug eine braune Cordjacke und eine schwarze Samtschleife, Marzello ein Rembrandt-Barett und einen Malerkittel. Sie klagten über die Kälte. Rodolfo verbrannte Manuskripte in einem riesigen Kanonenofen. Christine sah ›La Bohème‹ das erste Mal und gab sich Mühe, die Gestalten mit den feisten Hintern und den käsigen Händen für brotlose Künstler zu nehmen. Der Hinzutritt zweier Freunde und des Hauswirts machte den Ablauf undurchschaubar, und staunend hörte sie Gelächter aus dem Parkett.

Von den ersten Takten an tauchte aber immer wieder ein Thema aus dem Fluß gesungener Fragen und Antworten herauf, das sich rasch ausbreitete, mit der nächsten Phrase verflatterte oder in Fetzen zum Orchester zurückflog, bis es unterm Abzug der Freunde zu einem Versprechen wurde: »Io resto«, sang Rodolfo und, allein geblieben, klopfte das Verheißene schon an die Tür, Mimi betrat die Mansarde in schwarzer Mantille, hustend, um Licht für eine verloschene Kerze bittend, und aus der Brust des dicken Mannes erhob sich plötzlich ein Atem, an dessen weitgewölbten Bögen, wie Sterne an gedachten Umlaufbahnen, strahlende Töne hingen, sich im Zeitmaß himmlischer Bewegung über Rampe und Parkett hinwegdrehten und ihre Wirkung durch Wiederholung verdoppelten. Die unbekannte Dame hielt sich noch zurück, doch Rodolfos Stimme bezwang nicht nur den eigenen Bauch, den kurzen Hals, die wulstigen Lippen, sie überwand auch die unsichtbaren Hindernisse, bis kein Versteck mehr gedacht werden konnte und nur eine Rettung blieb – sich auszuliefern und hinzugeben.

Christine erschrak vor dem Applaus. Über den Rand ihres Programmzettels sah sie die Sänger aus dem Vorhang treten und sich verneigen. Mimi sank in die Knie, Rodolfo stemmte das Gesäß an die Samtportiere. Das schien nicht frei von Blasphemie, doch war, was so geschmäht wurde, ganz und gar nicht zu fassen. Amery machte eine Bemerkung über das Bühnenbild, der Christine nichts entgegenzusetzen hatte. Sie verstummten, als müßten sie das Publikum für sich reden lassen. Als ihr Schweigen unerträglich wurde, begann der zweite Akt.

Zur Pause erhob sich Christine von ihrem Sessel, knickte aber im gleichen Augenblick zusammen und streckte die rechte Hand aus, als ob sie etwas vom Boden heben wollte. Amery bückte sich, um ihr zuvorzukommen.

»Es ist gleich vorbei«, stöhnte sie.

»Ist dir schlecht? Soll ich einen Arzt holen?« fragte er und griff nach ihren Schultern.

»Nein.«

Während aus dem Parkett und von den Rängen das Türenschlagen, Schurren und Husten zu hören war, mit dem die Besucher ins Foyer drängten, hockten sie beide einander gegenüber, und Amery erinnerte sich eines Gefühls, das er seit seiner Schulzeit nahezu vergessen hatte. Es mußte Mitleid sein. Er merkte, wie sich die Falten seiner Lackschuhe in die Füße drückten, änderte die Stellung aber nicht, so als könnte er durch ein kleines Unbehagen an ihrem Schmerz teilhaben. Nach Minuten richtete sie sich auf und setzte sich an seinem Arm in den Sessel.

»Entschuldige«, sagte sie. Er wollte etwas fragen, doch war sie schneller und beichtete ihre Anfälle.

»Vielleicht ist es ein Kind«, sagte er und sah ihr in die Augen. Sie zuckte die Schultern, mehr aus Müdigkeit, als um ihm recht zu geben. Er küßte ihr lange die Hände.

»Wir fahren nach Hause«, entschied er. »Mit dem Nachtzug.«

»Ich möchte mir aber die Vorstellung bis zum Schluß ansehen.«

»Das ist jetzt nicht das Richtige für dich«, widersprach er, doch sie blieben bis zum Ende, und während die sterbende Mimi den Anfang der Arie Rodolfos aus dem Akt wiederholte, tupfte sich Christine den Schweiß von der Stirn. Am nächsten Tag fuhren sie mit Zwischenstation in Wien nach Prag zurück.

Während Christines Abwesenheit wurde es warm in der Stadt, und an unverschleierten Tagen nahm man schon den Sommer vorweg. Sophie tat es, als sie mit Viktor, Heinrich und Jarmila auf der Lustigschen Terrasse über den blühenden Akazien des Baumgartens saß. Sie hatte darauf bestanden, daß ihre Freundin sie begleitete, und Jarmilas Erfolg im Umgang mit dem Kranken gab ihr recht. Nach dem Tee spielten sie ›Schwarzer Peter‹ und empfahlen sich erst, als es dunkelte. Unter den Augen des Kammerdieners Hörnchen begleitete Viktor die jungen Damen bis zur Treppe und rief ihnen nach, wie sehr, ach, wie sehr es ihn gefreut hatte.

Wenn Sophie allein war, setzte sie sich an den Flügel, trat das Fortepedal, tippte ein paar Tasten an und hörte den Schwingungen hinterher. Danach stand sie auf, befühlte die Vorhänge und betastete die Kissen, als ließe sich die verschwundene Melodie in den Falten vorm Fenster oder im Bezug der Sofarolle wiederfinden. Manchmal zog sie die Schuhe aus und strich mit bloßen Füßen über den Teppichflor, bis sie wie eine Schlafwandlerin in ihr Zimmer zurückging.

Seit Christines Hochzeit hatte sie nicht mehr gesungen. Sie versuchte es auch nicht, als Pavel Sixta sie darum bat. Er hatte etwas Neues für sie geschrieben, ein elfstrophiges Lied, dessen Titel sie aber noch am gleichen Tag vergaß. Sixta trug es ihr nicht nach, sondern begleitete sie sogar zu Professor Ruschka, der außer einer harmlosen Schwellung der Mandeln keine krankhaften Veränderungen feststellte. Sophie bekam von ihm eine Blechschachtel mit gelben Lutschbonbons geschenkt, und er erklärte ihr ziemlich barsch, daß jede weitere Konsultation, pure Geldverschwendung wäre. Sixta hob die Schultern, als sie ihm im Korridor der Klinik entgegenkam. Sophie schüttelte den Kopf und blieb stumm. Bevor sie auf die Straße traten, sagte sie durch die Zähne: »Laryngospasmus, wahrscheinlich.«

»Was ist das?« fragte Sixta, doch sie gab ihm keine Antwort. Am Abend sah er in einem Fremdwörterbuch nach: Stimmritzenkrampf. Anderntags, im Clementinum, bat er sich ein medizinisches Lexikon aus und fand unter ›Laryngospasmus‹ die Angaben: pfeifende Atmung, Angst, Zyanose. Zyanose bedeutete: ›blaurote Färbung der Lippen und Fingernägel infolge mangelnder O_2-Sättigung des Blutes‹. Als er nach Hause ging, hätte er gern geweint, statt dessen fiel ihm ein Largo-Thema ein, das er auf den Rand einer Zigarettenschachtel notierte. Doch schon in der Straße des 28. Oktober schämte er sich dafür, daß ihm Sophies Krankheit nur Anlaß für ein Kunststück gewesen war. Er schüttelte die Zigaretten in die Jackentasche und warf die Schachtel weg. Am Nachmittag komponierte er das Thema als Trauermarsch und intrumentierte ihn für Blasorchester. Er nahm sich vor, die Blätter zu zerreißen, aber Fräulein Kalman, die er gegen Abend besuchte, widersprach ihm so energisch, daß er sich damit begnügte, die Noten einzurollen und in seinem Bücherregal zu verstecken.

Den Eltern erzählte Sophie nichts von ›Laryngospasmus‹. Mit der Zeit, sagte sie bei Tisch, würden die Beschwerden nachlassen, auf das Singen sollte sie allerdings in den nächsten Wochen verzichten. Sie zeigte die gelben Bonbons, und Sellmanns waren froh, die Angelegenheit so glimpflich ablaufen zu sehen. Jarmila dagegen, die auf das Manglsche Gut gereist war, wurde mit einem Brief voll düsterer Andeutungen geschreckt, und bei ihrer Lehrerin sprach Sophie nur im Flüsterton. Sie war jetzt oft in der Stadt, strich um das Café ›Slavia‹ oder auf der Kampa-Insel herum, und mitunter blieb sie auch einen Nachmittag lang an der Tramhaltestelle neben der Legionenbrücke stehen, von wo sie dann zum Graben ging, um mit ihrem Vater von der Bank aus nach Bubenetsch zu fahren. Kehrte sie allein und im Dunkeln zurück, zündete sie sich in der Owenetzergasse zwei Zigaretten an und hielt sie weit auseinander, um die Entgegenkommenden glauben zu machen, sie sei in Begleitung. Sixta mußte sich mehrmals anhören, daß sie von einem Mann in weißen Gamaschen verfolgt würde, doch seine Angebote, sie nach Hause zu bringen, lehnte sie ab. »Vielleicht sehen wir uns nicht wieder«, sagte sie leise und tätschelte seinen Mantelärmel. Einmal versuchte er, ihr heimlich nachzufahren, aber sie entdeckte ihn im zweiten Wagen, stieg an der nächsten Station um und zwang ihn, von der Bahn zu springen. Am meisten peinigte sie ihn, nachdem er ihr gestand, daß er ursprünglich nicht Komponist, sondern Schriftsteller hatte werden wollen. Sie redete ihn mit dem tschechischen Wort für Dichter an: ›Básník‹. Sie rief es ihm nach, wenn sie sich verabschiedeten, und es klang wie ein Spitzname. Als er ihr sagte, daß er als Vierzehnjähriger ein Drama mit dem Titel ›Noli me tangere‹ geschrieben hatte, lachte sie Tränen.

»Es paßt zu Ihnen«, sagte sie. »Sie sind das Kräutchen Rühr-mich-nicht-an.«

»Ich finde, das trifft eher auf Sie zu«, antwortete Sixta grob und hätte am liebsten seine Zunge verschluckt.

»Ach, Sie werden frech?« fragte Sophie.

Er bat um Verzeihung.

»Oh, dafür gibt es einen Kuß.« Sie drückte ihren Mund auf seine schlechtrasierte Oberlippe. Sixta wurde schwarz vor den Augen. Er wollte die Gelegenheit nicht vorbeigehen lassen: »Sophie, ich . . .«

»Ich muß Ihnen auch etwas sagen«, unterbrach sie ihn und trat auf das Rasenrondell vor dem Rudolfinum. »Mein Großvater ist gestern in Prag eingetroffen. Leider bekam der Gute unterwegs einen Schlaganfall, so daß er sein Auto nicht verlassen kann. Wollen Sie ihn sehen? Er liegt steif auf dem Rücksitz, und wir müssen ihm das Essen auf die Straße hinuntertragen. Gottseidank funktioniert die Heizung. Alle zwei Stunden wechseln wir uns ab, damit er ein bißchen Unterhaltung hat. Er kann nur mit dem linken Auge antworten. Morgen fährt er zurück, denn sein Chauffeur behauptet, daß man die Karosserie aufschweißen muß, um ihn wieder herauszukriegen. Schlimmstenfalls, sagt mein Großvater, will er in seinem Wagen sterben. Ich meine, das gibt er uns mit dem linken Auge zu verstehen, wenn wir ihn entsprechend fragen.«

Sixta kreuzte die Arme vor der Brust und lächelte.

»Glauben Sie mir etwa nicht?«

»Sie haben gar keinen Großvater mehr, Sophie.«

»Dann ist es jemand, der sich für meinen Großvater ausgibt.«

»Mit dem linken Auge?«

»Und Sie wollen Dichter werden?« fragte Sophie zornig zu-

216

rück. »In Ihren Romanen hätte wohl alles gestimmt, was? Ist das Leben etwa ein Kochbuch? Haben Sie schon mal von den Potemkinschen Dörfern gehört?«

»Ja«, sagte Sixta und schaute zu, wie sie ihren Absatz in die Grasnarbe bohrte.

»Ein ganzes Gouvernement anstreichen lassen, um einer Frau zu gefallen!« rief Sophie. »Das ist es!«

»Dazu fehlen mir leider die Mittel«, sagte Sixta und sah über die Brücke hinüber, als taxierte er, wieviel Farbe er für das Waldstein-Palais brauchen würde. »Aber nehmen Sie den guten Willen für die Tat.«

»Ja«, sagte Sophie, schlenkerte ihre Handtasche auf den Rücken und trat wieder auf das Trottoir. »Ach, lassen wir das. Wohin fahren Sie in den Ferien?«

Nicht Sixta kam ihrer seltsamen Veränderung auf den Grund, so wenig wie der nordische Vavra, den sie gelegentlich, doch immer erst nach telefonischer Vereinbarung, besuchte, sondern Frau Farel, die Schwägerin des alten Amery. Sie hatte sich von allem Anfang in die schwarze Sellmann-Tochter vernarrt. Sophies zutrauliche und beherzte, manchmal auch unbesonnene und sprunghafte Art kam ihrem eigenen Wesen entgegen, so sehr sie es hinter den Umgangsformen einer Kleinseitner k.u.k. Rittmeisterswitwe versteckte. Zu Weihnachten hatte sie ihr eine selbstgehäkelte Stola geschenkt, und an Ostern stand sie mit ihr schon auf Du und Du. Am Tage vor der Ankunft der Hochzeitsreisenden lud sie die ›kleine Nichte‹, wie sie gern sagte, zu sich ein und brachte sie gegen Abend von der Neuen Schloß-stiege zum Denis-Denkmal hinunter. Als die Tram abgefahren war, ging Frau Farel nicht nach Hause, sondern besuchte einen Schulfreund ihres Mannes, der bis vor kurzem eine nervenärzt-liche Praxis in der Neustadt versehen hatte. Dr. Kavalár be-wohnte die zweite Etage eines Hauses am Janský Vršek, zu dem man vor der Nerudagasse her durch einen schwach be-leuchteten, treppenartigen Durchgang hinabklettert. Der Jung-geselle servierte Marketa ein kühles Smíchover, nahm nach eini-gen Höflichkeiten auf dem Sofa Platz und war eine Viertel-stunde lang ganz Ohr.

»Gut«, sagte er danach. »Möchten Sie noch ein Glas?«

Marketa dankte, um ihm keine Gelegenheit zu Abschweifungen zu geben.

»Wir haben dafür natürlich einen Namen«, erklärte er, »aber ...«

»Ich wüßte ihn gern«, sagte Frau Farel.

»Pseudologia phantastica«, sagte Dr. Kavalár, wobei er den Doppelvokal säuberlich trennte. »Delbrück hat sie beschrieben. Hauptsächlich kommt sie bei kleinen Kindern und hysterischen Charakteren vor. Sie denken sich Geschichten aus und glauben sie, je öfter sie sie erzählen. Im Grunde sind wir alle nicht frei davon. Es ist eine Art Revanche an denen, die uns nicht für erwachsen genug halten, die ganze Wahrheit zu hören. Eine Reaktion auf unser Minderwertigkeitsgefühl, wenn Sie so wollen. Wer schauspielerisch begabt ist – nehmen Sie Herrn Hitler –, kann nicht nur sich selbst, sondern auch andere von seinen Märchen überzeugen. Als Gutachter in Notzuchtprozessen hatte ich manchen Ärger damit.«

Frau Farel drückte die rechte Wange heraus, als rollte sie eine Veilchenpastille im Mund.

»Steht Ihnen die junge Dame irgendwie nahe?«

»Durchaus nicht«, schwindelte Marketa.

»Ich schaue sie mir genau an, wenn Sie es wünschen.«

»Damit möchte ich Sie nicht behelligen.«

»Nach dem, was Sie erzählt haben, vermute ich eine Person mit überdurchschnittlicher Phantasie. Vielleicht sogar eine Hochstaplerin.«

»Das scheidet aus«, sagte Marketa kategorisch.

»Halten Sie es für möglich, daß ihre Erzählungen die Kompensation einer Enttäuschung sind?«

»Ja«, sagte Marketa. »Das könnte sein.«

»Wie alt ist sie?«

»Zwanzig.«

»Oh, dann liegt es auf der Hand!« rief Dr. Kavalár. »Besorgen Sie ihr einen Mann, und zwar den passenden, und Sie werden sehen.«

»Ich trinke doch noch ein Bier«, sagte Marketa.

Als sie in ihre Wohnung zurückgekehrt war, suchte sie zuerst ihren Muff. Danach setzte sie sich vor den Ofen und blickte so lange auf die leuchtende Glimmerklappe, bis die andringende Wärme den Geruch von Mottenkugeln aus dem Waschbärpelz hob. Marketa mußte niesen. Das macht den Kopf frei, dachte sie und krampfte die Zehen in den Stiefeletten. Es schien noch zu früh, sich schlafen zu legen. Seit Farels Tod kam ihr das Schlafzimmer wie eine Folterkammer vor, und in freimütigen Stunden wie dieser gestand sie sich, daß es zu seinen Lebzeiten nicht anders gewesen war. Nur hatte es damals eine atmende Schulter gegeben, die man anrühren konnte, wenn die Gespenster ihre trockenen Gesichter über das Fußende erhoben.

Es ist eindeutig, summierte sie, und da sich ihre Selbstachtung in schwierigen Situationen meist darauf stützte, daß sie vorgab, ein bißchen großherziger zu sein, als sie tatsächlich war, kam sie zu dem Entschluß, Christine ihre Freundschaft und ihr Vertrauen anzutragen, bevor es zu einer Katastrophe kam. Die jungen Leute wurden nicht vor Mitte nächsten Monats aus Italien erwartet, deshalb meinte sie, sich Zeit lassen zu dürfen, und fuhr zu ihrer Kusine nach Karlsbad.

Am fünfzehnten Juni, dem Veitstag, war sie wie üblich bei ihrem Schwager zu Gast. Als er sich mit einigem Tadel in der Stimme danach erkundigte, warum Marketa noch nicht bei seiner Schwiegertochter gewesen sei, erfuhr sie zu ihrer Überraschung, daß Jan und Christine schon vor mehr als zwei Wochen die neue Wohnung bezogen hatten.

»Tina ist etwas bettlägerig«, sagte Bohuslav.

Marketa kürzte ihren Besuch ab. Sie hatte einen Vorsatz, aber keinen Plan, und wollte sie Erfolg haben, mußte sie es auf eine günstige Gelegenheit ankommen lassen. Als sie bei den jungen Amerys klingelte und statt von dem Dienstmädchen von Sophie hereingebeten wurde, befürchtete sie, daß die Partie schon verloren war.

Sophie küßte Tante Marketa auf beide Wangen, nahm ihr den Mantel ab und führte sie in den Salon. »Wir dürfen nicht zu laut sprechen«, sagte sie. »Tina schläft.«

»Ist kein Mädchen da?« fragte Marketa.

»Es hat Ausgang.«

»Am Montag?«

»Wegen des Feiertags«, erklärte Sophie. »Aber einen Kaffee kann ich kochen.«

»Nein, laß das!« sagte Marketa. »Seit wann schminkst du dich?«

»Ich habe nur Tinas Lippenstift ausprobiert«, antwortete Sophie, ohne rot zu werden, und plazierte Frau Farel in einen Sessel.

»Sie hat ihn in Venedig gekauft, zu ihrem neuen Haar. Ach, das weißt du ja gar nicht«, plauderte sie weiter. »Jetzt wächst das blonde leider wieder nach.«

»Deswegen liegt sie ja wohl nicht im Bett«, knurrte Marketa und wippte sich auf dem Sessel zurecht.

»Oh, nein!« seufzte Sophie und drehte den Kopf zum Fenster, als suchte sie nach einem gleichgestimmten Ausdruck für ihr Gesicht.

»Erzähle.«

Sophie blickte Frau Farel an, und alle Aufgeregtheit, die in den vergangenen Wochen ihre Augen entweder verzückt oder niedergeschlagen hatte scheinen lassen, war weggewischt. Ruhig legte sie die bräunlichen Hände in den Schoß und nickte, ehe sie zur sprechen begann; wie um sich zu bestätigen, daß sie nichts als eine kurze und traurige Wahrheit mitzuteilen hatte. Das Kind hat was von einem Engel, dachte Marketa und zog, um nicht beeindruckt zu werden, ihren Rocksaum an die Knöchel.

»Es ist eine . . . Soll ichs dir wirklich erklären?«

»Ich bitte darum«, sagte Marketa.

»Eine Salpingitis. Du weißt, was das bedeutet.«

»Ja«, sagte Marketa nicht ganz fest, aber doch deutlich genug, um sich Details zu ersparen. Sie war in dem Glauben aufgewachsen, daß Frauen eines bestimmten Standes alle diese Unaussprechlichkeiten irgendwie nicht besäßen, und sie staunte, wie sie zum erstenmal in ihrem Leben ein solches Wort mitanhörte, ohne daß ihr schlecht wurde.

»Es tut ihr weh, und sie fiebert«, sagte Sophie. »Gestern abend hatte sie neununddreißig-zwei.«

»Warst du hier?« fragte Marketa.

»Ich bin immer da«, antwortete Sophie. »Tina will keine Krankenschwester um sich, und das Mädchen hat genug mit dem

Haushalt zu tun. Manchmal bleibe ich auch über Nacht.« Sie lächelte. »Ich bin die einzige von uns dreien, die nichts gelernt hat. Du meinst, ich kann singen? Das ist vorbei. Ich wechsle jetzt nur noch die Wickel, und ich will auch nichts weiter.«

»Und Jan?«

»Jan?« fragte Sophie zurück und faßte sich an den Hals, um die Kette zurechtzuziehen. »Er kümmert sich um das Geschäft und ist froh, daß ich hier bin.«

»Vielleicht können wir uns ein bißchen ablösen?« schlug Marketa vor und rechnete mit Sophies Weigerung.

»Oh, das ist lieb von dir! Wir werden Tina fragen, wenn sie aufwacht, ja?«

Während Sophie in die Küche ging, um Kaffee zu kochen, dachte Frau Farel darüber nach, ob sie sich geirrt hatte. Nein, nein, sie blieb bei ihrem Verdacht. Der Starrsinn ist das Vorrecht meines Alters, und schon gar, wenn ich niemandem damit zur Last falle. Sophies Nächstenliebe werde ich so lange für Windbeutelei halten, bis ... bis wann eigentlich? Bis wir alle in der Schokolade sitzen?

Sie erinnerte sich dieser Wendung des Rittmeisters Farel mit einigem Grausen. Er hatte sie am Tage vor seiner Reaktivierung gebraucht. Nein. Nicht viel Federlesens. Sie erhob sich und ging in den Korridor. Sie hatte die Wohnung vor zwei Monaten besichtigt und kannte sich aus. Sie wußte sogar, daß die Wände des Schlafzimmers mit meergrüner Seide bespannt waren. »Hier möchte man eher schwimmen«, hatte sie damals zu Bohuslav gesagt.

Sie klopfte leise an die Tür und drückte die Klinke, als keine Antwort kam. Sophie saß bei Christine und legte ihr einen Umschlag auf die Stirn. Sie lächelte Frau Farel entgegen und sagte: »Tina ist gerade aufgewacht.« Und das hast du in der Küche gehört, dachte Marketa und trat an das Bett. Die Kranke wollte sich aufstützen, aber Marketa drückte sie sanft auf das Kissen zurück. Sie erwartete nicht, daß Sophie das Zimmer verließ, aber die selbstverständliche Art, mit der sich die ›kleine Nichte‹ auf das Nachbarbett setzte, ärgerte sie. Christine nahm den Umschlag von der Stirn, lächelte erschöpft und überließ das Gespräch Frau Farel und ihrer Schwester. Nur ab und zu griff sie in ihr braunrotes Haar, das über den Wurzeln farblos zu werden begann. Nach ein paar Minuten bat sie: »Trinkt euren Kaffee bei mir hier, ja?«

Als Sophie hinausgegangen war, beugte sich Marketa über Christine und wischte ihr mit einem Tuch das Gesicht ab. »Ich möchte dir etwas gestehen«, sagte sie schnell, als gäbe es keine Zeit zu verlieren. »Ich war dagegen, daß du Jan heiratest, aber heute, meine Liebe, bin ich froh, daß du zu uns gehörst. Nicht, weil es ein fait accompli ist, sondern weil ich dich gern habe. Ich bitte dich um Verzeihung wegen meines Mißtrauens.« Christine schloß die Augen, und als sie die Lider wieder anhob, verzog sich ihr Mund, als stemmte sie eine Zentnerlast gegen die Jochbeine.

»Ich möchte dir helfen. Um es genau zu sagen: ich möchte alles das erledigen, was deine Schwester jetzt für dich tut. Bitte, schlag es nicht ab! Ich bin ein altes Weib. Ich kenne mich mit Krankheiten aus. Farel hatte Hämorrhoiden. Er trug eine Gummihose im Bett. Du bist der erste Mensch, dem ich das sage. Außerdem war er ein Säufer. Ich bitte dich, überlege es dir!«

»Wir werden Jan fragen«, flüsterte Christine.

»Nein, du mußt es wollen«, sagte Marketa. »Ich weiß nicht, wie ich es dir beweisen soll, daß ich es ehrlich meine. Möchtest du, daß ich dir meine Ohrringe schenke? Die mit den Brillanten? Ich weiß, daß sie dir gefallen, obwohl sie nicht so wertvoll sind, wie sie aussehen, und dein Mann dir bessere kaufen kann. Ich bringe sie dir.«

Christine bewegte nur schwach den Kopf.

»Ich habe noch einen kleinen Garten auf der Hanspaulka, von dem nicht einmal dein Schwiegervater etwas weiß. Nur eine Laube steht darauf, ein paar wilde Kirschen und Holunder, sonst nichts. Es ist ein bißchen windig dort oben, aber man kann sehr schön auf die Burg sehen. Willst du ihn?«

»Nein«, sagte Christine laut, und im gleichen Atemzug bat sie: »Aber komm, Tante Marketa, und bleib bei mir!«

Als Sophie mit dem Kaffee kam, schien alles geregelt, doch Marketa hielt es für geraten, die Zustimmung Jans einzuholen. Die Zeit bis zu seinem Eintreffen verstrich schnell, zumal am späteren Nachmittag der behandelnde Arzt vorbeischaute, mit dem sie sich nach der Untersuchung in den Salon setzte, während Sophie zur Apotheke lief, um das Rezept einzulösen. Dr. Jedlitschka, ein kahlköpfiger und dadurch wesentlich älter wirkender Herr in den Vierzigern, war anfänglich sehr reserviert, doch nachdem ihm Frau Farel ihr Verhältnis zu der Patientin erklärt hatte, machte er aus seiner Sorge kein Hehl. Wie die meisten Ärzte verzichtete oder vergaß er darauf, seine Fachausdrücke zu übersetzen, doch Marketa hielt ihn eher für nobel als für blasiert. Immerhin verstand sie soviel, daß es sich nicht nur um eine Entzündung handelte, sondern daß eine anscheinend seelisch, er sagte ›psychogen‹, bedingte Störung hinzugetreten war, die auf die ›vasomotorische Sphäre‹ überzuspringen drohte und zu einer Art Muskelstarre führen mußte.

»Mein Gott«, sagte sie, schenkte ihm Sherry nach und folgte seinen Erklärungen mit gesteigerter Aufmerksamkeit, das heißt, mit aufgeblasenen Backen.

»Wenn ich zu etwas raten darf«, meinte Dr. Jedlitschka und nippte zwischendurch an seinem Glas, »so entweder zu einer Befestigung oder zu einer Änderung des Milieus.«

»Sie sind ein guter Arzt«, antwortete Frau Farel. »Ich bin für Befestigung.«

Als sie ihn zur Tür brachte, erschien Sophie mit dem Medikament, und bald darauf hörte Marketa auch Jans Stimme im Korridor. Er ging zuerst zu seiner Frau, und als er in den Salon trat, wußte er bereits Bescheid. Er küßte Marketa die Hand und setzte sich ihr gegenüber auf das Kanapee, unter das ›schiefe Dorf‹, ausgerechnet unter jenes Bild, um das sie wegen seiner farbenschreienden Banalität immer einen Bogen machte. Unter dem Pergamentschirm der Stehlampe erschien sein blondes Haar silbergrau. Es kleidet ihn, dachte sie. Es wird ihm gut stehen, eines Tages, und sie mußte sich zwingen, ihm nicht die Schläfen zu streicheln. Er trug seinen Geschäftsanzug, einen dunklen, sehr korrekten Kammgarnzweireiher, dessen bräunlicher Faden nur denen sichtbar wurde, die Amery näher als eine Armlänge kamen. Davon gab es nicht viele; Marketa hatte es erlebt. Obwohl sie Christine duzte, war es zwischen Jan und ihr beim ›Sie‹ geblieben, und wenn sie in Gegenwart seiner Frau deutsch mit ihm sprach, vermied sie die direkte Anrede.

Allein mit ihm, und tschechisch, hatte Marketa bei jedem ›Sie‹, das von ihm oder ihr gebraucht wurde, aber wieder das sichere Gefühl von Heimeligkeit, so als räkelte sie sich in einem alten Lehnstuhl, mit dessen Gebrechen sie so vertraut war, daß sie sich ihnen lieber anpaßte, statt sie ausbessern zu lassen.

»Warum machen Sie sich's nicht bequem?« fragte sie.

»Ich bringe Sophie noch nach Hause«, sagte er. »Möchten Sie schon heute hier übernachten? Nein? Dann schicke ich Ihnen morgen einen Wagen in die Thungasse«, sagte Jan. »Gegen elf. Der Fahrer wird Ihr Gepäck von der Schloßstiege heruntertragen. Ist Ihnen das recht?«

»Ja«, antwortete Marketa. »Die Frage ist nur, ob es Ihnen recht ist, Jan.«

Er blickte mit halboffenem Mund an ihr vorbei zum Fenster und zog die Lippen ein, ohne den Mund zu schließen. Er wirkte wie ein schlecht vorbereiteter Gymnasiast bei einem Klassenaufsatz. Plötzlich rückte er ein Stück vor und sagte leise, ohne Marketa anzusehen: »Ich kann Ihnen gar nicht sagen, wie sehr ich mich darüber freue.«

»Was ist los mit Ihnen, Jan?«

»Ich weiß es nicht«, sagte er schnell, als hätte er diese Frage erwartet. »Ob Sie es mir glauben oder nicht . . .« Er sah zur Tür, als könnte er sich auf diese Weise vergewissern, daß ihnen niemand zuhörte.

»Es kommt mir manchmal so vor, als ob ich ein Narr sei. Ich ahne, was Sie sagen wollen: Wir sind es mehr oder weniger alle. Wenn Sie erlauben, setzen wir uns dort hinüber!« bat er, wechselte mit ihr in den halbdunklen Erker und schob zwei Sessel so zueinander, daß sie auf den abendlichen Karlsplatz hinunterschauen konnten, ohne sich anblicken zu müssen. »Ich rede nicht von unserer Lebensart«, fuhr er fort, »nicht von unserer Kultur. Obwohl es überall knistert und knackst, stehen wir ja noch immer ziemlich sicher auf dem Parkett.« Er lachte aus der Kehle und blieb dann still, doch Marketa hütete sich, ihn zu unterbrechen. »Es ist also gar kein Pessimismus, verstehen Sie? Ich weiß, wohin ich gehöre. Es sind nicht einmal Zweifel am Sinn und Fortbestand aller dieser Unsäglichkeiten, wie Schutzimpfung, Kunsthonig, Völkerfrühling, Bakelit – oder die beiden Bären des Präsidenten der Republik im königlichen Burggarten. Nein, ich sage Ihnen, Tante Marketa, daran liegt es nicht. Ich spüre etwas in mir selber, ohne daß ich es vor den Hintergrund der allgemeinen Geschmacklosigkeit halten müßte. Es ist wie ein Brausen in den Ohren. Als hätte ich statt des Gehirns eine Triton-Muschel im Schädel, die mir unentwegt eine Brandung vorrauscht. Ich merke, ich spreche zu glatt, als daß Sie mich ernst nehmen könnten. Das macht der ›Koofmich‹, würde Tina sagen, der Umgang mit Grossisten und Zwischenhändlern. Vielleicht ist es auch die Erziehung – oder Wien. Ich habe dieselben Schwierigkeiten, wenn ich beichte. Für den Strahover Prior bekenne ich meine Sünden viel zu elegant, um sie wirklich zu bereuen. Er hat nur nicht den Mut, es mir zu sagen.«

Frau Farel fühlte seinen Blick, doch sie sah nach wie vor auf den Karlsplatz hinaus.

»Soll ich etwa stottern oder lallen, damit man mir glaubt?«

»Warum nicht?« fragte Marketa zurück. »Alles zu seiner Zeit.«

»Ich bin kein Derwisch«, brummte Amery.

»Sie sind überarbeitet«, sagte Marketa und wollte nach seiner Hand greifen, doch er nahm sie von der Lehne und klemmte ein Blatt des Gummibaums zwischen seine Finger.

»Das gibt es nicht«, sagte er. »Wer zuviel arbeitet, wird müde.«

»Vielleicht sollten Sie . . .«, begann Marketa.

»Ja, sprechen Sie weiter!« drängte er.

»Vielleicht sollten Sie einmal alles vergessen, was man Ihnen beigebracht hat«, riet Marketa, »Ihre Haltung, Ihre Manieren, diesen ganzen Firnis, den man über Sie gezogen hat, damit Sie sich von keinem Advokaten, Bankier oder Botschafter unterscheiden. Ich glaube, Ihre Frau würde sich freuen.«

»Die Theorie der Seligkeit«, sagte Jan leise und ließ das Blatt los.

»Was meinen Sie?«

»Nichts«, sagte er, »nur eine Erinnerung.«

»Sie verbergen etwas?«

»Ich bin nicht sicher, ob Sie es vertragen«, antwortete Jan.

Marketa fühlte ihr Herz im Hals, und sie hätte es, trotz ihrer

Teilnahme an Jans Schicksal, gern gesehen, wenn ein Blumentopf von der Étagère gestürzt oder der Sessel unter ihr zusammengebrochen wäre.

»Ich . . . ich glaube, ich . . .«, begann er.

»Oh, Sie stottern ja«, sagte Marketa mit einem verzweifelten Lächeln.

Jan gab sich einen Ruck und sagte: »Ich glaube nicht, daß ich wirklich lieben kann.«

Marketa ließ ihm Zeit zur Fortsetzung, doch nach einer Weile war sie gewiß, daß nichts folgen würde. Sie fühlte sich erleichtert, aber zugleich auch ähnlich düpiert wie unlängst, als sie geglaubt hatte, in den Expreß gestiegen zu sein, und nach einigen Minuten erkennen mußte, daß der Zug sogar in Hostivice hielt.

»Oh, mein Junge«, sagte sie.

»Möchten Sie ein Bier?« fragte Jan kalt.

»Seien Sie nicht verletzt«, bat Marketa. »Wir werden in den nächsten Tagen Zeit genug haben, darüber zu reden. Nur eines jetzt schon: wer so davon spricht, daß er nicht lieben kann, ist auf dem besten Weg, es zu lernen. Holen Sie mir vielleicht doch ein Bier, bitte, und dann setzen Sie mich beim Denis-Denkmal ab, wenn Sie Sophie nach Hause bringen.«

Eine Stunde später stieg Marketa am Kleinseitner Ring aus dem Auto, und Amery fuhr mit Sophie die Chotek-Chaussee hinauf.

»Wir könnten noch ein bißchen spazieren gehn«, sagte Sophie, als sie über die Bastei fuhren. Amery bremste und hielt an, stellte den Motor jedoch nicht ab. »Ich möchte nur einmal die Rolltreppe hinunter und wieder herauf fahren«, bat sie. »Ich war vierzehn Tage lang bei euch eingesperrt, und es ist so warm heute.« Sie kurbelte das Fenster herunter, als müßte sie es beweisen.

»Das Mädchen kommt kaum vor zehn«, gab Amery zu bedenken, »und Tina ist allein.«

»Sie schläft«, sagte Sophie.

»Es tut mir leid. Aber heute geht es nicht.«

»Dann fahr doch!« platzte Sophie heraus. »Aber fahr schnell!«

»Habe ich dich gekränkt?«

»Nein, fahr, fahr!« rief sie und ließ das Fenster offen, während er den Wagen durch die Badenigasse und die Belcredi-Allee steuerte.

»Das ist nicht gut für deinen Hals«, warnte er sie, doch sie hörte nicht auf ihn.

Vor ihrem Haus gab sie ihm die Hand und sagte: »Auf Wiedersehen, Herr von Sternberg.«

Amery hatte vorgehabt, sich für ihre Hilfe zu bedanken, stutzte aber wegen dieser Anrede.

»Was soll das?« fragte er, ohne ihre Hand loszulassen.

»Du bist doch der Herr von Sternberg, oder?«

»Mir sind die Verhältnisse des Herrn von Sternberg zu wenig bekannt, um zu wissen, ob ich ›Gottseidank nicht‹ oder ›leider nicht‹ sagen soll.«

»Aber du wirst es einmal sein«, sagte Sophie lächelnd und zeigte die kleine Lücke zwischen ihren Schneidezähnen.

»Herr von Sternberg?« fragte Amery und fühlte wieder das Rauschen in den Ohren, von dem er Tante Marketa erzählt hatte.

»Du weißt es nur noch nicht«, sagte Sophie, entzog ihm ihre Hand und ging schnell auf den beleuchteten Eingang zu.

3   Fräulein Siebenschein

Zum Staatsempfang am achtundzwanzigsten Oktober schickte die Präsidialkanzlei Herrn Jan Amery eine unerwartete Einladung, die er sich damit erklärte, daß er im Sommer zum stellvertretenden Vorsitzenden der Handelskammer gewählt worden war. Persönlich betrachtet, hielt er es für langweilig und, geschäftlich gesehen, für sinnlos, zwei Stunden lang zwischen Leuten zu stehen, die ihm so gleichgültig waren, daß er sie nicht einmal bedauern konnte. Doch Bohuslav Amery, der seinerzeit solchen Ehren meist aus dem Wege gegangen war, bewog ihn zur Annahme: unter den veränderten Bedingungen, lächelte er, bekäme es dem Hause gut, wenn es sich nicht nur bei den Zbraslaver Autorennen und den Redouten der Produktenbörse, sondern auch auf den Banketten der Regierung vertreten ließe.

Schon vor Wochen hatte der Alte deshalb einen Freund angerufen; der Freund wiederum hatte mit einem Bekannten gesprochen, und dieser Bekannte war kein anderer als der Protokollchef des Präsidenten gewesen. Schließlich betrieb man nicht über fünfzig Jahre hinweg den größten Prager Porzellanladen, ohne an der losen Kumpanei teilzuhaben, die dem Laien immer als Komplott, dem Eingeweihten dagegen als die niederste und zugleich bequemste Form der Geselligkeit erschien: unfraglich war es anstrengender, mit jemandem zu frühstücken, Tee zu trinken oder gar zu tanzen, als ihm per Telefon eine Jagdkonzession, einen Verwaltungsposten oder die Kandidatur auf einen Parlamentssitz zu verschaffen.

Als Christine erfuhr, daß sie am folgenden Mittwoch dem Präsidenten vorgestellt werden sollte, klatschte sie in die Hände. Ihr Zustand hatte sich seit dem Sommer wesentlich gebessert, die Anfälle waren nicht nur weniger schmerzhaft, sondern auch seltener geworden, und Tante Marketa kommandierte den Tagesablauf in so unmerklicher Weise, daß Amery die Anpassung kaum bemerkte. Anscheinend war es ihm sogar entgangen, wie dem Küchenzettel nach und nach eine Krankenkost aus eingeweichten Keksen, Kartoffelmus und Reisbrei beigemengt wurde. Im Juli hatte man eine erste Spazierfahrt nach Podbaba gewagt, doch in der Hitze des August warf ein leichtes Rezidiv alle Reisepläne über den Haufen. Nun aber, im Oktober, hatte auch Dr. Jedlitschka nichts dagegen, daß Christine an dem Empfang im Spanischen Saal teilnahm. Da man vom Autohalteplatz bis in den zweiten Burghof ein größeres Stück zu Fuß zurücklegen mußte, verlangte er allerdings warme Unterwäsche, Angora-Wolle, wenn möglich. Christine hatte andere Sorgen. Ihre blonden Haare waren mittlerweile den gefärbten bis zu den Ohrläppchen nachgewachsen, doch immer noch hingen die braunen, glanzlosen Spitzen eine Handbreit um den Hals. Sie wollte sich eine Perücke kaufen, aber Tante Marketa riet zu einem gehäkelten und mit schwarzem Tüll unterlegten Haarnetz, das entweder durch einen Einsteckkamm oder, vorteilhafter, durch ein Diadem gehalten werden sollte. Die Frisur wurde gerafft, das Netz gesucht, gekauft und so lange ausprobiert, bis Christine sich entschied, den Wulst am Wirbel mit einer Spange aus böhmischen Granaten zusammenzuhalten und die gleichen Steine auf die Rautenknoten zu setzen, denn Brillanten, meinte Frau Farel, trügen heutzutage nur Parvenüs, bei Perlen sähe man auf weitere Entfernung nicht, ob sie echt seien, und alle diese Halbgewalkten würden Christine schon deshalb anstaunen, weil sie schön und reich genug war, sich das Billigste zu erlauben. Ihr Kleid, eine schwarze auf schmale Träger gearbeitete Atlasrobe, wurde pünktlich am siebenundzwanzigsten Oktober geliefert, aber gegen Abend stellten sich plötzlich so heftige Schmerzen ein, daß der Arzt gerufen werden mußte. Das Fieber stieg in der Nacht auf fast vierzig Grad, und Dr. Jedlitschka gab Amery zu bedenken, daß es an der Zeit sei, die Behandlung stationär fortzusetzen. Von dem Empfang auf der Burg sprach niemand mehr.

Amery war völlig verdutzt, als am Mittag des Achtundzwanzigsten Sophie erschien und ankündigte, ihn an Stelle ihrer Schwester in den Spanischen Saal zu begleiten. Christine, sagte sie, hätte am Morgen angerufen und um diese Gefälligkeit gebeten. Während Jan ihr noch zu erklären versuchte, daß es sich nicht um einen kleinen Anfall, sondern allen Anzeichen nach um eine wirkliche Lebensgefahr handelte, kam das Mädchen und bat beide in das Schlafzimmer.

Tante Marketa war auf die Kleinseite gefahren, um nach ihrem Briefkasten zu sehen. Christine lag allein. Die Temperatur war zurückgegangen. Es stellte sich heraus, daß Sophie tatsächlich die Wahrheit gesagt hatte, doch für Amery wurde die Peinlichkeit nun dadurch noch gesteigert, daß seine Schwägerin es mit derselben Lautstärke ablehnte, ihn zu begleiten, wie seine Frau darauf bestand, und zum erstenmal seit seinen Schuljahren hatte er wieder das lähmende Gefühl, daß es andere waren, die für ihn bestimmten, als wäre er eine Figur, die man beliebig verschieben konnte. Auf dem Frisierhocker dachte er eine Weile darüber nach, doch als er aufstand, hatte Sophie das schwarze Abendkleid ihrer Schwester schon übergezogen und drehte sich, wenngleich immer noch protestierend, vor dem dreiteiligen Spiegel. Christine bat Jan, die Schneiderin herzurufen, was wegen des Feiertags sicher nicht einfach war. Doch er tat es, und seine Stimme klang dringlich genug, die Nähmamsell zum Karlsplatz zu locken. Im Laufe des Nachmittags hörte er Christine und Sophie des öfteren sagen, daß dies alles nur seinetwegen geschehe, doch er mochte es nicht glauben. Etwas Unbegreifliches entwickelte sich vor seinen Augen, die Nachahmung eines Vorganges, der nicht in seiner eigenen Wohnung, nicht einmal in dieser Stadt, sondern in einer unbekannten, sehr entfernten Gegend, vermutlich auf einem anderen Planeten, statthatte. Es bereitete ihm Mühe, Tante Marketa zu verstehen, die am frühen Abend zurückkam und sich freute, daß Sophie ›liebenswürdigerweise in die Bresche sprang‹. Als aber später noch sein Vater anrief, um sich bei Sophie für die ›Aushilfe‹ zu bedanken, glaubte er ernstlich, von lauter Wahnsinnigen umgeben zu sein. Trotzdem rasierte er sich, legte seinen Smoking an und verabschiedete sich danach von Christine und Frau Farel, als hätte er sich eines Besseren besonnen und führe dem Ereignis entgegen, das offensichtlich alle außer ihm für einen enormen Glücksfall hielten.

Sophie strich das Kleid glatt, setzte sich in den Wagen und hängte zwei Finger in den Griff der linken Ausstellscheibe. Es scherte sie nicht, welchen Eindruck sie auf Amery machte. Vielleicht erwartete er, daß sie sich für ihren Leichtsinn schämte oder sogar in letzter Minute vorschlug, auf den Empfang zu verzichten und umzukehren. Sie tat es nicht. Ihm zuliebe wollte sie nur ähnlich müde und blasiert aus dem Fenster blicken wie alle Damen, die um diese Zeit von ihren Männern oder ihren Liebhabern auf die Burg chauffiert wurden.

Sie hatte zwei Monate mit ihrer Mutter und Heinrich auf einem Gut in Schlesien verbracht, in einer grünen, fehlerfreien Welt, in der man das Quietschen einer Türangel für einen Amselpfiff nahm und wo man glaubte, ein Besucher habe angeklopft, wenn die Frühäpfel auf das Dach der Veranda fielen. Sie hatte versucht, mit sich selber ins Reine zu kommen, und war dabei von niemandem gestört worden. Anfangs, besonders in den Nächten, hatte sie geweint, doch eines Sonntags fand sie in einer Geschichte die Wendung vom ›Zoll der Tränen‹. Sie rannte in den nahen Wald, kletterte auf einen versteckten Hochsitz und dachte bis zum Dunkelwerden darüber nach. Trat man durch Tränen wirklich in ein anderes Land? Waren Ängste und Schmerzen nur die Mautstellen, an denen in einer Währung gezahlt wurde, von der die Augen ohnehin überliefen? Warum knirschte ihr Vater mit den Zähnen, wenn im Radio ›Ich hatt' einen Kameraden‹ gespielt wurde, und weshalb ging ihre Mutter aus dem Zimmer, wenn Sophie ›Auf der Lüneburger Heide‹ sang? War das jedesmal ein Wechsel in ein anderes Land? Frau Sellmann hatte sich doch bloß in die Diele gesetzt und die Vorhänge zugezogen. Oder machten Tränen etwa keinen Unterschied zwischen Verlust und Gewinn? Halfen sie nur über die nächste Grenze weg, bis der neue Grund wie nach einem Sommergewitter zu Füßen lag – der Himmel hell und aufgerissen, die Dächer rot, die Bäume unvermischt, die Menschen wie am ersten Tag? ›Und Gott sah alles, was er gemacht hatte, und siehe, es war gut.‹ Kam das Gute auf diese Weise in die Welt, konnte das Böse nur eine Erfindung sein, die man versehentlich durchs Leben schleppte, bis man auch von sich selber Abschied nahm. Wozu dann noch Vorschriften? Warum nicht töten, stehlen, ehebrechen oder lügen? Die Heiden, sagte Paulus, wären sich selber Gesetz, erst am Gesetz lernten sie die Sünde kennen. Wo war das andere Land, in dem ein anderer auf die Berge ging, mit einem anderen Gott zu reden? Sie wünschte sich, daß er herabsteige, mit anderen Tafeln in den Händen. Dies mußte, hoffte sie, so sein, wie wenn sie selber plötzlich aus dem Schatten träte. Als ob sie endlich Feuer an die Rückzugsbrücke legte. Ihr Herz machte einen Sprung, fast daß es aussetzte, doch es setzte nicht aus. Es schlug, und weil es sterben mußte, genoß es ganz den Augenblick.

In der Nacht träumte sie davon, wie sie mit der Fähre vom Steutzer Ufer über die Elbe schwamm. Der Onkel neben dem Pferd wurde wie vor Jahren klein und kleiner, doch flatterten auf einmal tausend Hühner hinter und neben ihm. Der Horizont bedeckte sich mit bunten Italienern, weißen Leghorns und zimtfarbenen Rodeländern. Sie hoben sich in den blassen Himmel, der an den Rändern schon so weiß und körnig wurde wie ein gezuckertes Nikolaschka-Glas. Über dem Tochauer Luch einigten sie sich zu straffen Keilen, flogen nach Süden und zogen dabei von den Inseln, den Buchen und Dämmen, von den Erlen jenseits der Deichkronen, von dem Fensterkreuz des Bootshauses, von den Gesichtern und den Körpern der Frauen, die nach Aken zum Markt fuhren, von dem Fährseil, das sich über den Strom spannte, und von den Planken, auf denen Sophie selber stand, eine dünne durchsichtige Haut ab, als könnten sie den Grund des Daseins offenlegen. Sophie erwachte, sah aber keinen Grund, warum sie hätte weinen sollen. Ein paar Tage lang bewegte sie sich noch auf die gleiche schlafwandlerische Art wie zuvor, bis sie allmählich sicher wurde, wieder mit beiden Beinen auf dem Boden zu stehen. Sie hatte keine Angst mehr davor, sich auf Überlegungen einzulassen, an deren Ende es weder ja noch nein, weder Beweise noch Widersprüche gab. Sie wurde weicher, nachgiebiger, und auf Spaziergängen schloß sie sich gern ihrer Mutter an. Sie träumte noch immer, doch ohne Schrecken, weil der Traum die Wirklichkeit selber war. Dr. Kavalár hätte gesagt: ihre Regungen reichten weiter als die Reflexe auf Objekte. Der Abstand zu allem Leibhaftigen verringerte sich. Sie hörte das Gras wachsen. Die Spannung zwischen der Ferne eines Hügelrands und der Nähe eines Pumpenschwengels litt sie mit und genoß sie zugleich. Die Sicherheit der jungen Schwalben, die wie blind durch die Luken schwirrten, vor der weißen Stallmauer aber plötzlich zurückfederten und ins Nest schlupften, machte ihr Mut. Gegen Ende der Ferien erhielt sie vom ›nordischen‹ Vavra einen Brief, der sich wie das Ergebnis ihres eigenen Nachdenkens las. ›In Zeiten ohne Maßstäbe‹, hatte er geschrieben, ›erscheint das Leben als einziges Kunstwerk von Belang.‹ Zwei Tage darauf war Sophie mit ihrer Mutter und Heinrich über Breslau, Görlitz und Dresden nach Prag zurückgefahren.

Amery parkte in einer Wagenlücke gegenüber dem Schwarzenberg-Palais und half Sophie beim Aussteigen, doch erst als sie an den präsentierenden Posten vorbei in den Ehrenhof gingen, fiel ihm auf, daß sie auch Christines Haarnetz mit den dunkelroten Steinen trug. Eine Doppelkette junger Soldaten in italienischen, russischen und französischen Legionärsuniformen wies die Richtung zum Spanischen Saal, vor dessen Zugang zivile Bedienstete die Einladungskarten in Empfang nahmen.

Vor den verhängten Fenstern zum Hirschgraben stand ein kaltes Buffet, dem die blauen, weißen und roten Hortensien-Arrangements etwas Gerüstetes und Aufgebahrtes gaben, so als müßten sich beim Abspielen der Staatshymne die weißen Flügeltüren öffnen und dem Katafalk aus Lachsschnitten, Forellenfilets, Fasanenhappen, poschierten Eiern und Käsewürfeln den Weg zur Verbrennung freimachen.

Die Gäste unter den tiefhängenden Leuchten und vor den riesigen Spiegeln waren diese Dekoration von den früheren Festen im Wladislaw-Saal entweder gewöhnt oder schienen von ihrem eigenen Glanz und der renovierten Pracht der Rudolfinischen Galerie so beeindruckt, daß ihre Gesichter nur die Bereitschaft zeigten, an diesem Abend zu jedermann freundlich zu sein. Amery entdeckte Bekannte, grüßte und wurde wiedergegrüßt, doch ehe es zu Gesprächen kam, schwang die Mitteltür auf, und der Präsident, gefolgt von dem Ministerpräsidenten und einigen Mitgliedern des Kabinetts, betrat den Raum. Sein Einzug wäre, da er von kleiner Statur war, vielleicht unbemerkt geblieben, hätte das Orchester nicht im gleichen Augenblick ›Wo ist mein Heimatland‹ intoniert. Auch während seiner kurzen Ansprache gelang es Sophie nicht, ihn zu sehen. Stattdessen erblickte sie einen Herrn, der ihrem Sprachlehrer so ähnelte, daß sie eine Zeitlang glaubte, es wäre Vavra selbst. Er mußte gefühlt haben, wie sie ihn anstarrte, denn nach den Hochrufen auf die Republik kam er in Begleitung eines Kellners auf sie zu, reichte ihr und Amery ein Champagnerglas und stellte sich ihr als ›römischer‹, als Bruder des ›nordischen‹ Vavra vor. Er war mächtiger als der Edda-Übersetzer, hatte breite, durch das ausgepolsterte Smokingjackett geradezu gewaltige Schultern, gab sich anfänglich aber so zurückhaltend und gesprächsbereit zugleich, daß die Verwandtschaft nicht zu leugnen war. Amery hatte keine Einwände, als Vavra darum bat, das gnädige Fräulein ans Buffet führen zu dürfen, und mit Sophie im Gewühl der Geladenen verschwand. Er war ihm sogar dankbar. Die wortlose Anfahrt zu Burg und der Anblick dieser patriotischen Versammlung hatte sein Befinden nicht gebessert. Als er daher unter den stuckierten Zitronen einer Barockvolute einen einsamen Wiener Studienkollegen entdeckte, winkte er mit den Augen zwei Gläser herbei und stellte sich zu ihm.

»Sie müssen sich hüten, alles wörtlich zu nehmen, was Sie hören«, sagte der ›römische‹ Vavra, nachdem er Sophie mit Rehrücken und Preißelbeeren versorgt hatte. »Dreiviertel dessen, was hier geredet wird, ist sowieso überflüssig. Auf der Burg ist es wie auf Delos, zu Sokrates Zeiten. Sie kennen doch Delos? Alles ist tabu, niemand darf geboren werden, keiner soll sterben, und klappt doch mal einer den Parapluie zu, kommt er auf den Ehrenfriedhof, auch wenn er vorher, wie unser lieber Neruda, geschworen hat: ›Wenn ich einst sterbe, Freunde, begrabt mich irgendwo im dunklen Wald!‹ Nichts da! Auf den Wyschehrad mit ihm! Aber lassen Sie sich's schmecken! Bei meinem Bruder habe ich übrigens Ihre Fotografie gesehen, und bei Ihrem Konzert war ich auch.«

Als Sophie den Teller abgesetzt hatte, führte Vavra sie zu einer der Gruppen, die wie kleine, scheinbar unzugängliche Cercles im Saal standen, sich bei seinem Erscheinen aber zwanglos öffneten.

»Wie ich aus Wladiwostok gekommen bin«, erzählte ein weißhaariger Herr mit volltönender Stimme, »habe ich meine Frau gefragt: Und was habt ihr so gemacht den ganzen Krieg? Buchteln, hat sie gesagt. Quarkbuchteln haben wir gemacht!«

»Ein ehemaliger Legionär«, flüsterte Vavra.

»Da bin ich in die Maislova gegangen, zu einer Hexe«, fuhr der weißhaarige Herr fort. »Ich mußte einen Kaffee trinken, einen guten Kaffee übrigens, alle Achtung, und die Tasse umkippen. Zwischendurch hat sie mir aus der Hand gelesen. ›Sie werden einen hohen Posten bekommen.‹ Na, ja. Ich bin Präsident der Krankenkasse geworden. Danach hat sie die Tasse wieder umgedreht, und ich habe – so wahr ich hier stehe! – neun Buchstaben im Kaffeesatz gelesen: N-A-M-L-E-N-T-O-O! Ich weiß bis heute nicht, was sie bedeuten!« Er blickte seine Zuhörer herausfordernd an, und alle, auch Sophie und Vavra, lachten. »Ich habe es Masaryk erzählt, aber er wußte es auch nicht!« rief er und hob sein Glas. »Es lebe die Republik!«

Vavra zog Sophie weiter, da er ihre Verlegenheit zu spüren schien. »Möchten Sie noch etwas essen?« erkundigte er sich.

»Nein, danke«, antwortete sie und fühlte, wie sich die Blicke einiger Herren auf sie richteten.

»Das ist die Literatur«, erklärte Vavra. »Davon rate ich ab.«

»Warum?« fragte sie erstaunt, legte die Hand in seinen Arm und drängte ihn in die gewünschte Richtung.

»Sie befinden sich in der für alle Oppositionellen typischen Situation«, sagte ein schnauzbärtiger Herr zu dem einzigen Gast mit einer schreiend roten Krawatte.

»Nämlich? Nämlich?« fragte der Angesprochene.

»Um gewisse Aussichten auf durchschlagenden Erfolg zu haben, müssen Sie hoffen, daß sich die Verhältnisse verschlechtern.«

»Ist das eigentlich noch vorstellbar?« fragte der Herr mit der roten Krawatte. »Und von welchen Verhältnissen reden Sie überhaupt? Meinen Sie die Reviere in Ostrau, die Skodawerke, die Poldi-Hütte, die Brünner Waffenfabrik, oder denken Sie an die Verhältnisse in den Büros der Herren Petschek und Lustig und Rothschild?«

»Ich hatte Sie gewarnt«, sagte der ›römische‹ Vavra leise, doch Sophie wollte nicht weitergehen.

»Was haben Sie gegen Lustig?« fragte der bärtige Herr. »Soviel ich weiß, subventioniert er sogar Ihr Theater.«

»Da irren Sie sich aber gewaltig!«

»Ach, die berühmten Arbeitergroschen«, raunzte der Bärtige und drehte sich ab.

»Also, bitte«, sagte Vavra und reichte Sophie einen Champagnerkelch. Sie trank ihn auf einen Zug aus, um das Glas loszuwerden.

»Haben Sie alles verstanden?« fragte Vavra. Sie nickte. »Ja, mein Bruder ist ein vorzüglicher Lehrer«, sprach er weiter. »Möchten Sie auch die Geistlichkeit kennenlernen?«

»Ja, alle«, sagte Sophie und spürte, wie ihr der Wein zu Kopf stieg. »Wie kommt es, daß alle Leute Sie kennen?« fragte sie, während sie sich langsam auf die Saalecke in der Nähe des Orchesters zubewegten.

»Ich weiß es nicht«, sagte Vavra lächelnd. »Früher folgte auf einen Marius ein Sulla, heute auf einen Schafskopf ein Neurotiker. Wahrscheinlich halten mich die meisten für ein österreichisches Relikt, und da sich alle Republikaner nach nichts so

235

sehr wie nach einem Kaiser sehnen ...« Vavra ließ den Gedanken in der Schwebe, machte die Herren mit Sophie bekannt und nahm nach einer Pause an ihrer Unterhaltung teil, als ob er es gewesen wäre, der sie begonnen und das Thema bestimmt hätte. Seine flüssige Art, über Gegenstände zu reden, die ihm sicher nicht neu waren, aber doch unvermutet angeboten wurden, verwirrten Sophie. »Man darf nur dem Stärkeren verzeihen, nur dem Stärkeren!« rief er und legte seinen Arm um den schmalen Rücken eines Pastors der Brüdergemeinde. »Die Elbe, wissen Sie«, sagte er, nachdem es ihm gelungen war, einem Disput über die Verflechtung des päpstlichen Nuntius in die Politik der Zentrumspartei aus dem Wege zu gehen, »die Elbe ist doch nur ein Nebenfluß der Moldau. Sollten wir nicht glücklich sein, wenn die Kinder der Moldau an ihren Heimatstrom zurückkehren?« Er hob Sophie sein Glas entgegen, und sie mußte mit ihm und den anderen anstoßen. Als sie sich nach einem Tablett umblickte, sah sie einen kleinen Herrn hinter sich, dessen Gesicht ihr bekannt vorkam.

»Ich bin leider nicht der Kellner«, scherzte er, nahm ihr das Glas ab und reichte es einem Offizier. »Ich habe ein bißchen gelauscht. Das ist unartig, aber die Überwachung der schönsten Damen überlasse ich nicht dem Geheimdienst, sondern übernehme sie selbst.«

»Herr Präsident«, flüsterte Sophie und schwankte einen Augenblick, ob sie vor ihm knicksen oder die Hand ausstrecken sollte. Doch der ›römische‹ Vavra sprang ein, stellte Sophie vor und erklärte, daß sie in Vertretung ihrer erkrankten Schwester an dem Empfang teilnähme.

»Wo ist dieser Herr Amery?« fragte der Präsident. »Wenn wir schon unser Geschirr von ihm beziehen, kann er uns wenigstens ›Guten Abend‹ sagen.«

»Kommen Sie«, bat Sophie. »Wir suchen ihn gemeinsam.«

Der Präsident machte das gleiche Gesicht wie Charlie Chaplin, wenn ihm ein Hund, ein Freund oder ein Mädchen davonlief. Sein Mund lächelte, doch seine Augen blickten traurig und verkniffen. Er stand vor Sophie wie ein gutwilliger und zuverlässiger herrschaftlicher Gärtner, der sich partout nicht auf den exotischen Namen eines Strauchs besinnen konnte, den er im

letzten Herbst eigenhändig zwischen Grotte und Orangerie eingepflanzt hatte. Er drückte beide Brauen zugleich herunter und
zwinkerte dabei, wie es die Betrunkenen tun, um sich bessere
Aussichten zu verschaffen. Danach straffte er die spärlich bewachsene Kopfhaut zum Nacken hin und sagte sehr charmant:
»Meine Gnädigste, suchen wir also den Herrn Gemahl.«
»Meinen Schwager«, verbesserte Sophie und blieb an seiner
linken Seite.
»Sie sind keine Pragerin?« fragte er im Weitergehen.
»Nein, ich . . .«
»Lassen Sie mich raten! Sie kommen aus Olmütz. Nein? Iglau.
Auch nicht? Aber sie haben, entschuldigen Sie, einen deutschen
Akzent.«
»Ich bin Deutsche.«
»Aus dem Reich?«
»Ja«, sagte Sophie. »Ist das so schlimm?«
»Hoffentlich fotografiert man uns nicht«, sagte der Präsident.
»Ihnen kann doch deswegen nichts passieren«, sagte Sophie.
»Mir nicht«, lächelte er. »Aber dort vor dem Spiegel steht
Oberst Tschunke und schaut zu uns herüber.«
»Ich verstehe leider gar nichts von Soldaten«, sagte Sophie.
»Er ist der deutsche Militärattaché«, erklärte der Präsident. »Als
ich in Ihrem Alter war, interessierten sich die jungen Damen
nur für Uniformen. Wir Zivilisten, ohne Quasten und Kokarden, hatten damals wenig Glück. Heute scheint es anders zu
sein.« Er blickte Sophie verschmitzt von der Seite an. »Heute
wirft man sich in die Arme der Kirche.« Er blieb stehen, um
einer Gruppe, die ihnen im Wege war, Gelegenheit zu geben,
auseinanderzutreten.
»Das war ein Zufall«, sagte Sophie gegen ihren Willen und als
müßte sie sich dafür entschuldigen, beim Klerus gestanden zu
haben.
»Heinrich – wie hältst du's mit der Religion?« fragte der Präsident leise und auf deutsch, während sie durch den Korridor
gingen, den die Gäste für sie gebildet hatten. Ohne eine Erwiderung abzuwarten, fuhr er auf tschechisch fort: »Mir sagte
einmal ein französischer Freund, ein Katholik übrigens: ›Am
Tage haben wir Prokura, nachts übernimmt der liebe Gott den

Laden wieder selber.‹ Ist das nicht wunderbar?« Er lachte und schien ein wenig verlegen, weil Sophie nicht einmal die Lippen verzog. »Haben Sie meine Aussprache nicht verstanden?« fragte er taktvoll.

»Dort ist er!« sagte Sophie und wippte sich auf die Zehen. »Mein Schwager«, fügte sie hinzu.

Seit der Ansprache des Präsidenten mochte etwas mehr als eine Stunde vergangen sein, doch Amery stand noch immer in der Nähe der Gipszitronen und unterhielt sich mit seinem Wiener Studienkollegen, einem gewissen Danesch, der über den Gewerkschaftsumweg zum Berater des Präsidenten in sozialpolitischen Fragen aufgerückt war. Weder Amery noch Danesch wunderte es, daß sie verschiedene Ansichten hatten, aber ihre gegenseitige Achtung erwies sich als elastisch genug, um sie miteinander auf jene schlagfertige und ironische Weise reden zu lassen, bei der es darauf ankam, die Überlegenheit des eigenen Standpunkts dadurch zu beweisen, daß man sich über ihn mokierte.

Danesch war, was Amery entweder nie gewußt oder inzwischen vergessen hatte, eine Saufeule und bei allen Kellnern so bekannt, daß für prompten Nachschub stets gesorgt wurde. In dem Bewußtsein, daß keine Konversation soviel Champagner brauchte und vertrug wie eben die ihre, leerten sie gemeinsam ein gutes Dutzend Gläser. Etwa beim dritten hatte Amery gemerkt, daß er nicht mehr in Schlucken trank, sondern den Champagner auf einen Zug hinunterstürzte. Zuerst hatte er sich deswegen geärgert, aber als er spürte, mit welcher Leichtigkeit er Danesch zu neuen Finten und Ausfällen verlockte, indem er sich selber scheinbar unwendig und hilflos gab, fand er Gefallen daran und trank weiter. Allmählich geriet er in eine Stimmung, in der sich nicht nur Danesch, sondern die meisten Gäste um ihn herum wie lebendige Anlässe zu Luftsprüngen ausnahmen. Natürlich war er zu diszipliniert und wohl auch noch nicht betrunken genug, um sofort aus der Rolle zu fallen. Doch wie bei bestimmten Dummheiten, die sich damit verantworten, daß sie eigentlich nur begangen wurden, um eines Tages den Kopf über sie zu schütteln (sofern ein Kopf dann noch zur Verfügung steht), beschlich Amery das Gefühl, irgend etwas Heikles riskieren zu müssen, und wäre es nur aus dem Grunde, den Abend nicht in der gleichen Laune zu beenden, in der er ihn begonnen hatte. Als Danesch ihm zuflüsterte, daß sich der Präsident ihnen näherte, sah Amery deshalb keine Ursache, seine Haltung zu ändern. Erst als er Sophies Stimme hörte, wandte er sich um.

»Siehst du«, lächelte Sophie, »jetzt darf ich dich vorstellen.«

Amery machte eine leichte Verbeugung, behielt sein Glas aber so lange in der Rechten, bis ihm das Staatsoberhaupt, nach einem Blick auf Danesch, die Hand reichte. Anscheinend hatte der Präsident ein gutes Gedächtnis, denn er erkundigte sich freundlich und fast besorgt nach dem Befinden des alten Amery.

»Danke, es geht ihm gut«, antwortete Jan höflich, aber unverbindlich.

»Er muß wohl auch schon in den Siebzigern sein ...«, sagte der Präsident.

»Ja, in den Siebzigern«, sagte Jan, nahm sein weißes Tuch aus der Brusttasche und reichte es Sophie. »Ich sehe, du schwitzt«, sagte er.

»Na, das freut mich«, sagte der Präsident mit erhöhter Stimme, als könnte er Amerys Ungeschick durch Lautstärke vergessen machen. »Das freut mich sehr.«

Amery sah Sophies Verlegenheit und schimpfte: »Wisch dir doch endlich die Stirn ab!«

»Ist es wirklich so heiß hier?« fragte der Präsident und blickte zu seinem Adjutanten.

»Oh, ja«, sagte Amery. »Es ist sehr heiß hier, Herr Präsident. Ich brauche eine kleine Abkühlung.« Er wechselte sein Glas wieder in die rechte Hand und hielt es in die Höhe, als müßte er allen beweisen, daß es tatsächlich bis zum Rand gefüllt war. Mit Daumen und Zeigefinger spreizte er zugleich seine Brusttasche auf und goß sich den Champagner in den Smoking.

»Hm«, brummte der Präsident, ohne die Fassung zu verlieren. »Ich hoffe, unser Champagner ist so gut, daß er keine Flecken macht.«

»So exzellent wie Ihre Majonnaise«, sagte Amery. »Vorhin habe ich gesehen, wie sich General Syrový ein Hummerbröt-

chen in die Hosentasche steckte. Also muß die Majonnaise doch
erstklassig sein.«

»Das ist nicht wahr«, mischte sich Danesch ein. »Du hast überhaupt nichts gesehen.«

Amery lachte. »Natürlich ist es nicht wahr. Aber es würde
doch gut hierherpassen, oder?«

Der Präsident neigte sich zu Sophie und sagte auf deutsch:
»Meine Verehrung, gnädiges Fräulein.« Seine Begleiter traten
auseinander, um ihn hindurchzulassen. Mein Gott, was hatte er
auf Empfängen nicht schon alles erlebt, hier, in Paris, in Buka-
rest, in Moskau! Ohne Amery noch eines Satzes zu würdigen,
ging er davon und zog den ›römischen‹ Vavra mit den Augen
mit.

Amery wollte sich bei Danesch entschuldigen, doch Danesch
war verschwunden. Es gab auf einmal sehr viel Platz um ihn
und seine Schwägerin. »Ich bin ganz naß«, flüsterte er, als
dürfte es nur Sophie erfahren. »Ich bin ganz naß.« Er setzte das
Glas ab und drückte die Hand gegen das Herz, als wäre er verwundet.

»Warum hast du das bloß gemacht?« fragte Sophie zwischen
Weinen und Lachen, sah ihn dabei aber an, als ob er einen Orden erhalten hätte.

Jan fiel es plötzlich ein. »Weil ich dich liebe«, sagte er und legte
die Hand an die Stirn.

Sophie steckte ihm das weiße Tuch in die Brusttasche zurück.
»Dann komm«, sagte sie, hängte sich bei ihm ein und führte ihn
hinaus.

Die Garderobenfrauen hinter den Kleiderrechen tranken schon
von dem Kaffee, der im Saal erst eine halbe Stunde später serviert wurde. Amery mußte eine Charge der Burgwache bitten,
Sophies Pelz und seinen Mantel zu holen. Während der Leutnant hinter dem Tresen verschwand, sagte Amery: »Hoffentlich denkt er nicht, ich hab was gegen ihn.«

Sophie stellte sich vor einen Spiegel, steckte die Hände in das
Haarnetz und schob sie so weit unter die Maschen, daß die böhmischen Granaten wie Ringsteine auf den Fingern saßen.

»Ich gehe nochmal rein«, sagte Amery, ohne sich vom Fleck zu
rühren. »Ich muß ihm erklären, wie gleichgültig er mir ist.«

Sophie lächelte zwischen ihren nackten Armen.

»Sonst hätte ich ihm doch das Glas ins Gesicht gekippt!« rief Amery und umarmte sie, ohne daß sie die Hände herunternahm. Sie zitterte, und er war wütend, weil der Offizier so lange brauchte.

»Kennst du die Charvatgasse?« fragte Sophie.

»Ja.«

»Dorthin fahren wir jetzt.«

»Aha«, sagte Amery und wollte noch etwas fragen, aber im selben Augenblick kam der Leutnant mit den Mänteln und ließ sich nicht davon abbringen, Amery und Sophie zu begleiten.

»Kommen Sie aus Wachsamkeit oder Freundlichkeit mit?« fragte Amery und drückte den Zylinder in die Stirn.

»Ich bin heute das erste Mal hier«, erwiderte der Leutnant. »Ich möchte nichts falsch machen.«

»Sie sind Slowake?« fragte Amery.

»Nein, Ruthene.«

»Oh«, lachte Amery, »da schneit es wohl bei Ihnen auch im Winter . . .?«

Der Leutnant gab keine Antwort mehr und ging mit knallenden Stiefeln durch die Burghöfe voraus bis zum Matthias-Tor.

»In einer Stunde beginnt das Feuerwerk«, sagte er zum Abschied. »Sie sollten es sich ansehn.«

»Vielleicht nächstes Jahr«, knurrte Amery und legte die Hand an die Krempe.

»Olga Siebenschein«, sagte Sophie im Auto, nannte noch die Hausnummer und legte den Kopf in seinen Schoß.

Amery fuhr die Nerudagasse hinunter, bog nach rechts in die Karmelitengasse ein und mußte mitten auf der Legionenbrücke halten, weil eine Trachtenkapelle von der Schützeninsel herauf einen Fackelzug quer über die Straße führte. Die Männer in der rechten Reihe schlugen im Vorbeigehen mit der freien Faust auf das Autodach, und von den nachfolgenden Frauen preßten einige ihre Nasen gegen die Scheibe. Als Amery hupte, traten sie gegen die Karosserie. Ein Polizist, Tschako und Revolvertasche im Lauf festhaltend, sprang heran und brüllte durch das geschlossene Fenster, daß dies ein gemeldeter Festmarsch sei und alle Fahrzeuge warten müßten. Amery schaltete das Innenlicht an und zeigte auf Sophie, die noch immer in seinem Schoß lag. Der Polizist steckte sich eine schwarze Signalpfeife zwischen die blaugefrorenen Lippen und räumte die Straße, indem er, die Arme wie ein Trockenschwimmer bewegend, dem Auto vorauslief und bei jedem Stoß einen Triller von sich gab.

Was hat der Kerl eigentlich gesehen? dachte Amery, während er hinter ihm herfuhr und merkte, wie Sophie seinen Mantel aufknöpfte und lachte.

Um auf der Nationalstraße nicht noch einmal ins Gedränge zu kommen, fuhr er noch die Ostrovni- bis zur Wladislawgasse und hielt an der Ecke der Charvatgasse. Sophie hatte einen Hausschlüssel, stieg Amery voraus in die vierte Etage und sperrte dort zwischen zwei Eingängen eine Tür auf, an der eine Visitenkarte mit dem Namen ›Olga Siebenschein‹ und dem Titel ›stud. phil.‹ klebte. Es gab weder einen Flur noch eine Diele. Das Zimmer war kaum breiter als ein Korridor und reichte bis an eine Glastür heran, von der man auf einen Pawlatsch und in die Hinterhöfe der Purkyně- und der Brenntegasse blickte. Das aufgeschlagene Bett, die verschossenen Gardinen, der löchrige Linoleumläufer und der eiserne Ausguß erinnerten Amery an die Smichover Absteige, in die ihn im letzten Kriegsjahr eine Korrespondentin mitgenommen hatte, die für seinen Vater die ungarische Geschäftspost erledigte und deren Mann bei der italienischen Legion gewesen war.

»Wo ist denn dieses Fräulein Siebenschein?« fragte Amery und hängte den Zylinder an den Handtuchhalter.

»Hier«, sagte Sophie und sank in einen halben Hofknicks.

Mit der gleichen Geste wie vorhin an der Garderobe griff sie sich wieder ins Haar, zog aber diesmal das Netz herunter und legte es auf den Tisch. Sie schüttelte das Haar, trat aus den Schuhen und fragte, ohne Amery dabei anzusehen: »Machst du das Licht aus?« Amery hörte im Dunkeln einen Reißverschluß sirren, dann klickte ein Haken, und ein Gummiband schnalzte gegen einen Stuhl. Sophie entkleidete sich mit einer solchen Selbstverständlichkeit, als kletterte sie aus einem verschwitzten Tennisdreß, um unter die Dusche zu gehen. Nur atmete sie anders als zuvor. Beim Einatmen schnappte sie, als hätte sie einen Schnupfen, und beim Ausatmen reichte die Luft für zwei. »Es ist kalt hier«, flüsterte sie und hängte sich plötzlich an Amerys Hals.

In der Nachbarwohnung klatschte jemand in die Hände, als hätte er diesen Sprung gesehen. Es konnten aber genausogut Ohrfeigen sein.

»Ich liebe dich auch«, flüsterte Sophie wie eine verspätete Antwort auf das, was Amery im Spanischen Saal gesagt hatte, umklammerte seinen Nacken und schlug ihre Beine um seine Hüften.

Nebenan begann ein fistelnder Tenor die hussitische Schlachthymne zu singen: »Wer ihr, Gottesstreiter, für seine Gebote seid . . .«, hörte aber nach der ersten Zeile wieder auf.

Amery suchte nach Sophies Mund, griff unter ihre Schenkel und trat mit ihr, ohne sie loszulassen, ans Fenster. Sie klemmte seine Lippen zwischen die Zähne, wand sich an seiner Brust und fing an zu stöhnen.

In einer etwas tieferen Lage setzte der Tenor wiederum ein, doch so als hätte er,. während es still gewesen war, einige Strophen ausgelassen oder nur gesummt:

> »Gedenket der Losung, die euch gegeben,
> gehorchet den Hauptleuten,
> jeder soll zu jedem stehn,
> jeder halte zu seinem Regiment!«

»Komm!« bat Sophie und drückte ihre nasse Stirn gegen Amerys Kinn. »Oder ich springe aus dem Fenster.« Sie lehnte sich zurück, zerriß, um nicht absteigen zu müssen, ihre Hose, hob sich einen Augenblick an und rutschte dann sehr langsam an ihm herunter, bis sie so ausgefüllt war von einem reißenden und juckenden Schmerz, daß sie erstarrte. Der Tenor sang:

> »Und so schreiet heiter: Herr, nieder mit dem Feind!
> Nehmt eure Waffen in die Hand
> und stürmt mit dem Ruf: Gott ist unser Herr!«

Nach der letzten Zeile schimpfte er wieder und schien einen Stuhl zerschlagen zu wollen. Dann ließ ein kurzes, aber vielstimmiges Quäken glauben, er habe an einer Harmonika gezogen oder sie beiseitegeworfen. Sophie begann, sich zu bewegen, indem sie sich von ihm wegschob und nach einer zitternden Pause wieder heranrutschte.

»Ich halte es nicht aus«, sagte sie, und Amery küßte sie.

»Ist es richtig so?« fragte sie in seinen Mund.

Er nickte.

»Ist es auch schön für dich?«

»Ja«, sagte er und drückte sie neben den Türrahmen.

»Oder möchtest du lieber . . .?« Sie konnte nicht weitersprechen, weil er sie gegen die Wand stieß, hinter der der Tenor ein für allemal entschlossen schien, seine Wohnung zu demolieren. Plötzlich richtete sie sich so hoch, als wollte sie wegfliegen. Amery hatte Mühe, sie zu halten. Dann seufzte sie, hing wie tot an ihm, bewegte aber noch immer ihren Leib, ohne es zu wissen. Nebenan krachte Holz, splitterte Glas. Dazwischen ertönten Rufe wie: »Wenn ich dich erwische, erdrossele ich dich mit meinen Hosenträgern, du Schlange! – Aber wenn es einen Gott im Himmel gibt, kommst du eines Tages gekrochen und frißt mir aus der Hand!«

Amery fühlte Sophies stummes Lachen unter den Händen.

»Und weißt du auch, was ich dir dann sage . . .?« schrie der Tenor, gab sich aber keine Antwort, denn ein rötlicher Glanz glitt auf einmal über die Wand, gleich danach ein blauer und ein weißer. Sophie hob den Kopf und schmiegte sich an Amery. Er trug sie ins Bett und legte sich neben sie. Sie hörten, wie der Nachbar auf den Holzbalkon trat und an den Himmel brüllte: »Dafür schmeißen diese Halunken das Geld weg!« Doch kaum hatte er diesen Satz heraus, war die letzte Rakete schon verraucht. Er trampelte eine Weile auf dem scheppernden Belag herum, als warte er auf eine Zugabe, und rief dann: »Nicht einmal ein richtiges Feuerwerk bringen diese Scheißer zustande!«

Sophie drückte den Mund in Amerys Achsel, prustete vor Lachen und trommelte mit den Waden einen Wirbel auf die Bettdecke. »Er hat mir das Zimmer vermietet«, jubelte sie leise in Amerys Ohr und überschwemmte seinen Hals mit ihren Lippen. »Er denkt, ich studiere Psychologie, weil ich so lange mit ihm gehandelt habe.« Sie sprach noch eine Weile weiter, aber ihre Stimme wurde schwächer, brach mitten im Wort ab, und

ihr Atem ging plötzlich stoßweise wie das Pfeifen des Polizisten, der den Fackelzug auf der Legionenbrücke auseinandergetrieben hatte, bis Amery zusammenbrach und ächzte wie ein Baum. Der Nachbar schlug die Glastür seiner Wohnung zu und kippte, dem Geräusch nach zu urteilen, längelang ins Zimmer hinein. Sophie mußte lachen, nahm aber einen Zipfel des Kopfkissens in den Mund, um Amery nicht wehzutun.
»Woran denkst du?« fragte er heiser und mußte sich räuspern.
Als Sophie antworten wollte, fing der Tenor an zu schnarchen.
»Wir müssen ein anderes Zimmer suchen«, sagte Amery.
»Nein«, sagte Sophie, »bitte nicht. Es ist mein Zimmer. Außerdem ist er nachmittags nie zu Hause. Wir können uns sowieso nur nachmittags sehn. Heute ist eine Ausnahme, wegen des Feiertags.«

4 Dienstags und Freitags

Am Tag nach dem Empfang kündigte Sophie beim Abendessen an, daß sie die Gesangsstunden wieder aufnehmen wollte, und bat ihren Vater, Fräulein Kalman künftig den doppelten Betrag zu überweisen, da sie vier Wochenstunden angesetzt hatte.
»Es ist einfach Wahnsinn, was ich versäumt habe«, erklärte sie. Sellmann nickte, warnte aber zugleich: »Du bist eine Stimm-Mimose!« Er hatte dieses Wort extra für Sophie erfunden und sprach es mit fünf ›m‹, die mit den beiden ›i‹ und dem Rest ein beachtliches Geschwirr und Gesumm ergaben. Die Kalman blickte skeptisch, als sie hörte, daß die Stunden auch bezahlt würden, wenn Sophie nicht immer regelmäßig zum Unterricht käme.
»Also ist er verheiratet«, sagte sie rundheraus.
»Wer?« fragte Sophie.
»Ich bin als Kind nicht von der Wickelkommode gefallen«, fauchte Fräulein Kalman, stand auf und humpelte in braunen Trainingshosen um den Flügel. Sie lehnte sich in die Kehlung und sah unter wirren Locken auf die Fotografie Emmy Dastinns.

»Weißt du auch«, fragte sie, »daß es Weiber gibt, denen man zuviel Ehre antut, wenn man sie betrügt?«

Sophie nickte, ohne nachzudenken.

»Sie hocken auf ihren Männern. Sie treiben sie in die Kneipen, in die Klöster und in die Irrenhäuser. Auch wenn sie nicht dabei sind, sitzen sie mit am Tisch, wenn über Rigoletto, Fußball oder Krieg gesprochen wird. Kannst du das?«

»Nein.«

Fräulein Kalman lachte, daß die Schlüssel zwischen ihren Brüsten klingelten. »Du bist ein Schäfchen.« Sie schlug mit dem gekrümmten Zeigefinger auf den Deckel des Flügels. »Aber noch schlimmer ist, daß die Männer wieder Geschmack an ihren eigenen Weibern finden, sobald sie sich eine Geliebte zulegen.«

»Wer sagt denn, daß er verheiratet ist?« fragte Sophie.

»Ja, was sonst? Emigrant? Kommunist? Jude? Spanier? Oder alles auf einmal?«

»Russe«, flüsterte Sophie.

»Das beruhigt mich«, sagte die Kalman. »Dann ist es bald vorbei. Er wird dich einen Monat lieben, dann wird er dich vier Wochen lang verprügeln, dann wird er sich besaufen, seine Hotelrechnung nicht bezahlen und eine Ansichtskarte aus Nizza schicken. Mein Gott, wie mich das erleichtert. Ich dachte, es sei etwas Ernstes. Gewöhn dir aber nicht das Rauchen an! Die Papyrossi sind zu stark. Ich hatte mal einen Gönner, den Fürsten Dudinzew, er konnte mit dem Penis die Zarenhymne auf dem Klavier spielen und wollte den Bolschewisten Generalpardon geben, wenn die das Volkskaisertum anerkannten. Na, lassen wir das! Was früher groß und einmalig war, ist mittlerweile klein und wiederholbar geworden. Dacapo! Passé. Männer wie Schallplatten. Also dienstags und freitags. Herrschaft! Heute ist ja Dienstag! Toi, toi, toi, meine Liebe. Habt Salz bei euch und Frieden miteinander, wie man in Petersburg sagt, und denk an deine Stimme!«

Sophie rannte durch die Perlgasse, über die Nationalstraße und durch die Passage in die Charvatgasse, wo Amery seit einer halben Stunde auf sie wartete.

Die Charvatgasse führte in einer Art Viertelbogen von der Jungmannstraße bis dicht zur Nationalstraße und war von der

Wladislawgasse an für Kraftfahrzeuge und Fuhrwagen gesperrt. Sie hatte den Vorteil, daß sie von Fräulein Kalmans
›Studio‹ am Kohlenmarkt wie von Jans Geschäft am Graben
nur ein paar Minuten entfernt lag, und ihr Nachteil, man konnte
sie nämlich auch von der Ameryschen Wohnung am Karlsplatz
in einer knappen Viertelstunde erreichen, wurde durch den mä-
ßigen Verkehr, das Schlupfloch der Passage und die Nähe der
Straßenbahnhaltestelle wieder wettgemacht.
Sophie führte von nun an ein Doppelleben und wunderte sich,
wenn sie ihren Eltern, Geschwistern und Bekannten noch immer als ein und dieselbe erschien. Dienstags und freitags, wenn
sie um den Letna-Berg herum mit der Tram heimfuhr, verwandelte sie sich aus der verlockenden Olga Siebenschein in eine
verdrießliche junge Dame, die insgeheim fürchtete, der Kondukteur könnte ihr ein zweites Ticket hinhalten, weil sie zwischen
Stefanik-Brücke und Belcredi-Allee, ungefähr in Höhe der Hetzinsel, eine andere geworden war. Als Katharina aus dem Landjahr nach Hause kam und erzählen wollte, wie sie sich mit Karol
Djudko in Freilassing an der österreichischen Grenze getroffen
hatte, ließ Sophie sie nicht einmal ausreden. Der Gedanke, daß
es zu dem, was zwischen ihr und Amery war, etwas Vergleich-
bares geben sollte, schien unerträglich, und schon das Anhören
solcher Geschichten schien Verrat. Sie hatte Jan nicht genommen, weil sie ihn hübscher, klüger oder männlicher als andere
Männer fand, oder weil er vor anderthalb Jahren neben der Legionenbrücke, gegenüber dem Café ›Slavia‹ gestanden war, sondern weil er ihr von allem Anfang an gehörte, lange bevor es
sie und ihn überhaupt gegeben hatte, ›gewissermaßen bereits
im Surplusquamperfekt‹, wie Sellmann dieses Datum gramma-
tikalisiert hätte, wäre ihm der Zutritt zu Sophies Stimmungen
erlaubt worden.
Als Schülerin hatte sie oft überlegt, ob ihr die Seele bei der Geburt in den Kopf oder ins Herz gepflanzt worden war, und
hatte sich wegen ihrer schlechten Mathematik-Noten für das
Herz entschieden. Als sie mit Robby Moldenhauer in den Keller gegangen war, hatte sie die Seele in den Lippen und in den
Kniekehlen gefühlt. Seit sie mit Jan in der Charvatgasse zusam-
menkam, wußte sie, daß die Seele in ihrem ganzen Körper

steckte. Wenn sie an Sonntagen das Glaubensbekenntnis betete, machte sie zwischen ›Himmelfahrt‹ und ›Auferstehung des Fleisches‹ keinen Unterschied mehr und hatte weder ein gutes noch ein schlechtes Gewissen dabei. Statt dessen fühlte sie zum erstenmal, daß sie von Kopf bis Fuß sich ganz allein besaß, weil sie sich ohne Rückhalt weggegeben hatte. Als ihr im November ein Backenzahn gezogen wurde, ließ sie ihn säubern und trug ihn im Taschentuch nach Haus. Ich hab' nichts zu verschenken, dachte sie, ich will komplett sein, wenn ich sterbe, und sie dachte oft und gern ans Sterben, denn sie spürte die Liebe wie einen kleinen vorweggenommenen Tod.

Sie war froh, daß sie mit Jan in einer Stadt lebte, in der sich viele Leute versteckten und in den Lokalen mit dem Gesicht zum Haupteingang saßen. Kleinstädte hatten ihre festen Abnehmer für den Sieg und boten den Verlierern wenig Ausflucht, es sei denn, wie allerorts, in die Ewigkeit. In den Cities war das Glück noch ein Geschäft mit Laufkundschaft, Geheimnisse geschahen vor aller Augen und Ohren, und Verschwörungen hatten um so schneller Erfolg, je eher und lauter sie ihre blutigen Ansichten bekanntgaben. Nicht einmal die Wetter gingen gleichmäßig über die großen Städte hin. In Dejwitz konnte es regnen, in Lieben die Sonne scheinen, und Sellmann erzählte, daß er auf einer windstillen Hotelterrasse in Paddington die Zeitung gelesen hatte, während ein Sturm zwanzig Kilometer weiter, aber immer noch in London, mehrere Wohnhäuser abdeckte.

Sie traf sich in den nächsten Wochen häufiger mit Sixta, besuchte Theater und Konzerte in seiner Begleitung, lud ihn nach Bubenetsch ein, wo er ihrer Mutter vorspielte, und nahm ihn sogar zu ihrer Schwester Christine mit, die ihnen ›Kalten Hund‹, eine Spezialität aus Keksen und Schokolade, und lauwarmen Milchkaffee vorsetzte. Sophie redete nie, legte es aber darauf an, ihre Sätze von Sixta zu Ende sprechen zu lassen, und Christine wie Tante Marketa fiel auf, daß sie gelegentlich die Hand unter seinen Jackenärmel schob. Nach der dritten Tasse wurde Sixta schlecht, doch Frau Farel schenkte ihm fürsorglich eine vierte ein, und mit Gottes Hilfe trank er sie nicht nur aus, sondern entwickelte dabei für die Damen noch die Themen der Ecksätze aus Dvořáks erster Symphonie, deren Uraufführung in Brünn er unlängst erlebt hatte, und spielte anschließend ein Notturno und eine Mazurka von Chopin.

Währenddessen betrachtete Frau Farel die schwarze Nichte, die neben dem Klavierstuhl stand und die Seiten umblätterte. Sophie trug eine grauwollene Bluse, deren militärischer Schnitt durch die olivgrüne Krawatte noch betont wurde. Der Noppenrock fiel bis an den Schaft der schwarzen Stiefeletten, und Tante Marketa rätselte, was Männern daran gefallen konnte. Nun, die Liebe, und darum handelte es sich wohl, ging seltsame Wege, und wenn dieser Junge aus Budweis mit den dicken dunklen Haaren und den weichen Lippen diese Galoschen mochte, blieb Sophie natürlich keine andere Wahl. In der Zeitung ›Ahoi zum Sonntag!‹, die Frau Farel jede Woche las, war neulich ein Bericht über einen Schuhfetischisten erschienen, der als Etagendiener in einem leider nicht genannten Hotel am Wenzelsplatz in alle Damenstiefel . . . Nein, sie wollte es nicht zu Ende denken! Dann doch lieber Witwe mit Erinnerungen an einen Rittmeister, der seine guten Seiten gehabt hatte. Und gelegentlich Chopin, bitte sehr, obwohl Gounod natürlich bedeutender war.

Auf Sophies Anregung lud Christine Herrn Sixta zum ersten Weihnachtsfeiertag ein, und nachdem er auf den Milchkaffee noch einen Sherry getrunken hatte, verbeugte er sich vor Frau Amery, wagte aber nicht, ihr die Hand zu küssen, weil ihm entfallen war, ob man die Finger der Dame dabei mit den Lippen berühren durfte oder nicht. »Nein«, gab Sophie auf der Treppe Bescheid und setzte den völlig verwirrten und verschwitzten Freund in die Straßenbahn.

Da weiter nichts als Donnerstag war, bummelte sie bis kurz vor Schalterschluß durch die Stadt, erfuhr dann aber bei der Böhmischen Landesbank, daß ihr Vater das Büro schon verlassen hatte. Sie schlenderte wieder über den Graben, schaute noch einmal in die Auslage von ›Amery & Herschel‹, wo zwischen Tannenzweigen kleine weiß-grüne Pyramiden aus Teegeschirr standen, und kaufte, bevor sie an der Revolutionsstraße in die Tram stieg, das ›Prager Abendblatt‹. Sie las eine Reportage über den Brand des Londoner Kristallpalastes und den Einsatz von dreihundertfünfzig Löschmannschaften, die versucht hatten, einige handschriftliche Kompositionen Händels aus den Flammen zu bergen, und merkte erst spät, daß die Straßenbahn noch vor der Stefanik-Brücke hielt. Sophie schlug die Frauenseite auf und besah sich die Entwürfe für Kasack-Kleider. Doch während sie von den Gefahren der neuen Schoßbluse für Vollschlanke las, vom Glanz der Lamés und Cirés, der gelackten und brochierten Seiden, hörte sie immer häufiger das Wort ›Unfall‹, und ohne den Blick von der Zeitung zu heben, glaubte sie nach einer Weile fest daran, daß ihrem Vater etwas zugestoßen war: Christines lauwarmer Kaffee, Sixtas hilfloses Gesicht, die trockene Auskunft des Bankkassierers und der Brand der Londoner Weltausstellungshalle ließen Sellmann samt Chauffeur in der Moldau ertrinken, und mit einer Promptheit, die sie entsetzte, überlegte Sophie sofort, ob sie zur Beerdigung einen schwarzen Kasack tragen dürfte.

»Ist er da?« fragte sie Hanka, als sie die Wohnung betrat.

»Ja«, antwortete das Mädchen, »und alle sind schon beim Essen.«

Sophie wusch sich die Hände im Bad und blickte schuldbewußt auf Sellmanns Streichriemen neben dem Rasierspiegel. »Verzeihung!« sagte sie, lief auf den Korridor und rief: »Es ist wirklich nicht meine Schuld!«, als sie die Tür des Speisezimmers hinter sich schloß. Erst jetzt sah sie Amery neben ihrer Mutter sitzen. Er nahm die Serviette vom Schoß, erhob sich und hielt ihr die Hand hin.

»Sondern? Wessen?« fragte er lächelnd.

»Es ist jemand überfahren worden«, flüsterte Sophie und setzte sich auf den freien Stuhl zwischen Sellmann und Heinrich. »Die Tram mußte auf den Rettungswagen warten.«

»Erzähl das später«, bat Frau Sellmann, die es nicht mochte, wenn man bei Tisch von Katastrophen redete, und fragte Amery, was er von der Genehmigung des Papstes hielte, die Messe künftig auch im Zeppelin zu feiern. Er erwiderte geschickt und verbindlich, legte das Besteck auf den Teller, trank zwischendurch von seinem Wein und brachte es sogar fertig, die Antwort so paßgerecht in den Mund seines Schwiegervaters zu legen, daß Sellmann sie für seine eigene halten mußte. »Warum soll das Allerheiligste nicht fliegen!« rief er und sah sich um. »Wir sagen doch auch jeden Tag ›Vater unser, der du bist im Himmel‹, oder?«

»Jawohl«, nickte Heinrich mit vollem Mund, als wäre er gefragt worden.

»Na, also!« bekräftigte Sellmann, und Betty schien zufrieden.

Sophie sah nur so weit vom Teller auf, daß sie Amerys rechte Hand im Blick hatte. Anfangs lag sie still auf dem Tisch, griff später an den Stiel des Weinglases und drehte sich danach sehr langsam, wie ein schönes, bräunliches, fünffüßiges Tier, das nur in weißen Manschetten und dunklen Wollstoffen vorkommt, auf den Rücken, um auch seine rosige, warme, trockene Unterseite zu zeigen. Bei dieser Bewegung spürte Sophie, wie sie von den Rippen abwärts zerfloß, mußte aber zugleich darüber lachen, weil sich für das, was sie empfand, ein Wort einstellte: ich werde Marmelade, dachte sie und strich ihr Messer an der Gabel ab. Ich werde Marmelade.

»Ich weiß nicht, ob man das so sagen darf«, hörte sie Amery ihrem Vater entgegnen. »Immerhin gab es die Marseillaise!«

Er sieht mich gar nicht, dachte sie. Er kommt hierher, ohne mich zu warnen, und tut so, als säße ich nicht am Tisch. Das ist doch sehr verdächtig, und was heißt Marseillaise?

Während Hanka die Teller wechselte, sah sie auf und rannte dabei so blind in Amerys Blick, daß ihr die Augen wehtaten.

»Woran denkst du da?« fragte Betty ihren Schwiegersohn.

»Ja...«, begann Amery, hatte aber anscheinend vergessen, wovon die Rede überhaupt gewesen war.

Sellmann sprang ihm bei: »Ein feste Burg ist unser Gott, zum Beispiel.«

»Ach so«, sagte Frau Sellmann und drückte das Kinn an den Hals.

»Oder ›We shall overcome‹«, sagte Katharina.

»Genau«, bestätigte Amery.

»Oder ›Über der Tatra blitzt es‹«, sagte Heinrich und wurde rot.

»Gut!« lobte Amery und wollte Frau Sellmann die Schüssel mit dem Kirschpudding abnehmen.

»Oder ›Wer ihr, Gottesstreiter, für seine Gebote seid‹«, meinte Sophie.

»Ich halte es schon«, sagte Betty und reichte Amery den Löffel.

»Was ist das für ein Lied?« fragte Sellmann.

»Damit sind die Hussiten gegen die Kreuzzugsheere in die Schlacht gezogen«, erklärte Heinrich für Sophie und fing an, den Choral auf tschechisch zu singen.

Amery drückte den Löffel schräg durch die Puddinghaut, hob ihn über den Schüsselrand und sah eine Sekunde lang zu Sophie hinüber, die bleich und mit gesenkten Augen zwischen Sellmann und ihrem trällernden Bruder saß.

»Singt er nicht lieb?« fragte Betty.

»Sehr lieb«, sagte Amery, konnte jedoch nicht verhindern, daß der Löffel an den Rand seines Tellers schlug und dabei den Pudding auf das Tischtuch kleckerte.

»Jetzt ist es genug, Heini«, sagte Sellmann und ballte die Serviette in der Faust, als wollte er sie seinem Sohn zwischen die Zähne stecken. »Vielleicht trägst du uns das ein andermal vor.«

»Es dauert mindestens eine Viertelstunde, wenn man es langsam singt«, sagte Heinrich.

»Eben«, antwortete Sellmann und beobachtete, während er weitersprach, wie geschickt seine Frau die seimigen Spritzer von der Decke schabte. »Das würde uns jetzt zu lange aufhalten, ich habe noch mit Jan zu reden. Verschieben wir also dieses Vergnügen!«

Jan entschuldigte sich bei seiner Schwiegermutter, dankte für die zweite Portion und verfolgte, wie Sophie ihrem Bruder und danach sich selber auftat. Als sie zu essen begann, stülpte sie die Lippen vor und blickte so kalt über den Tisch, als säße sie einem zudringlichen Unbekannten in der Straßenbahn gegenüber. Bald darauf zogen sich die Herren in Sellmanns Arbeitszimmer zurück, und Jan verließ das Haus erst nach Mitternacht.

Am folgenden Tag fuhr Sophie nach dem Essen in die Stadt und lief in den Passagen unter dem Lucerna-Kino herum, bis es Zeit wurde für die Charvatgasse. Sie bekam immer eine Gänsehaut, wenn sie die alte knarrende Treppe hinaufging, und die einzelnen Etagen unterschied sie nach ihren Gerüchen. Aus Windellauge und Weinhefe stieg sie ins Bohnerwachs, dann in die Kuttelflecksuppe, anschließend in den Katzendreck und zuletzt in schales Bier, das mit einem Stich Essiggurke und einer Messerspitze Zigarrenasche versetzt war. Öffnete sie danach ihre Fenstertür auf den Pawlatsch hinaus, schwebten bei Südwind noch warme Rußwolken aus den Kaminen heran. Frau Sellmann hatte sich eines Abends schon beschwert: »Fiekchen, du riechst nach Sutteräng. Vielleicht solltest du dich in der Straßenbahn lieber nicht hinsetzen.«

Amery kam pünktlich. Als er Sophie nach zwei Stunden verließ, saß sie wieder in der gleichen Haltung, mit der sie ihn empfangen hatte: die Füße nebeneinander, den Rücken fest gegen die Lehne des weißen Korbsessels gedrückt, die Hände auf den Knien und das Kinn über dem rechten Schlüsselbein. So hatte sie ihn angesehn, als er hereingekommen war, so dachte sie ihm nun noch eine halbe Stunde hinterher. Sie suchte nach ihrem Platz in Amerys Erzählung und war dabei auf eine Art erregt, für deren Ausdruck sie keine Miene hatte.

Sehr offen, sehr ausführlich hatte er gesprochen und war in manche Einzelheit so weit hineingegangen, daß er mitunter selber ganz darin verschwunden war. Zu Anfang wollte er ihr nur erklären, wie es zu seinem gestrigen Blitzbesuch in Bubenetsch gekommen war. Geschäftliche Obliegenheiten, unser Haus und die Böhmische Landesbank. Doch dann besann er sich mit allen Gesten der Besinnung, sah auf, sah nieder, sah in sich hinein und fing mit einem Mal von einem Kauf zu sprechen an, deswegen er nächste Woche nach Falkenau fahren müßte, fiel aber sich selber ins Wort mit einem Herrn Litzenburger, bei dessen Figurierung er sich endgültig verhedderte, bis er begriff, daß, wenn schon überhaupt, nur Tacheles geredet werden durfte.

Nun, also: Jans Vater hatte von einem Vorhaben Wind bekommen, wonach die Regierung den Arbeitslosen im Sudetenland unter die Arme greifen wollte, indem sie staatliche Aufträge in das Gebiet zwischen Asch und Trautenau vergab. Im August, bei seinem Besuch in Reichenberg, hatte der Staatspräsident bereits erklärt: »Ich fühle mich hier zu Hause, als ob ich in Prag wäre.« Das war kein Fels, auf den man eine Firma bauen konnte, doch immerhin recht freundlich. Jan zögerte noch, obwohl ihm ein Falkenauer Porzellanfabrikant ein interessantes

Objekt anbot. Aber plötzlich sprach auch Sellmann von den gleichen Plänen wie der alte Amery. Weder Krieg noch Bürgerkrieg würde es geben, hatte ihm Herr Litzenburger versichert, ein Beamter aus dem Berliner Arbeitsministerium, nach einer Unterhaltung mit dem tschechoslowakischen Außenminister. Das Reich würde vielmehr die deutsch-böhmischen Nationalisten an die Kandare nehmen, vorausgesetzt, es käme zu einem Vertrag, der außer Zugeständnissen in der Sprachenfrage und bei der Vertretung der Deutschen im öffentlichen Dienst auch Maßnahmen der wirtschaftlichen Förderung festlegte.

Mitte September erwarb Amery über seinen Falkenauer Geschäftsfreund – denselben, der sich bei der Hochzeit im Mai so hemmungslos betrunken hatte – eine Spinnerei und eine kleine Trikotagenfabrik. Als er seinem Vater davon berichtete, bekam der alte Amery einen Tobsuchtsanfall: Mein Gott, wie konntest du die Branche wechseln! Was willst du in der Konfektion? Jan verteidigte sich mit dem Argument, daß die Regierung für ihre Armee mit großer Wahrscheinlichkeit keine Sammeltassen oder Sandwichgabeln, sondern Uniformen und Unterwäsche bestellen würde. Doch mittlerweile waren ihm selber Bedenken gekommen. Er hatte gekauft, ohne gesehen zu haben. Der Falkenauer Porzellanfreund, ein gewisser Uhl, hatte ihm außer Plänen und Fotografien ein Gutachten schicken lassen, das die Grundlage für die Prager Verhandlungen mit dem Bevollmächtigten der Besitzerin bildete und gleichzeitig zur Beschaffung eines Kredits bei der Böhmischen Landesbank diente. Es schien gründlich und schlüssig, legte Umsätze, Verpflichtungen und Gewinne schonungslos offen und führte, wie es sich gehörte, alle Kämm- und Zwirnmaschinen, Lagerräume, Gleisanschlüsse, Heizungskeller, Toiletten, Büros und Lüftungsanlagen gewissenhaft auf. Dieses Gutachten hatte nur einen Haken: außer dem Namen der Straße, in der sich die erwähnten Baulichkeiten und Ausrüstungen befinden sollten, waren alle Angaben falsch.

Der Beauftragte Amerys, der zwei Tage vor dem Empfang auf der Burg aus Falkenau zurückkehrte, empfahl im Scherz den raschen Abschluß einer Feuerversicherung und fügte hinzu: ein Pyromane werde sich in dieser Gegend finden lassen. Zur gleichen Zeit kam das Gerücht auf, der Präsident habe einem Korrespondenten des ›National Geographic Magazine‹, der ihm Fotos von einem Aufmarsch der Sudetendeutschen Heimatfront zeigte, vertraulich erklärt: »Minderheiten sind niemals zufriedenzustellen. Wenn Sie einen Deutschböhmen fragen, ob er für Selbstbestimmung sei, antwortet er genauso mit ›Ja‹, wie wenn Sie ihn fragen, ob er eine Million Kronen geschenkt haben möchte. Das Reich nimmt unsere Deutschen aber nur, wenn sie ihr Land und ihre Industrie mitbringen. Da wir ihnen das verbieten, bleiben sie hier und stänkern.«

Amerys Bemühungen, der Angelegenheit wenigstens nachträglich auf den Grund zu kommen, wurden durch zwei Vorfälle erleichtert. Der Gutachter, ein entlassener ›Oberverdachtschöpfer‹, ein ehemaliger Staatsanwalt, der jahrelang als Syndikus eines Karlsbader Büros für Wirtschaftsprüfung gearbeitet hatte, verschwand plötzlich von der Bildfläche. Die Fahndung nach ihm ergab, daß er der früheren Besitzerin der Anlagen ins Reich gefolgt war. Amery hielt sich nun an den Falkenauer Porzellanfabrikanten, durch dessen Vermittlung das Geschäft abgewickelt worden war. Doch Freund Uhl, der rotbärtige Säufer und heitere Hochzeitsgast, stellte sich taub. Bei einer Zusammenkunft in Prag fragte er nur, warum Amery sich das Unternehmen nicht vor dem Kauf angesehen hätte, und mochte sich nicht erinnern, zum Abschluß des Vertrages gedrängt zu haben. Als Porzellanfabrikant verstünde er ohnehin nur wenig von Spinnereien. Er wüßte nur eines: wer wie Amery auf Hausse spekuliere, der brauche eben einen langen Atem. Jan antwortete gereizt, Uhl blieb nichts schuldig. »Jedenfalls flog er dann hinaus«, sagte Jan und lachte. Einige Tage später teilte Uhls Firma dem Hause ›Amery & Herschel‹ mit, daß sie den zum Jahresende auslaufenden Vertrag nicht erneuern wollte. Jan erfuhr durch seinen Geschäftsführer Vejvoda sehr bald vom Abschluß eines langfristigen Kontrakts zwischen Uhl und Frantischek Hodina, dem deutschen Konkurrenzunternehmen in Prag, und da solche Verpflichtungen in den seltensten Fällen vier Wochen vor Weihnachten eingegangen wurden, gab es für ihn keinen Zweifel mehr daran, daß man ihn mit vereinten Kräften hereingelegt hatte.

Jan entschloß sich, Herrn von Lilienthal, dem Direktor der

Böhmischen Landesbank, sein Debakel einzugestehen. Zuvor wollte er aber seinen Schwiegervater einweihen. Da er damit gerechnet hatte, daß der Vergabe eines Regierungsauftrages eine amtliche Überprüfung der Eigentumsverhältnisse vorausginge, waren die Anlagen in Falkenau nämlich nicht auf seinen, sondern auf den Namen seiner deutschen Frau gekauft worden. Die verwahrloste Spinnerei und die heruntergewirtschaftete Trikotagenfabrik gehörten Christine, und deswegen hatte Amery am Vorabend seinen überraschenden Besuch in Bubenetsch gemacht.

Sophie blieb lange still, bevor sie fragte: »Was sagt mein Vater?«

»Er denkt an eine Umschreibung der Landesbank-Hypothek auf unser Prager Geschäft.«

»Warum gehst du nicht vor Gericht und klagst?«

»Gegen wen? Uhl wird behaupten, er sei selber betrogen worden. Der Gutachter sitzt als Emigrant im Reich. Die Deutschen liefern diesen Kerl selbst dann nicht aus, wenn wir als Gegenleistung ein Dutzend Berliner Kommunisten offerieren. Außerdem würde bei einem Prozeß auch Christine gefragt werden. Ich kann mir vorstellen, wie Lustig und Lilienthal reagieren, wenn in der Zeitung steht, daß ihr Angestellter mit Hilfe seiner Tochter versucht hat, Fabriken in Nordböhmen aufzukaufen. Lustig hat gute Beziehungen. Es gibt in unserem Land keinen Privatmann, der bessere hat. Wie kommt es denn, daß eure Pässe ohne Schwierigkeiten verlängert werden? Warum erkundigt sich die Polizei nicht nach den Projekten deines Vaters? Weshalb behelligt euch niemand? Aber für einen Deutschen, von dem man weiß, daß er in gescheiterte Spekulationen verwickelt ist, hat auch Lustig keine Verwendung mehr.«

Sophie war ans Fenster getreten und hatte über die Brüstung des schmalen Pawlatschs in den Hof geblickt.

»Warum bist du nicht selber nach Falkenau gefahren?« hatte sie gefragt und seine Antwort vorausgewußt: »Deinetwegen.«

Sie öffnete die Lippen, hauchte gegen die kalte Scheibe und strich den Atem mit dem Daumen durch.

»Ich bringe es einfach nicht fertig, dich auf eine Woche zu verlassen«, hatte sie dann gehört, aber so schwach, daß sie dachte,

Amery wäre zur Tür gegangen und spräche von dorther. Sie drehte sich um und sah ihn am Tisch sitzen, wie zuvor. Er runzelte die Stirn und lächelte, als müßte er sich für eine Ungeschicklichkeit entschuldigen.

»Hast du Angst?« fragte Sophie.

»Nein«, sagte er, »aber ich bin verrückt. Ich werde diese Fabrik modernisieren. Morgen esse ich mit einem Ingenieur aus Brünn. Vielleicht mache ich ihn zu meinem Geschäftsführer in Falkenau. Aber zuerst brauche ich Geld, und an das Geld komme ich nur über Lustig heran. Oder sollten wir uns lieber erschießen?«

»Dazu ist immer noch Zeit«, hatte Sophie gelacht.

Als sie allein war, setzte sie sich in den Sessel, drückte den Rücken gegen die knisternde Lehne und sammelte sich ein, die Hände und die Füße, das Herz, die Augen und den Mund, bis feststand, daß sie nichts verloren hatte. Ihre Gedanken hingen an einem Widerspruch und hakten sich um so tiefer in ihn ein, je hartnäckiger sie von ihm freizukommen suchte. Warum wollte Jan den Anschein erwecken, ihretwegen nicht nach Falkenau gefahren zu sein, wenn er den Kaufvertrag schon im September abgeschlossen hatte, als sie noch in Schlesien gewesen war? Daß er monatelang in Prag auf sie gewartet hatte, verblüffte sie, denn nach ihrer Rückkehr aus den Ferien war mehr als eine Woche vergangen, ehe sie ihn bei einem Essen am Karlsplatz sah, und vierzehn Tage später hatte er sich dagegen gewehrt, sie auf den Empfang mitzunehmen. Wollte er ihr schmeicheln? Bedauerte er jetzt, daß er sich im Juni geweigert hatte, sie durch die Letna-Anlagen zu begleiten? Mit dem verglichen, was er ihr zwei Stunden lang erklärt hatte, wäre so eine Entschuldigung wahr und wahrhaftig freundlicher gewesen. Oder hatte er dieses ›Deinetwegen‹ so hingesprochen, wie man gelegentlich in alten Ehen sagt, daß man sich liebt, damit ein jeder seine Ruhe hat und schlafen kann? Es reimte sich nicht. Sie wußte nur, daß sie niemals gegen Amery recht behalten wollte, auch wenn er ein Leben lang behauptete, ihretwegen in Prag geblieben zu sein, obwohl sie zur selben Zeit auf einem Gut östlich der Oder gewohnt hatte, zwischen Lippen und Kontopp, nahe der Carolather Heide. Nein, sie durfte weder von Erinnerungen noch von Hoffnungen zehren, weil sie bei allem, was sie unternahm, auf den Augenblick angewiesen war. Gewißheiten hatten ihre Stunde und verdunsteten nach Gebrauch, ohne Zusage auf Wiederkehr. Das Zukünftige mußte sich vergessen lassen wie die Vergangenheit, wie die Bücher, die sie im Sommer und im Herbst gelesen hatte, die Verse, die Romane, die amerikanischen Kurzgeschichten, die Schrift über Ethikotherapie von Ctibor Bezdek, das Nibelungenlied in der Simrockschen Fassung, die Beschreibung der Vogelzüge von Skandinavien nach Afrika, die Frontkämpferbriefe und die Witzesammlung. War es nicht besser, den Rücken an die knisternde Lehne zu drücken und auf die weißlackierte Tür zu sehen, als mit den Augen ein paar gedruckten Überzeugungen nachzulaufen, von denen ihr Vater sagte, daß sie sich in ihr Gegenteil verkehrten, fände sich jemand, sie beim Wort zu nehmen? Den Abläufen der Romane war sie ohne Erregung gefolgt. Sie hatte sich nur, wie auch früher schon, gefragt, aus welchem Grunde Personen, deren Schicksal zwischen zwei Buchdeckeln entwickelt wurde, Greifenberg, Vanderbilt, Hagedorn oder Lheureux heißen mußten. Was konnte an ihnen glaubwürdig sein, wenn ihre Namen nach Zahnpasta oder Lysol schmeckten? Warum überhaupt Namen, und wozu diese Besonderheiten? Was unterschied fünf Figuren noch voneinander, wenn sie mit einem Flugzeug zum Nordpol flogen und über dem Franz-Josef-Land abstürzten? Gehörte es wirklich zum Wesen einer Frau, daß sie Emma, Krimhild, Mathilde oder Effi hieß? Waren ihre Namen nicht austauschbar wie ihre Geschichte? Rannten sie nicht alle in ein und dieselbe Richtung? In schlecht gelüftete Mansarden, zerwühlte Betten, wartende Kutschen, offene Arme? Und ich? fragte sie sich. Bin ich nicht auch eines von diesen schwärmerischen, schmachtenden, verzweifelten, liebeskranken, läufigen Weibern? Die Vorstellung, wie sie sich in einem Roman ausnähme, belustigte Sophie. Sie trat an den Spiegel über dem Waschbecken und betrachtete ihr Gesicht wie die Fotografie einer Fremden. Ich würde dem Verfasser einen Strich durch die Rechnung machen, gelobte sie sich und lächelte dabei, als wäre sie einer Wahrheit auf den Grund gekommen.

Es regnet, dachte sie an der Haltestelle. Alle Leute tragen Schirme oder schlagen die Krägen hoch. Darauf falle ich nicht herein. Es ist zu dunkel, um die Wolken zu sehen. Meine Sintenis-Großmutter traute nicht mal dem Telefon. In so einem kleinen Apparat, da war kein Platz für ausgewachsene Menschen. Sie küßte nur die Sprechmuschel, wie wir ihr sagten, daß Onkel Wilhelm drin wär. Nein, ich spanne meinen Schirm nicht auf, und meinen Kragen lasse ich unten. Vielleicht regnet es. Aber solange die Wolken im Finstern hängen, glaube ich ihnen den Regen nicht.

5 Warum so traurig, Gnädigste

Am Sonntag ging Sophie zu Fräulein Mangl, um sich Geld zu borgen. Jarmila gab ihr so viel, daß es reichte, die Miete für das Zimmer in der Charvatgasse bis zum März vorauszubezahlen. Als Sophie einen Schuldschein anbot, blickte Jarmila sie aus ihren engstehenden blauen Augen drohend an und knurrte in der alten, geliebten, gemeinsamen, einsilbigen Sprache: »Frinz!« Eine Affäre hatte sie hinter sich gebracht, »aber nur einen Einakter, keine Tragödie«, wie sie lachend zugab, von Allerseelen bis zum Martinstag, mit einem angeblich westindischen Tiefbauingenieur, der Jarmila in der Eisernen Gasse die Eignung des Trinidad-Asphalts für Straßendecken erklärte und sie anschließend in ein Stundenhotel am Konstanzer Platz führte, wo er das Zimmer leider nicht bezahlen konnte, weil er arbeitslos war und davor auch nicht in der Karibik, sondern in der Strohhut-, Filzhut- und Stumpenfabrik Veider in Lieben gearbeitet hatte. »Er sprach so schön von Trinidad, als ob er da gewesen wäre. Zum Abschied hab ich ihm bei ›Ha Ha‹ in der Koruna ein Paar Lackschuhe gekauft. Ihm sind fast die Augen herausgefallen, und er wollte gleich meine Adresse wissen, ›um sich zu bedanken‹. Ich bin standhaft geblieben, aber was hab ich nun davon?«
Am Montag war Sophie bei Vavra zu Gast. Er bot ihr ein Glas Champagner an: »Zur Feier des Tages!« Sie dankte, weil sie

den Champagner für eine Anspielung auf Amerys Taktlosigkeit beim Staatsempfang hielt. Der ›römische‹ Vavra hatte seinem Bruder sicher davon erzählt.

Die warme Traulichkeit der früheren Gespräche kam nicht auf. Beide redeten soviel, als wollten sie sich das Zuhören ersparen. Vavra erzählte von einer wiederaufgefundenen Keltensiedlung, Sophie von Schlesien. Dann erwähnte er ein Manometer, mit dem er täglich seinen Blutdruck maß, und Sophie sprach über das Landjahr ihrer Schwester. Nach einer Stunde schwiegen sie erschöpft, und Sophie meinte, einem unbekannten Passagier gegenüberzusitzen, dem sie aus Langeweile und Schwatzsucht ein paar Abscheulichkeiten gebeichtet hatte, deren sie sich bis zur Endstation schämen würde. Vavras doppelte Hosensicherung, über die sie vor einem Jahr noch Tränen gelacht hatte, erschien jetzt peinlich, und als er das Gesicht in die Lampe drehte, sah sie entsetzt ein langes graues Haar in seinem linken Nasenloch. Erst beim Abschied merkte sie, daß Vavra die ganze Zeit deutsch mit ihr gesprochen hatte: »Kiß die Hand.«

Am Dienstag um vier klingelte sie bei Fräulein Kalman, mußte aber eine halbe Stunde warten, bis die lahme Sängerin die Stiegen heraufächzte.

»Mein Gott, wo waren Sie denn?« fragte Sophie ängstlich.

»Beim Orthopäden!« schmetterte die Kalman mit Kopfstimme durchs Treppenhaus. Sie roch nach Alkohol.

»Und wenn meine Mutter angerufen hätte?«

»Dann wäre niemand ans Telefon gegangen«, sang sie und schloß die Tür auf, ohne das Schlüsselbund vom Hals zu nehmen. »Es ist besser, wenn gar keiner da ist, als wenn ich allein Rede und Antwort stehen muß.«

Sie zog mit Sophies Hilfe ihr Opossum aus, legte es zum Trocknen über einen Stuhl und warf sich schnaufend auf das grüne Kanapee. »Ich habe mit dem Korrepetitor der Scala gefrühstückt! Glaubst du mir etwa nicht?« Sie seufzte. »Verzeih. Ich kann nicht lügen. Nun gut, ich habe die Anweisung deines Vaters versoffen.« Langsam kam sie wieder zu Atem. »Es gibt in Prag einen Intendanten, ich will seinen Namen nicht nennen. Dem hat die Destinn einmal ins Gesicht gesagt: Man tut dir Unrecht, wenn man sagt, daß du lügst. Damit würde man ja behaupten, daß du irgendwann einmal die Wahrheit gesprochen hättest.« Die Kalman richtete sich hoch. »Bei mir ist es umgekehrt. Ich kann einfach nicht schwindeln, und alle wissen es!« Sie lachte aus dem Bauch, sehr lange und chorisch, als erwartete sie beim Luftholen den Einsatz der Nachbarin. Dann wurde sie ernst und legte die Stirn in Falten. »Was soll ich eigentlich sagen, wenn wirklich jemand anruft? Oder ist der Iwan schon in Nizza?«

Sophie schüttelte den Kopf.

»Was machst du dann heute bei mir? Bist du krank? Alora, ich weiß die Antwort im voraus.« Sie sagte es mit gespitztem Mund: »Er hat eine geschäftliche Verpflichtung.«

Obwohl Sophie sicher war, daß die Kalman nichts ahnte, ärgerte sie diese Stichelei. Am liebsten hätte sie Amerys Namen herausgeschrien. Während sie sich das entgeisterte Gesicht ihrer Lehrerin vorstellte, sehnte sie sich nach einem Menschen, der von ihrem Geheimnis nur mitwußte, was sie ihm selber verriet, und trotzdem wie ein Eingeweihter zu ihr hielt. Fräulein Kalman schien dafür nicht die richtige. Aber es gab ja jemanden, an den sie sich wenden konnte, und der Weg zu ihm war nicht einmal weit. Sie mußte nur quer durch die Altstadt gehen.

»Pa-pá!« winkte die Kalman vom Kanapee herüber und bat, die Tür gut ins Schloß zu ziehen.

Als hätte sie eine feste Verabredung, die sie auf keinen Fall versäumen dürfte, lief Sophie zur Karlsbrücke. Unter dem Portikus der Salvatorkirche wartete sie ab, bis der Laternenanzünder auf der Einfriedung des Kreuzherrnplatzes und im Bogen des Brückenturms die Brennhähne heruntergezogen hatte. Nun versanken die Türme der Kleinseite hinter dem gelbblauen Licht der Auerstrümpfe, und unverbindlich, wie brüchiges Eis nach dem ersten Frost, glänzte das Pflaster zwischen den Trambahnschienen. Vielleicht könnte ich es auch Tante Marketa erzählen, überlegte sie, doch die Gefahr, erst ausgefragt und danach ausgelacht zu werden, war zu groß.

Wie abgetrennt von ihren schwarzen Jacken und Mänteln, hing ein Dutzend heller Kopftücher über den Bänken des Mittelschiffes. Das Gesicht zum Altar und die Knie auf einem gepolsterten Pult, betete ein Geistlicher zwischen zwei Kerzen. »Den du, o Jungfrau, im Tempel aufgeopfert hast«, verstand Sophie, tauchte die Finger ins Weihwasser und bekreuzigte sich. Mindestens eine Viertelstunde würde der Rosenkranz noch dauern. Das war mehr als genug. Sophie sah zur Decke, doch das Bild der vier Weltteile zerfloß im Dunkel. Ohne die Hacken aufzusetzen, trat sie an den Beichtstuhl mit der Figur des Apostels Simon. Weil ihn die Heiden zersägt hatten, war er zum Patron der Holzfäller geworden, erinnerte sie sich und schlüpfte hinter den Vorhang. »Gelobt sei Jesus Christus!« sagte sie leise und wiederholte den Gruß nach einer Weile.

»In Ewigkeit, Amen«, antwortete eine sehr hohe Stimme, die ihr sofort allen Mut nahm.

»Nun?« fragte der Priester, dem es anscheinend zu lange dauerte. Sophie hörte einen dumpfen Schlag, als würde ein Buch zugeklappt.

»Darf ich Ihnen etwas erzählen, Hochwürden?« fragte sie flüsternd.

»Ein wenig lauter, bitte.«

»Ich weiß nicht, wie ich anfangen soll«, sagte sie und brachte ihren Mund an das Rautengitter.

»Sind Sie katholisch?«

»Ja.«

»Wann haben Sie zum letztenmal gebeichtet?«

»Vor Ostern.« Sie zog mit beiden Händen den Knoten an ihrem Halstuch auf.

»Haben Sie die auferlegte Genugtuung geleistet?«

»Ja.«

»Nun also . . .«, meinte die Frauenstimme hinter dem Schleier, und der Holzsitz knarrte, als hätte sie gesagt: ›Na, dann wollen wir mal!‹

»Ich liebe einen Mann«, begann Sophie rasch und holte tief Atem. »Er ist verheiratet, mit meiner Schwester. Seit Mai. Ich liebe ihn aber schon länger. Zwei Jahre schon.« Sie machte eine Pause. »Das war es, was ich Ihnen sagen wollte. Bitte entschuldigen Sie die Störung.«

»Haben Sie ihm Ihre Zuneigung gezeigt?« hörte Sophie, als sie das rechte Knie vom Brett nahm.

»Ja.«

»Auf welche Weise?«
Sophie antwortete nicht.
»Haben Sie's ihm gesagt?«
»Ja.«
»Und dann?«
»Alles, Hochwürden.«
»Hören Sie, mein Kind, hier ist weder ein Amtsgericht, noch eine Beschwerdestelle, noch eine Telefonauskunft, sondern eine Kirche. Sie sind freiwillig hergekommen, um dem Heiland Ihre Sünden zu beichten. Oder soll ich lieber fragen?« Er nahm Sophies Schweigen für Zustimmung. »Haben Sie sich diesem Mann hingegeben?«
»Ja.«
»Wollen Sie bekennen, wie oft?«
»Oft.«
»Und nun bereuen Sie.«
»Verzeihung«, antwortete Sophie, »aber ich habe es Ihnen nur erzählt, weil sonst niemand da ist, dem ich es sagen könnte.«
»Wenn Sie nicht bereuen, muß ich Ihnen die Absolution verweigern.«
»Ich weiß«, flüsterte Sophie und richtete sich auf. »Trotzdem geht es mir jetzt besser.«
»Warum besuchen Sie mich nicht im Pfarramt?« rief er, als könnte er sie damit festhalten.
»Ja, danke, vielleicht.«
Sie kniete in eine leere Bank, um das letzte Gesetz des Rosenkranzes mitzusprechen, behielt aber ihren Beichtstuhl im Auge. Als der Vorbeter das ›Salve regina‹ anstimmte, trat ein kleiner, bebrillter Herr von etwa dreißig Jahren unter dem Apostel Simon hervor und blinzelte in das Kerzenlicht. Das weiße Chorhemd ließ ihn dicker erscheinen, als er sein mochte. Die linke Hand drückte ein in Zeitungspapier gewickeltes Buch gegen die Stola. Er stellte sich in Sophies Nähe an einen Pfeiler und sang trompetenhell zwei Zeilen mit, bis ihm vor Atemnot das Lied zerflatterte, als säße ihm ein tauendes Posthorn im Hals. Er hatte keinen Blick für Sophie und verschwand hinter dem Vorbeter in der Sakristei. Am Beichtstuhl las sie seinen Namen: Kaplan F. Svoboda. Sie fuhr nach Bubenetsch, beruhigt und ge-

löst. Die Seifenblasen aus der Carolather Heide sah sie wie Luftballons am Himmel hängen. Es liegt an mir, die Leine anzuziehen oder loszulassen, dachte sie.

Sixta, der sie am Donnerstag besuchte, wunderte sich über die Geduld, mit der sie seinen Bericht über den spanischen Bürgerkrieg anhörte. Er breitete einen Plan der Zeitung ›Volksrecht‹ auf dem Flügel aus und zeigte ihr die Stellungen der Generäle Miaja und Mola an der Straße nach La Coruña mit der Klinge seines Taschenmessers. Er bedauerte, nicht selber in den Kampf gehen zu können, weil er im Mai die Prüfungen für die Meisterklasse des Konservatoriums ablegen wollte. Sophie tröstete ihn mit der Aussicht auf einen langen Krieg. Er blickte sie fest und traurig an, bis er rot wurde. Dann steckte er das Messer und die Zeitung ein und klappte den Klavierdeckel hoch. Als Katharina später dazukam, in einem grünen Winterdirndl mit sehr engem Mieder und weißen Puffärmeln, brach er das Spiel ab und holte den spanischen Frontverlauf wieder hervor. Zu Sophies Überraschung stellte sich ihre Schwester auf die Seite der Republikaner. Sixta freute sich. »Sie reißen die Kirchen ab«, sagte Katharina leise und sah dabei zur Tür. »So fängt die Freiheit an.«

»Pavel hat gerade einen Psalm komponiert«, sagte Sophie.

»Wie können Sie Ihre Zeit so vertrödeln?« fragte Katharina.

»Wär ich ein Mann, wär ich in Spanien.«

Sixta sah schweigend auf die Karte, nahm sein Taschenmesser aus der Hose und ließ es aufschnappen.

»Sie haben recht«, sagte er. »Ich bin kein Mann.«

»Und wo ist Karol?« fragte Sophie, um Sixta beizustehn.

»Er sammelt Geld für einen Hilfsfonds«, sagte Katharina. Sie fühlte, wie wenig ihre Antwort überzeugte. »Er muß erst seinen Referendar machen, mein Gott!«

Sophie begleitete Sixta bis zum Bubenetscher Markt. Er bot ihr an, sie am nächsten Tag von Fräulein Kalman abzuholen, aber sie schützte einen Treff mit Jarmila vor. »Wir sehen uns ja am ersten Feiertag.«

»Darf man einer Dame auch den Handschuh küssen?« fragte er.

»Man darf«, sagte sie lächelnd.

264

Ihre Stimmung schlug um in der folgenden Nacht. Sie kippte aus dem Halbschlaf ins Bodenlose, sank aber gegen alle Gewohnheit nicht auf ihr Kissen, sondern stürzte in einen Prospekt, der durch sein wechselndes Licht und den gleitenden Fortschritt der Figuren an das Diorama der Gebrüder Liebscher auf dem Laurenziberg erinnerte. Soldaten rückten über die Karlsbrücke zum Altstädter Brückenturm vor, wurden von Studenten abgeschlagen, eine flüchtige Sonne ließ Helme, Säbel, Spieße und Arkebusen blitzen, Wind bewegte gescheckte Fahnen und schäumte graues Wasser auf, doch dann fiel Schnee und verhüllte die Aussicht. Ohne die Lampe einzuschalten, stieg Sophie aus dem Bett. Sie schob die Gardine beiseite und blickte in den Baumgarten. Es schneite wie in Kinderbüchern, flockig, senkrecht, sanft und unaufhörlich. Sie öffnete das Fenster und streckte den Arm aus, doch die Traufe ragte so weit über die Hauswand, daß der Schnee ihre Hand verfehlte. Sie schlief erst gegen Morgen ein.

Als Frau Sellmann nach dem Mittagessen ihre Tür hinter sich abschloß, setzte Sophie einen breiten, tabakfarbenen Hut auf und band den Schleier unters Kinn. Ich sehe aus wie Braunbier mit Spucke, dachte sie vor dem Spiegel, aber wenn Jan im Falkenauer Schnee steckengeblieben ist, hat er sowieso nichts von mir. Sie zog ihren braunen Wintermantel mit dem flachen, bis zu den Achseln reichenden Pelzkragen an und hakte den Gürtel zwischen den großen Knöpfen fest. Er kommt nicht, sagte sie sich auf dem Weg zur Tram. Sechs Tage genügen, um einen Mann alles vergessen zu lassen. Kalmansche Spruchweisheit. Aber die Geliebte des Zementdirektors, des russischen Fürsten und des Mailänder Korrepetitors kannte sich aus. Vielleicht erinnerte sich Amery nicht einmal mehr an die Adresse in der Charvatgasse. Vielleicht ging er ins Nachbarhaus und wunderte sich, daß der Schlüssel nicht paßte. Vielleicht fürchtete er, sie wiederzusehen, weil sie ihm nach einer Woche fremd und verändert scheinen mußte. Oder ihm war erst auf der Reise eingefallen, daß sie eine Lücke zwischen den Schneidezähnen, zu dicke Hüften, zu magere Waden und Haare auf den Schienbeinen hatte. Vielleicht fand er sie mittlerweile zu dumm, zu albern, zu oberflächlich, zu stürmisch, zu ungeduldig, zu sprunghaft, zu haltlos, zu verrückt. Vielleicht wollte er ein Ende machen, bevor sie ihm lästig wurde. Vielleicht war er heute nachmittag mit einem Bankmann verabredet, der ihm aus der Falkenauer Klemme helfen sollte, und konnte den Termin nicht verschieben. Oder er war krank und hatte aus Schwäche, im Fieber, vor lauter Mitleid mit sich selbst alles verraten. Vielleicht sagte er gerade: ›Tina, es tut mir wirklich und wahrhaftig leid, aber nun Schwamm drüber.‹ Vielleicht war er verhaftet worden, weil er sich in Gegenwart des Präsidenten Champagner in den Smoking gegossen und danach einen General beschuldigt hatte, Hummerbrötchen in der Uniform zu verstecken. Vielleicht hatte er sich umgebracht. Vielleicht lag er schon tot und mit offenen Augen in seinem Büro, und niemand wagte, die Tür aufzubrechen.

Sophie stieg schon am Platz der Republik aus, bog nach rechts und ging durch die Kralodvorská zur Zeltnergasse. Gegenüber dem ›Goldenen Engel‹ sprach sie ein älterer Dandy an: »Warum so traurig, Gnädigste?«

»Weil es schneit«, sagte Sophie.

»Setzen wir uns zu Schramota und trinken einen Schwarzen?«

An der Buchhandlung André, hinter dem Pulverturm, dankte er endlich ab. Bis dreiviertelvier stand sie vor der Union-Bank und sah zum Geschäftseingang von ›Amery und Herschel‹ hinüber. Dann lief sie in die Charvatgasse. Als sie den Schlüssel umdrehte, wurde ihr schwindlig. Sie klinkte die Tür auf und schloß die Augen.

»Ich warte seit einer Stunde«, hörte sie Amery sagen. Sie stürzte in seine Arme.

»Warum weinst du?« fragte er und schob ihr den Schleier über die Nase. Sie zitterte. Weil ich dich liebe, wollte sie antworten. »Weil es schneit«, sagte sie.

6 *Eine Erpressung*

Amery vermißte etwas, als er von der Charvatgasse in sein Geschäft am Graben zurückging. Seit Wochen, jeden Dienstag und Freitag, war er auf dieser Strecke den gleichen Leuten begegnet. Neben dem Delikatessengeschäft ›Jäger & Zoufaly‹ stand gewöhnlich ein junger Polizist mit roten Ohren und prallen Backen und bewachte das Denkmal des Philologen Jungmann. Die beiden Knopfreihen seines langen Uniformmantels entsprachen den oberhalb der x-Achse ausgreifenden Ästen einer Hyperbel, bei deren Anblick sich Amery jedesmal eines Lehrsatzes erinnerte, den er vor der Matura auswendig gelernt hatte: Alle Punkte der Hyperbel haben die Eigenschaft, daß die Differenz ihrer Entfernung von den Brennpunkten gleich 2a ist.

Unter den Kolonnaden in der Straße des 28. Oktober war ihm regelmäßig ein Mann entgegengekommen, der dem Schweizer Professor Piccard aus dem Gesicht geschnitten schien: die gleiche hohe Stirn, die energische Nase, die lächelnden Augen hinter der hohen Brille, der gleiche Lippenbart und die vollen, bis über die Ohren hängenden Haare. Nur trug der Prager Piccard einen zellophanbespannten Bauchladen vor sich her, in dem Perlzwiebeln, Gurken, Heringshappen und Sardinen lagen, und war nicht unterwegs in die Stratosphäre, sondern zu ›Pinkas‹, dem Bierlokal neben ›Maria Schnee‹.

Ausnahmslos jeden Dienstag und Freitag hatte er durch das Schaufenster einer Metzgerei auch eine rotblonde Verkäuferin gesehen, die stets dann, wenn er an ihr vorbeiging, mit blutigen Händen in einen Berg schokoladenfarbener Schweinsleber griff.

An diesem Freitag abend fehlten die alten Bekannten. Vielleicht hatte der Schnee den Polizisten in ein Durchhaus getrieben und den Professor Piccard am Verlassen der ›Zwei Katzen‹ gehindert, und die Mamsell holte eine Kalbskeule aus dem Gefrierraum. Obwohl es für ihr Ausbleiben also Gründe geben konnte, die nichts mit ihm zu schaffen hatten, war er verstimmt. Warum drücken sie sich? dachte er. Warum schwänzen sie ausgerechnet heute?

Er fuhr mit dem Lift in sein Büro, hängte den Mantel an einen Haken und schüttelte die Nässe aus den Haaren, bevor er sich an den Schreibtisch setzte. Unter dem grünen Lampenschirm lag die Unterschriftenmappe mit dem ›Eilt‹-Vermerk, aber er schlug sie nicht auf. Er wischte die feuchten Hände an den Hosen ab und ertappte sich dabei, daß er unentwegt auf das Telefon starrte. In ein paar Minuten würde Christine oder Tante Marketa anrufen, um sich zu erkundigen, wann er zum Abendessen käme. Als es läutete, nahm er den Hörer ab und fragte: »Nun?«

»Ich bin in zwei Minuten bei Ihnen«, hörte er einen Mann sagen, von dem er sofort wußte, daß er noch nie mit ihm telefoniert hatte. Bevor er nach dem Namen fragen konnte, hatte der Unbekannte eingehängt. Amery öffnete die Mappe und unterschrieb einen Brief, ohne ihn gelesen zu haben. Er dachte daran, dem Portier Bescheid zu geben, daß er niemanden vorlassen sollte, kam sich im gleichen Augenblick aber feige und albern vor. Als es klopfte, schraubte er die Verschlußkappe auf die Füllfeder und drehte sich erst herum, als sein Besucher eintrat. Es war Sixta.

Er nahm die vom Regen aufgeweichte Baskenmütze ab und schlug sie gegen seinen langen Mantel, als erwarte er nicht, daß Amery ihm die Hand geben würde. Sein zerzaustes Haar wischte er mit der Linken aus der Stirn und lächelte dabei.

»Was kann ich für Sie tun?« fragte Amery.

»Ich möchte gern ablegen, wenn Sie gestatten«, sagte Sixta. »Es ist warm hier.«

Er trug ein graues, etwas zu knapp geschnittenes und wie frisch gedämpft wirkendes Jackett über bräunlichen Knickerbockern. Amery bot ihm einen Sessel an.

»Ich bin Ihnen nachgegangen«, sagte Sixta und zog die Augenbrauen zusammen, als wollte er zu verstehen geben, wie umständlich die Verfolgung gewesen war. »Von der Charvatgasse bis hierher.«

»Ich habe so etwas geahnt«, antwortete Amery gegen seinen Willen und zu schnell.

»Aha«, sagte Sixta leise und ohne Verlegenheit, legte die rechte Wade auf das linke Knie und faltete die Hände über dem Jackett. »Sie haben sich aber nicht umgedreht.«

»Ich konnte Sie riechen.«

Sixta lachte und hielt sich die ineinandergesteckten Finger vor den Mund.

»Wahrscheinlich ahnen Sie dann auch, warum ich zu Ihnen gekommen bin.«

»Sie brauchen Geld«, sagte Amery.

Sixta errötete wie ein Mädchen. »Ich mache das zum erstenmal«, sagte er. »Aber es bleibt mir kein anderer Weg. Ihre Frau war so liebenswürdig, mich zu Weihnachten einzuladen. Leider kann ich in diesem Anzug unmöglich kommen.«

Amery nickte, nahm seine Brieftasche heraus, kniff einige Scheine zusammen und legte sie auf den Rauchtisch. Sixta runzelte die Stirn und blickte auf das Geld.

»Zu wenig?« fragte Amery.

»Oh, nein«, beruhigte ihn Sixta und steckte es ein. Danach sah er lange und stumm auf seinen schmutzigen Schuh, dessen Spitze über den Tisch ragte. »Es ist seltsam – aber ich habe Vertrauen zu Ihnen, obwohl ich Sie nicht besonders mag. Empfinden Sie das auch so?«

»Ähnlich«, meinte Amery.

»Das ist schön«, sagte Sixta und wollte lächeln, schien aber im gleichen Augenblick an etwas zu denken, das seine Mundwinkel herabzog. »Wenn Sie mir sympathisch wären, hätte ich Hemmungen. Aber so, wie es zwischen uns steht, bin ich ganz frei, wenn ich mit Ihnen rede. Im Grunde sind wir beide nichts Besonderes. Wir werden die Welt nicht aus den Angeln heben, weder Sie noch ich. Wir gehen in die Geschichte ein, wie Boleslaw der Vergessene. Sixta der Vergessene, Amery der Vergessene.« Er lachte, als hätte er einen Witz erzählt, dem er auf die Sprünge helfen müßte. »Ich leide noch darunter. Das ist dumm, aber was soll ich machen? Sie haben sich damit abgefunden, weil Sie älter sind. Ich glaube, daß ich wenigstens originell bin, wenn ich merke, daß ich zum Durchschnitt gehöre.«

Das Telefon klingelte, und während Amery Bescheid gab, daß man mit dem Nachtmahl nicht auf ihn warten sollte, zog Sixta die Zigarettendose heran und bediente sich.

»Sie haben Ihrer Frau nicht erklärt, warum Sie heute später nach Hause kommen«, sagte Sixta nach dem Telefonat. »Tun Sie das niemals, oder wollten Sie sie vor mir nicht belügen?«

»Meine Tante war am Apparat«, sagte Amery, als müßte er sich entschuldigen.

»Warum werfen Sie mich nicht hinaus für meine Frechheiten?« fragte Sixta und blies den Rauch durch die Nase.

»Wozu?« fragte Amery zurück. »Ich finde Sie amüsant. Das Geschäftliche ist erledigt – weshalb sollten wir nicht noch ein bißchen plaudern?«

Sixta nickte. »Lieben Sie Musik?«

»Nur Gershwin«, sagte Amery, um ihn zu reizen, »und Zarah Leander.«

»Während der Ferien in Budweis habe ich den achtundneunzigsten Psalm für Sopran, gemischten Chor und großes Orchester komponiert. In D-Dur. Ich war verzweifelt. Ich habe an Hába geschrieben und ihn um Verzeihung gebeten, aber er hat mir nicht geantwortet, weil er zur gleichen Zeit sein opus 47 beendete, ›Die Neue Erde‹. Es ist noch ein Geheimnis, aber Sie vergessen es sowieso. Kennen Sie den achtundneunzigsten Psalm?« Er sah Amery mit großen Augen an, klopfte einen Dreivierteltakt auf den Tisch und sang dazu: »In die Hände klatschen sollen die Ströme, die Berge sollen jubeln im Chor . . .! – Das ist ein Stück aus dem Mittelteil. Eine Banalität. Gestern wurde im Konservatorium der Zettelkasten geleert. Die Direktion hat einen Kasten aufhängen lassen, in den alle ihre Wünsche und Beschwerden einwerfen dürfen, ohne den Namen angeben zu müssen. Eine sehr gute Einrichtung. Gestern wurden die Zettel vorgelesen. Auf einem stand: ›Ich bin unglücklich – was soll ich tun?‹ Ist das nicht zum Schreien?«

»Stammte er von Ihnen?« wollte Amery wissen.

Sixta lachte und schüttelte den Kopf. »Ich war während den Sommerferien bei meinen Eltern in Budweis. Mein Vater ist Angestellter bei den Bleistiftwerken ›Hardtmuth‹. Deswegen hieß ich auf dem Gymnasium ›der Anspitzer‹. Ich wette, daß zu Ihnen noch niemand ›Kaffeekanne‹ oder ›Untertasse‹ gesagt hat.«

»Ich kann mich nicht erinnern«, gab Amery zu und versuchte, sich aus dem Bann zu lösen, in dem er sich seit Sixtas Anruf befand. Er war weniger darüber verwundert, daß er von Sixta erpreßt worden war. Erpressung hat immer noch einen Hauch

270

von Handel, den Wildgeruch der ursprünglichen Akkumulation. Außerdem beging Sixta als Anfänger den Fehler, seine mögliche Rente auf der Stelle zu kapitalisieren. Amery multiplizierte sie also, wie an der Wiener Handelsakademie gelernt, mit dem reziproken Zinsfuß und zahlte statt einer kleinen, aber lebenslänglichen und gleichbleibenden Pension den Barwert eines Abendanzugs. Sollte das Geschäft, auf Grund seines immateriellen Gegenstands, nicht erfüllt oder irgendwann sogar der Versuch gemacht werden, es zu gleichen oder höheren Bedingungen zu wiederholen, würde er Maßnahmen ergreifen. Doch erst dann. Was ihn zugleich anwiderte und fesselte, was ihn in der unfreien Mitte zwischen Überdruß und Neugier hielt und ihn dadurch zum Stichwortfrager oder Antwortgeber herabsetzte, war die Schamlosigkeit, mit der sich Sixta vor ihm erniedrigte. Aus welchem Grunde tat er das? Gehörten diese Geständnisse noch auf die Rechnung? Sixtas Hände verkrampften sich über dem Knie, flatterten hoch und kamen für eine Weile auf dem Rauchtisch zur Ruhe. Amery wollte abwarten, bis er sie wieder anhob, um sich die Abdrücke auf der Glasplatte nicht entgehen zu lassen, blickte aber schon nach einiger Zeit wieder auf. »Schauen Sie mich nur an«, sagte Sixta.
Amery sah in das weiche, helle Gesicht, dessen Züge noch wie in einem ungesättigten fotografischen Entwicklerbad verborgen waren, und mußte an den liebenswürdigen Schotten denken, der ihm in Venedig ein Vorhaben zur dreidimensionalen Wiedergabe von Objekten erklärt hatte; auch die Bemerkung Mrs. Greys fiel ihm wieder ein: ›Nur mich sieht er, wie ich bin‹. Es gab an Sixta eigentlich nichts auszusetzen. Er hatte eine große Stirn über flachen, dunklen Brauen, die Nase lag eingebettet zwischen hohen, fleischigen Jochen, die den Kopf in die Länge streckten, die volle Unterlippe würde sich zur rechten Zeit vom Schmollen aufs Genießen umstellen, das Kinn schien eine Spur zu lang, wurde aber von den Kieferknochen sicher abgefangen – was fehlte diesem Gesicht? Ich sehe ihn, dachte Amery, aber sehe ich ihn wirklich, wie er ist? Kommt er sich selber vielleicht wie ein Versprechen vor, zu ungenau und schwebend, als daß er es jemals einlösen könnte? Warum wechselt der Ausdruck seiner Augen immer nur von Bestürzung zu Rechthaberei?

»Ja, ich bin häßlich«, sagte Sixta, »aber es macht mir nichts aus. Im Gegenteil. Es hält mich am Leben. Sie wissen, daß ein Mann erst dann erwachsen ist, wenn er sich mit seinem Gesicht abgefunden hat. Ich habe es getan. Kennen Sie Bilder von Robespierre? Wissen Sie, wie Mirabeau über ihn geurteilt hat? ›Dieser wird es weit bringen. Er glaubt, was er sagt, und er hat keine Bedürfnisse‹. Ich bin in meiner Häßlichkeit zu Hause, wie in meinen Krankheiten. Haben Sie vorhin den Wind gespürt, als Sie über die Kreuzung am Jungmannplatz gingen? Sie tragen nicht mal einen Hut. Ich habe mich erkältet, doch das macht nichts. Es geht mir gut, wenn ich krank bin. Denken Sie an Bezruč, er brach sein Studium ab, weil er sich körperlich zu schwach fühlte, und heuer wird er siebzig. Halten Sie mich also nicht für wehleidig! Ich liege dann im Bett und denke über mehr nach als eine ganze theologische Fakultät. Haben Sie sich schon mal gefragt, warum alle Fische – und nicht nur ein Männchen und ein Weibchen in Noahs Arche – die Sintflut überlebten und warum der Fisch ein Geheimzeichen wurde? Ich habe mir den Kopf darüber zerbrochen, eine Rippenfellentzündung lang, vor zwei Jahren. Nicht, weil ich fromm wäre. Meine Eltern sind Protestanten. Wir sind den Katholiken unterlegen, weil wir mehr glauben müssen, als wir sehen können. Aber das ist zugleich unsere Stärke.«

Sixta zog ein kariertes Tuch aus der Hose und wischte sich die Stirn ab.

»Möchten Sie etwas trinken?« fragte Amery.

»Nein, danke. Ich werde Sie nicht mehr lange aufhalten«, sagte Sixta und schneuzte sich die Nase, bevor er weitersprach. »Im Mai bin ich fertig mit dem Konservatorium. Ich könnte in Wittingau in eine Bäckerei einheiraten. Ich habe es ausgerechnet: ich bin diesen Sommer ein Vierzigstel des Erdumfangs mit dem Rad gefahren. Von Budweis nach Wittingau sind es vierundzwanzig Kilometer. Das Mädchen ist neunzehn Jahre alt. Sie ist blond und hat Augen wie Teiche. Als ich sie das erste Mal im Arm hatte, kam ich mir wie ein entdeckter Erdteil vor, wie ein Indianer, der sein Leben lang von Columbus träumt – und auf einmal ist er da.«

»Sehr schön für Sie«, sagte Amery.

»Ich war so stark«, fuhr Sixta fort. »Ich habe zu Mittag acht Knödel gegessen und zwei Halbe Bier getrunken. Ich habe Virginias geraucht, ohne daß mir schlecht wurde davon. Nachts auf der Chaussee, wie gesagt vierundzwanzig Kilometer, hätte ich am liebsten die Äste von den Kirschbäumen gerissen. Aber wissen Sie, was ich als erstes gemacht habe, als ich wieder in Prag war?«

»Sie sind umgezogen.«

»Wer hat Ihnen das verraten?«

»Niemand«, antwortete Amery. »Es ist üblich, die Adresse zu wechseln, wenn man sein Leben ändern will. Ich habe es früher auch getan.«

»Ja«, sagte Sixta und wischte sich den Schweiß in die Haare, »aber es ist eine Illusion. Es stört mich nicht, daß ich an der Eisenbahn wohne. Auch gegen den Botitsch, das einzige Wasser in der Nähe, habe ich nichts, obwohl er manchmal sehr stinkt. Dafür kann ich morgens nach Karlov hinaufsteigen, zur alten Stadtmauer. Von dort sieht man die roten Schanzen am Wyschehrad.«

»Ich weiß«, sagte Amery leise.

»Sie verlangte auch nicht von mir, das halbe Land mit roter und weißer Farbe anzustreichen.«

»Wer?« fragte Amery verblüfft.

»Dieses Mädchen. Helena Kantor. Hat Ihre Frau Sie nie um etwas Ähnliches gebeten?«

»Nicht daß ich wüßte«, sagte Amery.

»Aber sie sind doch Schwestern!« rief Sixta. »Schwestern haben viel Gemeinsames. Es ist alles so lächerlich. Und damit Sie mich endlich verstehen, sage ich Ihnen, daß ich mich vor nichts so sehr fürchte wie vor der Lächerlichkeit. Ich liebe Sophie, verstehen Sie, aber ich mache mich lächerlich damit. Ich habe sie sofort vom Bahnhof angerufen, als ich aus den Ferien nach Prag zurückkam, obwohl ich mir die ganze Fahrt über geschworen hatte, sie niemals wiederzusehen. Aber sie war noch in Schlesien, sagte ihr Vater. Ich nahm es hin wie ein Gottesurteil und zog in die Vorstadt, doch ich brachte es nicht über mich, ihre Fotografie wegzuwerfen...« Er räusperte sich und nahm eine Zigarette aus der Dose. Amery hielt ihm das Feuerzeug hin. »Dann fuhr ich nach Brünn, zur Dvořák-Premiere. Ich wollte einen Abstecher nach Wittingau machen, auf der Rückreise, aber ich sprang in den ersten Zug nach Prag, und im Konservatorium gab mir der Pedell einen Brief von ihr. Ich trug ihn zwei oder drei Tage mit mir herum, ohne ihn aufzureißen. Ich kam mir vor wie ein Alkoholiker, der abstinent geworden ist, aber für den Rückfall eine Flasche Schnaps bei sich hat. Mein Vater schickte mir etwas Geld. Ich wollte ... ja, ich wollte mir eine Frau kaufen, sozusagen, aber keine sprach mich an. Lachen Sie? Lachen Sie ruhig.« Sixta machte einen tiefen Zug aus der Zigarette und blies den Rauch über die Glasplatte. »Seitdem sehe ich Sophie fast jeden Nachmittag, nur dienstags und freitags hat sie keine Zeit.« Er lächelte. »Sie singt wieder.« Er zerdrückte die Glut der Zigarette mit solcher Entschlossenheit, daß Amery auf einen neuen Ausbruch gefaßt war. »Ich habe schon überlegt, ob ich nicht nach Spanien gehen sollte«, sagte Sixta stattdessen.

»In den Bürgerkrieg?« fragte Amery. »Da würde ich doch an Ihrer Stelle lieber dieses Fräulein in Wittingau heiraten.«

»Ja«, sagte Sixta und stand auf. »Empfehlen Sie mich, bitte, Ihrer Frau Gemahlin. Wenn es ihr recht ist, möchte ich an Weihnachten ein paar Improvisationen auf böhmische Volkslieder spielen.«

»Sie wird entzückt sein«, sagte Amery und sah zu, wie sein Besucher sich den nassen Mantel über die Schultern hängte. »Ich hoffe, Sie haben Aspirin zu Hause.«

»Danke«, sagte Sixta.

Amery hielt ihm die Tür auf und begleitete ihn zum Lift. Als Sixtas Gesicht unter dem Estrich verschwand, bedauerte er es, ihm nicht mehr Geld gegeben zu haben, und während er in sein Zimmer zurückging, fühlte er, daß er dieses ›Milchgesicht‹ um irgendetwas beneidete. Er schlug die Mappe mit dem ›Eilt‹-Vermerk auf, setzte seinen Namen unter einen Brief an die Glashütte Steinschönau und rollte den Tintenlöscher darüber. Als er das Blatt noch einmal betrachtete, sah er, daß er statt Amery ›Sixta‹ geschrieben hatte. Er riß das untere Drittel der Seite ab, faltete es und legte es wie eine Quittung in seine Brieftasche.

Der erste Weihnachtsfeiertag ging schnell vorbei. Heinrich zuliebe, der sich von dem Besuch bei ›Onkel‹ Jan ein zusätzliches Geschenk versprach und schon beim Mittagessen zum Aufbruch gedrängt hatte, waren Sellmanns vor der angesetzten Zeit am Karlsplatz erschienen. Bohuslav Amery und Sixta kamen pünktlich um vier und wurden, was beiden fast den Atem nahm, von Tante Marketa im Korridor umarmt und geküßt.

Sophie führte Sixta an den Tisch unterm Tannenbaum, wo eine Gabe für ihn bereitlag, und bestand darauf, daß er die Schatulle sofort öffnete. Sie flüsterte ihm zu, daß sie es gewesen sei, die den Drehbleistift und den Füllhalter mit der Goldfeder für ihn ausgesucht hatte.

Zum Kaffee bat Christine an den ovalen Tisch, wobei es Frau Farel so einrichtete, daß Sixta neben Sophie zu sitzen kam. Heinrich stellte das Geschenk, ein Mikroskop mit eigens für seine Sehschärfe angefertigtem Okular, vor seinen Teller, wartete, bis der Kuchen angeschnitten wurde, und holte sich danach mit einer Pinzette so viele Krümelvarianten unter die Linse, daß die Objektplatte, die Präparatklemme und der Spiegel nach einer halben Stunde völlig verschmiert waren.

Das Gespräch lebte zunächst von den Christmetten in St. Nikolaus, St. Ignatius und St. Ludmilla, ehe es auf das Thema des Monats, die Abdankung Eduards VIII. und seine voraussichtliche Heirat mit Mrs. Wallis Simpson, übersprang. Während Frau Sellmann und Tante Marketa diesen Schritt verurteilten und Sellmann sich ihnen ›aus Familien- und Staatsräson‹ anschloß, behauptete Christine, der englische Monarch habe korrekt gehandelt. Betty war schockiert.

»Indem, daß er die Frau, was ihn liebt, nicht sitzen läßt!« böhmakelte der alte Amery zur Verteidigung seiner Schwiegertochter. Alle lachten, nur Tante Marketa verwahrte sich gegen den königlichen Fehltritt und trieb ihre Veilchenpastille so weit heraus, daß Sixta glaubte, sie hätte einen Tennisball in der Bakkentasche. Um seine Schwägerin zu besänftigen, sang Bohuslav ein Loblied auf die Ehe Victor Emanuels und prophezeite, daß die ›leider etwas groß geratene Gattin des Königs von Italien und Kaisers von Äthiopien‹ demnächst die goldene Tugendrose des Heiligen Vaters erhalten werde. Marketa, die solchen Beifall zu Recht als Anspielung auf den kleinen Rittmeister Farel verstand, hatte einen Verweis auf der Zunge, als Katharina plötzlich von dem Film ›Burgtheater‹ zu reden begann.

»Ihr Mund ist zu klein«, mäkelte Christine, die ein Foto der Schauspielerin Hortense Raky aus der katholischen Illustrierten ›Feuerreiter‹ kannte. »Deswegen überschminkt sie die Lippen.«

»Das ist gelogen!« rief Katharina, setzte sich aber nicht durch, weil niemand außer ihr den Film gesehen hatte.

Man schwieg eine Zeitlang und blickte auf Heinrich, der mittlerweile dazu übergegangen war, die Krümel vor der Untersuchung in den Kaffee und in die Sahne zu tauchen. Frau Sellmann wollte es ihm verwehren, aber der alte Amery bewog sie ohne Worte, den Jungen in Ruhe zu lassen. Sixta fühlte, daß man ihn nicht nur als Pianisten, sondern auch als Teilnehmer an der Unterhaltung eingeladen hatte. Hin und wieder setzte er sich kerzengerade auf seinem Stuhl zurecht, doch jedesmal, wenn ihm ein treffendes Wort einfiel, tat ihm Sophie ein Stück Bienenstich auf den Teller, und sobald er den Bissen im Mund hatte, war es zu spät für seinen Blitz. Er kaute an einer weiteren Portion, und Sellmann berichtete, daß die französische Regierung nun auch die Straßenautomaten abgeschafft hätte, aus denen man bisher zum Preise von fünf Francs fünfzig Liebesbriefe ziehen konnte, als Vorlage für die eigenen billets doux.

»Barbarei«, seufzte Tante Marketa, die nur das Wort ›Volksfront‹ aufgeschnappt hatte. Christine bat, das Licht auszuschalten. Heinrich protestierte, doch als die Kerzen brannten und Sixta am Flügel saß, wurde er still und fing an zu essen.

Sixta improvisierte über zwei böhmische Weihnachtslieder: ›Der Herr Christus ward geboren‹ und ›Komm, wir gehn nach Bethlehem‹, behandelte sie zuerst als Ricercare, wechselte mit Hilfe rhythmisch verzögerter chromatischer Läufe in einen Walzertakt hinüber, schwang sich von dort in einen Militärmarsch, aus dem die Themen nur noch als Verzierungen herauspfiffen, bis er sie nach einem unerwartet langen Trugschluß groß und feierlich im Choral dahinfluten ließ.

Man applaudierte, Sellmann drückte ihm sogar die Hand, doch die Zustimmung war gezwungen, denn Christine und Tante Marketa hatten während des Spiels das Zimmer verlassen. »Meiner Frau ist nicht wohl«, erklärte Amery. Betty ging nun gleichfalls hinaus. Die Zurückgebliebenen mühten sich, über den Zwischenfall hinwegzureden, aber als Frau Sellmann nach einer Viertelstunde bat, den Arzt zu verständigen, war dies das Zeichen zum Aufbruch. Christine wurde in die Apollinargasse gebracht und erhielt dort ein Zimmer in der zweiten Etage des rückwärtigen Trakts, gegenüber dem Physikalischen Institut.

Jede Woche bis Ende Januar trafen sich Sophie und Amery in der Charvatgasse. Sie lebte so sehr von Dienstag zu Freitag zu Dienstag hin, daß ihr die Zwischenzeit wie die ungeschickte Nachahmung der wirklichen Welt erschien, als wären die übrigen Tage verwackelte und verwischte Kopien eines verborgenen Originals. Am Rand der frühen Winterabende, wenn die Äste vor den Fenstern die Endlosigkeit des Himmels bekräftigten, ließ sich das Muster manchmal fassen, und wie das Beste kommt, wenn alle Hoffnung geht, glaubte Sophie, ein Wunder müßte schon deshalb gelingen, weil keine Aussicht auf Tatsachen war. Sie ermunterte sich zu solchen Nachtstücken mit einer einzigen, unablässig erneuerten Melodie, in deren Intervallen sie bis zum Frühstück durch die Wohnung lief. Doch montags und donnerstags, wenn sie nur noch vierundzwanzig Stunden von Amery trennten, hing der Himmel in den Bäumen, die Äste ragten ohne Sinn und wiesen auf nichts anderes als auf sich selber hin. Dann fürchtete sie sich.

Den ersten Dienstag im Februar fand sie in der Charvatgasse einen Brief. Amery schrieb, daß er Sophie nicht vor dem Zwölften sehen könne: das Falkenauer Projekt, die Vorbereitungen auf die Messe im März und die Handelskammer hielten ihn ab. Sie zerriß das Blatt, fügte es wieder zusammen, las es noch einmal, steckte die Schnipsel, bevor sie das Haus verließ, in den Mantel und warf sie unterwegs in einen Gully. Am Freitag hätte sie ihrer Mutter sagen können, daß die Gesangsstunde bei Fräulein Kalman ausfiele, doch Amery hatte am elften Februar Geburtstag, und Sophie machte sich auf die Suche nach einem Geschenk, das nichts verriet und alles sagte. Eine Stunde lang schaute sie sich in den Geschäften am Wenzelsplatz um, bis sie in die Jungmannstraße ging, wo sie in einer Auslage einen geschnitzten, vergoldeten Rahmen entdeckte. Als sie ihn kaufte, erkundigte sich der Geschäftsführer, ob es sich bei dem Gemälde um ein Hoch- oder Querformat handele.

»Hochformat«, sagte Sophie, »aber ich möchte nur ein Stück Glas rahmen lassen.«

»Pardon?«

»Es ist kein Bild, sondern nur eine Fensterscheibe.«

Ein leerer Rahmen ohne Leinwand oder Pappe, Papier oder Passepartout, und trotzdem verglast? Sophie begriff, daß der Geschäftsführer sie für verrückt hielt, aber sollte sie ihm etwa erzählen, daß sie die rechte Innenscheibe der Balkontür rahmen lassen wollte, weil sie jeden Dienstag und jeden Freitag durch dieses Fenster blickte, wenn sie auf Amery wartete?

Ein Angestellter begleitete sie mit dem Rahmen und dem nötigen Handwerkszeug in die Charvatgasse, nahm die Scheibe aus dem Fenster, schnitt sie zurecht und hämmerte Stahlstifte in das Holz. Gut so? Ja, so war es richtig. Während der Glaser den Kitt auf einem Zeitungsblatt zusammenstrich, lehnte Sophie den goldenen Rahmen an die Wand und spiegelte sich in dem Glas. Wie lange würde Jan brauchen, um ihr Geschenk zu verstehen?

Sellmann lud seinen Schwiegersohn nach Bubenetsch ein, um den Geburtstag en famille zu feiern, doch Amery entschuldigte sich damit, daß er den Abend bei Christine im Krankenhaus verbringen wollte. Am anderen Nachmittag schenkte ihm Sophie das leere Bild. Amery hielt die goldgerahmte Scheibe vors Gesicht und fand die Erklärung, als er auf das Fenster zum Pawlatsch sah.

»Das Glas ist braun von deinen Augen«, sagte er, und Sophie lieferte sich aus.

Nach der Rückkehr des Klinikvorstands wurde Christine ein zweites Mal untersucht. Vom Fach her einer wissenschaftlichen Darstellung der Fruchtbarkeitszyklen stärker zugewandt als pathologischen Fragen und in seiner ärztlichen Praxis weniger an Organsymptomen als an einem ganzheitlichen Bild des Pa-

tienten interessiert, erfuhr der Professor durch bloßes Zuhören
mehr über Frau Amerys Krankheit, als ihm Röntgenaufnah-
men, Fiebertabellen und Hämoglobinwerte sagen konnten.
Christine erkundigte sich, was er ihr an Medikamenten, Ver-
haltensregeln oder Kuren empfehle.

»Ein Kind wär nicht schlecht«, sagte er.

»Ich hatte an Franzensbad gedacht«, sagte Christine und griff
sich ins Haar. »Oder spricht etwas dagegen?«

Er schüttelte den Kopf.

»Mein Mann hat viel in Falkenau zu tun, das ist in der Nähe.
Er könnte mich am Wochenende besuchen. Wann werde ich
entlassen?«

Er zuckte die Schultern. »Sobald Sie wieder laufen können.«

Sie streckte ihm die Hand hin und bedankte sich schnell, um
allein zu sein. Anfang März saß sie schon im Kurswagen, mit
kleinstem Gepäck, Koffer und Hutschachteln fuhren voraus.
Amery sollte sie später besuchen. »Sobald ich mich eingewöhnt
habe, ja?« Nach acht Tagen erhielt er eine ›Fliegeraufnahme
mit dem Gesamtbild von Franzensbad‹, die ihn zum Wochenende einlud, und am gleichen Abend rief Frau Sellmann an, um
zu bestätigen, daß Sophie und Katharina ihn begleiten würden,
falls er einverstanden sei. Christine habe es den Schwestern angeboten, auf einer hübschen Karte übrigens mit dem Goethe-
Brunnen, links Pegasus, rechts Zentaur, das Weltkind in der
Mitten. Amery vereinbarte, mit den Schwägerinnen am Freitag
nach Marienbad zu fliegen, wo er ein Auto für den Rest der
Reise mieten wollte.

An diesem Freitagnachmittag fiel Sellmann ein, daß Sophie
wahrscheinlich versäumt hatte, ihrer Lehrerin Bescheid zu geben. Er verschloß einen Brief an Frenzel, der mit Kurierpost
nach Berlin befördert werden sollte, steckte das Kuvert ins
Jackett und blickte auf die Wiener Pendule neben seinem
Schreibtisch: ein Viertel nach vier, schon zu spät für eine Ab-
sage, aber noch Zeit für eine Entschuldigung. Fräulein Kalman
meldete sich sofort, und ehe ihr Sellmann den Grund seines
Anrufs zu erklären vermochte, bedauerte sie schon, daß Sophie
nicht zu sprechen sei, weil sie liebenswürdigerweise einen Einkauf erledige, den sie, die Kalman, wegen ihres Hüftleidens seit

längerem aufgeschoben habe. Auch könnte sie nicht sagen, wann Sophie zurückkäme, da sie das betreffende Päckchen beim Hausmeister abgeben wollte, um sich die Stiegen zu ersparen. Sie würde die ausgefallenen Stunden aber nachholen, so daß der Herr Doktor keineswegs befürchten müßte, er werfe das Honorar aus dem Fenster, notabene. Bei welcher Gelegenheit sie sich übrigens für die großherzige Erhöhung bedanke: »Wenn's bei allen so wäre – da möcht ich mich gut haben!«

Da Sellmann an Bilokation nur in Fällen nachgewiesener Heiligkeit glaubte, konnte Sophie nicht gleichzeitig in Franzensbad und am Kohlenmarkt sein. Daß er sich am Abend trotzdem erkundigte, wie das Trio gelandet sei, war nur väterliche Sorge. Gegenüber Betty erwähnte er nichts.

Am Sonntag fuhr Sellmann zum Flugplatz nach Gbell, parkte den Wagen im Windschatten eines Hangars und beobachtete die geblinkten Morsezeichen des Leuchtturms, ohne sie zu verstehen. Als die Ankunft der Maschine über den Lautsprecher gemeldet wurde, eilte er zum Flugfeld. Die Mädchen hatten weiße Gesichter und wollten ein paar Schritte machen, bevor sie ins nächste Fahrzeug stiegen. Sie stellten ihr Gepäck in den Kofferraum und gingen voran. Sellmann schob die linke Hand unter den Arm seines Schwiegersohns und ließ sich, während sie in der Dämmerung um die Wohnhäuser der Flugplatzangestellten herumliefen, von Franzensbad und dem Befinden Christines berichten. Nachdem sich die Mädchen erfrischt hatten, setzte er Amery am Karlsplatz ab und überlegte auf dem Rest der Heimfahrt, ob er Sophie nach der merkwürdigen Auskunft Fräulein Kalmans fragen sollte. Daß hier ein Mann, mithin ein Kerl, im Spiel war, stand wohl fest. Sixta schied aus, nicht nur weil Sophie sich, so oft sie wollte, mit ihm traf. ›Eine Scheche war genug‹, wie Betty sagte. Damals hatte Sophie Tränen gelacht. Um ihn zu täuschen? Er wollte das Gespräch vertagen. Würde Sophie inzwischen von der Kalman gewarnt, finge sie zur rechten Zeit von selber damit an. Doch am Dienstag hielt es ihn nicht in der Bank. Um drei Viertel vier ging er über das Brückl und durch die Rittergasse zum Kohlenmarkt und wartete gegen seine Überzeugung bis halb fünf. Um sicher zu sein, daß wenigstens die Kalman zu Hause war, schickte er ihr aus einem Blumengeschäft einen Strauß Osterglocken und einen vorgedruckten Gruß hinauf. Nach wenigen Minuten kam der Bote mit dem Bukett zurück.

Beim Abendessen erzählte Sophie ungefragt, wie sie mit ihrer Lehrerin an der Arie der Zerlina aus dem ersten Akt des ›Don Giovanni‹ gearbeitet hatte, und als Sellmann vorgab, sich nicht zu erinnern, sang sie ein Stück: »Batti, batti, o bel Masetto . . .« »Jetzt hab ich's wieder«, dankte er und fühlte, wie ihre Dreistigkeit ihn verlegen machte. Am Mittwoch bereute er schon seinen Verdacht und suchte nach Gründen, die den Bescheid der Kalman und ihre Abwesenheit entschuldigten. Einfach meschugge, diese Frau, sagte er sich, bis zur Gehirnerweichung bekneipt, riskiert nicht mal, die Tür aufzumachen, und Sophie deckt ihr den Rükken, was einerseits treuherzig, andererseits würdelos ist. Wenn aber beide irgendwo herumsaßen, in einer Spelunke der Altstadt, in Gesellschaft von Übermenschen und falschen Fuffzigern, hinter zwei Schwarzen mit Kirsch, und auf dem Nachhauseweg ein Eukalyptusbonbon, damit der Atem sauber blieb? Casino-Vorschrift: auch späte Mädchen, die sitzenbleiben, sind zu bewegen.

Am Freitag holte er Tlapas Anzug aus dem Schrank; das Wetter stimmte dazu: ein Ende März wie Anfang Mai. Betty lächelte. Du ahnst nichts, dachte er und küßte sie beim Abschied auf den Mund. Zu Mittag aß er in der Stadt. Um Viertel vier saß er in einem Taxi am Bubenetscher Markt und sah Sophie in die Tram steigen. Sie trug eine fleischrote Baskenmütze. Am Pulverturm wechselte sie die Bahn und fuhr weiter bis zur Nationalstraße, doch statt über den Damm in die Perlgasse zu gehen, trat sie vor die Auslage des Lederwaren-›Alligator‹, blickte sich einige Male um und schlenderte weiter zum Schuhgeschäft ›Polický & Popper‹. Sellmann beobachtete sie durch das Rückfenster und schämte sich. Plötzlich war Sophie verschwunden. Auf diesen Fall hatte Sellmann sich und den Chauffeur vorbereitet. Er sprang aus dem Wagen, lief in die Passage und blickte rechts und links in die Schaufenster. Als er in der Charvatgasse wieder ins Tageslicht geriet, sah er zwanzig Schritte vor sich die rote Mütze auf dem schwarzen Haar. Er ließ den Abstand größer werden, ohne Sophie aus den Augen zu verlieren. Hätte sie sich plötzlich zum Kohlenmarkt umgedreht, er wäre enttäuscht gewesen, wie nach einer Wette am Totalisator in Kuchelbad. Er fühlte, daß er recht behalten wollte. Sophie huschte in ein Haustor. Sellmann ging weiter, merkte sich die Nummer und bog in die Wladislawgasse. Nach ein paar Metern blieb er schwitzend stehen, machte kehrt und stellte sich an die Ecke der Charvatgasse, schon nicht mehr Jäger, sondern wie gejagt. Er zog eine Zigarette aus dem Staubmantel, zündete sie an und blickte auf den blauen Schleier an seiner Hand. Ich sollte lieber irgendwohin fahren, dachte er, die Schläfe an einem Ohrenpolster und Veronal im Koffer. Neben der Strecke müßten die Sandwege ziehen, wie zwischen Dessau und Zerbst. Aber keine Kopftücher, bitte, höchstens helle Fenster in den Bahnwärterhäuschen und zwei, drei Wolken, gelblich angestrahlt.

Er sah seinen Schwiegersohn von der Jungmannstraße her kommen, stellte sich neben einen Transformatorkasten und las die aufgeklebte handgeschriebene Annonce: ›Lori zugeflogen, V. Polàk, Lazarusgasse 6, zweite Etage.‹ Amery trat in denselben Eingang, den Sophie benutzt hatte. Sellmann folgte ihm. Der dunkle Flur war still und roch nach Gas, wie die Felder in Flandern, neunzehnfünfzehn. Die Treppe knarrte. Wahrscheinlich nahm Amery immer gleich zwei Stufen auf einmal. Dann noch ein Schlüssel, eine Tür, und beides sehr weit oben.

Sellmann setzte sich zu ›Jelínek‹, ins letzte Haus vor der Jungmannstraße, und bestellte Rum und Bier. Der Wagen konnte warten; jetzt fuhr Schicksal vor. Der Schnaps schmeckte verlängert, dagegen schäumte die Pilsener Blume bitter und süffig. Ich gebe eher zu, daß ich ein Sünder als ein Trottel bin, dachte er. Das liegt in meinem Charakter.

Als er die Rechnung beglich, zählte er die Scheine in seiner Brieftasche. Die Bank und Betty wollte er von unterwegs anrufen. Er ging in die Nationalstraße, fragte den wartenden Chauffeur, ob er ihn nach Franzensbad brächte, und vereinbarte mit ihm, Übernachtung und Retourtaxe zu bezahlen. Noch am Sandtor überlegte er, ob ein Umweg über Bubenetsch nicht tunlicher sei, doch das Bier, der Rum und der Tlapa-Anzug machten ihm Mut bis zum Weißen Berg. Erst dort, in Libotz, bat er anzuhalten und kam nur unter Opfern los. Obwohl sie.

nicht mehr als zehn Kilometer gefahren waren, verlangte der Chauffeur das Vierfache des Tarifs, wegen der bestellten, aber abgebrochenen Reise.

Zwischen den Flügeln des schmiedeeisernen Tores betrat Sellmann den ummauerten Wildpark. Hier hatte er mit Sophie im vorigen Sommer das Schloß ›Stern‹ besucht, die Villa auf dem sechsstrahligen Fundament, von Erzherzog Ferdinand für Philippine Welser, die schöne Augsburgerin, erbaut. Aus einem der westlichen Fenster hatten sie nach St. Maria de Victoria und zum Weißen Berg hinuntergesehen und sich von einem Kastellan in grünem Waidrock die Positionen des Grafen von Bucquoi, des Fürsten von Anhalt, der Regimenter Tillys, Tiefenbachs und Thurns zeigen lassen und auch die Stelle, wo nach der Schlacht der Hosenbandorden Friedrichs von der Pfalz gefunden worden war.

Damals mit Sophie hatten die Linden geblüht, also dürfte es Juni gewesen sein, und an den Kastanien hatten die Früchte wie grüne Feigen gehangen. Jetzt stand Goldregen neben Fliederknospen und blauer Krokus in dunklem Laub. Aus den Rasenrabatten stieg der unverkennbare Duft von Aufbruch, alljährlich süß und ordinär. Sellmann wurde seekrank und setzte sich auf eine Bank an der Schloßallee. In Gedanken verließ er den Zug, in den er bei ›Jelinek‹ gestiegen war. Dies konnte nur ein Kopfbahnhof sein, Cuxhaven, Swinemünde, Cherbourg oder die Kreidefelsen auf Rügen. Alles lag hinter ihm, so weit, daß er vergeblich die Hand danach ausstreckte. Auf der Bank über dem Großen Knechtsand saß er und schaute ins Meer, und nach einer Weile kam der liebe Gott übers Wasser, nicht Christus, sondern Ich-bin-der-ich-bin persönlich, und nicht allein, sondern in Begleitung zweier Herren, die wie Eugen Lustig und Bohuslav Amery aussahen. Sie trugen die gleichen sandfarbenen Anzüge und staubgrauen Mäntel wie Sellmann und rauchten die gleichen Zigarren. »Wo drückt's denn?« fragte der liebe Gott, der alte Amery wischte sich den Schweiß aus dem Hutleder, und Lustig schneuzte sich ins Taschentuch, als wäre er gerührt. »Die Kinder«, sagte Sellmann. »Ja, die Kinder«, antworteten alle drei und seufzten. »Aber sehen Sie sich das mal an!« sagte der liebe Gott und zeigte mit seiner Havanna aufs

Wasser Richtung Feuerschiff ›Elbe I‹ oder nach Bornholm hinüber oder auf den Kanal. »Ja, in Natur sind Sie groß«, sagte Sellmann, »das muß Ihnen der Neid lassen. Diese Abendstimmung hat was. Als ob die Erde wegsegelt, das Land vorbeitreibt und die Wellen stehn. Lassen Sie's noch ein bißchen hell!« Die Herren nahmen Platz. »Ihre Tochter?« fragte der liebe Gott. »Und mein Sohn«, sagte der alte Amery. »Je länger man auf eine Sache blickt«, sagte der liebe Gott, »desto komischer wird sie. Durch Genauigkeit wird alles lächerlich.«

»Noch gibt es Gesetz und Gewissen!« protestierte Sellmann. »Ich war Offizier.«

»Alterieren Sie sich nicht«, beruhigte ihn Lustig. »Ich weiß seit über einem Jahr, daß Sie für die ›Saxonia‹-Bank arbeiten. Ihre Berichte gehen jeden Freitag mit Kurierpost ins Reich. Sie hätten mich einweihen können. Ich bin Ihnen trotzdem nicht böse. Was soll man tun in Zeiten, wo der Leib eine Lust und die Seele eine Last ist? Es gibt ein Leben in der Mitte, zwischen Rechttun und Sünde. Also dürfen Sie auch einen mittleren Urteilsspruch, zwischen Belohnung und Strafe, erwarten.«

»Das sagt der heilige Augustinus«, bemerkte der liebe Gott, als wolle er sich die Entscheidung vorbehalten.

»Woher wissen Sie's?« wandte sich Sellmann an Lustig.

»Vom Geheimdienst«, antwortete der Bankier. »Sie haben nichts zu befürchten, aber Sie werden sich revanchieren, wenn Ihre Zeit gekommen ist. Das Gesetz hat eine wächserne Nase, und die Könige haben einen langen, eisernen Arm, um sie zu biegen, wie es ihnen gefällt. – Ein Wort des Kaisers Heinrich«, fügte er für den lieben Gott hinzu. »Er hat drei Päpste abgesetzt. Nun liegt er in Speyer. Ich hatte dort etwas Geld in Druckereien.«

Sellmann blickte zu Amery, der als einziger rechts von ihm saß.

»Gut, daß Sie nicht nach Franzensbad gefahren sind«, sagte der alte Porzellanhändler. »Bestenfalls hätte es einen Skandal gegeben. Wozu? Kleine Lieben dauern ein Vierteljahr, große ein halbes.«

»Die Liebe höret nimmer auf«, korrigierte der liebe Gott, doch Bohuslav wandte sich wieder an Sellmann. »Es gibt Leute, die meinen, man sei reif, wenn man nach Entschuldigungen für den

Lebenslauf seines Vaters sucht. Ich denke gelegentlich darüber nach, ob es nicht besser wäre, wenn Jan seinen Verstand versoffen hätte, statt Gläser aus Haida und Kaffeetassen aus Elbogen zu verkaufen. Sie sehen, ich bitte um Verzeihung für meinen Sohn. Die Zukunft erscheint mir viel älter als alle Vergangenheit. Wir machen Erfahrungen nur mit uns selbst. Das Maß, mit dem wir messen, bleibt sich nicht gleich. Lassen Sie sich einen Schnurrbart wachsen, legen Sie einen Gewürzgarten an, treten Sie einem Schwimm-Club bei – es läuft auf dasselbe hinaus: Sie sterben bei Lebzeiten. Als junger Mensch hatte ich eine Verabredung mit einer Dame im Riegerpark, in der Dämmerung, wie jetzt. Sie sah mich nicht kommen. Sie hob plötzlich die Röcke und ließ ihr Wasser hinter einem Busch. Dann trat sie auf den Weg und schwenkte ihren Pompadour. Aber mir war der Appetit vergangen. Warum? Ich bin ein Herr mit einer zarten Haut. Ich fuhr nach Plovdiv, Krakau und Paris. Daheim hab ich mich gefragt: Und das soll alles sein? Wo waren die fliegenden Teiche, die Bäume mit den vier Ernten, die hüpfenden Automobile, die Wunder ohne Unterleib? Ich meinte immer, das Leben sei draußen.«

»Der Weise sitzt am Fenster und kennt die ganze Welt«, sagte der liebe Gott.

»Genau«, bestätigte der alte Amery, »und deswegen wünsche ich, daß Jan bei Christine bleibt. Pythagoras opferte hundert Ochsen, als er seinen Lehrsatz fand. Ich habe ihr eine silberne Milchkuh geschenkt, als sie mich das erste Mal besuchte.«

Lustig sagte: »Die Sophie könnte meinen Viktor heiraten.«

»Daran habe ich auch schon gedacht«, sagte Sellmann. »Aber es wird Schwierigkeiten geben.«

»Wir bürgern sie ein«, sagte Lustig, »und ich schenke ihr ein Hotel, damit sie was zu tun hat.«

Der liebe Gott stand auf und ließ die Kniegelenke knacken. »Es ist kühl«, sagte er. »Ich muß jetzt die Sonne versenken. Die Amerikaner werden sonst unruhig.« Er zog den Hut und verbeugte sich vor Sellmann. »Hoffentlich fühlen Sie sich jetzt besser, lieber Herr. Glauben Sie mir: ins Land der Verheißung gelangt nur, wer nicht weiß, wohin er geht. Adieu!« Er kehrte sich ab und ging die Allee hinunter. Auch Lustig und der alte

Amery erhoben sich. »Er hat heute zuviel im Kopf«, entschuldigte Lustig den lieben Gott. »Am Morgen ist er nach Doorn geflogen, weil er dachte, der Kaiser stirbt, aber es war nur der übliche Angina-pectoris-Anfall. Dann hat er die Enzyklika ›Divini redemptoris‹ redigiert – der Ratti hält ihn sehr in Bewegung –, um Mittag war er bei den Verwundeten von Guadalajara, übermorgen ist Palmsonntag, und dann steht ihm wieder die Karwoche ins Haus.« Lustig entfernte sich. Nur der alte Amery blieb noch einen Augenblick bei Sellmann. »Sie haben einfach nichts gesehen in der Charvatgasse«, sagte er leise. »In vierzehn Tagen ist sowieso alles vorbei. Wollen wir wetten?« Er ging hinter Lustig her, und als er ihn erreicht hatte, fingen sie beide an zu laufen, um den lieben Gott einzuholen. Wie junge Schwäne, die das Fliegen lernen, hoben sie die Arme und vollzogen den Knick der Allee in einer straffen, schwarmgerechten Schwenkung. Sellmann wollte ihnen hinterherschweben, doch als er sich aufrichtete und die Flügel ausbreitete, waren die Herren verschwunden. Er zog den cognacfarbenen Batist aus der Brusttasche und roch daran. Ein Duft wie Seidelbast stieg ihm in die Nase. Er warf die Zigarre ins Gras. Wir werden den Laden schon schmeißen, dachte er. Wer die Vorsehung auf seiner Seite hat, erreicht mehr, als wer früh aufsteht. Er ging in das nächste Ausflugslokal, bestellte ein Taxi und fuhr nach Bubenetsch. Weder Betty noch den Kindern gegenüber ließ er sich etwas anmerken. Doch während des Abendessens rutschte ihm bei einer ungeschickten Bewegung das Fischmesser auf die Serviette, und er sah die Schwarze so erbittert an, als hätte sie vorgehabt, ihn auf diese Weise zu ermorden.

Sellmanns Blick erinnerte Sophie an die Augen Christines in Franzensbad, vorigen Samstag. Amery und Katharina waren zum Café Miramonti gegangen, und die beiden Schwestern hatten sich ins Lesezimmer gesetzt, in die Plüschsessel mit den gesteppten Rückenlehnen dicht an den Wolkenstore. Neben Christines porzellanblauem Kleid mit den hellgrauen Nerzbesätzen war sich Sophie wie eine mittellose Verwandte vorgekommen, die als Gesellschafterin geduldet wurde, bis man sie wieder in ihre Mansarde oder auf die Promenade schickte. Christine hatte sie um eine Illustrierte gebeten, das Blatt aber bald auf den

Teppich fallen lassen. Sophie schaute durch den Tüll auf die Straße hinaus, wo ein paar Vorsaisongäste zur Trinkhalle bummelten. Sie überlegte, warum Christine solchen Aufwand an Schuhen, Hüten, Pelzen und Toilette trieb und eine Suite in ›Kopps Königsvilla‹ gemietet hatte, wenn Amery nicht wußte, wovon er seine Falkenauer Schulden bezahlen sollte. Im Lesezimmer hielt sich nur noch eine ältere Dame auf, eine ungarische oder rumänische Jüdin. Sie saß am Schreibpult, leckte Briefmarken an und drückte sie mit ihrer kleinen Faust auf die Ansichtskarten. Außer diesen zarten Schlägen war nichts zu hören als das Summen und Einrasten des Etagenlifts. Plötzlich spürte Sophie einen Stoß gegen das Schienbein und drehte sich um. Christine zeigte mit dem Kinn auf die Illustrierte zu ihren Füßen. Während Sophie sich zögernd vorbeugte, traf sie der kalte, empörte Sellmannsche Blick. Blind vor Haß bückte sie sich, sammelte die Bildseiten ein und legte sie auf den Tisch. »Merci«, sagte Christine, und die Dame hinter ihr hämmerte wieder den rosigen Handballen auf das Pult.

»Wer trinkt mit mir einen Becher-Bitter?« fragte Sellmann.

»Ich«, sagten Heinrich und Katharina aus einem Munde.

»Soll ich uns Tee bringen lassen?« hatte Christine in Franzensbad gefragt.

»Nein, danke«, antwortete Sophie, wie vor einer Woche.

Das Unabänderliche machte sie stumm. Sie fürchtete sich nicht vor Katastrophen. Sie war nur empfindlich gegen schrillende Telefone, klickende Lichtschalter und klappende Türen. Bis zur Unerträglichkeit dachte sie manchmal: nicht ich lebe in der Welt, sondern die Welt in mir. Dann hätte sie am liebsten die Haut ausgezogen.

Am folgenden Dienstag fand sie einen Brief Amerys in der Charvatgasse. ›Meine Liebste!‹ schrieb er. ›Ich werde heute nicht bei Dir sein. Wenn Du diese Zeilen liest, bin ich schon unterwegs nach Franzensbad. Es ist irgendetwas geschehen, was mir Christine am Telefon nicht sagen wollte. Sie verlangte sehr dringend nach mir, und Du weißt, warum ich es nicht abschlagen darf, obwohl mir die Arbeit bis zum Halse steht. Sie weinte sogar, was selten vorkommt. Vielleicht ist es nur ein Spleen, oder sie möchte sich aus purer Langeweile mit jemandem aussprechen. Die Saison beginnt ja erst im April. Vielleicht fühlt sie sich aber auch wirklich so schlecht, daß es besser ist, wenn ich einen Tag dortbleibe und sie beruhige, als wenn sie plötzlich in Prag auftaucht. Das einzige, worum ich Dich bitte, ist Geduld, die niemand mehr braucht als ich. Erwarte mich schon am Donnerstag, denn am Karfreitag kannst Du nicht in die Gesangsstunde gehn. Ostern lade ich Euch alle zu einer Landpartie ein. So können wir uns wenigstens sehen. Der Flugverkehr ist eingestellt, wegen des Wetters. Deshalb nehme ich den Zug. Ich bin zu müde für das Auto. Ich bin überwach, weil ich letzte Nacht nicht geschlafen habe. Ich erkenne kaum meine eigene Schrift. Aber ich liebe Dich. Jan.‹

Sophie trat ans Fenster und blickte in den Hinterhof. Bei dem Wort ›Landpartie‹ war ihr der ›Vogelherd‹ eingefallen, der Kaffeegarten mit der Schaukel. Die Beamtenkinder hatten gesungen ›Rote Kirschen eß ich gern, schwarze noch viel lieber‹. Vor fünf Jahren trug sie ein Kleid mit gestickten Astern, und Heinrich kippte seinen Himbeersaft darüber. Onkel Wilhelm setzte sich ein Glas Bier auf den Bauch, und Tante Rosa brachte gezuckerte Erdbeeren. Sie lehnte die Stirn gegen die kalte Scheibe. Sie wär gern zu Sixta, zu Jarmila, zu Vavra und zu Fräulein Kalman gegangen, aber sie fühlte, daß man sich niemals trennt, wenn man von allen Abschied nimmt. Was würde Onkel Wilhelm ihr jetzt raten? Bloß keine Faxen, Kind, bloß ruhig Blut.

Am Donnerstag regnete es, und Frau Sellmann zwang Sophie, die schwarzen Gummischuhe überzuziehen. Kurz nach drei war sie in der Charvatgasse mit nassen Schultern und Säumen. Amerys Jackett hing über der Sessellehne. Leise streifte sie die Gummischuhe und die Pumps ab.

»Ich schlafe nicht«, sagte er vom Bett her, als sie auf Zehenspitzen zu ihm ging. Sie legte sich neben ihn. Er küßte sie so zärtlich, als fürchtete er, ihr wehzutun, und schob den Arm unter ihren Nacken. Seine Hand zitterte. »In einer Stunde fahren wir nach Franzensbad«, sagte er. »Der Wagen steht in der Jungmannstraße. Christine hat mir einen Brief gezeigt. Er kam am Montag aus Prag, ohne Absender. Ich weiß, wer ihn geschickt hat.« Er hob die linke Hand und betrachtete lächelnd die zerschrundenen Gelenke. »Das habe ich schon erledigt. Von daher ist keine Gefahr mehr. Wir fahren jetzt hin, und du erklärst ihr, daß alles Unsinn ist. Wir müssen nur umziehn. Sie kennt die Adresse, die Etage, sogar den Namen, unter dem du das Zimmer gemietet hast. Sie weiß, wann wir uns treffen. Keine Angst! Ich habe nichts zugegeben. Ich hab sie ausgelacht. Sie tat sehr eifersüchtig, aber man kann ihre Gefühle ebensowenig ernst nehmen wie ihre Krankheiten. Fliegende Hitze. Wenn du es fertigbringst, sie zu überzeugen, fährt sie im April nach Capri oder Sorrent, und der Sommer gehört uns. Ich miete eine Wohnung, damit wir endlich aus diesem Loch herauskommen, und wir richten sie ein nach unserem Geschmack. Wenn du magst, gehen wir nächste Woche zu Absalon oder Steklmacher, und von Winternitz lassen wir uns eine Badewanne bauen, so groß wie ein Doppelbett. Vielleicht willst du ein chinesisches Zimmer? Ich kenne einen Importeur in der Wassergasse. Und ich habe noch eine Idee: du läßt dich an der Handelsschule einschreiben, die Formalitäten übernehme ich. Dein Vater wird begeistert sein. Du sagst, daß du in der Stadt zu Mittag ißt, und wir sehen uns jeden Tag. Was hältst du davon?«

»Ja«, sagte Sophie.

»Weinst du?«

»Nein.«

Er streichelte ihren Hals und knöpfte ihr Kleid auf.

Als sie das Haus verließen, regnete es immer noch. Sophie schlug den Kragen hoch und spannte den Schirm auf. Zum erstenmal gingen sie am Tage nebeneinander her über den schmalen Bürgersteig der Charvatgasse. Gelegentlich mußte Amery ihr den Vortritt lassen, um Entgegenkommenden auszuweichen.

»Irgendwo draußen trinken wir einen Kaffee«, sagte er in der Jungmannstraße.

»Gut«, sagte Sophie und blickte unterm Rand ihres Schirms auf den grauen Himmel zwischen den Fassaden.

»Deinen Eltern sagen wir von unterwegs Bescheid«, rief er über das Wagendach, als er die Tür aufschloß. Sie lächelte und nickte. Heute regnet es, dachte sie, ich sehe ja die Wolken. Die Sonne steht noch dahinter. Aber bald wird es dunkel. Wir fahren aus den festen Häusern heraus und kommen in etwas Anderes, Weicheres. ›Pastor Seidentopf war tief erschüttert‹. Wo habe ich das gelesen? Ich gebe, was ich habe. Mehr besitze ich nicht. Ich kann Blumen in eine Vase stellen, ich kann Servietten falten, Kuchen backen, abwaschen, bohnern, singen, pünktlich sein und staubsaugen. Mein Vater kennt einen ausgebufften irakischen Teppichhändler. Für sowas haben wir nun die Bagdadbahn gebaut, sagt er. An Amerys Mantel schwimmen die Fischgräten von der Rückennaht zum Ärmelumschlag. Der vierrädrige Seegang schaukelt uns über die Palacký-Brücke, die Wasser schäumen blasig. Auf den Horizont aus rosa Löschpapier schreibt eine fremde Hand dunkelgrüne Enten, die mehrmals wiederholt werden, wie auch die Kamine von Smichov, die Bertramka-Villa und die Höhen von Motol. Dann Wolken wie Fäuste und Wolken wie Betten. Jetzt kommt die Zeit, wo man alten Männern, die auf Parkbänken eingeschlafen sind, Akazienblätter oder Zigarettenkippen auf den Hutrand legt. Die Flittchen sehen wie Damen, die Damen wie Flittchen aus. Keiner weiß genau, was er will, aber jeder ahnt: Wer ununterbrochen vorwärts marschiert, steht die Hälfte seines Lebens auf einem Bein. Man zieht die Straße unter den Kopf und deckt sich mit dem Himmel zu.

8   Gründonnerstag

In der Dämmerung des Gründonnerstags, auf halber Strecke zwischen Mies und Pilsen, unweit des Dorfes Úlice, entdeckte der Malermeister Bartosch aus Nürschau etwa zwanzig Meter neben der Chaussee eine auf die rechte Seite gekippte Kabriolimousine. Er bremste seinen Dreirad-Lieferwagen hinter einem Baum, dessen abgerindetes weißes Stammholz die Stelle des Aufpralles bezeichnete, ging in der Spur die Böschung hinunter und stapfte über den aufgeweichten Acker. Nach wenigen Schritten stieß er auf den regungslosen Körper einer jungen Frau. Sie war mit einem grauen Wettermantel bekleidet, ihre Füße steckten in schwarzen Galoschen. Aus ihrer gespaltenen Unterlippe lief Blut und vermischte sich mit dem Regen zu einem rotwäßrigen, vom Kinn auf den Mantelkragen sickernden Rinnsal. Als er ihr die nassen Strähnen aus dem Gesicht schob, klappte die Schädelhaut vom Haaransatz bis zum Scheitel zurück. Er faßte das Haar dicht über den Wurzeln und drückte den abgetrennten Hautteil wieder an. Weil die Frau stumm und ohne Bewegung liegenblieb, hielt er sie für tot und wandte sich dem umgestürzten Wagen zu. Unter dem Ersatzrad trug er das Prager Kennzeichen und gehörte zu jener Sorte zweitüriger Autos, die man in Nürschau einen ›Brummer‹ nannte. Durch den Rahmen der zersplitterten Windschutzscheibe sah Bartosch einen Mann, dessen Rumpf sich schräg über die Sitzbank geschoben und dabei den Kopf gegen den gepolsterten Holm gepreßt hatte. Der Malermeister überlegte, ob er die nächste Polizeiwache verständigen oder selber versuchen sollte, den anscheinend unverletzten, aber ohnmächtigen Fahrer aus dem Wrack herauszuholen und ins Krankenhaus zu bringen. Er ging zu seinem Dreiradwagen, öffnete die Ladeklappe und langte ein enterhakenförmiges Linoleummesser aus dem Werkzeugkasten. Er nahm auch eine Plane mit und breitete sie auf dem Rückweg über die junge Frau. Nachdem er das verklemmte Sonnendach aufgeschnitten hatte, griff er dem Fahrer unter die Achseln und versuchte, ihn vorsichtig durch den Spalt zu ziehen. Als die Schultern auf seinen Unterarmen lagen, fuhr ein Personenauto mit aufgeblendeten Scheinwerfern an der Unfallstelle vorbei in Richtung Mies. Weil er den Verletzten nicht fallen lassen wollte, schob er ihm die Beine unter den Rücken. Er winkte, reichte aber mit den Händen nicht über den Rand des Verdecks hinaus. Beim Hinunterbeugen rutschte ihm der Kopf des Fahrers zwischen die Oberschenkel. Er drückte die Knie zusammen und richtete ihn dadurch wieder auf. Die krausen blonden Haare standen steif von den Schläfen ab, und der Regen schlug auf die Stirn. Bartosch zog den Fahrer ganz heraus, brach mit einem Fußtritt den Innenspiegel ab und preßte ihn dem Mann gegen Mund und Nase. Er warf den Spiegel in das Wrack zurück, ging zur Straße und stellte sich mitten auf die Fahrbahn. Der Chauffeur eines Lastwagens versprach, von Kozolupy oder Křimice aus die Polizei zu benachrichtigen, und Bartosch lief wieder die Böschung hinunter, weil sein Linoleummesser vergessen hatte. Er schob es in das Zollstockfutteral seiner Hose und dachte darüber nach, ob er sich nicht besser aus dem Staube machen sollte. Allerdings müßte er die Plane mitnehmen, die er über die Leiche gedeckt hatte, denn auf der Kante stand sein Etikett in Teerbuchstaben. Als er das Segeltuch anhob, bewegte die junge Frau den Kopf, und Blut sprudelte aus dem Mund. Er legte ihr den Arm unter den Nacken, damit sie nicht erstickte, und hielt ihr mit der freien Hand seinen Hut über das Gesicht, bis der Rettungswagen kam. Bartosch hörte sich schweigend die Vorwürfe der Sanitäter an, nannte der Polizei Namen und Adresse, rollte die Plane zusammen und setzte sich in seinen Wagen. Nach einem letzten Blick auf die beiden Bahren fuhr er davon.

Aus dem Kofferraum wurde neben einer Reisetasche nur ein leerer, vergoldeter Holzrahmen geborgen, in dessen Leisten einige Glassplitter steckten, ohne daß man Spuren eines Bildes oder einer Fotografie entdeckt hätte. Die Legitimation des Fahrers fand sich in seinem Jackett. Von Pilsen wurden die Angaben nach Prag rapportiert, konnten aber nicht weitergegeben werden, weil sich in der Wohnung am Karlsplatz niemand meldete. Erst ein Wachtmeister, der gegen Morgen die Evidenzlisten durchsah, brachte Amerys Namen mit dem Porzellangeschäft am Graben in Verbindung.

Der alte Herr Amery begab sich nach Bubenetsch. Hanka nahm Hut und Mantel ab und geleitete ihn in den halbdunklen Salon. Die beiden Falten, die sich von den Tränensäcken zu den Lippen zogen, spalteten sein Gesicht. Als er merkte, daß sein Kinn wackelte, schlug er die Knöchel der linken Hand gegen den Unterkiefer und biß die Zähne zusammen. Er versuchte, etwas anderes zu denken, dachte aber immer wieder ein und denselben Satz: Verzeih mir, Maminko, daß ich nicht aufgepaßt habe.

Als Sellmann eintrat und mit seinem Karfreitagshemd etwas Licht ins Zimmer brachte, sagte Amery wie zu sich selbst: »Sie sind verunglückt.«

»Pardon?«

»Jan und Sophie.« Er ließ Sellmanns Finger los und faßte nach einer Stuhllehne. Sellmann ruckte den Hals, als wollte er das Wort aus den Ohren schütteln.

»Sie müssen jetzt Christine Bescheid geben«, sagte Amery langsam, weil es ihn anstrengte, deutsch zu sprechen.

Sellmann nahm neben Amery auf dem Sofa Platz und kam sich vor wie ein alter Mann, dem nicht einmal genug Gedächtnis geblieben war, seine Versäumnisse zu bedauern. Amery berichtete, was er wußte. Eine Viertelstunde später rief Sellmann Christine an und nannte ihr die Adresse des Pilsener Krankenhauses. Gegen Mittag saß er mit Amery im Schnellzug und erzählte ihm, wie Jan sich gestern überraschend aus Beraun gemeldet hatte, um Betty zu sagen, daß er mit Sophie nach Franzensbad führe. Amery schwieg und sah aus dem Fenster, hörte aber zu.

»Sie waren in Eile«, sagte er. »Sonst hätten sie doch wenigstens einen Koffer mitgenommen.«

Der Pilsener Arzt unterrichtete die Besucher zunächst über den Zustand Sophies. Als er ihr die Kopfhaut, die Zunge und die Lippen genäht hatte, sei sie für Minuten aus der Bewußtlosigkeit erwacht, so daß er zwar mit einer Gehirnerschütterung, nicht aber mit einer Gefäßruptur rechne. Bei der Durchleuchtung habe er außerdem einen Schrägbruch des rechten Schienbeins festgestellt, eine verschobene Flötenschnabelfraktur, der nur mit Hilfe einer Drahtextension beizukommen sei. Er persönlich gehe davon aus, daß die Dame sich bei dem unerwarteten Aufprall die Zunge zerbissen habe und danach aus dem Wagen geschleudert worden sei. »Einen Monat oder zwei«, antwortete er auf Sellmanns Frage, wie lange Sophie im Krankenhaus bleiben müsse. »Es wird davon abhängen, wie das Bein heilt.«

Amery, der während dieser Auskünfte schräg hinter Sellmann gestanden hatte, fragte nach Jan.

»Ein Schädelbasisbruch«, sagte der Arzt. »Seine Frau ist bei ihm.« Er gab Anweisung, die Herren zu begleiten. Eine Ordensschwester mit weißem Stirnband, gestärktem Schleier und steifen Stulpen ging ihnen voraus.

Sie traten in einen Raum, der mit Ausnahme der Decke und der gegenüberliegenden, von einer Reihe übergroßer Schließfächer verstellten Wand weißgekachelt war. Christine saß am Kopfende der vierrädrigen Bahre und blickte nicht auf. Ihr glatter, schwarzer Schal fing das Licht aus den hohen Fensterschlitzen und glänzte um die Arme. Amerys Schritte wurden kürzer, je näher er seinem bewußtlosen Sohn kam. Die weiße Schwester hielt sich an seiner Seite, als fürchtete sie, daß er fallen könnte.

»Tina«, sagte er, aber sie rührte sich nicht.

Dann beugte er sich herab und küßte Jan auf den Mund. Sellmann gab der Schwester einen Wink und ließ sich zu Sophie führen. Sie lag in einem Einzelzimmer bei halbgeschlossenem Rouleau. Der Kopfverband reichte bis an die Augen, aus dem Fleisch ihrer Unterlippe ragten die Enden einer Haarnaht, und das vergipste Bein hing in einer Manschette. Die Schwester ging hinaus, und nach einer Weile kam eine andere herein, in der gleichen Tracht, aber jünger als die erste und adrett wie eine Pfarrersköchin. Sie stellte sich als Sophies Pflegerin vor: Schwester Arsenia. »Sie können auch ›Seni‹ zu mir sagen«, fügte sie hinzu, als sie sah, daß Sellmann die Brauen zusammenzog.

»Wer ist Ihr Namenspatron?« fragte er lächelnd.

»Sankt Arsenius, der Abt«, sagte sie und errötete unter dem Schleier.

Sellmann gab ihr einen Tausend-Kronen-Schein und bat sie, eine Messe für die Genesung seiner Tochter lesen zu lassen. Sie dankte und rückte ihm einen Stuhl ans Bett. Während Sellmann Sophies Hand hielt, merkte er, wie Schwester Arsenia ihm zuliebe ihr Egerländerisch in ein saftloses Gemeindeutsch verfälschte und wie schwer es ihr fiel, gleichzeitig klar und gedämpft zu sprechen. Durch den Eintritt des alten Amery wurden sie beide erlöst. Das Treppensteigen hatte ihn erhitzt. Er wischte sich über die Stirn, bevor er Sophie ansah. »Christine ist bei der Polizei«, sagte er dann. »Sie kümmert sich selber um alles. Ich habe ihr angeboten ...« Er ging zum Fenster und blickte durch die Spalten des Rouleaus. »Aber sie regelt es allein. Sie will Jan nach Prag bringen lassen.« Erst als er sich vom Fenster abdrehte, schien er die Schwester zu entdecken. »Sind Sie Tschechin?«

»Nein«, antwortete Arsenia.

»Christine erwartet uns um vier im Grand-Hotel«, sagte er zu Sellmann.

Sie verabschiedeten sich von Schwester Arsenia, wobei Sellmann den baldigen Besuch seiner Frau ankündigte, erledigten noch einige Formalitäten in der Verwaltung und gingen zum Markt, wo sie einen Imbiß nahmen. Die unvorhergesehene Reise mit ihren Erschütterungen, die Feiertäglichkeit der Industriestadt und das schnelle Essen versetzten sie in eine Stimmung, in der es sie eher nach einer Schlummerstunde als nach dem Tea-room eines Hotels verlangte, und ohne es einander zu gestehen, staunte doch jeder für sich, wie ohnmächtig er der Aufforderung einer dreiundzwanzigjährigen Tochter und Schwiegertochter folgte.

Bei wenig Fuß- und Ellbogenfreiheit ließen sich die Herren auf Stühlen mit harter Bespannung nieder, entfalteten Zigarrentaschen und bestellten Getränke, an denen nur zu nippen sie fest entschlossen waren.

Christine wich Sellmanns Umarmung aus, indem sie seine Hand mit beiden Händen ergriff.

»Du warst bei Sophie?« fragte er.

»Nein«, sagte sie, richtete die wasserblauen Augen fest auf ihn und ergänzte im Sitzen: »Ich gehe auch nicht zu ihr.« Sie sprach flüsternd und bat den Kellner mit gleicher Stimme um einen Mokka. Danach wandte sie sich an ihren Schwiegervater: »Ich nehme an, daß du heute noch nach Prag zurückfährst.«

Der alte Amery nickte unschlüssig.

»Würdest du Herrn Vejvoda sagen, daß ich ihn morgen gegen drei Uhr am Karlsplatz erwarte?«

»Was das Geschäftliche betrifft, darfst du über mich verfügen«, antwortete Amery.

»Ich schaffe das schon«, sagte Christine.

Bohuslav zog ihre Hand an die Lippen. »Ich habe eine Tochter«, sagte er zu Sellmann und wußte nicht, wohin mit seinem Gesicht.

Der Abschied war zärtlich. Christine begleitete ihren Vater und Amery noch ein Stück zum Bahnhof und ging auf dem Rückweg in die Abendmesse der Bartholomäus-Kirche. Im Hotel untersuchte sie Jans Koffer, hängte das Jackett, das er beim Unfall getragen hatte, über eine Stuhllehne und bestellte ein leichtes fleischloses Essen mit Bier. Danach wurde sie schnell müde, schlief eine halbe Stunde und erhob sich wieder, um den Inhalt des Koffers noch einmal auszubreiten. Sie behielt einen Schuh in der Hand und strich so lange über den gesteppten Besatz, bis sie merkte, daß sie traurig war, ohne geknickt zu sein. Ich ahme die Bewegungen einer Frau nach, die ihren Mann verloren hat, dachte sie und warf den Schuh auf den Teppich. Als sie Jans Hose zurücklegte, rutschte sein Schlüsseletui heraus. »Das braucht es nicht«, sagte sie laut, als beschwerte sie sich über den Zufall. Trotzdem besah sie das Bund. Zwischen den sägeförmigen Flachschlüsseln für Wohnung und Büro hing ein fingerlanger Schlüssel mit blankgegriffener Raute und verrostetem Bart. Sie hakte ihn ab und steckte ihn in ihre Tasche.

Am Samstag nachmittag empfing sie den Geschäftsführer in der Wohnung am Karlsplatz. Herrn Vejvodas Schädel war, bis auf die Augenbrauen, wie immer glatt rasiert. Er schien zu wissen, daß ein so nacktes, endloses und auf reine Bedeutung angewiesenes Gesicht durch offengezeigtes Mitleid nur zerrissen werden konnte. Ohne daß Christine den Unterschied bemerkt hätte, pendelte sein Ausdruck während des Gesprächs zwischen feierlicher Würde und beherrschtem Entsetzen. Zu beidem bestand Anlaß. Christine kündigte an, daß sie sich, solange ihr Mann im Krankenhaus bliebe, einen genauen Überblick über die Geschäfte verschaffen wollte, indem sie an zwei Tagen der Woche, sie dachte an Dienstag und Freitag, Amerys Büro benutzte, um sich unterrichten zu lassen. Erst dann könnte man entscheiden, ob alles in Bausch und Bogen so weiterlaufen sollte wie bisher. Ihrer Ansicht nach habe der Erfolg des Falkenauer Projekts bewiesen, daß Anlagen in branchenfremden Bereichen keineswegs so gefährlich waren, wie Amery senior gefürchtet hatte. Bei dieser Gelegenheit wolle sie schon jetzt darauf verweisen, daß Anfragen oder Ratschläge des alten Chefs weder beantwortet noch berücksichtigt werden dürften, ohne zuvor ihre Erlaubnis einzuholen; dies gelte für jeden, auch den geringsten Fall. Da sie nicht tschechisch spreche, sei es angebracht, die wichtigsten Verträge und Abschnitte der Korrespondenz zu übersetzen; falls eine solche Aufgabe das gegenwärtige Personal überfordere, müßte ein sachkundiger und vertrauenswürdiger Dolmetscher eingestellt werden, der ihr bei der Durchsicht zur Hand ginge. Dazu habe Herr Vejvoda hiermit Vollmacht. Größten Wert lege sie im übrigen darauf, daß man ihren Maßnahmen nicht ängstlich, sondern rückhaltlos begegne. »Ich bin noch jung«, sagte sie, »aber ich weiß, was ich will, und sehr bald werden Sie es auch wissen. Es darf zwischen Ihren und meinen Interessen nur keinen Gegensatz geben.«

»Wenn ich Sie richtig verstanden habe«, sagte Herr Vejvoda, »werden Sie Ihre Kur nicht fortsetzen.«

»Sie haben richtig verstanden.«

»Ich halte mich natürlich auch über den Feiertag zu Ihrer Verfügung«, sagte er und erhob sich mit Christine.

»Sie sind jetzt meine einzige Stütze«, antwortete sie und begleitete ihn bis zur Tür des Salons, wo er sich noch einmal verbeugte.

Wieder allein, setzte sie sich vor den Frisierspiegel und kämmte sich. Als Frau Sellmann anrief, mußte das Mädchen ausrichten, daß die gnädige Frau in der Stadt sei; doch erst nach Einbruch der Dunkelheit ging Christine in die Charvatgasse. Sie fand das Haus und betrat es mit dem Vorsatz umzukehren, sobald sie ein bestimmtes Türschild gesehen hatte.

Im Flur dufteten die Judaskuchen des Karfreitags und die Biskuitlämmer für Ostern, hauchten warmen Anisgeruch aus Schlüssellöchern und Ritzen, drängten allen Mief beiseite und deckten mit süßer Vanille sogar das Bohnerwachs zu. Christine erinnerte sich plötzlich, wie Tante Rosa ihr vor Jahren am Vogelherd geraten hatte, mit Veilchenessenz beträufelte Watte auf den Boden der Keksschachteln zu legen. Sie bückte sich vor den schmalen Eingängen und las die unaussprechlichen Namen an den Briefschlitzen, atmete durch die Nase und spürte, wie sie anfing, Sophie um ihren Aufstieg in die Luft der kleinen Leute zu beneiden. Als sie im vierten Stock die weiße Karte ›Olga Siebenschein, stud. phil.‹ entdeckt hatte, verlosch das Treppenlicht. Sie nahm Jans Schlüssel aus der Tasche und schob ihn blind ins Schloß.

Eine schwache Glühbirne hinter falschem Alabaster. Ein graues Handtuch neben dem eisernen Ausguß. Das Deckbett flüchtig über die Kissen geworfen. Auf dem Nachttisch ein Aschenbecher mit ›Memphis‹-Kippen. An der Wand ein billiger und schmutziger Druck des Hussitengenerals Zischka vor einer Wagenburg. Darunter, auf der Kredenz, eine Drei-Kronen-Schale mit Haarklemmen und einem Brief. Kein Teppich, nur löchriges Linoleum. Ein leerer Schrank mit schaukelnden Bügeln. Das also war die Seligkeit, das Äußerste? Hier hatte man als Schleppnetz gelebt, mit dem Fang des Lebens? Voll von Wracks und Ungeheuern, Wasserleichen und Flaschenpost? Christine ließ sich in den Korbsessel fallen, lachte wie ein Kind und erschrak wie ein Kind über ihr Gelächter. Sie preßte die Lippen aufeinander und stemmte die Absätze ihrer Schuhe so lange in den zertretenen Läufer, bis das Jutegewebe zerriß. Beim Aufstehen blieb ein Knopf ihrer Rückenschnalle im Korbgeflecht hängen. Sie machte sich frei und stieß mit dem Fuß gegen den Sessel, daß er umfiel. Als sie die Stirn an die innere Scheibe des Pawlatschfensters lehnen wollte, merkte sie, daß das Glas fehlte. Sie drehte sich herum, ging zur Kredenz und nahm den Brief aus der Schale. ›Meine Liebste!‹ las sie in Jans zügiger Schrift. ›Ich werde heute nicht bei Dir sein. Wenn Du diese Zeilen liest ...‹ Christine setzte sich auf den Tisch unter der trüben Lampe. ›... die Arbeit bis zum Halse steht. Sie weinte sogar ...‹ Christine lächelte. ›... daß es besser ist, wenn ich einen Tag dortbleibe und sie beruhige, als wenn sie plötzlich in Prag auftaucht.‹

Es klopfte. Christine kniff den Bogen, steckte ihn in den Mantel und glitt vom Tisch.

»Ja?« fragte sie nach einer Weile.

Ein dicker, etwa fünfzigjähriger Mann in einem offenen, blauweißgestreiften Hemd trat über die Schwelle. Er klemmte den linken Daumen hinter den Hosenträger, als er die Fremde sah.

»Dobrý večer«, sagte er und blickte auf den umgeworfenen Sessel. Christine nickte und fühlte, wie sich die Haare an ihren Unterarmen sträubten.

»Co tady hledáte, prosím?« fragte der Nachbar mit Tenorstimme.

»Ich bin die Schwester«, antwortete Christine, ohne ihn verstanden zu haben.

»Jo, deitsch«, sagte er, schlappte in Filzpantoffeln über das Linoleum und richtete den Sessel auf.

»Wo ist das Fräulein Siebenscheinová?«

»Sie kommt nicht mehr.«

»Und warum hat sie nicht gekündigt am fünfzehnten, wie vereinbart?«

»Ich kündige«, sagte Christine und hielt den blonden Kopf ins Licht.

»Pospischil«, stellte sich der Vermieter vor. »Aber wer bezahlt das Fenster, bitte?«

Christine wich seinem Atem aus. »Ich«, sagte sie und griff nach ihrem Portemonnaie.

»Und die Miete für April?«

»Alles ich«, antwortete Christine.

Pospischil nannte den Betrag und empfing das Geld. »Es ist doch hoffentlich nichts Ernstes?«

»Der Blinddarm.«

»Das ist nicht gefährlich«, beruhigte Pospischil. »Eventuell hat die Gnädigste einen persönlichen Bedarf für das Zimmer? Hier sind Sie im Zentrum, und teuer ist es nicht.«

Christine blickte in seine feuchten Augen.

»Es gibt Situationen im Leben«, sprach Pospischil weiter. »Und das Leben ist kurz und beschissen wie ein Kinderhemd, wenn ich mir den Ausdruck erlauben darf.«

»Ja«, sagte Christine.

»Ich werde das Glas sofort einsetzen«, krähte Pospischil. »Ich bin wie die drei heiligen indischen Affen. Ich sehe nicht, ich höre nicht und spreche nicht. Hie und da singe ich ein wenig, weil ich als junger Mensch beim Sokol war. Doch Sie müssen nur gegen die Wand schlagen, und automatisch beende ich.«

»Ich überlege es mir«, sagte Christine.

9   Der goldene Rahmen

Als Sixta sein Studium begann, hatte er die Stadt wie eine Erbin bestürmt, die er sich von niemandem vor der Nase wegschnappen lassen wollte. Beim ersten Besuch seiner Eltern war er mit ihnen auf die Burg gestiegen und hatte über den Horizont gezeigt, wie um zu sagen: ›Ich kriege sie.‹ Dann waren Zeiten gekommen, wo er geglaubt hatte, es keine Stunde länger in Prag aushalten zu können. An gewissen Tagen im Juli rollte das Wasser aus den Gießkannen der Straßenkehrer in staubigen Tropfen über die Trottoirs, und der erzene Jan Hus am Alt-städter Ring schien aus einem Bottich Pflaumenmus gezogen und erstarrt. Im November, wenn es eine Woche ununterbro-chen in den Kessel regnete, kroch die Nässe in die Lungen, und der Januar-Wind schnitt den Atem ab. Damals hatte er Süd-böhmen so sehr vermißt, daß er oft zum Schwerin-Denkmal nach Sterbohol hinauswanderte, um den ganzen Himmel zu sehn. Er hatte ein Gesicht gemacht wie jemand, der einem Zug hinterherlief, obwohl er wußte, daß er ihn verpassen würde; und auf dem Heimweg, in der Schlucht der Marschall-Foch-Straße, war ihm das Herz wieder schwer geworden. Weil aber dieser Stadt nur beikam, wer gefiel, verschwieg er, was er von ihr dachte, und sprach das Gegenteil, und nach zwei Jahren hatte er ein Verhältnis mit ihr, als wäre sie zum Heiraten zu faul, zu tragisch und zu eitel, doch viel zu schön und hem-mungslos, um sich jemals von ihr zu trennen.

Mit Beginn des Wintersemesters war er in eine Gegend gezo-gen, die zwar nicht amtlich, aber allgemein ›Jammertal‹ hieß. Wie das Langschiffchen einer Nähmaschine klemmte es zwischen dem Botitsch-Bach und der Pilsener Eisenbahn und streckte die Unterfäden seiner qualmenden Kamine mit dem Wind nach Nusle, Karlov oder zum Wyschehrad. Die geraden, baumlosen Straßen trugen Namen aus dem Fürstengeschlecht der Prze-mysliden, doch die Verwalter der schwärzlichen Zinshäuser wehrten sich seit einem Vierteljahrhundert gegen den Ruf, nur an unentdeckte Rückfalltäter zu vermieten. Sixta störte das nicht. Solange ihn diese Leute in Ruhe ließen, genoß er ihre Nachbarschaft sogar, und wenn er an einem warmen Nachmit-tag bei offenem Fenster am Klavier saß, kam er sich wie ein Verkündiger in einem kleinen, hoffnungslosen Missionsgebiet vor. Den Eltern in Budweis erklärte er den Umzug damit, daß er seine Ausgaben einschränken müßte; der Antwortbrief gab ihm recht, denn sein Vater erhöhte die monatliche Überwei-sung, ›trotz der etwas mißlichen Wirtschaftslage‹, wie er schrieb, ›aber in Würdigung Deiner inneren Umkehr‹.

Sixta hatte Glück gehabt. Er wohnte in der Jaromirgasse bei einem soliden älteren Ehepaar, dessen Sohn im Herbst wegen schweren Diebstahls zu dreißig Monaten Kriminal verurteilt worden war. Seine Wirtsleute hatten ihm von Anfang an zu verstehen gegeben, daß sie ihn für diese Zeit wie ihr eigenes Kind behandeln wollten. Unter dem einfenstrigen Zimmer verkehrten zwei Tram-Linien, aber da er zu Fuß nicht länger als eine Viertelstunde bis zum Konservatorium brauchte, sparte er das Fahrgeld und kaufte sich Zigaretten davon. Als er im Januar sein Klavier verrückte und dabei eine geladene Mannlicher-Pistole fand, war er schon so an die Umgebung gewöhnt, daß er sich nur noch über die Ahnungslosigkeit der Polizei wunderte. Er legte die Waffe zurück, trat das Dielenbrett wieder fest und blies den Fugenstaub an die Scheuerleiste. Den vorderen Bettpfosten schob er über das Versteck und schlief seitdem wie einer, der Gewalt über Gewalt hat, ruhig und tief.

Ursprünglich hatte er vorgehabt, seine Eltern über Ostern in Budweis zu besuchen, doch am Vormittag des Gründonnerstags geschah etwas, das ihn zum Bleiben zwang. Wie er aus dem Korridor hörte, mußte Herr Mikesch ›ein bißchen ins Freie‹, was bedeutete, daß er entweder in der Spitihnewgasse beim Velkopopowetzer oder in der Sluper-Gasse beim Urquell sitzen würde. Eine halbe Stunde später verließ auch seine Frau das Haus, und Sixta sah, wie sie, ein Paket unterm Arm, in Richtung Bjelka verschwand; demnach war sie auf dem Weg zum Pankraz-Gefängnis. Obwohl es mehrmals läutete, war Sixta nicht an die Tür gegangen. Zur Vorsicht hatte er jedoch aus dem Fenster geblickt und Jan Amery aus dem Haus treten sehn.

»Verzeihung!« rief er hinunter. »Ich hab Sie zu spät gehört.«

Amery hatte durch den Regen heraufgeschaut und genickt, als er Sixtas Gesicht in der Fassade ausmachte.

»Sind Sie allein?« fragte er auf den letzten Stufen.

»Ja«, sagte Sixta, führte ihn in sein Zimmer und entschuldigte sich für das Durcheinander. Amery antwortete nichts. Er zog nur seinen Mantel aus, rollte ihn zusammen und legte ihn auf einen Notenständer.

»Keine Umstände«, sagte er kopfschüttelnd, als Sixta ihm einen Sessel anbot. »Entgegen unserer Verabredung haben Sie meiner

Frau einen Brief geschrieben. Natürlich waren Sie zu feige, Ihren Namen zu nennen. Was erwarten Sie jetzt?«

Bevor Sixta antworten konnte, knallte ihm Amery die linke Faust gegen die Nase. Der Schmerz trieb Sixta die Tränen in die Augen. Er sah plötzlich nichts mehr, torkelte und fühlte den zweiten Hieb am Kinn. Er brach in die Knie. Amery packte seine Hemdbrust und zerrte ihn wieder hoch. Die Schläge trafen jetzt die Brauen, die Lippen und das rechte Ohr.

»Bitte«, flüsterte Sixta.

»Nein«, sagte Amery, haute ihm die Faust an den Hals und gab ihm zum Abschluß einen Tritt in den Bauch, durch den Sixta zuerst nach vorn, dann nach hinten knickte, über den Drehstuhl stürzte und ihn im Fallen mit zu Boden riß.

Amery hatte seinen Mantel ausgerollt und über den Arm gehängt. Sixta hatte gehört, wie er die Zimmertür ins Schloß warf, und er hatte das Geräusch in seinem Schädel gespürt wie einen letzten Schlag. Er hatte im Liegen die Hand nach dem Bettpfosten ausgestreckt, aber nicht die Kraft gehabt, ihn zu verschieben. Als Herr Mikesch nach Hause kam, war er aufgestanden und hatte leise den Schlüssel umgedreht. Eine Weile hatte er versucht, sich im Glas des kleinen Dvořák-Porträts über dem Klavier zu sehen. Dann hatte er den Stuhl hochgekippt und sein Gesicht auf das kühle Manual gelegt. Als er es wieder anhob, waren die Tasten von ›h‹ bis ›f‹ blutverschmiert.

»Möchten Sie mit uns essen?« hatte Frau Mikesch hinter der Tür gefragt. »Es gibt Grieben!«

»Nein, danke!« hatte Sixta gerufen. »Ich bin schon eingeladen.«

Er hatte den Mund mit einem angefeuchteten Taschentuch abgewischt und sich aufs Bett gelegt. Ich bringe ihn um, hatte er gedacht. Dann nehme ich einen Zug nach Ostrau und gehe bei Teschen über die polnische Grenze. Ich fahre mit einem Schiff nach Portugal und schlage mich durch bis Madrid. Aber ich muß ihn beim ersten Schuß erledigen, damit ich Munition spare. Er war aufgestanden, hatte das Bett leise beiseitegerückt, die Pistole unter dem Bett hervorgeholt und sie in die Manteltasche gesteckt.

Aus Angst, daß er seinen Entschluß ändern könnte, rannte er sofort auf die Straße und nahm die ›4‹ zum Karlsplatz. Während er dort auf die ›6‹ wartete, blickte er zu den Fenstern der Ameryschen Wohnung hinüber. Ich komme gleich wieder, dachte er, fuhr zur Hauptpost und schickte seinen Eltern ein Telegramm. Am Wilson-Bahnhof kaufte er ein Billett nach Ostrau und ging durch die Bredauer und die Herrengasse zu ›Amery & Herschel‹, wo ihm gesagt wurde, daß der Chef nicht im Hause sei. Er lief durch die Sterba-Passage zur Jungmannstraße und weiter im Regen zum Karlsplatz. Vor der Ameryschen Wohnungstür umfaßte er die Pistole in seiner Manteltasche und hob mit der Linken den bronzenen Klingelgriff an. Aus dem Dienstmädchen, das sich von Weihnachten her an ihn erinnerte, brachte er nicht mehr heraus, als daß der Herr vor einer Viertelstunde das Haus verlassen hatte. Wohin? Sie wußte es nicht. Wann kam er wieder? Sie zuckte die Achseln.

Er überquerte die Gerstengasse und stellte sich unter den Portikus der Ignatiuskirche. Es gab hundert oder tausend mögliche Orte, an denen Amery sich jetzt aufhalten konnte. Es war ebenso sinnlos, ihn irgendwo zu suchen, wie hier, an dieser Stelle, auf ihn zu warten. Sixta taxierte, daß er selber am Punkt ›A‹ eines nahezu gleichseitigen Dreiecks stand, dessen ›B‹ die Amerysche Haustür und dessen ›C‹ die Büste Eliška Krásnohorskás zwischen den Fliederbüschen des Karlsplatzes bildete. Er zwang sich, nicht auf die Armbanduhr zu blicken, doch gegen seine Gedanken und die Glockenschläge von Emmaus, Johann am Felsen und Carl Borromäus war er machtlos. Wie jemand, der in einer fremden Sprache die wenigen, ihm geläufigen Sätze möglichst oft und in wechselnder Abfolge gebraucht, um sich das Gefühl zunehmender Fertigkeit zu verschaffen, wiederholte er von Viertelstunde zu Viertelstunde seine Erinnerungen an Amery: die Akustikprobe mit Sophie im Repräsentationshaus, das Konzert und das anschließende Essen bei Schramota, die Unterhaltung in seinem Büro, den ersten Weihnachtstag und die Prügelei. Er hatte ihn oft beneidet, doch erst heute war er so schwach geworden, ihn zu hassen. Als er damals nach dem Konzert dem alten Bohuslav vorgestellt wurde, begriff er, daß sich die Überlegenheit dieser Männer nicht allein aus ihrem Besitz erklären ließ. Sie meinten einfach immer, was sie sagten, und während andere ein Gespräch verhinderten, indem sie redeten, konnten sie so zuhören, daß einem in ihrer Gegenwart die besten Ideen kamen. Sie interessierten sich für Dinge, die ihnen fernlagen, und streiften, was sie selber traf, nur obenhin. Sie zeigten ihre Fehler nicht als Vorzüge herum, versteckten sie aber auch nicht hinter Zweifeln. Mehr sein als haben, schien ihr Wappenspruch. Man war nicht vornehm, weil man wußte, in welches Glas der Rotwein gehörte, sondern weil man es übersah, wenn jemand die Fingerschale austrank und anschließend die Zitronenscheibe aß. Für erzogen galt, wer spontan das Rechte tat. Links liegen blieb das Unabänderliche. Sie waren Herren. Von dem Alten hatte Sixta erfahren: ›Es gibt nichts Ruinöseres für einen jungen Menschen, als in einer Kleinstadt und ohne Religion aufzuwachsen.‹ Und nach einer Weile hatte Amery senior lächelnd hinzugefügt: ›Ich stamme aus Pardubitz, habe aber in Prag das Piaristengymnasium besucht.‹ Die Erde war ein Umschlagplatz. Man wucherte mit seinem Pfunde, und wenn man es verlor – was ging dahin? Ein Frack, ein Reich, ein Hundezwinger? Die letzte Öffnung war ein Nadelöhr. Nicht mal ein Wechsel schlüpfte durch, geschweige denn ein Steinway. Man würde sich noch einmal darüber wundern, warum man zum Frühstück immer das Gleiche und zu Mittag zeitlebens Abwechslung verlangt hatte. Dann ab in die Herrlichkeit.

Sixta rieb das wundgeschlagene Kinn am groben Stoff des Mantelkragens, um seiner Wut aufzuhelfen. Er starrte zu der Dichterin hinüber, als wollte er ihr Denkmal vom Sockel stürzen. Warum hatte sich Amery wie ein Wahnsinniger aufgeführt? fragte er sich gegen seinen Vorsatz. Seine Frau hatte einen anonymen Brief bekommen. Welche Katzen hatte Sixta mit dieser bleichen Lady zu kämmen? Sie war ihm so gleichgültig wie die bronzene Elischka. Nur: woher nahm Amery die Sicherheit, daß er und kein anderer ihr geschrieben hatte? Wo lag der Anlaß für diesen Irrtum?

Je länger Sixta darüber nachdachte, um so lächerlicher schien es ihm, mit einer Pistole in der Tasche auf einen Mann zu warten, der sich offensichtlich geirrt hatte, als er ihn zusammenschlug. Um fünf wählte er am Neustädter Rathaus die Sellmannsche Nummer. Die Zelle duftete nach einem schweren, süßlichen Parfüm, und während das Mädchen Fräulein Katharina an den

Apparat holte, fiel Sixta ein, daß er seit dem Morgen nichts gegessen hatte. Die Rote erzählte von sich aus, daß ihre Schwester mit Amery nach Franzensbad gefahren sei. Heute? Ja, vor einer Weile. Sixta wünschte frohe Ostern und ging zum Wilson-Bahnhof, um sich das Geld für die ungenutzte Fahrkarte nach Ostrau erstatten zu lassen. Er kam nicht weit damit. In einem Schnellimbiß am Wenzelsplatz aß er zwei Fischbrötchen und vertrank das übrige zwischen Abend und Morgen, Graben und Jammertal.

Den Karfreitag verschlief er. Am Samstag schwitzte er eine halbe Stunde in den Karlsbädern am Masaryk-Kai und schwamm anschließend in dem kleinen, weißgekachelten Bassin. Die Schwellungen in seinem Gesicht hatten einen grüngelben Ton angenommen. Auf dem Heimweg stellte er sich zwischen anderen vor einen Aushang der ›Volkszeitung‹. Der Meldung über den Autounfall bei Pilsen war eine Fotografie Amerys beigedruckt. Sixta kaufte das Blatt. Von Sophie kein Wort. Also lebte auch sie. Doch er wollte Gewißheit. Er erfuhr, daß sie schwerverletzt im Pilsener Krankenhaus lag, und gab Katharina seine Adresse: falls man ihn brauchte. Dann ging er nach Hause, aber in seinem Zimmer hielt es ihn nicht. Bis in die Nacht lief er durch die Stadt, mitunter glaubte er, Amerys Rücken vor sich zu sehen, wie an jenem Winterabend, als er ihm von der Charvatgasse aus nachgegangen war. Einigen Unbekannten in ähnlichen Mänteln folgte er mit Abstand so lange, bis sie den Kopf wandten und sich der Unterschied erwies. Gegen zehn klingelte er am Kohlenmarkt den Hausbesorger heraus und stieg zu Fräulein Kalman hinauf. Da sie Zeitungen nur nach Premieren las, ahnte sie nichts. Nach Sixtas Bericht schwieg sie lange. Dann sagte sie: »Ich werde Intendant.«

»Wie das?« fragte er überrascht.

»Weil ich ein Vollidiot bin!«

»Sie wissen, wer diesen Brief geschrieben hat?«

»Ja«, sagte sie.

»Kenne ich ihn?« fragte Sixta.

»Ja«, antwortete die Kalman und schüttelte sich.

»Sagen Sie mir den Namen!«

»Nein. Du liebst sie, nicht wahr? Du mußt wenigstens nicken, mein Engelchen. Warum hast du sie dir nicht genommen? Warum hast du sie nur immer angeschaut mit deinen traurigen Augen? Eine Frau will erobert werden mit Orchideen und Chanel. Wenn du dafür nicht die Penunse hast, mit Gänseblümchen und Seife, und bei völligem Bankrott geht man mit ihr schwimmen.«

»Ich besuche sie in Pilsen«, sagte Sixta schwach.

»Mit deiner verbeulten Visage!« tönte die Kalman. »Und sie liegt da mit gebrochenen Knochen! Willst du ihr den Puls fühlen?«

Sixta stand auf, aber sie drückte ihn auf das Sofa zurück.

»Hast du Fahrgeld?« fragte sie.

Er schüttelte den Kopf.

»Ich gebe es dir. Aber laß mich nicht allein, bitte. Morgen lade ich dich und Vavra zum Essen ein. Ich lasse uns etwas holen. Magst du Lammkoteletts mit grünen Bohnen? Na, jetzt lacht er wieder. Ach, du Staatskerl!«

Sixta fürchtete, daß sie ihn umarmen wollte, aber sie beugte sich nur weit vor und schluchzte dabei so ultratief, als hätte sie die Stimmlage gewechselt. Erst nach Mitternacht kam er von ihr los.

Die beiden nächsten Tage verbrachte er in einem Zustand zwischen Schlafen und Wachen. Als am Montag ein Brief Christines eintraf, versteckte er ihn. Er wollte an nichts denken, was außerhalb seines Zimmers geschah. Er schloß die Vorhänge, legte sich unausgekleidet ins Bett und hörte auf den Schlag seines Herzens, das anfangs noch wie ein Truthahn kollerte, sich aber allmählich zu einer dumpfen Kesselpauke beruhigte, bei etwa sechzig Metronom Mälzel. Er blickte an die Decke, wo lange vor seinem Einzug ein handtellergroßes Stück Putz von der Rohlage gefallen war: Entweder fand die Welt in diesem bröckelnden Loch oder gar nicht statt. Er paßte sich einer Strömung an, die ihn sanft hinaustrug, trieb für Stunden davon und dachte nicht an Rückkehr. Jedes Geräusch verschwand. Er vergaß, ob ihm kalt oder warm war. Er hatte keine Wünsche. Er sorgte sich um nichts, nichts kümmerte ihn. Statt dessen stieg eine namenlose Zuversicht in ihm auf, ein Vertrauen, das umso mächtiger wurde, je weniger er danach verlangte. Erst am dritten Tag folgte er Frau Amerys Einladung. Das Mädchen schien ihn wiederzuerkennen, sagte aber nichts, sondern brachte ein Tablett mit zwei Kupferkännchen und schob den Servierwagen mit den Likören zum Tisch.

»Sie müssen mir viel von sich erzählen«, sagte Christine, hob die Hände hinter den Kopf, so daß die weiten Ärmel auf die Ellbogen rutschten, zog eine Klemme aus dem Haar, nahm sie zwischen die Zähne und steckte sie ohne alle Verlegenheit zurück, nachdem sie ihre Frisur geordnet hatte. Sixta spürte, wie wohlig sich's in diesem Zimmer saß, wenn weder ›Kalter Hund‹ noch Milchkaffee angeboten wurde. Christine erkundigte sich nach Sixtas Herkunft, Eltern, Freunden, und er sprach so rückhaltlos, als hätte er seit langem auf diese Gelegenheit gewartet. Sie ermunterte ihn mit antreibenden Lidschlägen, doch als er endete, merkte er, daß sie nur mit den Augen zugehört hatte. Sie erhob sich und sagte im Hinausgehen: »Bleiben Sie sitzen! Ich will Ihnen etwas zeigen.« Sie kam mit einem leeren, vergoldeten Rahmen zurück und lehnte ihn gegen den großen Tisch.

»Sie wissen sicher, was das ist?«

»Ein Bilderrahmen«, sagte Sixta.

»Das ist alles?« fragte sie und setzte sich wieder zu ihm.

»Ich verstehe nicht«, antwortete Sixta treuherzig.

»Er wurde in dem Wagen gefunden«, sagte Christine. »Ich wüßte gern, was es damit auf sich hat.«

»Es tut mir leid, aber . . .«

»Wieviel?« unterbrach ihn Christine. »Was kostet es?«

»So ein Rahmen?« fragte Sixta und hob die Schultern.

Christine lachte. »Sie sind ausgekochter, als ich dachte.«

»Ausgekocht?« fragte Sixta, weil er das Wort nicht verstand.

»Wieviel verlangen Sie? Eintausend, zweitausend, fünftausend?«

Sixta schüttelte den Kopf.

»Zehntausend? Überlegen Sie sich's, bitte, gleich.«

»Ich glaube, es ist besser, wenn ich jetzt gehe«, sagte Sixta. »Sie wollen sich ausruhen. Sie sind müde, Sie waren krank.«

»Ich bin gesund«, herrschte sie ihn an. »Ich war immer gesund.«

Sixta wollte schweigend aufstehen, aber sie ließ es nicht zu.

»Sie haben mir einen Brief nach Franzensbad geschrieben.«

»Nein«, sagte er und wiederholte es energischer, als er ihr ungläubiges Gesicht sah.

»Warum regen Sie sich dann auf?« fragte sie.

»Ich weiß von keinem Brief. Ich weiß nicht, was dieser Rahmen bedeutet.«

»Und die Charvatgasse sagt Ihnen auch nichts?«

»Nein.«

»Zwanzigtausend.«

Sixta verlor die Nerven. »Nein!« brüllte er und stellte sich auf die Füße, daß die Tassen klirrten. Er fühlte, dies war kein Abschied von einer Dame, aber er brachte kein deutsches Wort mehr heraus.

»Es ist gut«, sagte Christine und schwenkte die rechte Hand zwischen Abwehr und Winken.

Sixta ging zur Tür und klinkte sie so leise hinter sich ein, als verließe er ein Sinfoniekonzert mitten im zweiten Satz.

10 Das kleine Wunder

Wenn Sophie die Zunge bewegte, schmerzten die Enden der Catgutnaht am Gaumen; drehte sie den Kopf, fuhr das Zimmer mit. Sie sah ein rosiges und ein faltiges Frauengesicht und das Gesicht eines Mannes mit weißem Lippenbart, und sie erkannte die Gesichter beim nächsten Mal wieder. Sie sah ihr rechtes Bein im Streckverband hängen und spürte einen ziehenden Druck im Oberschenkel. Als sie nach ihren Haaren fassen wollte, stieß sie an Mull. Der Arzt und die Schwestern stellten sich vor: Dr. Budin, der Menjou; Schwester Flora, die runzlige; Schwester Arsenia, die blühende. Sie müsse etwas trinken, hörte Sophie, dann dürfe sie wieder schlafen. Während Flora hinausging, stellte Dr. Budin ein paar Fragen, zu denen Sophie die rechte Hand (ja) oder die linke Hand (nein) anhob. Danach preßte er den Bart gegen die Nase, wobei sich sein Kinn kräuselte, und nickte Schwester Flora zu, die eine Schnabeltasse brachte. Der lauwarme Beef-tea brannte in den Scharten, doch Sophie hob die Linke, als sich der Arzt erkundigte, ob sie beim Schlucken

Schmerzen hätte. Sobald die Schwester sich bückte, um die Bettschüssel aus dem Nachtkasten zu langen, verließ er das Zimmer.

Am Ostermorgen zeckte ein Vogel vor Sophies Fenster, bis ihn eine klappernde Mülltonne verscheuchte. Eine Dampflokomotive pfiff von weither, bis ein Zischen und Fauchen daraus wurde, das sich wie Rauch verlor. Gummiräder glitten über das Linoleum, das kalte Glas des Thermometers schob sich unter die Achsel, Wasser lief in ein Emaillebecken, der Schwamm berührte Augen, Mund und Hände, ein flauschiger Lappen trocknete die Tropfen weg, nur ein dünner, feuchter Faden floß vom Ohr in den Kragen und juckte. Schwester Arsenia legte frisches Leinen in Quetschfalten und hängte es über den Stuhl, nahm das Deckbett ab, rollte das gebrauchte Laken ein, hob Sophie an, schnappte mit den Knien nach dem eingerollten Tuch und schob ihr danach das frische unters Gesäß. Dabei erzählte sie, wie man das Osterfest bei ihr zu Hause feierte, in Haslau nämlich, hinter Eger, wo die Eltern und acht Geschwister wohnten, der Vater bei der Bahn als Lademeister, die Brüder in Werkstätten und Webereien, zwei arbeitslos, der jüngste noch in der Schule, die Schwestern am Ort verheiratet, bis auf Brigitte, die kränkelte von klein auf, wäre aber die fröhlichste. Schwester Arsenia schüttelte den Kopf, als erinnerte sie sich an einen Vorfall, von dem sie nicht wußte, ob sie ihn Sophie anvertrauen durfte. Später stelllte sie einen Strauß Märzenbecher auf das Fensterbrett und fragte, ob das Fräulein noch etwas wünschte. Nein, antwortete Sophie mit der linken Hand.

Am Nachmittag kamen Frau Sellmann und Katharina. Es hätte ihrer hilflosen Redensarten nicht bedurft, um Sophie zu beweisen, daß sie Bescheid wußten. Sophies Gedächtnis bewahrte nur einen taumeligen Ruck, der an die Stelle der Pilsener Chaussee ein mittelpunktloses Gleißen gesetzt hatte, eine Sekunde Seligkeit, die in der Ohnmacht verloschen war. Ihr Herz stand leer vor Wahrheit während aller Flausen. Zum Glück mußten Mutter und Schwester den Abendzug erreichen.

In den nächsten Nächten fühlte sie das zerknitterte Hemd zwischen den Schulterblättern. Wenn der Schweiß ihre Brüste an

die Rippen klebte, warf sie die Decke ab und strich den linken
Fuß so lange über das Laken, bis die Fersenhaut brannte. Sie
sehnte sich nach einem Geräusch, um einen anderen Grund für
ihre Schlaflosigkeit zu haben als den ewigselben. Auf der Suche
nach einem Wort, bei dem ihr die Augen zufielen, glaubte sie
manchmal, sie hätte es im Mund, könnte es aber nicht aussprechen, weil ihre Zunge zerbissen war. Ich schweige nicht, dachte
sie, ich bin stumm: Schweigen heißt, nichts sagen wollen, stumm
sein, nicht reden können. War das nicht der halbe Tod? Onkel
Wilhelm, der ›Vogelherd‹-Wirt, setzte sich in ihre Phantasie und
erzählte: ›Über den einen kommt es, wie wenn der Wind durch
die Akazien geht, über den anderen mit Zuckungen, wie wenn
ihm einer von hinten die Peitsche übers Gesicht zieht und es
blutet gar nicht, sondern es bleiben gleich die Narben da, wie
wenn du mit dem Daumennagel ins frische Brot drückst und die
Delle geht nicht wieder raus. Andere wieder, die haben noch
Zeit und sagen was, wie zum Beispiel Goethe oder Nelson oder
Vetter Hanisch aus Bias, der hat zuerst ein Vaterunser gebetet,
sich danach den Anfang aus dem Kommunistischen Manifest
vorlesen lassen (»Ein Gespenst geht um in Europa, und so weiter«), dann hat er gefragt, ob einer einen Rabbiner auftreiben
könnte, denn er wollte auf Nummer Sicher gehen, aber nicht
mal ein gewöhnlicher Jude war da, und im letzten Augenblick
wollte er noch katholisch werden, und einer mußte nach Zerbst
und den Vikar holen, aber inzwischen war Hanisch schon tot,
und den Vikar haben sie gleich wieder rausgeschmissen, und
mit dem Auto fuhr ihn keiner zurück, da hat er sich ein Fahrrad geborgt, das hat er am Bahnhof abgestellt, bei der Gepäck-
aufbewahrung, auf den Namen Hanisch, und die Gebühren im
voraus bezahlt. Naja, einmal kommt der Tag. Vielleicht singt
dann ein Bariton im Deutschlandsender: Still wie die Nacht und
tief wie das Meer soll unsre Liebe sein. Dann hört der ganze
Mumpitz auf. Dann wird alles leicht, Mädchen. Nicht mal die
Krampfadern merkt man mehr.‹
›Nein, nein‹, hielt der ›nordische‹ Vavra dagegen und schnallte
den Gürtel fester. ›Die Frage ist doch: Was stört Sie eigentlich?
Was reißt an Ihres Herzens Halt? Was tastet um die Klinke
Ihrer Tür? Was ruft Sie von der Straße her und kommt doch

nicht durch das offene Tor? Ich werde es Ihnen sagen: Es ist eben jener . . .‹
›Pardon!‹ entgegnete Tante Marketa und zermalmte eine Veilchenpastille, bevor sie weitersprach. ›Sie mögen was von Kafka oder dieser Edda verstehen – aber vom Tod? Daß ich nicht lache! Ich war mit einem Rittmeister verheiratet. Vielleicht war unsere Ehe deswegen so gut, weil wir überhaupt keine Gemeinsamkeiten hatten. Ich weiß eines: Männer sterben zu Pferde.‹
›Und Mädchen?‹ fragte Onkel Wilhelm aus seinem Lehnstuhl.
›Mädchen sterben anders‹, antwortete Marketa. ›Sie sterben von Mann zu Mann. Soi-disant scheibchenweise. Eine Frau ist ein Mensch, der schon mit dreizehn Jahren erfährt, wo seine Grenzen liegen.‹
Wenn Schwester Arsenia bei ihr blieb, schlief Sophie nach dem Frühstück ein und wurde zur Visite nicht geweckt. Obwohl von allen Pflegerinnen die jüngste, genoß sie bei Ärzten und Patienten eine Autorität, die um so zwingender wirkte, als Arsenia nichts davon ahnte und niemand auf die Idee kam, es ihr zu sagen. Am Mittwoch brachte sie Sophie Bleistift und Papier. »Falls Sie etwas wünschen.«
Sophie schrieb: ›Woran dachten Sie, als Sie von Ihrer Schwester Brigitte erzählten?‹ Und da sie merkte, daß Arsenia sich drücken wollte, setzte sie noch ein ›Bitte‹ in Großbuchstaben darunter.
»Kennen Sie ›Ich-sehe-was-was-du-nicht-siehst‹?« fragte Arsenia und wurde rot, als Sophie nickte. »Es ist sehr schlimm und sehr gewöhnlich.« Sophie klopfte mit dem Stift auf die Unterlage. »Wir spielten es meistens zu zweit, und ich ließ sie die Uhr, das Bügelbrett oder die Sparbüchse raten. Wenn Brigitte dran war, legte sie mich immer herein. Einmal war ich schon so weit, daß ich wußte, es ist an meinem Kopf und schwarz. Die Augen? Nein. Die Haare? Auch nicht. Ich gab's auf. Der Dreck in deinen Ohren, sagte sie. Aber Sie dürfen nicht lachen, Fräulein, sonst tut Ihnen der Mund weh.«
Am Donnerstag stand Sixta in der Tür, in heller Jacke und karierten Knickerbockern. Seine staubigen Schuhe setzte er sehr vorsichtig auf, als er an Sophies Bett trat.
»Geht es Ihnen besser?«
Sophie nickte.

»Wann werden Sie entlassen?«

Sie zuckte mit den Achseln und bot ihm einen Stuhl an.

»Sie dürfen nicht sprechen?«

Sie schüttelte mühsam den Kopf, und er blickte so enttäuscht, als wäre er nur deswegen nach Pilsen gefahren, um sich von Sophie unterhalten zu lassen. Sie hielt ihm den Pappteller mit den Schokolade-Eiern hin, die ihre Mutter mitgebracht hatte. Er nahm eines und schälte es aus dem grünen Stanniol, während Sophie ihm aufschrieb, was es bedeutete, wenn sie den rechten oder den linken Arm hob. Sixta las und nickte und suchte nach Fragen, auf die es so eindeutige Antworten gab, aber außer ein paar Gemeinplätzen, die er lieber für sich behielt, fiel ihm nichts ein. Endlich sagte er: »Ich bin mit einer Bahnsteigkarte hergekommen. Ich mußte an jeder Station aus dem Zug und aufpassen, daß ich nicht mit dem Kontrolleur in den gleichen Wagen stieg. In Rokytzan hätte er mich beinah erwischt. Ich bin zu auffällig angezogen. Deswegen ging ich von Ejpovice zu Fuß. Ich wollte auch Blumen für Sie stehlen, aber es waren zuviel Leute in den Anlagen.«

›Ich habe Angst um Sie‹, schrieb Sophie auf den Zettel.

»Wegen der Rückreise?« fragte Sixta. »Da machen Sie sich keine Sorgen. Ich kenne einen Fagottisten, der stammt von hier und fährt seit Jahren ohne Billett. Er hat mir gesagt, wie ich durch die Sperre komme. Ein komischer Mensch, übrigens. Wenn er eine bestimmte Melodie hört, muß er etwas trinken. Ich pfeife sie Ihnen vor.« Er tat es und lächelte. »Das ist gar nicht für Fagott, sondern aus dem D-Dur-Violinkonzert von Brahms.«

›Essen Sie Ihre Schokolade!‹ schrieb Sophie.

»Oh, ja!« rief er, steckte das ganze Ei in den Mund und wusch sich danach die Hände.

›Woran arbeiten Sie?‹ las er, nachdem er sich hingesetzt hatte.

»An nichts«, antwortete er. »Ich würde Ihnen gern erklären, warum, aber ich warte lieber, bis Sie wieder in Prag sind. Ich lese viel, vor allem moderne Gedichte, Nezval und Wolker, aber auch anderes. Ich habe mir ein Reclam-Heft gekauft.« Er langte es aus dem Jackett. »›Die Judenbuche‹. Kennen Sie es?«

Sophie hielt ihm den Zettel hin. ›Ich gehe nicht mehr nach Prag‹, hatte sie geschrieben.

»Aber wohin denn sonst?« fragte Sixta und steckte das Heft zurück.

Sophie hob die Schultern, und während sie darüber nachdachte, wohin sie gehen sollte, kamen ihr die Tränen.

»Was ist mit Ihnen? Die Stimme? Der Kehlkopf? Sie vergessen doch nicht unser Projekt? Die schöne Welserin!« Er merkte, daß Sophie antworten wollte, und schwieg. Sie schrieb ›Ich werde eine Narbe haben‹ und zeigte auf den Kopfverband.

»Eine Narbe?« fragte Sixta. »Dann kämmen Sie sich einen Pony!«

Sophie hob den linken Arm. Nein, er verstand sie nicht. Er begriff nicht, daß sie Angst hatte. Er wußte nicht, was alle wußten. Er besuchte sie, weil er sie verehrte oder gern hatte oder liebte, aber was sie mit der Narbe hatte sagen wollen, verstand er nicht. Er blieb, bis Schwester Flora kam und ihm auf tschechisch und deutsch erklärte, daß er nun wirklich gehen müßte.

Als Sophie wieder sprechen lernte, anfangs mit sehr isländisch aspirierten T's, an denen Vavra seine helle Freude gehabt hätte, wurde ihr auch die Naht aus der Kopfhaut gezogen und der Verband durch eine leichte, von Heftpflastern gehaltene Gaze-Auflage ersetzt. Bei diesem Wechsel sah sie im Spiegel einen fingerlangen, über den Haaransatz laufenden rötlichen Strich, von dessen Ende zwei gleichfarbige, aber gezackte Linien nach hinten abknickten. »Man wird nichts merken«, beruhigte der Arzt. »Das ist mir egal«, sagte Sophie, bereute es aber sofort, weil sie nun eine Litanei über Aussicht und Zuversicht anhören mußte, die mit der Wendung »Wir werden das Kind schon schaukeln« schloß. Dr. Budin hatte, wie er bei anderer Gelegenheit erwähnte, in Berlin famuliert. Nachdem das Bein geröntgt worden war, gab er sich weniger salopp. Im Glauben, daß Sophie ihn nicht verstand, verlangte er auf tschechisch eine stärkere Belastung des Streckverbandes und putzte Schwester Arsenia kalt und genüßlich herunter, weil sie angeblich geschlafen hatte, statt auf Druck und Zug zu achten. Sophie verabscheute ihn seitdem, und zwar nicht, weil er ihr schwerere Gewichte anhängen ließ, sondern weil er Arsenia wie einen Hund behandelt hatte. Im späteren Frühjahr, als der Knochen gebrochen werden mußte, um die

Dislokation zu beheben, verdächtigte sie ihn sogar, mit ihrem Vater unter einer Decke zu stecken.

Sellmann besuchte Sophie am zweiten Sonntag im Mai. Schon in der Tür machte er ein Gesicht, als wäre er fest entschlossen, sein Vorhaben durchzusetzen, ohne für den Augenblick zu wissen, an welcher Stelle er beginnen sollte. Als er sich über sie beugte, roch sie den frischen Duft von Lavendel. »Es ist tragisch«, sagte er. »Hast du nichts davon gehört? Vor drei Tagen ist die ›Hindenburg‹ in Lakehurst verbrannt. Du mußt dir unbedingt eine Zeitung halten.« Er blickte auf die goldene Armbanduhr, die er zu seinem Tweedjackett trug. »Die Flugzeugbauer haben jetzt natürlich Oberwasser. Ich hatte es vorausgesehen. Ein Zeppelin ist eine fliegende Fackel. Du erinnerst dich, daß ich das immer gesagt habe. Ich bin kein Techniker, aber soviel verstehe ich davon. Man fährt nicht mit einem Brennsatz durch die Luft.« Er seufzte und lächelte. »Dich frappiert mein Outfit, was? Es ist nicht nur wegen der Hitze. Ich übernachte in Pilsen und reise morgen nach Falkenau. Christine wollte, daß ich mir ihren Betrieb dort mal anschaue. Es ist unglaublich, wie der Laden läuft.«

»Schlecht?« fragte Sophie.

»Im Gegenteil, bestens!«

»Zuerst gab es doch Schwierigkeiten ...«

»Priepsel«, sagte Sellmann. »Ein Haus wie ›Amery & Herschel‹ wird damit fertig. Seit Januar wirtschaften wir mit Gewinn.«

»Sollte das Werk nicht abgerissen werden?«

»Aber wo denkst du hin!« rief Sellmann. »Jan hat ein paar Maschinen gekauft und einen neuen Direktor eingesetzt. Meinst du, er hätte sein Geld in eine Bruchbude gesteckt? Dazu war er viel zu wief.« Er schwieg, als wollte er eine Minute des Gedenkens einlegen. Sophie staunte über den ungewohnten Jargon. ›Laden‹, ›Bruchbude‹, ›Priepsel‹ – sie hatte solche Ausdrücke noch nie aus seinem Mund gehört, doch paßten sie zu ihm, und darüber wunderte sie sich am meisten.

»Wir müssen etwas besprechen«, sagte er endlich. Die Daumen nach außen, stemmte er die Hände auf die Oberschenkel und erinnerte Sophie an Aufnahmen aus dem Olympiade-Film. In der gleichen Pose hatte in der Kampfpause ein Schwergewichtsringer auf den Gong gewartet. Auch Sellmann merkte, daß diese Haltung unangebracht war, genierte sich aber, sie zu ändern, bevor er zur Sache kam. »Wir wollen nicht über die Vorgeschichte reden«, sagte er, »obwohl die Gegenwart so gut Vergangenheit wie Zukunft ist.« Er kreuzte die Arme vor der Brust und schlug die Beine übereinander. »Das klingt nach Kirchenvater oder philosophischem Handbuch, aber wir nehmen es am besten ganz praktisch. Was wird aus dir, nach dem, was gewesen ist? Es gibt in Prag einige Leute, die Bescheid wissen, vor allem der alte Herr Amery und Frau Farel. Das ließ sich nicht vermeiden, und sie haben sicher kein Interesse daran, es weiterzuerzählen. Ich will dich nicht mit dem Inferno beschweren, durch das deine Mutter und ich gegangen sind. Das begreift nur jemand, der selber Kinder hat. Vielleicht hältst du ›Inferno‹ für ein übertriebenes Wort, aber ich sage dir . . .« Sellmann machte eine Pause und sagte es nicht. »Nein«, fuhr er fort, »hier geht es in der Hauptsache um einen Menschen, dessen Lebensglück zerbrochen ist, und so sehr ich jede Heftigkeit bedaure, weil ich sie generell für ein Zeichen von Schwäche halte, in diesem Fall kann ich Christine verstehen, wenn sie erwartet, daß du nicht nach Prag zurückkehrst.« Sophies Stillschweigen gab Sellmann Antrieb. »Wir haben uns Gedanken über deine Zukunft gemacht, und du solltest unseren Vorschlag ernsthaft erwägen.«

»Wer ist ›wir‹?« fragte Sophie.

»Deine Mutter und ich«, antwortete Sellmann, zog die Stirn glatt und drückte dabei die Ohren an den Schädel. »Mir leuchtet heute noch ein, daß du die letzte Gymnasialklasse nicht im Ausland absolvieren wolltest. Im Grunde ist es meine Schuld, wenn du keinen Abschluß hast. Deshalb dachten wir, du gehst nach Zerbst, wohnst bei Onkel Wilhelm und machst im ›Franziceum‹ dein Abitur. Der Rektor ist mit Mama verwandt. Bitte, sag noch nichts! Ich sehe auch die Nachteile. Man wird dich fragen, warum Katharina eine Prager Schule besucht und du nicht. Heimweh, Nachkur oder Luftveränderung sind schlechte Ausreden. Du mußt schon etwas Hornhaut auf die Seele legen, damit du nicht durchdrehst in diesem Nest. Ich traue es dir zu, mein Kind. Du hast in den letzten Monaten bewiesen, daß du couragiert und erfinderisch bist. Wir alle haben dir geglaubt. Warum sollte es dir nicht gelingen, ein paar Klatschbasen hinters Licht zu führen? Doch was kommt danach, nicht wahr? Die Singerei solltest du an den Nagel hängen. Praktisch hast du ja selber darauf verzichtet. Ich erhebe keine Forderungen an dieses Fräulein Kalman. Aber es ist doch so! Und es ist gut so. Ich habe an diesem Wunsch, Sängerin zu werden, immer das Beharrliche, das Unbedingte, sagen wir ruhig einen gewissen Starrsinn vermißt. Ein Dichter, stelle ich mir wenigstens vor, schreibt auch, wenn es ihm verboten wird, und wenn man ihm das Papier wegnimmt, kratzt er seine Verse eben mit einem Nagel in die Wand. Davon habe ich bei dir nie was gespürt. Du hast gesungen, und sehr hübsch sogar, aber du konntest es auch lassen. Also, im professionellen Sinne hörst du jetzt damit auf. Vernünftige Leute verfassen keine Gedichte mehr, sobald sie ein bestimmtes Alter erreicht haben, außer es wird ihnen ein Gästebuch oder ein Poesie-Album präsentiert. Vielleicht bist du mir eines Tages dankbar, denn in meinen und wahrscheinlich auch in deinen Augen gibt es nichts Schlimmeres, als mit einer kleinen Stimme auf der Bühne von Sommertheatern zu stehen und sich nach den Ovationen der Scala zu sehnen. Man muß seinen Platz finden und ihn ausfüllen. Aber wo ist er?« Sellmann erhob sich und ging eine Weile mit gesenktem Blick im Zimmer herum, als suchte er gleich hier nach einem gemäßen Ort. »Nach dem Abitur kommt der Arbeitsdienst«, sagte er und blieb am Fußende des Bettes stehen. »Ich würde mich sehr freuen, wenn du dich nicht davor drückst. Ich brauche dir nicht zu erklären, warum. Und dann . . .? Ich bin altmodisch. Ich glaube, die Ehe ist noch immer der schönste Beruf für eine Frau.«

Vor fünfzehn Jahren, dachte Sophie, saß ich jeden Abend auf deinem Schoß und gab dir ein ›Drückerchen‹ auf die kratzende Backe, und wenn ich dir sagte, daß mich dein Bart sticht, versprachst du mir einen Bräutigam, der sich zweimal am Tag rasiert.

»Was meinst du?« fragte Sellmann.

»Ich werde es mir überlegen«, antwortete Sophie.

»Du hast Zeit, aber du hast keine andere Wahl«, sagte Sellmann leise. »Es tut mir leid.«

»Ich möchte, daß du in Prag in die Salvator-Kirche gehst«, bat

Sophie. »Du weißt, wo sie ist? Gut. Frag bitte nach Kaplan Svoboda. Ich habe im Dezember bei ihm gebeichtet, aber er kennt meinen Namen nicht. Würdest du ihm das Fahrgeld geben, damit er herkommen kann?«

Sellmann versprach es, beschämt und gerührt. Nach einer Viertelstunde begab er sich zur Stationsschwester, wo er erfuhr, daß Sophies Schienbein noch einmal gebrochen werden mußte, weil die Knochen falsch zusammengewachsen waren.

Er besuchte Svoboda nach seiner Rückkehr aus Falkenau. Im allgemeinen redete er geistliche Herren mit ›Vater‹ an und hielt sich ewas darauf zugute, doch angesichts des jungen korpulenten Kaplans beließ er es bei dem üblichen ›Hochwürden‹. Er brachte Sophies Bitte mit einer Miene vor, als bestellte er in einem unbekannten Lokal die Spezialität des Hauses, weil alle anderen Gerichte von der Karte gestrichen waren. Ob aus Bequemlichkeit, oder um den geringsten Verdacht auf Bruch des Beichtgeheimnisses von sich zu weisen – Svoboda erinnerte sich an nichts, und aus seiner Bemerkung, daß er wöchentlich mindestens sechs Stunden im Beichtstuhl sitze, hörte Sellmann Eitelkeit. Nachdem er die näheren Umstände erklärt und einen Termin Ende Mai angeboten hatte, fragte Svoboda sogar, ob es in Pilsen keine Priester gebe. In eigener Sache hätte Sellmann seinen Hut genommen, aber hier ging es um Sophie, und selbst wenn er davon absah, daß sie sein Angebot freundlicher bedenken würde, falls es ihm gelang, den Kaplan nach Pilsen zu expedieren, reizte es ihn an diesem Abend auch schlechthin, seinen Willen durchzusetzen. Dies war die Art von Zweikampf, bei dem er die Waffen bestimmte, und wie nicht anders zu erwarten, wählte er die treffsicherste. Er zahlte nicht nur Fahrkarte und Spesen, sondern spendete für die Armen der Pfarrei noch einen Betrag, den auszuschlagen lästerlich gewesen wäre. Sellmann wünschte »Gute Reise, Herr Kaplan!« Erst nach Ablauf eines Monats begriff er, wie sehr er seinen eigenen Zwecken zuwidergehandelt hatte.

Sophie beichtete rückhaltlos und empfing die Absolution, die Krankenkommunion und den Segen. Danach steckte Svoboda das Leder-Etui, in welchem er das Allerheiligste verwahrt hatte, in sein Jackett, küßte die Stola und faltete sie zusammen. »Ich bin in einer Stunde wieder da«, versicherte er und kehrte pünktlich auf die Minute zurück. Obwohl er den Stuhl auf größere Distanz zog, entging Sophie nicht, daß er geraucht und Bier getrunken hatte.

»Ich möchte in ein Kloster«, sagte sie unverblümt.

»Diese Pointe hatte ich kommen sehen«, antwortete Svoboda mit singender Stimme und drückte den Handrücken vor den Mund, als müßte er aufstoßen. »Es ist eine verständliche Überlegung in Ihrer Situation. Warten Sie erstmal ab, bis Sie wieder laufen können.«

»Ich meine es ernst«, sagte Sophie und stützte sich auf die Ellbogen.

Svoboda lächelte. »Vielleicht ja, vielleicht nein.« Er legte den rechten Zeigefinger auf seine rote, perlzwiebelgroße Nasenspitze und schob ihn von dort gegen den Brillensteg. »Wir glauben, daß wir glauben«, sagte er, »manchmal sind es aber nur fromme Stimmungen. Eine Tasse Kaffee zu viel – schon ist alles erschüttert. Ein verregneter Sonntag – und es hat sich was mit der Ewigkeit. Ich will Ihnen nichts ausreden, verstehen Sie? Sie dürfen sich aber auch nichts einreden. Vorige Woche bin ich mit meiner Mutter im Taxi gefahren. Sie bringt schon vieles durcheinander. Wenn wir unterwegs sind, nennt sie mich nicht Frantischek, sondern ›Hochwürden‹. Nun, der Chauffeur, wie er es hört, dreht sich zu mir um und frozzelt: ›Ich glaube an keinen Himmel, damit Sie's wissen.‹ Ich sag ihm: ›Schauen's nach vorn, bittschön, und achten's auf den Verkehr, sonst muß ich es Ihnen auf der Stelle beweisen.‹ Meine Mutter hat mich ausgeschimpft, und sie war im Recht. Man darf niemandem Angst machen, so wenig, wie man sich selber ängstigen darf. Dafür haben wir die Zeugen Jehovas. Als ich neunzehn war, wollte ich zu den Benediktinern nach Strahov und Bibliothekar werden, weil ich mich davor fürchtete, unter Leuten zu leben. Sie fürchten sich, weil Ihre Familie Sie allein läßt und weil Sie Schmerzen haben.«

Svoboda streckte die kurzen Beine aus und legte die hohen, schwarzen Schnürschuhe übereinander. »Sie vergessen, daß Gott Sie besonders liebt, wenn Sie leiden. Seien Sie froh, daß Sie glauben. Ein Mensch ohne Gott ist nicht nur gottlos, sondern unmenschlich. Er hat sich selber verloren, wenn er Gott verliert. Wer von anderen meint, daß sie am Ende ihres Lebens

nur Erde oder Asche werden, für den ist es eine Frage der Nütz-
lichkeit, ob er seinen Nächsten lieben oder ihn umbringen soll.
Also, seien Sie froh, wenn Sie glauben, aber übernehmen Sie
sich nicht.«

Das Kloster-Thema schien für Svoboda erledigt. Er erzählte wieder von seiner Mutter, schob dabei die weißen Finger ineinander,
strich in den Pausen mit der Zunge über die Unterlippe, als sollte
er fotografiert werden, und fuhr mit farblosen Augen über das
Flaschenzugseil. Er sprach, wie die Anhaltische Liedertafel zur
Sonnenwende im Louisium gesungen hatte: abwechselnd schrill
und pianissimo. War er nicht lächerlich? Ein dreißigjähriger, zur
Fettsucht neigender Junggeselle, der Sünden vergab und davon
redete, daß auch die Kreatur erlöst werden müßte, weil sie mit
Adam aus dem Paradies vertrieben wurde? »Denken Sie an den
Esel des Bileam!« rief er und setzte flüsternd hinzu: »Mit den
wilden Tieren war Jesus in der Wüste, und die Engel dienten
ihm. Markus, eins-dreizehn.« Wozu das? Weil seine Mutter
einen Wellensittich hatte, den sie jeden Abend warnte: ›Sing
nicht so laut, mein Vögelchen, sonst fällst du von der Stange.‹
Sophie hatte gehofft, der Kaplan würde sie fragen, welchem Orden sie beitreten möchte, und ihr dann erklären, was sie an
Wäsche, Geld und Zeugnissen benötigte. Statt dessen sagte er:
»Es gibt zu viele Cartesianer unter den Bauern. Sie prügeln ihre
Pferde, sie nudeln ihre Gänse, sie binden ihren Kühen den
Schwanz an die Stalldecke. Das Tier ein Automat? Welch ein
Unsinn!« Sobald er sie verließe, käme Schwester Arsenia herauf. Was sollte Sophie ihr berichten? Daß Thomas von Aquin
geschrieben hatte, die Menschen seien grausam, die Tiere aber
nur wild? Daß Leben nicht, wie Darwin meinte, ein Kampf um
Dasein, sondern ums Dortsein war? Was würde die Haslauerin
sagen? Sie hörte die Antwort voraus: ›Mir zu hoch, Fräulein.
Welches Haus hat der Kaplan empfohlen?‹ Denn daß Sophie zu
den Barmherzigen Schwestern gehen wollte, galt zwischen ihr
und Arsenia als ausgemacht. Nach Sixtas Besuch hatte sie an
nichts anderes gedacht. Als Sellmann ihr vorschlug, nach Zerbst
zu übersiedeln, war sie schon sicher gewesen. Aber erst an
Pfingsten, während Arsenias Nachtwache, brachte sie den Mut
auf, davon zu sprechen. Arsenia hatte sich neben das Bett ge-

stellt und Sophies Hand genommen, und sie hatten geweint wie zwei verliebte Mädchen, die auf den Mann, den sie beide heiraten wollten, beide verzichteten. Dann hatte Arsenia das Fenster geöffnet, war vor dem Kruzifix niedergekniet und hatte leise das Vaterunser und ein Ave-Maria gebetet, und Sophie hatte es, um eine Silbe verzögert, nachgesprochen und dabei die Hände so fest gefaltet, daß die Knöchel weiß durch die Haut schienen, und Arsenia hatte sich wieder auf ihren Stuhl gesetzt, und dann hatten sie sich angelächelt wie zwei kleine Heilige, denen das erste Wunder ihres Lebens gelungen war.

»Denn von ihm und durch ihn und zu ihm sind alle Dinge«, sagte Svoboda. »Warum dann die Möpse und die Mücken, die Nachtigallen und die Karpfen nicht?«

In der nächsten Nacht war Arsenia auf Zehenspitzen hinter dem Wandschirm verschwunden, als wollte sie es Sophie anheimstellen, zu schweigen und zu vergessen, oder zu reden und zu erinnern. »Es bleibt dabei«, hatte Sophie gesagt, und wie ein Schatten war die Schwester herangeschlichen. »Ich habe den ganzen Tag für Sie gebetet, Fräulein. Schlafen Sie jetzt.« Und Sophie war eingeschlafen, wie am Ziel einer langen, glücklichen Reise in einem kühlen, trockenen Bett, zwischen duftenden, dunklen Hölzern, unter einem verläßlichen Dach.

»Offengestanden begreife ich den heiligen Paulus nicht«, sagte Kaplan Svoboda. »Warum warf er auf Malta die Natter ins Feuer? Sie hing an seiner Hand. Vermutlich biß sie ihn sogar, aber er nahm keinen Schaden. Trotzdem tötete er sie. Was soll man davon halten?«

»Bitte!« flüsterte Sophie.

Svoboda stutzte und knackte mit den Fingergelenken, als müßte er sich von seiner eigenen Erzählung erholen.

»Erklären Sie meinen Eltern, daß ich zu den Barmherzigen Schwestern gehe.«

»Jetzt fangen Sie schon wieder damit an!« seufzte Svoboda und schlug sich mit dem Handrücken auf die Knie. »Sind Sie überhaupt mündig?«

»Im Juli werde ich einundzwanzig.«

»Aha«, nickte er. »Und warum ausgerechnet zu den Barmherzigen Schwestern? Es existieren doch ... Nun, ich weiß nicht, wie viele Frauenorden es gibt. Angeblich ist nur der Heilige Geist imstande, sie zu zählen. Weshalb also zu den Barmherzigen Schwestern?«

Svoboda griff zwischen seinen Schenkeln nach der Sitzkante und zog sich mit dem Stuhl näher an Sophie heran. »Ich will es Ihnen sagen. Sie möchten in Eger Ihr Noviziat ableisten und anschließend hier als Krankenschwester arbeiten, um in der Nähe Ihrer Freundin zu sein, nicht wahr?«

»Sie haben sie ausgehorcht«, sagte Sophie.

Svoboda lächelte. »Nein. Ich habe vorhin eine Scheibe Preßwurst gegessen, eine Halbe Bier getrunken und eine Virginia geraucht, und zwar allein. Ich habe im Wirtshaus darüber nachgedacht, warum Sie, als ich in dieses Zimmer trat, Schwester Arsenia so kalt abfertigten und dabei unentwegt zu ihr hinsahen, als wollten Sie sich für Ihre Lieblosigkeit entschuldigen. Ich sagte mir: Frantischku, du hattest in Psychologie nur ›befriedigend‹, aber das ist eine Comédie. Die Mädchen sind seit drei Monaten beieinander und wollen in deiner Gegenwart nicht zugeben, daß sie sich gernhaben. Warum? Nun, jetzt weiß ich's.«

»Sie meinen, ich wäre zu schwach?« fragte Sophie.

»Schwach . . .«, sagte der Kaplan. »Das ist auch so ein Wort. Man könnte genauso gut sagen, daß Sie zu stark sind. Warum wollen Sie in den Orden?«

»Ich wollte nicht«, sagte Sophie und fühlte, wie sich etwas freimachte, das nicht einzuholen und zurückzunehmen war, sobald sie es aussprach. »Er will es«, sagte sie und erwartete, daß sich die Sensation der Pfingstnacht wiederholte, doch es blieb bei dem geflüsterten Satz. Kein Beben, keine Finsternis, kein Glanz, kein Donner, nur das Klappern des Teegeschirrs auf dem Gang und der schwere Atem des Kaplans. Svoboda stand auf und ging mit schlenkernden Schritten zum Fenster, um sich die Beine zu vertreten. »Die Barmherzigen Schwestern der slowakischen Provinz«, sagte er mit dem Rücken zu Sophie, »haben ihr Mutterhaus an der Donau, in Bukovice. Ein Zigeunerdorf, damit Sie es gleich wissen. Ich kenne den Preßburger Superior. Soll ich mit ihm reden?«

»Ja«, sagte Sophie.

»Vielleicht gibt es Schwierigkeiten mit Ihrer Staatsangehörigkeit«, sagte Svoboda und drehte sich um. »Wann kommen Sie nach Prag?«

»Ende Juni, sobald meine Schwester abgereist ist.«

»Bis dahin habe ich mit Ihren Eltern gesprochen«, sagte Svoboda. »Oder möchten Sie sich noch Zeit lassen?«

Sophie schüttelte den Kopf und hielt ihm die Hand hin. Sie wollte sich bedanken, brachte aber kein Wort heraus. Sie hatte mit Arsenia vereinbart, sofort zu rufen, sobald der Kaplan gegangen war, doch dauerte es eine halbe Stunde, ehe sie auf den weißen Klingelknopf drückte.

Nach vierzehn Tagen machte sie zwischen Katharina und Arsenia die ersten Gehversuche. Sie humpelte um die Stiefmütterchen-Rabatten, und Katharina erzählte, daß ein Geistlicher in Bubenetsch gewesen sei und bis Mitternacht allein mit den Eltern gesprochen habe. »Ich glaube, sie wollen ihr Testament machen.« Sophie legte ihrer Schwester den Arm um die Hüfte und lächelte: »Dazu holt man sich einen Rechtsanwalt. Sie haben mit dem Kaplan meine Reise nach Bukovice besprochen. Das ist ein Kloster bei Preßburg.«

»Besuchst du auch Karol?« fragte Katharina so beiläufig wie möglich.

»Nein«, antwortete Sophie und erklärte es ihr.

»Warum weinen Sie?« fragte Arsenia, als die Rote ihren Blusenärmel über die Augen wischte. »Gibt es denn etwas Schöneres?«

»Allerdings«, schimpfte Katharina und steckte die große Nase in ein kleines Taschentuch. »Du meinst das nicht im Ernst?«

»Doch«, lächelte Sophie.

In der letzten Juniwoche wurde sie von ihrem Vater im Wagen abgeholt. Er hatte ihr brieflich sein grundsätzliches Einverständnis mitgeteilt, aber eine Bedingung daran geknüpft, die er auf der Fahrt erläuterte. Angenommen nämlich – und dieser Fall konnte bei der unruhigen Entwicklung durchaus eintreten –, daß Sellmanns ins Reich zurückkehren mußten, verlangte er, daß Sophie sich in eine deutsche Provinz nach ihrer Wahl versetzen ließ. Sie versprach es. Er schob die Trennscheibe beiseite und bat den Chauffeur: »Ein bißchen langsamer, Herr Schwarz!« Er zeigte auf die blühenden Hopfenfelder längs der Chaussee: »Hübsch, nicht?« Sophie nickte und lehnte sich an ihn. Er räusperte sich. »Ich muß dir sagen, daß ich den größten Respekt habe vor deinem Entschluß, den allergrößten Respekt, meine Kleine...« Seine Schultern zitterten, und er atmete in kurzen, flatternden Zügen. »Ich möchte, daß du oft für mich betest, verstehst du. Ich brauche es sehr, mein Kind. Mehr als du denkst.«

Während der beiden nächsten Wochen wurden mit Hilfe Svobodas die Formalitäten erledigt, Geburtsurkunde, Tauf-, Firm- und Impfschein, Gesundheits- und Schulzeugnisse eingereicht, und auf niemals geklärte Weise gelang es dem Kaplan sogar, Monsignore Atány, den Superior der Barmherzigen Schwestern in der Slowakischen Provinz, nach Prag zu locken, um die künftige Postulantin in Augenschein zu nehmen. Er war ein Herr nach Sellmanns Geschmack, fromm, aber kein Frömmler, genügsam, aber kein Wassertrinker, auch witzig, aber kein Juxbaron. Man einigte sich über die Höhe der Mitgift und legte den fünfzehnten September als Anreisedatum fest. Bevor Monsignore Atány die Sellmanns verließ, sprach er noch eine halbe Stunde mit Sophie allein, überreichte ihr die Ordensregel und wünschte gute Erholung in den ›letzten Ferien‹.

Nach Abschluß des Schuljahres kamen auch Katharina und Heinrich auf das Manglsche Gut, und in der Gesellschaft Jarmilas vergingen den Geschwistern die Wochen wie ein Tag. Selbst der überraschende Besuch Sixtas blieb allen, mit Ausnahme Sophies, nur als zusätzliche Abwechslung im Gedächtnis, wenngleich sich Herr Mangl wunderte, warum der Herr Komponist davongelaufen war, ohne um eine Kutsche zu bitten, die ihn zur Station gebracht hätte.

Verschwitzt und sonnverbrannt war Sixta an einem Sonntagvormittag auf dem Hof erschienen, hatte warten müssen, bis die Familie mit Gästen und Gesinde aus der Kirche heimkehrte, und wurde zu Tisch gebeten. Daß er viel aß, um wenig reden zu müssen, kam niemandem in den Sinn, denn der Gutsherr unterhielt die Runde mit einer Bismarck-Anekdote. Dann sprach Heinrich das Dankgebet.

Man verlief sich im Haus, schlief auf Ottomanen oder schaukelte in Hängematten, und Sophie ging mit Sixta durch die Ahornallee. Sie trug ein perlgraues Seidenkleid mit weißem Kragen und hatte, der Hitze wegen, die Haare hochgesteckt. Sixta zog das Jackett aus, rollte die Ärmel bis zu den Ellbogen und stopfte unauffällig den Hemdschoß in den Hosenbund. Bei den Deputathäusern drehten sie schweigend wieder um. Es lagen große Worte in der Luft, das fühlten beide, aber man mußte weit ausholen, um sie zu fassen und kleinzukriegen.

»Sie wissen, daß ich weggehe?« fragte Sophie.

»Katharina hat es mir erzählt.«

Sixta hängte sich das Jackett wieder über, als brauchte, was er auf dem Herzen hatte, wattierte Schultern und gefütterte Revers. Er war sehr blaß. »Ich möchte Sie heiraten, Sophie«, sagte er. »Ich war in Budweis und habe mit meinen Eltern gesprochen. Wir könnten vorläufig bei ihnen wohnen. Ich war auch beim Rektor des Gymnasiums. Ich bekomme eine Stelle als Musiklehrer.« Sixta redete weiter, um so lauter, je geringer seine Hoffnung wurde, bis er plötzlich mitten im Satz abbrach, weil ihm einfiel, daß er noch nicht erwähnt hatte, wie sehr er sie liebte. In Sophies Augen sah er, es war zu spät dafür. Als er es trotzdem sagte, klang es wie ein Glückwunsch. »Ja«, sagte Sophie, »ich habe Sie auch sehr gern, und ich werde Sie nie vergessen. Sie bleiben doch zum Kaffee?«

Sixta war so verwirrt, daß ihm kalt wurde. Er erinnerte sich, wie die Kalman an Ostern einen früheren Verehrer geschmäht hatte: ›Am Telefon scharf wie ein Puma, aber wenn's drauf ankam, hält er sich an seinen eigenen Hosentaschen fest. – Ich spreche von Ihnen!‹ hatte sie den nordischen Vavra angefahren, dem vor Schreck die grünen Bohnen von der Gabel gefallen waren. Sophie ging einen Schritt voraus. Sixta hob den Arm, um nach ihrer Schulter zu greifen, aber im selben Augenblick drehte sie sich herum und lächelte. »Denken Sie noch manchmal an unser Konzert?« fragte sie und zitierte das ›Tagblatt‹: »Die Überraschung war zweifellos Fräulein Sophie Sellmann.«

Sixta wußte, daß er verloren hatte.

»Ich hab die Kritik auswendig gelernt«, sagte sie. »Ich kann sie heute noch. Dieser unverschämte Kerl hat Ihre Musik ›akademisch‹ genannt.«

»Und ›hausbacken‹«, ergänzte Sixta. »Ich mußte im Wörterbuch nachschlagen.«

»Daraus haben Sie sich aber nichts gemacht?«

»Doch. Ich wollte mir das Leben nehmen.«

»Wirklich?« Sophie hatte mit einem Mal Tränen in den Augen.

»Ich konnte mich nur nicht entscheiden, ob ich ins Wasser oder aus dem Fenster springen sollte.«

Sie gingen durch die Allee zum Gutshaus, doch als Sophie in die Sonne hinaustreten wollte, hielt er sie zurück. »Ich möchte Sie noch etwas fragen. Nein, ich fange nicht wieder damit an«, beruhigte er sie. »Es ist... Vielleicht sehen wir uns jetzt lange nicht, und ich möchte es gern wissen.«

Sophie zögerte.

»Am Tage Ihres Unfalls ...«

Sie senkte den Kopf und ging wieder neben ihm durch den Schatten.

»Gründonnerstag, nicht wahr? Herr Amery kam am Morgen zu mir und behauptete, ich hätte seiner Frau einen anonymen Brief geschrieben. Ein Wahnsinn! Aber ehe ich ihm erklären konnte ...«

»Ja?« fragte Sophie.

»Ich trage es ihm nicht nach. Das wäre ja albern. Nur – warum hat er mich geschlagen?«

»Ich habe den Brief geschrieben«, sagte Sophie und blieb stehen. »Ich«, wiederholte sie. »Ich habe es ihm aber erst erzählt, als wir schon hinter Pilsen waren. Es tut mir leid. Gehen wir jetzt ins Haus?«

Sixta begriff und das Blut schoß ihm ins Gesicht. »Ach, so«, sagte er und bewegte die Lider, als wäre ihm Staub in die Augen geflogen. Er begleitete Sophie bis ans Hoftor und gab ihr die Hand. »Leben Sie wohl«, sagte er. Zu mehr reichte es nicht. Dann lief er über die lange, sengende Uferstraße nach Kralup zurück.

Im September, während Frau Sellmann und Hanka schon die Koffer packten, besuchte Sophie den ›nordischen‹ Vavra auf den Weinbergen. Der Lift seufzte, als er in der vierten Etage hielt. Sie schob das Gitter beiseite, ließ die Tür ins Schloß klacken und läutete. Der Professor schien alt und nachlässig geworden. Zum erstenmal sah sie die grauen Brusthaare in seinem offenen Hemd.

»In die Slowakei!« rief er. »Warum gehen Sie nicht gleich zu den Hottentotten?« Er sprang auf, warf die Arme hoch, stampfte durchs Zimmer und krähte in einem unverständlichen Singsang. »Wissen Sie, was das ist?« fragte er, ohne seine Pose aufzugeben. »Nein? Das ist slowakische Kultur!« Er fiel in seinen Lehnstuhl und flüsterte: »Das dürfen Sie mir nicht antun, Sophie.« Als er sah, daß er nichts ändern konnte, sagte er: »Nun gut. In einem halben Jahr kommen Sie verlaust, verdreckt und mit schlechten Manieren wieder nach Prag. Aber halten Sie sich wenigstens Ihre Sprache sauber! Gewöhnen Sie sich nicht an diesen Dialekt! Er ist sowieso nur eine Erfindung. Wir hätten den Ungarn die ganze Hammelherde schenken sollen. Statt dessen sind sie nun unsere Brüder. Ha! Schöne Brüder! Schmarotzer! Zigeuner!«

»Und Suchon?« fragte Sophie, die den Namen des slowakischen Komponisten von Sixta gehört hatte.

»Kenne ich nicht«, sagte Vavra und schloß seinen Kragen. »Aber ich will Ihnen etwas zeigen.« Er erhob sich, langte eine Holzkassette mit dicken Messingbeschlägen aus seinem Schreibschrank, entnahm ihr ein steifes, grünliches Papier und reichte es Sophie.

»Was ist das?«

»Eine Lebensversicherung. Lesen Sie!«

Die Auszahlungssumme für den Sterbefall, soviel verstand Sophie, während sie den Text überflog, war auf eine halbe Million Kronen festgesetzt.

»Das ist viel Geld«, sagte sie und wollte ihm das Schriftstück zurückgeben.

»Lesen Sie weiter!« drängte Vavra.

Die Police war vom 17. Juli 1935 datiert. An diesem Tage war sie neunzehn geworden. Ein Zufall, dachte sie, bis sie plötzlich ihren Namen erkannte.

Vavra nahm ihr das Blatt aus der Hand. »Vergessen Sie es«, sagte er. »Ich weiß, daß es läppisch ist. Ich sterbe nicht so bald, und wenn ich mich umbringe, wird das Geld ohnehin nicht ausbezahlt. Aber selbst wenn Sie dann schon eine reiche Frau sein sollten – nehmen Sie es, und machen Sie damit, was Sie wollen.« Er verschloß das Papier und stellte die Kassette in den Schrank zurück. »Ich habe Ihnen diesen Wisch nicht gezeigt, um Sie . . .«

Er lächelte und legte dabei seine etwas schiefen und nach vorn stehenden Schneidezähne bloß. »Wenn Sie heute das letzte Mal hier waren – auch gut. Für mich ändert sich dadurch nichts. Sie wissen vielleicht, ich halte nicht viel von unserer modernen Poesie. Aber in den ›Schlesischen Liedern‹ dieses Herrn Bezruč gibt es eine ganz hübsche Zeile. Sie heißt: ›Einmal, nur einmal streifte mich die Liebe.‹ Was soll's? Sie hat mich gestreift und ist weitergegangen. Ohne Wiederkehr. Das ist alles, was ich Ihnen sagen wollte. Achten Sie auch in Zukunft besonders auf die durativen und perfektiven Verbformen! In den slawischen Sprachen kommt alles auf die Zeitwörter an!«

Die erste Klasse nach Preßburg war nur schwach besetzt. Der einzige Mitreisende verließ das Abteil schon in Tschaslau. Hanka saß mit den Koffern in der zweiten Klasse, weil es eine dritte im Expreß nicht gab. Während der Fahrt über die böhmisch-mährische Höhe sprach Sellmann von Betty, von Eugen Lustig, von Frenzel und von sich. Der Himmel über den stehenden weißen Septemberwolken, die glatten Stoppelfelder und die dauerhaften Wiesen legten den Gedanken an die Ewigkeit nahe. »In Natur ist er groß«, sagte Sellmann und Sophie nickte, als wüßte sie, von wem die Rede war. Sellmann zündete sich eine Zigarre an und beobachtete, wie die blaue Schleppe von seiner Hand gegen das Fenster wehte. Er erinnerte sich des pfeiferauchenden englischen Piloten, der im Lazarett sein Nachbar gewesen war. Zur Großmut zu bequem, zu korrekt zum Verbrechen. Was liegt dem eigentlich zugrunde, daß es mich gibt? War es wirklich nötig, dieses widerwillige Material herzustellen, um es in Unsterblichkeit zu verwandeln? Konnte Gott das Endgültige nicht aus dem Stegreif machen? »Wie sagtest du? Naryschkin? Mit Ypsilon? Nie gehört.« Russischer Oberjägermeister. Achtzehntes Jahrhundert. »Aha.« Hatte eine Kapelle mit siebenunddreißig Hornisten, von denen jeder nur einen einzigen Ton blasen konnte, der eine ›c‹, der andere ›cis‹, der dritte ›d‹ und so weiter. »Verstehe.« Mußten zwei Jahre üben. »Donnerwetter.« Aber dann spielten sie die schwierigsten Läufe. »Sieh mal an!« Der Dirigent war Böhme, ein gewisser Maresch. »Tsss!«

In Brünn winkte Sellmann dem Zeitungsverkäufer. Er reichte ein schwarzumrandetes Extrablatt ans Fenster.

11 *Niyatam kuru karma tvam*

Vor dem Preßburger Bahnhof wehten Trauerfahnen. In den Schaufenstern des Schuhhauses ›Bata‹ hingen die umflorten Fotografien des alten Präsidenten. Selbst die Oberin in Bukovice meinte, der Staat sei tot, weil Masaryk gestorben war. Für die Rückfahrt zahlte Sellmann Zuschlag und ließ das Dienstmädchen in seinem Coupé sitzen. Hanka weinte. Sellmann wußte nicht, ob Sophies wegen oder über TGM, oder weil sie zum erstenmal Polsterklasse reiste. Er mochte nicht fragen. Als sie hinter Lundenburg immer noch in ihr Taschentuch schluchzte, stellte er sich auf den Gang, blickte in das dunkler werdende Tal der Thaya und bedauerte, keinen Schlafwagenplatz gebucht zu haben.

Am Tage der Überführung des Präsidenten von der Burg zum Wilson-Bahnhof, als die Lafette zwischen je einem tschechischen, slowakischen, deutschen, ungarischen, polnischen und ruthenischen Armisten über den Wenzelsplatz geleitet wurde, sah Sellmann Herrn von Lilienthal, den Direktor der Böhmischen Landesbank, neben einem chodischen Bauern am Rinnstein knien. Es kam ihm übertrieben vor, aber gab zu denken.

Auch Lustig, den er eine Woche später besuchte, zeigte sich besorgt. » Wir nähern uns einer Flaute, vielleicht sogar dem Bankrott. TGM war immer gut für eine Deckung, besonders im internationalen Anleihegeschäft. Er hat Österreich klein und Böhmen groß gemacht. Ein hanakischer Moses. Ich fürchte, daß man bald vergessen wird, wofür man sterben darf, und nur noch sich erinnert, wozu man lebt. Das ist gefährlich für ein kleines Volk, denn die Besiegten haben, wie Cosmas sagt, bloß die Freiheit, den Siegern nichts abzuschlagen. Der Beistandsvertrag mit Moskau ist eine Chimäre, solange die russischen Flugzeuge genauso wenig konvertierbar sind wie der Rubel. Sie erreichen Prag nur über Polen oder Rumänien, was weder der Marschall noch der König erlauben werden. Masaryk war ein Fuchs, aber Benesch ist, um im Bild zu bleiben, ein Hase, der sich für einen Tiger hält.«

Sellmann wartete den für Dezember angekündigten Besuch des Bevollmächtigten der ›Saxonia‹-Bank ab, ehe er um seine Versetzung ins Reich bat. »Wir haben Sie in Prag noch nie so dringend gebraucht wie jetzt«, bedeutete ihm Frenzel. Er war in Begleitung seiner Frau. Sellmann dachte an ihre rasierten Achseln auf der Binzer Strandpromenade, doch sie trug ein hochgeschlossenes Jackenkleid. Statt in die Oper, für die er Karten bestellt hatte, ging er mit ihnen und Betty in die ›Continental Bodega‹, denn Frenzel hatte seinen Smoking vergessen. Nach dem zweiten Glas verfiel er in einen Ton, der Sellmann beunruhigte. Er schmetterte Ausrufezeichen hinter jeden Satz, und seine Fragen schlossen Zustimmung so selbstverständlich ein, daß Antworten sich erübrigten. Versuchte Sellmann etwas anzumerken, erklärte er: »Ich weiß schon, was Sie sagen wollen.« Doch seine Sicherheit und Selbstironie – »Ich habe heute den Sprechmatismus, mein Lieber!« – nahmen Sellmann allmählich so gefangen, daß er gegen Mitternacht erkannte: ich habe den Anschluß verpaßt. Ich bin ein alter Roué, der auf ein Mädchen wartet, das ihn längst versetzt hat.

»Was denn!« rief Frenzel, daß Betty zusammenzuckte. »Kommen Sie mir nicht mit Schuschnigg! Tu felix Austria nube! Darauf können Sie Gift nehmen!« Er neigte sich zu Sellmann: »Wissen Sie, wie neuerdings die Zuhälter in Berlin heißen? Reichslochwart! Zum Brüllen, was?«

Nach Frenzels Abreise entschloß sich Sellmann zu einem Schritt, der ihm anfangs Zweifel, später Bewunderung und zuletzt ein Vermögen eintrug. Er riet Lustig, die um Komotau, Brüx und Dux gelegenen Tagebaue und Bergwerke en bloc an die Tschechische Gewerbebank, die Konkurrentin der Böhmischen Landesbank, zu verkaufen. Lustig begriff, wollte aber die Meinung Herrn von Lilienthals hören. Der war sprachlos. Man einigte sich darauf, das Projekt vor dem Verwaltungsrat, in dem auch die Vertrauensmänner der Gewerbebank saßen, einstweilen geheimzuhalten. Im März kam es zu einem Angebot, vor dem die Gewerbebank zurückschreckte, weil Lustig nicht nur dreihundert Prozent des Nominalwerts der Kuxe, sondern auch die Transferierung des gesamten Erlöses in englische Pfund verlangte. Erst im Juli wurde der Vertrag zu den Bedingungen des Alten unterzeichnet, weil sich die Gewerbebank der nordböhmischen Reviere versichern wollte, ehe ihr ein deutsches Konsortium zuvorkam. Auf Drängen des Finanzministeriums zahlte sie den vollen

Devisenbetrag an ein Londoner Bankhaus, um zu verhindern, daß Eugen Lustig die angestrebte staatliche Pfundanleihe durch seine englischen Geschäftsfreunde hintertrieb.

Was die Wirtschaftspresse im Sommer als ›Geniestreich‹ gefeiert hatte, erwies sich im Herbst als Fehlspekulation: die an die Gewerbebank verkaufte Sudetenkohle war durch das Münchner Abkommen an Deutschland gefallen. Sellmann erhielt von Eugen Lustig eine Kronen-Provision, die er zu einem Drittel in Aktien der Brünner Waffenfabrik anlegte; mit dem zweiten erwarb er ein Grundstück an der Sázava, vom dritten kaufte er einen Mortlake-Gobelin, der über den Kardinal Mazarin und den Graner Erzbischof Batthyanyi in die Hände des Prager Teppichhändlers Iltis gelangt war, einen silbergeschmiedeten immerwährenden Kalender des Augsburger Meisters Thelott und eine Lepanto-Monstranz aus massivem Gold mit der siegreichen Seeschlacht gegen die Türken in Email cloisonné. Außerdem wurden Tapeten für die Wohnung am Baumgarten angeschafft, weinrote für das Eßzimmer, blaßgrüne für den Salon und himmelblaue, mit weißen Fliederornamenten, für das Schlafzimmer. Mit den letzteren kam es zu einem Versehen, an dem Katharina Schuld hatte, weil sie, während ihre Eltern und Heinrich bei Christine am Karlsplatz wohnten, mit Hanka allein in Bubenetsch geblieben war, um die Renovierung zu beaufsichtigen. Sellmann merkte es am zweiten Abend nach dem Wiedereinzug. Die Tapeten klebten in umgekehrter Richtung an der Wand. Die weißen Fliederdolden zeigten nicht zum Plafond, sondern rutschten auf das Parkett. Minutenlang hatte er das Gefühl, in einer riesigen möblierten Seilbahnkabine zu liegen, die mit ihm und seiner schlafenden Frau in einen unauslotbaren Abgrund schwebte. Die Korrektur des Fehlers war überflüssig, wenn er Betty entging. Katharina Vorwürfe zu machen, schien zwecklos. Die Rote hätte nur gelacht. Sie war frech geworden seit der Matura. Im September, in Bukovice, hatte sie die Oberin gefragt, warum man Sophie nur in Gegenwart einer Klosterfrau sprechen dürfte. Auf eine Art, die an Drohung grenzte, mit erhobenem Kinn. Er drückte auf den Knopf der Nachttischlampe. Sollte der Flieder fallen. Hauptsache, die Decke hielt.

Katharina belegte an der Karlsuniversität Geschichte und, im

Nebenfach, Philosophie. Nach ein paar Vorlesungen war sie überzeugt, daß jeder Philosoph sich so lange über die Theorien seiner Vorgänger ärgerte, bis er eine neue Lösung ausgetüftelt hatte, deren Lebensdauer vom Durchsetzungsvermögen seiner Nachfolger abhing, ohne daß ihm die eigenen Resultate widerlegt worden wären. Die Ansicht des Parmenides zum Beispiel, daß Denken und Sein dasselbe seien, kehrte bei Heidegger als Identität des Daseins mit dem Sein wieder, obwohl Kant versichert hatte, daß es keine Erkenntnis a priori gebe, außer von Gegenständen möglicher Erfahrung. Sie schrieb's in ihre Kladde und meinte, das Studium der Philosophie müßte mit der Lektüre der Philosophen beginnen. Um aber die Texte der Philosophen zu verstehen, brauchte sie Einführungen, deren Verfasser wiederum Philosophen waren, so daß es schwerfiel, die Weisheit der Primaten von den Versionen der Privatdozenten zu unterscheiden. Katharina kam zu dem Schluß, daß es praktischer war, eine Philosophie zu haben, bevor man sie studierte.

Im November lieh ihr ein älteres, schwarzbärtiges Semester die ›Bhagavadgita‹ und zitierte dabei das Urteil eines Sanskrit-Gelehrten: »Nicht den Sinn des Lebens zu enträtseln sind wir berufen, sondern die von uns geforderte Tat zu entdecken und zu tun.« Katharina steckte das durch Vorwort, Übersetzung, Kommentar, Register und Ledereinband angeschwollene Gedicht in ihre Kollegmappe und warf sie am Nachmittag, als sich im Hof des Clementinums eine Schlägerei zwischen deutschen und tschechischen Studenten entwickelte, einem Polizisten ins Gesicht. Sie wurde festgenommen. Nach Überprüfung der Personalien erklärte ihr der Kommissär, daß die Gendarmerie zum Schutz der deutschen Studenten ausgerückt sei; eine Entschuldigung würde genügen, sie nach Hause zu schicken. Doch Katharina beharrte auf ihrem Recht, sich zur Wehr zu setzen, und selbst die Mahnung, es handele sich bei dem betroffenen Wachtmeister um einen ehemaligen Legionär, der tausend Kilometer, ohne die Socken zu wechseln, durch Sibirien marschiert sei, konnte sie nicht beschwichtigen. Ein Schnellrichter verurteilte sie zu dreihundert Kronen Buße.

Als sie den Saal verließ, begegnete sie im Korridor einem jungen Mann, der von zwei Polizisten geführt wurde. Er hatte eine

Platzwunde an der Stirn, das Blut lief ihm über die geschlossenen Augen, und er hechelte wie ein Hund. Sie erkannte Karol erst, als er in der Kanzlei verschwunden war. Sie lief auf die Tür zu, doch ein Zivilbeamter wies sie ab. Als sie zu schreien anfing, wurde sie auf die Straße gesetzt.

Sie wunderte sich, warum alle Leute im Korridor des Kommissariats es für selbstverständlich hielten, daß ein Verwundeter zuerst amtlich vernommen und danach ärztlich behandelt wurde. Sie fragte sich auch, warum Karols Briefe, die sie jede Woche von der Hauptpost abholte, den Preßburger Stempel trugen, wenn der Absender in Prag war. Zwei Tage nach dem Vorfall in der Bartholomäusgasse schrieb er ihr, daß er am Montag eine Bootspartie auf der Donau gemacht hätte. Darüber nachzudenken, ob er sie mit einer Frau betrog, war sie nicht eifersüchtig genug oder zu gescheit. Sie brachte den Mut auf, sich mit den Augen anderer Männer zu sehen, und wußte: mit solchen Fuchszotteln hat man kein Glück gegen blondierte Herrenwinker und nachtblaue Knoten. Sie hätte es verwunden, wenn er einer slowakischen Schickse auf den Leim gegangen wäre. Aber daß er sich in Prag verhaften und sie in dem Glauben ließ, er rudere im November auf der Donau, das kränkte.

Am Wochenende fand sie in der ›Bhagavadgita‹, im ›Yoga der Werke‹, die Zeilen:

›niyatam kuru karma tvam
karum jyayo hy akarmanah.‹

Die deutsche Übersetzung lautete:

›Vollführe die in den Bereich deiner Zuständigkeit
fallenden Werke,
denn Handeln ist immerdar ersprießlicher
als Nichthandeln.‹

Also: Mach was! Sie telefonierte in die Djudkosche Wohnung, doch niemand meldete sich. Am Montag ging sie in die juristische Fakultät. Karol hatte sich nicht eingeschrieben. Da sie ihrem Tschechisch mißtraute, bat sie Frau Farel um Hilfe. Tante Marketa gab sich gegenüber dem Hauptkommissär als Cousine des Innenministers aus.

»Meine Verehrung, gnädige Frau«, antwortete er kalt.

»Ich höre«, sprach Tante Marketa in den Apparat, »daß mein Neffe sich in Ihrem Gewahrsam befindet.« Sie nannte seinen Namen und erfuhr nach einer Pause, daß ihre Information zutreffe.

»Ich wünsche«, sagte sie, »daß man ihn mit aller Strenge und ohne Rücksicht auf seine verwandtschaftlichen Beziehungen behandelt.«

»Gewiß«, sagte der Hauptkommissär. »Allerdings haben wir dazu nur noch wenig Gelegenheit, weil er am fünften Dezember entlassen wird.«

»Wie schade«, seufzte Tante Marketa. »Aber sagen Sie mir die genaue Stunde, damit er mir nicht entwischt.«

Katharina fiel Frau Farel um den Hals, küßte sie, bedankte sich und rannte zum Friseur.

Als sie am Montagmorgen vor dem gelbgetünchten Hauptkommissariat wartete, trug sie die Haare hochgesteckt und Fransen in der Stirn. Karol verließ das Haus mit einem gleichaltrigen Mann. Sie schlugen die Mantelkragen an den Mützenrand, steckten die Hände in die Taschen und gingen in Richtung Bergstein. Karol zögerte, als er Katharina erkannte, verabschiedete sich aber von seinem Begleiter und trat auf sie zu.

»Ich habe mich gleich polizeilich angemeldet«, sagte er. »Ich bin vor einer Stunde aus Preßburg gekommen. Was soll man sonst anfangen, wenn alles noch schläft?«

Katharina bewunderte die Gelassenheit, mit der er sie beschwindelte.

»Was macht die Philosophie?« fragte er.

Sie zuckte die Schultern.

»Man kann nicht zweimal in denselben Fluß steigen.«

Das letzte Mal hatten sie sich im August auf einer Bahnstation hinter Kralup getroffen. Karol war mit dem Zug aus Prag, Katharina mit dem Fahrrad vom Manglschen Gut gekommen. Den ganzen Tag hatten sie nach einem Fleck gesucht, wo sie allein sein konnten. Am Moldau-Ufer schwammen die Ausflugsdampfer vorbei, und die Operngläser richteten sich auf alles, was sich bewegte. Im Hopfen war es feucht, auf den Feldern wurde der Roggen gemäht, im Schloßpark von Weltrus sammelten Schulkinder Kastanien, und für die ›Rote Mühle‹, die Absteige der Agrarier, hatte Karol zu wenig Geld gehabt. Besonders lästig war gewesen, daß Katharina ihr Fahrrad mitschieben mußte, weil sie unterwegs die Sicherheitskette verloren hatte. Der Rückzug fuhr kurz vor halb zehn, und um halb neun war es immer noch nicht dunkel. Karol nahm den Schraubenschlüssel aus der Werkzeugtasche, lehnte das Fahrrad gegen den Bahnhofszaun und montierte den Sattel ab. Dann klemmte er ihn unter den Arm und zwängte sich hinter Katharina in einen Geräteschuppen, wo es nach Teerpappe, Schmieröl und Kartoffelsäcken gerochen hatte. Er erreichte den Prager Zug, aber Katharina mußte acht Kilometer im Stehen fahren, weil Karol nicht mehr dazu gekommen war, den Sattel wieder anzuschrauben.

Sie liefen zum Graben und fuhren mit der ›10‹ zur Djudkoschen Wohnung auf den Weinbergen. Er liebte sie hastig, aß eins von den Brötchen, die sie unterwegs gekauft hatten, und sprach mit vollem Mund. Er hatte sich verändert. Statt Manschettenknöpfen trug er Knopfmanschetten, statt der Weste einen ärmellosen Sweater, statt der Hosenträger einen Ledergürtel. Er putzte sich die Nase mit einem blaukarierten Taschentuch, was auch ein Wandel war. Manchmal trat er an die Tür und legte die Schläfe gegen die Füllung, als müßte er sich vergewissern, daß niemand lauschte. Er reinigte sich die Fingernägel mit einem Brieföffner. Vor zwei Jahren, in Amerys Jagdhaus, wäre er am liebsten nach Prag zurückgefahren, weil er sein Necessaire vergessen hatte. Sie beneidete ihn um sein Geheimnis, von dem sie glaubte, daß es ein Abenteuer war. Sie sagte ihm, wo und wie sie ihn vor vierzehn Tagen gesehen hatte.

»Ein Verkehrsunfall«, log er. Als sie aber nach ihrem Mantel griff, hielt er sie fest und erzählte.

Zweimal die Woche, schon seit Anfang Oktober, stellte er einigen Prager Adressaten chiffrierte Sendungen zu, die ihm sein Vater durch einen Mann in Nusle schickte. In einem besonderen Kuvert waren darunter auch Katharinas Briefe gewesen, und Karols Antworten hatten den gleichen Umweg genommen.

Sie war enttäuscht. Ausdrücke wie ›illegal‹ oder ›konspirativ‹ imponierten ihr nicht, weil Karol sie dahersagte wie die wahlweisen Beilagen eines unbekannten Menüs. Ein einziges Wort ging ihm schwer von den Lippen: ›Bourgeoisie‹. Sie hätte sich auf der Stelle den Pony weggebürstet, wäre sie sicher gewesen, ihn dadurch nicht aus dem Konzept zu bringen.

»Ich habe einen Fehler gemacht«, sagte er. »Ich hätte mich an der Demonstration nicht beteiligen dürfen.«

Sie berichtete von ihrer eigenen Verhaftung.

»Bei dir ist es was anderes«, sagte er und strich ihr den Pony aus der Stirn.

»Ich schneide ihn ab«, versprach sie.

»Vielleicht ist es besser«, sagte er.

»Ich kann also mitmachen?«

»Das entscheide ich nicht allein«, antwortete Karol.

»Ich gehe heute zu dem Mann nach Nusle«, sagte sie und ließ Karol nicht zu Wort kommen. »Du wirst beobachtet. Willst du, daß alles auffliegt? Mich kennt niemand.« Sie hatte sich aufgerichtet und sprach mit erhobenem Kinn, wie vor der Oberin in Bukovice, auf eine Art, die an Drohung grenzte. Eine Strähne hatte sich aus ihrer Frisur gelöst. Sie fühlte es und zog die Kämme heraus. Das rote Haar fiel ihr in den Nacken und auf die Schultern, als hätte sie eine Badekappe abgenommen. Sie brachte ihren Mut zur Welt, und Karol saß dabei wie ein Mann, dem ein Mammut geboren wird. Als sie den Namen und die Nusler Anschrift hatte, verabredete sie sich mit Karol vor der Konditorei ›Julisch‹.

»Ich gebe dir eine Bonbonniere«, sagte sie. »Da sind die Briefe drin. Du mußt mich küssen, ich gratuliere dir zum Geburtstag, hörst du?« Sie war nicht zu bremsen. Sie fuhr nach Nusle in die Čestmírgasse, ließ sich die Post geben und kaufte am Riegerplatz eine Schachtel Konfekt. Trotz des Regens setzte sie sich auf eine Bank, aß die Hälfte der Pralinen und schüttete den Rest in einen Papierkorb. Sie überlegte, wo sie die Briefe, die zwischen Haut und Hüfthalter steckten, in die Schachtel legen sollte, und entschied sich für ein Lokal in der Havlitschekstraße, das sie aus der Tram gesehen hatte. Sie ging etwa dreihundert Meter stadteinwärts und betrat den Ausschank der Nusler Brauerei. Die Garderobiere hielt ihr die Hand hin, doch Katharina dankte und drückte die Klapptür zum Saal auf. Ein paar Dutzend Männer saßen vor ihrem Bier, bissen auf Virginias oder aßen Kartoffelpuffer aus der Hand. Ein Ventilator rauschte an der gegenüberliegenden Wand, aber es war nicht zu sehen, ob er Luft absaugte oder hereinblies, denn die Wolke aus Zigarrenqualm, Bierdunst und Backschmalz hing bewegungslos über den Tischen, und nur die Kellner, wenn sie die Tabletts durch den Saal trugen und ihre Striche auf die irdenen Untersetzer machten, rührten eine kleine Windhose auf, die sofort in sich zusammensank, wenn die weißen Jacken im Durchgang zur Theke verschwanden.

Katharina setzte sich an einen freien Tisch und bekam unverlangt einen halben Liter Bier.

»A placičky«, murmelte der Kellner. Katharina nickte, weil sie ihn vor Aufregung nicht verstand. Gleich darauf sah sie, daß sie drei kleine Puffer bestellt hatte. Ich darf hier nicht anecken, sagte sie sich. Ich muß wenigstens einen Puffer essen und die Hälfte von dem Bier trinken, obwohl ich den Bauch voll Schokolade habe. Was auch geschieht, es geht nicht um mich. Sie zog den rechten Handschuh aus, klemmte die Papierserviette um den Rand des Puffers und biß in die braune Kruste. Sie hauchte so lange über dem heißen Happen, bis ihr einfiel, ihn mit Bier zu kühlen. Am Nachbartisch hoben zwei Männer die Gläser an. Katharina trank noch einen Schluck. Der eine von ihnen war um die dreißig, in Eisenbahner-Uniform. »A do dna!« rief er. Das verstand sie: Ex! Sie schüttelte den Kopf, aß langsam den Puffer auf und blickte woandershin. Es wird Zeit, dachte sie, die Hand auf der leeren Konfektpackung.

Als sie von der Toilette zurückkam, stand ein Glas Rum neben ihrem Bier. »Auf die Gesundheit!« rief der Eisenbahner und hielt ihr, wie sein ziviler Kompagnon, das eigene Glas entgegen.

Katharina prostete hinüber und trank den Rum auf einen Zug. Er versengte die Zunge und den Hals. Wofür tue ich das alles, fragte sie sich, wenn nicht für die da? Sie aß die Puffer und trank das Bier aus, und als der Kellner den nächsten halben Liter brachte, verlangte sie die Rechnung. Der Eisenbahner wollte das Bier bezahlen, doch sie ließ sich auf nichts ein. Er trat an ihren Tisch, sehr groß und blond und mit breiten Schultern. »Geben Sie mir zur Erinnerung eine Praline«, bat er. »Ich esse so gern Nougat.«

»Es tut mir leid«, stotterte Katharina auf tschechisch. »Aber die Schachtel ist leer.«

Der Eisenbahner drehte sich zu seinem Freund. »Eine Deutsche!« höhnte er. »Sie geht aufs Klosett und frißt das ganze Konfekt, und ich spendiere ihr einen Rum!«

Katharina stand auf, schob die Bonbonniere mit den Briefen unter den Arm und ging zur Tür.

»Heil Hitler!« brüllte ihr der Eisenbahner hinterher.

An der Nusler Stiege nahm sie die ›19‹ und fuhr bis zum Wenzelsplatz, Ecke Wassergasse. Als sie vom Trittbrett sprang, merkte sie, daß sie schwankte. Sie lief über die Kreuzung und gab sich Mühe, nicht zu lachen. Doch als sie Karols Mütze vor der Konditorei ›Julisch‹ sah und als sie beide zu gleicher Zeit ›Herzlichen Glückwunsch‹ sagten, konnte sie sich nicht mehr beherrschen.

»Du hast wieder alles verwechselt!«

»Gib's her!« sagte er.

»Erst einen Kuß!« verlangte sie, hielt sich mit der rechten Hand am Aufschlag seines Mantels fest und versteckte die Schachtel mit den Briefen hinter ihrem Rücken.

»Du bist blau.«

»Weil du Geburtstag hast«, flüsterte sie und stellte sich auf die Zehenspitzen.

Karol küßte sie und griff nach der Schachtel. Als er sie in der Hand hatte, riß er sich los und lief ohne ein Wort davon. Einem Zeitungsverkäufer, der in der Nähe stand und grinste, streckte Katharina die Zunge heraus. Plötzlich wurde ihr übel. Sie lehnte sich an das Schaufenster der Konditorei und hörte die Schlagzeile des Tages: »Großbrand in Papierfabrik! Drei Tote! Sechzehn Verletzte!« Ein kandierter Nikolaus fuhr durch Krachmandeln, Marzipan und Cremewaffeln. An seinem Schlitten hingen verchromte Glöckchen, und sein Bart war so weiß wie die Wimpern des Eisenbahners in der Nusler Brauerei. Ihre Wut überwand ihre Schwäche. Sie drückte die Knie gegen die Wand und zupfte im Spiegel des Schaufensters den Pony zurecht, als erwartete sie, weil der erste Liebhaber ausgefallen war, einen zweiten. Sie ging in die Nationalstraße und kaufte in dem Papiergeschäft neben der Platýs-Passage einen Karton Weihnachtskarten.

Nach dem Abendessen holte sie sich Heinrichs Druckkasten in ihr Zimmer und bestempelte alle Karten mit einer Parole, die sie sich in der Tram nach Bubenetsch ausgedacht hatte. Unter dem stilisierten Tannenzweig mit der roten Kerze stand der Satz: DIE KOMMUNISTISCHE PARTEI LEBT UND WIRD WEITERKÄMPFEN. Unterschrift: DAS ILLEGALE KOMITEE. Bis auf das Wort ›illegal‹, von dem Katharina meinte, daß es auch im Tschechischen mit Doppelkonsonant geschrieben würde, war der Text fehlerfrei. Sie leckte alle sechzig Umschläge an, verschloß sie und versteckte den Karton unter ihrem Bett. Am nächsten Morgen stellte sie anhand des Telefonbuches eine Liste von Fabrikanten, Bankiers, Geschäftsleuten, Richtern und Politikern zusammen und schrieb ihre Namen und Adressen auf die Kuverts. Von nun an las sie alle Zeitungen. Am Freitag erschien in der ›Národní Politika‹ eine Meldung über Flugblattaktionen. Der Artikel war mit ›Herzlichen Glückwunsch‹ überschrieben. Unter anderem hieß es: ›Wenn die aus den abgetretenen Grenzgebieten geflüchteten deutschen Kommunisten hoffen, mit Sendungen dieser Art die Stabilität unserer Republik in Frage zu stellen, dann irren sie sich. Angesichts dieser ›frohen Botschaft‹ weiß man wirklich nicht, wem man zuerst gratulieren soll – der Kommunistischen Partei zu einem solchen ›illegalen Komitee‹ (mit zwei ›l‹, versteht sich!) oder der Tschechoslowakischen Republik zu so jämmerlichen Gegnern‹. Katharina schloß sich ein und weinte.

Am Montag fuhr sie in die Čestmírgasse und holte die Preßburger Post. Der Überbringer erkundigte sich nach den Antworten, aber Katharina konnte ihm keine Auskunft geben. Von einer Telefonzelle rief sie Karol an. »Ich war wieder in Nusle«, sagte sie. »Falsch verbunden«, sagte er und legte auf. Sie nahm ein Taxi zu den Weinbergen und traf ihn auf der Treppe. Er trug einen schwarzen Ulster, einen grauen Homburg, Glacéhandschuhe und ein weißseidenes Cachenez. Er griff in die Tasche und gab ihr die Wohnungsschlüssel.

»In zwei Stunden bin ich zurück.«

Sie wartete in seinem Zimmer. Als es schon nach einer halben Stunde klingelte, schlich sie auf Strümpfen zur Flurtür und sah durch den Spion. Sie erkannte die Blechknöpfe einer Uniform und zitterte. Als es zum zweitenmal schellte, hielt sie die Hand vor den Mund. Eine Weile blieb es still, dann klappte Leder auf Leder, wie der Verschluß einer Pistolentasche. Sie preßte sich an die Wand, um nicht getroffen zu werden. Als sich der Deckel des Briefschlitzes hob und ein dicker roter Finger im Spalt erschien, sträubten sich ihre Nackenhaare. Eine weiße Karte fiel in den Korridor. Sie hörte Schritte, die sich die Treppe hinunter entfernten. Ein Trick, dachte sie. Einer ist stehengeblieben. Sie wartete, bis sie anfing zu frieren. Dann blickte sie wieder durch den Spion und sah nichts als die dunkle Holztür der gegenüberliegenden Wohnung. Sie bückte sich nach der Karte. Es war ein Vordruck der Prager Elektrizitätswerke. Als Datum für die Ablesung des Zählers war der 28. 12. 1938 eingetragen. Sie ging in die Küche und fand in der Speisenkammer eine angebrochene Flasche Slivovitz. Als sie ein Glas getrunken hatte, klingelte es zum drittenmal. Es war Karol.

»Es ist sinnlos, sich wie ein Prolet zu kostümieren«, erklärte er seinen veränderten Anzug. »Maskerade!« Er trank einen Schnaps, zog mit den Zeigefingern die Augenbrauen nach und blickte Katharina vorwurfsvoll an.

»Wo warst du?« fragte sie

»Bei einem Redakteur. Sputa heißt er. Er schwärmt von Revolutionen, an denen er nicht teilnehmen muß. Er schickt ein Glückwunschtelegramm nach Spanien, wenn die Republikaner ein paar Flugzeuge abschießen. Er fotografiert eine alte Frau, wenn sie in der Mülltonne nach Kartoffelschalen sucht, schenkt ihr zehn Kronen und veröffentlicht das Bild als einen Appell an das Gewissen der Verantwortlichen.« Er trat sich die Galoschen von den Füßen. »Von allen Lebenslügen kommt die Literatur der Wahrheit am nächsten. – Für diesen Satz ist er letzte Nacht drei Stunden durch den Regen gegangen. Sputa hält den Staat für einen Organismus und sich selbst für das Gehirn darin. Der Faschismus ist für ihn ein Bazillus, der sich auf rätselhafte Weise vermehrt, ein Gift, das in der Luft liegt, verstehst du? Man müßte aufhören zu atmen, wenn man ihm entgehen wollte. Das ergäbe, wie er sagt, eine Identität der Interessen zwischen Patient und Erreger. Wer nicht atmet, stirbt.« Karol trank einen Slivovitz und stöhnte: »Sputa erledigt die Dreckarbeit besser als wir. Er weiß, wo's wehtut. Er scheißt auf alle Tradition, bleibt aber Kavalier. Er würde einer Dame seinen Platz anbieten, selbst wenn er ein Holzbein hätte. Bei einem Wort wie ›heilig‹ überschlägt er sich vor Vergnügen. Ich habe mich bei ihm als Volontär beworben. Ich soll ihm Kritiken aus der Provinz schreiben, die unter seinem Namen erscheinen. Es ist ihm egal, daß ich nichts vom Theater verstehe. Man muß kein Huhn sein, um ein faules Ei zu erkennen, sagt er.«

Katharina knöpfte die Bluse auf und gab Karol die Briefe. Er zerriß sie. »Der Kerl in Nusle ist ein Polizeispitzel«, schimpfte er. Sie berichtete ihr Mißgeschick mit den Weihnachtskarten und zeigte ihm den Zeitungsausschnitt.

»Um so besser, wenn sie uns für dumm halten«, sagte er und legte den Artikel auf den Tisch. »Das macht sie überheblich. Übrigens rechnen wir auf dich. Mehr darf ich im Augenblick nicht verraten. Deine Aufträge bekommst du von mir, aber du mußt es dir gut überlegen. Ich will dich nicht beschwindeln. Wir müssen wissen, wer deinen Vater aus dem Reich besucht. Worüber er mit diesen Leuten redet, wird er dir nicht erzählen, aber er hat eine Korrespondenz, die nicht über die Bank läuft.«

Karol nannte die Namen einiger slowakischer Politiker, und Katharina wiederholte sie.

»Dachtest du, ich gebe dir einen Revolver!« fuhr er sie an. »Oder hast du ein schlechtes Gewissen, weil du deinen Vater bespitzeln sollst?«

»Und wenn ich nicht mitmache?«

Karol nahm die zerrissenen Briefe, warf sie in den Papierkorb und stellte sich ans Fenster. Er sah über die Böhmerwaldstraße und den Stadtpark auf das spitze Dach des Weinberger Wasserturms.

»Wir könnten uns dann nicht mehr treffen.«

»Möchtest du mich wiedersehen?«

»Ich würde mir deinetwegen die linke Hand abhacken«, sagte er gegen die Gardine und schien es ernst zu meinen. Katharina lachte, aber auf dem Nachhauseweg in der kalten Tram, zwischen nassen Mänteln und tropfenden Schirmen, schwitzte sie plötzlich vor Rührung.

Am Dienstag, während Betty mit Heinrich die letzten Weih-

nachtseinkäufe machte, nahm sie sich den Van-de-Velde-Schreibtisch vor, dessen halbrunde Form – nach Sellmanns Erklärung –
›das Ergebnis der ausgreifenden Funktion der Arme war, um die
verschiedenen Gegenstände auf Grund des natürlichen Aktions-
radius zu erreichen.‹ Auf dem linken Bücherdach stand die verkleinerte Porzellankopie der Schadowschen Prinzessinnen Luise
und Friederike von Mecklenburg-Strelitz, auf dem rechten der
immerwährende Kalender des Meisters Thelott. Auf dem grünen, ledergefaßten Löschblatt lag ein Füllfederhalter, der nie benutzt wurde, weil er das Geschenk eines früheren Reichskanz-
lers war. Sellmann haßte Schlüssel. Sie beulten die Taschen aus.
Nicht einmal Geschenke verschloß er, sondern legte sie alle Jahre
wieder in den großen Wäscheschrank. ›Wenn ihr unbedingt
wollt – bitte! Bringt euch um die Überraschung!‹
Katharina kramte in Pässen, Geburtsurkunden und Rezepten
und fand ihr Quinta-Zeugnis mit der Beurteilung: ›Strebsam,
energisch und hilfsbereit, doch mit häufiger Neigung zum Widerspruch‹. Von dem verschnürten Stoß im Fach darunter las sie
nur den Anfang des ersten Briefes. ›Zerbst, 18. August 1912.
Mein innigstgeliebter Anton! Heute ist Mittwoch, Beamtentag.
Du kennst ja die Reihenfolge mittlerweile. Ich muß also noch
vier Nächte auf Dich warten . . .‹ Sie schämte sich, aber sie suchte
weiter. In einer Schatulle mit Fotografien, die im Familienalbum
fehlten, sah sie ihren Vater als Frontoffizier mit Helm und
Schnurrbart und Wickelgamaschen, als Knaben im Samtanzug,
den linken Arm auf eine Balustrade gestützt, als Sultan im Fa-
schingskostüm mit einer unbekannten Dame auf dem Schoß, die
ihren Zylinder auf Sturm gestellt hatte und ein Monokel trug.
Sie entdeckte Scheine und Münzen fremder Währungen, Zah-
lungsbelege und Mietquittungen, einen Abschnitt der Sächsischen Landeslotterie, einen angerosteten Hirschfänger und eine
Rolle Schlaftabletten, aber die von Karol erwähnten Namen fand
sie nicht. Sie lehnte sich zurück und blickte auf den Mortlake-
Gobelin. Leander, in wehendem Überwurf, umfaßte Heros
Hand, über ihnen schwebte Amor mit gespanntem Bogen, im
Hintergrund ein Tempelfries auf krummen korinthischen Säu-
lenschäften. Anscheinend wußte ihr Vater nichts von Monsignore Tiso und seinen politischen Gesinnungsfreunden.

Seit die Slowakei im Wiener Schiedsspruch den Süden des Landes und ein Drittel der Bevölkerung an Ungarn abgetreten hatte, kümmerte sich Sellmann, wenn er von Sophie absah, nur noch um eine Zuckerfabrik bei Tirnava, deren Aktien die ›Saxonia‹ im Frühjahr von der Pariser Banque de Pays de l'Europe Central gekauft hatte. Finanztechnisch betrachtet, war ihm die slowakische Autonomie gleichgültig. Sie bewirkte allenfalls einige Steuer- oder Zollerhöhungen, die sich durch Präferenzabkommen mindern ließen. Er richtete sein Interesse auf ein Projekt, von dem die weitere Existenz der Böhmischen Landesbank abhing.

Im Oktober reiste er als Begleiter Herrn von Lilienthals nach Berlin, um der ›Saxonia‹ die in den besetzten Gebieten gelegenen Filialen der Landesbank anzubieten. Eine sehr günstige Offerte der Deutschen Bank unterbrach die Verhandlungen, und erst die Anordnung des Reichswirtschaftsministeriums, wonach jeweils nur eine deutsche Bank mit einer tschechischen Bank wegen der Übergabe sudetendeutscher Filialen abzuschließen hätte, brachte sie wieder in Gang. Die ›Saxonia‹ erwarb die nordböhmischen Niederlassungen der Landesbank, übernahm aber einen Teil der Geschäfte nur zum Inkasso, bezahlte den Geldwert der Liegenschaften zu einem niedrigen Wechselkurs und verweigerte den jüdischen Kreditoren und Debitoren, die im Reich der unlängst eingeführten Kontribution unterlagen, die Übersiedlung nach Prag. Für die Landesbank ergab sich daraus ein Passiv-Saldo von mehr als hundert Millionen Kronen, der durch den Verkauf tschechischer Industrie-Aktien ausgeglichen wurde. Zur gleichen Zeit kaufte die ›Saxonia‹ den ehemaligen Lustigschen Braunkohlebesitz von der Gewerbebank und feierte den Vertrag mit einem Frühstück bei Schramota. Im Anschluß an dieses Essen versicherte Frenzel, daß Sellmann in nächster Zukunft mit einem Verwaltungsmandat der neugegründeten Sudetendeutschen Kohlegesellschaft rechnen dürfte.

Die Böhmische Landesbank konnte sich aus ihren Liquiditätsschwierigkeiten und ihrer Abhängigkeit von der Gewerbebank nur lösen, wenn sie sich an ein ausländisches Kreditinstitut anlehnte. Die Banque de Paris, die Banque de Bruxelles und das

Londoner Haus Kleinworth verzichteten wegen der hohen Kurseinbußen der letzten Monate und versuchten, ihre eigenen Anteile zu verkaufen. Der Vorschlag Herrn von Lilienthals an die ›Saxonia‹, ihre Transaktionen in Böhmen und Mähren über die Landesbank zu leiten und ständige Guthaben in Prag zu unterhalten, wurde von Berlin verworfen. Sellmann, der im Februar einen erneuten Vorstoß zugunsten der Landesbank wagte, mußte sich von Frenzel sagen lassen, daß die Prager Anstalt ein Verlustgeschäft sei: fast die Hälfte ihrer Bankverbindungen stützte sich auf Juden, die ihre Einlagen abheben und auswandern wollten; träte man in die Rechte dieser Unternehmungen ein, wäre ein weiterer Kredit von dreihundertfünfzig Millionen nötig; außerdem müßten die Juden im Verwaltungsrat, in der Geschäftsführung und beim übrigen Personal pensioniert werden, was zusätzliche Kosten bedeutete. »Nee, mein Lieber«, sagte Frenzel zum Abschied, »kommt Zeit, kommt Rat, kommt'n oller Topp, kommt ooch Draht, beziehungsweise tempora mutantur. Ich kann diesen Knicksstiebel, den Lilienthal, sowieso nicht riechen. Perle im Schlips und Schiß in der Hose. Ein Itzig, wie er im Buche steht, natürlich nur unter uns. Sie sind sein Angestellter. Loyal bis zum Dalles, ist doch klar.«

Auf Beschluß des Verwaltungsrats begab sich Sellmann im März noch einmal nach Berlin. Er bezog ein Zimmer im ›Adlon‹. Am gleichen Abend erfuhr er vom Etagenkellner, daß der Präsident der Tschechoslowakischen Republik im Hotel eingetroffen sei, und die Mittwoch-Blätter brachten die Meldung, daß ›Dr. Hácha das Schicksal des tschechischen Volkes in die Hände des Führers des Deutschen Reiches gelegt habe‹.

Im Prager Expreß, fünf Tage später, bestellte Sellmann das zweite Gericht – Markklößchen, Gänsebrust mit Rotkohl, Pfirsich Melba –, trank dazu eine halbe Flasche Beaujolais Jahrgang 35 und las zwischen Ludwigsfelde und Tetschen-Bodenbach in dem ›Roman eines Schwindlers‹ von Sacha Guitry. In Aussig kaufte er den ›Völkischen Beobachter‹, in dem die Unabhängigkeitserklärungen der Slowakei und Karpato-Rußlands und der Name des Reichsprotektors für Böhmen und Mähren abgedruckt waren. Konstantin Freiherr von Neurath. Das gab Hoffnung, und Sophie schien in Sicherheit.

In der folgenden Woche fand eine Sitzung des Verwaltungsrats der Böhmischen Landesbank statt, in der Herr von Lilienthal und weitere fünfzehn Juden resignierten. Man kooptierte siebzehn neue Mitglieder, darunter vier Vertreter der ›Saxonia‹. Die fünfundsiebzigste Generalversammlung beschloß in Anwesenheit des tschechischen Regierungskommissärs die Sanierung der Böhmischen Landesbank durch eine Zusammenlegung des Aktienkapitals und billigte eine gleichzeitige Aufstockung, wobei den Kleinaktionären Gelegenheit zur Nachzeichnung über die normale Bezugsfrist hinaus gegeben wurde. Durch den Ankauf der im Besitz der Banque de Bruxelles befindlichen Papiere erhöhte sich der Anteil der ›Saxonia‹ auf siebzig Prozent. Der Verwaltungsrat wählte Dr. Anton Sellmann zu seinem Vorsitzenden.

Als er an einem Samstag im Mai auf den Graben trat, wurde er von Herrn ›Hörnchen‹, dem Kammerdiener Eugen Lustigs, angesprochen. Rohlik steckte nicht mehr in dem achtknöpfigen Zweireiher, der seine Gestalt einst in die Länge gezogen hatte. In dem braunen Zwirnsjackett wirkte er wie ein Akteur, der jahrzehntelang Offiziere gegeben hatte, aber an diesem Nachmittag für einen Kollegen eingesprungen war, um einen Zivilisten zu markieren. Er überbrachte die Grüße Lustigs und bat zu einer Unterredung.

»Nicht sofort«, sagte er, als Sellmann auf sein Auto zeigte. »Wenn ich mir erlauben dürfte, Sie gegen neun mit einem Mietwagen in Bubenetsch abzuholen?«

Sellmann verstand und streckte ihm die Hand entgegen, aber der Kammerdiener verbeugte sich nur und ging mit steifen Schritten, als trüge er einen tropfenden Kerzenleuchter, zum Pulverturm.

Am Abend verspätete er sich um eine halbe Stunde, klappte für Sellmann den Fond auf und setzte sich nach vorn. Das Taxi fuhr über die Stefanik-Brücke und die Hybernergasse nach Zischkow. Am Prokop-Platz bezahlte Rohlik den Chauffeur und stapfte einen halben Schritt hinter Sellmann durch unbekannte Straßen bergauf. Sellmann tat es wohl, ohne Wort und Wink in die rechte Richtung zu gehn. Als sie vor dem kleinen Hotel standen, glaubte er, den Weg allein gefunden zu haben.

In der halbdunklen Diele saßen zwei deutsche Feldwebel, die

Mützen neben ihren Sektgläsern. Rohlik hob den rechten Arm, Sellmann nickte nur. Durch eine Samtportiere erreichten sie die Treppe. Auf dem zweiten Absatz stürzte ihnen ein nackter Gast entgegen und fragte nach der Toilette. Rohlik zeigte sie ihm. Hinter einer Tür lachte eine Frau, und eine brüllende Männerstimme antwortete: »Ach, du heiliger Strohsack!« Aus einem Lautsprecher hörten sie das Lied ›Der Onkel Doktor hat gesagt, ich soll nicht küssen . . .‹

Im dritten Stock klopfte der Kammerdiener an eine Tür. Obwohl der Schlüssel gleich darauf umgedreht wurde, wartete Rohlik eine Weile, bevor er öffnete. Er hatte seinem Herrn Zeit gelassen, wieder Platz zu nehmen, denn als sie eintraten, saß Lustig allein auf dem Sofa und erhob sich, um den Gast zu begrüßen. Unter den eingebogenen Stehkragenecken trug er eine breite, dunkelgrüne Krawatte mit einem fleischfarbenen Karneol. Das Zimmer war nicht größer als ein Bad im ›Ambassador‹, aber Lustig bewegte sich wie zwischen Marmor und Oleander. »Sie nehmen doch einen Schluck«, sagte er und bediente Sellmann mit Portwein. »Manchmal ist es etwas laut hier, aber in stürmischen Zeiten gibt es nur einen sicheren Ort: das Auge des Taifuns.« Seine Hand zitterte, als er das Glas hob, doch er brachte es an die Lippen, ohne einen Tropfen zu verschütten.

Die Tapete platzte an den Nahtstellen, auf dem Boden lag ein zertretener Läufer, das schwache, zweiflammige Deckenlicht warf einen konturlosen Schatten. Sellmann schien es geschmacklos, den alten Herrn mit Redensarten hinzuhalten. Er schilderte die Situation der Bank, wie seine eigene, und betonte, daß er eine Pauschalabfindung für die entlassenen jüdischen Mitarbeiter durchgesetzt habe.

»Sehr nobel«, sagte Lustig und steckte, um seine Hand zu beruhigen, den Mittelfinger in die Weste. »Ich bin erstaunt über die Ritterlichkeit Ihrer Landsleute. Am Tage nach dem Einmarsch sah ich auf dem Altstädter Ring eine deutsche Ehrenwache vor dem Grabmal des Unbekannten Legionärs. Ich dachte an unseren König Otakar, wie er mit dem Markgrafen von Brandenburg nach Königsberg zog, um die Preußen zu bekehren. ›Wohlbehalten und in Freuden reisten sie nach Hause zurück, Land und Volk den Händen der Bekreuzten des Deutschen Ritterordens überlassend‹, heißt es in den Jahrbüchern. Sie wissen vielleicht nicht, daß ich Soldat war in der alten Armee. Hauptmann der Reserve. Es ist schon sehr bizarr, von diesem Herrn Hitler delogiert zu werden, einem ehemaligen Gefreiten.«

»Ich muß Ihnen etwas gestehen«, sagte Sellmann und hörte dabei ein Klatschen wie von Ohrfeigen aus der unteren Etage.

Lustig lächelte und schob die Unterlippe vor. Sein Kinn sank auf den Kragen, und Sellmann bemerkte erst jetzt, daß der alte Herr anstelle seines Zwickers eine randlose Brille mit schmalen, goldenen Bügeln trug.

»Ich habe Sie hintergangen.«

»Nun ja«, sagte Lustig, »wie wären Sie sonst auf die Idee gekommen, Brüx und Dux an die Gewerbebank zu verkaufen?«

»Nein, von Anfang an«, offenbarte Sellmann und nahm eine Zigarre.

»Ich habe die Dossiers des Geheimdienstes gelesen«, sagte Lustig und streichelte den Plüschbuckel des Sofas. »Auch Ihre persönliche Post, soweit sie wichtig war. Man wollte Sie verhaften, aber ich konnte den Herren beweisen, daß es vorteilhafter ist, Sie ungeschoren zu lassen und im Bilde zu sein, als Sie einzusperren und im Dunkeln zu tappen. Das war nicht immer leicht, aber schließlich hat es sich für beide Seiten ausgezahlt. Ich dachte nur, uns bliebe etwas mehr Zeit.«

Sellmann kerbte die Zigarre und legte sie auf den Rand des Aschenbechers. Nachdem Rohlik in den Nebenraum gegangen war, mußte er annehmen, daß der alte Herr hier, in diesem Zimmer, schlief.

»Schauen Sie«, sagte Lustig, »ein Mann, der noch mit fünfzig ohne Sünde ist, ist entweder unzurechnungsfähig oder er hat seine Jahre verschlafen. Jemand wie Sie, der aus der Provinz kommt und eine Karriere im Kopf hat, gestattet sich keine Umwege. Bei Frauen ist es anders. Die Kirche weiß genau, warum sie aus der Ehe ein Sakrament gemacht hat. Eine Frau lügt ganz selbstverständlich und wundert sich, wenn man ihr glaubt. Einer Frau Betrug vorzuwerfen, heißt einen Fisch anklagen, weil er durch die Kiemen atmet. Die Dame, die dieses Etablissement leitet, wird mich eines Tages verraten. Ich bin ihr deswegen nicht böse. Frauen sind nur ehrlich, wenn sie Kinder kriegen.

Männer haben öfter ihre großen Stunden, und wenn Sie so wollen, ist diese eine davon. Sie rauchen nicht?«

»Nein, danke«, sagte Sellmann.

»Um Cosmas zu zitieren: ›In solcher Lage kann man dem Tod nur mit dem Schwert in der Hand oder durch die Beine entkommen.‹ Für das Schwert ist es zu spät, und ich habe keine Lust, mich in Speichern oder Kellerlöchern zu verstecken. Wir sehen uns heute zum letztenmal, Herr Doktor. Ich habe eine Bitte, die meinen Sohn betrifft. Viktor wohnt bei meiner Tochter, doch à la longue ist sie selbst gefährdet. Bringen Sie Viktor, wenn es geht, nach Wien. Ich habe die Adresse der Klinik auf einen Zettel geschrieben. Er liegt in diesem Umschlag.« Lustig zog ein dickes Kuvert aus dem Jackett und reichte es über den Tisch.

»Was ist noch darin?« fragte Sellmann.

Lustig lächelte. »Das Billigste von der Welt.«

Sellmann nahm die Visitenkarte heraus und legte das Kuvert mit dem Geld neben den Aschenbecher.

»Als ich jung war«, sagte Lustig, »wollte ich reich werden, damit man mich, wenn ich alt bin, nicht mit der Abendzeitung in irgendeine Ecke schiebt.«

Sellmann meinte, diesen Satz schon einmal gehört zu haben, und versuchte, sich an die Gelegenheit zu erinnern.

»Dann kam eine Zeit, wo ich mir nichts Schöneres denken konnte, als in einer Ecke zu sitzen und die Zeitung zu lesen.«

Es war im August gewesen, vor sieben Jahren, vor der Wörlitzer Orangerie, vor den herausgestellten Apfelsinen-Kübeln.

»Jetzt sitze ich in einer Ecke, lese die Zeitung, und was sehe ich in der Zeitung? Meinen Steckbrief. Der Kohelet sagt: ›Sei nicht allzu gerecht und nicht allzu weise. Warum willst du dich zugrunde richten?‹ So ist es.«

Lustig stützte die weißen, blaugeäderten Hände auf den Tisch. Das war, Sellmann wußte es aus vielen Konferenzen, das Zeichen zum Aufbruch.

»Nein, warten Sie!« bat Lustig. »Ich muß Ihnen noch etwas erzählen. Lange vor dem Krieg war ich mit meiner Frau in Scheveningen. Sie kennen es, ja? Erinnern Sie sich an die Abfallkörbe auf der Promenade? Man stellt den Fuß auf einen kleinen Hebel, und der Deckel öffnet sich. Sehr hygienisch. Eines Tages sah ich einen dunklen Herrn aus Holländisch-Indien auf einen solchen Korb zutreten. Er hob den Deckel mit der Hand an, dabei kippte der Korb nach vorn, und das Papier fiel heraus. Er schreckte zurück und sagte: ›Oh, excuse me!‹ Er hatte den Mechanismus nicht durchschaut. So ist es mir auch ergangen. Ich bitte Sie um Verzeihung, Herr Doktor.«

Nun stand er auf und Sellmann mit ihm.

»Sie beschämen mich«, sagte Sellmann am Rande der Tränen. »Ich habe in meinem Leben keinen größeren Menschen gekannt als Sie.«

»Ich sehe da einen Anflug von Bart auf Ihrer Oberlippe«, sagte Lustig. »Sie wissen doch, daß sich die heilige Staroslawa aus Angst vor ihrem Bräutigam einen Vollbart wachsen ließ. So schlimm ist es noch nicht, lieber Doktor. Aber geben Sie acht, wenn Sie über die Straße gehen! Seit zwei Monaten haben wir Rechtsverkehr. Das ist eine enorme Umstellung.« Er bat, Frau Sellmann, die Töchter und Heinrich zu grüßen, besonders Heinrich. Dann läutete er dem Diener.

Am Dienstag abend fuhren Sellmann und Betty zum Karlsplatz. Aus dem Eßzimmer, das Christine nicht mehr benutzte, war ein zweiter Salon geworden, so daß sich die Gäste, das Musikzimmer eingerechnet, in drei Räumen bewegen konnten. Frau Amerys ›jour fixe‹ hatte sich bei den Mitarbeitern der Protektoratsverwaltung und den Offizieren schnell herumgesprochen. Man stand auf Aubusson-Teppichen oder saß in Barockstühlen, sprach nach dem Konzert über Cocteau, Bergengruen, Eisenstein und Ernst Jünger, langte einen Kristallkelch vom Tablett des Lohnkellners und stieg gegen Mitternacht in ausgekühlte Kübelwagen oder Limousinen, um in eine Kaserne nach Dejwitz oder in ein Hotel am Wenzelsplatz zurückzukehren. Im Gegensatz zu ähnlichen Abenden in Hannover, Mainz oder Dortmund breitete sich bei den Teilnehmern die angenehme Empfindung aus, für ein paar Stunden in der Vergangenheit zu leben, ohne sich vorwerfen zu müssen, die Gegenwart verlassen zu haben. Sellmann zog den Adjutanten des Reichsprotektors ins Gespräch und bat ihn um eine Audienz im Czernin-Palais. Schon am nächsten Tag erhielt er einen Termin.

Freiherr von Neurath empfing den Chef der Böhmischen Landesbank mit gemeinsamen Erinnerungen. Sie hatten beide eine Vorliebe für den Buffo Max Hansen gehabt. Als Sellmann sein Anliegen vorbrachte, Eugen Lustig die Auswanderung zu gestatten, war der Reichsprotektor überrascht.

»Die Gestapo sucht ihn seit acht Wochen – und Sie wissen, wo er steckt?«

Sellmann erklärte, welche katastrophalen Folgen die Verhaftung Lustigs für das Auslandsgeschäft der Böhmischen Landesbank wie der ›Saxonia‹ haben müßte.

»Sie übertreiben«, rügte von Neurath, als redete er immer noch über das Theater. »Das ist natürlich Ihr gutes Recht. Aber bedenken Sie, was der Fürst Eulenburg gesagt hat: Eine Aussprache zwischen zwei regierenden Herren ist nur dann segensreich, wenn sie sich auf das Wetter beschränkt! Wohin gehen Sie im Sommer?«

»An die Donau«, antwortete Sellmann und wurde bleich.

»Ich liebe die Donau«, sagte Freiherr von Neurath. »Als junger Mann war ich in Silistra zur Entenjagd.« An seinem Telefon blinkte ein gelber Signalknopf. Er nahm den Hörer ab und legte ihn neben den Apparat. »Ich werde das tschechische Innenministerium um einen Paß für Herrn Lustig bitten«, sagte er. »Geben Sie meinem Adjutanten die Adresse.« Der Reichsprotektor stand auf, und Sellmann trat an die Schmalseite des Schreibtischs, um ihm die Hand zu geben. Er fühlte, daß es aussichtslos war, jetzt noch eine Ausreisegenehmigung für Viktor zu verlangen.

Eine Woche später meldete sich Herr Hörnchen mit einem Bukett gelber Rosen in Bubenetsch. Betty führte ihn in den Salon und fragte, ob Lustig abgereist sei.

»Jawohl, gnädige Frau«, sagte der Kammerdiener und wies auf ein taubenblaues Kuvert, das an das Seidenpapier geheftet war. Während Betty den Brief las, schien er eine Geste seines Herrn nachzuahmen. Er zog ein großes weißes Taschentuch aus der Brusttasche und schneuzte sich.

In spitzen, bei den Majuskeln durchweg verklecksten Buchstaben hatte Lustig geschrieben: ›Sehr verehrte, liebe gnädige Frau! Sie werden mir verzeihen, wenn ich vor meiner Abreise nach London nicht persönlich bei Ihnen vorsprechen kann. Dieser kleine Strauß soll Sie an unsere erste Begegnung erinnern.‹

13 *Lasciate mi morire*

Im Oktober, nach seiner Rückkehr aus den Beskiden, hatte Amery den Eindruck eines Mannes gemacht, der trotz verordneter Schonung entschlossen schien, sein Leben dort wieder aufzunehmen, wo es bei seinem Unfall liegengeblieben war. Die Branche begriff, warum er den stellvertretenden Vorsitz der Handelskammer abgab: sein Laden hatte Prä. Doch im Winter merkte man, daß Amery sich nicht nur zu Hause, sondern auch im Büro verleugnen ließ. Die Telefonistin stöpselte ungebeten in den Anschluß des Geschäftsführers, und verlangten Vertreter einen Termin, bot Vejvoda sich selber oder die Chefin an. Das ging gegen alle Usance.

Am Abend der Ankunft am Karlsplatz war ihm Christine, um die erwartete Aussprache zu erleichtern, mit Freundlichkeiten zuvorgekommen. Seinetwegen trank sie zum Essen sauren Melniker Wein. Schweigen oder Schreien, beides hätte sie erlöst. Statt dessen plauderte Amery, bis sie innewurde, daß kein Hindernis so undurchdringlich war wie ein gefällig aufgesagter, widerspruchsfreier Satz. Nach einer Stunde unterbrach sie ihn und erzählte, daß sie Herrn Pospischil, dem Eigner des Zimmers in der Charvatgasse, die rückständige Miete bezahlt habe. Damit brachte sie ihn nicht aus der Fassung. Ohne zu lächeln, fragte er, ob sie sich seiner Geschäfte auch weiter annehmen wollte; denn mit dem, was sie eingeleitet und durchgesetzt hatte, sei er überaus zufrieden.

Christine fühlte sich für einen Erfolg gelobt, den sie mehr ihrem Starrsinn als ihrer Einsicht zuschrieb. Ein halbes Jahr hatte sie die Einmischungsversuche ihres Schwiegervaters abgewiesen, nur auf Vejvoda gehört und drei oder vier ihrer Entscheidungen ins Sanatorium geschickt, die mit ebensovielen Ansichtskarten bestätigt worden waren. Jans Kompliment vertauschte plötzlich die Ursachen. Das schmeichelte. Sie überlegte, ob sie ihm an die Brust fliegen sollte, um wenigstens mit Haut und Haar, wenn es mit Worten nicht gelang, reinen Tisch zu machen. Doch während sie darüber nachdachte, klingelte Amery das Mädchen herein und bat, sein Bett im größeren der beiden Gästezimmer aufzuschlagen. Begründet wurde diese Anordnung nicht, und Christine fand sich nach und nach damit ab, daß Jan in ihrer gemeinsamen Wohnung wie ein Junggeselle logierte. Er erschien einige Male am Graben und bei Geschäftsfreunden und absolvierte die notwendigen Visiten bei Sellmanns, seinem Vater und Tante Marketa, ohne zu Gegenbesuchen einzuladen. Inzwischen wurde das zweischläfrige Bett im Gästezimmer durch eine Liege, kaum breiter als eine Pritsche, ersetzt. Danach schob er einen der Sessel aus dem Salon unter die Stehlampe und hängte das alte Regal auf, in dem er seine Bücher, wie am Rieger-Kai nach Umschlagfarben geordnet, unterbrachte. Rief ihn das Mädchen zu den Mahlzeiten, zog er sich um, ging ins Eßzimmer hinüber, rückte Christine den Stuhl zurecht und fragte nach den Mustern der Saison, der Bubenetscher Familie oder den Spielplänen der Theater. Wenn Christine einen Ausflug oder eine Einladung vorschlug, nickte er ernsthaft und ermunterte sie, Ziele und Leute so ausführlich zu entwerfen, daß er, wenn sie am Ende war, nicht nur sein Besteck auf den leeren Teller legen, sondern auch darauf verzichten konnte, sich selbst ein Bild zu machen. Von Dezember an bestellte er sogar den Friseur ins Haus, wodurch der letzte Anlaß, vor die Tür zu treten, entfiel. Außer dem Vanille-Eis, das in der Wassergasse geholt werden mußte (nicht etwa bei ›Myšák‹, sondern bei ›Berger‹), hatte Amery wenig Wünsche. Ein Bote brachte Zeitungen und Zigaretten, auch Bücher und Schallplatten, die er je nach Katalog oder Preisliste orderte. An den Vormittagen, wenn Christine zum Graben gegangen war, lüftete das Mädchen sein Zimmer, leerte den Aschenbecher und räumte das Federbett ab. In dieser halben Stunde marschierte Amery in weichen, ledernen Opanken durch den gewinkelten Flur, von der Diele zur Besenkammer und wieder zurück, jeweils achtzehn Meter, bei offenen Fenstern. An Sonntagen verschob er seinen Spaziergang auf elf Uhr und lief durch den zugigen Korridor, bis mit dem Geläut der Ignatius-Glocken Christine aus der Messe zurückkehrte. Wenn sie den Schlüssel im Schloß drehte, saß er schon wieder in seinem Sessel, blickte durch die Scheiben in den Garagenhof der benachbarten Tankstelle oder las in irgendeinem Roman, so langsam und so Wort für Wort, als könnte er den Gänsemarsch der Erzählung und das Wachsen der Zeit ein bißchen bremsen, indem er die Seiten nur zögernd, wie unter Vorbehalt, umblätterte.

Im Krankenhaus, als er in den Minuten zwischen zwei Ohnmachten sein Herz hatte schlagen hören, war er zu schwach gewesen, sich etwas anderes als das Ende seiner Schmerzen zu wünschen. Später, in den Beskiden, als er durch seinen Vater erfuhr, mit welchen Anstrengungen man die Affäre verheimlicht hatte, ahnte er, daß sein und Sophies Tod eine Chance gewesen wäre, der Lächerlichkeit zu entgehen, und er überlegte auch, ob der Unfall wirklich nur auf einen Zufall oder auf ein leichtsinniges, fast willkürliches Versehen zurückzuführen war. Denn nach Sophies Bekenntnis, den Brief an ihre Schwester selbst geschrieben zu haben, hatte er, wie man in einem fremden Treppenhaus die Hand vom Geländer nimmt, um nicht den Schweiß und Schmutz anderer Hände abzuwischen, für einen Augenblick das Steuer losgelassen, und der Wagen war plötzlich an etwas Festes geprallt. Amery erinnerte sich nicht, darüber erschrocken gewesen zu sein. Genausowenig besann er sich aber auf einen inneren Vorsatz, und den Gedanken, einen Selbstmord versucht zu haben, hielt er noch für absurd. Erst als er hörte, daß Sophie in ein slowakisches Kloster eingetreten war, verfolgte er ihn aufs neue. In Decken gewickelt, einem goldenen Wald gegenüber, vor dem an hellen Tagen ein Bussardpaar oberhalb der Papierdrachen flog, gestand er sich ein, nicht nur alles falsch gemacht zu haben, sondern auch bei Gewähr eines neuen Anfangs wieder in die gleichen Fehler zu verfallen. Denn wie es über jede Kraft ging, das Gewesene ungewesen zu machen, schien ihm, was erst noch werden wollte, schon immer unausweichlich. Zu diesem Schluß war er, wie er wußte, schon früher gekommen, nur mit dem Unterschied, daß er damals über ihn hinweggelebt hatte. Am meisten erstaunte ihn, daß von seinem halben Tod auf der Pilsener Chaussee nichts weiter als eine Lücke im Gedächtnis blieb. Wenn ihm sein Leben tatsächlich aus der Hand gerutscht war, nicht zufällig und von ungefähr, sondern mit dem leisen, absichtsvollen Nachgeben, an dem er nicht mehr zweifelte, warum hatte ihm die schwarze Ohnmacht dann das einzige verwehrt, was dieses Ende so erstrebenswert machte?

Erst im Mai trat er wieder auf den Karlsplatz hinaus. In den Anlagen blühte der Flieder, die Fenster der technischen Hochschule schimmerten aus der grauen Fassade, und in zwei Reihen grünten die Akazien der Gerstengasse zu den Weinbergen hinauf. Amery vergaß, weshalb er zwischen so vielen Versuchungen stand, nahm den Hut ab und staunte, daß ein Unbekannter im Vorbeigehen mit gleicher Geste antwortete. ›Hitler in Rom – Pius XII. verläßt die ewige Stadt‹ las er an einem Zeitungskarren, und der Unterschied der Wirkung, die Neuigkeiten in den eigenen Wänden und auf der Straße machten, verwirrte ihn vollends. Erst in Höhe der kreidebleichen und ziegelroten Plakate, mit denen die Parteien um Stimmen bei den Gemeindewahlen warben, merkte er, daß er in die verkehrte Richtung lief. Er erinnerte sich an den Anlaß für seine Exkursion, setzte den Hut auf, ging über den Karlsplatz in die Brenntegasse und weiter über den Bergstein in die Altstadt.

Der Trödler Navrátil hatte seine ›Antiquitäten‹ in einem Hinterhof der Ägidiusgasse gelagert, unweit des Kleinen Rings. Nachdem er beide Torflügel der früheren Remise geöffnet hatte, um Licht und Luft in das muffige Gewölbe zu lassen, verließ er den Besucher mit der Ankündigung, in einer Stunde aus dem ›Goldenen Tiger‹ zurückzukommen. Das Schema, nach dem Navrátil seinen Krimskrams geordnet hatte, war einfach: Vorn lag das Metallene, Samoware, Hufraspeln, Spieße, Harnische, Spülkästen von Wasserklosetts, dahinter das Holz, Möbel, Madonnen, Stechpaddel, Fässer, Flöten, Tennisschläger, Radiogehäuse, Fahnenstangen, Rodelschlitten, und um diese beiden Haufen herum stand Glas und Porzellan in mächtigen, bis an die Kämpfersteine reichenden Stellagen.

Nach einer Stunde kehrte der Trödler tatsächlich zurück. Amery hatte inzwischen einen Billardstock, einen irdenen Hund und ein eisernes Kruzifix auf den Zementboden gelegt und sich so in die Betrachtung der Stücke versenkt, daß Navrátil ihn ansprechen mußte, um sich bemerkbar zu machen. Er tat es nicht eben liebenswürdig, denn er rechnete sich aus, daß ihm der Verkauf etwa soviel einbrächte, wie er beim Bier gelassen hatte. Der Billardstock war verbogen, weil er im Spülkasten einer Theke gesteckt hatte, die Dogge kippte um, sobald man sie auf eine glatte Fläche stellte, und das Kruzifix ließ schon, obwohl es sich nur um die Schlamperei einer Devotionalienwerkstatt handelte, an den dritten Querbalken des russischen Kreuzes oder an den Andreas-Schragen denken.

»Wozu brauchen Sie das?« fragte Navrátil.

»Es ist alles so schief«, antwortete Amery und gab dem vom Ischias verzogenen Trödler einen Blick, als wollte er ihn samt Christus, Queue und Hund ins Packpapier wickeln. Logischerweise verlangte Navrátil den zehnfachen Preis und ärgerte sich nach anstandsloser Zahlung, nicht mehr aufgeschlagen zu haben. Doch eine Äußerung des seltsamen Herrn im Anschluß an den Handel machte Hoffnung auf ein Dauergeschäft.

»Wenn Sie etwas Ähnliches, ich meine ähnlich Krummes, aber nicht mutwillig Zurechtgebogenes, sondern schon bei der Herstellung Verdorbenes finden, melden Sie sich bei mir«, sagte Amery und legte seine Karte auf eine Kommode. Der Trödler versprach es und hielt Wort. Im Handumdrehen verwandelte er Amerys Zimmer in ein Kabinett mit schielenden Engeln, überzwerchen Scheren, aus der Mittelachse geratenen Vasen, Säbeln mit doppeltem Rückengrat und Figuren mit so verlagertem Schwerpunkt, daß sie auf einen Untersatz geklebt werden mußten. Er hätte nicht bei jeder Kreation schwören mögen, an ihrem Gebrechen ganz und gar unbeteiligt zu sein, aber der Kunde fragte nicht, sondern zahlte.

»Wer hat Ihnen das Bild da verschafft?« erkundigte sich Navrátil einmal und zeigte auf die Katen mit den schiefen Dächern, Stuben und Tischen. Amery sagte es ihm, doch von diesem Tage an wurde der Trödler abgewiesen, und Briefe wie Telefonate nutzten ihm nichts. Von dem Mädchen abgesehen, dem vom bloßen Umschauen schlecht wurde, genoß Amery den Seegang seiner Raritäten nun allein. Er hatte Christine nicht verwehrt, das Zimmer zu betreten, sie aber auch niemals dazu aufgefordert. Daß sie, während er badete, hier herumstöberte, war undenkbar. Er rückte den Sessel an die Liege, stützte die Ellbogen auf die Lehnen, daß ihm die Schulterpolster des Jacketts bis zu den Ohren standen, und versank in den Anblick der auf Gebrauch angelegten Fehlschläge. Das Mißverhältnis zwischen Plan und Produkt, Absicht und Ergebnis beschäftigte ihn ein paar Tage, bis er sich gestand, nur einer Banalität auf die Spur gekommen zu sein, die er an jedem von Geburt Verkrüppelten hätte entdecken können. Darüber nachzudenken, wie, was wirklich funktionierte, sich selbst zum Nachteil ausschlug oder sich vernichtete, gehörte ins Feuilleton. Er warf alles Schiefe, mit Ausnahme des Bildes, in den Hof und sah dem Mädchen vom Fenster zu, wie es Scherben und Splitter zusammenfegte.

Auf den Gestellungsbefehl im Mai hatte er mit einem alten Attest geantwortet, war deshalb noch einmal gemustert und nach Erklärung seiner Krankheitsgeschichte für untauglich befunden worden. Anfangs Juli, beim Mittagessen, bat er Christine, ein Auto für ihn zu kaufen, einen Roadster womöglich, die Marke sei ihm egal, es sollte nur ein Steinschlagheck haben, weil er für den Sommer nach Dubislav fahre. Sie lächelte, zupfte an ihrem rechten Ohrläppchen und fragte, wie lange er bleiben wollte.

»Bis es schneit«, sagte Amery, schob seine Gabel unter eine Kartoffel und fühlte, daß Christine einen Zusatz erwartete. Ich werde ihr empfehlen, in Nizza Ferien zu machen, dachte er, aber erst, wenn ich den Bissen verschluckt habe.

»Ich gehe nach Garmisch«, sagte Christine.

»Das ist natürlich besser als Nizza«, sagte Amery und kaute noch.

»Nizza!« rief sie und zirpte die beiden ›z‹ wie eine Heuschrecke. »Im August! Bei meiner Haut!«

Amery blickte über den Tisch und betrachtete ihren Hals im Kragen des maikäferbraunen, langärmeligen Kleides. Er staunte, daß Christine eine Haut hatte, die sich aller Wahrscheinlichkeit nach von den Finger- und den Zehennägeln bis unter die Frisur spannte und, weil sie weiß war, nicht der prallen Sonne ausgesetzt werden durfte. Plötzlich glaubte er sogar zu sehen, wie ihre Kehle vor seinen Augen errötete, und zwar bis in die Drosselgrube zwischen den Schlüsselbeinen hinein. Er blickte höher. Er hatte sich nicht getäuscht. Nur die Nase blieb noch eine Weile blaß, wie ein kleiner Eisberg in einem Tomatenmeer. Also Garmisch und ein Galan, oder was? Mein Gott, darauf hätte sie gefaßt sein können. Grün, sagte er, um sie zu beruhigen, sei ihm als Lackfarbe für die Karosserie am liebsten.

Aber es half nicht. Auch ihre Nase wurde rot, von den Flügeln bis zur blonden Wurzel. Amery aß weiter. Als das Mädchen den Nachtisch servierte, war Christine wieder bleich wie ihre Serviette.

Die Scheinwerfer des ›Walter‹-Coupés waren, wie die Laternen in der Stadt, wegen der allgemein verordneten Verdunkelung blau übermalt worden. Es konnte Krieg geben über Nacht.

»Vielleicht ist es ganz gut, wenn du die nächsten Wochen in Deutschland bist«, sagte Amery zum Abschied.

»Das glaube ich auch«, sagte Christine und hielt ihm die Hand hin. Sie roch nach Talkum; auf dem Garderobenfach lagen neue Glacés.

Sie hat etwas von einem Pferd, dachte Amery, als er die Treppe hinunterging. Ihren Augen sieht man an, daß sie, wie zur Levade, die Vorderhufe anheben und einem den Schädel zerschmettern möchte, aber sie steckte nur die Zähne in den Hafersack und schnaubte. Hinter der Palacký-Brücke wollte er nicht nach links, sondern geradeaus fahren, bis nach Beraun wenigstens, wo er am Gründonnerstag vor einem Jahr mit Katharina telefoniert hatte, doch an der Kreuzung der Stefanik-Straße mußte er dem Wink eines Militärpolizisten folgen und zur Zbraslaver Chaussee abbiegen. Ein Konvoi von Sanitätswagen versperrte die Pilsener Straße. Amery fuhr langsam, weil er nicht wußte, warum er sich beeilen sollte. Aus den Autos, die ihn überholten, hingen braune Mädchenarme, schwenkten Badekappen und Trikots, Trikoloren und Strohhüte. Über Kuchelbad zog ein Doppeldecker eine Schuhreklame durch den Himmel, und die Tribüne der Rennbahn war von Leinenkleidern gesprenkelt. An der Mündung der Berounka hoben sich ölglänzende Männer aus dem Wasser, schüttelten den Kopf und stürmten ans Ufer. Morgen früh, nahm Amery sich vor, lege ich mich in den Bach, bis die Lippen blau werden.

In Dubislav erfuhr er von der Mutter des Verwalters, daß Hanusch mit seiner Frau nach oben gegangen sei, um Ordnung zu machen und anzuheizen. Christine hatte seinen Besuch also angekündigt. Amery drehte auf den Weg zwischen den beiden Hügeln und hörte bis zum Jagdhaus die Steine gegen das Bodenblech trommeln. Das Ehepaar Hanusch stand vor der Tür, um das Gepäck abzunehmen, und zum erstenmal, seit Hanusch bei Amery angestellt war, grüßte er auf deutsch.

»Warum denn das?« fragte Amery.

»Weil wir Deutsche sind«, sagte er und nahm die Autoschlüssel.

»Das wußte ich gar nicht«, sagte Amery zu Frau Hanusch, während ihr Mann die Heckklappe öffnete.

»Doch, doch. Wir kriegen jetzt sogar die Anatomie!«

»Die Autonomie«, verbesserte ihr Mann und stemmte den Koffer auf die Schulter.

Amery bat noch, daß sie ihm, wie bei früheren Besuchen, alle drei Tage einige Lebensmittel bringen sollten, Milch, Eier, Brot und Fleisch, und als er den stämmigen Mann mit seiner zierlichen Frau den Weg nach Dubislav hinunterstiefeln sah, bedauerte er, ihnen kein versöhnliches Wort gesagt zu haben. Er nahm sich vor, es nachzuholen, aber am Dienstag, als sich die erste Gelegenheit dazu bot, war er auf einer Wanderung durch sein Revier, und später, im August, vergaß er es.

In den Hundstagen summte der Wald. Wenn Amery auf einen Hochsitz kletterte, zerbröckelte ihm die Rinde unter den Händen. Die Fichten nadelten. Die Tümpel trockneten aus, bis der Grundschlamm zerriß. Von den Froschkadavern stoben die Fliegen weg und schwirrten um seinen verschwitzten Hals. Mit violetten Beeren hing der Holunder von den verholzten Zweigen, und an den hellgrünen Wassertrieben schrumpften die Blätter. In der nahen Kreisstadt, wo Amery an den Sonntagen aß, standen die Leute nach dem Kirchgang auf dem Marktplatz und schauten auf ein eingezäuntes Rasenstück, aus dem um diese Jahreszeit sonst die ersten Pilze schossen; nur die Holztafeln mit den eingebrannten Aufschriften ›Rotkappe‹ und ›Rehling‹ steckten im Gras. Die Häuslerinnen, in schwarzer Tracht, mit am Kinn gebundenen weißen Kopftüchern, und die Stadtfrauen in dunklen Kleidern unter sandfarbenen Hüten, deren Krempe wie bei der ehemaligen Kolonialtruppe an der linken Seite hochgeschlagen war, hielten im Schatten der Linden und äugten zu den Männern hinüber, die ihre Virginias zum Spukken aus dem Mund nahmen, danach den Hut ins Genick schoben und in die Höhe blickten, als warteten sie auf Regen. Kam der Ortsgendarm an ihnen vorbei, bückten sie sich nach ihren Schnürschuhen oder lasen die Namen der Gefallenen auf dem Kriegerdenkmal, um den tschechischen Wachtmeister nicht grüßen zu müssen.

Trotz der Hitze machte Amery solche Wege zu Fuß. Er wollte sich beweisen, daß er gesund war. Zu Haus warf er sich aufs Bett, preßte das Gesicht ins Kissen, stöhnte vor Kopfschmerz und fühlte das alte Zucken in der Schulter. Am Abend ging er nach unten, klappte die Fenster auf und sah die Rehe aus dem langen Schatten ans Wasser treten. Er zog das Grammophon auf und ließ Gigli singen. Ein Bekannter – war es nicht Grey gewesen, der schottische Kartograph in Venedig? – hatte ihm erklärt, man müßte Musik bewußtlos genießen, ohne eigenes Dazutun, ganz ausgeliefert, ohne Vergleiche und Bilder, keine Weizenfelder und wirbelnden Röcke, nichts von Triumph-Elefanten, Strömen, Geläut oder Trauer, und immer allein, denn in Gesellschaft hörten andere das Beste weg. Nein, Sixta hatte es ihm empfohlen, der Komponist mit dem Leihfrack und der Baskenmütze, der zitternde, große Junge, den er im Jammertal niedergeschlagen hatte: ärmliches Zimmer, zerdrückte Plumeaus, Waschbecken mit geblümter Karaffe, hinter den verregneten Scheiben im Rauch schwimmende Geleise, weite, erstaunte Augen, schmerzende Handknöchel auf dem Heimweg, dann die Charvatgasse, Sophie und das Geständnis zwischen Pilsen und Mies.

Heute mittag im ›Schwan‹ hatte eine Urlauberin den nackten Fuß so lange am Tischbein gerieben, bis sich um sie und Amery der gleiche kalte Wirbel bildete, der ihn bei Christines erstem Besuch am Rieger-Kai verschluckt hatte, mehr ein Denk- als ein Dunstkreis, in sich selbst gedreht, Habsucht statt Sehnsucht, grob, keuchend und überschwenglich, doch mit täuschendem Nachgeschmack. Der Mann der Blondine hatte sein Seidel plötzlich hart aufgesetzt und mit dem Trauring gegen das Glas geklopft. Ihre Zehen suchten sich zögernd in die hochhakkige Sandalette zurück, und auch die Finger, die den Druckknopf der Schnalle schlossen, schienen gegen alle Wahrscheinlichkeit eine vertraute Bewegung zu wiederholen. Erinnerungen wie Ungeziefer. Eine Ehe war eine Ehe. ›Lasciate mi morire‹, sang

der Italiener, ein bißchen zu tief für seine Verhältnisse, oder
der Teller lief nicht schnell genug.

Der Tod als Stretta einer lebenslangen Arie, mit dem hohen ›d‹
des Rigoletto-Herzogs, für den sich die Geliebte opfert. Eine
Rolle für Sophie. Er schämte sich für den Einfall und versuchte,
ihn zu verdrängen. Doch wie die Prinzessin, die sämtliche Zimmer des Palastes außer einem betreten durfte, kehrte seine Neugier an immer dieselbe Schwelle zurück. Keiner brachte sich um,
ohne den Tod eines anderen zu wünschen; übertragene Aggres-
sion. Soviel hatte er schon als Student der Wiener Handelsakademie gewußt, wie die Zahlkellner in den Literatencafés
und alle Feuilleton-Psychiater auch. Der Schleier kam dem
Selbstmord gleich. Man starb, wenn man ins Kloster ging, ›die
Welt vergessend, von der Welt vergessen‹. Aber wer stand für
den Herzog von Mantua? An wessen Tod war Sophie so gelegen? Oder hatte sie, wie er selbst, die Panne vor der Pleite gespürt, den Fehlzug vor dem Matt, das Altern vor dem Alter,
den Erdrutsch vor dem Untergang?

Ende August bot Hanusch an, Amery das Jagdhaus und das Revier abzukaufen. Er hatte beide Brusttaschen seines grünen Jäger-
rocks mit Zigarren vollgestopft, als machte er einen Advents-
rundgang in den Katen der Waldarbeiter. Er roch nach Schnaps
und sprach deutsch. Am linken Aufschlag unter dem Hirsch-
hornknopf trug er ein Abzeichen, das im Licht des Kamins nicht
zu erkennen war. Amery mochte nicht gleich ablehnen.

»Haben Sie soviel Geld?«

»Die Tschechen geben ihren Grund jetzt billig her«, sagte Hanusch, hielt einen Blockdeckel ins Feuer und zündete damit die
Zigarre an.

»Wie denn das?«

»Wegen dem Lord Runtzimann«, antwortete Hanusch.
»Tschämberleins Vermittler. Sie hören doch Radio.«

»Ich habe es noch nicht eingeschaltet, seit ich hier bin.«

»Das wär in Ihrem eigenen Interesse«, belehrte ihn Hanusch
und nannte einen unverschämten Preis. »Als Verhandlungsba-
sis«, fügte er hinzu, weil Amery lächelte, und verwies auf die
Nachbarschaft, wo ein Budweiser Brauereidirektor, »ich könnte
Ihnen den Namen sagen«, seinen Wald, »vierzigjährige Eschen,

erstklassige Qualität«, um einen Pappenstiel abgestoßen hatte. »Oder denken Sie, Sie werden entschädigt, wenn wir ans Reich kommen?«

Amery zuckte die Schultern und stand auf. Der Verwalter brauchte eine Weile, ehe er begriff, daß die Unterhaltung beendet war. Er sah auf seine Zigarre, als überlegte er, ob er sie in den Kamin werfen sollte, entschied aber, sie unterwegs weiterzurauchen, und wohl wissend, daß Amery ihm hinterhersah, malte er mit der Glut rote Nullen in die Finsternis.

Tags darauf traf ein Brief Vejvodas ein, der – in Abwesenheit Christines – anfragte, ob es nicht geraten sei, die Falkenauer Fabrik zu verkaufen, da sie ›in einem Gebiet liegt, dessen Zugehörigkeit zum Staatsverband auch von hiesigen patriotischen Geschäftsfreunden nicht mehr als für alle Zukunft gesichert angesehen wird‹. Amery, der den Überbringer hatte warten lassen, schrieb unter Vejvodas Namenszug ›Ich bin kein Patriot, ich behalte die Fabrik‹, adressierte ein neues Kuvert, frankierte es und schickte den Boten mit Brief und Trinkgeld zur Post zurück.

Ich sollte nach Prag fahren, sagte er sich, als er im September durch die regennassen Wälder lief. Doch wer braucht, wer erwartet mich? Christine, die Angestellten, Sellmann, Tante Marketa oder die patriotischen Geschäftsfreunde? Einzig sein Vater hätte ein Anrecht darauf, ihn zu sprechen. Der Alte saß zwischen seinen Fayencen und spielte Rommé mit der Haushälterin. Er schrieb keine Briefe mehr. Wer immer ihn ans Telefon rufen ließ, hörte die gleiche hilflose Frage: ›Womit kann ich Ihnen dienen, mein Herr?‹

Von Dubislav bis zur bayerischen Grenze waren es etwa zwölf Kilometer. In klaren Nächten waren, wie Frau Hanusch gesagt hatte, die deutschen Feuer auf dem Großen Arber und dem Lusen zu sehen. Als der Nordwind endlich den Himmel abdeckte, daß die Sterne von den ›Brüsten der Muttergottes‹, dem Doppelberg des Osser, bis nach Tabor hinüberglänzten, fuhr Amery nach Javornik. Im rauchigen und überfüllten Gasthaus ›Zur Rose‹ bat er den Wirt, der seit Jahren sein Wild aus dem Ameryschen Revier bezog, um einen Schlüssel für den Aussichtsturm.

»Ist schon wer oben«, wurde erwidert.

Der Turm stand auf einem bewaldeten Kegel, eine Viertelstunde vom Dorf. Amery erreichte ihn über die steinige, von Langholzfuhren zerfurchte Straße und hörte unter dem Vordach einige Männer im breiten Dialekt der Gegend reden. Sie verstummten, sobald sie ihn sahen, und als er sich nach dem Schlüssel erkundigte, stellten sie sich schweigend vor den Zugang.

»Der Turm ist besetzt«, sagte plötzlich ein anderer Deutscher in seinem Rücken und blieb im Schatten der weit in die Stirn gezogenen Schirmmütze ganz gesichtslos.

»Schade«, sagte Amery zu dem Fremden und spürte seine Hände kalt und fühllos werden. »Ich wollte mir die Feuer anschauen«.

»Tut uns leid!« rief eine Stimme aus der Dunkelheit. »Vielleicht ein andermal!«

Der Mann ohne Gesicht trat aus dem Weg, und Amery, sehr langsam gehend, schwor sich, auf der Stelle umzukehren, falls ihm jemand hinterherlachte. Doch außer dem Klicken seiner beschlagenen Absätze blieb alles still. Es kam ihm so vor, als hätte er bei einem Hotelportier nach einem Gast gefragt und erfahren, daß sich der Betreffende am selben Morgen in seinem Zimmer erhängt habe. Erst als er durch eine Schneise oberhalb des Dorfes die hellen Schornsteine über den Schindeldächern erkannte, drängte sein Blut in die Finger zurück. Er blickte noch einmal in die Richtung des Turms und sah in Abständen kürzere und längere Lichtsignale nach Westen zucken.

Beim Öffnen des Eingangs in Dubislav merkte Amery, daß die Tür gegen alle Gewohnheit zweifach verriegelt war. Er blieb eine Weile im Korridor und lauschte den vertrauten Geräuschen. Der Wind, der während seines Ausflugs nach Osten umgeschlagen war, scheuerte einen tiefhängenden Zweig über die Traufe, aus dem Keller seufzte die Wasserpumpe, dann ächzte das letzte Dielenbrett unter seinem Schritt. Er riß die Tür zum Kaminzimmer auf und drehte den Schalter. Es roch nach kaltem ›Memphis‹-Rauch, wie immer, wenn er vergessen hatte, den Aschenbecher hinauszustellen. Er machte Feuer im Kamin, kurbelte das Grammophon an und setzte die Nadel in die Rille von

Dvořáks Cello-Konzert, in den zweiten Satz, mit dem Lied für Josefine Kaunitz: ›Laß mich allein . . .‹

Als die Musik in einer Orchesterphrase abbrach, weil die Nadel ausgelaufen war, sah Amery vorsichtshalber auch in den oberen Räumen nach, fand aber nichts Verdächtiges. Nicht mehr lange, dachte er, und ich binde mir, wie der ›nordische‹ Vavra, einen Gürtel unter die Hosenträger. Doch nachdem er die Schallplatte umgedreht hatte, entdeckte er, daß vor dem Waffenschrank ein zersplittertes Stück der Schloßleiste lag, die nach Karols Einbruch geglättet, lackiert und wieder eingefügt worden war. Amery griff in den Spalt, und der Schrank klappte auf. Leer auch die Munitionsladen. Sogar die Putzstöcke fehlten. Fachleute.

Am Morgen fuhr Amery in die Kreisstadt. Die Polizeistation machte den Eindruck einer belagerten Festung. Bevor er sie betreten durfte, mußte er sich bei dem Doppelposten am Einlaß legitimieren, und auch der Beamte im Wachlokal verlangte den Ausweis. Amery berichtete und wurde danach in das Büro des Wachtmeisters geführt, wo er seine Geschichte zum zweitenmal erzählte. Unter dem Fenster sah er ein leichtes Maschinengewehr, auf dem Tisch lag ein Koppel mit aufgeknöpfter Pistolentasche, und in der Ecke, neben dem Aktenregal, standen vier Karabiner überkreuz, wie beim Biwak in dem russischen Film ›Die Matrosen von Kronstadt‹.

Der Wachtmeister nickte und zog ein Schreibtischfach auf, um, wie Amery erwartete, das Protokoll aufzunehmen. Statt dessen langte er ein braunes Medizinfläschchen heraus und ließ fünfzehn Tropfen in einen Zuckerwürfel sickern, den er mit einem Blechlöffel hielt.

»Zur Beruhigung«, erklärte er und wischte sich den Mund mit dem Rockärmel. »Möchten Sie auch?«

»Nein, danke«, sagte Amery.

»Wir werden die Angelegenheit zu gegebener Zeit verfolgen«, kündigte der Wachtmeister an und drückte den Korken in den Flaschenhals.

»Ich habe einen bestimmten Verdacht«, sagte Amery.

»Deutscher oder Tscheche?«

»Deutscher«, antwortete Amery. »Es handelt sich um einen Mann, dem ich . . .«

»Das ist ungünstig«, unterbrach ihn der Wachtmeister und blickte auf die Fotografie des Präsidenten. »Nein, warten Sie! Zur Zeit wäre es Wahnsinn. Ich kann bei einem Deutschen jetzt keine Haussuchung anordnen.« Er machte Miene aufzustehen, um in alter Übung zwischen Schreibtisch und Fenster hin und her zu gehen. Doch das Maschinengewehr war im Weg. Er blieb sitzen. »Das ist ein taktisches Problem«, fügte er hinzu.

»Und wenn man Sie mit meinen Gewehren erschießt?« fragte Amery.

»Ich sterbe an Herzschlag. Außerdem liegen unsere Jungens in den Wäldern. Die werden schon fertig mit ein paar Schrotflinten. Oder die Engländer kommen.« Er atmete kurz und asthmatisch, als wollte er seinen Puls einholen. »Man muß die Zusammenhänge sehen. Wir sind nicht allein auf der Welt. Gestern habe ich mir die Landkarte vorgenommen. In einer Stunde schaffen es die französischen Panzer bis Straßburg.«

»Über die Vogesen?«

»Was ist das?«

»Ein Gebirge.«

»Ach so.« In Gedanken schien er nach einer anderen Einbruchsstelle für die französische Offensive zu suchen. »Warum sind Sie eigentlich nicht eingerückt, Herr Amery?« fragte er plötzlich. »Ist Ihr Jahrgang nicht dabei?«

»Ich bin krank.«

»Herz?«

Amery tippte den rechten Zeigefinger gegen die Stirn.

»Auch gefährlich«, bestätigte der Wachtmeister und fischte nach dem Koppel. »Ich schaue in den nächsten Tagen bei Ihnen vorbei wegen der Spurensicherung. Bis dahin dürfen Sie den Schrank aber nicht berühren. Versprechen Sie mir das?«

»Nein«, sagte Amery.

»Sollten Sie nicht lieber zu einem Arzt gehen?« fragte der Wachtmeister und ließ die bläuliche Unterlippe hängen. »Ich kenne einen Heilpraktiker in Eisenstein. Eine Kapazität! Er hat meine Frau kuriert, wie sie in die Wechseljahre gekommen ist. Und preiswert! Ich gebe Ihnen die Adresse. Warten Sie!«

Amery passierte den Doppelposten und ging über das rutschige Kopfsteinpflaster zu seinem Auto. Als er durch Dubislav fuhr, stand Hanusch in der Tür und nahm den Hut mit dem Gamsbartgesteck vom Kopf.

Die folgenden Tage verbrachte Amery damit, die Wiese vor seinem Haus zu mähen. Das Gras gilbte schon von den Wurzeln bis zu den leeren Rispen. In den Pausen, oder wenn es regnete, dengelte er die Sense, zog sie mit dem Wetzstein ab, setzte sich dann auf die Schwelle und rauchte und wunderte sich darüber, wie lange es die blauen Wolken in der feuchten Luft aushielten. Am Sonntag kam der Dubislaver Gemeindeschreiber mit einer schriftlichen Aufforderung, das Rundfunkgerät abzuliefern.

»Ich nehme es gleich mit«, sagte er und wollte eine Quittung ausstellen, doch Amery lehnte ab.

Am Montagmorgen knatterte ein Polizeiwagen herauf, und der herzkranke Wachtmeister sprang aus dem Fond. Die beiden jungen Gendarmen seiner Begleitung stellten sich auf die gemähte Wiese und schlugen ihr Wasser ab.

»Das Radio!« rief der Wachtmeister, außer Atem und ohne zu grüßen.

»Sind das Ihre Spezialisten für Fingerabdrücke?« fragte Amery.

»Lassen Sie diese Witze!« fuhr ihn der Wachtmeister an und sah nach den Gendarmen, die sich zuknöpften und kleine Kniebeugen machten, um das richtige Hosenbein wiederzufinden. »Sie machen sich strafbar.«

»Wieso das?« fragte Amery.

Der Wachtmeister runzelte so heftig die Stirn, daß ihm der Tschako ins Gesicht rutschte.

»Heute abend spricht Hitler«, sagte er leise. »Über alle deutschen Sender.«

»Aber ich bin Tscheche«, widersprach Amery.

»Ich habe mein Radio auch abgegeben«, flüsterte der Wachtmeister. »Vor dem Gesetz sind alle gleich.« Der Tschako rutschte in die alte Lage. »Ich habe Ihnen übrigens die Eisensteiner Adresse mitgebracht.« Er schnaufte und langte ein schweißfleckiges, mit Bleistift beschriebenes Papier unter dem Tschako hervor. »Der Heilpraktiker. – Machen Sie keine Umstände, sonst nehme ich Sie fest!« fügte er hinzu, als er die Schritte der Gendarmen hinter sich hörte.

»Danke«, sagte Amery und steckte den Zettel ins Jackett.

»Also los, Jungs, helft dem Herrn! Ihr seid nicht bloß zum Pissen hier!«

»Auf der Kommode«, sagte Amery, und die Gendarmen verschwanden im Eingang.

Der Wachtmeister fuhr sich mit einem großen, karierten Taschentuch über die Stirn. Aus dem Hause brüllte einer der beiden Gendarmen: »Das Grammophon auch?«

»Nein!« rief der Wachtmeister und schüttelte lächelnd den Kopf, als wollte er sagen: Mit sowas schlägt sich unsereins herum. Dann sagte er: »Manchmal sehnt man sich nach dem Tod, und dann tut's einem doch wieder leid, daß man sterben soll.«

»Ja«, sagte Amery.

Als der Wachtmeister den Empfang quittiert hatte, setzte er den Tschako wieder auf und hob die Hand an den Schirm. »Berufen Sie sich ruhig auf meine Frau. Sie hat im Hotel ›Prokop‹ gewohnt. Prinzessin Habenichts, aber nobel geht die Welt zugrunde, wie die Deutschen sagen.«

Amery harkte die Grasschwaden vor dem Fenster des Kaminzimmers zusammen und merkte erst am Abend, daß ihm der riesige Haufen die Aussicht auf den Weg nach Dubislav versperrte. Er brauchte einen halben Tag, um ihn an den Waldrand zu schaffen. Wollte er ihn dort verbrennen, würden die Fichten Feuer fangen. Also trug er das Gras auf die Wiese zurück, um es trocknen zu lassen. Als es am Freitag zu regnen anfing, knallte er vor Wut die Läden zu und fluchte im Dunkeln, bis er über sich selber lachen mußte.

In der Nacht erwachte er von einem Geräusch an der Außentür. Es war nicht der dreimalige Schlag, mit dem sich Frau Hanusch meldete, sondern ein bescheidenes, fast ehrfürchtiges Pochen, so wie Antragsteller an die geschlossene Milchglasscheibe eines Behördenschalters klopfen. Amery ging in den Korridor, schaltete Licht an und zog seinen Lodenmantel über den Pyjama. Jetzt nieselte nur noch der Regen.

»Wer ist da?« fragte er.

»Schramek«, kam die Antwort. »Aus Dubislav, der Korbmacher. Dürfte ich Sie einen Moment stören?« Er sprach tschechisch.

»Sind Sie allein?«

»Freilich«, sagte der Unbekannte, und es war zu hören, wie er die Schuhsohlen auf der Zementplatte abwischte. Als Amery ihm öffnete, stieg er aus den Gummigaloschen, nahm den Hut ab und stand in dicken, schwarzen Wollsocken vor der Türschwelle, ein kleingewachsener, schmaler und bleicher Mann um die Fünfzig.

»Ich möchte Sie wirklich nicht belästigen«, sagte er, als Amery ihn hereinbat, und wollte sich »auf keinen Fall« hinsetzen.

»Was kann ich für Sie tun?« fragte Amery und mußte dabei an seinen Vater denken.

»Wahrscheinlich haben Sie schon gepackt«, sagte Schramek, ohne sich umzusehen.

»Nein?« fragte Amery.

»Ach so«, sagte Schramek. »Ja, so«, seufzte er nach einer Pause. »Wenn Sie hierbleiben . . .« Er stellte den rechten Fuß auf den linken und kratzte sich die Zehen. »Noja, Sie haben das schöne Haus und das Grundstück. Wir hatten gedacht, daß Sie uns bis Mirotice mitnehmen. Es liegt an Ihrer Strecke. Meine Frau hat in Ostrovec Verwandte. Dort kann ich vielleicht wieder anfangen. Wir müßten ein bißchen Werkzeug aufladen und die Betten. Wir sind nur zu zweit. Meine Tochter ist in Bernartice verheiratet, aber mein Schwiegersohn, wissen Sie, wir haben ein gespanntes Verhältnis. Ich möchte ihm nicht zur Last fallen. Es ist besser, man steht auf eigenen Füßen. Oder meinen Sie, die Wehrmacht marschiert gleich weiter? Es sollen ja neue Grenzen festgelegt sein, hat der General Syrový im Rundfunk gesagt, aber vor vierzehn Tagen wollte er noch die alten verteidigen, und jetzt sind die Deutschen in Hohenfurth. Morgen kommen wir an die Reihe. Im Dorf nähen sie schon Fahnen für die Begrüßung. Die Frau Klunschak hat sogar die Inletts aufgetrennt.«

»Setzen Sie sich endlich hin«, sagte Amery.

Schramek knöpfte den Mantel auf und hängte die Schöße über die Sessellehne, als er Platz nahm. Er sah aus wie ein großer, grauer, durchs Wasser gezogener und um die Augen gerupfter Vogel.

»Bei so einer Veränderung passiert es leicht, daß man abgekragelt wird«, sagte er, »und manchmal bloß dafür, weil man vor Jahr und Tag eine Rotznase verdroschen hat, die mittlerweile erwachsen ist. Der Hoffmann, auch ein Tscheche, ist gleich auf sein Motorrad gesprungen, wie er hörte, daß wir unsere Enttäuschung und unseren Schmerz überwinden sollen, damit sich die Nation wieder ermannen kann. Aber er hat einen Bruder in Kolín mit einer Reparaturwerkstatt.«

Amery zündete sich eine Zigarette an und hielt Schramek die Schachtel hin.

»Danke, nur Pfeife.«

Während er schweigend rauchte, blickte Amery immer wieder auf die dicken, schwarzen, selbstgestrickten Socken, und als wollte Schramek die Besichtigung erleichtern, stellte er die Füße nach einer Weile Hacke auf Spitze.

»Würden Sie mir beim Packen helfen?« fragte Amery.

»Selbstverständlich, gnädiger Herr!« rief Schramek und war sofort auf den Beinen.

»Ach, nein«, sagte Amery, »gehen Sie in die Küche! Auf dem obersten Regal steht eine Flasche Terpentin. Waschen Sie damit die Farbe von den Scheinwerfern!«

Schramek rannte in den Korridor und drückte zuerst an der Toilettentür, ehe er die richtige fand. Als Amery in sein Zimmer ging, um sich anzuziehen, sah er Schramek im Licht der Außenlampe barfuß vor dem Auto stehen und die Scheinwerfer mit seinen Socken putzen. Um Mitternacht fuhren sie nach Dubislav hinunter.

»Ich bleibe im Wagen«, sagte Amery vor dem Haus des Korbmachers. »Bringen Sie nur alles, was Sie haben.«

Nachdem Schramek ausgestiegen war, hörte er Schritte näherkommen. Der Mann blieb neben dem offenen Seitenfenster stehen.

»Guten Abend, Hanusch«, sagte Amery.

»Geht's nach Prag?« fragte Hanusch.

»Ja.«

»Ich hätte den Vertrag bei mir, wenn Sie sich bemühen wollen.«

»Ich habe es mir überlegt«, sagte Amery. »Ich schenke das Haus meiner Frau. Sie ist auch Deutsche.«

Hanusch beugte sich herunter, um Amery ins Gesicht zu sehen.

»Worum ich Sie aber noch bitten wollte – ich habe da oben eine ganze Menge Gras liegen lassen. Schauen Sie zu, daß es in den nächsten Tagen abgeräumt wird. Damit die Wiese nicht verdirbt.«

»Jawohl«, antwortete Hanusch und richtete sich hoch.

»Und wenn Sie die Waffen wieder in den Schrank hängen, achten Sie darauf: die Doppelflinten gehören in die Mitte, der Selbstspanner nach links, die Repetiergewehre nach rechts. Der Schlüssel hängt an der Rückwand.«

Hanusch stemmte beide Hände gegen das Dach, als hätte er sich entschlossen, das Auto umzuwerfen. Doch im selben Augenblick erschien Frau Schramek, ihre Federbetten über dem Arm.

»Wenn Sie gestatten«, sagte sie, und Amery öffnete den Schlag gegen Hanuschs Brust. Einige Zeit beobachtete der Verwalter noch, wie die Biege-Eisen, Reißer, Putzmesser, Zangen, Töpfe, Siebe und Kuchenbleche vor dem Notsitz verstaut wurden. Dann drehte er sich um und ging davon.

Als Amery in Zelenov auf die Straße nach Strakonice biegen wollte, zwang ihn ein Hauptmann, zu halten. Eine Kolonne grauer Panzer mit Trikoloren und weißen Zahlen an den Dachtürmen rasselte vorbei, gefolgt von Lastwagen mit Infanteristen, die ihre Helme an die Spriegel gehängt und Kapuzen über den Kopf gezogen hatten.

»Was stinkt hier bloß so?« fragte Amery.

»Ich habe noch Topinky geröstet, für unterwegs«, sagte die Frau hinter ihm, »und jetzt weiß ich nicht mehr, wo sie liegen.«

»Wie konntest du nur!« schimpfte Schramek, aber seine Frau behauptete, daß er es gewesen war, der die Knoblauchbrote in den Wagen geschafft hatte. Schramek stritt es ab, und in weniger als einer Minute wußte Amery, was der Korbmacher unter einem ›gespannten Verhältnis‹ verstand. Amery stieg aus und erkundigte sich bei dem Offizier, ob diese Abteilung die letzte sei.

»Ja, die letzte«, sagte der Hauptmann. Sein Kinn zitterte, und plötzlich schluchzte er wie ein Kind. Er straffte den Rücken, doch gleich darauf zerrte ihn ein Weinkrampf so weit nach vorn, daß seine Mütze in den Dreck fiel und es so aussah, als verneigte er sich vor den abziehenden Soldaten. Amery hob die Mütze auf und hielt sie ihm hin. Der Hauptmann drehte sie in der Hand, wie ein Andenken ohne Wert. Tränen und Regen waren nicht mehr zu unterscheiden. Das Gesicht erinnerte Amery an Sixta, an den Winterabend in seinem Büro, als er gemeint hatte, erpreßt zu werden, an das Gemisch aus Verzweiflung und Rechthaberei und an die nassen, ungläubigen Augen im Jammertal.

»Danke«, sagte der Hauptmann. »Fahren Sie mit Gott!«

»Jetzt müßte der Hahn krähen«, sagte Amery.

»Bitte?« fragte der Hauptmann. »Was für ein Hahn?«

Doch Amery ging schon zum Auto zurück.

Da die langsam fahrenden Militärwagen nicht überholt werden durften, wurde es Tag, bevor sie Strakonice erreichten. An der Píseker Chaussee zerrissen die Wolken. Der Wind trieb den Morgennebel und die Pappelblätter nach Osten ab. Frauen in blauen Röcken und mit großen Körben am Arm humpelten hinter den Kartoffelrodern über die Felder. An einem Karpfenteich wurden die Bretter aus dem Staukasten gezogen. Schramek und Frau waren eingeschlafen. Sie erwachten erst in Ostrovec, als Amery fragte, wo die Verwandten wohnten. Schramek tat ihm zum Abschied den Gefallen, die Gummigaloschen vor dem Eintritt in das Haus des Onkels auszuziehen.

Am Vormittag gegen zehn kam Amery in Prag an. Mit einem übernächtigen Schwung, einem Elan aus zweiter Hand, schloß er die Wohnung auf und fragte durch die angelehnte Küchentür, ob seine Frau schon gefrühstückt habe. Als er keine Antwort erhielt, stieß er die Tür auf.

»Ich kann nichts dafür«, sagte ein ihm unbekanntes Mädchen auf deutsch und drückte den Rücken ans Büfett. Amery erfuhr, daß sie vor vierzehn Tagen angestellt worden sei, weil ihre Vorgängerin bei der gnädigen Frau nicht mehr hatte arbeiten wollen, und die gnädige Frau wäre schon im Geschäft. Er gab ihr den Schlüssel, und sie holte den Koffer aus dem Auto.

Beim gemeinsamen Mittagessen bestand Christine darauf, daß Amery sich verändert habe.

»Ich auch?« fragte sie und spitzte den Mund.

»Du bist . . .«, sagte Amery und merkte, daß sie sich die Brauen zu einem schmalen Strich rasiert und dunkel getönt hatte. »Du bis braun geworden.«

Leicht und obenhin erzählte sie von Garmisch, ihren Eltern und vom Geschäft. Bis Weihnachten reichten die Lagerbestände noch, um den Ausfall der Steinschönauer und Gablonzer Betriebe zu verkraften, doch dann müßte man entweder importieren, sich auf Keramik umstellen oder die Besteck-Abteilung erweitern. In allen drei Richtungen habe sie schon vorgefühlt, so daß für Amery kein Grund zur Sorge bestehe. Im Notfall könne immer noch Falkenau einspringen. »Es war eine gute Idee von dir, die Fabrik auf meinen Namen zu kaufen«, sagte Christine. »Eine gute Idee«, wiederholte sie, während sie ein Birnenviertel aus ihrer Kompottschale hob. »Du hast manchmal wirklich gute Ideen.«

Wenn sie noch einmal ›gute Idee‹ sagt, dachte Amery, werde ich ohnmächtig oder stopfe ihr so viel Birnen in den Hals, daß sie erstickt.

»Wie findest du eigentlich das neue Mädchen?« fragte Christine und leckte sich die Lippen.

»Nett«, antwortete Amery.

»Wie du siehst, habe ich manchmal auch gute Ideen«, sagte Christine und stand auf. »Ich muß leider gleich wieder in den Laden. Marianne macht einen ausgezeichneten Mokka.«

Amery verzichtete auf den Kaffee, ging in sein Zimmer und legte sich, ohne das Jackett auszuziehen, auf die Liege. Den Abend verbrachte er bei seinem Vater und hörte von der Wirtschafterin den neusten Witz: ›Dreihundert Jahre haben wir unter Österreich gelitten. Wegen des außerordentlichen Erfolges wird die Vorstellung wiederholt.‹

Als er nach Hause kam, teilte ihm das Mädchen mit, die gnädige Frau sei bei den Eltern in Bubenetsch. Amery nutzte die Gelegenheit, um Marianne seinen Tagesablauf zu erklären und welche Pflichten sie dabei zu übernehmen habe.

»Sie gehen nie aus, Herr?«

»Nein«, versicherte er, fügte aber für ihren erstaunten Mund hinzu: »Vielleicht im Frühjahr.«

»Jawohl, Herr«, sagte Marianne und verbiß sich das Lachen.

Drittes Buch

1   Die Kormorane

Unterhalb Preßburgs, von Dämmen und dichten Auwäldern
verdeckt, trennt sich die kleine von der großen Donau und mün-
det, nachdem sie die Waag aufgenommen hat, hinter Komárno
in den Hauptstrom, der inzwischen den Alpenschotter absetzt
und sein Bett dabei so anhebt, daß sich die Wasser durch un-
zählige Seitenarme in das tiefer gelegene Land ergießen, um an
Stellen mit heftigerem Gefälle an seine Ufer zurückzukehren.
Das von beiden Flüssen umgrenzte Gebiet heißt die große
Schüttinsel.
Das Provinzialhaus der Barmherzigen Schwestern lag in ihrem
Nordwestzipfel, in Bukovice bei Preßburg. Es war ein weitläu-
figes, zweigeschossiges Gebäude, über dessen Eingang ein Gie-
beldreieck ragte, das auf einige Entfernung wie eine Mansarde
aussah. Im Sommer wehte von der Donau feuchtwarme Luft
heran, verzog die Holzrahmen, blies Stockflecken auf die Trak-
tate, drückte gegen Herz und Schläfen und ließ Phlox und Ros-
marin wachsen. Im Winter reichte der Schnee bis an die wellige
Krönung des Eisenzauns. Neben der Pforte stand ein alter Birn-
baum, dessen unterster und kräftigster Zweig zu einem ›S‹ ver-
krümmt war, das Dechant Filo in seinen alljährlichen Bußpre-
digten gern als mahnendes Fragezeichen deutete. Er konnte
nicht ahnen, daß sich der Ast zu einer Zeit gebogen hatte, als
noch die Kinder eines ungarischen Komitatsherrn, des früheren
Hausbesitzers, an ihm schaukelten, aber selbst wenn er es gewußt hätte, wäre er wohl bei seiner Auslegung geblieben, denn
alles, was die Welt an Bildern bot, schien ihm ein Fingerzeig
für Gottes Gegenwart, nach Hiob 38,38: ›Wer legt die Weisheit

in den Ibis, und wer verleiht Verstand dem Hahn?‹ Jedenfalls hieß die Birne vorm Kloster der Fragezeichenbaum.

Die Fenster des Refektoriums, der Bibliothek und der Hauskapelle beherrschten die Fassade, deren Front sich zwei rückwärtige Flügel mit dem Krankenhaus und der Kinderschule, den Zellen der Profeßschwestern, den Schlafsälen der Novizinnen und den Gastzimmern anschlossen. Auf die Pforte folgte der Besucherraum, die Kanzlei der Ökonomie-Schwester und eine geräumige Küche, die das Refektorium in der oberen Etage durch einen Aufzug beschickte. Die Kirche, durch einen doppelt gesicherten Gang von der Klausur aus erreichbar, stand am Rande des Gemüsegartens, mit dem Portal zur eigentlichen Hauptstraße des Dorfes, ein dreischiffiger gotischer Bau aus dem vierzehnten Jahrhundert mit romanischem Kern. Ihr Hochaltar, die Stiftung einer Wiener Kunstdruckanstalt, zeigte Christus am Kreuz und zwei Barmherzige Schwestern zu seinen Füßen, von denen die linke einen Kranken stützte, während die rechte einen Knaben das Beten lehrte.

Im Krankenhaus wurden für gewöhnlich nur Geschwüre, Blinddärme, Knochenbrüche, Zahnschmerzen, Wundbrände, Sumpffieber, ausgerenkte Gelenke und die Alkoholvergiftungen nach den großen Festen behandelt. Schwierigere Fälle überwies Dr. Packa in Preßburger Spitäler, soweit die Patienten es nicht vorzogen, ohne Kosten und Umstände in ihrem eigenen Bett zu sterben. Der obligatorische Unterricht in der zweiklassigen Kinderschule dauerte von sieben bis elf Uhr, und wenn die Zöglinge nicht bei der Ernte helfen mußten, kamen sie am Nachmittag wieder, um weben, stricken, klöppeln, nähen oder töpfern zu lernen. Von den zweiundvierzig Nonnen arbeiteten bei Sophies Eintritt sechzehn im Krankenhaus, drei in der Schule und vier in der Küche. Der Rest bestand aus den Postulantinnen und Novizinnen, der Oberin, der Novizenmeisterin, der Ökonomin und der Pförtnerin. Jeweils zwei Schwestern beteten umschichtig Tag und Nacht im kleinen Altarchor.

Die Oberin, Mutter M. Regina, war eine hagere, freundliche Frau in den Fünfzigern. Modesta, die älteste Konventualin, wegen ihrer halbgeschlossenen Augen ›die Eule‹ genannt, behauptete, daß Mutter Regina in der Fastenzeit zwei Bleistifte zugleich

mit den Stirnfalten vom Boden hob und danach einen zusätzlichen Rosenkranz betete, um der Versuchung der Eitelkeit zu widerstehen. Aus zwei Gründen wollte das niemand ernst nehmen; und zwar erstens, weil die Oberin wie alle Profeßschwestern unter dem Schleier ein Stirnband trug, das sie bei ihren Bußübungen gewiß nicht ablegte, und zweitens, weil Schwester Modesta, die Eule, gelegentlich erzählte, daß dem Dobermann des Hausgeistlichen, des Hochwürdigen Herrn Elmar Dubravec, die armen Seelen aus dem Fegefeuer im Traum erschienen; weshalb er in der Adventszeit nächtelang heulte und tagsüber die saftigsten Kalbsknochen unangerührt ließ. Schwester Modesta glaubte auch an die Wirkung des Mondes auf die Seele, ängstigte bei ungünstiger Konjunktion die Novizinnen mit düsteren Prophezeiungen und aß an solchen Tagen nicht im Refektorium, sondern verlangte, daß die Tischdienerin die Mahlzeit vor ihrer Tür absetzte. Die Novizenmeisterin Kasimira, nach ihrem aufgeblähten Hals ›der Leguan‹ genannt, hatte deswegen häufig Streit mit ihr und schwor Stein und Bein, daß die Eule von Zigeunern abstamme und in ihrer Zelle heimlich Karten schlage. Doch neigte sie selber zur Hypochondrie. Während einer mittäglichen Gewissenserforschung hatte Sophie beobachtet, wie sie die rechte Hand tief in den linken Ärmel schob, langsam ein Fieberthermometer herauszog und es in der ›Blütenlegende‹ des heiligen Franziskus versteckte. Die meisten Verehrerinnen hatte Blanka, die leitende Schwester des Krankenhauses, eine Slowakin. Von großer, rundlicher Statur, mit einem breiten, roten Gesicht, war der Tag gerettet, wo sie ins Zimmer trat. Sie wußte, daß sie für ihren Oberlippenbart ›der Waller‹ hieß, lachte aber darüber und erzählte, wie man in Čičov, ihrem Heimatdorf, den Wels gebacken hatte. Dr. Packa sagte: »Sie ist mehr wert als Spritzen und Tabletten, und ein besserer Diagnostiker als ich ist sie außerdem.« Die Jüngeren bedauerten, sie nur bei Tisch und bei den Andachten, selten dagegen während der Rekreation zu sehen. Der Waller arbeitete wie ein Pferd.
Die Mehrzahl der Konventualinnen tat unauffällig und bescheiden ihren Dienst. Anfangs war es Sophie schwergefallen, die Gesichter auseinanderzuhalten. »Ich komme mir vor wie in China«, gestand sie dem Leguan, und er hatte vor Staunen den

Hals aufgeblasen. Aber im ersten Winter lernte sie die Schwestern unterscheiden, erkannte die eine am rauschenden Gang, die andere an der Stimme, die dritte daran, daß sie sich zum Frühgebet regelmäßig verspätete und abgesondert auf den Dielen kniete; im nächsten Sommer konnte sie schon alle Namen alphabetisch hersagen. Zwei Schwestern gab es, vor denen sie sich fürchtete: Borromäa und Fidelia. Sie standen im Verdacht der Heiligkeit, weil sie sich immer wieder zur ewigen Anbetung meldeten und das ganze Jahr über strengstes Stillschweigen bewahrten. Sie öffneten den Mund, so schien es, nur zum Beten, Singen und Essen. Als Sophie Fidelias Zelle putzte, sah sie außer dem Kruzifix bloß noch eine kleine Kopie des Prager Jesuleins an der Wand. Keine Blume, kein Buch, kein Kissen, kein Bild, nicht einmal ein Wallfahrtsandenken. Das einzig Bemerkenswerte waren zwei Dellen im Betschemel, die Fidelia in langen, durchwachten Nächten mit den Knien aus dem Holz geschabt haben mußte.

Der Klostertag begann, für Sellmannsche Begriffe, in der Nacht. Gleich welche Jahreszeit, die Rassel riß um fünf Uhr aus dem Schlaf. Wie die anderen Postulantinnen in einem langen, schwarzen Kleid und den Rosenkranz zwischen den Fingern, ging Sophie in die Hauskapelle und kniete in der vordersten Bank nieder. Nach dem gemeinsamen Gebet verlas die Oberin eine erbauliche Betrachtung. Um halb sechs erschien Herr Dubravec und zelebrierte die heilige Messe. Für das Verlassen der Kapelle galt eine bestimmte Ordnung. Sobald der Geistliche den Segen erteilt hatte, entfernten sich die Küchenschwestern, und die Zurückgebliebenen sangen eine oder zwei Strophen eines Kirchenliedes. War Herr Dubravec hinter der klappenden Tür verschwunden, folgten ihm nach einer Besinnungspause, die durch ein Klopfzeichen der Oberin beendet wurde, die Schwestern im Abstand ihrer Zugehörigkeit zum Orden. Ihnen schlossen sich die Novizinnen, denen die Postulantinnen an. Zum Frühstück gab es Malzkaffee und Milch, Brot, Butter und Honig.

Die Arbeit bis zur mittäglichen Anbetung und Gewissenserforschung hätte den Postulantinnen wenig Mühe gemacht, wäre nicht die Eule ab und zu herangeflogen, um die Mädchen zu erinnern, daß sie die Klosetts nicht der Sauberkeit wegen putzten und das Unkraut nicht dem Gemüse zuliebe jäteten, sondern weil ihre Unterwerfung geprüft werden sollte. Hörte Schwester Kasimira von solchen Reden, blähte sie den Hals, stellte sich vor Modesta hin und starrte in die großen, aufgeklappten Augen, bis die Alte verschwand. Doch nahm sie, was die Eule sagte, nicht zurück. Es blieb dabei: die Becken blitzten und der Schnittlauch wuchs um des Gehorsams willen.

Nach dem Mittagessen begaben sich die Postulantinnen und die Novizinnen zur Rekreation in den Handarbeitsraum oder, bei gutem Wetter, in den Garten. Sie durften sich unterhalten, auf- und abgehen, ihre Wäsche ausbessern, lesen oder einem Verwandten zum Namenstag schreiben. Zeitungen, Zeitschriften oder Bücher – außer dem Neuen Testament, Erbauungsschriften und Heiligenlegenden – wurden nicht gehalten. Den Schlüssel zur Bibliothek hatte die Oberin Schwester Kasimira anvertraut. Sophie fand eine Freundin in Hanna, einer Postulantin aus Nikolsburg, mit der sie tschechisch reden konnte. Ansonsten war die Liturgie lateinisch, die Klostersprache deutsch und der Verkehr mit den Dörfern slowakisch. Nach der Freizeit wurde wieder gearbeitet, auf das Abendessen folgte eine weitere Rekreationsstunde und das Schlußgebet. Ab neun Uhr galt für alle, bis auf die Schwestern, die im Krankenhaus die Nacht durchwachten, Silentium und Bettruhe.

Nach ein paar Wochen glaubte Sophie, es ließe sich in Bukovice leben, weil niemand sich danach erkundigte, warum sie eigentlich hier lebte. Der Tag war lang wie eine Ewigkeit, doch auch die Ewigkeit war nur ein Tag vor Gott. Kein Zweifel: der Eimer war ein Eimer, der Besen war ein Besen und Bohnerwachs nichts anderes als Bohnerwachs. Der Wind pfiff in den Schornsteinhauben. Das war der Wind. Herr Dubravec hielt im Beichtstuhl ein weißseidenes Tuch vor das Gesicht und räucherte an Dreikönig die Zellen aus. Im Februar, nach Mariä Lichtmeß, wurden die Mai-Kinder getauft, dreimal Palo, sechsmal Maria, zweimal Vasil, eine Iva, die Zwillinge Apolena und Stefka und ein Ludovit. Der Deckel der Jauchegrube kreischte über die Betonfassung, das war der Frühling. An Himmelfahrt fielen die Blüten von den Kirschbäumen, man konnte die Gurken und den Salat umsetzen. Die Oberin und vier Profeßschwestern wallfahrteten nach Neutra zum Kalvarienberg: das mußte der Sommer sein. Maiskolben, gelb wie Eidotter und blank wie Rosenkranzperlen, hingen unter dem Dachvorsprung, die Malacbanda der Zigeuner fiedelte an der Dreifaltigkeitssäule, das war der Herbst. An Allerseelen zogen die letzten Stare ab, nach dem Martinstag wurde das Bett des Hausgeistlichen mit frischen Daunen gefüllt, an Mariä Empfängnis kletterte ein betrunkener Maurer auf das Kirchendach, umklammerte das Firstkreuz und brüllte eine Stunde lang in den Hof: »Ich werde euch alle ficken, daß die Fetzen fliegen!« Mutter Regina sperrte die Postulantinnen und Novizinnen in die Bibliothek, bis Wachtmeister Illin meldete, daß der Nichtsnutz abgestürzt war und sich das Genick gebrochen hatte. Der Superior kam zur Visitation, ließ sich von der Ökonomin die Bücher zeigen, erteilte den bischöflichen Segen und verkostete mit der Oberin den St. Georger Meßwein. So ging ein Jahr vorbei, und Sophie hatte Hanna wenig mehr erzählt, als daß sie, dort in Prag, zwei Schwestern noch und einen Bruder hatte, der an den Augen operiert worden war.

Manchmal dachte sie an Amery, konnte sich aber nicht erklären, warum immer dann, wenn Schwester Borromäa das Kreuzzeichen über ihrer Buttermilch machte. Sophie betete für ihn und sprach seinen Namen, als läse sie ihn von einem Wegweiser oder einer Karteikarte ab. Sie spürte, daß alles verloren war, gäbe sie nach und erinnerte sich. Wie in den ersten Pilsener Tagen würde sie die Welt für eine Erfindung und sich selbst für ein Gespenst halten. In der Klausur gab es nur einen Mann, an jeder freien Wand gekreuzigt. Die andern waren zweite Wahl, mit weichen Händen, rosigen, rasierten Backentaschen, Gichtknoten, spitzen Nasen und eingefallenen Wangen, durch die sie, wie Onkel Wilhelm gesagt hätte, das Vaterunser blasen konnten. Die Gerüchte von hübschen Haushälterinnen und unverhofften Geburten schienen ganz unglaublich.

Als ihr die Novizenmeisterin im September ausrichtete, daß Sellmanns im Besuchszimmer warteten, wollte sie sich verstecken. Dann ging sie hinter Schwester Kasimira zur Pforte, umarmte der Reihe nach ihre Mutter, ihren Vater, Katharina und Heinrich, was wie eine Wanderung durch Quitten und Lavendel, Jasmin und Kamille war. Betty weinte, Sellmann sprach von der Preßburger Handelsmesse, Katharina fragte, ob Sophie wenigstens einmal im Monat ins Kino dürfte, und Heinrich starrte auf den Kropf der Klosterfrau. Sophie wollte ihnen sagen, wie sehr sie sich über den Besuch freute, aber sie brachte es nicht über die Lippen.

Das Besuchszimmer, die ehemalige Garderobe des Komitatsherrn, war vom Paneel bis an die Kastendecke geweißelt. An der Wand hing ein Aquarell des Kaschauer Doms, von Schwester Beatrix nach einer Fotografie gemalt. Man saß auf Lederstühlen um einen hohen Tisch mit einer Klöppeldecke.

»Du bist also zufrieden«, sagte Betty.

»Ja, sehr«, antwortete Sophie. Sie kam sich vor wie ein Fisch, der an die Glaswand seines Aquariums gelockt worden war. Zwei, drei Flossenschläge genügten, um hinter Steinen und Schlingpflanzen zu verschwinden. Sie strich mit der Hand über die Stirn.

»Die Narbe sieht man kaum noch«, sagte Katharina.

»Morgen gehen wir auf die Thebener Burg und zum Grab von Rabbi Nathan«, sagte Heinrich.

»Chatan«, verbesserte Sellmann. »Chatan Sopher, der Wunderrabbi aus Frankfurt.« Er wollte noch etwas hinzufügen, schwieg aber, als Schwester Kasimira sich räusperte.

Betty zog plötzlich ihren Stuhl heran und legte Sophie den Arm um die Schultern. Sie sagte nichts. Sophie fühlte nur die Wärme durch das Kostüm ihrer Mutter und das eigene Kleid in die Haut dringen, und das war die schönste Erinnerung an den Besuch.

Als sie allein durch den Korridor in den Schlafsaal zurückging, um ihre Schürze zu holen, begegnete sie Schwester Modesta.

»Deine Eltern?«

Sophie nickte.

Die Eule schlug die Augen auf. Die Pupillen waren schwarz, und die grüne Iris war gelb gesprenkelt.

»Wer zuviel nachdenkt, kriegt Pickel«, sagte sie und senkte die Lider.

»Ich will es mir merken.«

Schwester Modesta hob den Mund an Sophies Ohr. »Ich sterbe nächste Woche«, flüsterte sie. »Es ahnt noch niemand. Die werden sich wundern. Du bist ein gutes Kind. Aber glaub nicht, daß du es schon hinter dir hast. Das Beste kommt erst noch. Das Leben, verstehst du? Das Leben!« Sie machte eine Bewegung, als ob sie weitergehen wollte, und Sophie verneigte sich, doch die Alte hielt sie am Ärmel fest. »Ich weiß alles«, sagte sie. »Ich habe dein Horoskop gestellt. Halb Krebs, halb Löwe, eine gute Mischung. Wenn du eines Tages deinen Kinderwagen vor dir herschiebst, dann denke an mich. Gib mir die linke Hand!«

Die Eule trat mit Sophie unter eines der hohen Gartenfenster, beäugte die Falten zwischen der Herzlinie und dem kleinen Finger und drückte die Handkante unter die Nase. Als am Ende des Ganges Schwester Kasimira auftauchte, ließ sie Sophies Hand los und trippelte in ihre Zelle.

»Deine Familie«, sagte die Novizenmeisterin, »spricht noch mit der Mutter Oberin. Möchtest du dich jetzt ein bißchen ausruhen?«

Die Eule starb am elften September und wurde am Fest der Kreuzerhöhung beigesetzt. Die Einheimischen nahmen die Wäsche von der Leine, trieben die Hühner in den Stall und die Kinder ins Haus, denn die Zigeuner der Schüttinsel zogen in langen Trecks nach Bukovice, banden ihre Pferde an die Zäune und stellten sich um das Grab. Die Männer preßten die Hüte an die Jacketts, und die Frauen schluchzten. »Also hatte ich doch recht«, sagte die Novizenmeisterin. Sechs Primasse, von zweiten und dritten Geigen, Flöten, Zimbals und Kontrabässen begleitet, spielten einen ›Schweigsamen‹ durch das Dorf.

Im Juni des nächsten Jahres erfuhr Sophie von der Oberin, daß die Quartalsberichte Schwester Kasimiras so günstig ausgefallen seien, daß der Zulassung zum Noviziat nichts im Wege stehe. Sie frage die Postulantin deshalb, ob sie seiner Eminenz, dem Herrn Erzbischof, Mitteilung über die beabsichtigte Einkleidung machen dürfe. Sophie, die während dieser Nachricht vor der Oberin gekniet hatte, sagte: »Ja, ehrwürdige Mutter, ich bitte Sie darum, und vergelt's Gott.«

Regina war sichtlich gerührt. Sie hob Sophie auf und hieß sie auf einem Hocker Platz nehmen. »Ich verwahre seit einiger Zeit einen Brief«, sagte sie und ging zu ihrem Schreibpult, »den ich dir heute übergeben möchte. Er enthält nichts Anstößiges, doch ich wollte ihn bis zu deinem Entschluß zurückhalten. Der Absender ist ein Herr Pavel Sixta.«

»Bitte, verbrennen Sie den Brief«, sagte Sophie.

»Nein«, sagte Mutter Regina und reichte ihr das aufgeschlitzte Kuvert. »An deiner Stelle würde ich Herrn Sixta mein Beileid ausdrücken. Wir haben dafür einen Kondolenz-Vordruck.«

Sophie las Sixtas Brief auf der Toilette, bis sie ihn auswendig wußte. Dann zerriß sie ihn.

»Sehr verehrtes Fräulein Sophie!« hatte er ihr unter dem 12. Januar 1939 geschrieben. »Sie werden vielleicht von Ihren Eltern gehört haben, daß ich am Budweiser Gymnasium als Musiklehrer angestellt bin. Als die Meldung von der Kapitulation durch die Lautsprecher am Wenzelsplatz kam, wollte ich nicht mehr in Prag bleiben. Seit vorgestern habe ich einen zusätzlichen Kummer. Mein Vater ist tot. Meine Mutter und ich waren in den letzten Stunden bei ihm. Er hatte Gallenblasenkrebs und war bis zum Ende bei vollem Bewußtsein. Als ich ihn fragte, ob er Schmerzen hätte, nickte er, verzichtete aber auf eine weitere Morphium-Injektion. Für meine Begriffe sagte er dabei etwas Außerordentliches. Ich hoffe, daß es Ihre religiösen Gefühle nicht verletzt, wenn ich es wiederhole. Er sagte: ›Für einen Menschen wie mich ist das Sterben die einzige Gelegenheit, seine Tapferkeit zu beweisen.‹ Er war seit vierzig Jahren bei den Hardtmuth-Werken beschäftigt, zuerst als Bote, dann in der Buchhaltung, zuletzt als Hauptkassier. Am Kriege konnte er wegen seiner schwächlichen Konstitution nicht teilnehmen. Er hieß Vaclav (Wenzel). Sein Namenstag ist der achtundzwanzigste September. Vielleicht beten Sie auch für ihn? Soweit mir bekannt, verbietet die Regel Ihres Ordens eine wechselseitige Korrespondenz, doch möglicherweise gestattet es die Ehrwürdige Frau Oberin, daß ich Ihnen gelegentlich einen Brief schreibe. Budweis ist eine kleine Stadt, und für mich wäre es eine Erleichterung. Ich darf Sie versichern, daß ich von einer solchen Erlaubnis keinen unziemlichen (dieses Wort habe ich im Wörterbuch gefunden, hoffentlich stimmt es!) Gebrauch machen werde.«

Nach der Generalbeichte und den einwöchigen Exerzitien kündigte die Oberin den für die Einkleidung vorgesehenen Postu-

lantinnen und den zur Profeß zugelassenen Novizinnen einen
Ausflug zur Donau an, dessen Führung Schwester Blanka übernehmen wollte. Die Mädchen erröteten, als hätte man ihnen
einen Heiratsantrag gemacht. Von der Fronleichnamsprozes-
sion und dem Begräbnis Modestas abgesehen, war keines von
ihnen in den letzten beiden Jahren auf die Straße gekommen.
»Es handelt sich um einen Weg von zwanzig Kilometern«, erklärte Mutter Regina. »Ich empfehle daher festes Schuhwerk.
Schwester Fidelia und Schwester Agnes erwarten euch auf dem
Rückweg am Forsthaus.«
Am Freitag, gleich nach dem Frühstück, brach man auf und ging
paarweise durch die Maisfelder, Sophie neben Hanna. Es war
ein heißer Tag Anfang August. Die Postulantinnen trugen
weiße Kopftücher, die Novizinnen Häubchen und Pelerinen.
»Ich hatte schon vergessen, wie groß der Himmel ist«, sagte
Hanna.
»Was war im letzten Jahr für eine Kapitulation?« fragte So-
phie.
»Keine Ahnung«, antwortete die Nikolsburgerin und hielt das
Gesicht in die Sonne.
Der Waller stimmte ein Lied an, und die Slowakinnen sangen
mit. ›Ging ein Mädchen Gras holen‹, verstand Sophie. ›Kam ein
Herzog auf einem Pferdchen, ein Herzog – hej! – auf einem
Pferdchen. Komm zu uns, Mädchen, vier Kühe im Hof, eine
Truhe mit Kleidern in der Kammer sind dein. Eja! Hoja! Als
es in den Hof trat, war nichts in dem Hof, nur Schlehen über
Schlehen, und oben lag der Herzog drauf. Eja! Hoja!‹
Nach einer Stunde begegneten sie zwei ungarischen Soldaten,
die ihre Gewehre abnahmen und den Weg versperrten. Schwester Blanka sprach eine Weile mit ihnen, dann stellten sie sich
auf den Rain, schoben die Käppis ins Genick und kratzten sich
mit ihren Bajonetten den Lehm von den Stiefeln. Als die Mädchen in den Schatten der Silberweiden kamen, blieb Schwester
Blanka stehen und rief sie in einen Kreis. »Vielleicht haben wir
Glück«, sagte sie und wischte sich mit dem Ärmel den Schweiß
aus dem Bart. »Vielleicht sehen wir die Kormorane. Sie rufen
chro-chro-chro und sind ganz schwarz, bis auf die Backen. Früher saßen sie in der Lobau, jetzt nisten sie bei uns, weil es hier

ruhiger ist als in Wien. Sie fangen Fische, aber keinen Waller, das sag' ich gleich.« Die Mädchen lächelten. Worüber sie im Kloster lachten, war nur noch putzig nach dem langen Marsch. Der Waller selber sah so anders aus im Freien. Der Schleier fiel, als wär er nicht gestärkt, schlapp wie ein Lappen auf die Schultern, die Schnur am Brustkreuz hatte sich verwickelt, zwei Männerschuhe, groß wie Kindersärge, standen unterm Saum, und Sophie staunte sehr über die Ratlosigkeit in dem roten Gesicht. »Schwester Modesta selig hat mir die Richtung beschrieben«, sagte Blanka.

Tiefer im Auwald wurden die Wege schmal und weich, und die Vorausgehenden gaben den Folgenden die überhängenden Zweige in die Hand. Auf dem sumpfigen Altwasser lag eine Kräuseldecke aus grünem Algenfarn, und an den Rändern stand der Schachtelhalm mit seinen Blätterquirlen um die Stengel. Wenn Vögel von den Ästen schwirrten, schrie immer jemand: »Ein Kormoran!« Doch Schwester Blanka winkte ab. Als sie den Steg über den Donau-Arm betraten, wurde durchgesagt: »Jetzt sind wir auf der Insel. Silentium!« Und weil die Nester der Kormorane auf den Bäumen sein sollten, blinzelten die Mädchen an allen Pappeln und Weiden in die Höhe. Eine halbe Stunde später, auf einer kleinen Lichtung, bekannte Schwester Blanka: »Wir haben uns verlaufen.« Um ihre Schuhe stieg die Pfütze an, und braune Blasen platzten um das Kleid. Sie sprang auf einen Wurzelstock und sah auf ihre Armbanduhr. »Wir wollen das Elf-Uhr-Läuten aus Kalinkovo abwarten«, sagte sie. Die Mädchen stellten sich auf Äste und Grasbuckel und falteten die Hände. Die Postulantinnen mit ihren unterm Kinn und im Nacken geknoteten weißen Tüchern schwitzten weniger als die Novizinnen in ihren leichten Hauben. Schwester Blanka begann die Litanei vom bitteren Leiden Jesu: »Herr, erbarme dich unser!«

»Christus, erbarme dich unser! Herr, erbarme dich unser!« antworteten die Mädchen.

»Christus, höre uns!«

»Christus erhöre uns!«

»Gott Vater im Himmel!«

»Erbarme dich unser!«

Eine junge Rohrdommel keckerte in der Nähe, die Schilfspitzen dorrten in der Hitze, und der Himmel, der am Morgen bodenlos und waschblau gewesen war, wurde glatt und bleich. Auf Sophies Ärmel saßen zwei Stechfliegen, und nach jeder Antwort blies sie den Atem gegen die glitzernden Flügel. »Jesus, verkannt und verfolgt von deinem Volke.« Puh! »Jesus, betrübt bis in den Tod.« Ksch! »Jesus, von Judas mit einem Kuß verraten.« Sie spreizte die Ellbogen wie ein Dudelsackpfeifer. »Jesus, von deinen Jüngern verlassen.« Nichts half gegen die Bestien. »Jesus, von falschen Zungen angeklagt.« Sie fühlte ein schwellendes Jucken auf dem rechten Backenknochen. »Jesus, des Todes schuldig erklärt.« Wer sich während des Betens kratzt, soll das ganze Gebet wiederholen. »Jesus mit Faustschlägen mißhandelt.« Der Heimweg ist lang genug. »Jesus, von Herodes im weißen Kleide verhöhnt.« Sie scheuerte den rauhen Handrücken übers Gesicht. »Jesus, mit Geißelstreichen verwundet.« Schwester Blanka rief: »Jesus, mit einer Dornenkrone . . .« und schwieg. Aus dem Osten schepperte die Glocke von Kalinkovo heran, noch schwindelig und torkelnd, als müßte sie sich für die ersten Schläge eine Trasse durch das Dickicht suchen, bis sie mit vollem Hall die Insel überschwemmte. Plötzlich klatschte und rauschte es in den Zweigen, und ein Schwarm riesiger schwarzer Vögel mit langen, gekrümmten Schnäbeln hob von den Bäumen ab, ordnete sich über den Mädchen zu einem glänzenden Keil, der sich höher schraubte und eine Weile im Licht zögerte, bis er ohne Flügelschlag im Aufwind davonsegelte.

»Jesus, mit einer Dornenkrone gekrönt«, sagte Schwester Blanka und strahlte.

»Jesus, in einem Purpurmantel verspottet!« riefen die Mädchen, und Sophie wollte bis zum Abend hier stehenbleiben und bis an die Knie in den Morast sinken und sich von Mücken, Bremsen und Wespen stechen lassen, wenn die Kormorane nur noch ein einziges Mal vor ihren Augen aufstiegen und mit ausgebreiteten Schwingen wieder nach Westen flögen. Statt dessen kehrten die Mädchen in der eigenen Spur um, und Schwester Blanka übernahm die Nachhut. Als sie auf die Felder hinaustraten, fing eine slowakische Novizin, die vor Sophie ging, zu singen an.

Von hinten, vom Waller her, wurde durchgegeben, sie sollte aufhören, aber Sophie sagte es nicht weiter. Vera sang ein Liebeslied mit stimmbrecherischen Verzierungen, und es dauerte, bis Sophie den Kehrreim verstand: »Den breiten Graben, kann ihn nicht überschreiten. Komm, Seele mein, mir einen Steg bereiten.«

Am Forsthaus, hinter einer niedrigen Ligusterhecke, warteten Schwester Agnes und Schwester Fidelia. Auf einige Entfernung sahen sie wie zwei Hexeneier aus. Ein Imbiß von gestockter Milch und Butterbroten war serviert, doch die Mädchen löffelten hastig und drängten nach Bukovice. An diesem Tage hatten sie zuviel erlebt. Sie waren glücklich, als die Pförtnerin hinter ihnen abschloß.

An Mariä Himmelfahrt, während des Hochamts, sollte die Einkleidung stattfinden, bei der die Postulantinnen ins Noviziat übernommen wurden und die Novizinnen die ersten zeitlichen Gelübde ablegten. Die Woche zuvor gingen tags und nachts Gewitter über die Schüttinsel, die Ökonomie-Schwester stand kopfschüttelnd am Fenster, und die Oberin ordnete an, bei jeder Messe den Wettersegen zu beten. Die Blitze erleuchteten den Schlafsaal. Sophie stemmte sich gegen das Bettende und ihre Erinnerungen. Sie sprach die Litaneien von der schmerzhaften Mutter, von den heiligen Engeln und vom heiligsten Herzen und lief dabei durch den Regen in der Charvatgasse und in der Jungmannstraße, stieg in eine Kabriolimousine, zog das weiße Leinenkleid mit den blauen, gepunkteten Stulpen an, blickte auf den Masaryk-Kai, die Kampa und die Kleinseite, sah die Haltestelle und den Strohhut, die singenden Boote auf der Moldau, den Spanischen Saal, das Türschild ›Olga Siebenschein‹, das Pospischilsche Zimmer, hörte das Hussitenlied, flog nach Franzensbad, hob die Illustrierte auf und schrieb den Brief an Christine noch einmal, und die Kalman sagte: ›Männer wie Schallplatten, also dienstags und freitags‹, und Betty sagte: ›Du riechst nach Sutteräng‹, und Vavra fragte: ›Was tastet um die Klinke meiner Tür?‹, und Tante Marketa sagte: ›Du bist sehr sonderbar, mein Kind‹.

Hanna, die Nikolsburgerin, warf die Decke ab und drehte sich zu Sophie: »Woran denkst du?«

»An die Kormorane.«

»Ich auch«, flüsterte Hanna, und in der Gewißheit, daß sie sich belogen hatten, lagen sie beide wach, bis es hell wurde.

Monsignore Atány, der die Messe in Vertretung des Erzbischofs zelebrierte, hatte am Vorabend des Festes Dr. Sellmann und seiner Frau die Qualität der Weinberge erklärt: die Preßburger sind die größten, die St. Georger die besten, die Pösinger die prächtigsten, die Moderer die trächtigsten. Er küßte das Kreuz der Stola und sah durch das Guckloch in die vollbesetzte Kirche. Er wartete das Neun-Uhr-Läuten ab und trat hinter den Ministranten auf den Altarteppich.

»Dominus vobiscum!« sang er.

»Et cum spiritu tuo!« kam die Antwort.

Nach dem Credo wurden den Postulantinnen die Kleider und den Novizinnen die Schleier gebracht. Als Sophie vor dem Superior stand, sagte er auf deutsch: »Gott, der du deinen Gläubigern das Kleid des ewigen Heiles und das Gewand der ewigen Freude versprochen hast, segne dieses Kleid, das die Demut des Herzens und die Verleugnung der Welt andeutet.«

Die Novizinnen gelobten, versprachen und verhießen die Gelübde der Armut, der Keuschheit und des Gehorsams. Bei ihrem Auszug läuteten die Glocken, und die Gemeinde sang das ›Salve Regina‹. Wie die Angehörigen der anderen Mädchen wurden Sellmanns zu einem kleinen Empfang in die Bibliothek gebeten, bei dem Monsignore Atány einige Passagen seiner Predigt sinngemäß wiederholte. Betty drängte ins ›Carlton‹ nach Preßburg. Die mehr als dreistündige Messe hatte sie erschöpft. Sophie küßte ihre Eltern zum Abschied. Dann setzte sie sich neben Hanna auf ihr Bett.

»Warum freust du dich so?« fragte die Nikolsburgerin.

»Seit heute glaube ich, daß man den lieben Gott anfassen kann«, sagte Sophie und ließ die kleine Lücke zwischen ihren Schneidezähnen sehen.

30. Oktober 1939

Sehr geehrtes Fräulein Sophie! Ich habe mich in der hiesigen Niederlassung Ihres Ordens erkundigt, ob ich Ihnen schreiben darf, und man meinte, daß die Entscheidung darüber bei der Oberin Ihres Hauses und bei Ihnen selbst liege. Wenn es mir also nicht verboten wird, schreibe ich Ihnen gelegentlich einen Brief, ohne auf Antwort zu rechnen. Die Unterhaltung ist zwar etwas einseitig, aber ich bin froh, wenn mir überhaupt jemand zuhört. Budweis ist die langweiligste Stadt der Welt, und daran hat sich nichts geändert, seit ich hier die chromatische Tonleiter und die Sonatenform erklären muß.

Seit Beginn dieses Schuljahrs wohnt Georg, der sechzehnjährige Sohn einer Cousine aus Zliv, bei mir und meiner Mutter. Ich glaube, wenn es nach ihm ginge, bliebe er für den Rest seines Lebens bei uns.

Abends sitze ich über einem Libretto nach dem Schauspiel ›Der jüngste Tag‹ von Ödön von Horvath. Ich sah die Uraufführung im deutschen Theater in Mährisch-Ostrau und besorgte mir den Text über eine Agentur. Das Stück eignet sich sehr gut für eine Oper, weil es eine einfache Geschichte hat. Der Stationsvorstand Hudetz vergißt, ein Signal zu stellen, während ihn die Gastwirtstochter Anna umarmt, und bewirkt dadurch einen Unfall. Anna schwört vor Gericht, daß Hudetz das Signal gestellt habe, Hudetz wird freigesprochen, aber Anna erträgt den Meineid nicht. Hudetz bringt sie um und gesteht den Mord der Polizei, nachdem er dem toten Lokomotivführer des verunglückten Eilzuges begegnet ist. Das Personal wird durch Frau Hudetz, Annas Vater, Annas Bräutigam und andere ergänzt. Natürlich bleibt es ein Projekt für die Schublade, denn der Verfasser ist, soviel ich weiß, nach Frankreich emigriert. Doch darüber denke ich gar nicht nach. Ich scheue mich sowieso, meine Kompositionen herzuzeigen. Vielleicht hängt es damit zusammen, daß wir schon alle mehr nach außen als nach innen leben.

Wenn ich im Dezember nach Prag fahre, werde ich versuchen, Ihre Eltern anzurufen. Wissen Sie, daß die Kondukteure in der

Prager Tram alle Stationen jetzt in zwei Sprachen ausrufen?
Múseum! Muséum! (Das zweite ist deutsch!)

8. Mai 1940

Bei uns ist der Frühling ausgebrochen wie ein lautloser Krieg.
Die Gänseblümchen rücken auf der ganzen Linie zum Angriff
vor, die Apfelknospen explodieren, die Tulpen ziehen ihre grünen Schwerter, und der Salat schießt ins Kraut. Schwalben und
Kleinbürger bauen sich jetzt Häuser. Das bedeutet, der Kleinbürger steht der Natur näher als wir, oder der Schwalbe, wie
man's nimmt. Meine Mutter meint, ich sollte ein Grundstück
kaufen, sie sind jetzt billig, und heiraten, weil ich oft krank
bin. Sie befürchtet, ich hätte keine Pflegerin, wenn sie eines Tages stirbt. (Der folgende Satz von der Oberin gelöscht.) Meine
Krankheiten sind es ja gerade, die mich am Leben halten! Es
gibt nichts Schöneres, als mit einer Erkältung und einer
Kanne Tee am Fenster zu sitzen und durch die Scheiben mit-
anzusehen, wie die Gesunden auf ihren kräftigen Beinen dem
Glück nachlaufen. Aber gegen die Gesundheit kommt man
nicht an!
Meine Oper ›Der jüngste Tag‹ müssen Sie sich durchkompo-
niert vorstellen, ohne gesprochenen Dialog. Was die Einteilung
in sieben Bilder betrifft, bin ich der Vorlage treu geblieben. Ich
habe nur einiges zusammengezogen, so daß es sehr rezitativisch
wirkt, oder anders ausgedrückt: es klingt, als schlügen sich die
Sänger die Fetzen einer einzigen großen Melodie um die Ohren,
dazwischen schreien die Trompeten, und wenn in der General-
pause der imaginäre Expreß vorbeifährt, schaben zwei Männer – es müssen keine ausgebildeten Musiker sein – zwei scharfe
Rasiermesser über den Rand einer Zinkbadewanne. Ich könnte
auch Brummstimmen einsetzen, aber dann hörte sich's an wie
das ›Rigoletto‹-Gewitter im dritten Akt. Es ist schaurig, doch
Sie müssen sich nicht ängstigen. ›Der jüngste Tag‹ wird nie aufgeführt werden, und selbst wenn (Die folgenden Zeilen von
der Oberin gelöscht.)
Mein Neffe möchte mit mir und einigen anderen eine Laien-
bühne eröffnen. Sein Talent zum Schwindeln hält er, sicher mit
Recht, für eine natürliche Voraussetzung der Schauspielerei.

Von einem älteren Schüler, der bei der Aufnahmeprüfung am Dramatischen Konservatorium durchgefallen ist, hat er sich die Etüden erklären lassen, die jeder Kandidat der Kommission vorspielen muß. Seitdem versucht er, einen Mann nachzuahmen, der in eine Zitrone beißt, eine Treppe scheuert und – Etüde III – auf der Straße plötzlich einen Löwen erblickt. Meine Mutter fällt manchmal auf ihn herein, weil er auch beim Essen übt. (Der Rest von der Oberin gelöscht.)

4. Oktober 1940
Liebes Fräulein Sophie!
Ihre Schwester Katharina hat mich wissen lassen, daß ich Sie um den monatlichen Brief Ihrer Eltern bringe, wenn ich Ihnen außerhalb der Hochfeste schreibe. Aber heute ist Franziskus, und ich nehme an, daß Sie diesen Tag besonders feiern.
Ich fuhr im Sommer, während der Ferien, auf zwei Wochen nach Prag und wohnte bei Professor Vavra. Die Hotels waren überfüllt von Deutschen in Uniform und Zivil. Man feierte den Sieg über Frankreich und deckte sich mit Schinken und Pralinen ein. Meine früheren Freunde waren verreist, so daß ich die erste Nacht im Wartesaal schlief. Am nächsten Morgen kam ich auf die Idee, zu Fräulein Kalman zu gehen, die mich zu Vavra schickte. Seit der Entlassung arbeitet er als Archivar und Fotograf (!) bei seinem Bruder, der von der italienischen Akademie der Wissenschaften einen Forschungsauftrag erhalten hat. Es handelt sich um eine Neubewertung der römischen Scherben von Kouřim, die seit Jahren im Nationalmuseum liegen. Gut, was?
Wir besuchten einen Kollegen Vavras auf der Kleinseite. Bis zum vorigen Jahr hatte er einen Lehrauftrag für Sprachpsychologie. Er läßt sich von seiner Frau jeden Abend einsperren, um nicht zu trinken. Trinken will er nicht, um nicht auf die Straße zu laufen, und auf die Straße laufen will er nicht, um nicht zu schreien, und schreien will er nicht, um nicht eingesperrt zu werden.
Wenn man aus Prag nach Budweis fährt, ritardiert das Leben. Hinter Beneschau ändert sich auch die Tonart. Die Leute aus der Provinz reden davon, wie schwer sie sich an den Rechtsver-

kehr gewöhnen können, und dabei kneifen sie die Augen zusammen und blicken aus dem Fenster, weil sie plötzlich an etwas denken müssen, woran sie nicht mehr denken wollten, und wenn sie in Votice oder Tabor oder Planá aussteigen, lassen sie diese Erinnerung im Zuge liegen. Praha locuta, causa finita – das ist vorbei. Prag hat geschwiegen, nicht gesprochen.

Ich bedauere nicht, daß ich dort war. Ich habe Ihnen vielleicht geschrieben, daß mein Neffe mich schon im Frühling drängte, eine Liebhaber-Aufführung zu veranstalten, aber damals fanden wir kein geeignetes Stück. Professor Vavra riet mir, die ›Lucerna‹ von Jirásek zu nehmen. »Damit können Sie nicht anecken«, sagte er. Anfang Dezember soll die Premiere sein. Georg hätte am liebsten die Müllerstochter gespielt! Ich weiß nicht, was in den Jungen gefahren ist. Nachdem er mit Ach und Krach versetzt wurde, fing er an, sich die Fingernägel zu lackieren und die Lippen zu schminken, und meine Mutter erwischte ihn sogar, wie er ihre alte Brennschere über den Spirituskocher hielt. Ich gab ihm die Rolle des Wassermanns, aber er hat sich kaum geärgert. Es genügt ihm, wenn er überhaupt auf der Bühne stehen darf.

›Der jüngste Tag‹ ist fertig und beiseite gelegt. Jetzt bin ich über dem ›Sonnengesang‹ des Poverello. (Merken Sie, daß ich einen Grund habe, Ihnen ausgerechnet heute zu schreiben?) Ich will ihn nicht übersetzen, sondern das Umbrische stehen lassen, wie es ist. ›lo sole‹ ist im Tschechischen sächlich, ›la luna‹ männlich. Stellen Sie sich vor, wie es im Deutschen wäre: ›Bruder Sonne‹, ›Schwester Mond‹! Es fällt mir schwer, mich von Ihnen zu verabschieden, aber ich muß zur ›Lucerna‹-Probe und möchte, daß man auf meinen Brief noch das heutige Datum stempelt.

> ›Laudato si, mi Signore,
> per sora luna e le stelle!‹

11. Februar 1941

Den Weihnachtsbrief an Sie habe ich nicht abgeschickt, weil ich das Gestammel selbst nicht verstand. Vor einer Woche fand der Prozeß gegen meinen Neffen statt, und so habe ich bis heute gewartet.

Die Premiere der ›Lucerna‹, in der Georg den Wassermann

spielte, fand Anfang Dezember statt und wurde ein großer Erfolg. Die Stadtverwaltung hatte sogar einige Offiziere der deutschen Garnison mit ihren Damen eingeladen, und obwohl sie vermutlich kein Wort verstanden, klatschten sie nach jedem Bild genauso begeistert wie unser Publikum. Georg machte mich anschließend mit Hauptmann Groschup und seiner Gattin bekannt, wobei ich erfuhr, daß er seit einiger Zeit in ihrem Hause verkehrte. ›Verkehrte‹ ist nicht das richtige Wort. Georg war dort Mädchen für alles. Für ein paar Kronen half er beim Waschen, Einwecken und Bügeln. Die zweite Vorstellung hatten wir für das folgende Wochenende angesetzt, aber ich mußte sie ausfallen lassen, weil der ›Wassermann‹ in Untersuchungshaft war. Wir bekamen ihn erst beim Prozeß vor einer Woche zu Gesicht. Er wurde wegen Paßdiebstahls und unerlaubten Grenzübertritts angeklagt. Als Zeugen waren Frau Groschup, zwei deutsche Grenzbeamte, die Cousine aus Zliv, meine Mutter und ich geladen.

Am Montag nach der ›Lucerna‹-Premiere hatte Georg der Frau des Hauptmanns den Paß gestohlen, sich Frauenkleider und -schuhe angezogen, eine Perücke aufgesetzt und ein Billett nach Linz gekauft. Er war ohne Schwierigkeiten über die Grenze gekommen, hatte in Linz in einem Hotel geschlafen und war am anderen Nachmittag wieder in den Zug nach Budweis gestiegen. Zufälligerweise geriet er auf der Rückfahrt an dieselben Beamten, die seinen Paß am Vortag kontrolliert hatten. Sie fragten ihn, den sie für Frau Groschup hielten, ob es ihm in Linz nicht gefallen habe, weil er so rasch wieder umgekehrt sei. Georg mußte auf deutsch antworten, verhaspelte sich und verlor die Nerven.

Bei seiner Einvernahme vor Gericht gab er zu, den Paß entwendet zu haben. »Es war eine Etüde«, sagte er. »Ich wollte wissen, ob ich es schaffe, eine Frau so gut zu spielen, daß selbst ein Polizist darauf hereinfällt.«

Georg erhielt vier Jahre Jugendhaft, und der Richter sagte in seiner Begründung, daß man sich zu diesem ›großmütigen‹ Urteil auf Grund des Alters des Angeklagten entschlossen hätte. Auf den Rat seines Verteidigers nahm Georg das Urteil sofort an und entschuldigte sich bei meiner Cousine, bei meiner Mutter, Frau Groschup und mir für die Scherereien, die er uns bereitet hatte.

Gestern blieb ich am Mühlgraben stehen und beobachtete eine Feuerwehrtruppe, die ein Bleßhuhn fangen wollte. In dem gebrochenen Schnabel des Vogels klemmte ein dickes Eisstück. Aber jedesmal, wenn sich der angeseilte Feuerwehrmann mit einem großen Kescher in der Hand zu ihm herabließ, torkelte das Huhn von dem gefrorenen Rand ins freie Wasser und sprang erst wieder zurück, wenn der Retter auf den Damm gehievt wurde. Es wollte sich nicht helfen lassen, obwohl dreißig oder vierzig Leute um sein Schicksal besorgt waren. Das Mißverhältnis zwischen den Anstrengungen der Feuerwehr, dem Interesse der Zuschauer und dem Objekt war beachtlich. Ich ging bald weiter. Sie wissen, daß ich nichts für Helden übrig habe, doch manchmal kommt es mir so vor, als würden wir, wenn sich nichts ändert, zu einem Volk von Kellnern, Friseuren, Portiers, Dolmetschern, Rettungsschwimmern, Masseuren, Schuhputzern, Fotografen, Jazztrompetern, Schloßführern, Bierbrauern, Gärtnern und Chauffeuren. Man sagt von Napoleon, daß er kein Volk so verachtete wie das italienische, und man weiß, daß sich kein Volk weniger gegen den Unterdrücker gewehrt hat als das italienische. Niemand möchte etwas falsch machen. Jeder will Sicherheit. Absolute Sicherheit. Es ist so, wie wenn man auf einem Bahnhof wartet, der nur eine einzige Rampe hat, aber den Stationsvorstand immer wieder fragt, ob man sich auch wirklich nicht im Perron geirrt habe. Woher kommt das? Ich habe meinen Schülern nun schon zum drittenmal erzählt, daß Goethe auf der Teplitzer Promenade seinen Hut vor den fürstlichen Hoheiten zog, Beethoven aber nicht. Ich erkläre es Jahr für Jahr, denn man kann alles erklären, doch im Grunde verstehe ich's nicht. Warum hat er die Leute, die ihn verehrten, eigentlich nicht gegrüßt? Wegen der ›Eroica‹, oder wegen des Streichquartetts in f-Moll? Wissen Sie's? (Der Rest von der Oberin gelöscht.)

Weihnachten 1941

Dank für Ihren Weihnachtsgruß! Es war das schönste Geschenk, das Sie mir machen konnten! Meine Mutter hat die drei Zeilen

Ihres Briefes auswendig gelernt und den Bogen in eine Schublade gelegt, wo sie den Ring meines Vaters, ihren Hochzeitsschmuck und meine ersten Kinderschuhe aufbewahrt. Ich mußte ihr den ganzen Abend von Ihnen erzählen, und dabei merkte ich, wie wenig ich von Ihnen weiß. Ich zeigte ihr auf der Landkarte den Ort, wo Sie geboren wurden, und als sie sah, daß er an der Elbe liegt, war sie zufrieden. »Das Fräulein ist doch keine Fremde.« Ich spielte ihr auch die Lieder vor, die Sie damals gesungen hatten, aber sie interessiert sich mehr für das Kleid, das Sie im Repräsentationshaus trugen. Sie will nicht begreifen, daß Bukovice in einem anderen Land liegt, daß die Slowakei nicht mehr zu uns gehört.

Der Stoff des Geographielehrers ist in dauernder Bewegung. Er liest die Heeresberichte, um zu wissen, wo das Reich aufhört. »Wo liegt eigentlich Polen?« fragte er in der letzten Konferenz vor den Ferien. »In London«, sagte der Chemie-Professor. Ist Kiew deutsch? Und Norwegen, Holland, Belgien, Frankreich, Kreta? Man zählt die Ströme und ihre Zuflüsse, die Gebirge, Ebenen, Sümpfe und Wälder Europas, aber alles ist Hinterland. Dreieinhalb Millionen Russen wurden bis jetzt gefangengenommen. Muß man sie von der früheren Gesamtbevölkerung abziehen? Ich stecke den Kopf in den Sand, in die Bücher. (Seit einem Vierteljahr muß ich Deutsch-Unterricht geben.)

Im September habe ich ein Kammerorchester gegründet. Alle alte Musik wird zu schnell gespielt. Man nimmt die Unterschiede in den Tempi viel zu ernst, und der Virtuosenwahn, das Finale zwanzig Sekunden vor der Konkurrenz erreichen zu müssen, macht Musik zum Hindernisrennen. Ich frage mich, warum diese Notenfresser nicht gleich am Bahnhof oder am Flugplatz dirigieren. Wissen Sie, womit ich die erste Probe meines kleinen Orchesters eröffnete? »Es lebe der Dilettantismus, meine Herren! Mir hängen die frostigen Gesichter, denen der Schweiß über die Doppelgriffe tropft, zum Halse heraus!«

Kein weihnachtlicher Brief, müssen Sie sagen. Doch Sie werden mich verstehen und mir verzeihen. Wenn die Glocken das neue Jahr einläuten, bin ich in Gedanken bei Ihnen.

P.S. Durch Ihre Gegend ziehen viele Zigeuner, und vielleicht kommen sie sogar als Patienten ins Klosterkrankenhaus. Im Romany, las ich unlängst, heißt Jesus nicht der ›Erlöser‹, sondern ›der, der Gesundheit gibt‹ = ›Sastipuaskro‹. Es gibt bei ihnen auch kein Wort für ›haben‹. Deswegen wissen sie nicht, was stehlen ist. Alle Dinge liegen einfach herum und werden von dem benutzt, der sie findet. Die Zigeuner verfahren mit der Welt, wie die Kanaris mit fremder Musik: sie pfeifen drauf! Ach, wer so leben könnte! (Fragezeichen der Oberin)

28. Juli 1942

Liebe Schwester Agnes! Ich freue mich, daß Sie einen ›böhmischen‹ Klosternamen bekommen haben, und beglückwünsche Sie, auch im Namen meiner Mutter, zur Aufnahme in den Orden. Als ich von Fräulein Katharina erfuhr, daß Sie im Juli die ersten Gelübde ablegen würden, beantragte ich einen Reisepaß nach Bukovice, doch seit dem Tode des Reichsprotektors werden solche Gesuche nicht mehr bewilligt. Sie haben vielleicht gehört, daß zum Ausgleich für den Anschlag auf Heydrich das Dorf Lidice (von der Oberin gelöscht) wurde. Kurz nach dieser Ablehnung erhielt ich eine Vorladung, mich mit meiner ›Allgemeinen Bürgerlichen Legitimation‹ und ›reingewaschen am ganzen Körper‹ im Arbeitsamt einzufinden. Die ärztliche Untersuchung ergab, daß ich völlig gesund bin, und in mein Arbeitsbuch wurde der Stempel ›Dienstverpflichtet für die Dauer des Krieges‹ gedrückt. Im Herbst werde ich also ins Reich fahren, um dort Granaten zu drehen, Eisen zu gießen oder Luftschutzbunker zu bauen. Es liegen Anforderungen aus Zschopau, Ludwigshafen, Leverkusen, Leuna, Dessau (!) und Bitterfeld vor. Aber wer wird dann meinen Schülern erklären, warum Dvořák in Příbram lieber Tauben züchtete, statt die gewünschte Sinfonie über die Niagarafälle zu schreiben?

8. Oktober 1942

Meinen dreißigsten Geburtstag feiere ich in einer Baracke zwischen Dessau und Kleinkühnau. Ich gehöre zur Gefolgschaft der Junkerswerke und arbeite in der Werkzeugausgabe. Warum hatten Sie Ihrem Vater von meiner Dienstverpflichtung geschrieben? Sorgen Sie sich um mich? Nun, jedenfalls vielen Dank!
Wir schlafen hier zu acht in einem Raum. In anderen Betrieben

liegen sie zu hundert. Um uns von den Deutschen mit ihren runden Kennmarken zu unterscheiden, tragen wir quadratische in mehreren Farben. Auf einigen Bänken und Toiletten sind Schilder angebracht: NUR FÜR DEUTSCHE. Damit man weiß, daß die Leute, die darauf sitzen, keine Ausländer sind. Wir arbeiten von morgens sieben bis abends sechs Uhr, mit einer Stunde Pause. Eine Menge neuer Wörter habe ich schon gelernt: Stangenzirkel, Locheisen, Stockschere, Rohrzange, Rundfeile, Schublehre, Gewindebohrer, Flachmeißel. Ich wohne zusammen mit zwei Budweiser Angestellten, einem ehemaligen Studenten aus Prag, einem Kellner aus Melnik, einem Schreiner aus Pardubitz und zwei Männern aus Kuttenberg, die mit niemandem reden, auch nicht untereinander. Man sucht hier eine Weile nach seiner Tonlage, denn keiner von uns weiß, wie er reden soll. Einzig der Kellner aus Melnik hat keine Schwierigkeiten. Er brüllt vom ersten Tag an. Die Angestellten flüstern, der Schreiner knurrt, die Kuttenberger schweigen, und der Student sagt das meiste in einem dunklen Baß, jedes Wort zwei Kilo schwer. Ich spreche ›con sordino‹. Dabei behandelt man uns korrekt, und an Mißverständnissen sind wir meist selber schuld. Einem deutschen Ingenieur, der sich gestern nach einer bestimmten Lieferung erkundigte, antwortete ich zu ausführlich. Er sah mich eine Weile an und meinte dann: »Ich will mich nicht mit Ihnen unterhalten, wenn ich Sie etwas frage.« Er hätte auch sagen können: Halt die Schnauze! Tat es aber nicht.

Obwohl wir nach der Arbeitszeit freien Ausgang haben, erinnert mich der Schlagbaum an das Tsching Tang Mu, den Richterstab der Chinesen, ›das Holz, das erschrecken läßt‹. Vielleicht bin ich deswegen noch nicht in die Stadt gegangen. Aus unserem Fenster sehe ich ein Kiefernwäldchen, und ich weiß auch schon den Weg zum Georgium. Ihr Vater war so freundlich, mir ein Empfehlungsschreiben an Herrn Grützke mitzugeben, der nicht nur sein Nachfolger in der Bank, sondern auch in Ihrem Hause geworden ist. Ich werde ihn in der kommenden Woche besuchen, im Anschluß an ein Essen im ›Goldenen Lamm‹. Unser Kellner hat herausgefunden, daß man dort jeden Dienstag ein markenfreies ›Bauernfrühstück‹ serviert.

20. Dezember 1942

Gestern habe ich den ›Lohengrin‹ gesehen. Herr Grützke, der Nachfolger Ihres Vaters, überließ mir seine Loge. Das Orchester musizierte ausgezeichnet. Ich liebe das Vorspiel. Es ist, als ob ein Stein ins Wasser fällt und weite Kreise zieht, bis das Motiv über die ganze Fläche hinrauscht und endlich in sich selbst versinkt. Eine gewaltige Bühne! Viel größer kann eine wirkliche Aue am Ufer der Scheide auch nicht sein. Ich verstehe, warum der Dekorateur statt eines Schwans eine Art weißen Drachen vor den Kahn gespannt hatte. Neben diesem Ungeheuer schien Lohengrin, das (laut Programm) ›nordische Schönheitsideal‹, etwas klein geraten. Als er sich von seinem Zugvogel verabschiedete, wirkte er wie ein Liliputaner, der einem Ozeandampfer hinterherwinkt. (Robert Moldenhauer, Liebling des Publikums, mit einer voluminösen Stimme, die die Phrasen-Enden nicht verhaucht, sondern ohne ›filatura‹ hält und oft steigert.) Sein Sieg über Telramund ist auch deswegen unzweifelhaft, weil die deutsche Musikforschung die rassische Bindung der Tongeschlechter einwandfrei festgestellt hat. Tschechisch-orientalisch-vorderasiatisches Moll kann gegen germanisch-nordisch-melodisches Dur nicht bestehen. Der Kampf endet Eins zu Moll für Lohengrin. Es genügt, daß er Schwert und Stimme hebt.

Ich staunte über die Ungezwungenheit, mit der sich die Leute in der Pause bewegten. Ich hatte erwartet, daß sie in Dreierreihen und im Gleichschritt durch das Foyer marschieren. Statt dessen erlebte ich ein Gedränge wie in alten Zeiten, sah Smoking und Abendkleider. Wenige Uniformen, kein ausgestreckter Arm, keine knallenden Absätze, keine Kommandos – und doch eine Geschlossenheit, als läge dieser Zusammenkunft ein Einverständnis zugrunde, das mit dem Anlaß allein nicht zu erklären war. Ich weiß, wie leicht man in die Gefahr gerät, aus der eigenen Ahnungslosigkeit ein Geheimnis zu machen. Ich sagte mir: das sind also die Menschen, unter denen Sophie Sellmann großgeworden ist, ihre Spielkameraden, Schulfreundinnen und Lehrer. Am liebsten wäre ich auf irgendjemanden zugegangen und hätte ihn gefragt, ob er sich an ein schwarzhaariges Mädchen erinnerte, mit großen dunklen Augen und einer winzigen Lücke zwischen den Schneidezähnen und (von der Oberin gelöscht). Ich bringe es ja nicht einmal fertig, mich denen zuzuwenden, die mir in meiner Lage die nächsten sind. Ich sehne mich nach Freundschaft, doch es reicht nur zu Höflichkeiten. Meine Kameraden haben sich in drei Monaten alles erzählt, was sie von sich selber und (von der Oberin gelöscht) wissen. Ich höre zu und kann niemandem etwas geben. Ich fühle, daß meine Seele verwundet ist, und ich glaube, daß ich den innersten Teil meines Wesens am besten schütze, indem ich wie eine Schildkröte bei der leisesten Annäherung den Kopf unter den Panzer ziehe. Mein Vater sagte, daß sich auf zweierlei Art Kleinholz machen läßt: entweder man haut mit dem Beil auf den Baum, oder mit dem Baum auf das Beil. (Der Rest des Briefes von der Oberin gelöscht.)

11. Juli 1943

Als ich ein Kind war, wollte ich General bei den Hussiten werden. Ich band mir ein Tuch übers linke Auge, verzauberte den Kartoffelstampfer meiner Mutter in einen Morgenstern und schlug die kaiserlichen Sofakissen tot. Manchmal denke ich an eine weißgrüne Strickjacke mit einer dunkelbraunen Knopfleiste, die ich damals getragen habe und die mir in der Erinnerung alle Farben und Gerüche meiner Kindheit heranträgt. Ich komme darauf, weil Sie in ein paar Tagen Geburtstag haben und ich mich frage, ob es Ihnen ähnlich ergeht. Ich glaube nicht, daß es eine ›Entwicklung‹ im Sinne des Anderswerdens gibt. (Zwei Zeilen von der Oberin gelöscht) Herr Grützke hat mir die Hegelsche Phänomenologie geliehen und die Gebrauchsanweisung gleich dazu geliefert. These: Gott denkt sich. Antithese: Gott denkt die Welt. Synthese: Gott denkt sich durch die Welt. (Ein Fragezeichen der Oberin. Der Rest des Absatzes gelöscht.) Sieht man auf den Globus, scheint es unbegreiflich, daß Deutschland einen Krieg führt gegen die ganze Welt. Geht man aber in eine Bibliothek, versteht man's wieder. Uns fehlt, was dieses Volk im Überfluß besitzt: Angriffslust. Ich sehe und höre Tag für Tag, wie die schönen Flugzeuge von den Rollbahnen abheben, und ich bin fasziniert von der geheimnisvollen Gegenwart des Todes. (Eine halbe Seite von der Oberin gelöscht.)
Ich habe diesen Brief heute morgen im Lager angefangen und schreibe ihn nun an der ›Adria‹ weiter. Es ist eines der Freibäder,

das für Fremdarbeiter geöffnet hat. Eventuelle Ölflecke bitte ich zu entschuldigen.

Im Februar, während der dreitägigen Volkstrauer für Stalingrad, lud mich Herr Grützke zu einem Spaziergang durch die Stadt ein und führte mich zuletzt an eine Stelle in den Gartenanlagen beim Bahnhof, wo nichts als Schnee und verschneiter Rhododendron war. »Hier stand früher das Denkmal Moses Mendelssohns«, sagte er und zog mich schnell weiter. Nun habe ich den Bogen doch verschmiert! Verzeihung!

Es sind viele Mädchen und Frauen mit Kindern hier am Strand. Sie sehen uns schief an. Sie halten uns für Drückeberger, die mit gesunden Armen und Beinen in der Sonne liegen, während ihre Männer Sizilien und Kursk verteidigen. Dabei müßten die Damen schon an unseren slawischen Rundschädeln, mongolischen Backenknochen und kirgisischen O-Beinen erkennen, wie wehrunwürdig wir sind! Selbst mir kommt ja der Kellner aus Melnik, zumal in Badehosen, wie Dschingis Khan redivivus vor. (Der Rest des Briefes von der Oberin gelöscht.)

24. Dezember 1943

Alle schreiben. Wenn ich die Augen schließe, kratzen sieben Federn über das Papier. Es ist, als säßen sieben Mäuse in der Wand. Die Budweiser haben eine Bábovka, einen Gugelhupf, gebacken, aber der Kellner, unser Stubenältester, will sie erst morgen anschneiden. Die Italiener haben eine Extra-Zulage Rotwein bekommen und singen. Man muß den Tag noch vor dem Abend loben, wenn man ihn überleben will. (›Kauft die Zeit aus, denn die Tage sind böse‹, sagt Paulus im Brief an die Epheser. Unser Neuer, ein Religionslehrer aus Pilgram, hat eine Bibel mitgebracht.)

Wissen Sie eigentlich, was Sie mir mit Ihrem Weihnachtsbrief geschenkt haben? Sie ahnen es nicht. Aber warum schreiben Sie, daß ich nicht verzweifeln soll? Mir ist gar nicht danach. Ich habe, seit ich hier bin, sechs Kilo zugenommen und war nicht ein einziges Mal krank. Sie würden mich kaum wiedererkennen. In meinem blauen Overall sehe ich wie ein Schlosser aus. Ich spiele Fußball, trinke Bier, rauche Pfeife, wasche mir die Hände mit Terpentin und Bimsstein, trage das Haar drei Zentimeter lang,

fluche wie ein Kutscher und habe Muskeln wie ein Preisboxer.
Alle vierzehn Tage verkleide ich mich und gehe in die Grützke-
sche Villa zum Essen. Mehr wegen des Bechstein-Flügels als
wegen der Königsberger Klopse! Frau Grützke hat mir einen
Anzug ihres gefallenen Sohnes geschenkt und zwei Oberhem-
den. Ich darf bis zum Kaffee bleiben, und das bedeutet: ich habe
zwei Stunden für mich allein am Klavier. Vor einer Woche
spielte und sang ich ein paar Stücke aus dem ›Echo auf italienische
Volkslieder‹ und – auf Wunsch von Frau Grützke – die ›Winterreise‹. Bei den ›Nebensonnen‹ hörte ich auf, weil sie hinausging.
Nein, keine Verzweiflung, Schwester Agnes, nur eine gewisse
Abneigung gegen das Dasein. Aber wenn Sie meinen, daß ich
traurig bin, gebe ich Ihnen recht. Wolker sagt: ›Ich fürchte nicht
den Tod, der Tod ist nicht böse, er ist ein Stück schweren Lebens. Ich fürchte das Sterben.‹ Ich fürchte den Tod, weil er das
Ende meiner Liebe bedeutet. Wo ist die Liebe in meinem Tod?
Vielleicht bin ich im Sterben bei mir selbst – aber genüge ich
mir dann auch? Oder gleicht der Tod der Erschaffung der Welt?
(Fragezeichen der Oberin.) Ist er wie der Anfang unseres Lebens,
als wir auch mit uns allein waren? Stirbt man, wie man einen
Handschuh wendet? Trägt man im Jenseits das Futter nach
außen? Fragen Sie, bitte, Ihren Beichtvater! Ich würde es gern
wissen.
Anfang Oktober war ich mit dem Fahrrad in Zerbst. Ich sah mir
im Schloß das Zedernkabinett und das Knobelsdorffsche Treppenhaus im Ostflügel an. Leider war ich nicht am ›Vogelherd‹,
aber wenn die Abwehrschlachten so erfolgreich bleiben wie bisher, werde ich Zeit genug haben, das Versäumte nachzuholen.
Wie hieß das Dorf mit den großen Kastanienbäumen? Golmeng-
lin? Ist das richtig? Und der Onkel? Ich habe seinen Namen vergessen.
Auf dem Rückweg nahm ich die Fähre. Die Wiesen waren sehr
still, und der Strom ganz glatt, fast bewegungslos, obwohl er
unser schräggestelltes Boot am Giertau hinübertrieb. Ich hatte
mir in Zerbst ein halbes Pfund Pflaumenmus gekauft, in einer
›Kruke‹, wie man dort sagt. Ich setzte mich auf den Deich, steckte
den Finger ins Mus und leckte den ganzen Topf aus. Solch einen
Herbst hatte ich mir schon immer gewünscht! Der Horizont ist

weiter als bei uns daheim, man kann ihn gar nicht fassen und lebt in einem grenzenlosen Traum. Dies ist die Landschaft der Romane, nicht der Musik. Ich glaube, die Komponisten kommen aus den Bergen. Der erste Satz des g-Moll-Klavierkonzerts von Dvořák wäre hier ganz undenkbar. Man würde meinen, jemand regte sich auf, wüßte nicht warum und suchte vergeblich nach dem Grund.

Kurz vor Dessau wurde ich von einer Militärstreife angehalten. Als sie hupte und ich mich umdrehte, machte ich ein Gesicht wie ein Schauspielschüler bei Etüde III: Sie sehen einen Löwen hinter sich. Doch geschah mir nichts. Ich trage seit zwei Jahren alle meine Ausweise und einige Paßbilder bei mir, immer bereit für einen neuen Fragebogen, eine Reisegenehmigung oder einen Urlaubsschein. Die Herren waren erstaunt über soviel Gründlichkeit bei einem ›Schechen‹.

26. Februar 1944

Dies ist der Brief zum Agnes-Tag, damit Sie nicht glauben, ich schreibe Ihnen außer der Reihe. Herzlichen Glückwunsch! – Von meinem Leben gibt es wenig Neues zu berichten. Unsere Arbeitszeit ist um eine Stunde verlängert worden, und für drei Wochen war ich Besitzer eines Bechstein-Flügels, den ich mit Erlaubnis der Lagerführung in der Baracken-Kantine aufstellen durfte. Gestern wurde er abgeholt, und ich muß, wenn ich Musik hören will, wieder auf dem Kamm blasen oder zu den Italienern gehen.

Ende Januar hatte mich Herr Grützke gefragt, ob ich ein Geschenk von ihm annehmen würde. Ich sagte ja, ohne zu wissen, worum es sich handelte. Zwei Tage später kam der Flügel per Möbelwagen ins Lager. Wir mußten das Pedal und die Füße abschrauben, um ihn durch die Tür zu bringen. Dann stellten sich alle um mich auf, und ich spielte – ach, fragen Sie mich nicht, was! Für die Franzosen machte ich aus der Marseillaise eine Musette, damit es der Werkschutz nicht merkte, auch unsere Hymne paraphrasierte ich bis an die Grenze der Unkenntlichkeit, und weiter ging es quer durch Europa, von Lili Marlen zum Wohltemperierten Klavier, von Chopin zu Debussy, von Grieg zu Donizetti, bis ich endlich gegen Mitternacht vom Stuhl kippte und ins Bett getragen werden mußte. Die Kameraden sammelten Geld zu einem Blumenstrauß für den Spender, und am nächsten Sonntag fuhr ich mit meinen in Zeitungspapier eingeschlagenen Treibhausrosen zum Georgium. Doch niemand öffnete, und die Rolläden waren heruntergelassen. Ich wollte schon zurück ins Lager, als ich aus dem Nebenhaus mit meinem Namen gerufen wurde. Der Juwelier, ein Nachbar, kannte mich. Er sagte mir, daß Herr Grützke und seine Frau am Vortag beerdigt worden seien, und er sagte es so bedeutungsvoll, daß ich keinen Grund hatte, nach den Umständen ihres Todes zu fragen. Ich radelte zum Friedhof I, wickelte die Blumen aus und legte sie auf das Grab. (Ein Kranz Ihres Vaters war auch dort.) Ich mußte daran denken, daß fast auf den Tag ein Jahr vergangen war, seit Herr Grützke mir die Stelle des Mendelssohn-Denkmals gezeigt hatte.

Ich setzte mich Abend für Abend an den Flügel, bis gestern ein Rechtsanwalt im Lager erschien, mit einem bestempelten Papier in der Hand. Als Alleinerbin hatte die Schwester von Herrn Grützke die Schenkung erfolgreich angefochten, und derselbe Möbelwagen, der das Klavier gebracht hatte, wartete schon vor der Baracke.

Diese Wochen waren die schönsten in meinem Leben gewesen, ausgenommen die Jahre in Prag zwischen 35 und 37. Nach zwölf Stunden Höllenlärm auf den Prüfständen, nach einem Tag voll Gehämmer, Klamauk und Motorengeschmetter saßen meine Kameraden um mich herum und hörten mir mit solcher Andacht zu, daß ich mich für jeden Fehler doppelt schämte. Man sagt, daß Männer, die von einer langen Reise nach Hause kommen, sich manchmal nicht daran erinnern können, warum sie ihre Frauen und ihre Kinder eigentlich verlassen hatten. So ging es mir mit diesem Publikum.

6. Juli 1944

Herzliche Glückwünsche zum Geburtstag! Bleiben Sie gesund! Bleiben Sie vor allem gesund! Wir müssen diesen Krieg überleben! (Mehrere Zeilen von der Oberin gelöscht.) Als ich vor ein paar Tagen an der Mulde spazierenging, trat ich ohne Absicht von hinten an einen Mann heran, der im Grase saß und sich

sonnte. Ich stand plötzlich in seinem Rücken und wollte leise umkehren, doch er sagte, ohne den Kopf zu drehen: »Nehmen Sie
nur Platz!« Ich fragte, ob ich ihn erschreckt hätte. »Nein«, war
die Antwort. – »Sie haben mich kommen hören?« – »Ich hörte
nur Ihren Atem.« – »Und Sie haben sich nicht gefürchtet?« –
»Ich fürchte mich vor gar nichts mehr«, sagte er. Wir unterhielten uns eine Weile. Er trug den rechten Arm in einer Schlinge.
Über seinen Beinen lag eine graue Decke. Er war in Rußland
verwundet worden, doch er sprach nicht weiter darüber. Ich hielt
ihn für einen Mann in den Vierzigern, aber in Wirklichkeit war
er jünger als ich. Später kam eine Rot-Kreuz-Schwester, nahm
ihn auf den Arm und setzte ihn in einen Rollstuhl. Er hatte keine
Beine mehr. Er winkte mit der linken Hand, als sie ihn wegfuhr.
Er hatte mir nicht einmal seinen Namen gesagt, obwohl ich mich
vorgestellt hatte. Ein unbekannter Soldat von achtundzwanzig
Jahren, den niemand mehr erschrecken konnte, weil er selber
ein Schrecken geworden war. Er wird diesen Krieg überleben,
wenn keine Bombe auf das Krankenhaus fällt, und auch wir werden ihn überleben und danach anders leben als bisher. Die Welt
geht nicht so weiter, aber es gibt keinen Weltuntergang. Erinnern Sie sich an die Bilder Theodoriks in der Karlsteiner Kreuz-
kapelle, an den Engel auf der Schulter des Matthäus, wie er dem
Evangelisten die frohe Botschaft einsagt? Auch ich habe eine
frohe Botschaft für Sie, Schwester Agnes! Eine neue Zeit kommt
heran. Sie wird ganz einmalig, mittäglich, südlich, naiv und ge-
genwärtig sein. Ich sehne mich nach Arbeit! Ich zerspringe vor
Ideen! Leben machen, Leben verändern, Leben verlieren – das
sind die großen Themen! Die Geschichte steht Kopf – also stellen wir die Musik wieder auf die Füße!
Im September werden es zwei Jahre, daß ich hier bin. Es waren
nicht die schlechtesten. Doch wie in manchen Stücken gerade
dann die Pause kommt, wenn eine große Erwartung sich erfüllen
will, so auch in meinem Leben. Vielleicht schreibe ich Ihnen den
nächsten Brief – zu Mariä Himmelfahrt – schon aus Prag. Ich
habe eine Reisegenehmigung beantragt, denn während meines
Urlaubs, wie im vorigen Jahr, in Deutschland herumzufahren,
ist durch die Luftangriffe zu umständlich geworden. (Der Rest
von der Oberin gelöscht.)

402

3 Katzenkraut

Ob sie es nun glatt oder gelockt, gestriegelt oder toupiert trug, ihr rotes glanzloses Haar wirkte immer wie eine Perücke. Ohne Ansatz fuhr es aus der Stirn und endete genauso strikt im Genick. Katharina hatte jede Frisur zwischen Hängezopf und Herrenschnitt ausprobiert, doch zu Sophies achtundzwanzigstem Geburtstag erschien sie wieder als derselbe wuselige und verstrubbelte Backfisch, der letzten August in den Fragezeichenbaum geklettert war und gegen das Verbot der Ökonomin die gelben Petersbirnen heruntergeholt hatte. Trotzdem war sie von Mutter Kasimira, der neuen Oberin, auch zu den diesjährigen Ferien eingeladen worden. Katharina hatte sich nicht, wie andere Gäste, nur zu den Mahlzeiten blicken lassen. Sie hatte die Gänge geputzt, die Altartücher gebügelt, der bettlägerigen, halbblinden Ignatia Abend für Abend aus der Seeböckschen Heiligenlegende vorgelesen und alle Aufträge übernommen, die in der Stadt zu erledigen waren. Daß sie manchmal erst zur Vesper zurückkehrte, hatte ihr niemand verdacht, obwohl sie schon in aller Frühe davongeradelt war. Ein weltliches Fräulein, mein Gott, und Studentin außerdem! Warum sollte sie nicht die Preßburger Attraktionen besichtigen, das Haus ›Zum guten Hirten‹ mit dem schönen Rokoko-Erker, den Ganymed-Brunnen oder die von Unterhuber gemalten Kirchenväter? Hauptsache, selbst wenn es nicht verlangt wurde, sie betete, solange sie im Hause war, die Tagzeiten mit, und das tat sie. Das Kloster hatte aber noch einen anderen Grund zur Dankbarkeit, von dem weder Sophie noch Katharina wußten. Durch Sellmanns regelmäßige Dotation war der Etat der Schwestern im Laufe von sieben Jahren so angestiegen, daß man die Renovierung der Fassade, die Installation einer elektrischen Heißmangel und ein Ölporträt Mutter Kasimiras in Auftrag geben konnte.
Für die Familienbesuche, die sogenannten Wallfahrten nach Bukovice, hatte Sellmann ein für allemal die Parole ›Keinen Mucks über Amerys!‹ verkündet, doch aus purer Vergeßlichkeit hatte Katharina im vergangenen Sommer gefragt, ob Sophie eine Karte an Christine mitunterschreiben wollte. ›Schwester Agnes‹ war rot geworden und aus dem Zimmer gegangen. Soviel Emp-

findlichkeit, nachdem schon Busch und Bäume über dem alten Hickhack wuchsen, fand Katharina albern. Man mußte vergessen können. ›Vergessen ist das große Geheimnis starker und schöpferischer Naturen‹, sagte Balzac. Oder Goethe. Oder Laotse. Katharina hatte es vergessen. Sie war eine starke Natur. Die Romanzen anderer Leute, auch ihrer Schwestern, ließen sie kalt. Es sei denn, es handle sich um einen Mann wie Mieke, Christines vorjährigen Favoriten, der die Tschechen nach gutrassig Gutgesinnten (werden eingedeutscht), schlechtrassig Gutgesinnten (siedeln wir im Osten an) und gutrassig Schlechtgesinnten (werden erschossen) sortiert hatte und mit einem Röntgensturmbann über Land gefahren war, um seine völkische Bestandsaufnahme durch Untersuchungen der Schulkinder zu ergänzen. Miekes wegen hatte Katharina damals keinen ›jour fixe‹ am Karlsplatz versäumt und Christine sogar glauben gemacht, daß sie sie um den schicken Stabsarzt beneidete. Mit Karol zusammen hatte sie dann ein Flugblatt verfaßt, zu dem ihnen ein Kurier des illegalen Zentralkomitees persönlich gratuliert hatte. Aber Amery? Im Mai war sie ihm hinter der Villa Gröbova begegnet. Er hatte auf einer Bank gesessen, die Fäuste an den Schläfen, ein blonder Golem. Nur das Hirschhautamulett des Rabbis hatte ihm gefehlt, um ganz und gar übersehen zu werden. »Riechst du die Magnolien auch so gern?« Sie hatte ihre Eile mit einer Verabredung entschuldigt, was kein Schwindel gewesen war. In der Jablonskigasse wollte sie eine Schere abgeben, eine Heckenschere mit Holzgriffen und scharfen Auskerbungen an den Messern, für Ligusterzweige oder Bremsschläuche an Wehrmachtswaggons. In Katharinas Augen war Jan ein Schlappschwanz. Statt sich scheiden zu lassen, bewirtete er die Liebhaber seiner Frau mit Sandwiches und Champagner. Darüber hätte sie mit Sophie reden sollen? Nein. Sie gönnte ihr die Erinnerung an den ehemaligen Feschak mit der Desperadomähne.

Vorsichtshalber hatte Katharina gleich bei der Ankunft in Bukovice gesagt, daß sie im August einen Transport der Kinderlandverschickung begleiten müßte. Wohin? In die Niedere Tatra. Sogar den rosa Freifahrtschein nach Neusohl hatte sie Sophie gezeigt. Solche Fehler passierten ihr in letzter Zeit häufiger. Sie versuchte ihre Harmlosigkeit so drastisch zu beweisen, daß sie

sich verdächtig machte. Für die Reise hatte sie das zivile Kriegs-
verdienstkreuz ihres Vaters ans Kostüm gesteckt, damit das Gepäck nicht kontrolliert würde, aber gerade wegen des Ordens
war der Zollfeldwebel von Lundenburg bis Malacky in ihrem
Abteil mitgefahren und hatte ihr, ehe er ausstieg, noch beide
Koffer aus dem Netz gelangt. In dem blechbeschlagenen, unter
der Wäsche, war das Funkgerät gewesen. Notfalls hätte sie aus
dem fahrenden Zug springen müssen.

Geburtstage wurden in Bukovice nicht gefeiert. Nur zum Namenstag der Oberin, am vierten März, gab es Kaffee und Nuß-
beugerln. Doch vor Sophies Teller, auf Sixtas Brief, lag beim
Mittagstisch eine Apfelsine, und Mutter Kasimira blähte den
Hals, weil ihr die Überraschung gelungen war. Nach dem Essen
erlaubte sie Sophie einen Spaziergang ums Kloster, in Katharinas Begleitung. Sie kamen nicht weit in der Julisonne, setzten
sich auf den Friedhof und sahen zu, wie die Hummeln um den
Rittersporn flogen und die Wespen in ein Glas mit Slivovitz
und Zuckerwasser stürzten. Die Fenster im Hospitaltrakt spie-
gelten den Himmel, und wenn sich einer der Flügel bewegte,
schien es, als würde der Baustein eines bilderlosen, blauen
Puzzlespiels auf die dunkle Kehrseite gedreht.

»Warum darf ich eigentlich nicht im Krankenhaus helfen?«
fragte Katharina.

»Schwester Blanka ist dagegen«, antwortete Sophie und schlug
die Augen auf. »Wegen der Ansteckungsgefahr.« Ihre Wimpern berührten fast die Brauen.

»Und wenn ich einen Patienten besuchen möchte?«

»Herrn Lasko?« fragte Sophie. »Der erkundigt sich jeden Morgen nach dir.«

»Ich hab ihm was für seine Magengeschwüre mitgebracht«,
sagte Katharina und wurde so blaß, daß ihre Sommersprossen
wie aufgeklebt aussahen. »Er ist ein Verwandter von Karol.«

»Nein«, sagte Sophie. »Und Magengeschwüre hat er auch nicht.
Vor den Durchleuchtungen schluckt er drei Stanniolkugeln. Ich
hab ihm erklärt, daß die Flecken bei der nächsten Aufnahme
dann ganz woanders sitzen, aber er behauptet, seine Geschwüre
wandern.«

»Das gibt es doch!«

»Nicht von Montag auf Freitag«, sagte Sophie. »Es sind Stanniolkugeln.«

»Und warum behaltet ihr ihn, wenn er gesund ist?«

Sophie stand auf und schüttelte die trockenen Wacholdernadeln von ihrem weißen Habit. »Er wartet auf dich. Ich lasse ihn das Thermometer so lange reiben, bis er Fieber hat.«

»Das ist ja Betrug!«

»Im Sommer sind immer ein paar Betten frei«, sagte Sophie.

Katharina folgte ihr zwischen den Schwesterngräbern zu einem Gittertor, hinter dem die baumlose Preßburger Straße vorbeiführte. Ein Dutzend grauer Hühner plusterte den Staub aus den Schlaglöchern, in denen im November die Pfützen schwollen, bis die Chaussee wie eine Kette schmaler Inseln nach Nordwesten zog.

»Ich lasse dich nicht zu ihm«, flüsterte Sophie und kniff die Augen zusammen, daß sich die Haut auf dem Nasenrücken in eine X-Falte legte. »Es wäre zu gefährlich. Ich bringe Lasko den Koffer. Ich habe sowieso Nachtdienst.«

Sie lächelte ihr Gesicht wieder glatt und ging Katharina voran ins Haus. Vor dem Eingang zur Klausur verabschiedete sie sich.

»Ich schlafe noch ein bißchen.«

»Herr Dubravec hört die Beichte«, sagte sie, als sie am Abend Katharinas Zimmer betrat. »Wir haben noch eine Stunde Zeit.«

»Fürchtest du dich?« fragte Katharina und schlug die zitternden Beine übereinander.

»Nein«, sagte Sophie.

»Soll ich Licht machen?«

»Wozu?«

»Setz dich doch wenigstens hin!«

»Ich sitze die halbe Nacht.«

Katharina holte den blechbeschlagenen Koffer unter dem Bett hervor, stellte ihn neben die Tür und rechnete mit Sophies Fragen, auf die sie sich den ganzen Nachmittag vorbereitet hatte, wie ein Gefangener auf seinen Prozeß. Warum blieb nun alles so still? Die Sandalen Schwester Melittas schlurften über den Flur. Dann schnappte der Toilettenriegel. Seltsam, daß die Wolken für Minuten so hell wurden wie am Morgen und daß ein Windstoß plötzlich die goldenen Blüten der Klettertrompete schüttelte. Wenn das Schweigen den Engel herbeirief, stand er mitten im Zimmer. Man mußte die Angst ausschwitzen, damit sie in die Kleider drang, nicht ins Herz. Jetzt hatte Sophie etwas gesagt, oder gefragt. Weshalb sprach sie so leise? Ach, was aus Jan geworden war, wollte sie wissen?

»Wirklich?«

»Ja.«

Eine Stunde später ging Sophie zum Hospital hinüber, stellte den blechbeschlagenen Koffer im Waschraum ab und sagte Lasko Bescheid, nachdem die Tagesschwester die Station verlassen hatte. Lasko nickte, nahm seine Prothese aus dem Wasserglas und schnalzte sie an den Kiefer. Sophie hörte, wie seine Hosenträger auf die Schultern klatschten und wie die Schublade des Nachtkastens geschlossen wurde. Dann kamen seine Stiefel über das Linoleum, und ehe sie sich dagegen wehren konnte, griff er nach ihrer Hand und küßte sie.

»Gehen Sie durch den Friedhof«, flüsterte Sophie, gab ihm den Schlüssel für das Gittertor, an dem sie mit Katharina gestanden hatte, und erklärte, wohin er den Schlüssel hängen sollte. Lasko zeigte zum letztenmal seine großen Porzellanzähne, dann war sie allein mit vier schlafenden Männern, einer Venenthrombose, einem Blinddarm, einem Lippenfurunkel und einer Prostatahypertrophie. In dieser Nacht, wie in den folgenden Nächten, bis sie der Oberin bei den Sitzungen für den Preßburger Professor Gesellschaft zu leisten hatte, war Sophie froh, wenn ein Verband erneuert, ein Kissen umgedreht, ein Leintuch gewechselt werden mußte, verlor aber jeden Mut, sobald sie wieder allein hinter dem grünen Wandschirm saß.

Was erwartete sie eigentlich? War nicht alles gut, wie es war? Sollte sie verzweifeln, weil das Leben hielt, was sie sich von ihm versprochen hatte? Oder fiel es leichter, das Unvermeidliche nur zu vermuten, statt ihm ins Gesicht zu sehen? Wie vor zwanzig Jahren, als sie geahnt hatte, daß die Kinder nicht im Beckerbruch auf Seerosenblättern, sondern in den Frauen wuchsen, und vor Angst vergangen war, weil in der Nacht von Heinrichs Geburt die Hebamme eine verchromte Zange aus dem kochenden Wasser nahm? Den Gedanken, Jan wäre an gebrochenem Herzen gestorben, hatte sie stets lächerlich gefunden. Warum verging ihr das Lachen mit einem Mal, als sie erfuhr, daß er wahrhaftig am Karlsplatz wohnte, ein bißchen zugeknöpft und spröd, doch beileibe nicht unglücklich oder menschenscheu? Zur Feier von Sellmanns Fünfundsechzigstem hatte er sogar eine Rede gehalten! Das Geschäftliche überließ er Christine, seit das Firmenschild geändert worden war wegen des ehemaligen jüdischen Kompagnons, und den Sommer verbrachte er auf dem Lande, nicht mehr in Dubislav, sondern in einem mährischen Dorf, wo er von Brot und Wein und Ziegenkäse lebte.

Alles war gut. Es war gut, daß sie ihn geliebt hatte, es war gut, daß er ein anderer geworden war, und es war gut, daß sie ihn nicht mehr liebte. Warum dann aber dieses Lampenfieber vor den eigenen Erinnerungen, wenn sie sie mit Katharinas Bericht verglich? Warum dachte sie wieder an den Tag, als sie aus einer Konditorei am Graben zu Jans Bürofenster hinaufgesehen hatte? Und am selben Abend hatte sie einen Brief an Christine geschrieben und war zu feige gewesen, ihn abzuschicken, und hatte ihr noch einen zweiten Brief geschrieben, ohne Absender, mit verstellter Schrift, und den hatte sie in den Postkasten gesteckt, und eine Woche darauf war sie mit Jan nach Franzensbad gefahren, und zwischen Pilsen und Mies hatte sie ihm alles erzählt und dann war das Auto umgekippt. Nichts war gut. Alles war falsch und widerwärtig und gemein, und sie mußte sich auf Schwester Arsenia besinnen, um wieder zu wissen, weshalb sie unter dem Notlicht des Bukovicer Krankenhauses Wache hielt. Wenn wenigstens Hanna hiergeblieben wäre! Doch die Nikolsburgerin hatte vor der Erneuerung der zeitlichen Gelübde das Kloster verlassen und einen Witwer geheiratet, einen Viehhändler aus Znaim mit zwei mündigen Kindern. Der einzige, mit dem Sophie in den letzten Jahren unentwegt hatte reden können, war Sixta gewesen. Sie hatte seine Briefe auswendig gelernt und von sich aus dazugerätselt, was durch Mutter Reginas Tinte unleserlich geworden war. Sie hatte neben ihm auf dem Elbdeich gesessen, die Finger ins Pflaumenmus gesteckt und überlegt, warum die Musiker im Gebirge und die Literaten auf dem flachen Lande geboren werden. Wo stehen denn Wagners Berge? hatte sie widersprochen. Etwa in Leipzig? Lortzing war Berliner. Und Händel? Nun machen Sie mal'n Punkt! Sie hatte ihm zugehört, als er bei Grützkes die ›Winterreise‹ spielte, und wenn sie beim Essen an den ›Liliputaner‹ Moldenhauer denken mußte, drückte sie sich die Gabelzinken in die Hand und preßte ihre Lippen zu dem gleichen griesgrämigen Strich, mit dem Schwester Fidelia die Abtötung ihres Fleisches bewies. Als Tischdienerin probte sie den Grusel-Effekt aus dem ›Jüngsten Tag‹: sie schliff das Brotmesser so lange an eisernen Spülbecken, bis sie Gänsehaut hatte und vom Erfolg der Oper überzeugt war. Sie hatte von der Babovka gekostet, die die Budweiser zu Weihnachten buken, sie hatte Grützkes Schwester die Augen ausgekratzt, als sie den Flügel aus dem Lager abholen ließ, und sie war erschrocken über den Anblick des beinlosen Soldaten. Sie sah Sixta mit kurzen Haaren, im blauen Overall, und begriff, daß der Junge, der sich wegen der schlechten Besprechung im ›Tagblatt‹ das Leben nehmen wollte, der ›seine Sängerin‹ in der Tram verfolgte und im Sonntagsrock auf das Manglsche Gut fuhr, um ihr einen Heiratsantrag zu machen, ein Mann geworden war, der ihr mit seinen Überzeugungen im gleichen Maß imponierte, wie er sie früher mit seinem Ungeschick belustigt hatte. Eine neue Zeit kommt heran, hatte er ihr geschrieben, und Sophie glaubte es. Auch Schwester Blanka sagte bei der Ablösung am Freitagmorgen etwas ähnliches, doch der Waller freute sich vielleicht nur darüber, daß ihr Bruder, der bei der ›Schnellen Division‹ in Rußland gedient hatte, in eine Kaserne am Dukla-Paß versetzt worden war. Aber wie sollte sie stattfinden, die neue Zeit? Mit geschmuggelten Koffern? Und wo? In Preßburg, in Prag, in Amerika? Und wann? Nächste Woche, oder erst im Winter? Zeitungen lagen nur als Klosettpapier in der Klausur. Im März, hatte Sophie auf einem Fetzen gelesen, waren deutsche Truppen in Ungarn einmarschiert, und der Reichsverweser hatte ein neues Kabinett gebildet. In Bukovice war trotz rasselnder Panzerketten und brüllender Offiziere alles beim alten geblieben, und wie an dem Tag, als Monsignore Atány ihr den Schleier überreicht hatte, empfand sie wieder die Wärme und Sicherheit dieses Hauses, an dessen Schwelle die Welt und die Zeit zur Ruhe kamen.

In dieser Stimmung wurde Sophie am Samstag in die Kanzlei

gerufen, wo die Oberin und der Preßburger Maler sie erwarteten. Mutter Kasimira saß in einem hohen Barockstuhl und hielt die Füße auf einem samtbezogenen Taburett überkreuzt. Der Akademieprofessor, ein älterer Herr mit großen violetten Ohren, trug einen kragenlosen weißen Kittel, der ihm bis zu den Knöcheln reichte, als fürchtete er, seine Hosenbeine zu beschmutzen. Von ähnlichen Ängsten gedrückt oder in dem Glauben, ein Kunstmaler sei nur ein geschäftstüchtiger Stubenmaler, hatte die Ökonomin, bevor sie ihr Büro für das Wochenende freigab, über die Möbel und das Parkett mehrere Lagen Packpapier gebreitet, sodaß Sophie mit knisternden Schritten auf die Oberin zutrat, um sie nach ihren Befehlen zu fragen.

»Erklären Sie es, bitte!« sagte der Leguan, und der Professor zeigte Sophie, wo sie sich hinzustellen hätte, um »mit der Hochehrwürdigen Mutter während meiner Arbeit ein möglichst zwangloses und in Grenzen heiteres Gespräch zu führen«. Als Sophie an der Staffelei vorbeiging, sah sie, daß die Leinwand schon grundiert und der Kopf mit einigen Bleistiftstrichen angelegt war. Sie nahm ihre Position ein, und Mutter Kasimira lächelte.

»Sehr gut!« rief der Professor. »Halten Sie diesen Ausdruck!« Mutter Kasimiras Mundwinkel kerbten sich in die Wangen, und ihr Kropf blähte den Brustkragen auf.

»Nun erzählen Sie etwas!« bat der Professor und begann, ein Kardinalsblau zu mischen, das der Tönung seiner eigenen Ohren sehr nahekam, doch im Exterieur des Leguans keine Entsprechung hatte. Sophie und Mutter Kasimira räusperten sich zugleich und schwiegen. Endlich fragte die Oberin:

»Es gibt wohl viele Wespen dieses Jahr?«

»Ja«, antwortete Sophie und log, um die Unterhaltung in Gang zu bringen, hinzu: »Eine hat mich schon gestochen.«

»Soso«, sagte die Oberin und schien zu überlegen, ob sie in Gegenwart eines Herrn danach fragen durfte, wo Sophie gestochen worden war, erteilte dann aber nur den Rat, eine durchgeschnittene Zwiebel über die betreffende Stelle zu reiben. Sie sagte noch etwas über die Wespen früherer Jahre, und welchen Schaden sie besonders bei den Pflaumen angerichtet hätten, als der Professor plötzlich zu pfeifen anfing.

»Bitte, den Mund wieder zu schließen«, sagte er nach einer

Folge ungeheuerlicher Triller, als er das Entsetzen der Oberin bemerkt hatte. »Ich pfeife immer beim Malen.«

»In diesen Räumen muß ich Sie bitten, es zu unterlassen«, sagte der Leguan.

»Vergebung«, antwortete er ungerührt, klemmte den Pinsel unter die Palette und mischte mit einem zweiten Pinsel ein gelbliches Grau, das er anscheinend für die Gesichtsfarbe der Oberin verwenden wollte.

»Die gestrige Tischlesung war doch sehr eindrucksvoll?« fragte Mutter Kasimira. »Oder?«

»Ich habe in der Küche gegessen«, sagte Sophie. »Ich hatte Nachtdienst.«

»Ach, so«, erinnerte sich die Oberin. »Schade. Wie die heilige Margaretha zu dem Soldaten sagt: ›Nun hebe dein Schwert, Bruder, und enthaupte mich!‹ Ich könnte es immerzu hören.«

»Bitte, nichts Trauriges«, sagte der Professor hinter der Staffelei, »sonst wird der Ausdruck zu verkrampft.«

»Ich freue mich ja so«, sagte die Oberin zu Sophie, »daß wir deine liebe Schwester auch dieses Jahr bei uns haben. Man kann ihr einfach nicht böse sein.«

»Nein«, sagte Sophie.

»Sie ist ein richtiger kleiner Sonnenschein.«

»Ja«, sagte Sophie, und wieder wurde es still, bis auf das leise Schmatzen des Pinsels.

Ob sie der ehrwürdigen Mutter vielleicht etwas zu trinken holen sollte, fragte Sophie, als ihr die Füße schmerzten.

»Nein, danke«, sagte die Oberin.

»Wie denkt man denn bei Ihnen über das Attentat?« erkundigte sich der Professor. »Oder wissen Sie noch nichts davon? Es war doch schon vorgestern.«

»Wir kümmern uns nicht um Politik«, sagte die Oberin, und weil sie ihm keine Gelegenheit zu Erklärungen geben wollte, erzählte sie, wie sie im Vorjahr mit Schwester Cherubina und Schwester Euphrosina zum Kalvarienberg nach Neutra gewallfahrtet war, und wie Cherubina beim Umsteigen in Leopoldov ihre Reisetasche in der Eisenbahn vergessen hatte, und wie sie alle auf den Gegenzug aus Pistyan warten mußten, wie ihnen dann der Lokomotivführer die Tasche persönlich aushändigte

und wie sie durch diesen Zwischenfall zu spät in Neutra eingetroffen waren und sechs Kapellen der Kreuzwegandacht ausgelassen hatten, um wenigstens zum Hochamt zurechtzukommen.
Der Leguan sprach eine gute halbe Stunde, und Sophie wollte
schon von ihrem Spaziergang an die Donau erzählen, als der
Professor plötzlich sagte, daß die Sitzung für heute beendet sei.
Sophie wurde entlassen und lief, so schnell es die Klosterord-
nung gestattete, zu ihrer Schwester, der sie in den letzten Tagen
nur bei der Frühmesse begegnet war.
Katharina stand mit dem Rücken zum offenen Fenster und blieb
dort stehen, solange Sophie über das Attentatsgerücht berichtete. Dann drehte sie sich um, nahm einen langen Antennen-
draht vom Fensterbrett und spulte ihn um die Hand.
»Ich weiß«, sagte sie und zeigte Sophie das Radio unter dem
Bett. »Der böhmische Gefreite hat nur ein paar Schrammen ab-
gekriegt. Die Bombe lag nicht richtig.« Während sie verriet,
wie sie das Gerät ins Haus geschmuggelt hatte, hockte sich Sophie vor die gelbe Skala und drehte den roten Zeiger über Hil-
versum und Hörby, Lahti und Straßburg, Beromünster und
Triest. Sie hätte zu gern auf den Schalter gedrückt, um irgend
etwas zu hören, eine Stimme oder Musik, doch Katharina zog
den Bananenstecker der Antenne aus dem Gehäuse und vertrö-
stete sie auf den Abend. »Ich lasse dir den Kasten sowieso hier,
wenn ich verschwinde«, sagte sie, und Sophie hütete sich zu
widersprechen, denn Schwester Melitta war über den Flur her-
angeschlurft und atmete sekundenlang in der Nähe des Schlüs-
sellochs, bevor sie weiterging.
So oft sie es einrichten konnte, schlich sich Sophie in der Rekreationsstunde zu Katharina. Sie schlossen die Tür ab, hängten ein
Tuch über die Klinke, hoben das Radio auf die Matratze und
stellten es, nachdem sie es ins Bett gewickelt hatten, so leise, daß
sie die Ohren an den Lautsprecher legen mußten. »Daß du mir
das nicht etwa Herrn Dubravec beichtest«, warnte Katharina.
»Dazu ist nach dem Krieg Zeit genug.« Sophie nickte, und Katharina gestattete im Anschluß an die Nachrichten noch ein
›Wunschkonzert‹.
Da sie nicht nur den Wiener Sender, sondern von August an
immer häufiger auch Radio Preßburg hörten, übersetzte Sophie,

was Katharina nicht verstand. Mitte August, nachdem der Sprecher die amerikanische Landung an der Riviera als ein geschicktes Manöver der Wehrmacht bezeichnet hatte, möglichst viele Feinde nach Frankreich zu locken, um sie dann mit einem Schlage restlos zu vernichten, wurde bekanntgegeben, daß die gesamte Aktion der deutschen Kinderlandverschickung in der Tatra erfolgreich beendet worden sei. Sophie übersetzte die Meldung und wartete.

»Weiter«, drängte Katharina.

»Die Wetteraussichten«, sagte Sophie und schaltete den Apparat aus.

»Was siehst du mich so an?« flüsterte Katharina. »Ich habe dich belogen, und wenn ich dich deswegen um Verzeihung bitte, lüge ich wieder. Außer ein paar Leuten, die du nicht kennst, belüge ich alle, und ich finde das moralischer, als sich selbst zu belügen.« Sie schob sich von Sophie weg, stand aber nicht vom Bett auf. »Hast du in den Jahren, die du im Kloster bist, eigentlich ein einziges Mal darüber nachgedacht, daß ihr alle schwindelt? Wie würde sich denn euer Heiland vorkommen, wenn er mitansehen müßte, wie Schwester Borromäa das Kreuz über ihrem Teller schlägt? Vielleicht erkundigt er sich, was das Zeichen seines Leidens mit Bratkartoffeln und Preßwurst zu tun hat. Oder er fragt euch, warum ihr vor einer alten Dame mit vergrößerten Schilddrüsen herumrutscht, und warum ihr nicht lachen dürft, wenn sein Evangelium die frohe Botschaft ist. Die meisten von euch sind ›Gottesbräute‹ geworden, weil sie entweder keinen Freier gekriegt haben, oder weil er ihnen weggelaufen ist. Ich mache mich nicht lustig darüber. Aber was habt ihr denn geantwortet, als euch der Superior fragte, warum ihr nach Bukovice gekommen seid? ›Ich will mich Gott ganz hingeben.‹ Wie es euch die Novizenmeisterin beigebracht hat. Aber ein halbes Jahr vorher wolltet ihr euch noch irgendeinem Bock an den Hals schmeißen, der euch sitzenließ, weil die andere eben doch einen dickeren Busen hatte. Und deswegen habt ihr dann gesagt, daß ihr euch jetzt nur noch Christus schenken möchtet und den Kranken und den schulpflichtigen Kindern. Ich behaupte ja gar nicht, daß ihr gelogen hättet. Ihr habt es mit voller Überzeugung gesagt, weil ihr euch selbst betrogen habt, und

413

bei euren Exerzitien habt ihr dann gelernt, wie man sich ein Leben lang mit dieser Lüge über Wasser hält. Es geht euch noch gar nicht dreckig genug, haben euch eure Lehrer eingehämmert. Erst wenn ihr nicht mehr japsen könnt, hört ihr die Engel singen. Und da wart ihr begeistert, weil man, statt euch zu schmeicheln, Opfer verlangt hat. Das zieht immer.«

Katharina griff unter das Kopfkissen, holte ihr Taschentuch hervor und putzte sich die Nase, als wollte sie sich und Sophie eine Pause gönnen. Sophie nahm die Füße vom Bett und suchte nach ihren Schuhen.

»Du lügst doch auch«, sagte Katharina, »wenn du deinem Derwisch nicht beichtest, daß du bei mir Radio hörst. Warum machst du mir dann Vorwürfe?«

»Ich?« fragte Sophie. »Ich habe doch gar nichts gesagt.«

Sie hatte die Schuhe gefunden und zog sie an. Dann ging sie zum Fenster, klappte es auf, band die Antenne vom Spalier und rollte sie wie eine Wäscheleine um Ellbogen und Daumenballen. Als sie vor Katharina stand, legte sie ihr den Draht in den Schoß und sagte: »Ich komme morgen wieder.«

Doch Katharina wartete am nächsten Abend vergebens auf ihre Schwester. Der Waller hatte Sophie neben einer anderen Pflegerin zur Aufsicht über zwei pockenverdächtige Patienten bestimmt, so daß sie bis zum Ende der Beobachtung das Hospital nicht verlassen durfte. In dieser Zeit fuhr Katharina fast täglich mit dem Rad nach Preßburg. Erst an einem Donnerstag, während die Legende des heiligen Ludwig verlesen wurde, sahen sie sich wieder bei Tisch und blickten sich lange in die Augen, als die schweren Motoren von Militärlastwagen am Kloster vorbeidröhnten.

»Es waren die Unsrigen«, erklärte Herr Dubravec beim Gottesdienst und schloß die Verteidiger des Vaterlandes in die Fürbitten ein.

Schon gegen Morgen kehrte der Konvoi nach Preßburg zurück. Mutter Kasimira sagte beim Frühstück: »So prompt hat der Herr unser Gebet erhört. Da staunt ihr, was?«

Am Abend meldete Radio Wien, daß Paris von den deutschen Truppen geräumt worden war, und in der Woche darauf, am Gedenktag der Enthauptung Johannes des Täufers, kündigte

der Preßburger Sprecher eine wichtige Rede des Verteidigungs-
ministers an. Sophie übersetzte für Katharina:
»Offiziere! Soldaten! Bürger! Partisanen wurden mit Fallschir-
men abgeworfen. Sie überfallen unsere Dörfer, rauben unseren
Besitz und ermorden friedliche Menschen. Deshalb haben wir
die deutsche Armee zu Hilfe gerufen. Es wird uns gelingen, den
heimtückischen Angriff zurückzuschlagen. Laßt euch nicht von
den Partisanen täuschen! Sie sind unsere größten Feinde. Wer
mit ihnen geht, verrät seine Heimat. Wir werden sie heldenhaft
und todesmutig bekämpfen. Vereint mit der deutschen Wehrmacht. Dabei helfe uns der allmächtige Gott! An die Wacht!«
Ohne ein Wort begann Katharina zu packen, und Sophie war
nicht fähig, irgend etwas zu fragen. Sie drückte den schlaffen
Deckel des Lederkoffers gegen die Wand und sah zu, wie das
Kostüm und die Pullover, die Wäsche und die Schuhe aufeinander zu liegen kamen. Erst als Katharina das Regencape vom
Haken nahm und überzog, sagte Sophie leise: »Bis morgen früh
mußt du noch warten. Das Tor ist abgesperrt.«
»Dann springe ich eben aus dem Fenster«, sagte Katharina und
knöpfte den Umhang zu. Trotz ihrer heftigen Bewegungen
zwischen Koffer und Schrank war sie blaß geblieben, und Sophie schien es, als wäre sie unter dem dunklen Cape zusammen-
geschrumpft. Plötzlich machte Katharina eine Kniebeuge und
wiederholte sie mehrmals. Ihre Hände zitterten, und wenn sie
in der Hocke saß, hielt sie nur mühsam das Gleichgewicht.
»Das ist gut gegen die Angst, sagt Karol«, schnaufte sie.
»Hast du wenigstens einen Revolver?« fragte Sophie und wunderte sich über ihren eigenen Mut.
»Nein«, antwortete Katharina und entschied wieder anders:
»Einen Browning.«
Sie setzten sich auf das Bett, und Sophie erklärte, warum es
günstiger sei, erst am Morgen aus Bukovice wegzufahren. »Zum
Abschied schenkst du der Oberin das Radio«, schloß sie. »Du
sagst, es wäre für die Schule gedacht, damit die Kinder die An-
sprachen des Präsidenten hören können. Hast du mich verstan-
den?«
Katharina nickte.
»Und jetzt schluckst du ein Veronal«, verlangte Sophie. »Wir

sehen uns nach der Frühmesse.« Sie erhob sich und ging durch das dunkel gewordene Zimmer zur Tür.

»Ist das alles?« fragte Katharina.

»Ja.«

»Warum sagst du mir nicht noch irgendwas Nettes?«

»Weil ich dann heule.«

»Ich heule doch mit«, sagte Katharina.

Sophie nahm die Hand von der Klinke. Der Weg von der Tür zum Bett war auf einmal so lang wie die Dessauer Elbchaussee und wie frisch geteert, denn Sophie wurde größer mit jedem Schritt, fiel wie von Stelzen in die Arme der Schwester, und aus Katharinas rotem Haar wehte die alte Brise heran, mit Katzenkraut und Thymian, doch der Abschied mißlang. Sie küßten und streichelten sich, doch ihre Zärtlichkeiten hatten etwas Tantenhaftes, das ihnen beiden unangenehm war. Sie wollten sich die Nächsten sein und konnten sich nicht riechen. So wie sich Kinder eine Ewigkeit auf die Besichtigung einer Schokoladenfabrik freuen und dann vor einer Maschine stehen, die einen ranzigen, braunen Teig verrührt, in den sie um nichts in der Welt die Finger stecken möchten.

Am Martinstag, zwei Wochen nach der Niederlage des slowakischen Aufstands, erneuerte Sophie vor Monsignore Atány ihre zeitlichen Gelübde.

4   Voller Tag

Mit den Jahren hatte sich Sellmann an vergebliche Bittgänge gewöhnt. Viktor Lustig und Frau Eva Kulik waren trotz seiner Bemühungen einem Transport nach Theresienstadt zugeteilt worden; Herr von Lilienthal, der frühere Chef der Landesbank, hatte sich vor der Gestellung mit Schlaftabletten vergiftet; auch der Versuch, dem ›nordischen‹ Vavra eine freiberufliche Tätigkeit bei der Zeitung ›Der Neue Tag‹ zu vermitteln, war gescheitert. Der Professor hatte begonnen, jeweils eine Woche als Franzose und die nächste als Engländer zu leben. Er las umschichtig alte Nummern des ›Figaro‹ und der ›Times‹, trank im

Schwarzhandel gekauften Bordeaux oder Whisky, bereitete sich Pommes Frites zum Dejeuner oder Baked Potatoes zum Lunch und lehnte es ab, sich in einer anderen Sprache als in der zu verständigen, die gerade an der Reihe war. Warum er nicht ins Isländische emigrierte, blieb ein Rätsel. Die von Sellmann gern zitierte Sentenz, wonach es zwei Dinge gäbe, die einen Mann aus der Fassung bringen konnten, nämlich ein Wechsel oder eine Frau, schien auf Vavra nicht zuzutreffen. Für den Edda-Übersetzer war die Welt aus den Fugen, und dieses Wort stammte nicht aus ›The Doctor's Dilemma‹.

Abgesehen von ein paar Begünstigungen, zu denen Sellmann den Angestellten der Bank und Geschäftsfreunden seines Schwiegersohnes verholfen hatte, besann er sich bloß auf zwei Fälle, bei denen sein Einspruch von Erfolg gewesen war: Eugen Lustig und Pavel Sixta. Aber warum sollte er nicht auch Fräulein Kalman zuliebe einen Versuch unternehmen? Bestand nicht zwischen ihm und der hinkenden Sängerin, obwohl er sie nie zu Gesicht bekommen hatte, eine stille Übereinkunft, eine Ligatur, sozusagen, ein Bogen, der sie beide zusammenzog? Waren er und Fräulein Kalman denn nicht die einzigen oder wenigstens die ersten gewesen, die von Sophies Verhältnis zu Amery gewußt hatten? Von der Böhmischen Landesbank zum Petschek-Palais war es nur ein Katzensprung. Sellmann bog vom hellen Graben in die Herrengasse und vergewisserte sich, daß die Märzsonne hier nur noch bis an die Fensterstürze im zweiten Stock heranreichte. Aus dem Licht in den Schatten zu treten, verschaffte ihm an diesem Tag eine Erleichterung, und bis zum Palace-Hotel glaubte er beinah, durch die alte Vorkriegsstadt zu gehen. Erst die Plakate mit der bolschewistischen Greifhand über der Silhouette der Burg erinnerten ihn wieder an die Gegenwart und den Zweck seines Besuches bei der Geheimen Staatspolizei.

In der letzten Woche hatte er von Sophies ehemaliger Lehrerin einen Brief erhalten, in dem sie ›betreffs der nichterteilten Stunden‹ um Verzeihung gebeten und versprochen hatte, das unterschlagene Honorar ›alsbaldig zu erstatten‹. So späte Reue wäre ihm schrullig vorgekommen, hätte Fräulein Kalman nicht das Gerichtsgefängnis Pankraz als Absender angegeben und zugleich gefragt, ob sich der Herr Doktor eventuell für ihre Begnadigung einsetzen könnte; ihr Verteidiger stände zwecks weiterer Auskünfte zur Verfügung. Tags darauf hatte ihm der Rechtsanwalt unter vier Augen erzählt, daß seine Mandantin wegen Weitergabe verhetzender Flugblätter zum Tode verurteilt worden war. Der Dr. jur. Edle von Smetanek hatte hinzugefügt, daß er einen Gnadenerweis für unwahrscheinlich erachte, denn die heurige Pankrazer Vollstreckungsquote läge bei einhundertsechsunddreißig, inklusive zwanzig Frauen, was, verglichen mit dem ersten Quartal des Vorjahres, eine Erhöhung um neununddreißig bedeutete. Bei friedensmäßigem Procedere sähe er zwar gewisse Chancen für eine Kassation, denn man hätte Fräulein Kalman mit Hilfe ihres Hausbesorgers nur die Aufbewahrung der Flugblätter, nicht aber deren Verbreitung nachgewiesen. Doch derzeitig gegen ein Urteil des Sondergerichts anzurennen, grenze, »wenn der Herr Generaldirektor den Ausdruck erlauben«, an Suicid.

Blieb also Schwerdtfeger. An einem von Christines ›jours fixes‹ war er Sellmann durch seine verbiesterte Gescheitheit aufgefallen. Als vom frühen Tod einiger Genies die Rede gewesen war, hatte Schwerdtfeger das Schicksal des im Duell getöteten Mathematikers Galois erwähnt und demonstriert, warum die Forderung des Delischen Orakels nach einer Verdoppelung des Würfels rechnerisch unerfüllbar beziehungsweise nur in parabolischer Form darstellbar sei. Das Schweigen der übrigen Gäste war exzellent gewesen. Doch der Herr von der Gestapo hatte den Gedanken unbeirrt weitergeführt, bis er mit jenem Schiff, auf dessen Rückkehr aus Delos die Areopagiten warteten, um Sokrates hinzurichten, nach einer Viertelstunde und zur allgemeinen Erleichterung in Athen gelandet war. Ein gebildeter Mann, ohne Zweifel, auch wenn man solche Abende nicht dazu benutzen sollte, auf seine Bildung zu trumpfen.

Vor dem Gebäude der Petschek-Bank befühlte Sellmann unter dem Mantelfutter die Spange des Eisernen Kreuzes. Man ging nicht nackt zur Polizei. Ursprünglich hatte er die bescheidenere Kriegsverdienstmedaille anlegen wollen, doch sie war verschwunden. Er nahm sich vor, Herrn Schwerdtfeger, von dem er weder den Vornamen noch den Rang kannte, wie einen alten Schulkameraden zu behandeln, so als würde ein Pausenschwatz mit dem Griechisch-Primus genau dort fortgesetzt, wo er vor unausdenklichen Zeiten durch ein Klingelzeichen unterbrochen worden war.

Nachdem er sich legitimiert und angemeldet hatte, fuhr er mit einem SS-Mann in die dritte Etage. Auch im Lift, wie in der Empfangshalle, hing ein Pappschild mit der Aufschrift PST, und während der Begleiter schon die Fahrstuhltür öffnete und in den Korridor hinaustrat, überlegte Sellmann immer noch, welche Dienststelle sich hinter dieser Abkürzung verbarg.

»Pssst«, erklärte Schwerdtfeger und hielt dabei seinen blassen Zeigefinger vor den Mund. »Damit im Hause Ruhe herrscht.«

Anders als am Karlsplatz, wo er mit seiner Belesenheit aufgewartet hatte, gab er sich in seinem Büro alle Mühe, das Bedeutungslose seiner äußeren Person durch die Befugnisse seines Amtes auszugleichen. In Sellmanns Augen und Ohren führte er sich, solange die Sekretärin nach der Akte ›Kalman, Josefine‹ suchte, wie ein Angestellter auf, der seine Kompetenzen bis zur Maßlosigkeit übertrieb. Das war Sellmann nur recht. Wer dermaßen auf die Pauke haute, konnte, wenn es brenzlig wurde, schlecht einen Rückzieher machen. Schwerdtfeger setzte sich im Weiterreden an den Schreibtisch, schlug eine Mappe auf und begann, die Post zu unterzeichnen.

»Sie entschuldigen«, sagte er und schrieb mit ausholenden Bewegungen seinen Namen auf die Seiten. »Ich muß es Gottseidank nicht durchlesen. Auf meine Sekretärin ist Verlaß. Aber es eilt, und meine Kondolenzen sind berühmt, weil ich sie wirklich ernst meine. Manch einer hat mir schon gestanden: Alle Beileidsbriefe werfe ich weg – nur Ihren hebe ich auf! Ich sage den Leuten die Wahrheit. Das muß man, wenn man trösten will. Es ist wie bei einem Mann, der erschossen werden soll. Er hat einen Anspruch darauf zu wissen, warum und wofür. Sonst kommt er sich wie ein Versuchskaninchen vor. Finden Sie nicht?«

»Da stimme ich Ihnen bei«, sagte Sellmann und merkte, daß er auf die Haltung seiner Hände und die Neigung seines Kopfes achtgab, wie ein Kandidat in der Staatsprüfung. Er brachte es nicht übers Herz, das Taschentuch aus dem Jackett zu ziehen.

»Wieviele Töchter haben Sie eigentlich?« erkundigte sich Schwerdtfeger.

Sellmann antwortete, als wäre er nach den Devisenreserven der Böhmischen Landesbank gefragt worden.

»Ihre zweite ist im Kloster, hörte ich?«

»Ja.«

»Und die jüngste?«

»Studiert Philosophie.«

»Mein Gebiet«, sagte Schwerdtfeger und lächelte. »Will sie promovieren?«

»Ich weiß es nicht.«

»Die eigenen Kinder sind einem oft fremd«, bestätigte Schwerdtfeger. »Kisch schickt Saul in die Berge, aber statt der verirrten Eselinnen bringt er ein Königreich nach Hause. Mein Sohn ist Flak-Offizier und möchte Entomologe werden, Insektenforscher, Motten fangen!«

»Warum nicht?« fragte Sellmann.

Schwerdtfeger drückte den Telefonknopf. Die Sekretärin brachte zwei Ordner und nahm die Post-Mappe mit hinaus. Schwerdtfeger öffnete die erste Akte und löste die Zwinge.

»Fräulein Kalmans Verteidiger meint...«, begann Sellmann, doch Schwerdtfeger fiel ihm ins Wort.

»Bleiben wir bei den Kindern«, sagte er und tippte auf ein rosa Durchschlagpapier. »Das ist eine Leihgabe unserer slowakischen Leitstelle: der Vorgang ›Sellmann, Katharina‹. Wann haben Sie Ihre Tochter zum letztenmal gesehen?«

»Im Juli.«

Schwerdtfeger räkelte sich in seinem Sessel und lächelte, aber nicht schadenfroh oder wie über einen Witz, sondern so, als hätte er eine erfreuliche Entdeckung gemacht.

»Warum haben Sie in dieser Angelegenheit an den deutschen Gesandten in Preßburg geschrieben?« fragte er. »Wir sitzen doch um die Ecke!«

»Ich war der Meinung«, antwortete Sellmann, »daß sich der Zuständigkeitsbereich Ihrer Dienststelle nur auf das Protektorat erstreckt.«

»Das ist richtig«, sagte Schwerdtfeger. »Aber wir halten es wie die ›Saxonia‹. Wo wir nicht selber tätig werden können, stecken wir unseren Mann hinein.«

Sellmann räusperte sich und schwieg.

»Oder meinen Sie nicht?« fragte Schwerdtfeger.

»Es dürfte tatsächlich einige methodische Entsprechungen geben.«

»Genau«, sagte Schwerdtfeger und legte Katharinas Akte auf den Schreibtisch zurück, bevor er sich mit der rechten Hand auf den Oberschenkel haute. »Wissen Sie, was mir gerade einfällt?« lachte er und zeigte sein fehlerloses Gebiß. »In Prag gab es früher einen Gynäkologen, der inserierte in allen Zeitungen: ›Ordiniere ununterbrochen hindurch!‹ Ist das nicht herrlich? Genau wie wir! Wir arbeiten auch ›ununterbrochen hindurch‹!«

Schwerdtfeger beugte sich wieder über die Akte und schob einige Papiere über die Bügel. »Daß aus der Suchanzeige mittlerweile ein Steckbrief geworden ist, wissen Sie?«

»Nein«, antwortete Sellmann.

»Ja«, sagte Schwerdtfeger und dehnte das ›Ja‹, bis ihm der Atem ausging. »Die Philosophin ist in die Berge gegangen oder zu den Russen übergelaufen. Nun, gesetzt den Fall, wir erwischen sie noch – es ist sehr unwahrscheinlich, aber gesetzt den Fall: was sollen wir mit ihr tun?«

Sellmann zuckte die Schultern und schwieg.

»Ich konstruiere, verstehen Sie?«

»Es käme darauf an, was man ihr vorwirft«, sagte Sellmann.

»Hochverrat, Landesverrat, illegalen Waffenbesitz, aktive Teilnahme am Aufstand, Mord. Das genügt. Also, angenommen, ich hätte Ihre Tochter im Keller und das Geständnis protokolliert, würden Sie dann um ihre Begnadigung bitten?«

»Es fiele mir schwer«, sagte Sellmann und wischte sich endlich die Stirn ab. »Aber ich sehe, offengestanden, keinen Zusammenhang mit Fräulein Kalman.«

»Wovor fürchten Sie sich?« sagte Schwerdtfeger. »Das ist doch nur eine Art Petitio principii! Wir haben noch nichts bewiesen, schlußfolgern aber so, als hätten wir den Beweis in der Hand. Wir entwickeln eine gemeinsame Arbeitshypothese. Sollen wir

Ihre Tochter erschießen, wenn es uns gelingt, ihr die genannten Straftaten nachzuweisen?«

»Wenn es sich um eine Hypothese handelt, warum sprechen Sie dann von meiner Tochter?«

»Hätten Sie lieber ein anderes Mädchen?« fragte Schwerdtfeger.

»Kennen Sie die Geschichte von dem jungen Mann, den man fragte, ob er den Tod eines unbekannten Chinesen wünschen würde, wenn er dadurch selber sein Glück machen könnte? Nein? An den erinnern Sie mich.«

Schwerdtfeger schloß die Akte ›Sellmann, Katharina‹.

»Oder möchten Sie mir vielleicht doch antworten?«

»Ja«, sagte Sellmann. »Ich stimme Ihnen bei«, und schmeckte mit trockener Zunge, daß er einen Satz wiederholte, den er schon vor einer Weile gesagt hatte.

»Danke«, brummte Schwerdtfeger, schlug die Akte ›Kalman, Josefine‹ auf und blätterte zur letzten Seite.

»Ich könnte um ein Gespräch mit dem Herrn Reichsprotektor nachsuchen«, bot Sellmann an und sprach weiter, bis er begriff, daß er zu spät gekommen war.

»Wann ist es geschehen?« fragte er im Aufstehen.

»Das Urteil wurde gestern nachmittag an der Kalman voll-streckt«, sagte Schwerdtfeger und verabschiedete seinen Besucher, nachdem er ihm in den Mantel geholfen hatte, mit ausge-strecktem Arm.

Von der Hauptpost in der Heinrichgasse schickte Sellmann an das slowakische Provinzialhaus der Barmherzigen Schwestern ein Telegramm, in dem er um Sophies Rückkehr bat. Dann stellte er sich vor die Scheibe des Cafés ›Grüner‹, als suche er nach einem Stuhl. Die blonde Serviererin zeigte ihm einen freien Zweiertisch, doch Sellmann drehte ab und passierte die beiden Fahrbahnen zwischen ›Meinl‹ und dem Wiehl-Haus.

Im Petschek-Palais hatte sein Kopf geglüht, und die Füße waren ihm abgestorben. Jetzt drang das Blut wieder in die Beine, und die Nasenspitze wurde kalt, ein untrügliches Zeichen dafür, daß er in sich ging und dabei einen längeren Weg zurücklegte, als wenn er aus sich herausgegangen wäre. Daß er oberhalb seiner Beschämung keinen Ort fand, von dem aus größere Entschlüsse denkbar wurden, erbitterte ihn. Er konnte nur Sophie abrufen, wie er es bei ihrem Eintritt ins Bukovicer Kloster für den Notfall vereinbart und durch einen Briefwechsel mit der neuen Oberin bekräftigt hatte. Was sonst? Fahnenflucht, die Koffer packen und sich davonstehlen? Albern. Für seine innere Verfassung waren Worte wie Sieg oder Niederlage unerheblich: sie glichen sich so sehr, daß er sie getrost verwechselte. Schlimmer als die Niederlage eines Heeres war das Scheitern einer Idee, hatte er in seiner Franziskus-Biographie gelesen. Es schmerzte ihn, wie beides zugleich verkam, Heer und Idee. Ich bin aus Beton, hatte er sich bis heute gesagt. Nichts rührt mich an, kein Frontbericht und keine Sondermeldung. Die Erde bebt, ich zittere mit, doch in meiner Seele ist blauer Montag. Auch der alte Herr auf der Bank am Weißen Berg, der wie Eugen Lustig ausgesehen hatte, behelligte ihn nicht. Wenn es ihn gab, den Ich-bin-der-ich-bin, war sowieso alles gleich, und wenn nicht, erst recht.

Die Linden standen schwarz und blattlos. Der heilige Wenzel stemmte seine Lanze mit dem bronzenen Feldzeichen in die Höhe, als wollte er prüfen, woher der Wind wehte. Allem Anschein nach aus Norden, denn von der Eckruine an der Washingtongasse stäubte es quer über den Platz, die verfrühten Markisen blähten sich wie Beisegel und kreuzten mit ihren Imbißstuben, Bierlokalen, Friseursalons und Delikateßgeschäften zum Museum hinauf. Warum durfte man nach dem letzten Akt der Galavorstellung seine Haut nicht in der Garderobe hängen lassen, wie einen Mantel, für den in Zukunft keine Verwendung war? Die Blechmarke genügte als Ausweis, daß man gelebt hatte. Man biß ins Gras und hatte die Schnauze voll. ›Schnappt sie dich, gehst du zugrunde‹, hieß es von der blutigen Hand auf den Plakaten. Wieso denn, um Himmels willen? Fortsetzung folgt! Die Sieger kommen mit dem Geschmack der Besiegten an die Macht. Alte Werte bauen neue Reiche. Man entwirft einen Gedanken, dann tauft ein Herr im Frack die jetzige Schwerin-, vormalige Marschall-Foch- und frühere Weinbergstraße in Churchill- oder Stalinstraße um, und irgendwann wird sie, der ewigen Änderungen müde, vielleicht nur noch eine Nummer tragen, wie die Avenues von Manhattan.

Als Sellmann am Weinberger Theater vorbeiging, wußte er endlich, wohin es ihn zog. Er hatte einen Umweg gemacht, aber das war egal. Als ihm die Wirtschafterin des alten Amery sagte, daß der gnädige Herr jeden Moment nach Hause kommen mußte, legte er Hut und Mantel ab. Im kleinen Salon hakte er das Ordensband vom Jackett und rückte einen Sessel vor den balusterförmigen Fayence-Ofen.

Mit Amery senior hatte ihn anfangs nur verbunden, daß sie als Schwiegerväter zu ein und derselben Ehe gehörten. Erst durch den Unfall und seine Erklärung war ein neuer Ton aufgekommen. Statt sich bei der Rückfahrt Vorwürfe zu machen, hatten sich beide für ihre Kinder entschuldigt, und diese Erinnerung an das kalte Coupé im Pilsener Expreß half ihnen in späteren Jahren über manches Mißverständnis hinweg. Daß sie Freunde geworden wären, hätte niemand behauptet. Sie wußten selber kein Wort für ihr vertrauliches und distanziertes, familiäres und korrektes Verhältnis, aber sie hatten ihren heimlichen Spaß daran. Damen und Politik waren bei ihren Treffen tabu. Was blieb da noch? Mitunter vergaß Sellmann schon auf dem Nachhauseweg, worüber er mit dem Alten debattiert hatte, und trotzdem freute er sich auf die nächste Begegnung. Er brauchte sich nicht anzumelden. Amery hatte zu verstehen gegeben, daß Sellmanns überraschender Besuch die einzige Sensation sei, die ihm noch guttat. Im vergangenen Sommer waren sie von Sellmanns Landsitz an der Sázava bis nach Davle gewandert, hatten aber gespürt, daß es sich leichter plaudern und genüßlicher schweigen ließ, wenn ein Tisch, ein Aschenbecher und zwei Gläser zwischen ihnen standen. Mit Vorliebe brachte Amery das Gespräch auf eine Wahrsagerin in der Karpfengasse, die er jeden Monat befragte. Denn ihre Schicksalslinien ließen sich im Handumdrehen in alle Bereiche des Lebens hinein verlängern, und wenn man die Antworten aus dem Kaffeesatz und die Auskünfte des Karo-Königs dazunahm, schüttete die Welt zuweilen ihr Herz aus und redete frei von der Leber weg. Die Gegenstände nach Gutdünken zu wechseln, Gedanken nachzuhängen, die schon von anderen Leuten zuendegeklügelt waren, und das Überflüssige mit der gleichen Andacht zu behandeln, mit der man nebenher das Notwendige bewältigte, erschien den Zeiten angemessen und bildete das eigentliche, das österreichische Vergnügen solcher Abende. Die Themen reichten von der Hyazinthenzucht bis zu

Seereisen, von früheren Berliner und Prager Premieren bis zu bankrott gegangenen Witzblättern, vom Bleikristallschliff bis zum ontologischen Gottesbeweis, von der Schlacht bei Solferino bis zur Lichttelephonie, und wenn die Unterhaltung versandete, schenkte Amery von seinem ›Erlauer‹ nach. Die Höflichkeiten des alten Mannes rührten den jüngeren. Er suchte sie mit ungeteilter Aufmerksamkeit zu erwidern, und während er jetzt auf ihn wartete, fühlte er, wie ihn die Wärme dieses Zimmers mit seinen tiefen Teppichen, weinroten Tapeten und braunen Bezügen allmählich einkreiste, wie die düsteren Bilder aus ihrem Rahmen traten und im vergehenden Licht ihre stillen Geheimnisse enthüllten, die Schale mit Südfrüchten, den verschneiten Friedhof, von dem eine Allee winziger Bäume in den Hintergrund flüchtete, den Dampfer unter dem Brückenbogen und das offene Fenster, hinter dem ein friedlicher älterer Herr saß, der mit weißem Kragen, gestreifter Krawatte und goldener Brille den Kopf gegen ein Empire-Medaillon hielt. Der Unbekannte nahm die Hand vom Kinn, und Sellmann erschrak, denn er sah sich selbst und seinen Schreck. Er stürzte ans Fenster und drehte die Klinke.

Es war dunkel geworden, und als hätte der Wind auf den Anbruch des Abends oder das Öffnen dieses Fensters gewartet, hob er sich von den gegenüberliegenden Dächern und drückte die Gardinen ins Zimmer. Sellmann atmete in vollen Zügen und sah im Abgrund der Straße die ersten Taschenlampen über die Gehsteige huschen. Das Ende war schön und nah, doch Athene, die männeraufhetzende große Besonnene, sprang nicht mehr aus dem Haupt des gewaltigen Vaters, sondern aus den Dickschädeln von Hinz und Kunz. Die Einführung der allgemeinen Schulpflicht hatte Lesebuchgeschichten aus den Mythen gemacht. Wie er sich um eine Gesinnung betrogen fühlte, in der er lange glücklich gewesen war, glaubte Sellmann jetzt, eine Wende zu erreichen, hinter der er nur noch in der eigenen Phantasie, nicht in den Augen seiner Zeitgenossen leben würde. Mehr sein als scheinen? Ein Kunststück, wenn man nichts mehr war.

»Recht so! Recht so!« hörte er hinter sich rufen und drehte sich um.

Der alte Amery stand in der Tür des erleuchteten Salons. »Lassen Sie nur frische Luft herein! Ich bitte um Vergebung, daß Sie

warten mußten. Ich bin um die Villa Gröbova spaziert. Doch mir
ahnte, daß Sie heute kommen. Deswegen habe ich mich beeilt,
instinktiv, sozusagen. Meine Verehrung, Herr Doktor!« Er hielt
Sellmann die Hand hin. »Was hat Ihnen meine Staubsaugerin
zu trinken angeboten? Tee? Da sei Gott vor! Gießen Sie sich
wenigstens Rum dazu! Augenblick, ich lege nur ab.«
»Ich werde mich lieber empfehlen«, sagte Sellmann. »Ich möchte
zum Abendessen zu Hause sein.«
»Dann begleite ich Sie zur Tram«, sagte Amery unbekümmert.
Die Luft im Freien roch nach Schnee, was als Gesprächsthema
bis zur Haltestelle genügte. Dort schlug der Alte vor, Sellmann
auch über den Wenzelsplatz hinweg Gesellschaft zu leisten.
»Vielleicht schaue ich bei Jan vorbei«, sagte er. Das war Anlaß
für einige Fragen und genausoviele Antworten, mit halbem
Mund gesagt, mit halbem Ohr gehört, gleichgültig, auf jeden
Fall unernst, als wüßten beide, wie nutzlos es war, über erwach-
sene Kinder zu reden.
»Erzählen Sie mir, was Sie bedrückt«, bat der Alte in Höhe des
Grand-Hotels Schroubek.
Sellmann tat es und brauchte dazu den Weg bis zum Tokajer-
Keller an der Jungmannstraße. Als er schwieg, blieb Amery ste-
hen, wie um sich zu verabschieden. Sellmann griff nach seinem
Hut, doch der Alte zog ihn weiter die Nationalstraße hinunter.
»Ich kannte einen Maler aus Triest«, sagte er. »Er hieß Sigfrido
Pfau und hat für uns Dessins entworfen. Er war vorm ersten
Weltkrieg in Wien an der Kunstakademie und hat mit dem Führer die Aufnahmeprüfung gemacht, am gleichen Tag. Manchmal
überlege ich, was aus uns geworden wäre, wenn der Adolf die
Prüfung bestanden hätte und der Sigfrido wär durchgefallen,
und nicht umgekehrt. Der Sigfrido, schaun Sie, hätte uns wahrscheinlich nicht überfallen. Dazu fehlten ihm die Mittel, auch die
rednerischen. Aber ob der Hitler mir ein anständiges Blumenmuster für meine Kaffeeservices gemalt hätte? Darüber muß ich
oft nachdenken. Vielleicht hätte er eine neue Mode kreiert, mit
lauter Hakenkreuzerln auf den Tassen. Da hätte man beim Trinken noch den Daumen draufhalten können. Doch andererseits
frage ich mich: Wär auf den Sigfrido wirklich Verlaß gewesen?
Der Name klingt verdächtig, nicht wahr? Sigfrido, und Pfau.

Und in seiner Art war er auch ehrgeizig. Ich hatte mir von ihm nur ein Jugendstil-Ornament gewünscht, so etwas zwischen Klimt und Tiffany, mehr ließ der allgemeine Geschmack nicht zu, aber Sigfrido malte ein rotes Pferd über einem lila Damen-Akt, weil er probeweise Expressionist geworden war. Ergo bin ich auf den Tellern sitzengeblieben, und er hat mich noch ausgelacht. Stellen Sie sich vor, sie hätten die Prüfung beide nicht geschafft und ihre Wut zusammengeschmissen! Die Welt wär untergegangen! Da sag ich mir dann: sei dankbar, Bohuslav, daß dir dieses Unglück erspart geblieben ist!«

»Die günstigste Lösung haben Sie nicht bedacht«, sagte Sellmann, als sie die Brenntegasse überquerten.

»Nämlich?« fragte der Alte.

»Daß beide bestanden hätten.«

»Das ist wahr«, seufzte Amery. »Das ist wahr, Herr Doktor. Aber das zu denken, grenzt an Vermessenheit.«

In dem deutlichen Bewußtsein, die ganze Nacht nebeneinander herlaufen zu müssen, falls noch ein einziges Wort gesagt würde, trennten sie sich beim Nationaltheater fast ohne Gruß, und während der alte Amery den Rieger-Kai zum Café ›Manes‹ hinunterstapfte, nahm Sellmann die Tram nach Bubenetsch.

Betty und Heinrich hatten schon zu Abend gegessen, ihr Kompott aber noch unangerührt gelassen, damit Sellmann nicht allein am Tisch saß. Heinrich, der in einem Wehrmachtsspital als ziviler Sanitäter arbeitete, erhob sich in seiner mageren Länge und rückte Betty den Stuhl zurecht. Mit den Knochen wußte er nur beim Rudern wohin, legte die Hände an die Holme, die Füße gegen das Stemmbrett und war niemand im Wege. In der Straßenbahn schaukelten ihm die ledernen Haltegriffe ins Gesicht, im Kino krümmte er sich, alle Spiegel hingen zu tief, die Ärmel der Konfektionssakkos reichten knapp über die Ellenbogen, und die Krankenschwestern standen unter seinem Brustbein. Als Sellmann erzählte, daß er Sophie telegrafisch zur Rückkehr nach Prag aufgefordert habe, wurde Heinrich rot vor Freude und Betty senkte den grauen ›Durchzieher‹, wie ihr Mittelscheitel in der Familie hieß. Solange Sellmann sich die Fleischklöße schmekken ließ, schmiedeten sie Pläne für die Schwarze. Würde Sophie in Prag bleiben? Sollte sie nicht den Orden wechseln, oder überhaupt . . .? Doch das wollte weder Betty noch Heinrich zuende fragen. Sophie würde vorerst bei ihnen wohnen, bis sich die Verhältnisse bereinigt hätten, vielleicht würde Papa nach Berlin oder in den Ruhestand versetzt. Man sollte sich erkundigen, ob Sophie bei den Grauen Schwestern oder bei den Klarissinnen hospitieren dürfte, wenigstens bis Kriegsschluß. Eine Lebensmittelkarte müßte für sie beantragt werden und Textil-Punkte, denn ihre alten Sachen seien untragbar.

Nach einer Weile glaubte Sellmann, seine aufgewärmten Bouletten in Gegenwart von Leuten zu essen, die im Himalaya oder auf Feuerland lebten, obwohl sie bei Fliegeralarm in den gleichen Luftschutzkeller gingen wie er selbst. Die Amerikaner waren über den Rhein gesetzt, und Betty stellte die Möbel um, die Russen standen eine Autostunde vor Berlin, und Heinrich erzählte, daß er die Sammlung seiner Winterhilfsvögel durch einen gelbschwarzen Pirol ergänzt hatte. Benahmen sie sich nicht so, als ob der Führer die Aufnahmeprüfung an der Wiener Kunstakademie bestanden hatte und Sigfrido Pfau Reichskanzler geworden war?

»Möchtest du die Nachrichten hören?« fragte Betty.

»Nein, ich gehe ins Bett«, sagte Sellmann.

»Willst du dir nicht wenigstens die Post anschauen?« fragte Betty.

Ja, das wollte er.

Ein Brief von einem Studienfreund, dem das linke Bein amputiert worden war; er las im Lazarett die Gedichte von Ricarda Huch: ›Geh schlafen, mein Herz, es ist Zeit. Kühl weht die Ewigkeit.‹ Mit dem Reiten ist es nun wohl vorbei, schrieb er. Ein Kontokorrentbescheid ›Salvo Errore e Omissione‹ mit der Bitte um Bestätigung. Die Bank war vor vierzehn Tagen niedergebrannt, aber ›Irrtum und Auslassung vorbehalten‹. Eine Ansichtskarte aus Cuxhaven mit der ›Alten Liebe‹, und ein Wisch, dessen zusammengeklebte Ränder Sellmann mit der Schere abschneiden mußte:

›Sehr verehrter Herr Doktor! Von meinem Verteidiger erfuhr ich, daß Sie so gütig sind, sich persönlich für meine Begnadigung zu verwenden. Ich mache mir keine Hoffnung mehr. Wenn Sie etwas erreichen können, gut. Aber ich habe schon den Fuß auf der Schwelle, und es ist gar nicht so schlimm, wie ich dachte. Manchmal singe ich sogar. Es ist nur traurig, daß ich mich von niemandem verabschieden kann. Wenn ich ein Kind hätte, würde doch wenigstens irgend etwas von mir weiterleben. Nun, dafür hatte ich Schüler. Mein begabtester hat den Heiratsvermittler in der ›Verkauften Braut‹ gesungen, und zwar in der Vorstellung, die der Herr Propagandaminister besuchte! Ein Baß-Buffo – einmalig! Vorgestern wurde ich in die Abteilung II a verlegt, und der Anstaltsgeistliche hat mich schon besucht und gefragt, ob ich beichten möchte. Ich habe es getan. Auch die Geschichte mit Sofinka habe ich gebeichtet und alles übrige, denn ich bin lange nicht zur Kommunion gegangen. Ich habe mich ein bißchen gewundert, daß er mir ohne weiteres die Absolution erteilte. Ich hasse keinen Menschen, nur den Hausmeister, diesen Herrn Volavka, aber der ist kein Mensch. Er hat mich angezeigt, weil er wegen dem Taxi immer zu mir heraufsteigen mußte und weil ich ihm an seinem Namenstag kein Trinkgeld gegeben habe, denn er hat mit mir nur noch geredet wie mit einem Putzfleck. Früher fanden die Hinrichtungen der Protektoratsangehörigen in Dresden statt, und ich wäre auch lieber in Dresden gestorben, obwohl es ganz zerbombt ist, wie man hört. Hoffentlich ist die Oper stehengeblieben, wo ich die große Destinn in der ›Entführung‹ gesehen habe. Sie hatte damals noch immer eine wunderbare Stimme, kam aber nur mühsam die Leiter herunter, weil sie schon so dick geworden war. Wer den Belmonte gab, weiß ich nicht mehr, aber das ist ja auch egal. Sagen Sie Sofinka, daß ich sie bewundere. Für alles! Ich habe sie sehr gern gehabt. Sie war meine liebste Schülerin. Grüßen Sie bitte auch Professor Vavra von mir! Er soll froh sein, daß er mich nicht geheiratet hat. Eine Nachbarin von mir, auch ›so eine‹, hat hier ein Gedicht geschrieben, von dem ich Ihnen die beiden letzten Zeilen übersetzen will:

> Als mir mein Leben aus den Händen glitt,
> verbrannt ich mir die Finger an der Freiheit.

Mit Dank für Ihre Bemühungen bin ich Ihre sehr ergebene Kalman, Josefine. Lehrerin für Gesang und Klavier. P.S. Ich habe es mir überlegt. Ich vergebe auch dem Herrn Volavka.‹

»Was Unangenehmes?« fragte Betty.

»Nein, nein«, sagte Sellmann und steckte das Papier in die Tasche. »Nur Geschäftskram.«

5   Jour fixe

Es war Dienstag. Christine trat in den Salon und prüfte die Zurichtungen für ihren ›jour‹, die Eiskübel, Gebäckschalen, Gläser, Servietten und Aschenbecher. Dann schaltete sie das Deckenlicht ein und blickte auf die Wand über dem Sofa, wo statt des ›schiefen Dorfes‹ die ›Avenue de l'Opéra‹ hing. Vor drei Jahren in Paris hatte sie am Boulevard des Capucines gewohnt, mit einem Offizier aus dem ›Raphael‹-Stab. Bei einem Ausflug nach Reims hatte sie das Pissarro-Original gesehen und die Kopie in Auftrag gegeben. Als das Bild in Prag eintraf, hatte sie Jan die Herkunft erklärt, unter Weglassung des Begleiters. »Es erinnert mich irgendwie an den Potsdamer Platz«, war seine Antwort gewesen. Ihre ›jours fixes‹ verdankte Christine einem Trick. Nach der Besetzung hatte sie dem Oberbürgermeister vorgeschlagen, den in Prag stationierten Beamten und Offizieren gesellschaftlichen Zugang über ihre Familie zu verschaffen, und hatte den Brief in ein Kuvert gesteckt, daß sie an die Pressestelle beim Reichsprotektor adressierte. Einige Tage später entschuldigte sie sich telefonisch für die Verwechslung, und der Referent war über den Irrtum entzückt gewesen, vor allem als er erfuhr, daß sie sich ursprünglich über die unregelmäßige Zustellung deutscher Zeitungen beschweren wollte. In der folgenden Woche hatte Christine zum erstenmal ein ›crammed full house‹ gehabt und es sechs Winter lang behalten. Eine Art Jahrestag heute.

Würzig roch es hier, nicht nur sauber und kühl. Die blauen Lavendel-Kissen auf der Vitrine dufteten durch den Raum, und sobald die Kerzen in den Leuchtern brannten, würde es warm werden. Am Notenpult des Flügels lehnten die Telemann-Fantasien, aufgeschlagen bei Nr. VI, ›flatteusement‹, auch das paßte zu diesem Abend. Sie erwartete einen Gast, den sie seit ihrem Ski-Urlaub im Riesengebirge vermißte. Nur die Stühle standen zu gezirkelt, wie für einen Frauenschaftsabend. Dienstboten hatten keinen Sinn für elegantes Durcheinander. Das alte Lied: die Mädchenkammer eine Müllkippe, der Salon ein Labor.

Schon halb neun? Der Senatspräsident war längst überfällig. Christine stellte sich im Korridor vor den Spiegel. Wirkte das schwarze Ärmellose mit den schmalen Trägern nicht zu aufdringlich? Aber dem Major aus dem Riesengebirge hatten es ihre Schultern angetan: »Wie Pauline Borghese, meine Liebe.« (Bis zu Badoglios Waffenstillstand war er beim Quirinal attachiert gewesen.) Noch ein bißchen Puder auf die Nase und im Vorbeigehen an Amerys Tür geklopft.

»Sofort!«

Bedauerlich, daß Tante Marketa ebenfalls angesagt war. Mit ihrer krankhaften Röte nahm sie sich wie ein ausgestopfter Indianer unter lauter lebendigen Bleichgesichtern aus. Ich komme nicht vor zehn, hatte sie versprochen. Nun, sie saß sowieso am Fenster und knackte Veilchenpastillen.

Worüber würde man reden? Christine verließ sich ungern auf Zufälle. Sie warf die Themen lieber wie Brocken in ein Goldfischbassin. Im vorigen Jahr war es ihr leicht von der Hand gegangen, wegen der vielen berühmten Toten: Giraudoux, Munch, Maillol, Kandinsky, Isolde Kurz. Reichlich gestorben wurde auch heuer, die Zeitungen konnten die Anzeigen kaum fassen, aber es waren durchweg Leute mit kleineren Namen. Hoffentlich käme der schicke Fähnrich, der ›Entfernungsschätzer‹, wie Sellmann ihn nannte. Er erzählte so hübsch vom Kaukasus. Oder der Treuhänder aus Leipzig, der die besten, die nachdenklichsten jiddischen Witze wußte. Und ›Goldzähnchen‹, der die Taiga zu Toilettenpapier verarbeiten wollte, nach dem dritten Glas. Und ›Mümmelchen‹, der Herausgeber einer historisch-kritischen Edition der Autobiografie Karls des Vierten. Es konnte eigentlich gar nichts schiefgehen.

Jan kam ihr, als sie das Bad verließ, von der Diele her entgegen.

»Der Präsident?«

»Nein, noch nicht«, sagte er und setzte sich in den Salon, wo Marianne die Kerzen anzündete.

»Vielleicht wartest du mit dem Rauchen«, bat Christine. Er steckte das Etui in den Smoking zurück.

Der Lohnkellner, ein untersetzter, älterer Mann, drapierte Servietten um die Flaschenhälse und stellte sich in den Erker. Sein Frackrücken glänzte wie Katzenfell, seine Hände hingen wie rote Wucherungen zwischen den Schößen.

»Das Auto von Herrn Geier«, sagte er nach einer Weile, ohne sich umzudrehen. Nach einigen Minuten sagte er: »Es fährt wieder weiter.«

»Dann war es jemand anders«, sagte Christine. Doch fiel ihr ein, daß die Haustür abgesperrt sein konnte, und sie schickte das Mädchen hinunter.

»Nein, es ist offen«, sagte Marianne, als sie zurückkehrte, atemlos.

»Geben Sie mir bitte ein Glas!« bat Jan.

Der Kellner ließ den Sekt in einen flachen Kelch laufen. Amery nippte und sagte zu Christine:

»Es ist nur ein ›jour‹. Wer kommen will, kommt. Wer nicht, bleibt weg.«

»Der Major hätte sich entschuldigt.«

»Ja, der vielleicht.«

»Und der Präsident auch.«

»Aber es ist erst neun!«

»Viertel auf zehn, wenn Sie erlauben«, sagte der Lohnkellner.

Christine setzte sich auf die Sofakante und versuchte, Jans Blick auf sich zu ziehen, indem sie mit beiden Daumen unter die Achselträger fuhr und die Beine so übereinanderschlug, daß die Strümpfe zischten. Er konnte dieses Geräusch nicht ausstehen. Wie ein bekehrter Trinker, in dessen Gegenwart keine Flasche entkorkt werden durfte. Er faltete die Hände und sah auf den Teppich.

Christine betrachtete ihn wie einen Fremden. Er war jetzt dreiundvierzig, zu alt für einen Schwarm, zu jung für ein Onkelchen. Er wurde grau, doch unmerklich, weil er blond war. Morgens hingen ein paar Kräusel in seiner Haarbürste, wie Filigrandraht. Über den Winter setzte er Fett an, doch wenn er im Herbst vom Lande zurückkam, war er mager und braun. Ein Mann für Dinnerjacketts und ohne Geheimnisse, außer dem einzigen, daß er sich langweilte. Mitunter erschreckte er sie mit seiner Vorliebe für das Gewöhnliche. Eines Nachmittags hatte sie ihn in Gesellschaft zweier betrunkener Strolche getroffen, die er ihr als ›die Herren Reichsverweser‹ vorstellte. Sie hatte gelächelt, weil sie sich vor Belästigungen fürchtete. War er verrückt? Wenn es Weiber gewesen wären, sie hätte es begriffen. Ein Mann, der seine Ehe schwänzt, geht fremd, solange er noch Saft hat. Amery sublimierte. Im Oktober grub er Tante Marketas Garten auf der Hanspaulka um, verschnitt die Rosen, mähte den Rasen und hatte am Abend Blasen an den Fingern. Im Frühjahr steckte er Tulpenzwiebeln. Vielleicht liebte er eine mährische Dorftrulle mit Kirschmund und Polkabeinen. Nun rauchte er und hielt die Zigarette zwischen den Lippen, bis die Asche abknickte und zu Boden fiel. Es sind auch meine Teppiche!

»Wie spät ist es?« fragte sie.

»Fünf Minuten über halb zehn«, antwortete der Lohnkellner und schenkte Amery nach.

»Geben Sie mir auch ein Glas«, verlangte Christine, nicht weil sie Durst hatte, sondern weil sie es aufreizend fand, wenn einer ihrer Angestellten ohne Beschäftigung war. »Der Präsident kommt nie nach halb neun. Ob du ihn mal anrufst?«

»Es regnet«, sagte Jan. »Vielleicht ist er an die Front kommandiert.«

Auch von Leuten, die in einen verlorenen Krieg zogen, durfte sie gute Manieren erwarten. Man verabschiedete sich oder schickte seine Karte ›pour prendre congé‹! ›Am dreißigsten Mai ist der Weltuntergang‹, hatten die Rekonvaleszenten im Riesengebirge gesungen. ›Wir leben nicht mehr lang, wir leben nicht mehr lang‹. Für das, was bevorstand, war es sicher günstig, mit einem Ausländer verheiratet zu sein. Vejvoda, ihr Geschäftsführer, hatte sogar ein Leumundszeugnis angeboten, ›für den unverhofften Fall eines Endsieges zu alliierten Konditionen‹. Wenn die Amerikaner Prag besetzten, machte Jan Karriere. Sie würde sich einbürgern lassen.

Endlich! Sie hörte Marianne durch den Korridor laufen. Der Major? Jan erhob sich, und die Tür ging auf. Das Mädchen fragte:

»Soll die Eisbombe in die Küche, gnä' Frau?«

»Ja, bitte«, sagte Christine.

Amery setzte sich und lächelte, als hätte er sich unerlaubt vorgedrängt. Zwischen den blühenden Azaleen entdeckte Christine einen Topf mit vertrocknetem Heidekraut.

»Werfen Sie das Zeug hinaus!« sagte sie zu dem Kellner und zeigte auf die Etagère. Er verstand sie nicht.

»Das Heidekraut!«

Amery wiederholte es auf tschechisch. Der Kellner klatschte die Serviette über den Ärmel, nahm den Topf mit beiden Händen, ging an Christine vorbei, als trüge er einen brennenden Plumpudding, klinkte die Tür mit dem Ellbogen auf und stoppte ihren Schwung mit dem Lackschuh. Sehr korrekt und bedächtig. Die Abläufe ließen sich zerschneiden wie eine Filmsequenz, die keinen Sinn mehr ergab, wenn man sie in der falschen Folge montierte. Nun fielen auch Bild und Ton auseinander: das Meer mit klappernden Hufen, die Eroica zum Purzelbaum, eine Ameise, beifallumrauscht.

»Ist dir nicht wohl?« fragte Amery. Ehe Christine antworten konnte, läutete es. »Soll ich sagen, daß du krank bist?«

Sie überlegte eine Weile und nickte. Es war zu spät. Aus der Diele hörte sie Marketas schallende Stimme. »Laß sie nur herein.« Dieser Aufforderung hätte es nicht bedurft. Frau Farel drang schon ins Zimmer.

»Kinder, was seid ihr vornehm!« rief sie und küßte erst Christine, dann Amery. »Ist das nicht ein bißchen übertrieben?«

»Was?« fragte Jan.

»Daß man seinen Ausweis herzeigen muß! Bin ich etwa der einzige Gast? Heute ganz en famille?« Sie hob die dünnen Finger an die Frisur und sah sich nach einem Platz um.

»Wer wollte deinen Ausweis sehen?« fragte Christine.

»Die beiden Herren auf der Treppe«, sagte Tante Marketa und entschied sich für einen Stuhl mit senkrechter Lehne. »Damit ich nicht einschlafe«, sagte sie. »Schwarz steht dir gut, Tina!«

Christine blickte zu Amery. Er hob die Schultern. Sie ging hinaus und hörte den Kellner in der Küche lachen. »E-ri-ka«, erklärte ihm Marianne. »E-ri-ka!«

Sie öffnete die Wohnungstür und drückte den Lichtknopf. Auf den Treppenstufen zur dritten Etage hockten zwei Männer in langen Regenmänteln. Christine fühlte die gleiche Sicherheit, mit der sie als Kind die Dessauer Bauchladenhausierer abgefertigt hatte.

»Was wünschen Sie hier?«

»Gehen Sie nur wieder rein«, sagte der Ältere ruhig und setzte seinen nassen Hut auf, dessen breite Krempe sein Gesicht beschattete. Der Jüngere streckte die Beine so weit aus, daß die abgeschabten Ledersohlen wie Frühstücksbretter nebeneinanderstanden.

»Mit welchem Recht haben Sie von Frau Farel den Ausweis verlangt?«

»Sie sollen wieder reingehen«, sagte der Ältere.

»Sie scheinen nicht zu wissen, mit wem Sie reden.«

»Steht doch an der Tür«, sagte der Jüngere.

»Ich muß Sie bitten, sich zu legitimieren«, sagte Christine und erkannte, bevor das Treppenlicht verlosch, noch die silbernen Kragen-Runen, die der Jüngere aufgedeckt hatte.

»Wollen Sie's nochmal sehen?« hörte sie im Dunkeln fragen.

Sie drückte den Knopf, und die beiden Männer stiegen die Stufen zu ihr herunter.

»Ich erwarte den Senatspräsidenten«, sagte Christine und roch Zigarren, Bier und Brot aus den schwarzen Uniformen.

»Der ist schon wieder zu Hause«, sagte der Ältere, »und die anderen auch. Heute kommt kein Besuch mehr.«

Christine faßte nach rückwärts, und ihre Finger rutschten in den Briefschlitz.

»Ich werde mich beschweren«, sagte sie.

»Bei wem?« fragte der Jüngere und ließ den Mund offen, als wollte er die Antwort verschlucken.

»Bei Herrn Schwerdtfeger?« fragte der Ältere und lächelte aus dem Schatten. »Von dem kommen wir doch.« Er preßte den Daumen gegen Christines Magen und schob sie in den Korridor.

»Nicht stolpern«, warnte er, ehe er die Tür ins Schloß zog.

Sie spürte den Daumen noch immer an ihrem Bauch, als sie aus der Diele in den Korridor torkelte. Vor dem Salon blieb sie stehen und lehnte die Stirn gegen den geriffelten Rahmen. Sie hörte die Stimmen Marketas, Amerys und des Kellners, und es kam ihr so vor, daß sie nur deswegen tschechisch sprachen, um ihr den Eintritt zu verwehren. Als wollten sie sagen: du gehörst nicht zu uns, bleib draußen. Marianne hinter ihr fragte etwas.

»Sag ihnen, daß mir schlecht ist«, flüsterte Christine. »Ich lege mich hin. Aber warte noch ein bißchen.«

Sie ging ins Bad, feuchtete einen Wattebausch an und wusch sich den Puder und die Schminke ab, bis ihr Gesicht so leer war wie das Gesicht eines Mädchens, das lange und vergeblich auf einen Tänzer gewartet hatte. Bevor sie ins Schlafzimmer trat, nickte sie Marianne zu, die im Korridor stehengeblieben war. Dann legte sie das Kleid, die Strümpfe und die Wäsche ab, zog die Klemmen aus dem Haar, kratzte sich die Kopfhaut und schlüpfte in den Pyjama. Das Laken war kühl und steif. Sie schaltete das Licht aus und nahm die Knopfleiste des Federbetts zwischen die Zähne. Memmen, dachte sie, Schleimer, Kriecher, Speckjäger. Der Major? Ein Schlappschwanz. Der Papierfabrikant ein Drückeberger. Der Fähnrich ein Lümmel. Ich hätte die beiden schwarzen Kerle hereinholen sollen. Sie stanken wie Männer. Unter dem Oberteil suchte sie die Stelle, auf die der ältere den Daumen gedrückt hatte, und drückte den eigenen Daumen gegen den Magen, bis sich der Nagel bog. Sie hätten mich mit ihren Schulterriemen geschlagen und mir das Gehirn herausgestoßen, statt mich zu fragen, was ich von Naturheilkunde halte. Alle waren umgekehrt, alle. Vor wem hatten sie Angst? Vor Schwerdtfeger, dieser Spitzmaus? Warum hatte er mir den ›jour‹ verboten? Wegen Katharina? Sie ließ das Bett aus den Zähnen und stampfte es gegen das Fußende. Damals, als sie krank aus Venedig zurückkam, hatte ihr Dr. Jedlitschka die Couésche Autosuggestion empfohlen: ›Es geht mir von Tag zu Tag und in jeder Hinsicht besser, besser und immer besser‹. Ich weiß einen anderen Spruch, der die Adern weitet. Ich hasse meine Schwestern von Tag zu Tag und in jeder Hinsicht mehr, mehr und immer mehr. Ich hasse sie seit ihrer Geburt, seit ihrem ersten Atemzug. Sie haben in meinem rosa Stubenwagen gelegen. Sie haben meinen Puppen die Haare ausgerissen. Sie haben mit ihren klebrigen Pfoten meine Schulhefte verschmiert. Sie haben mir meine Seidenstrümpfe gestohlen. Als ich schlief, haben sie mir die Hand ins Wasser gehängt, damit ich ins Bett pinkle. Sie haben mir die Schuhe mit Baldrian bestrichen, damit mir die Katzen nachlaufen. Sie haben mir Juckpulver in den Kragen gekippt. Sie haben mir ein Loch in den Badeanzug gebohrt und behauptet, es seien die Motten gewesen. Auf meinem ersten Ball haben sie von der Galerie heruntergelacht, als ich ausrutschte. Sie haben mein Tagebuch gelesen und ›Oho!‹ und ›Das hast du davon!‹ an den Rand geschrieben. Sie sind mir zu jeder Verabredung nachgeschlichen.

»Adieu, mein Kind, und erhole dich!« rief Tante Marketa hinter der Tür. »Sie schläft schon«, fügte sie hinzu, »machen Sie sich keine Sorgen, Jan.«

Jede Mahlzeit, jeden Besuch, jede Reise haben sie mir verekelt. Es genügte, ihre Fratzen zu sehen, um alle Lust am Leben zu verlieren. Sie sind auf mir herumgesprungen, wie auf einem Trampolin. Je mehr ich nachgab, desto höher flogen sie. Meine Schwäche machte sie stark. Die eine nimmt mir den Mann, die andere meine Freunde. Jetzt sind sie am Ziel. Ich hasse sie von Tag zu Tag und von Nacht zu Nacht immer mehr und mehr und mehr.

Sie hörte, wie Jan ins Bad ging. Er würde sich duschen und abtrocknen. Er würde den blauweißgestreiften Schlafanzug anziehen. Er würde die Spritzer der Zahnbürste vom Spiegel wischen. Er würde mit nassen Sohlen in sein Zimmer laufen. Dann würde er die Tür hinter sich abschließen. Warum gebe ich ihm alle Schuld? wunderte sie sich, und der Gedanke, daß Amery hilflos und einsam sein könnte, rührte sie plötzlich zu Tränen. Während sie auf der leeren Matratze nach einem Taschentuch suchte, erinnerte sie sich seiner Verlegenheit in der Wohnung am Rieger-Kai, an ihren geschwollenen Mund, an das Spitzenkleid im Teatro Fenice, an die Schotten im Bauer-Grünwald, an den dicken Rodolfo und an die Küsse hinter dem vorgehaltenen Programm. Sie putzte sich die Nase und lauschte. Der Kellner verabschiedete sich von Marianne. Marianne verschwand in ihrer Kammer. Amery knipste das Korridorlicht aus. Der Schlüssel drehte sich im Schloß. Im vorigen Jahr hatte sie zum erstenmal in sein Zimmer gesehen, als die Tapete gewechselt und der Plafond gestrichen wurde. Jetzt wünschte sie sich dorthin in den moosgrünen Sessel neben seiner Liege. Ich will nichts von dir, würde sie zu ihm sagen. Kümmere dich nicht um mich.

Lies ruhig weiter. Ich schaue dich nur an. Ich bin ein bißchen allein, weißt du? Aber das geht vorüber. Möchtest du nicht das ›schiefe Dorf‹ wieder in den Salon hängen? Hab' ich dir wehgetan? Hast du mir wehgetan? Mein Herz ist ein Nadelkissen. Komisch, daß heute niemand gekommen ist, nicht wahr? Im Grunde liegt mir nichts an diesen Leuten. Auch nicht an dem Major, genausowenig wie an den anderen, mit denen ich geschlafen habe. Manchmal glaube ich, daß ich eigentlich nur dich liebe. Aber du brauchst keine Angst zu haben. Nein, bitte, lies doch weiter, Jan! Ich will dich wirklich nicht stören. Ich hab nur kalte Füße. Darf ich sie unter deine Decke stecken? Hast du vergessen, wie ich aussehe? Mein Gott, ich hab ja noch Lack an den Nägeln! Entschuldige. Und meine Nase ist ganz rot. Ich hab mich erkältet, gestern im Geschäft. Die Heizung ist kaputt. Aber das bringe ich schon wieder in Ordnung. Traust du mir das nicht zu? Doch, du traust es mir zu. Und jetzt gehe ich wieder. Ich wollte dich nur mal sehen. Es ist so schwer, über den eigenen Schatten zu springen. Man liegt allein, und nebenan liegt einer, den man liebt, aber man bringt nicht den Mut auf, es ihm zu sagen, weil man sich schämt, oder weil man sich fürchtet, oder weil man nicht die richtigen Worte findet. Gute Nacht, Jan, schlaf schön, und vielen Dank, daß du mich gewärmt hast, und wenn du mich brauchst, dann ruf mich, oder komm einfach zu mir.

Christine richtete sich hoch und horchte. Es war sehr dunkel und sehr still. Sie strich das Haar aus dem Gesicht und setzte die nackten Füße auf die Bettumrandung. Auf dem Weg zur Tür wischte sie die verschwitzten Hände an den Hosen ab. Wenn er schon schläft, lasse ich ihn schlafen, nahm sie sich vor. Sie ging auf Zehenspitzen durch den Korridor bis zu seinem Zimmer und sah das leuchtende Schlüsselloch. Sie holte Luft und klopfte beim Ausatmen. Einen Augenblick lang glaubte sie, einen Schritt zu hören, und wartete auf den zweiten und letzten. Sie klopfte noch einmal und schlug nach einer Pause mit der Faust an die Füllung. Dann ächzten Sprungfedern hinter der Tür, ein Schalter knackste, der Stern im Schlüsselloch verlosch, und gleich darauf ging das Licht im Korridor an. Marianne kam um die Ecke, im Nachthemd, mit langen Zöpfen

über der Brust und fragte: »Suchen Sie etwas, gnä' Frau?«
»Verschwinde!« schrie Christine. »Scher dich ins Bett!«
Das Mädchen drehte sich um und stolperte in seinen dicken
Pantoffeln in die Kammer zurück. Christine stieß sich von der
gegenüberliegenden Wand ab und warf sich mit der rechten
Schulter an Amerys Tür. Sie spürte keinen Schmerz, sank aber
zu Boden, drehte sich auf den Rücken und trampelte mit den
Fersen gegen die Tür, daß das Kastenholz dröhnte und zitterte.
Sie hatte die Augen geschlossen und die Hände unterm Kinn
zu Fäusten geballt. Sie rang nach Luft, und ihre Füße hämmer-
ten noch ins Leere, als Jan die Tür schon geöffnet hatte.
»Was willst du?« fragte er, und seine Augen waren klein vor
Wut.
Sie rutschte an die Tapete zurück und stemmte sich in die Höhe.
Sie mußte sich auf die Zehen stellen, um nicht zu schreien. Dann
spuckte sie ihm ins Gesicht. Sie konnte sehen, wie sich die
Muskeln an seinem Kiefer verhärteten.
»Du bist ein Feigling«, keuchte sie, »ein Scheißer, ein Jammer-
lappen!«
Amery fuhr sich mit dem Jackenärmel so über den Mund, daß
sie glaubte, er wollte sie ohrfeigen.
»Ein Feigling«, wiederholte sie, als er die Hand senkte.
»Es tut mir leid«, sagte Amery. »Ich hätte dich früher umbrin-
gen sollen. Jetzt hat es keinen Sinn mehr. Geh ins Bett!«
Als er die Tür hinter sich schloß, brach Christine in die Knie
und schrie nach Marianne. Das Mädchen nahm sie auf die
Arme und trug sie ins Schlafzimmer. Im Dunkeln legte sie
Christine auf Amerys Matratze und tastete nach dem Schalter
der Nachttischlampe. Dann rannte sie ins Bad, holte ein Tuch
und legte es unter die blutigen Fersen. Nachdem sie Heftpflaster über die Schrunden geklebt hatte, setzte sie sich auf das
Bett und hielt Christines Füße im Schoß, bis sie müde wurde
und umkippte. Als Marianne fest eingeschlafen war, kroch
Christine zu ihr, wälzte ihren Rücken gegen den warmen Leib
und breitete die Decke über sich und das Mädchen.

6 *Ich komme*

Seit Tagen zogen Trecks über die große Schüttinsel und verstopften die Preßburger Ausfallstraße zur ungarischen Grenze. Wachtmeister Illin kletterte mit seinem Fernrohr in den Glockenstuhl und meldete die gleiche Bewegung am anderen Ufer der Donau. Dechant Filo, der am Palmsonntag nach Schamorin zum Amt eingeladen worden war, mußte hinter Rovinka wieder umkehren, weil die Flüchtlinge seiner Kutsche nicht ausweichen wollten. Wenn sich nachts die Wolken vor den Mond legten, entzündeten Brände und Geschützblitze den südlichen Horizont, und am Montagmorgen kreiste ein russischer Doppeldecker über Bukovice, der aus beiden Maschinengewehren in den Getreidesilo feuerte. »Der Flugplatz kann nicht weit sein, wenn er sich leerschießt«, erklärte Pfarrer Dubravec, der vor dem ersten Krieg bei den Schweren Mörsern in Przemysl gedient hatte. Am Dienstag in der Karwoche bot die Oberin den Dörflern an, ihre unverheirateten Töchter im Kloster zu verstecken. Als sie aus dem Gemeindebüro zurückkehrte, reichte ihr die Pförtnerin Sellmanns Telegramm. Mutter Kasimira verständigte sofort den Superior, und am späten Nachmittag erschien er mit den notwendigen Formularen. Daß Sellmanns Wunsch entsprochen wurde, ergab sich aus den Zusicherungen bei Sophies Eintritt in das Kloster. Beispiellos waren nur die Formalitäten, weil die Novizin den Orden nicht verlassen sollte, die Konstitutionen aber keine Beurlaubung vorsahen. »Eine Apostasie ist ein Kinderspiel dagegen«, seufzte Monsignore Atány und verfügte schließlich, obwohl das Mutterhaus der Provinz Baden-Hohenzollern längst niedergebrannt war, Sophies Überweisung nach Unterlinden. Durch den ungewöhnlichen Titel einer ›traductio ad monasterium sororum misericordium Hohenzollerarum‹ glaubte er, auch der Frage nach der ferneren Gültigkeit ihrer zeitlichen Gelübde aus dem Wege zu gehen. »Soll es der Erzbischof entscheiden«, meinte er, und der Leguan blähte vergnügt den Hals, während Atány den Diözesanstempel auf seinen Namen drückte. Erst als er sich verabschieden wollte, erfuhr er, daß Sophie noch nichts von ihrer ›Überführung‹ ahnte. Er mußte sich beherrschen, um nicht ausfallend zu werden, denn die Oberin verlangte sogar, daß er selbst mit ›Schwester Agnes‹ sprach. »Wir dürfen das Kind nicht einfach auf die Straße setzen«, sagte sie und ließ Sophie aus dem Krankenhaus holen. Atány hob sie aus dem Kniefall und schilderte ihr das Vorhaben, wobei er betonte, daß sie sich zuerst nach Prag zu ihren Eltern begeben sollte, um von dort, sobald es die Verhältnisse erlaubten, die Reise nach Freiburg anzutreten. Für Fahrkarte und Taschengeld sei gesorgt, fügte er hinzu und legte dabei die Hand auf sein Brustkreuz, als könnte er es beschwören. Sophie blickte unschlüssig auf die Oberin und schüttelte den Kopf.

»Wir haben jetzt so viele Verwundete«, sagte sie. »Ich möchte lieber hierbleiben.«

Der Superior schickte Mutter Kasimira unter einem Vorwand aus dem Zimmer und forderte Sophie auf, sich zu setzen.

»Was hast du gelobt?« fragte er.

»Armut, Keuschheit und Gehorsam.«

»Und was hast du deinem Vater versprochen?« fragte er. »Denkst du denn, deinen Mitschwestern fällt es leicht, sich von dir zu trennen? Sie lieben dich doch!« Er strich die Soutane glatt und ließ die Hände auf den Schenkeln liegen. »Du behältst dein Kleid und wohnst bei deinen Eltern, bis . . .«

»Ja?« fragte Sophie.

»Was ich dir sage, bleibt unter uns. Bis Ostern sind die Russen hier. Du weißt, was dich als Deutsche erwartet.« Er bereute den Satz und wollte ihm etwas Tröstliches anhängen. »Freilich liegt alles in Gottes Hand, und selig sind die, die um der Gerechtigkeit willen verfolgt werden. Aber der Herr sagt auch: Seid klug wie die Schlangen und hütet euch vor den Menschen, denn sie werden euch den Gerichten überliefern. Du verstehst mich?«

»Ja, Herr Superior.«

»Es ist eine kleine Übergangszeit«, sagte Atány milde und zeigte auf die dünnen Querstriche in den Papieren.

»Darf ich noch bis Gründonnerstag bleiben?« fragte Sophie, bevor sie unterschrieb.

»In Gottes Namen«, sagte Atány und erteilte ihr den Segen.

An Gründonnerstag predigte Dechant Filo über Johannes 13, 1–15 und schlug einen kühnen Bogen von der Fußwaschung zum Fragezeichenbaum, deutete aber diesmal nicht den krummen Ast, sondern verwies auf den Wipfel der Birne als die Krone des Lebens, erreichbar nur durch Treue bis in den Tod. Sophie hatte bereits in der Frühe gebeichtet und kommuniziert und, um vollkommenen Ablaß zu gewinnen, eine Stunde vor dem Allerheiligsten gekniet. Als am Schluß der Messe die zweite Hostie, das Karfreitagsbrot, zum Nebenaltar getragen wurde, sang sie mit den anderen:

> »Preiset, Lippen, dies Geheimnis
> dieses Leibs voll Herrlichkeit!«

Gestern hatte sie Abschied von allen Schwestern genommen, schnell und ohne Tränen, und wie zum erstenmal hatte sie den säuerlichen Küchendunst gerochen, das Ammoniak im Bad und den Mottenporst in den Schränken, als wäre ihre Nase schon anderswo. Nur der Waller weinte zwischen Tür und Angel, die anderen waren zu sehr damit beschäftigt, die Mädchen aus dem Dorf in den Schlafsälen unterzubringen, als daß sie Zeit für Tränen gehabt hätten. Sophie sah noch, wie eine junge Slowakin die Stiefel auszog und unter ihr Bett schob. Sie nahm ihren Koffer und ging zur Pforte. Im Korridor, neben den Bildern der verstorbenen Oberinnen, hing das Porträt des Leguans mit pflaumenblauen Augen im sandfarbenen Gesicht. Nicht lange, und Mutter Kasimira trat aus der Zelle der Ökonomin mit dem Geld und der Fahrkarte.

»Ich werde für dich beten«, sagte sie und küßte Sophie auf die Stirn. »Nun geh mit Gott, der Herr Dechant wartet schon!«

Vor dem Eisenzaun hielt Filos Einspänner. Der Dechant steckte die Zügel durch den Bock und setzte sich neben Sophie. Wie der Wagen auf die Preßburger Straße bog, blickte sie sich um und erkannte die Pförtnerin, die ihr mit beiden Armen nachwinkte. Ich hätte zu Modesta gehen sollen, dachte Sophie, als sie am Friedhof vorbeifuhren, aber sie mußte dem Dechanten antworten, der sich vergewisserte, daß ihr Geld diebstahlsicher verwahrt sei.

Außer Wehrmachtslastwagen und Familien, die vom Bukovicer Amt in ihre Dörfer zurückgingen, war niemand unterwegs. Trotzdem zuckte der Dechant bei jedem Motorengeräusch zusammen, drohte dem Pferd mit der Peitsche und sah angestrengt in den trüben Himmel. »Wenn du Tiefflieger hörst«, sagte er, »legen wir uns zwischen die Räder.« In Preßburg, am Ende der Donaugasse, mußte Sophie aussteigen, weil Filo nicht mehr vorankam. Er zeigte ihr noch die Richtung zum Bahnhof und wurde dann von Männern umringt, die ihm die Kutsche abkaufen wollten. Als Sophie sich am Lorenzertor noch einmal umdrehte, hatte der Dechant seinen runden Hut abgenommen und schlug damit auf die hingehaltenen Geldscheine.

Der Bahnhof war von Militärpolizisten abgesperrt, die nur Reisende mit Billets hineinließen. Als Sophie sich erkundigte, von welchem Perron sie nach Prag fahren könnte, wurde sie zu einem Expreß geschickt, dessen Coupés und Gänge, Trittbretter und Dächer besetzt waren, während die Zurückgebliebenen schon um die Plätze für den günstigsten Einstieg in den nächsten Zug kämpften, obwohl niemand mit Sicherheit sagen konnte, wann er einliefe. Kurz vor der Ausfahrt enterten einige Soldaten die Waggons und warfen das Gepäck derer, die nicht freiwillig vom Dach herunterkletterten, auf den Bahnsteig. Die meisten folgten ihren Bündeln, und als der Zug die Halle endlich verließ, war er längst vergessen, weil Sack und Pack wieder in Mein und Dein geteilt werden mußte und es darüber Zank und Balgereien gab, bis das gemeinsame laute Mißvergnügen einer Stille wich, in der nur noch die Kinder jammerten und alle den Pfiff der verheißenen Lokomotive erwarteten. Sophie stand wie verzaubert. Jeder Ruf, jedes Wort tat ihr gut und weh zugleich. Sie merkte nicht, wie die Zeit verging. Manchmal wurde sie gestoßen und beiseitegedrängt, aber auch immer wieder eingekeilt und um Zentimeter verschoben, ohne die Bahnsteigkante je zu erreichen. Als sie sah, daß es Mittag war, bekam sie Hunger. Sie zwängte sich aus der Menge heraus, stellte ihren Koffer vor einem geschlossenen Schalter ab und aß die Klappstulle mit Gänsefett, die ihr die Küchenschwester zugesteckt hatte. Als sie sich, mit dem Gesicht zur Wand, die Finger ableckte, fiel ihr ein, daß sie das Tischgebet versäumt hatte. Heute abend hole ich es nach, nahm sie sich vor. Auf dem Stadtplan neben der Abfahrtstafel fand sie die Brünner Straße und machte sich auf den Weg. Hinter der Stadt begann es zu nie-

seln, doch links die Kiefern und den Koffer, rechts die Karpa-
ten und den aufgespannten Schirm, lief Sophie bis nach Stampf-
fen und quartierte sich beim Ortspfarrer ein. Der lateinische
Titel auf ihren Papieren, wie die Ordenstracht und der Stempel Monsignore Atánys beeindruckten den geistlichen Herrn.
Als sie sich am Karfreitagmorgen empfahl, schenkte er ihr eine
Räucherwurst, und sein Bruder, ein Keramikhändler, fuhr sie
in seinem Lieferwagen bis Malacky, wo sie nach der Messe zur
Station ging, aber nicht durch die Sperre gelassen wurde, weil
der Bahnsteig überfüllt war und die Züge aus Preßburg, wie der
Inspektor sagte, sowieso nur noch auf freiem Felde hielten, damit die Leute ihre Notdurft verrichten konnten, ohne den Platz
zu verlieren. So blieb sie über Nacht bei den Franziskanern und
schloß sich, durch Vermittlung des Priors, am Samstag einem
Nachrichtentrupp an, der sie bis Brünn mitnehmen wollte. Die
Abteilung wurde jedoch unterwegs nach Göding umgeleitet, so
daß Sophie die freundlichen Funker und die warme Kabine in
Lundenburg verlassen mußte. Auf der Post, wo sie vergeblich
versucht hatte, ihre Eltern anzurufen, lernte sie einen Rangierer
kennen, der ihr für fünfhundert Kronen einen Platz nach Brünn
versprach. Sie gab ihm zweihundertfünfzig als Vorschuß und
verbrachte den Tag in seiner Wohnküche, zwischen Windeln
und Kohlsuppe. Aus Gewohnheit schlief sie um neun Uhr ein
und mußte gegen Mitternacht wachgerüttelt werden. Der Rangierer trug ihren Koffer über die Geleise und half ihr ins Brem-
serhäuschen eines Güterzugs. Dann richtete er seine Karbid-
lampe auf ihr Portemonnaie und steckte das Geld ins Müt-
zenfutter. »Falls jemand fragt«, flüsterte er, bevor er vom
Trittbrett sprang, »sagen Sie nur, der Hiesel hat Sie geschickt.«
»Vergelt's Gott!« dankte Sophie in die Dunkelheit.
An den Bretterwänden fühlte sie den Ruß mit den Fingern und
blieb kerzengerade stehen, bis ihr einfiel, den Koffer als Sitz zu
benutzen. Als sie erwachte, dämmerte es, und der Zug schlich
über einen Fluß. Obwohl Sophie mit dem Rücken zur Fahrtrich-
tung saß, ging die Sonne im rechten Fenster auf. Sie schüttelte
den Dreck von den Ärmeln und wunderte sich, aber es dauerte
eine Weile, bis sie begriff, daß sie wieder nach Süden fuhr. Die
Glocken von Malacky läuteten schon das Osterfest ein, als sie

mit wehendem Schleier und verschmutztem Rock von der Strecke hastete.

In vier Tagen nur vierzig Kilometer geschafft zu haben, ärgerte sie, doch ihren Mut verlor sie deswegen nicht. Sie stellte sich an die Chaussee und winkte so lange mit der Räucherwurst des Stampfener Pfarrers, bis ein Milchfahrer hielt und sie ein Stück mitnahm. Von nun an traute sie mehr ihren Beinen als allen Versprechungen und marschierte in drei Tagen nach Brünn. Als sie den Spielberg sah, erinnerte sie sich des Aufsatzes im Ordensblatt, den sie während ihrer Zeit als Postulantin gelesen hatte: ›Warum und wie soll die Dankbarkeit gegen die Kongregation gepflegt werden?‹ Die Verfasserin war Mitglied der mährischen Provinz gewesen. Sophie fragte einen Geistlichen nach der Niederlassung der Schwestern und kehrte im ›Theresianum‹ ein. Endlich konnte sie mit Prag telefonieren. Sellmann drängte zur Eile.

»Die Russen sind in Preßburg«, sagte er. »Ich rufe sofort unseren Brünner Vertreter an, damit er dir weiterhilft. Nimm den Zug über Iglau, oder miete dir notfalls ein Auto.«

Er machte eine Pause, und sie fragte, ob er noch am Apparat sei.

»Ja, mein Kind, ich bin noch da. Ich freue mich sehr auf dich. Wir alle.«

Es hörte sich an, als ob er sich die Nase putzte. Dann knackte die Leitung, und die Muschel rauschte ohne Sinn. Sophie nahm ein graues Kleid aus dem Koffer. Es war zu eng um die Brust. Mit einer Rasierklinge trennte sie zwei Abnäher auf. Der dünne Stoff rieselte wie Schüttelfrost über die Arme. Sie ging ins Bad, um den Habit zu waschen. Sie kannte ihr Gesicht nur aus den Bukovicer Fensterscheiben und dem verchromten Sterilisator des Krankenhauses. Sie hielt es vor den Spiegel und strich über die helle Narbe im Haaransatz. Die Lippen spannten. Die Stirn war weiß und rücksichtslos. Sie konnte sie nicht verstecken. Dazu waren die Haare zu kurz. Sophie setzte sich auf den Wannenrand und starrte auf die Fliesen. Wo kann ich mich verkriechen, bis der Sommer kommt und die Haare wachsen? Sie knautschte die Tracht in den Kessel, streute Soda zwischen die Falten und ließ kaltes Wasser darüberlaufen. Wer Vater oder

Mutter mehr liebt als mich, ist meiner nicht wert. Acht Jahre
haben sie ohne mich gelebt. Und wer Sohn oder Tochter mehr
liebt als mich, ist meiner nicht wert. Warum rufen sie mich
jetzt? Ich kann niemandem helfen. Wer sein Leben gefunden
hat, der wird es verlieren. Sie schob den Kessel unter das Waschbecken und sah wieder in den Spiegel. Und was will ich hier?
Wer euch aufnimmt, nimmt mich auf. Dieses Kleid hab ich getragen, als ich ihn das letzte Mal sah, auf dem Manglschen Hof.
Ich möchte Sie heiraten, hatte er gesagt und war ganz blaß
geworden. Wir könnten bei meinen Eltern in Budweis wohnen. Ich kriege eine Stelle als Musiklehrer. Warum ist der Herr
Komponist denn weggelaufen? hatte Jarmilas Vater gefragt.
Am nächsten Morgen holte Sophie das Geld von der Zweigstelle
der Böhmischen Landesbank und bekam noch Reisemarken für
Brot und Fleisch. Die Nachricht, daß der Zugverkehr nach Iglau unterbrochen worden war, erschütterte sie nicht. In einem
Papiergeschäft kaufte sie eine Landkarte und fuhr mit dem
Zeigefinger über Trebitsch und Teltsch, bis sie hinter Neuhaus
die hellblauen Flecken erkannte und hinter den Teichen den Ort
an der Maltsch. Budweis war die langweiligste Stadt der Welt,
wußte sie, doch auch: die Gänseblümchen rückten vor, die Apfelknospen explodierten, und der Himmel hing wie eine Glocke
über den Feldern. In der Bäckerei von Rosice kaufte sie ein
warmes Zweipfundbrot, brach es auf, warf das Weiche den
Tauben hin und aß die braune Kruste. Am Morgen des Weißen
Sonntags begegnete sie kleinen Mädchen mit Spitzenkrausen
und gefältelten Stulpen, die den Erwachsenen in die Kirche vor-
ausliefen. ›Quasi modo geniti infantes, alleluja!‹ sang der Chor
zum Introitus.
Die Meilensteine und die blühenden Süßkirschen zogen mit der
Chaussee nach Westen. Ganz leer vor Glück setzte sich Sophie
um die Mittagszeit unter einen summenden Baum. Jede Kreuzung war ein Beweis ihrer Freiheit. Wohin sie ging, sie ging in
die eigene Richtung. Wer immer ihr entgegenkam, niemand
hielt sie auf. Die Männer nahmen vor ihrem Habit die Hüte ab,
die Frauen lächelten aus den Kopftüchern, und die Soldaten
winkten von den Panzertürmen. Abends bat sie in den Pfar-
reien um Unterkunft, wusch ihre Wäsche, stopfte ihre Strümpfe

und machte sich in der Frühe wieder auf den Weg. Hinter Teltsch tauchten die ersten Teiche aus den Wiesen. Wenn die Erlenkätzchen stäubten, drückte sich das Schilf ans Ufer oder bückte sich ins Wasser, und von den Eichen fiel das Vorjahrslaub.

Über die Rudolfstädter Straße, Mitte April, kam sie nach Budweis und blieb am Mühlgraben stehen, wie an ihrem Ziel. Doch so lange sie auch wartete, sie sah nur Enten mit braunen und grünen Köpfen, kein Bleßhuhn, dem geholfen werden mußte. Sie fragte nach der Straße, die Sixta auf seinen Briefen angegeben hatte. Das weißgetünchte Haus war durch ein Rasenstück von den Nachbarn getrennt. Sie setzte den Koffer vor dem niedrigen Lattenzaun ab, wagte aber nicht, über die Tür hinweg nach dem Riegel zu greifen. Im Garten stand Holunder. Oder war es Flieder? Nein, Holunder. Wo zogen die Tulpen ihre grünen Schwerter? Wo schoß der Salat ins Kraut? War alles nur eine Erfindung gewesen, wie das Huhn mit dem zerbrochenen Schnabel? Sie nahm den Koffer wieder in die Hand, als sich im Erdgeschoß eine Gardine bewegte. Eine weißhaarige Frau öffnete das Fenster und rief: »Warten Sie, Fräulein Sophie! Ich komme!«

7 *Die Barrikade*

Den Verlauf der Front ersah Sellmann aus dem Benehmen des Portiers, der seit der Einnahme Brünns nicht mehr den rechten Arm ausstreckte, sondern »Meine Verehrung, Herr Direktor!« rief. Vier Tage später, nach dem Fall Mährisch-Ostraus, sagte er: »Mein Kompliment!« Als Pilsen kapitulierte, legte er stumm die Hand an den Mützenschirm, und manches sprach dafür, daß er eines Morgens nur noch mit »Servus, Alter!« grüßen würde. Am ersten Freitag im Mai, als Sellmann zu gewohnter Zeit am Graben eintraf, beobachtete der Portier, ohne sich umzudrehen, wie das Messingschild mit der Prägung ›BÖHMISCHE LANDESBANK‹ von der Fassade geschraubt wurde. Sellmann öffnete sich selbst die Tür, ging in sein Kontor und fand es kalt.

Eine Nachfrage ergab, daß der Heizer nicht zur Arbeit erschienen war. Sellmann behielt den Mantel an und nahm die Post vor.

In der Mappe entdeckte er einen noch ungeöffneten, vor vierzehn Tagen in Berlin abgestempelten Brief, der an ihn ›persönlich‹ adressiert war. Herr Frenzel verlangte die sofortige Übersendung des Protokolls der Generalversammlung vom April '39, bei der auf Initiative der ›Saxonia‹ eine Pauschalabfindung der jüdischen Mitarbeiter der Böhmischen Landesbank beschlossen worden war. Außerdem wünschte Frenzel einen Bericht ›über unsere Bemühungen beim früheren Reichsprotektor von Neurath, die Auswanderung Eugen Lustigs betreffend‹.

Sellmann lächelte. Das Bankgeschäft hatte für ihn von jeher etwas Imaginäres gehabt. Pfandbriefe, Obligationen, Aktien, Hypotheken – das war bedrucktes Papier, bezogen auf Fabriken, Häuser und Äcker, die er selten oder nie gesehen hatte. So wenig er sich die Depositen zeigen ließ, bevor sie im Tresor verschlossen wurden, so wenig überprüfte er das Mehrheitspaket einer Brauerei in Gestalt von Abfüllmaschinen oder Maischbottichen. Daß Firmen Langstiefel, Fadennudeln, Lastwagen oder Badesalz herstellten, daß Landgüter die Verluste eines verregneten Sommers mit Gewinnen im Holzhandel kompensierten, daß Grundstücksverkäufer die gestiegenen Bodenpreise durch Parzellierungen vertuschten, bewiesen die Bilanzen, in denen sich die Ergebnisse zugleich versteckten und offenbarten. Das Verhältnis von Fiktion und Wirklichkeit erzeugte ein Kraftfeld, dessen Energie er stets an sich selbst erfahren hatte, bevor er es weiterleitete. Doch Kreditwünschen zu entsprechen, wenn die Sicherheiten schon jenseits der Kampflinien lagen, war Hokuspokus. Mit den Panzern kam weder für Frenzel noch für ihn, Sellmann, eine Hoffnung heran. Das war die Sache von Leuten wie Pippo, dem Friseur des Hotels ›Paris‹, der ihm gestern über den Weg gelaufen war.

»Lernen Sie englisch, Herr Baron«, hatte er geflüstert.

»Ich kann schon.«

Pippo hatte ihn in einen Hauseingang gezogen.

»Ich spreche deutsch, italienisch, französisch, ungarisch, serbisch und polnisch – aber wie rede ich mit meinem Schwager? Meine

Stiefschwester wohnt in Chicago. Ihr Mann ist angeblich Adjutant bei General Patton. Sollen andere den Rebbach machen? Vielleicht ginge es mit Zeichensprache – aber wenn es Streit gibt?«

»Coming events cast their shadows before«, hatte Sellmann gesagt.

»Sie haben es gut, Herr Baron.«

Ja, ich habe es gut, dachte Sellmann. Kaltgestellt an der Moldau. Er ließ Frenzels Brief zu den Akten nehmen, bat um Tee mit Rum und setzte die Tasse am Fensterbrett ab. Kein Militär auf dem Graben, nur eine Kolonne Kübelwagen in Richtung Pulverturm. Dafür viele Zivilisten mit Schlapphüten, deren Krempen der Wind verbog. Den Mantelkragen hochgeklappt und die Hände in den Taschen erinnerten sie an einen Film, den er vor Jahren gesehen hatte: ›Eine Stadt jagt ihren Mörder‹. Was hatte Lustig in diesem Zischkower Bordell gesagt? Der sicherste Ort in stürmischen Zeiten ist das Auge des Taifuns; Sabatier, der Franziskus-Biograph, fügte hinzu: Jedes Meer hat seine eigenen Strömungen, doch sie verschwinden geheimnisvoll, sobald der Orkan naht. Vom Ozean bis zum fernsten Bergsee geht dasselbe Brausen durch die Fluten. Bei km 195/721 der Strecke Brünn-Iglau hatten Partisanen die Eisenbahnbrücke gesprengt. Fünfundsechzig Tote, über hundert Verletzte. War Sophie unter ihnen? Er hatte wochenlang Tag um Tag mit der mährischen Filiale telefoniert, bis die Leitung stillgelegt wurde. Plötzlich erinnerte er sich eines Heiligabends in Abessinien, vor dem ersten Krieg. Die Herren hatten die Shagpfeifen am Kamin ausgeklopft, der Onkel seines Reisegefährten, britischer Konsul in Addis Abeba, las die Weihnachtsgeschichte nach Lukas (›Now it came to pass in those days...‹), die Hyänen heulten durch die Nacht. Oder verwechselte er ihn mit dem Piloten im Lazarett von Oudenaarde? Niederlagen waren eine Sache des Gedächtnisses. Sie schälten die Rinde ab. Ein anderer Schlag wurde frei, vorläufig noch in Loden und Manchester, doch bald in Schniepel oder Stresemann.

Als die Sekretärin meldete, daß Herr Amery junior im Vorzimmer wartete, gab er ihr die leere Tasse und den Mantel mit und empfing seinen Schwiegersohn an der Tür. Jan war bleich wie nach einer schlaflosen Nacht. Er klappte den Karton auf, den er unterm Arm getragen hatte, nahm einen elektrischen Ofen heraus und schloß ihn an die Steckdose an.

»Woher weißt du, daß unsere Heizung nicht funktioniert?« fragte Sellmann und blickte auf den glühenden Wickeldraht.

Amery rieb die Hände in der hochsteigenden Wärme.

»Es ist meine Schuld«, sagte er lächelnd und schob zwei Sessel vor den Ofen. »Wir brauchten den Mann.«

»Den Heizer?«

Amery nickte und sah Sellmann in die Augen, bevor er sich eine Zigarette anzündete.

»Für das Geschäft?«

Amery schüttelte den Kopf und blies den Rauch durch die Nase.

»Ich werde dir alles erklären, in ein paar Jahren«, sagte er und zog den Schal vom Hals. Sein blaues Hemd war ohne Krawatte.

»Du fährst mit Betty und Heinrich noch heute nach Karlsbad, mit meinem Wagen, wegen der Nummer. Er steht drei Häuser weiter. Der Tank ist voll. Oder willst du die Stellung halten, bis die Amerikaner in Prag sind?« Er schnipste die Asche auf den Boden. »Die Amerikaner werden nicht kommen. Bis zum Abend müßten sie es schaffen, aber sie werden nicht kommen. Frag mich nicht, woher ich es weiß. Glaub mir einfach.«

Amery hatte leise gesprochen und mit Pausen, in denen sein Adamsapfel aus dem Kragen unter das Kinn rutschte. Er betrachtete den linken Daumennagel, als überlegte er, ob er ihn verschneiden sollte.

»Es wird eine neue Regierung gebildet«, sagte er und wedelte durch den Rauch. »Der Ministerpräsident spricht morgen über den Rundfunk.«

Sellmann beugte sich vor.

»Aber er wird nicht reden«, sagte Amery.

»Wie das?« fragte Sellmann.

»Weil ich es nicht möchte«, lächelte Jan und drückte die Zigarette aus.

Sellmann suchte nach Gründen für solche Überspanntheit.

»Was meint denn Christine?« fiel ihm ein.

»Sie geht davon aus, daß ich sechs Sommer in Mähren verbracht habe, um Ziegenkäse zu essen«, sagte Jan und blickte Sellmann ins Gesicht. »Das glaubst du doch auch, oder?«

Sellmann erhob sich und stolperte über das Heizungskabel, als er zum Fenster trat. »Einige Zeit war ich mir nicht ganz sicher«, hörte er Amery hinter sich sagen. »Ich hatte sogar vor mir selber Angst. Manchmal dachte ich, man muß ein Deutscher sein, um sein Land zu lieben. Dann kam ein Mann in schwarzen Socken zu mir . . . nein, entschuldige, das verstehst du nicht. Aber an einer Kreuzung im Böhmerwald habe ich einen Offizier weinen sehen, einen tschechischen Offizier, weil er die Straße für den Rückzug freihalten mußte, ohne daß ein Schuß gefallen wäre. Die Tränen sind ihm in den Mund gelaufen. Er hat sie abgeleckt, und dann ist er zusammengeknickt wie ein Taschenmesser, und ich habe ihm seine Mütze wieder aufgehoben aus dem Dreck. Er hat mich verfolgt, wenn du weißt, wie ich das meine. Er hat mit mir vom selben Teller gegessen und aus demselben Glas getrunken. Er hat mich jede Nacht geweckt. Er war den ganzen Krieg über bei mir, und er ist immer noch da. Aber er ist dir nicht böse. Begreifst du das? Auch gegen Christine hat er nichts. Schließlich ist er mit ihr verheiratet – wie sagt man? – bis daß der Tod euch scheide. Mitunter fragt er mich, ob die deutschen Offiziere auch weinen, wenn sie das Zeichen zum Abmarsch geben. Ein paar Tränen wären nicht schlecht. Dabei ist er nicht rachsüchtig. Allerdings, er hat Freunde, die schauen sich schon nach Laternen um, und er kennt einen Mann, der den Triumphmarsch aus ›Aida‹ dirigieren mußte, während seine Frau in die Gaskammer geführt wurde. Wenn der nach Prag zurückkommt, dann sicher nicht mit einem Taktstock. Wäre es nicht besser, du nimmst meinen Wagen? Denn falls der Kapellmeister noch lebt, ist er jetzt ungefähr in Dresden. Er geht immer einen Schritt hinter dem ersten Panzer. Morgen ist es vielleicht zu spät.«

»Ich bleibe«, sagte Sellmann gegen das Fenster.

»Wartest du auf ein Wunder?«

Sellmann steckte die Hände ins Jackett und drehte sich um. Er sah Amery im Sessel sitzen, mit blassen Lippen und geschlossenen Augen, die Beine ausgestreckt, den Mantel geöffnet und den Schal über der Lehne.

»Du weißt, worauf ich warte«, sagte Sellmann.

»Ich kann es mir denken«, sagte Amery und hob die Lider. »Du willst es genießen.«

»Nein«, sagte Sellmann. »Ich warte auf Katja und Sophie.«

»Das ist dasselbe«, antwortete Amery und stand auf. »Aber du bist zu korrekt, es zuzugeben. Oder zu eitel. Du möchtest niemandem zur Last fallen, schon gar nicht aus Bequemlichkeit, was? Darf ich dir wenigstens den Ofen schenken?«

»Danke«, sagte Sellmann. Kein Pardon, doch immerhin etwas Versöhnliches. Man lächelte ein bißchen verlegen, als wäre man sich auf einem Hundefriedhof begegnet, und verbeugte sich, wie nach einem abgeblasenen Duell. Amery band den Schal um den Hals und knöpfte den Mantel zu, und Sellmann half dabei, indem er den Hut suchte. Ach so, wir tragen keinen Hut. Nun wurde es Zeit. Er begleitete seinen Schwiegersohn bis an die Treppe. Viel Entschlossenheit in den Füßen, sobald man wußte, daß die Bataille vorüber war. Ein Händedruck, als sagten sich zwei Schraubzwingen Lebewohl. Dann die Stufen aus Kunstsandstein, Zementbeton mit Eiseneinlage, feuersichere Konstruktion, das blanke Geländer und ein Kopf, der im Schacht verschwand. ›Die Häuser fallen hinter uns ins Knie, die Gassen biegen sich uns schief entgegen‹, die folgende Zeile hatte Sellmann vergessen, aber dann: ›Und unsre Rosse rauschen wie ein Regen‹. Er ging an den Schreibtisch zurück. Das Telefon erinnerte ihn daran, daß er in keinem Sattel saß. Seine Frau fragte, ob er zum Mittagessen käme. Sie hätte Heringssalat, aus Rollmöpsen im Glas. Nein, Betty, lieber heute abend. Sellmanns erster Chef hatte gern gesagt: Wenn Sie nichts zu tun haben, lernen Sie die Börsenkurse auswendig, oder räumen Sie Ihre Schubfächer auf. Arbeiten Sie, als wäre mit Ihrem Tod alles zu Ende, und reden Sie mit unseren Kunden, als gäbe es ein Jüngstes Gericht.

Sellmann machte einen Rundgang durch die Bank. Die Angestellten der ersten Etage saßen in ihren Mänteln. Sie öffneten Briefe von irgendwoher und schickten Antworten irgendwohin. Die Dame an der Fakturiermaschine trug Handschuhe, sehr vorwurfsvoll. Sollte er ihr erklären, weshalb der Heizer verhindert war? Der Leiter der Giro-Abteilung folgte Sellmann auf den Korridor und fragte, ob der Herr Direktor an silbernen Leuchtern interessiert sei, der Nachlaß der Gräfin Ledebur werde versteigert, am Montag, der Auktionator sei sein Schulfreund.

Sellmann nieste, als er zurückkehrte. Der Himmel hatte aufgeklart, doch es blieb kühl in dem großen Zimmer. Am Abend fuhr er mit der Straßenbahn nach Hause und schwitzte unter dem Hut. Er aß Pellkartoffeln zum Heringssalat, schluckte zwei Aspirin, trank heißen Kamillentee und hörte die Nachrichten. Eine neue Regierung hatte sich konstituiert, ihre Mitglieder waren vom Reichsprotektor bestätigt worden. Der Großadmiral leitete die Verteidigung von Flensburg aus. Eine Division der ›Russischen Befreiungsarmee‹ General Wlassows war im Anmarsch. Ein japanisches Selbstaufopferungsflugzeug vom Typ ›Kirschblüte‹ hatte einen amerikanischen Zerstörer versenkt.

Ansonsten Wetterbesserung.

Obwohl er fieberte, fuhr Sellmann am Samstagmorgen in die Bank und saß bis zum Schalterschluß vor Amerys Heizofen. Der Regierungschef sollte seine Ermächtigung um dreizehn Uhr im Radio bekanntgeben, statt dessen schrie der Ansager: »Tod den Deutschen!« Als Sellmann ausgeschaltet hatte, öffnete er das Fenster zum Graben und sah einen Soldaten über den Damm laufen. Der Soldat stolperte anscheinend in der Tramschiene und fiel aufs Gesicht. Nur das rechte Bein streckte sich, verschob die Hose und entblößte die weiße Wade. Die Straße blieb eine Weile leer, dann traten Männer aus den Häusern und gingen an dem Erschossenen vorüber. Sie waren den gestrigen sehr ähnlich, doch sie sprachen nicht miteinander, als hätten sie sich über ihr Ziel schon geeinigt. Eine Tram bremste vor dem Toten, der Fahrer und der Schaffner zerrten ihn an den Bordstein, und der Schaffner riß die Signalleine, nachdem er sich überzeugt hatte, daß niemand zugestiegen war.

Sellmann schloß das Fenster, zog die Schnur des Heizofens aus der Steckdose und rief Christine an. Das Dienstmädchen schluchzte in den Apparat, bis Sellmann sie anbrüllte.

»Möchtest du nicht zu uns kommen?« fragte er Christine.

»Ich werde den Teufel tun«, sagte sie. »Die Wanne ist voll

Wasser, es sind genug Kerzen in der Wohnung, und Marianne brät das Fleisch für morgen an. Es gibt Rouladen, wie wär's?«

»Die Lage ist ernst, mein Kind.«

»Ja«, sagte Christine. »Vor einer Stunde haben sie uns die Schaufenster eingeschlagen. Das müßtest du doch gehört haben, oder sprichst du aus Bubenetsch?« ˙

»Ich will gerade aufbrechen.«

»Dann ruf nochmal an, wenn du zu Hause bist! Hast du dich schon wieder erkältet?«

»Ja«, sagte Sellmann, »leider.«

Während er über den Graben ging, blickte er in die Gesichter über den Zellwollmänteln: Schlosser nach der Frühschicht, die Haare noch naß und so straffgekämmt, daß die Kammzähne im Scheitel saßen, Untermieter aus den Vorstädten, Stammgäste der Stehbierhallen, verbitterte Angestellte, Eisenfresser in Zivil. Auch die jungen Frauen schienen verwandelt, begehrlich und schön in ihren hellen Regenhäuten, mit festen Beinen und freien Hälsen, ernste Katzen, die Pupillen nachtschattengroß. Es hörte sich albern an, wenn geschossen wurde, als striche jemand mit einer brennenden Zigarette über eine Reihe aufgeblasener Luftballons. Eine Dame bekam plötzlich eine Ohrfeige und bückte sich nach ihrem Hut. Sellmann fühlte, daß er sich unter Leuten bewegte, die ihm im Vorbeigehen einen Tritt geben konnten, ohne daß sich irgendwer darüber gewundert hätte. Er sah, wie ein Mann ein belegtes Brot aß, danach einen Stein in die Auslage einer Buchhandlung warf und anschließend auf die Normaluhr blickte, als wollte er sich vergewissern, daß er sein Rendezvous nicht versäumte. Aus den Fenstern der Podiebrad-Kaserne ragten die Läufe von Maschinengewehren. Statt in ein Auto würde man in eine Kugel rennen. An der Ecke der Tischlergasse führten zwei Weiber einen schmächtigen Verkäufer zwischen sich, dem sie ihre Netze über den Kopf gestülpt hatten. Sie drückten ihn mit den Henkeln in die Knie und zeigten ihn her wie einen gefangenen Hasen.

Vor dem grünen Hang des Sommerberges, mitten auf der Stefanik-Brücke und leuchtend wie in einem Color-Lichtspiel, standen Arbeiter in blauen Overalls. Sellmann überlegte, ob er über die Hetzinsel gehen sollte, doch die Gefahr zog ihn geradeaus.

Er wurde nach seinem Ausweis gefragt, erst tschechisch, dann deutsch, zuckte die Schultern und sagte: »I don't understand. What do you wish?« Der Mann rief den anderen zu, daß er den ersten Amerikaner getroffen hätte, und gab Sellmann einen freundlich gemeinten Schlag ins Genick. Die Brille rutschte ihm auf die Nasenspitze, doch er lächelte und durfte ungehindert passieren. Eine Kriegslist, besonders im Kampf gegen irreguläre Truppen durchaus vertretbar. Oder? Er mußte niesen. Na, also! Pippo hatte recht gehabt. Bei Mißverständnissen genügte es nicht, mit Händen und Füßen zu reden.

Die Belcredi-Allee war das schwierigste Wegstück. Am Hotel ›Belvedere‹ wurde das Pflaster aufgerissen. Eine weißlackierte Zimmertür fiel aus dem zweiten Stock, eine aufgeklappte Mülltonne rollte den abschüssigen Bürgersteig herunter und verstreute Kartoffelschalen und Asche. Sellmann bog nach rechts ab und erreichte seine Wohnung durch Nebenstraßen. Er war erschöpft, doch er schwitzte nicht mehr. Die Erregung und das schnelle Laufen hatten das Fieber ausgetrieben. Als Frau Sellmann ihn bat, einen Wehrmachtsobersten anzurufen, dem sie bei Christine begegnet war, schüttelte er den Kopf, was aller Erfahrung nach als Antwort ausreichen mußte. Doch diesmal hatte er sich geirrt.

»Vielleicht besorgt er uns einen Lastwagen«, sagte Betty, »damit wir das Wichtigste mitnehmen können. Ich warte nicht länger. Ich wollte nie nach Prag. Nur wegen Heinrich.« Sie blickte auf ihren Sohn, der die Augen senkte. »Ich verstehe die Leute hier nicht, und wenn sie mich verstehen, dann verstehen sie mich falsch. Ich weiß nicht, wie Christine das aushält, aber es ist ihre Sache. Die Mädchen sind erwachsen. Sie haben uns verlassen, als sie es für richtig hielten. Ich mache ihnen keine Vorwürfe, aber es tut mir leid. Wenn du nach Heinrichs Operation deinen Posten gekündigt hättest, wäre uns manches erspart geblieben. Oder nach dem Unfall. Aber du bist für diesen netten alten Juden durchs Feuer gegangen, und wir hatten es nicht schlecht, das kann ich nicht behaupten, aber denkst du etwa, dein Herr Lustig kommt nächste Woche mit seinen Millionen aus London zurück und bedankt sich bei dir dafür, daß du seine Bank über den Krieg gerettet hast? Ich bin nicht mehr zwanzig. Ich will nicht wieder von vorn anfangen. Kannst du dir nicht vorstellen, was sie mit uns machen werden? Der Hausmeister hat mir schon angeboten, daß er unser Silber versteckt. Soll ich zusehen, wie Heinrich ...« Sie war am Ende. Sie weinte und wußte, daß sie gegen Sellmanns Schweigen damit nicht ankam. Sie legte den Löffel auf den Tellerrand und ging hinaus. Sellmann nickte, und Heinrich folgte ihr.

Er setzte sich in sein Arbeitszimmer und sah in den grünen Baumgarten hinaus. Als er im ersten Krieg verwundet worden war, hatte ihm Betty aufmunternde Briefe geschrieben. Sie hatte ihn auf sich genommen, ertragen und verwöhnt. Seit Heinrichs Geburt lebte seine Ehe von der Erinnerung an diese frühen glücklichen Jahre. Heinrich war ein Teil von Betty. Er gehörte ihr allein. Als er nach den Masern erblindete, hatte sie geheult wie ein Wolf und sich die Fäuste blutig gebissen. Sie hatte sich den lieben Gott als Geheimen Medizinalrat gedacht, der sie jeden Abend zur Konsultation empfing, sie beruhigte und einschlafen ließ. Hätte er Betty nicht geheiratet, er hätte nie erfahren, was es bedeutet, von einer warmen, rosigen, fröhlichen Frau zehn Jahre lang geliebt zu werden. Später hatte sie sich nach Einsamkeit gesehnt und in Gesellschaft die Maschen der Filetdecke gezählt, sobald sie ein Wort nicht verstand. Nach Heinrichs Operation hatte sie Monate mit ihm allein verbracht, damit er ihr Gesicht auswendig lernte, und Sellmann und die Mädchen darüber vergessen. Warum sollte er diesen Oberst nicht fragen, ob er Betty und Heinrich mitnehmen würde? Von einer Ordonnanz erfuhr er, daß der Oberst möglicherweise am Sonntag zu erreichen sei. Als gegen Mitternacht zwischen dem Prager Nationalrat und dem deutschen Oberkommando eine Waffenruhe vereinbart wurde, ging Sellmann zu Bett, telefonierte aber am nächsten Morgen wieder, mit dem Erfolg, daß er auf Montag vertröstet wurde. Am Montag begann das Schießen von neuem und mit schwererem Kaliber. Der Hausmeister meldete, daß amerikanische Panzer in der Stadt gesehen worden seien, und blieb nicht, wie sonst, in der Diele stehen, sondern ging Betty voraus in den Salon. Sellmann schenkte ihm eine Flasche Cognac und fragte ihn, ob er beim Einkauf von Lebensmitteln behilflich sein wollte. Der Hausmeister versprach es und kam gegen Abend mit einer Packung Nudeln zurück. Betty bedankte sich, ließ ihn aber nicht mehr in den Korridor. Eine Flasche Cognac gegen ein Pfund Nudeln? Na, so ging's ja nicht.

Sellmann spielte mit Heinrich Schach und beklagte, nachdem er zwei Partien verloren hatte, daß dieses Spiel so ausschließlich auf den König zugeschnitten war, obwohl der doch, von der einmaligen Rochade abgesehen, zu großen Bewegungen unfähig sei.

»Spielt lieber ›Mensch-ärgere-dich-nicht‹!« sagte Betty und wollte schon die Schachtel holen, als vor dem Hause geschossen wurde.

»Legt euch unter die Fenster!« rief Sellmann, knipste das Licht der Stehlampe aus und blieb in seinem Sessel. Wieder fielen Schüsse, eine Granate krachte, und das Fensterglas zitterte von der Detonation. »Fünfzig Meter«, sagte Sellmann im Dunkeln. Dann klapperten nur noch Gewehrkolben oder eisenbeschlagene Absätze über den Bürgersteig.

»Wollen wir in den Keller gehen, Anton?« fragte Betty.

Er mußte nicht antworten. Auf der Straße fing plötzlich ein dröhnender Baß zu singen an. Sellmann war die Melodie unbekannt, aber er begriff ihre Kraft und merkte, wie sich seine Nackenhaare sträubten. Das Lied verfolgte ihn bis in den Traum.

Erst am Dienstagmorgen sah Betty, daß ein Geschoß das Schlafzimmerfenster, den Vorhang, die Schrankwand und Sellmanns Zylinder durchschlagen hatte.

»Ach, die Hurratüte!« sagte Heinrich, setzte den Zylinder auf und steckte den Zeigefinger in das Einschußloch. Sellmann lachte und umarmte Betty. Sie frühstückten im Pyjama, und Frau Sellmann ließ ihr Haar offen über den Hausmantel hängen. Sie goß Büchsenmilch aus Heinrichs silberner Kuh, dem Geschenk des alten Amery, in die Tassen. Sellmann erzählte, wie Heinrich an irgendeinem Weihnachtstag Kuchenkrümel mit dem Mikroskop untersucht hatte. Als Heinrich es abstritt, verlangte Sellmann, daß das Mikroskop hereingebracht würde, damit er es ihm, wenn auch nur mit Zwieback, vorführen könnte.

»So haben wir uns schon ewig nicht amüsiert«, sagte Betty nach einer Stunde.

»Und jetzt sollen wir uns wieder anziehen«, murrte Heinrich. Er schob zum Protest den Kaffeelöffel in den Zylinder.

»Ja, wozu eigentlich?« fragte Betty, an Sellmann gewandt. »Wenn du sowieso nicht mit dem Obersten sprichst!«

»Er sieht dich doch nicht am Telefon«, sagte Heinrich und nahm seine Pantoffel von den Füßen. »Ich stelle mich neben dich und mache klack«, er klatschte die Sohlen gegeneinander, »und der Oberst denkt, du schlägst die Hacken zusammen.«

»Bitte«, sagte Betty, und Sellmann erhob sich.

Als er zurückkehrte und berichtete, daß die deutschen Truppen im Laufe des Tages nach Westen abziehen würden, aber keine Zivilisten mitnehmen dürften, war Betty die erste, die die Fassung wiedergewann.

»Dann gibt es Mohnnudeln zu Mittag«, sagte sie.

Heinrich tippte an den Zylinder, daß er ihm in den Schoß fiel. »Dann kommen also die Russen.«

»Mein Gott, die Russen sind auch Menschen«, sagte Betty und begann, Teller und Untertassen aufeinanderzuschichten. »Jedes Volk hat seine Eigenart. Ich binde mir eben ein Kopftuch um und gehe in Holzpantinen auf den Markt.« Sie log, Heinrich zuliebe. Sellmann nahm ihr das Tablett ab und trug es in die Küche.

Am Nachmittag fragte Heinrich, was er mit seiner Führerbüste machen sollte. Er stellte sie auf Sellmanns Schreibtisch, zwischen die Schadowschen Prinzessinen und den immerwährenden Kalender. Hitlers Bart war mit schwarzer Porzellanfarbe auf die Porzellanlippe gemalt. Über der braunen Uniform, die unter den Brusttaschen endete, lag der Schulterriemen, die Lippen waren ein orangener Strich.

»Schade«, sagte Sellmann, in Gedanken bei Sigfrido Pfau und der Wiener Akademie.

»Ja, ich hab ihn zum Abitur gekriegt«, sagte Heinrich. »Aber weg muß er. Ich vergrabe ihn heute nacht.«

»Schlag ihn kaputt und schmeiß ihn in den Abfall!«

»Soll sonst noch irgendwas verschwinden?« fragte Heinrich und blinzelte unter den dicken Brillengläsern.

»Nein, danke«, sagte Sellmann, »und paß auf, daß du dir nicht auf die Finger haust.«

Warum fordere ich ihn nicht auf, bei mir zu bleiben? fragte er sich, als Heinrich das Zimmer verließ. Warum erkläre ich ihm nicht, was bevorsteht? Warum streichle ich nicht seinen mageren Hals, auch wenn ich weiß, daß er solche Zärtlichkeiten für Schwindel hält? Liebe ich ihn nicht? Vielleicht liebe ich ihn nicht. Wen liebe ich überhaupt? Früher, als er mit Flugzeugen gereist war, hatte er überlegt, was geschähe, wenn er mit diesen Zufallsnachbarn abstürzte, und über den Rand seiner Zeitung hatte er nach einem einzigen Gesicht gesucht, an das er sich halten konnte, denn ein Unglück höbe die Grenzen auf, und man würde mit vielen eins. Das hatte er nicht gewollt. Fand er aber einen Jungen, der ihn an Heinrich erinnerte, war alles gut gewesen. Also liebe ich ihn doch? Er wußte keine Antwort und hatte niemanden in Reichweite, den er fragen konnte. Er kam sich vor wie ein alter, cholerischer Krüppel, den man in sein Zimmer gesperrt hatte. Im Laufe des Abends spürte er, wie seine Heftigkeit sich steigerte, je geringfügiger die Anlässe wurden. Als Betty schnarchte, hatte er einen Schweißausbruch.

Am Mittwochmorgen rasierte er sich sorgfältig, duschte danach und besprühte das Gesicht, den Hals und die Achseln mit Eau de Cologne. Da die beigegepunktete Fliege verschwunden war, suchte er lange nach einer passenden Krawatte zu dem sandfarbenen Anzug, entschloß sich endlich zu einer grüngelbgestreiften und verzichtete auf ein Brusttuch. Nach dem Frühstück ging er an seinen Schreibtisch, breitete einen Stadtplan aus und ließ sich von Heinrich die Angaben des Radiosprechers übersetzen. Mit dem Papiermesser fuhr er die besetzten Außenbezirke ab, bis der Donner und das Geschrei so nahekamen, daß es genügte, die Fenster zu öffnen, um die Lage zu erkennen. Die Anwohner stürzten aus den Hauseingängen, schwenkten Trikoloren oder rote Fahnen, küßten sich und rannten die Böschung zum Baumgarten hinunter. Als Heinrich den Mülleimer mit der zerschlagenen Büste in den Hof bringen wollte, schickte ihn der Hausmeister in die Wohnung zurück.

Nach dem Mittag – Betty hatte weiße Bohnen gekocht, doch die Schüssel war unangerührt geblieben – hielt ein offener Viehtransporter vor dem Haus. Sellmann sah die weißen Hände, die sich um die Dachstreben klammerten. Dann wurde die Einstiegsrampe heruntergeklappt, und zwei Männer mit Gewehren und roten Armbinden sprangen über die verjauchten Bretter auf die Straße.

»Ich brauche wirklich keinen Mantel«, sagte Sellmann zu Betty, als es läutete. »Es ist warm heute.« Er küßte sie, umarmte Heinrich und ging allein zur Tür. Der Hausmeister stand zwischen den Bewaffneten. Er hängte Sellmann ein Pappschild mit der Aufschrift ›Kollaborant‹ um den Hals und fragte nach Heinrich.

»Er ist krank«, sagte Sellmann.

Die Männer mit den Gewehren drückten ihn wortlos beiseite und drangen in den Korridor. Betty stellte sich vor Heinrichs Tür, doch er öffnete selbst, und der Hausmeister hatte Mühe, dem hochgewachsenen Jungen die Schnur über den Kopf zu ziehen. »Geben Sie ihnen etwas zu essen mit!« sagte er, und während Betty in die Küche lief und ein Kochgeschirr mit weißen Bohnen füllte, las Heinrich die Buchstaben auf seinem Schild und fragte: »Müßte es nicht eigentlich ›Laborant‹ heißen?«

Einer der Milizionäre schlug Heinrich das Schild gegen die Nase, der andere stieß ihm mit dem Gewehrkolben in den Rücken, Sellmann nahm das Kochgeschirr, und Betty begleitete sie hinunter. Als Sellmann und Heinrich den Milizionären voran auf den Lastwagen kletterten, rief sie: »Ich warte! Ich warte!« Über die geschlossene Luke des fahrenden Wagens hinweg sah Heinrich, wie seine Mutter auf dem Gehsteig zusammenbrach, doch er war sich nicht sicher, ob er es wirklich sah, weil ihm noch die Augen tränten.

Sellmann zog den Henkel des Kochgeschirrs über den Arm und streckte beide Hände nach den Streben, wie es die anderen Festgenommenen taten, um das Gleichgewicht nicht zu verlieren. Mit sich und Heinrich zählte er elf Männer. Beim nächsten Halt in der Gerstnergasse fragte er den neben ihm Hängenden, ob er wüßte, wohin die Reise ginge. Der schüttelte den Kopf, nahm die Füße auseinander und spuckte Blut auf den geriffelten Boden. Drei Neue kamen dazu, und die Milizionäre stellten sich, weil es ihnen zu eng wurde, auf die Trittbretter an der Kabine.

Vor dem Tor des Messepalasts sah Sellmann die ersten russischen Tanks. Die Soldaten hatten Blumen an den Mützen. Die Lederstreifen von der Stirn in den Nacken erinnerten an die Sturzkappen der Radfahrer beim Steherrennen. Mädchen in hellen Blusen saßen auf der Panzerung, winkten und lachten oder versuchten, die Soldaten von den Drehtürmen zu ziehen. Am Straßenbahnhof wurden weitere Gefangene zugeladen. Sellmann mußte sich nicht mehr festhalten. Er stand dicht an die anderen gepreßt. Bei den Aufenthalten hatte er schon die Hitze gespürt, und der Schweiß war ihm in die Brauen gelaufen, doch der Fahrtwind hatte die Haut immer wieder trockengeblasen. Als der Transport an der Troja-Brücke hielt und die Rückwand herunterklappte, rutschte und torkelte er wie die übrigen ins Freie. Die gebrüllten Befehle der Milizionäre vermochten nichts gegen die dröhnenden Märsche aus den Lautsprechern, aber es ließ sich denken, daß man antreten sollte. Ein Fotograf machte eine Aufnahme, und nachdem die Milizionäre Schaufeln verteilt hatten, eine zweite. Dabei kippte ein älterer Kollaborant aus dem Glied und fiel ohnmächtig zwischen die Bewacher, weshalb sie ein drittes Foto verlangten, aus Furcht, das zweite wäre verwackelt. Dann führten sie die Kolonne von den Lautsprechern weg und erklärten den Gefangenen die Arbeit. Bis zum Abend sollte die Brücke geräumt und der Belag geglättet werden.

Die Barrikade, die mit Ausnahme der Bresche, die die Panzer gewalzt hatten, den Fahrdamm und die Gehwege versperrte, bestand aus Pflastersteinen, Teerfässern, Türen, Balkongittern, Autowracks, Margarinekisten, Gully-Rosten und anderem Gerümpel. Als einer der Gefangenen nach Schubkarren und Rammen fragte, stieß ihm der Wachhabende ein Schaufelblatt gegen die Stirn. Die Milizionäre sonderten die Kräftigsten aus und schickten sie zur Barrikade, um die zerquetschten und verbogenen Eisenteile zu entwirren. Aus den Schwächeren bildeten sie eine Kette, in der man die leichten Stücke weitergab und die nach Ankunft des zweiten Transports bis an die Lände verlängert wurde.

Während die meisten ihr ›Kollaborant‹-Schild auf den Rücken hängten, brachte Sellmann das Kochgeschirr mit den weißen

Bohnen in Sicherheit und band sich die Pappe unters Kinn, damit sie ihm beim Bücken nicht zwischen den Händen schaukelte. Er war froh, daß Heinrich in seiner Nähe arbeitete, und blickte einige Male durch die verstaubte Brille zu ihm hinüber. Als er eine Sprungfedermatratze aus dem Hindernis gezogen hatte, winkte er ihn zu sich heran, und sie trugen sie gemeinsam ans Ufer. Nach einigen Schritten hob sich der Nebel, den die Hitze, die Angst und die schmetternde Musik auf die Brücke gelegt hatten, denn Sellmann sah erst jetzt die Zuschauer in den grauen Mietshäusern und hinter den Absperrungen der freiwilligen Miliz. Sie hatten sich Kissen ins Fenster gelegt oder Stühle mitgebracht und begutachteten die Vorgänge an der Barrikade wie die Spielzüge einer Fußballmannschaft. Sellmann zeigte Heinrich auf dem Rückweg die Stelle, wo er das Kochgeschirr versteckt hatte, und er wollte gerade sein Jackett darüberdecken, als sich einer der Gefangenen, keine zehn Meter von ihm entfernt, auf das Brückengeländer schwang und mit weichen Knien einen Augenblick zwischen Himmel und Wasser taumelte, bevor er mit ausgebreiteten Armen und Beinen in die Moldau stürzte. Der zunächststehende Milizionär legte den Karabiner an die Backe, wartete, bis der Kopf des Flüchtlings auftauchte, und schoß das Magazin leer. Anscheinend hatte er ihn nicht getroffen, denn auch andere Bewacher feuerten auf den Mann, und die Leute an beiden Ufern rannten neben dem Schwimmer her. Neben Heinrich sah Sellmann über die Brüstung, fühlte sich aber bei den ersten gellenden Takten einer Polka plötzlich so hart am Kragen gepackt, daß er den Kopf nicht bewegen konnte und die Schnur seines Schildes ihm die Luft abdrosselte. Ich soll ihm hinterher, dachte er, doch der Milizionär drehte ihn nur in Richtung Barrikade und trat ihm mit dem Stiefel ins Gesäß, daß Sellmann über eine Schaufel stolperte und sich im Fallen das Gesicht aufschrammte. Er erhob sich schnell, warf im Lauf das Jackett weg und machte sich mit einigen anderen daran, ein durchlöchertes Auto aus den Trümmern zu ziehen. Weil ihm das Blech an den Kotflügeln zu heiß war, umklammerte er einen Spanten der Vorderscheibe, spürte sekundenlang den schneidenden Schmerz im Handteller, zerrte aber weiter, bis alle vier Räder auf dem Niveau der Straße standen. Dann wischte er das Blut an der Hose ab und begann, die herumliegenden Pflastersteine zu einer Pyramide zu schichten, um Platz für den Wagen zu schaffen. Er sah nicht mehr aufs Wasser, auch dann nicht, als der Jubel der Zuschauer das Ende der Jagd auf den Flüchtling anzeigte. Es genügte ihm, daß Heinrich an seiner Seite war.

Als Sellmann am späteren Nachmittag in das Sandbett der Barrikade stieg, um einige Reste hinauszuwerfen, faßte sich das Schaufelholz schmierig an. Er lehnte den Stiel gegen die Brust unter das Pappschild, leckte die rechte Hand ab und spuckte in die Linke, als wollte er sie rutschfest und griffig machen. Daß nun auch seine linke Hand blutete, wunderte ihn. Er strich den Schweiß von der Stirn und sah den Hemdärmel blutgetränkt. Ich bin doch kein Fleischer, dachte er. Auch der Sand und die Steine röteten sich, und als Sellmann aufblickte, leuchtete selbst der Himmel in tiefem Rot, wie in stürmischen Dämmerungen, obwohl es ganz windstill war. Er drückte das Kinn auf den Schaufelstiel, nahm die Füße auseinander und schloß die Augen. Auch unter den Lidern blieb es rot, nicht so rot wie zuvor, eher so, als liege Ziegelstaub auf der Hornhaut. Atmen, atmen, atmen wie ein Blasebalg und langsam zu den Steinen zurück, der König geht immer nur einen Schritt, außer bei der Rochade, und auf die Schaufel gestützt, wie der alte Amery auf seinen Silberknauf. Das war Heinrichs Hand. Nervus rerum. Ja, die Kinder, die Mädchen. Man sitzt auf einer Bank und sieht über den Großen Knechtsand, oder man sitzt auf dem Königsstuhl und sieht auf die Kreidefelsen. Er hatte sie weiß in Erinnerung. Warum waren sie rot, wie Katharinas flimmerndes Haar? Na, endlich, jetzt werden sie schwarz. Für einen müden Hintern sind Pflastersteine so gut wie ein Klubsessel. Nun die Schaufel zwischen die Knie: Dich halt' ich fest mit meinem ganzen Herzen. Bassermann gab den Tell, Krausneck den Attinghausen, Kortner als Geßler kam die große Treppe hinunter bis an die Rampe.

Der Milizionär, der beobachtet hatte, wie Sellmann zu dem Steinhaufen gewankt war, knotete ein Seil an einen Eimer, ließ ihn von der Brücke und zog ihn halbgefüllt wieder herauf. »Geh weg!« sagte er zu Heinrich, der bei Sellmann stand. Dann schüttete er dem Direktor der Böhmischen Landesbank das Wasser über den Kopf. Sellmann riß die Augen auf, hob seine Schaufel, schwang sie hoch und traf die Schulter des Milizionärs. Er wollte noch einmal zuschlagen, doch die Schaufel rutschte ihm aus der Hand.

Der Schuß, der ihn zu Boden warf, war wegen der Lautsprecher nur auf der Brücke zu hören. Heinrich kniete neben Sellmann und versuchte, ihn auf den Rücken zu drehen. Der Milizionär, der das Wasser geholt hatte, und der Milizionär, der geschossen hatte, halfen ihm. Heinrich nahm einen Hemdzipfel und putzte sich mit Daumen und Zeigefinger die Brille, um Sellmann ins Gesicht zu sehen. Er schob ihm die Arme unter den Nacken und unter die Knie.

»Warte«, sagte der Milizionär, der das Wasser geholt hatte, und rannte zum Ende der Brücke.

Einer der Flecken auf Sellmanns verschmiertem Hemd wurde dunkler und größer und durchblutete das Pappschild. Heinrich faßte nach Sellmanns Kinn und spürte die kurzen Bartstoppeln. Er wollte ihm die Augen schließen, wagte aber nicht, ihm die goldene Brille abzunehmen. Der Milizionär polterte mit einer zweirädrigen Obstkarre heran, und die Gefangenen legten den Toten in den grünlackierten Kasten.

Als Heinrich das sandfarbene Jackett vor dem Geländer sah, fielen ihm die weißen Bohnen ein. Er klappte den Eisenfuß der Karre herunter, bevor er die Jacke und das Kochgeschirr holte. Dann schnitten ihm die Milizionäre das Schild vom Hals und traten auf das Absperrungsseil, damit er seinen Vater hinüberschieben konnte.

8   Beißen Sie in eine unsichtbare Zitrone!

Das Wetter blieb schön, ›lieblich gedeckt‹, wie von einem blauen Orgelpunkt getragen. Darüber entfalteten sich die Stimmen und banden mit Oktaven und Quinten den Baß der Panzer an das Kreischen der Straßenbahnen. Sixta, noch blaß von seinem Winterversteck, ging in die Stadt hinunter.

Letzten September, am Ende des Heimaturlaubs, war er auf der Rückfahrt von Budweis in Prag ausgestiegen und hatte sich, statt den Zug nach Leipzig zu nehmen, bei seinen früheren Wirtsleuten im Jammertal einquartiert. Als er sie verließ, lag die Mannlicher-Pistole unter der Partitur des ›Jüngsten Tags‹. Durch Vermittlung eines Posaunisten der Philharmonie war er an einen Maler geraten, der sich wegen seines Ateliers am Botitsch-Bach Botticelli nannte. Bei ihm hatte er bis zur Ardennenoffensive gelebt und war danach zu Professor Vavra gezogen. Die Gemeinschaft mit dem Maler war anstrengend und ärgerlich gewesen. Botticelli hatte stundenlang nackt vor dem Spiegel gestanden, das Geschlechtsteil in der Linken, einen Bleistift in der Rechten, und seinen Akt gezeichnet, während Sixta ihm vom Hängeboden herab die ›Lebensgeschichte einer wienerischen Dirne‹ oder Nezvals ›Besessenheit‹ vorlesen mußte.

Bei Vavra auf den Weinbergen merkte er: er hatte einen Monomanen gegen einen Narren getauscht. Daß der Professor außer seinem Gürtel und den über der Brust gekreuzten Hosenträgern noch ein Armeekoppel um den Rock trug, hätte ihn nicht gestört; daß er aber nach Sylvester damit anfing, umschichtig eine Woche englisch und eine Woche französisch zu sprechen, verwirrte ihn. Der Professor hatte die Umstellung zwar mit Shakespeare begründet – ›Sometimes we are devils to ourselves!‹ –, doch Sixta hatte das genauso wenig verstanden wie sein späteres ›Pas de révolution! Pas des armes!‹ Er hatte nur begriffen, daß er nicht mehr auf die Straße durfte, und er hatte gehört, daß Vavra, wenn er einkaufen ging, das Sicherheitsschloß hinter sich verriegelte.

Wahrscheinlich hatte er einen Fehler gemacht. In der Hoffnung, Vavra zu beruhigen, hatte er ihm seine Pistole gezeigt. »Throw it away!« hatte der dreifach Gewickelte gerufen (trotz seiner Schwierigkeiten mit dem stimmlos aspirierten ›t‹) und mit entsprechender Geste. Nein, die Waffe war Sixtas Kopfkissen, seine Lebensversicherung, die letzte Instanz. Jedesmal, wenn er nicht einschlafen konnte, weil er zuviel geraucht und vergessen hatte, wo seine spärlich durchbluteten Hände lagen, immer wenn er nachts Schritte vor dem Hause hörte, Hundegebell aus dem Riegerpark oder das schnalzende Einrasten des Lifts, genügte die Erinnerung an die Pistole, daß er sich nicht verlorengab. Um sich zur Arbeit aufzumuntern, hatte er sich vorgenommen, sein Notenpapier nach dem Krieg an eine Bretterwand zu nageln und Melodien aus lauter Vierteln in die Lineatur zu schießen, mit wirkungsvollen Dubletten als Finale. Doch an düsteren Vormittagen, wenn mit der matten Sonne auch die Einsamkeit heraufkam, spürte er, daß er Amerika gesucht und Indien gefunden hatte. Die Erfahrung des Lagers versagte im Asyl. Er wußte nicht mehr, ob er frei oder fahnenflüchtig war. Im Lager hatte es deutliche Unterschiede zwischen Freund und Feind gegeben. In Prag schien jeder verdächtig. Der Posaunist riet, sich vor Botticelli in acht zu nehmen, der Maler warnte vor Vavra, Vavra mißtraute dem Maler, und alle miteinander zweifelten an Sixtas Zuverlässigkeit. Dabei blies der Posaunist ohne Gage für Verwundete, verkaufte Botticelli seine Öl-Ansichten der Burg an deutsche Offiziere, war Vavra über seinen Bruder an einem Forschungsauftrag der italienischen Akademie beteiligt gewesen. Wie würde Sixta sich rechtfertigen, wenn man ihn fragte, wem er den bequemen Posten bei den Flugzeugwerken verdankte? Womit sollte er erklären, warum er während des Aufstandes den letzten Satz eines Streichquartetts, vivace ma non troppo, geschrieben hatte, statt aus dem Fenster zu feuern?

Der Professor hatte ihm ein Klavier zur Verfügung gestellt, dessen Mechanik Sixta so veränderte, daß die Filzhämmer die Saiten nicht berührten. An diesem lautlosen Instrument hatte er ein halbes Jahr gesessen, taub ›comme le vieux Smetana‹ (Vavra). Das Ergebnis konnte sich, wenn schon nicht hören, wenigstens sehen lassen: das Quartett in d-Moll, dessen Stimmen er zum erstenmal laut auf dem Klavier gespielt hatte, als Maschinengewehre den Beginn der Revolution markierten. Hätte er auch noch verrückt werden müssen wie der gehörlose Friedrich?

Ein schwaches Argument, die Wahrheit. Denen, die ihn fragen würden, bürdete er zuviel auf, wenn er ihnen die Arbeit abnahm. Je länger eine Versuchsreihe, um so kostbarer ihr Resultat. Kein Affe war von sich aus klug genug, mit einem Dreirad durch die Manege zu fahren. Eine alte Vandalen- und Proletenwut stieg in ihm hoch, richtete sich zuerst gegen den zu Hause gebliebenen Vavra, schwenkte dann auf eine von schlaflosen Nächten und geglückten Abtreibungen fast durchsichtige jugendliche Naive, die am Bühneneingang des Weinberger Theaters wartete, und verlosch, als die Dame seinen flammenden Blick nicht beachtete, in dem trivialen Wunsch, in einem anderen Jahrhundert geboren zu sein. Immerhin verhalf die Schauspielerin zu einer Erinnerung an Sophie und an die Bismarck-Anekdote, die Herr Mangl während des Mittagessens erzählt hatte, vor acht Sommern, vor Sixtas Heiratsantrag in der Ahornallee: Ein greiser Tinten- und Konservenfabrikant – wie hieß er? – Trampedach aus Mitau (Kurland), inzwischen Jelgava (Lettische Sozialistische Sowjetrepublik), hatte den Fürsten brieflich ersucht, seinem unverhofften Sprößling den Vornamen ›Bismarck‹ geben zu dürfen. Der Kanzler erwiderte: ›Sehr geehrter Herr Trampedach! Ihre Bitte sei Ihnen gewährt. Als Gegenleistung bedinge ich mir jedoch aus, falls Gottes unerforschlicher Ratschluß mir trotz meines hohen Alters noch einen männlichen Nachkommen in die Wiege legen sollte, ihn mit dem Vornamen ›Trampedach‹ aus der heiligen Taufe zu heben.‹ – Wer hatte darüber gelacht? Katharina nicht, Sophie nicht, Sixta nicht. Hatte er damals, in dieser unwiederholbaren Zeit mit dem süßsauren Nachgeschmack, nur eine Hoffnung oder das Bewußtsein verloren? Seine Briefe ins Kloster waren selten beantwortet worden. Sophie hatte meist nur Grüße zu Weihnachten und zu den Geburtstagen geschickt, Kunstdruckkarten mit dicken Heiligen, in deren Händen die Inkunabeln wie Kochbücher aussahen. Er konnte es sich nicht erklären, schon gar nicht bei diesem hirnerweichenden Wetter, warum er weiter nach Bukovice geschrieben hatte. Er hatte sein Herz ausgeschüttet, ohne das Kind beim Namen zu nennen, und die Briefe selber zur Post getragen, damit niemand im Lager die Adresse las. Wenn ihm das Wasser bis zum Halse stand, wollte er ihr beweisen, wie gut es ihm ging. War er allein gewesen, hätte er ihr gern vorgeführt, wie es sich ohne sie lebte. Um Sophie und sich zu quälen, wäre er gern deutlicher geworden, doch den Rückgriff auf einen verheirateten Studentenschwarm hatte er vor der Bukovicer Zensur genauso geheimhalten müssen wie das Budweiser Tippfräulein und die Dessauer Buchhändlerin, ganz zu schweigen von dem blutarmen, spitznasigen Modell in Botticellis Atelier, Anfang November, als er längst keine Briefe mehr schrieb, um seinen Aufenthaltsort nicht zu verraten.

Aus einem Lautsprecher am Nationalmuseum hörte er die Proklamation der neuen Regierung. Man schien sich einig, den Sieg zu nutzen, solange er heiß war. Im Konservatorium entdeckte Sixta ein paar alte Bekannte, mit denen er sich in die Bibliothek setzte. Die befürchteten Fragen blieben aus. Ein Saxophonist erzählte, wie er in Rokytzan und Pilsen für die Amerikaner gespielt hatte, hundert Zigaretten und eine Büchse Corned beef pro Mann und Nacht. Die Huren waren über die Eisenbahnschwellen heranmarschiert, weil keine Züge fuhren. Bei den Russen gäbe es bloß Umarmungen, und Musik machten sie selber, also mußte man sich an die eigenen Leute halten. Der Pächter des Cafés ›Manes‹, sein Onkel, wollte drei Kapellen zusammenstellen, die Lehár-Fiedler wären ihm zu lahm, er suchte Musiker, die Jazz spielten, richtige ›blue notes‹, Boogie-Woogie, Dixieland, Bebop, Swing, Zwölf-Takt-Themen, kein Rumtata oder ›Ich küsse Ihre Hand, Madame‹. Sollte man da nicht zufassen, bevor die Profis den Bissen wegschnappten? Nur vorläufig, bis man weitersähe? Noten hätte er mitgebracht.

»Warum nicht«, sagte Sixta zu seiner eigenen Überraschung und verließ das Konservatorium als Pianist der ›Original Swing Serenaders‹. Am nächsten Vormittag wurden sie engagiert, am gleichen Abend gaben sie ihr erstes Konzert, und der Geschäftsführer zählte den Stundenlohn bar auf den Flügel.

»Man lebt«, erklärte er den Wechsel, als Vavra ins Zimmer trat.

»Ce n'est pas de musique«, sagte der Professor, »c'est beaucoup de bruit pour rien.« Und fügte, plötzlich verständlich, hinzu: »Sie sollten das nicht tun.«

»Ich habe Schulden bei Ihnen«, sagte Sixta.

»Schenken Sie mir eine Freikarte für die Uraufführung Ihres Quartetts, und wir sind quitt.«

Sixta nahm ein Billett aus der Brusttasche und reichte es dem Professor. »Libussa. Leider nicht von mir. Ich meine, wegen der Tantiemen. Festliche Eröffnung des Nationaltheaters mit

Benesch, heute abend. Ich gehe auch hin, bleibe aber nur bis zur Pause, weil ich meinen Vertreter bei ›Manes‹ ablösen muß.«

»Ich wollte eigentlich ...«, sagte Vavra.

»Ja?«

»Haben Sie eine Ahnung, was aus Sellmanns geworden ist?«

»Nein«, sagte Sixta und drehte sich mit dem Klavierhocker herum.

»Ich habe immer wieder telefoniert. Es meldet sich niemand. Sollten wir uns nicht mal nach ihnen umschauen?«

Sixta runzelte die Stirn und nickte. Er ärgerte sich, auf diesen Gedanken nicht selber gekommen zu sein. Sie verabredeten, Sellmanns am Nachmittag zu besuchen und anschließend gemeinsam in die Oper zu gehen.

Wegen der Siegesparade waren der Wenzelsplatz und die angrenzenden Straßen für den Verkehr gesperrt. Erst am Denis-Bahnhof fanden sie eine Tram, mit der sie nach Bubenetsch hinüberfuhren, Vavra im Smoking, die Hosen mit Sicherheitsnadeln am Hemd festgesteckt, Sixta in einem schwarzen Anzug, den ihm der Professor für die Auftritte im Café ›Manes‹ geliehen hatte.

»We look rather old-fashioned, don't we?« fragte Vavra, als sie zwischen verschwitzten Kragen, nassen Achselhöhlen und entblößten Impfnarben über die Moldau rollten. »Ich finde, wir wirken ziemlich altmodisch«, übersetzte er, nachdem sie ausgestiegen waren. Sixta lächelte. Er hörte noch das Klatschen und Trampeln, mit dem die Tänzer um Mitternacht Zugaben verlangt hatten. Im Vorübergehen betrachtete er sich in den Schaufenstern. Er war zufrieden. Nur das Haar mußte er sich wieder voller wachsen lassen. Zur Feier der Revolution hatte ihn der Professor geschoren wie ein Dorfbarbier. Die Nase hübsch, doch ›leider auch sehr sinnlich‹, was der eifersüchtigen, wehleidigen und bis zum Überdruß schnippischen Buchhändlerin ›auf Anhieb‹ mißfallen hatte. Sie hatte Kassners Physiognomik gelesen, ›der stammt doch aus deiner Gegend, Großpawlowitz‹. Nahm der Mund nicht zurück, was die Nase versprach? In der spiegelnden Auslage einer Konditorei leckte Sixta die Unterlippe glänzend und stülpte sie vor, als sollte er fotografiert werden. Die Aussicht, in wenigen Minuten Sophies Eltern zu begegnen, schüchterte ihn ein bis zur Verlegenheit. Hoffentlich waren sie über alle Berge, sonst müßte man Tee trinken, ›Kalten Hund‹ essen, sich erheben, wenn die Dame des Hauses sich erhob, sich verbeugen, sich bedanken, und Vavra, polyglott wie ein Schlafwagenschaffner, herausgeputzt wie ein Pfingstochse und an seinem Bund zerrend wie ein Gymnasiast, würde die Zeichen der Zeit deuten und dabei seine Tasse so schief halten, daß ihm der lauwarme Orange Pekoe auf das Knie tropfte. Vielleicht saßen sie aber auch in der Klemme, und man könnte ihnen helfen mit Lebensmitteln oder Leumundszeugnissen. Schwer auszudenken, daß diese Familie Unterstützung brauchte, doch das zerschossene Fenster und die herausgehängten Fahnen – der Professor zeigte mit dem Kinn hinauf – ließen einiges gewärtigen. Das Türschild war abgeschraubt, die Klingel blieb stumm. Auf ihr Klopfen öffnete ein unbekannter Mann. Er trug Sellmanns weißes Dinnerjackett mit einem fünfzackigen roten Stern am Schalkragen und duftete wie ein Lavendelfeld.

»Wer sind Sie?« fragte Vavra, ohne sich vorzustellen und für Sixtas Begriffe etwas zu barsch.

»Der Hausmeister«, sagte er.

Sie rückten ihm näher. Jetzt stank er nach faulen Eiern.

»Sie haben sich in die Hosen geschissen, mein Herr«, sagte Vavra ohne Umschweife.

»Jawohl, bitte«, sagte der Hausmeister. »Ich habe Sie kommen sehen. Es ist noch alles hier.«

»Wir sind weder von der Polizei noch von einem Beerdigungsinstitut«, erläuterte Vavra und trat einen Schritt zurück. »Trotzdem verfügen wir über Mittel, Sie zu einer Aussage zu zwingen, und sei es dadurch, daß ich die Edda im Urtext rezitiere! Haben Sie verstanden?«

Der Hausmeister nickte gebrochen.

»Wo sind die Leute, die hier gewohnt haben?«

Der Hausmeister stellte die Füße auseinander und berichtete.

»Und Frau Sellmann?« fragte Vavra.

»Die Frau und der Sohn wurden nach der Beisetzung abgeholt. Sie durften ihre Rucksäcke und ein paar Decken mitnehmen. Wahrscheinlich sind sie im Stadion auf Strahov, wie die anderen.«

»Und die Fräuleins?« fragte Sixta.

»Von denen war keine hier.«

Sixta schlug Vavra vor, bei Christine anzurufen.

»Nicht von hier«, sagte der Professor und schüttelte sich.

Sie telefonierten vom Bubenetscher Markt, erhielten aber keine Verbindung in die Amerysche Wohnung am Karlsplatz. Vavra stand der Schweiß auf der Stirn, als sie die enge Zelle verließen. Weil die von der Siegesparade heimkehrenden Panzer und Lastwagen die Straße nach Dejwitz blockierten, fuhr keine Tram. Sixta und der Professor liefen über die lange, glühende und kettenrasselnde Belcredi-Allee, bogen hinter den Wällen nach links und erreichten über den Loretoplatz das Strahover Stift. Am Hohlen Weg mußte sich Vavra verschnaufen, und Sixta rauchte eine Zigarette, denn die süßen Robinien aus dem Klostergarten stachen ihm noch mehr in die Nase als der Gestank des Hausmeisters und die Auspuffgase der Panzer. Doch hier war es kühl und still, und Sixta hatte die Gewißheit, daß er nur ein paar Meter weitergehen müßte, um in die grüne Mulde zwischen Burg und Laurenziberg hinunterzusehen, in das weißgesprenkelte Tal vor der Moldau. Man hätte sich erkundigen sollen, wo Sellmann begraben worden war, fiel ihm ein, als er den Zigarettenstummel an die Wand drückte. Vavra nickte, als könnte er Gedanken lesen.

Vor den Kassen des Stadions saßen Soldaten mit roten Armbinden und spielten ›Mariage‹. Trikoloren an den Torgittern verwehrten die Durchsicht. Während Vavra einen Posten fragte, wo die Deutschen untergebracht wären, beobachtete Sixta, wie sich der Fahnenstoff bauschte und an die Stäbe zurückklatschte. Hinter dem Spalt stand ein abgekoppelter zweirädriger Fahrradanhänger, in dem ein Hund lag, vielleicht ein Chow-Chow, jedenfalls mit rotbraunem Fell und blauer heraushängender Zunge. Sixta preßte die Lippen zusammen und fiepte, doch der Hund öffnete nicht die Augen.

»Der ist schon krepiert«, rief der Posten und trat mit Vavra näher.

»Dürfen wir rein?« fragte Sixta.

Vavra hob die Schultern und wartete den Offizier ab, der in großen Sprüngen auf sie zulief. An Vavras Stimme erkannte

Sixta, daß der Professor sich ärgerte, weil er seine Bitte wiederholen mußte.

»Was für Deutsche?« fragte der Offizier, immer noch außer Atem. »Hier haben wir nur Faschisten eingesperrt.«

»Keine Frauen?« fragte Vavra.

Der Offizier grinste. »Haben Sie was dagegen?«

»Es sind sogar Hunde drin«, sagte Sixta, um einen Witz zu machen, aber niemand lachte.

»Wenn Sie uns eine Liste geben würden«, sagte Vavra, »könnten wir die Dame, die wir suchen, schnell herausfinden.«

»Gehen Sie zum Innenministerium«, sagte der Offizier und lehnte sich an die flatternde Trikolore.

»Wenn wir uns nun einfach im Stadion umschauen?« fragte Vavra.

»Kommen Sie!« sagte Sixta. »Kommen Sie!« Und nahm den Professor beim Arm.

»Ich war Legionär!« brüllte Vavra über Sixtas Schulter hinweg. »Ich werde mich über Sie beschweren! Mein Bruder kennt den Präsidenten persönlich!« Er schimpfte bis in den Kinsky-Garten, schüttelte die Fäuste und stampfte mit den Füßen, daß Sixta fürchtete, er würde die Hosen verlieren. Am Restaurant zum ›Nebozízek‹ beruhigte er sich, ließ aber nichts von dem gelten, was Sixta zur Entschuldigung des Offiziers vorbrachte. Er tunkte ein Salzhörnchen in den Bierschaum und lutschte daran, wie betäubt von dem ›Es-lebe‹-Geschrei der Ausflügler und dem Geschmetter der Blechkapelle. Als Sixta fragte, ob sie gleich von hier aus in die Oper gehen wollten, nickte er, korrigierte sich jedoch, nachdem er ein zweites Hörnchen gegessen hatte.

»Geben Sie meine Karte dem da!« sagte er und zeigte auf einen Betrunkenen, der im gleichen Augenblick das Gesicht aus einem Teller mit gewürfelter Preßwurst hob und die Zwiebeln von der Stirn wischte. »Er ist in der richtigen Stimmung, Libussas Prophezeiungen zu hören. Oder fragen Sie den Hausmeister in Bubenetsch.«

»Sie sind ungerecht«, sagte Sixta.

Obwohl die Musik jedes Wort vom Munde riß, antwortete Vavra mit einem Monolog, der genauso lang wie die Mazurka war. Er brauchte keinen Zuhörer, weil er nichts zu beweisen hatte. Vielleicht sprach er sogar englisch. Sie zahlten und wanderten durch den dunkler gewordenen Park zum Ujezd hinunter. An den Wegschleifen brannten Laternen. Der Gedanke, womit die Leute im Stadion ihr Nachtlager beleuchteten, wurde unausweichlich. Schliefen sie auf den Rängen, dem Rasen, der Aschenbahn? In Dessau hatten Scheinwerfer die Barakken der Fremdarbeiter bestrichen, bis die Luftangriffe sich so häuften, daß man lieber einen Ausbruch als einen Volltreffer in Kauf nahm.

Sixta erzählte davon, und der Professor schwieg. An der Drahtseilbahn sagte er plötzlich:

»Ich habe Angst, wissen Sie? Während des Krieges hatte ich keine Angst. Ich war ja kein Deutscher. Aber jetzt habe ich Angst. Sie werden bald eine Menge Geld verdienen, nicht wahr?«

»Ich hoffe.«

Vavra ballte die rechte Hand um einen imaginären Spazierstock.

»Glauben Sie, Ihr Honorar reicht hin, sich eine eigene Wohnung zu mieten?«

»Bestimmt«, sagte Sixta und wunderte sich, daß er nicht wütend wurde. »Ich könnte schon morgen ausziehen.«

»Empfehlen Sie mich Ihrer Frau Mutter«, sagte Vavra, während sie auf die alte Újezder Kaserne zugingen.

»Ich habe gerade daran gedacht, ihr zu schreiben«, sagte Sixta.

»Ich springe noch schnell ins ›Manes‹.«

»Tun Sie das!« sagte Vavra und hielt ihm die Hand hin. »Adieu!«

Als Sixta über die Legionenbrücke lief, merkte er, daß er vergessen hatte, sich Vavras Eintrittskarte zurückgeben zu lassen, doch umzukehren hatte er keine Lust. Sollte der Platz leer bleiben neben ihm.

Im Café ›Manes‹ lösten die Abendgäste die Teetänzer ab. Das Alte-Herren-Trio im Mittelgeschoß packte die Noten ein und antwortete auf Sixtas Gruß mit verkniffenen Lippen. Er holte sich Papier und Briefmarke aus dem Büro und setzte sich auf die Terrasse. Den Versuch, die Umstände seiner Flucht oder die Ereignisse der letzten Wochen zu schildern, gab er nach einigen

Zeilen auf. Statt dessen schrieb er, daß er den Wasserturm zur Linken, die Sophieninsel zur Rechten und die Moldau nicht nur vor der Nase, sondern auch zwei Stockwerke unter sich habe. Die Ziehharmonikas in den Ruderbooten, die Pappeln und den Rhododendron ließ er weg, erwähnte aber nachdrücklich seine gute innere wie äußere Verfassung und schloß mit dem Bedauern, keine feste Adresse nennen zu können, weil er auf Wohnungssuche sei. Alles in allem eine Mischung aus vagen Nachrichten und versöhnlichen Gemütsregungen, urteilte er beim Durchlesen, doch Mütter brauchten solche Briefe. Dann fiel ihm ein, daß er Vavras Empfehlung unterschlagen hatte. ›P. S.‹, schrieb er. ›Professor Vavra, mit dem ich heute in Bubenetsch war (Dr. Sellmann ist vorige Woche ums Leben gekommen, seine Frau und der Sohn werden ausgesiedelt), übermittelt Kratzfuß und Handkuß.‹ Als Sixta den gefalteten Bogen in das Kuvert steckte, hörte er seinen Namen rufen und sah einen jungen Mann die Terrassenstufen heraufsteigen, der zu wissen schien, daß Sixta hier oben saß, noch ehe er ihn von den anderen Gästen unterschieden hatte. Soweit im Licht der Kugellampen zu erkennen, war er blond und trug einen dunkelbraunen, um die Hüften schlotternden Zweireiher. Sixta brauchte eine Weile, bis er begriff, daß er Georg, den kleinen Schauspieler, den Sohn seiner Zliver Cousine vor sich hatte. Er stand auf, faßte ihn am Ärmel, und sie fielen sich um den Hals. Georg setzte sich an den Tisch und musterte Sixta, als wollte er sich vergewissern, nicht an den Falschen geraten zu sein. Als Sixta vor einem dreiviertel Jahr in Budweis gewesen war, hatte er gehört, daß Georg seit seiner Entlassung aus der Jugendhaft in Beneschau arbeitete, beim Ausbau des Truppenübungsplatzes.

»Der Wassermann«, sagte Georg und lächelte so herzlich, daß Verwandtschaft als Ursache ausschied.

»Etüde eins«, antwortete Sixta. »Beißen Sie in eine unsichtbare Zitrone! Etüde zwei: Putzen Sie eine unsichtbare Treppe. Etüde drei – weißt du's noch?«

»Der Löwe«, sagte Georg und wischte sich die Augen. Sein linker Daumen war bis auf den Mittelhandknochen heruntergestutzt, wie ein kupierter Hundeschwanz. »Von der Kipplore«, erklärte er, als hätte er den Blick gespürt. »Auf der Bühne müßte ich Handschuhe tragen, oder ein Kunstglied. Scheußlich für einen Romeo, was?«

Georg erzählte, wie er nach Prag gekommen war und im Konservatorium erfahren hatte, daß Sixta bei den ›Original Swing Serenaders‹ spielte. Er hatte sogar schon eine Wohnung am Wenzelsplatz, zwei Zimmer, Küche, Bad, komplett möbliert, Telefon, die Fenster nach hinten hinaus, aber Kastanien im Hof. Sixta dachte daran, daß der Minister vor der Aufführung eine Rede hielt, die er nicht verpassen wollte.

»Ich besuche dich«, sagte er. »Jetzt muß ich leider in die Oper.«

»Darf ich dich begleiten?«

»Ich habe nur eine Karte. Allerdings, wenn du ...« Er wußte nicht, warum er zögerte.

»Ja?« fragte Georg, wie zu allem bereit.

»Wenn du so lange hierbleiben willst ... ich bin in zwei Stunden zurück.«

»Gut«, sagte Georg und legte die Hand auf den Brief. »Ich erledige das inzwischen.«

Sixta kratzte sich unschlüssig am Kinn und wollte plötzlich, wie im Spiel, das Kuvert schnappen, verfehlte es aber und fühlte die eigene Hand an den Tisch gequetscht.

»Entschuldige«, sagte Georg und ließ ihn los. »Entschuldige«, wiederholte er. »Eine Angewohnheit aus dem Knast. Ein Trick, verstehst du? Ich könnte dir sogar zeigen, wie man jemandem im Vorbeigehen das Genick bricht.«

»Kein Bedarf«, sagte Sixta und rieb sich die Finger.

Georg hielt das Kuvert ins Licht und las die Anschrift.

»An deine Mutter?«

Sixta eroberte den Brief, und Georg rief ihm nach:

»Ich warte.«

Die Fenster des Nationaltheaters glänzten wie Löcher in einem riesigen, von innen erleuchteten dunklen Karton. Die Chauffeure der parkenden Automobile lehnten an den Karosserien, kauerten auf den Trittbrettern oder standen am Kai, rauchten und warfen die Pappmundstücke in den Fluß. Sixta roch den beißenden Qualm ihrer Zigaretten und das Bukett von Veilchenparfüm. Er betrat das Foyer von der Kaiseite und bekam, als er die Treppe zum Rang hinaufgehen wollte, von einem Logenschließer gesagt, daß während der Rede des Ministers kein Einlaß sei. Er ging wieder auf die Straße und stellte sich an die Kante des Bürgersteigs. Vom Kranzgesims des Cafés ›Slavia‹ hingen Fahnen bis ins Hochparterre. Fuhr eine Tram vorbei, falteten sich die Trikoloren bis in die höheren Stockwerke und winkten wie lange, rot-weiß-gestreifte Taschentücher über den Scheiben. Nachdem er einige Minuten gewartet hatte, kehrte er ins Theater zurück, um im Vestibül eine Limonade zu trinken. Zu seiner Überraschung lief ihm Professor Vavra durch den Kassenraum entgegen und wedelte mit der vergessenen Eintrittskarte.

»Da sind Sie ja endlich! Ich bitte um Verzeihung für meine Nachlässigkeit.«

»Schon gut«, sagte Sixta und nahm das Billett.

»Gottseidank hat die Vorstellung noch nicht angefangen«, flüsterte der Professor und trippelte mit steifen Beinen neben Sixta her. »Wenn der Minister über Smetana spricht, hört er nicht so bald auf. Sie wissen, warum? Nein? Nun, weil er vor fünfzig Jahren Dvořáks Tochter heiraten wollte, aber einen Korb bekam. Seitdem ist Smetana sein Favorit. Weshalb wissen Sie das nicht?«

Sixta zuckte die Schultern und antwortete nicht. Sein Blick rutschte von Vavras wäßrigen Augen auf den durchschwitzten Kragen und die schwarze Fliege.

»Das muß Sie doch interessieren«, sagte Vavra, ohne zu merken, daß er lästig wurde. »Wenn Sie möchten, erzähle ich Ihnen morgen gern mehr darüber. Es ist nämlich so . . .«

»Ich ziehe aus«, unterbrach ihn Sixta schärfer, als es seine Absicht gewesen war.

»Deswegen bin ich auch hier«, sagte Vavra und stützte sich auf das Messinggeländer. »Ich habe noch einmal darüber nachgedacht. Eigentlich ist es doch sehr schön mit Ihnen.«

Sixta blieb stehen und drehte sich um.

»Sie finden nicht so schnell ein besseres Zimmer«, seufzte Vavra und strich mit seiner Hand über die Samtportiere. »Wir könnten uns vielleicht darauf einigen, daß Sie vormittags üben. Ich werde sicher wieder angestellt, auch wenn die Begeisterung für mein Fach etwas abgeklungen ist. Morgens bin ich jedenfalls nicht zu Hause, und Sie sind an den Abenden im Café. Sie sollten sich Zeit lassen. Ich würde Sie irgendwie vermissen, mon cher.«

»Ich habe schon ein Zimmer bei meinem Neffen«, sagte Sixta und ärgerte sich, daß er nach dieser Lüge nicht mehr das Herz hatte, die beiden Stufen, die ihn von dem Alten trennten, hinabzusteigen.

»Ja, so«, sagte Vavra, »ach so. Das konnte ich nicht ahnen. Verzeihen Sie, daß ich Sie aufgehalten habe.« Er lächelte traurig, als der Applaus hinter den Türen das Ende der Ministerrede anzeigte, und verbeugte sich, als Sixta, übermannt von seiner eigenen Pose, Vavras Karte mit spitzen Fingern zerriß.

An Roben, Smokings und Uniformen vorbei zwängte sich Sixta auf seinen Platz, und während die Appliken des Kronleuchters in den Fanfaren der Ouvertüre schaukelten, glaubte er noch, den unliebsamen Zwischenfall auf die gleiche Art vergessen zu können, wie er als Kind gemeint hatte, seinen Zahnschmerzen zu entkommen, wenn er sich in den Keller setzte. Doch als sich der Vorhang vor dem Gemach der Fürstin Libussa hob und drei dicke Frauen die Erbstreitigkeiten zweier abwesender Brüder besangen, wurde ihm übel. Der tote Chow-Chow streckte die violette Zunge heraus, Sellmanns Hausmeister rieb einen Flecken aus dem Dinnerjackett, Vavra wischte das tränennasse Gesicht in der Portiere ab, und Georg bohrte sich den kupierten Daumen in die Nase. Es half ihm nicht, daß er die Hand auf den freien Nebenstuhl legte und den verschossenen Plüsch streichelte. Als Libussa die Götter bat, das Volk in ihren Schutz zu nehmen, beugte Sixta den Kopf zwischen die Knie und preßte gegen das Würgen im Hals die Zähne zusammen. Noch nie war ihm das Geständnis der Krasava, den Bruderzwist durch eigenes Verschulden gefördert zu haben, so überflüssig vorgekommen wie jetzt. Er erhob sich im Beifall vor der Verwandlung, stolperte hinaus und erbrach sich, ehe ihm die Platzanweiserin den Weg zur Toilette zeigen konnte, in einen Lorbeerkübel. Er gab dem Mädchen alles Geld, das er bei sich trug, und verließ das Theater.

Am nächsten Morgen erschien bei Vavra ein junger Mann, der

einen schwarzen Anzug und einen Zettel überbrachte. Nachdem der Professor eingewilligt hatte, begann er, Sixtas Wäsche und Noten einzupacken, drückte die Kofferschlösser mit dem verkrüppelten linken Daumen zu, langte die Pistole unter der Matratze hervor und steckte sie in die Manteltasche.

»Das wär's wohl?«

»Absolument«, sagte Vavra.

9   Besuch

Die Ankunft Katharinas in Prag verzögerte sich. Im Winter war sie schwanger geworden und hatte sich von einem Partisanen-Arzt, einem ehemaligen Armeesanitäter, das Kind abtreiben lassen, während Karol an den Sitzungen des Nationalrats in Kaschau teilnahm. Als er Anfang April in seiner neuen olivgrünen Feldbluse in die Tatra zurückkehrte, vertraute er Katharina einer russischen Rot-Kreuz-Kolonne an. Auf eigenen Wunsch wurde sie in das Bukovicer Krankenhaus gebracht, erlitt aber einen Rückfall mit stoßweißem Fieber und konvulsivischen Schüttelfrösten, als sie hörte, daß ›Schwester Agnes‹ bereits vor Ostern das Kloster verlassen hatte. Karol besuchte sie täglich und blieb in Preßburg, obwohl ihn sein Vater nach der Kapitulation drängte, sich der Delegation anzuschließen, die mit der Prager Regierung über die künftige Vertretung der slowakischen Interessen verhandeln wollte. Karol versprach nachzukommen, sobald ihn Katharina begleiten könnte. Dr. Djudko, der den Krieg über in Moskau gelebt hatte, fuhr allein voraus und erreichte es, daß sein Sohn zum Mitglied des vorbereitenden Ausschusses der Nationalversammlung und zum Offizier der Polizei ernannt wurde. Karol zeigte Katharina die Zeitungsmeldung bei ihrem ersten gemeinsamen Spaziergang.

»Jetzt muß ich gesund werden, Herr Hauptmann«, sagte sie und hielt das Gesicht in die Sonne. »Erteilen Sie meinen roten Blutkörperchen den dienstlichen Auftrag, die eingedrungenen Keime restlos zu vernichten, und befehlen Sie mir, fröhlich zu sein.«

Am Abend vor der Abfahrt nach Prag telefonierte Karol lange

mit seinem Vater und erfuhr von Sellmanns Ende und der Ausweisung Bettys und Heinrichs.

»Nein, nein«, beruhigte ihn Dr. Djudko, »das hat keine Konsequenzen für Katja. Ich habe ihr schon die Aufenthaltserlaubnis besorgt. Ihr könnt die Sellmannsche Wohnung beziehen. Sie sieht ein bißchen wüst aus, weil der Portier darin gehaust hat. Ich habe ihn rausschmeißen lassen. Du erwartest hoffentlich nicht, daß ich auch noch die Gardinen wasche? Hast du dich für die Verfassungsdebatte präpariert? Hier sind ein paar Spinner, die die Kontinuität des Präsidenten bezweifeln, weil er abgedankt hat und sein Nachfolger mit Dreifünftelmehrheit gewählt wurde. Natürlich reden sie nicht offen darüber, aber sie kommen mit kniffflichen Fragen, und wir können sie nicht einfach an die Wand stellen – wir sind ja mit ihnen verbündet, verstehst du?«

»Das beste wäre«, sagte Karol, »wir verweisen sie auf das Hitler-Protokoll. Ein Präsident, der das Schicksal seines Staates in die Hände einer ausländischen Macht legt, verleugnet sein Amt. Nach der Verfassung hätte die Regierung seine Funktion wahrnehmen müssen. Da es keine Regierung gab und der Parlamentsausschuß auf die Anwendung des Paragraphen 78, Absatz 2 verzichtete, trat ein Notstand ein, durch den das Vorgehen des Exil-Präsidenten sanktioniert ist.«

»Charaschó, das dachte ich mir auch«, sagte Djudko. »Wenn du so weitermachst, wirst du Justizminister.« Als Karol schwieg, fügte er hinzu: »Darf ich dir, obwohl du mittlerweile dreißig bist, einen Rat geben? Nicht als Vater, sondern als Genosse! Warte ein bißchen mit dem Heiraten, ja?«

»Wir sprechen nie darüber«, sagte Karol.

»Das mag sein«, antwortete Djudko, »aber du hast schon vor acht Jahren damit gedroht. Leider können wir nicht zum Bahnhof kommen, weil wir zum Bankett bei Marschall Konjew gehen, die Emigranten in Konfektion, der heimliche Widerstand im Frack, die Damen in Organza, der Alexandrow-Chor auf der Estrade in Parade-Uniform. Mein Gott, wenn ich an die Küsse und Umarmungen denke! Wie sagte Sellmann? ›Der Mensch gewöhnt sich an allem, sogar am Dativ‹. Er ist in Bubenetsch begraben. Der Friedhof gehört zur Gemeinde Sankt Gotthard, woran du nicht nur siehst, wie hoch hinaus man im Tod gelangen kann, sondern auch, wie ernst ich meine Nachforschungen nehme. Darf ich dir noch etwas als Vater empfehlen? Kauf dir einen Liter Wodka, besauf dich und laß hundert Gramm in der Flasche für morgen früh. Erzähl aber um Himmels willen deiner Mutter nichts davon. Die Schlüssel sind bei den Nachbarn. Wenn die Haustür abgesperrt ist und dich niemand hört, schieß nicht gleich in die Fenster!«

Je ungezwungener Dr. Djudko witzelte, desto sicherer war Karol, daß sein Vater sich entweder fürchtete oder, was dasselbe bedeutete, eine Erfahrung gemacht hatte, die den Optimismus, mit dem er nach Prag gefahren war, widerlegte. Als sie ihr Telefonat beendet hatten, versuchte Karol, mit Marx' ›Kritik der Hegelschen Dialektik und Philosophie überhaupt‹ zur Ruhe zu kommen, doch ihre oft erprobte einschläfernde Wirkung blieb aus. Hellwach las er: ›Die Aneignung des entfremdeten gegenständlichen Wesens oder die Aufhebung der Gegenständlichkeit unter der Bestimmung der Entfremdung – die von der gleichgültigen Fremdheit bis zur wirklichen feindseligen Entfremdung fortgehen muß – hat für Hegel zugleich oder sogar hauptsächlich die Bedeutung, die Gegenständlichkeit aufzuheben, weil nicht der bestimmte Charakter des Gegenstandes, sondern sein gegenständlicher Charakter für das Selbstbewußtsein das Anstößige in der Entfremdung ist.‹ Karol war erschüttert, als er diesen Satz verstand. Er folgte dem Rat seines Vaters, trank einen dreiviertel Liter Wodka und hob sich den Rest als Rachendusche und Kreislaufspritze für den Vormittag auf. Nach dem Morgenschluck drückte er sich zehn Zentimeter Zahnpasta auf die Zunge und ließ den kalten Brei im Mund zergehen, bevor er mit Leitungswasser gurgelte. Er hauchte in die hohle Hand. Sein Atem roch wie die Luft in einer Entlausungsanstalt. Er frühstückte und fuhr im Jeep nach Bukovice. Als Geschenk für die Krankenschwestern brachte er ein vergoldetes Prozessionskreuz mit, das er bei einem russischen Fallschirmjäger gegen ein Dutzend pinkfarbener Korsetts getauscht hatte. Katharina kletterte in den Wagen und stellte das Kippfenster so, daß ihr die roten Haare aus der Stirn wehten. Am Bahnhof belegten sie das Erster-Klasse-Coupé eines Expreß-Waggons, der gegen Mittag an einen Militärtransport gehängt wurde. Karol verteilte das Gepäck auf alle Sitze und schnallte sein Koppel samt Revolver- und Patronentasche an den Fenstergriff, um zu verhüten, daß jemand nach einem freien Platz fragte. Während Katharina den ›unwiderruflich letzten‹ Klostertee aus ihrer Thermosflasche trank und der Zug durch Theben-Neudorf schlich, blätterte Karol in einem Buch und schimpfte, daß ihm die Kommentare des Verfassers genau die Arbeit abnähmen, die sein einziges Vergnügen an Romanen sei. Als Katharina vorschlug, die Seiten, statt sie zu lesen, herauszureißen und Flugzeuge aus ihnen zu falten, gab er ihr den Band, und damit sie ihr kleines Geschwader fliegen lassen konnte, zog er hinter Zohor das Fenster herunter.

»Schade, daß es regnet«, sagte er. »Sie werden nicht weit kommen.«

Katharina warf einen Papierflieger hinaus. Er zuckte unter den schweren Tropfen und fiel, vom Fahrtwind angesogen, auf den Schotter. Der zweite klatschte gegen die nasse Blechverkleidung, der dritte fiel in das Abteil zurück. Karol schloß das Fenster und sagte:

»Dein Vater ist tot, Katja.«

»Ja«, antwortete sie. »Ich habe vor ein paar Tagen mit Christine telefoniert, aber ich wollte es dir erst unterwegs sagen.« Sie spannte ihr Gesicht und hob die Brauen, wie Karol es von seiner Mutter kannte, die immer große Augen machte, wenn sie ihr Make-up nicht verweinen wollte. Doch Frau Djudko wirkte dann beleidigt und streitsüchtig, Katharina blickte nur erstaunt und fassungslos. Sie setzte sich hin und schnipste die letzten Flugzeuge von den mausgrauen Polstern. Wem sie mehr nachtrauerte, Sellmann oder den abgestürzten Papierflügeln, war ihr nicht anzusehen, und Karol wehrte sich wie vor sechs Wochen, als er von Katharinas Schwangerschaft erst durch die Abtreibung erfahren hatte, gegen das gleiche, aus Mitleid und Mißtrauen gemischte Gefühl.

»Schauen Sie mir nicht auf die Nase, Herr Hauptmann«, sagte sie. »Sie wissen, daß ich das nicht liebe.«

»Pardon.« Er lehnte die Schläfe ans Fenster und hörte, während der Zug durch Malacky schnaufte, Katharina weiterreden.

»Christine ist ganz stolz auf Amery. Er gehörte zu dem Kommando, das beim Aufstand den Rundfunk gestürmt hat.«

»Mit Kaffeekannen und Blumenvasen, nehme ich an«, sagte Karol, ohne sich umzudrehen.

»Christine meint, er müßte jetzt in die Politik«, sagte Katharina. »Es waren auch schon alle möglichen Leute bei ihm, aber er hat sich noch nicht entschieden.«

»Porzellan ist sicherer.«

»Dann wohne ich vielleicht doch lieber bei ihnen«, sagte Katharina. »Meine Schwester hat es mir angeboten.«

Karol antwortete nicht. Er fühlte, wie sie sich neben ihn setzte, seinen Arm beiseiteschob und den Kopf in seinen Schoß legte. Eine Weile genoß er es, melancholisch, verkatert und finster durch die verregnete Scheibe zu sehen, wie für die Probeaufnahmen für einen Kriegsfilm, in dem er den Part des desertierten Helden übernommen hatte. Doch dann fragte er und mußte sich räuspern:

»Soll ich die Vorhänge zuziehen?«

»Es geht noch nicht«, sagte Katharina. »Außerdem läßt sich die Tür nicht abschließen. Ist dir das nicht gleich aufgefallen?«

»Doch«, sagte Karol und blickte wieder hinaus, nun eher verzweifelt und zähneknirschend, aber allmählich auch lächelnd, als wäre er, in derselben Rolle wie zuvor, gefangen und begnadigt worden. Beim Halt in Brünn kaufte er Slivovitz und trank ihn schlückchenweise zu der Salami, die Katharina von den Bukovicern Schwestern bekommen hatte.

Die meisten Mitreisenden stiegen an einer Station aus, von der in der Dämmerung nur ein Schuppen und eine Laderampe zu erkennen waren. Als der Zug gegen Mitternacht am Güterbahnhof Prag-Nusle hielt, lud Karol sich die beiden Koffer auf und rannte in der Hoffnung, ein Taxi zu finden, über den leeren Perron. Katharina folgte ihm mit den Taschen und wartete, während Karol vom Dienstraum aus telefonierte, neben einem Automaten. Weil ihr Karols Bemühungen zu lange dauerten, ging sie auf die Straße und stoppte mit ausgebreiteten Armen das erste Auto. »Du fahren nach Bubenetsch«, sagte sie mit russischem Akzent, nachdem der Mann am Steuer die Tür geöffnet hatte. Als Karol mit den Koffern aus dem Bahnhof kam und

sich ratlos umblickte, saß sie im Wagen und lachte. In Bubenetsch mußte weder geklingelt noch geschossen werden. Der
Nachbar war wachgeblieben, warf die Schlüssel herunter und
schloß das Fenster, bevor Karol sich bedanken konnte. Sie verzichteten darauf, die Wohnung gründlich zu untersuchen, und
schliefen in Katharinas Zimmer.
Am Vormittag ging Karol in den Kachelbau des Innenministe-
riums an der Belcredi-Allee. Dr. Djudko hatte ihm das Ressort
genannt, bei dem er sich melden sollte, doch der Chef und die
anderen Mitglieder der Abteilung waren schon bei einer Besprechung, aus der sie nicht herausgerufen werden durften. Die Sekretärin empfahl Karol, vier Paßbilder beizubringen, und zuckte
die Achseln, als er nach dem Referat für Aussiedlung fragte.
Er rief seinen Vater im Czernin-Palais an und verabredete sich
mit ihm im Hotel ›Ambassador‹. Den Gedanken, Katharina da-
zuzuladen, verdrängte er; sie würde bei Christine zu Mittag
essen. Auf dem Weg in die Stadt ließ er sich fotografieren. Der
Fotograf versuchte, ihn zum Lächeln zu überreden, doch Karol
blieb bei seinem Mund. Er kam sich vor, als hätte er sein Ziel
erreicht, und wußte nicht, wohin nun weiter. Er erhoffte sich
Aufklärung von seinem Vater, doch er hatte Mühe zu verstehen,
was ihm bei Bouillon, Lungenbraten und Preißelbeeren erklärt
wurde. »Der Sieg hat zuviele Freunde«, dozierte Dr. Djudko und
lobte die Soße. »Er verschiebt das Individuelle zum Typus hin.
Wir hatten uns geirrt, als wir uns auf politische Extravaganzen
vorbereiteten, auf Gegner, auf Sektierer. Statt dessen müssen
wir die Leute ermuntern, ihren eigenen Parteien treu zu bleiben. Heute morgen hielt mir ein Sozialdemokrat vor, daß ich
den Leninschen Satz, wonach zwischen Verständigung und
Bündnis kein Unterschied sei, nicht ernst genug nähme. Als
Kommunist muß man sich von einem ehemaligen Fabrikanten
anhören, daß es in Zukunft nur noch einen Kapitalisten geben
darf – den Staat! Natürlich kommt es auch zu Debatten, aber
sie neigen zum Anekdotischen. Man streitet über Zuständigkei-
ten und drückt sich vor Verantwortung. Ein früherer Kollege
von mir, der in der ersten Republik beim Obersten Gericht war,
weil er wegen eines Sprachfehlers nicht als Prozeß-Anwalt auftreten konnte, erzählte, wie er bei einem Luftangriff auf Lon-

483

don vom Balkon gefallen sei, und daß er seitdem nicht mehr stottere. ›Was haben Sie denn in England sonst noch gemacht?‹ fragte ich ihn. Was denkst du, was er mir antwortete? Er hat Gedichte geschrieben und mit seinem Verleger vierhändig Klavier gespielt, auf einem echten Steinway. Daß er bei der jüdischen Armee in Palästina gewesen war, daran mußte ihn ein anderer Londoner erinnern. Die Gesichter entspannen sich erst, wenn ich die Vorschläge des sowjetischen Beraters übersetze. Man will keine Diskussionen, sondern Dekrete. Beschlüsse werden einstimmig gefaßt. Einige möchten sogar die Orthographie reformieren. Die Worte ›Deutscher‹ und ›Ungar‹ sollen künftig kleingeschrieben werden. Na, dann prost!« Djudko wischte sich den Mund mit der Serviette und betrachtete den Rand seines Glases, bevor er trank. »Und was lehrt uns das?« fragte er lächelnd und setzte das Glas auf die Damastdecke. »Wir haben die Macht und dürfen es nicht zugeben. Anders gesagt: wir regieren allein, müssen aber ununterbrochen so tun, als ob wir von einer Koalition abhängen. Ich glaube, unsere Situation ist ziemlich einmalig in der Geschichte. Wir brauchen keinen achtzehnten Brumaire, keinen Sturm auf das Winterpalais, keinen Reichstagsbrand. Der Saal in der Bartholomäusgasse, in dem der Nationalrat bei der Befreiung den General Rybalko empfangen hat, soll unter Denkmalschutz gestellt werden. Ich fürchte, wir kommen nicht umhin, einen Tag in der Woche zu bestimmen, an dem es gesetzlich verboten ist, ›Auf ewig mit der Sowjetunion‹ zu rufen. Klingt ein bißchen zynisch, was? Keine Sorge, du wirst Schwierigkeiten genug haben.«

»Wegen Katja?« fragte Karol.

»Sie weiß hoffentlich, daß sie vorläufig zu Hause bleiben muß?« fragte Djudko zurück und reichte ein Papier über den Tisch.

»Sie ist bei ihrer Schwester«, sagte Karol und bedankte sich für die Aufenthaltserlaubnis.

»Sehr leichtsinnig«, warnte Djudko. »Wenn sie nun kontrolliert wird unterwegs?«

»Was kann ihr denn passieren?«

»Ich würde an deiner Stelle sofort zu Amerys gehen, oder ich fahre dich hin. Wohnen sie noch am Karlsplatz? Na, das ist ja nicht weit, das schaffst du zu Fuß.«

Karol legte das Besteck auf den Teller und blickte erstaunt seinen Vater an.

»Aber ...«

»Tu, was ich dir sage!«

Karol stand auf und schüttelte den Kopf.

»Falls du mich brauchst«, sagte Djudko, »du hast meine Nummer. Allerdings bin ich heute beim Minister. Habe ich Glück, schickt er mich zu den Vereinten Nationen. Drück mir die Daumen, daß ich nicht Botschafter in Ulan-Bator werde! In den nächsten Tagen besuchen wir euch, und nun lauf!«

Karol schob den grünen Samt beiseite, der das Hinterzimmer von der Halle trennte, und trudelte durch die Drehtür auf den Wenzelsplatz. Er wäre gern gerannt, doch als er unter der Hotelmarquise die müden Damenmasken des Nachmittagsstrichs erkannte, die feierlichen Mienen der Kellner und die über Niederlage und Sieg hinweggeretteten Grimassen der Pointenlieferanten, ging er langsamer. Am liebsten wäre er umgekehrt und hätte Djudko gebeten, solche Witze nicht ausgerechnet mit seinem Sohn zu machen, doch die Erinnerung an einige Vorfälle in Preßburg und der Anblick zweier kurzgeschorener Frauen, die die Passage zum Jungmannplatz kehrten, änderten seine Meinung. Die bronzene Seefahrt an der Fassade der Riunione Adriatica trieb ihn vorwärts, und von den ›Drei Tauben‹ an war es ihm gleichgültig, wenn er Entgegenkommende, die nicht rechtzeitig auswichen, anrempelte. Um an nichts, an weniger als nichts zu denken, repetierte er im Takt seiner Schritte ein preußisches Kauderwelschwort, von dem er nicht mehr wußte, ob er es von Katharina gehört oder selber erfunden hatte: ›Generaloberfinanzkriegs- und Domänendirektorium‹. Ein praktischer Name, denn Karols Phantasie stand still, während er zum Karlsplatz hetzte.

Amery öffnete und bat ihn herein. Ja, Katja hatte sich zum Essen angesagt, aber: »Wir warten noch immer.« Christine tauchte aus dem Korridor, in hellem Kaliko mit blauen Batikblüten. Sie streckte beide Hände vor, um Karol zu begrüßen. Er nahm nur die rechte und fragte, ob er telefonieren dürfte. »Wir probieren es seit einer Stunde«, sagte Amery, ins Deutsche wechselnd, und zeigte Karol den Apparat. »Ich bringe Sie hin«, bot er an, als Karol den Hörer auflegte.

»Sie wird keine Gespräche annehmen«, sagte Christine. »Ich gehe auch nicht ans Telefon, obwohl wir ja verheiratet sind. Ich ignoriere den ganzen Trubel. Die Leute wollen sich austoben. Das kann man in gewisser Weise verstehen.«

»Ja«, sagte Karol und blickte von den Kornblumen ihres Kleides auf das Teppichmuster. Er schenkte sich eine andere Antwort, als er die Augen hob und Amerys Lächeln sah, aber den Wagen lehnte er ab.

»Wie fänden Sie es, wenn wir heute abend einen Sprung vorbeikommen?« fragte Christine.

»Ich glaube, Katja würde sich freuen«, sagte Karol gegen seine Überzeugung.

Amery brachte ihn auf die Straße.

»Stimmt es, daß Sie für das nächste Parlament kandidieren?« fragte Karol.

Amery schüttelte den Kopf. »Meine Chancen sind zu gering«, lächelte er. »Seit ich mit den neuen Herren in Berührung bin, habe ich mich für eine Ein-Mann-Partei entschieden. Nein, einen Augenblick«, sagte er, als Karol sich verabschieden wollte. »Ich begleite Sie noch ein Stück. Ich möchte Ihnen etwas sagen, wozu ich heute abend, falls wir Sie besuchen, keine Gelegenheit haben werde. Sie sind in der besten Stimmung, mich anzuhören.« Er legte Karol die Hand auf den Ärmel, als sie über die Roggengasse gingen, und sah, während er weitersprach, zum Turm des Neustädter Rathauses. »Sie werden Ihre Gründe dafür haben, daß Sie meine Frau oder mich nicht sonderlich schätzen. Darüber zu rechten, ist nicht die Zeit und wahrscheinlich auch überflüssig. Aber ich denke manchmal an einen Wintermorgen in Dubislav, als ich mit Ihrem Herrn Vater und Doktor Sellmann . . . na, lassen wir das. Sie haben es eilig, nicht wahr? Wollen wir vielleicht doch erst am Abend darüber reden? Nein, warten Sie! Es geht schnell. Hat man Ihnen schon empfohlen, Katja zu verstecken? Ja? Ihr Vater? Das ist begreiflich. Aber man wird Ihnen eines Tages vorwerfen«, sagte Amery und zog die Hand zurück, »daß Sie mit einer Deutschen zusammenleben. Es wäre schön, wenn Sie dann den gleichen Eifer zeigten wie heute. Andernfalls dürfen Sie auf mich rechnen, Herr Hauptmann.«

»Ist das eine Drohung?« fragte Karol und blieb stehen.

»Nein«, sagte Amery und wandte ihm das Gesicht zu. »Damit will ich nur sagen, daß Katja über mich verfügen kann, wenn sie jemanden braucht.« Er lächelte wieder. »Nun vergessen Sie es, oder erinnern Sie sich irgendwann daran. Sie haben die Wahl. Dort ist ein Taxi!«

Karol fuhr nach Bubenetsch und merkte, als er den Chauffeur bezahlt hatte, daß er nur noch etwas Kleingeld besaß. Er lief in die Wohnung, fand aber nicht einmal eine Nachricht. Katharinas Koffer stand neben dem Bett. Auf ihrer Wäsche lag der beschlagene und bestickte Hirtengurt, den er ihr aus Kaschau mitgebracht hatte. Er öffnete den Schrank, doch er kannte sich in ihren alten Kleidern nicht so gut aus, daß ihm aufgefallen wäre, wenn eines und welches gefehlt hätte. Er legte sich auf das Sofa im Salon und betrachtete die zerfetzte Leinwand des ›Vogelherd‹-Bildes, mit dem Professor Vavra zum Sitzenbleiben gezwungen worden war. Nach einer Weile sprang er auf die Beine und ging in das Arbeitszimmer Sellmanns hinüber, wo in prähistorischer, vorsintflutlicher Zeit zwei ernste Kinder sich ewige Treue geschworen hatten, das Mädchen in einem hochgeschlossenen grünen Kleid, der Junge in einem grauen Leinenanzug. Karol setzte sich an den Van-de-Velde-Sekretär und versuchte die Szene mit den Augen von damals zu sehen. Eine Backfischliebe, ein Kadettentrieb, eine Bändelei zwischen Gymnasiasten, die sich siezten und blaß wurden, wenn sie sich auf die Pelle rückten. Das konnte einen Sellmann nicht erschüttern, aber es war bedenklich gewesen im Blick auf den roten Schwiegervater. Besser, man schritt ein. Man war eingeschritten, ohne Erfolg, damals und jahrelang. War dies der Tag, an dem man endlich recht bekam?

Auch Schadows Prinzessinnen hatten gelitten. Luise, ohne rechten Arm, hängte den linken über Friederikes kopflose Schulter. Ins Holz des Bücherbords waren die Buchstaben USA und SSSR geritzt, neben den Initialen des Hausmeisters, als hätte er sich mit den Alliierten an Sellmanns Schreibtisch getroffen. Der topasene Briefbeschwerer lag in den Splittern der Vitrine. Wo der Mortlake-Gobelin gehangen hatte, war die Tapete heller als anderswo. Karol stellte einen Stuhl ans Fenster und sah in den Baumgarten hinaus. Die Eisenbahn fuhr hinter der Böschung nach Westen. Die Lokomotive blies Dampf ab, bevor sie im Tunnel verschwand. Eine weiße Wolke verflog in den Zweigen. Wo sollte er Katja suchen? Saß sie in dem Zug nach Eger? Oder war sie spazieren gegangen, einkaufen, bummeln? War angehalten und mitgenommen worden? Würde sie sich wehren? Beißen, kratzen, treten? Gesunde Männer brauchen, um sich zugrunde zu richten, mehr Alkohol als kränkliche, hatte ihn ein ukrainischer Fallschirmspringer in der Tatra gelehrt. Karol wollte in der Speisekammer nachschauen, doch plötzlich fiel ihm ein, seine Mutter zu fragen, was ein Mädchen in Katharinas Lage machte.

»Sie ist auf dem Friedhof«, sagte Frau Djudko, ohne zu zögern.

»Danke«, sagte Karol und legte den Hörer auf.

Hinter dem Kastanienplatz, nicht weit vom Gasthaus ›Zum Strohsack‹, entdeckte er den roten Haarbusch über dem schwarzen Kleid. Katharina sah ihn und winkte. Sie kam ihm langsam entgegen, als wollte sie irgend etwas zu Ende denken, bevor sie sich bei ihm einhakte.

»Wir müssen ein Kreuz aufstellen«, sagte sie. »Der Gärtner hat mir die Adresse gegeben. Das Grab sieht so leer aus, weißt du.«

»Ich erledige das«, versprach Karol und erzählte, daß er mit seinem Vater gegessen hatte und bei Amerys gewesen war.

»Mein Gott«, sagte Katharina, »vom Ministerium wurde angerufen.«

»Wann?«

»Kurz nachdem du dort warst. Der Ressortchef hat sich entschuldigt, weil er dich nicht empfangen konnte. Du sollst unbedingt morgen früh hinkommen, auch ohne Paßbilder. Ein netter Mann.«

»Wie habt ihr euch denn unterhalten?« fragte Karol und steckte den Zeigefinger in den Kragen.

»Er spricht perfekt deutsch«, sagte Katharina. »Er war drei Jahre in Dachau.«

»War er nicht überrascht?«

»Wieso?«

»Weil ich heute morgen nicht auf ihn gewartet habe«, log Karol.

»Nein«, sagte sie und hopste aus dem gemeinsamen Schritt. »Er
verehrt dich doch. Ich hab ihm gesagt, daß ich dich auch ver-
ehre. Darauf hat er gesagt: Meine Verehrung, Genossin Sellmann. Also verehren wir uns alle, oder verehrst du mich nicht?«
»Doch«, sagte Karol und legte den Arm um ihre Hüfte, »aber
spring nicht so herum.«
»Wäre ich eine Hausfrau«, sagte Katharina, als sie die Wohnung betraten, »hätte ich sauber gemacht. Ich dachte nur, zu
zweit geht es schneller.«
»Hm«, brummte Karol.
Als Jan und Christine am Abend kamen, war er noch dabei, das
›Vogelherd‹-Bild mit Heftpflaster zusammenzukleben. Katharina empfing Schwester und Schwager in der Schürze, um sich,
wie Karol vermutete, Christines Umarmung zu entziehen.
Amery hatte kalten Braten, Wein und Gläser mitgebracht. Das
Gespräch zwischen den Schwestern begann mit Fragen, an deren Beantwortung beide nicht im geringsten interessiert schienen. Karol mußte an Zivilprozesse aus seiner Zeit als Jurastu-
dent denken, an die Umgangsformen der gegnerischen Anwälte,
an ihre Konversation der unvollendeten Rede, hinter der er
Vereinbarungen gewittert hatte, die jeden Richter überflüssig
machten. Er war deshalb dankbar, als Amery sich nach der
Kampfweise im slowakischen Aufstand erkundigte. Er berichtete, wie seine Gruppe operiert hatte, und wurde ausführlicher,
je mehr er trank. Als er vom Übergang über die Weiße Waag
erzählte, fiel ihm Christine ins Wort.
»Sie entschuldigen, das gehört vielleicht nicht hierher, aber weil
Sie gerade von diesem Fluß sprechen – was wird eigentlich aus
Papas Landhaus an der Sázava?«
»Ach, ich glaube . . .«, wehrte Amery ab, doch sie ließ sich nicht
unterbrechen.
»Es wurde noch vor der Besetzung ins Grundbuch eingetra-
gen«, sagte sie und strahlte. »Man kann es nicht einfach be-
schlagnahmen, oder? Was meint die Polizei?«
»Ich habe mit Häusern nichts zu tun«, sagte Karol und wollte
sich wieder Amery zuwenden.
»Mir ist es auch schnuppe«, sagte Katharina.
»Naja«, sagte Christine, »aber mir nicht. Wir könnten es doch

verkaufen, oder erstickt ihr im Geld? Habt ihr schon mal überlegt, wieviel Miete ihr zahlen müßt? Ihr könntet natürlich auch woanders hinziehen. Sie haben wahrscheinlich Anspruch auf eine Dienstwohnung?«

Amery beugte sich vor und fragte Karol:

»Meinen Sie nicht, daß der Anteil der regulären Truppen am Aufstand heute etwas unterschätzt wird?«

»Kann sein«, sagte Karol.

»Möchtest du dir Heinrichs Abzeichensammlung anschauen?« fragte Katharina.

»Oh, gern!« sagte Christine, und die Schwestern gingen hinaus.

Als sie nach einer halben Stunde wiederkamen, saßen Karol und Amery vor einer leeren Flasche und rauchten.

»Ich lasse ein bißchen frische Luft herein, wenn ihr gestattet«, sagte Katharina und öffnete das Fenster.

»Oh, das tut gut«, sagte Christine und bewegte sich über das Parkett wie über einen Laufsteg.

In diesem Augenblick läutete das Telefon im Korridor.

»Das wird dein Vater sein«, sagte Katharina.

»Djudko«, meldete sich Karol und drückte die Tür des Salons ins Schloß. Es antwortete niemand. »Djudko«, wiederholte er und glaubte, den Atem des Anrufers zu hören. »Hallo«, rief Karol, »wer ist am Apparat, bitte?« Er wußte nicht, was ihn dazu zwang, fast eine Minute lang den gleichmäßigen Atemzügen zu lauschen. Als er begriff, daß es Angst war, sagte er: »Lassen Sie Ihren Anschluß überprüfen. Habe die Ehre.« Und er hatte schon die Hand auf der Klinke, als ihm der Gedanke kam, wie er sich die Gäste vom Hals schaffen könnte.

Amery war anscheinend Telepath. »Dienstlich, was?« fragte er im Aufstehen.

»Ja, leider«, sagte Karol und sie lächelten beide.

Beim Abschied gab es keine Verabredung, und niemand tat so, als bedauerte er es.

»Eine wunderbare Nacht«, sagte Christine vor der Haustür.

»Ja«, sagte Karol und wünschte guten Heimweg. Aus dem Schatten des Eingangs beobachtete er, wie sie davonfuhren. Dann ging er auf den Bürgersteig hinaus und ein paar Meter weiter bis zur nächsten Ecke, von wo er die erleuchteten Fenster der Alten Restauration in der Tiefe des Baumgartens sah. Wirklich eine wunderbare Nacht, dachte er, so friedlich und ruhig. Es war nicht mehr die Lautlosigkeit der Nächte vor dem Angriff, wenn die Stille ein Versteck ist, in dem die Magazine in die Maschinenpistole rasten, die Holme der Lafetten aneinanderklicken und das Herz wie eine Trommel schlägt. Daß heute irgendein Mensch in eine Telefonmuschel hauchte, um jemanden zu erschrecken, erschien Karol jetzt so absurd, daß er sich seiner Angst schämte. Die Nacht, hatte ihm Katharina in Dubislav gesagt, ist die einzige Gelegenheit für die Bäume, sich ungestört zu unterhalten. Er sah Katharina vor dem hellen Hintergrund des Zimmers und winkte hinauf. Sie hatte die Ellbogen auf das Fensterbrett gestützt und rührte sich nicht. »Katja!« rief er. Hatte sie genickt? Warum blieb sie stumm? Er rannte ins Haus und stürmte die Treppe hoch, ohne die Tür hinter sich zu schließen.

Als er in den Salon trat, drehte sie sich um und sagte: »Schön, nicht?«

»Hast du mich nicht gehört?« fragte er.

»Nein.«

Er nahm sie in die Arme und küßte sie.

»Was ist? Du zitterst.«

»Es war ein bißchen viel heute«, sagte Karol und zog den Knoten der Krawatte herunter.

»Wer hat vorhin angerufen?« wollte sie wissen, bevor er das Zimmer verließ.

»Mein Vater«, sagte er. »Entweder muß er nach New York oder in die Mongolei. Schöne Grüße!«

Im Bad legte er seine Uhr auf das Waschbecken und wartete zwei Minuten unter der kalten Dusche. Dann frottierte er sich, zog einen von Heinrichs Pyjamas an, schlug die langen Hosenbeine um und lief in die dunkle Diele. Er hängte die Sicherheitskette vor die Korridortür, tastete nach seinem Koppel und knöpfte die Pistolentasche auf.

Beim Großreinemachen am Nachmittag hatten sie das Sellmannsche Schlafzimmer ausgelassen und Heinrichs Bett zu Katharina getragen. Karol erinnerte sich daran, als Katharina von der Neugier ihrer Schwester erzählte.

»Sie wollte in alle Zimmer.«

»Auch ins Schlafzimmer?« fragte er.

»Da war sie überhaupt nicht wieder rauszukriegen. Ich glaube, sie suchte irgendwas.«

»Hat sie in die Schränke geschaut?«

»Nein, aber unters Bett«, sagte Katharina und richtete sich plötzlich hoch. »Sie denkt, wir haben den Gobelin versteckt, diese Ziege!« Sie ließ sich auf das Kissen zurückfallen und lachte. »Ich würde den Lumpen zerschneiden und ihr stückchenweise mit der Post schicken, wenn ich ihn hätte.«

»Hat sie gar nichts angedeutet?«

»Sie wollte sich doch nicht anmerken lassen, daß sie schnüffelt! ›Das war unsere Kindheit‹, hat sie gerufen und ist vor dem Bild auf Papas Nachttisch in die Knie gegangen. Und dabei hat sie unter die Betten gesehen. Wenn's mir nicht um Jan leidtäte, würde ich sagen: Sofort enteignen, diese Bestien!«

»Die demokratische Umwälzung ist bürgerlich«, zitierte Karol. »Lenin, ›Zwei Taktiken der Sozialdemokratie‹.«

»Es ist trotzdem Quatsch.«

»Und wenn ich's geschrieben hätte?«

Katharina drehte den Kopf auf die Seite und lächelte. »Das wär natürlich was anderes.«

Er kroch über die Bettkante zu ihr und deckte sie auf.

»Hast du diese Dinger gekauft?« fragte Katharina, den Mund an seinem Ohr.

»Was für Dinger?«

»Du weißt genau, daß ich das Wort niemals aussprechen werde. Mein Gott, die Automaten hängen in jeder Toilette! Hast du sie gekauft?«

»Nein«, sagte er, »ich hab's vergessen.«

Sie rückte von ihm ab.

»Ich gehe eben zum Bahnhof. Ich ziehe mich an und gehe zum Bahnhof!« brüllte er. »Oder zum ›Belvedere‹! In zehn Minuten bin ich wieder da! Es macht mir wirklich nichts aus!« Er wollte weiterreden, aber Katharina legte ihm die Hand auf den Mund.

»Es hat geklingelt«, sagte sie.

»Das Telefon?«

»An der Tür. Bleib hier!«

»Ich gehe doch zum Bahnhof«, sagte er, langte nach seiner Uniform und warf sie auf den Stuhl zurück, als es wiederum klingelte.

»Wer kann denn das sein?«

»Hoffentlich keiner, der Geld von mir borgen will«, sagte Karol mürrisch.

»Frag erst, bevor du aufschließt!«

»Keine Angst«, beruhigte er sie und ging hinaus. In der Diele wischte er die verschwitzten Finger an der Jacke ab und zog die Pistole aus dem Koppel. Als er das Blech des Türspions beiseiteschob, erlosch das Treppenlicht. »Wer ist da?« fragte er und hörte einen Schritt. Das Licht wurde wieder eingeschaltet. Er erkannte einen Mantel, weiß wie ein Burnus, und darüber das verschattete Gesicht einer Frau. Er hakte die Sicherheitskette ab und öffnete die Tür.

»Guten Abend«, sagte man.

»Wer sind Sie?«

»Ich bin Schwester Agnes«, sagte Sophie.

Karol steckte die Pistole in den Bund des Pyjamas, doch sie rutschte weiter, und er wußte, daß er keine gute Figur machte, als er sich krümmte und die Waffe mit beiden Händen vor dem Unterleib festhielt.

»Fehlt Ihnen etwas?« fragte Sophie.

»Nein, nichts, im Gegenteil. Kommen Sie herein!« bat Karol, holte die Pistole aus der Hose und legte sie auf den elektrischen Zähler. »Gelobt sei Jesus Christus!« stöhnte er slowakisch.

»In Ewigkeit, Amen«, antwortete Sophie in derselben Sprache, trat in die Diele und blieb stehen, bis Karol die Tür geschlossen und Licht gemacht hatte. Dann setzte sie ihren Koffer ab.

»Ich möchte nicht stören«, sagte sie und schüttelte den Habit, als ob es draußen geregnet hätte.

»Sie haben heute abend schon mal angerufen?« fragte Karol.

»Ja.«

»Warum haben Sie nicht wenigstens Ihren Namen gesagt?«

»Ich wollte euch überraschen.«

Karol nahm den Koffer und seufzte: »Das ist Ihnen gelungen. Das ist Ihnen wirklich gelungen. Vor einer Stunde wäre die Überraschung noch größer gewesen, aber so reicht es auch. Zur

Zelle von Schwester Katja die dritte Tür rechts, wenn ich bitten darf.«

Er sah noch, wie Katja ihrer Schwester entgegenlief. Dann hockte er sich auf den Boden, lachte und umarmte den Koffer.

10 *Sieben Federn, sieben Mäuse*

Im Mai war Sophie von Frau Sixta zu den Schwestern des Budweiser Altersheims in die Lannastraße geflüchtet. Dort hatte sie auch den Brief gelesen, den Pavel auf der Terrasse des Cafés ›Manes‹ geschrieben hatte. Als sie das Requiem für ihren Vater bestellte, hatte sie sich vorgenommen, in Zukunft das zu tun, was ihr beim ›Sanctus‹ einfiele. ›Hymnum gloriae tuae canimus, sine fine dicentes . . .‹ Die Botschaft hatte ihrer Erwartung entsprochen und war einfach gewesen: Geh mit Katja nach Deutschland zurück!

Gott war groß, auch in Budweis.

Aber beim Frühstück in Bubenetsch erfuhr sie, daß Katharina in Prag bleiben wollte, und Karol erklärte, daß es unmöglich sei, die Grenze zu passieren, ohne zuvor in einem Sammellager erfaßt und einem Transport zugeteilt worden zu sein.

»Ich beschaffe Ihnen eine vorläufige Aufenthaltserlaubnis«, sagte er. »Sie brauchen keine gelbe Armbinde zu tragen. Sie haben uns geholfen. Jetzt sind wir an der Reihe.«

»Lasko«, erinnerte Katharina. »Der Koffer mit dem Funkgerät.«

»Sie füllen die Formulare aus und lassen sich fotografieren«, schlug Karol vor. »Aber bitte nicht in diesem Kostüm! Es ist besser, wenn Sie Ihren Habit ausziehen, solange Sie hier sind.«

Sophie dachte an das perlgraue Kleid, in dem sie einen Tag durch Brünn gelaufen war. Sie wollte widersprechen, aber die Küche war nicht der rechte Ort dafür. Es redete sich schwer gegen ein Argument mit Marmelade im Mund. Und vor dem Haus lag der Königliche Baumgarten, kein Maisfeld. In Prag bedeuteten Kaffeesiebe, Pfannen und Topflappen nicht mehr als das, wozu man sie benutzte. In Bukovice waren sogar die Urinflaschen und die Schnabeltassen geheiligt gewesen. Man hatte seine Seele greifen können. Man hatte an einen Kormoran gedacht, und schon war er über die Donau geflogen. Nun stand sie am Herd, wartete darauf, daß das Wasser heiß wurde, betrachtete das schmutzige Geschirr in der Spüle und wußte nicht, für wen sie es abwaschen sollte. Warum war sie nicht in einem Pensionat aufgewachsen, wo sie Yoga und Kreuzstich, Empfängnisverhütung und Stenographie gelernt hätte, um einen netten, älteren Diplomingenieur zu heiraten? Er würde sie mit seinen Blähungen, sie ihn mit ihrer Migräne quälen. Ansonsten würden sie eine glückliche Ehe führen, und stürbe er, wäre die Geschichte zu Ende. Fabula rasa.

Sie ging zu einem Fotografen, aber als sie nach einer Woche ihr Gesicht in der Hand hatte, versteckte sie es vor Katharina. Nur Karol sah die Paßbilder, von Amts wegen.

»Die lassen Sie vergrößern«, schmeichelte er.

Sophie wurde rot bis in die Schultern, und die Arme juckten unter dem Pullover. Mutter Kasimira hätte Kleiebäder oder eine Abreibung mit Mentholspiritus empfohlen, statt sich die Haut zu kratzen. Als Karol die Aufenthaltserlaubnis brachte, fragte Sophie, ob sie sich mit diesem Schein auch Arbeit suchen dürfte.

»Probieren Sie's«, sagte er.

Sie rief einige Krankenhäuser an und erkundigte sich, ob man eine Schwester brauchte. Ja. Doch wenn sie sich bei den Personalabteilungen vorstellte und ihre Papiere ausbreitete, verzichtete man. Die Universitätsklinik am Karlsplatz ließ sie aus, wie sie einen gewissen Bezirk der Innenstadt mied, auch wenn sie deshalb Umwege machen mußte.

Vom Kloster her an feste Zeiten gewöhnt, war sie jeden Morgen um fünf Uhr auf den Beinen, besuchte die Frühmesse in St. Gotthard und kaufte anschließend Brötchen und Zeitungen. Wenn Katharina und Karol die Küche betraten, hatte sie schon den Tisch gedeckt und Kaffee gekocht. Ging Karol allein aus dem Haus, verbrachte sie den Vormittag mit ihrer Schwester. Wenn Katharina ihn begleitete, trödelte sie durch die Wohnung und zog die Schubfächer aus den Kommoden, um in dem quitten- und kampferduftenden Krimskrams nach verlorenen

Erinnerungen zu suchen. Knackte Tante Marketa noch Veilchenpastillen? Sang Fräulein Kalman noch Tonleitern am Kohlenmarkt, mit baumelnden Schlüsseln über dem türkisenen Pullover? Band Professor Vavra noch einen Gürtel um die Hosenträger? Drehte die Welt sich weiter, als wäre nichts geschehen?

Katharina hatte sich verändert, rauchte auf dem Klosett, schnitt sich die Haare und die Fingernägel kurz, trug Männerhosen, las die Leitartikel der Morgenblätter und verlangte von Sophie, daß sie das Kapitel über dialektischen und historischen Materialismus in der Geschichte der Kommunistischen Partei der Sowjetunion studierte, damit sie endlich vernünftig würde. Manchmal breitete die Rote eine Karte der Slowakei auf dem Teppich aus, steckte Nähnadeln in die Tatra und weinte ohne erkennbaren Grund. Abends schloß sie sich im Bad ein und wartete, bis Karol klingelte. Dann rannte sie zur Tür und umarmte ihn, als hätte sie ihn wochenlang nicht gesehen. Verspätete er sich, machte sie ihm Vorwürfe. Besuchte er Gesellschaften oder Versammlungen, zu denen sie nicht eingeladen war, setzte sie sich in den Salon, der für sie nur noch ›Wohnzimmer‹ hieß, und trank Limonade mit Wodka. »Geh nicht ins Bett«, sagte sie, wenn Sophie um neun die Augen zufielen, und erzählte dann vom Aufstand und dem Versteck in den Bergen und von der Angst, als sie unter der Narkosemaske gelegen und die kalte Zange des Sanitäters zwischen den Beinen gespürt hatte.

Im Juli, zur Feier ihres Geburtstages, an den weder Karol noch Katharina gedacht hatten, fuhr Sophie zu Professor Vavra. Unterwegs las sie den Glückwunsch ihrer Mutter. ›Seit ich weiß‹, schrieb Betty, ›daß Du gesund und bei Katja bist, kann ich wieder schlafen. Wir haben uns fürs erste bei Onkel Wilhelm im Vogelherd einquartiert. Heinrich arbeitet in Strinum beim Bauern. Ich helfe in der Wirtschaft, weil Tante Rosa Ischias hat. Es ist eine Menge Betrieb hier, lauter Russen, Flüchtlinge und Ausgebombte. In die Stadt gehen wir nur sonntags. Außer den Kasernen ist alles zerstört. Der Markt, die Alte Brücke und die Heide, das Schloß, alles. Wie durch ein Wunder ist unsere Kirche stehengeblieben, so daß die Evangelischen jetzt zu uns kommen. So gern ich euch hierhätte, rate ich Dir, nichts zu überstürzen. Das Freiburger Kloster, in das du willst, ist sowieso abgebrannt.‹ Sophie schob den Brief in die Handtasche und sah aus dem Fenster, als die Tram vom Graben auf den Wenzelsplatz bog. Die Puppen in den Auslagen und die Mädchen auf dem Trottoir führten die Sommermodelle vor. Männer mit Strohhüten verschwanden im Alfa-Palast, traten aus der Lucerna-Passage, liefen in die Sparkasse, tauchten aus dem Portal der Phönix-Versicherung und lächelten von der Rampe des Museums, als hätten sie die Straßenbahn überholt.

Nach dem Abschied von Vavra, während sie in der schmiedeeisernen Kabine durch das Treppenhaus sank, wünschte sie, daß diese Fahrt nie ein Ende nähme, der Lift die Erde durchschlüge und bei den Antipoden, zwischen Kaninchen und Känguruhs, wieder ans Licht käme, in einer Gegend, wo niemand von Fräulein Kalman und Viktor Lustig, von Pankraz, Theresienstadt und dem Petschek-Palais wußte. In der Italienischen Straße, zwischen Wilson-Bahnhof und Paradiesgarten, sagte sie auf tschechisch zu einem Unbekannten: »Ich bin eine Deutsche.«

»Leck mich am Arsch!« knurrte er und ging weiter.

In der Hybernergasse wiederholte sie den Versuch bei einem Dienstmann, der neben seinem Gepäckkarren stand.

»Dann häng dich auf!« schnauzte er und zog eine Zeitung aus seiner grünen Schürze.

Ich bin an die falschen Leute geraten, dachte sie. Eine Ohrfeige könnte wenigstens für mich abfallen.

Am Poritsch, in der Nähe des Hotels ›Axa‹, sah sie einen älteren Herrn, der eine Nelke am Revers trug. Sie trat zu ihm und sagte es noch einmal.

»Bedaure, meine Gnädigste«, antwortete er auf deutsch, »ich habe leider nicht eine einzige Krone bei mir«, nahm den Hut von den gefärbten Haaren und eilte einer Dame entgegen, die von der Pension ›Centrum‹ her über den Damm kam.

An den Tennisplätzen der Hetzinsel waren die Lampen eingeschaltet. Sophie beugte sich über das Brückengeländer und blickte hinunter. Ein Junge spurtete in den Schatten. Der Spieler fing den zugeworfenen Ball mit geneigtem Racket. Eine Linkshänderin drosch ihren Aufschlag ins Netz und trampelte vor Wut auf die Grundlinie. Je dunkler der Himmel wurde, umso heller glänzten die Laternen an den Ufern, und das Wasser warf ihr Licht an die Kais zurück.

»Kannst du mir nochmal verzeihen?« fragte Katharina in der Tür. »Ich habe deinen Geburtstag total verschwitzt – bei meinem Zahlengedächtnis! Aber jemand anders hat ihn nicht vergessen. Er wartet schon eine Stunde.«

»Wer?« fragte Sophie und behielt die Tasche an der Hand.

»Du wirst ihn gleich sehen«, flüsterte die Rote und zog Sophie in den Korridor. »Ich bin doch keine Sadistin.«

Neben dem Tisch im Salon stand Sixta, groß und schlank im schwarzen Anzug und schüchtern lächelnd wie ein Prüfling, der alle Hoffnung aufgegeben hat. Er reichte Sophie seine Blumen und wollte etwas sagen, bewegte aber nur die Lippen. Sophie hörte, wie Katharina aus dem Zimmer ging. Als sie Sixta begrüßte, war ihr, als drückte sie die Hand gegen einen Vorhang, der ihr die Sicht verwehrte. Dabei machte sie einen Schritt nach vorn und lehnte sich an ihn mit Strauß und Tasche. Sixta sagte ihren Namen, wie sie ihn zuletzt von Hanna in Bukovice gehört hatte, mit dem weichen Anlaut, als würde eine ›Georgette‹ daraus.

»Nochmal«, bat sie und wäre so stehengeblieben, doch Karol brüllte durch den Flur: »Weil heute Dienstag ist!«

»Und wann kommst du wieder?« fragte Katharina.

»Sobald es vorbei ist!«

Als Karol die Wohnungstür zuschlug, legte Sophie die Blumen auf den Tisch, und Sixta rückte ihr einen Stuhl zurecht. Beide warteten darauf, daß sich die Klinke bewegte, doch Katharina ging in die Küche und stellte das Kaffeegeschirr ins Spülbecken. Sophie warf ihre Handtasche zu den Blumen. Wo ist die Liebe, wenn ich sterbe? Trägt man im Jenseits das Futter nach außen? Bruder Sonne, Schwester Mond, kauft die Zeit aus, denn die Tage sind böse. Der Horizont ist weiter als bei uns daheim. Man kann ihn gar nicht fassen. Am liebsten hätte er gefragt, ob sich irgendwer an ein schwarzhaariges Mädchen erinnerte, mit großen dunklen Augen und winzigen Lücken zwischen den Schneidezähnen und (der Rest war von der Oberin gelöscht).

Am nächsten Abend saß sie im Café ›Manes‹ an einem reser-

vierten Tisch. Die ›Serenaders‹ spielten einen Blues, und die Tänzer schaukelten Bauch an Bauch. In der Pause ging Sixta mit ihr auf die Insel. Sophie blickte auf die Schleuse und das kleine Wehr, als ließe sich die Moldau mit den Augen festhalten. Als er den Arm um sie legte, wurden ihr die Knie weich, und als er sie an den Tisch zurückbrachte, fürchtete sie bei jedem Schritt zu stolpern. Sie wagte nicht, in den Spiegel zu sehen, weil sie sich schämte – ihr unfrisiertes Haar, das altmodische Samtkleid. Um wach zu bleiben, trank sie ein paar Tassen Kaffee und pendelte danach zwischen Saal und Toilette hin und her. Sie kam sich alt vor, weil niemand sie zum Tanzen holte. Als Sixta um Mitternacht vom Podium kletterte, hörte sie nicht, was er sagte. Sie war wie taub von der Musik. Doch was sollte er anderes gemeint haben, als daß er sie nach Hause begleiten würde? Hinter den letzten Gästen schlenderten sie durch den verdeckten Brükkengang. Auf der Straße gaben die Jungen ihre Jacketts den Mädchen zu halten, rollten die weißen Ärmel über die Ellbogen, als wollten sie raufen oder Holz hacken, nahmen die Jacken wieder an sich und ließen sie am Aufhänger um den Zeigefinger kreisen. Die Mädchen verabredeten sich auf einen anderen Tag, und mancher Gruß klang wie ein Hilferuf, während die Jungen mit den Absätzen gegen das Geländer trommelten. Sixta band die Krawatte ab und knöpfte den Kragen auf. Als er statt zum Nationaltheater in die Myslikgasse bog, glaubte Sophie noch an einen Umweg. Zum Unterschied von den Jungen, die verstummten, sobald sie mit ihrer Tänzerin allein waren, redete Sixta ununterbrochen, erzählte, wie er zu der Anstellung im ›Manes‹ gekommen war, fragte, wie Sophie sich mit seiner Mutter vertragen hatte, und ersparte ihr die Antwort: »Sie ist wunderbar, nicht wahr? Sie hat mir sofort geschrieben, daß du in Prag bist. Nein, nicht sofort«, verbesserte er, »sonst hätte ich dich ja früher besucht.«
Am Stadtgericht in der Brenntegasse küßte er sie, sprach aber gleich weiter und schwenkte den freien Arm, wie um Platz zu schaffen, obwohl niemand im Wege war. Jeweils in der Mitte zwischen zwei Laternen brachte er seinen Mund an ihren Mund, und allmählich merkte sie, daß er weder nach Bubenetsch noch zu irgendeiner Straßenbahnhaltestelle wollte und nur deshalb

so viel redete, damit sie nicht auf die Richtung achtete, in die er sie führte. Eine Weile dachte sie daran, sich zu verabschieden. Doch aus welchem Grund? Liebte sie den Mann nicht mehr, der ihr geschrieben hatte: ›Wenn ich die Augen schließe, kratzen sieben Federn über das Papier. Es ist, als säßen sieben Mäuse in der Wand. Wir werden diesen Krieg überleben und danach werden wir anders leben als bisher . . .?‹ Fing heute nacht denn nicht der Frieden an? Sie leckte sich die trockenen Lippen und fuhr mit dem Arm in sein offenes Jackett. Er schwieg, blieb stehen und starrte in ein erleuchtetes Schaufenster, wo eine Pyramide aus gelben Seifenschachteln und blauen ALPA-Flaschen aufgebaut war. Sie spürte seinen verschwitzten Rücken an ihrer Hand und hoffte, daß er irgendetwas sagte, dem sie nicht ausweichen konnte. Sixta zog das Jackett aus, hängte es Sophie über die Achseln und krempelte die Hemdsärmel hoch, wie es die Jungen am Riegerkai getan hatten. Auf seinen hellen Unterarmen sträubten sich die Haare. Er steckte den Zeigefinger durch die Schlaufe und schwenkte die Jacke, bis sie wie ein Propeller vor Sophies Gesicht wirbelte. Dann ließ er sie ausschaukeln und fragte lächelnd: »Gut?«

Sie nickte. Daß ihr das Herz im Halse schlug, schob sie auf den Kaffee.

Schräg gegenüber dem Museum, wo sich die Geleise der Tram zum Komenský-Platz krümmten, folgte sie ihm durch das Portal eines Mietshauses. Er öffnete eine Tür im Hochparterre, und Sophie trat in einen kühlen Korridor. Als er in seinem Zimmer die Nachttischlampe eingeschaltet hatte, blickte sie auf eine mit Bleistift geschriebene Opernpartitur. Sie hätte sich gern danach erkundigt, welche Musik es war, scheute sich aber, etwas Falsches zu fragen, und ahnte doch zugleich, daß schon die Furcht vor einem Fehler jetzt ein Fehler war. Auf der Couch lag eine geblümte Decke, unter der die Hosenbeine eines grünweiß gestreiften Pyjamas hervorhingen. Woher kam ihr plötzlich das Gefühl, als schrumpfte sie zusammen, als würde sie so leicht und unscheinbar, daß ihre Tasche schwer und riesig wurde? Sie sah zu Sixta, der die Fenster schloß. Warum dauerte es so lange, bis er sich umdrehte? Warum ließ er ihr so viel Zeit? Wo wäre sie heute, wenn sie in Brünn den Zug nach Prag genommen hätte? Stände sie auch auf diesem Plüschteppich, zwischen Bett und Klavier, unter einem Plafond, der ihr so unerreichbar schien wie ein Theaterhimmel, wie der Schnürboden über einer Szene, in der sie die Rolle ihres Lebens spielen sollte, ohne Schminke und Kostüm, ohne Text und Souffleur? Sie hörte den Vorhang. Sixta glitt heran, wie auf einer lautlosen Drehbühne. Er küßte sie und bog ihr dabei den Kopf in den Nacken, als begänne das Stück mit dem Happyend. Dann sagte er etwas, was sie nicht verstand, doch es mußte das Stichwort sein.

In der Frühe zog sie seinen Pyjama über, schob den Vorhang beiseite und blickte in den Hinterhof. Eine graugetigerte Katze lief in einen Sonnenfleck, ließ sich auf den Rücken fallen und stemmte mit den Pfoten ein Kastanienblatt in die Höhe. Sie erinnerte sich, was Dechant Filo bei den Exerzitien gesagt hatte, wenn ihm die Postulantinnen zu neugierig gewesen waren: »Für die Tiere war der Baum der Erkenntnis nur ein Apfelbaum. Deshalb mußte ihnen der Herr auch nicht verbieten, davon zu fressen. Ihr seid noch Gänse, also wartet gefälligst, bis ihr Menschen werdet – dann fragt's!« Sie roch den bitteren Malzkaffee, der ihr jeden Morgen durch das halbdunkle Refektorium entgegengeweht war, fühlte wieder die heißen Semmeln in der Hand und hörte das Knirschen, mit dem das Messer in die Kruste schnitt. Sie dachte daran, daß Katharina und Karol jetzt vergeblich auf das Frühstück und die Zeitungen warteten. Die Straßenbahnen rauschten hinterm Haus, daß die Scheiben zitterten. Die anderen Leute waren unterwegs zu Fabriken und Büros, stellten sich an Werkbänke, Schalter und Theken, schlugen Nägel ein, drehten Hähne auf, steppten Säume vor, tippten Briefe ab, während sie, Sophie Sellmann, genau wie damals bei ihren Eltern aus dem Fenster sah und sich fragte, weshalb sie nicht arbeiten durfte. In der Nacht hatte sie an der Ecke des Wenzelsplatzes einen Milchladen bemerkt, aber sie hatte zu wenig Geld, um einkaufen zu gehen. Sie bückte sich und strich mit den Fingern übers Parkett. Das Zimmer mußte ausgewischt werden. In Bukovice hatte sie gelernt, den Henkel eines Wassereimers so sacht auf den Rand zu setzen und ein Scheuertuch so leise auszuwringen, daß die halbblinde Schwester Ignatia es nicht hörte. Sixta schlief noch, das Gesicht zur

Wand. Sie zog die Decke über seine nackten Schultern und ging hinaus.

In der Küche saß ein Mann am Tisch und stippte ein Salzhörnchen in die Kaffeetasse. Er war blond, jünger als Sophie und trug ein kariertes Hemd über den Breeches. Er schien nicht überrascht, sie zu sehen. Er begrüßte sie, als wären sie alte Bekannte, und nötigte sie näherzutreten, obwohl sie sich entschuldigte und den Fuß schon wieder auf der Schwelle hatte. Er stellte sich vor, und auch Sophie nannte ihren Namen, blieb aber immer noch an der Tür stehen. In seinen grauen Militärsocken ging er auf den blauweißen Fliesen zum Buffet, holte eine zweite Tasse und schob den Korb mit den Hörnchen über den Tisch. Als sie keine Anstalten machte, mit ihm zu frühstücken, sagte er: »Sie brauchen sich nicht zu fürchten, weil Sie bei uns übernachtet haben. Ich weiß, daß Sie Deutsche sind, aber ich bin Polizist, und deswegen kann Ihnen nichts passieren. Bis vor einem Vierteljahr haben hier sowieso Deutsche gewohnt. Sehen Sie mal!« Er zeigte auf das Gewürzregal über dem Gasherd. »Zimt, Nelken, Anis, Muskat, Majoran!« Seine Stimme war hell und jungenhaft, doch jetzt lächelte er mit spitzen Lippen, wie eine Frau, die Angst vor Falten hat oder einen Goldzahn verstecken will. Als er den Kaffee eingoß, sah sie, daß ihm der linke Daumen fehlte.

»Ich möchte lieber auf Pavel warten.«

»Der schläft wie ein Kanonier«, sagte er. »Ich schaue Sie auch nicht mehr an, wenn Sie das stört.« Er drehte den Kopf zur Seite, sah auf den Abreißkalender und bot ihr mit der verstümmelten Hand einen Stuhl an. »Sie können sogar beten, wenn Sie wollen«, sagte er, als Sophie sich gesetzt hatte. »Oder haben Sie inzwischen damit aufgehört?«

»Nein«, sagte Sophie und wurde rot.

»Also, beten Sie!« sagte er mit vollem Mund. »Ich bin nicht religiös, aber beten Sie ruhig für mich mit. Schaden kann es nicht. Zucker?«

»Nein, danke.«

»Ich möchte nur, daß Sie sich wohl fühlen«, sagte Georg und tunkte ein weiteres Hörnchen in seinen Kaffee, »auch wenn Sie mich für einen Krakeeler halten.«

»Ja«, sagte Sophie, denn sie wußte, daß er darauf wartete. Ihre Offenheit gefiel ihm. Er gab sich freundlicher, und sie erfuhr, daß er am Wochenende auf zwei oder drei Monate dienstlich ins Grenzgebiet reisen müßte. Womit er nicht sagte, daß sie exmittiert würde, sobald er zurückkäme. Im Gegenteil. Er wünschte, daß sie hierbliebe. Wegen der polizeilichen Meldung solle sie sich keine Sorgen machen. Das erledige er. Solange die Aufenthaltsgenehmigung des Nationalausschusses gültig wäre, gäbe es keine Schwierigkeiten. Für sich würde er später eine andere Wohnung finden. Notfalls könnte er in eine Kaserne ziehn. Als Sophie widersprechen wollte, fiel er ihr ins Wort. »Ich kann mich gut in Ihre Lage versetzen. Sehr gut. Viel besser, als Sie glauben.« Er kratzte sein unrasiertes Kinn mit dem Daumenstumpf. »Ich sage Ihnen auch ganz ehrlich, daß ich dabei nicht an Sie denke. Vielleicht möchten Sie sogar freiwillig nach Deutschland zurück. Wer weiß? Nicht heute, heute sicher nicht, aber in einem Monat oder in einem Jahr? Ich denke an Pavel, verstehen Sie? Er hat etwas, was wir nicht haben. Darf ich Sie jetzt mal wieder anschauen?«

»Ja«, sagte Sophie und sah, daß er wasserblaue, fast farblose Augen hatte.

»Als er noch Lehrer war in Budweis, sagte er in einer Musikstunde: Es ist das Große an einem Künstler, daß er den Menschen etwas gibt, was sie ohne ihn vielleicht nie gesehen oder gehört hätten. Eine gute Definition, nicht wahr? Ich habe sie mir gemerkt, und Pavel hat sie vergessen. Er klimpert Tralala und Hopsasa, damit die Herren aus Smichov den Damen aus Wysotschan den Nabel reiben können. Finden Sie das richtig? Sie finden es auch nicht richtig. Doch wenn ich es ihm sage, nickt er und glaubt mir nicht. Auf Sie hört er. Fragen Sie mich nicht, woher ich das weiß. Ich habe Ihnen schon viel zu viel erzählt. Gehen Sie jetzt in mein Zimmer und rufen Sie Ihre Schwester an, damit der Genosse Djudko Sie nicht von der Miliz suchen läßt. Halt, noch eins! Was die Kunst betrifft – Sie denken, ich rede wie die Jungfrau vom Kind? In meinem Horoskop stand nicht, daß ich Polizist werde. Daran sind andere schuld. Nun telefonieren Sie! Aber erschrecken Sie nicht! Ich habe bei mir noch nicht aufgeräumt.«

Nach dem Gespräch mit Katharina, der Sophies Ausbleiben gar nicht aufgefallen war, ging sie zu Sixta. Er war wach, lag aber noch im Bett und hatte ihr schwarzes Samtkleid über die geblümte Decke gebreitet.

»Du wohnst bei deinem Neffen?« fragte sie.

Sixta richtete sich auf. »Dieser Idiot hatte mir geschworen, daß er heute nacht in der Kaserne schläft!« Er ließ sich zurücksinken und verkniff das Gesicht, als klemmte er einen unsichtbaren Strohhalm zwischen Nase und Oberlippe. »Ich bin ein Opfer der Wohnungsnot«, sagte er und lachte. »Ich kann dich nicht lieben, ohne daß es die halbe Republik erfährt.«

Sophie griff nach dem Kleid, aber er hielt es fest.

»Laß los«, bat sie.

»Nein«, sagte er, »ich zerreiße es, damit du nicht wegläufst. Dieser Polyp ist nicht mein Neffe, sondern der Sohn meiner Cousine, und die Mutter meiner Cousine ist nur die Schwägerin meines Vaters. Im Grunde ist er überhaupt nicht mit mir verwandt, obwohl wir beide denselben Namen haben!« Pavel flüsterte: »Ich wette, er steht im Korridor und hört jedes Wort.« Er schlug die Decke hoch, drapierte sich das Kleid um die Hüfte, schlich auf Zehenspitzen zur Tür und öffnete sie mit einem Ruck. »Kanaille!« rief er feierlich in den leeren Flur und kehrte um. »Er ist so raffiniert, daß er zu Hause keine Stiefel trägt.«

Sophie hatte sich aufs Bett gesetzt und lachte.

Nach dem Mittagessen zogen sie sich an, und Sixta schlug gegen Georgs Tür, als sie die Wohnung verließen.

Vor dem Pantheon des Nationalmuseums hing eine Leinwand mit den Profilen Stalins und des kleinen Präsidenten, der Sophie einst durch den Spanischen Saal geleitet hatte. Er wirkte nicht mehr so ratlos wie vor dem Krieg, sondern stellte seinen blonden Lippenbart sehr selbstbewußt gegen den schwarzen Schnauzer. Doch als eine Straßenbahn zu den Weinbergen hinauffuhr und sich die Leinwand bewegte, sah er wieder wie ein hinfälliger, alter Herr aus, dem es auch nicht half, wenn ihn ein leibhaftiger Generalissimus küßte. In einem Textilgeschäft am unteren Wenzelsplatz bekam Sophie ein tomatenfarbenes Badetrikot in die Hand gedrückt und sah erst vor dem Spiegel der Kabine, wie weiß ihre Haut unter den roten Trägern war. Sie beeilte sich, das langärmelige Samtkleid wieder überzustreifen, und fragte, ob sie das Trikot umtauschen dürfte, doch Sixta hatte schon gezahlt und drängte weiter. Sie stopfte Wäsche und Strümpfe in eine Papiertüte und bat ihn, lieber zu einem der oberen Moldaustrände zu fahren, wo an Wochentagen gewiß weniger Leute wären als in der Schwimmschule auf der Sophieninsel. An der Art, wie er zustimmte, erkannte sie, daß sie ihn beschwindelt hatte: er meinte, sie wollte mit ihm allein sein, während sie darauf aus war, niemandem ihre bleichen Beine zu zeigen. Wie zum Ausgleich nahm sie sich vor, von ihrem Gespräch. mit Georg zu berichten, aber hinter dem Wyschehrader Felsen, als die Tram um den Yachthafen bog und danach die schnurgerade Chaussee hinuntersauste, verschob sie es auf den Nachmittag.

Sixta war verrückt vor Glück. Auf der Podoler Wiese, gegenüber dem grünen Hügel von Barrandov, mußte sie ihn daran erinnern, den Anzug und die Schuhe abzulegen, ehe er ins Wasser sprang. Sein Fieber war ansteckend. Selbst beim Tauchen wurde ihr nicht kalt. Wenn er die Hände in ihrem Nacken verschränkte, ließ sie sich sinken, damit er ihr nicht in die Augen sah. Als sie sich abtrockneten, erzählte er, daß ihm vor Jahren jemand geraten hätte, mit ihr baden zu gehen, falls es ihm an Geld für Orchideen fehlte.

»Wer war das? Vavra?«

Sixta schüttelte den Kopf.

»Katja?«

»Nein«, sagte er. »Du kennst ihn nicht.«

Sie ahnte, daß er log, mochte aber weder weiterfragen noch darüber nachdenken, wer ihm empfohlen hatte, mit ihr schwimmen zu gehen.

»Es war die Kalman«, erklärte er nach einiger Zeit und begriff zuerst nicht, daß er etwas Überflüssiges gesagt hatte, das mit jedem Zusatz an Wahrheit gewann, bis er endlich gestand: »Ich kann das Maul so wenig halten wie die Tinte.«

»Ich wollte es doch wissen«, beruhigte sie ihn, rollte auf seinen ausgestreckten Arm und fragte, was aus der Oper geworden sei, von der er ihr nach Bukovice geschrieben hatte. Als er sich auf den Brief nicht mehr besann, sagte sie ihn auswendig her.

Er war gerührt. Doch als sie ihm verriet, daß sie alle seine Briefe auswendig wußte, wandte er sich ab und suchte nach einer Zigarette. Er müsse zugeben, sagte er, daß die Musik, die er gemacht hatte, keinem Menschen außer ihm gefiele, und wenn das Quartett, das er bei Vavra komponiert hatte, ebenfalls abgelehnt würde ...

»Was dann?«

»Bis September sind alle in den Ferien«, winkte er ab und wollte ihr nicht sagen, wem es zur Prüfung vorlag. Gegen Abend verschwand Sophie mit Kleid und Tüte in einer Badezelle, und Sixta brachte sie anschließend mit der Straßenbahn nach Bubenetsch. »Ich komme«, versprach sie, sagte aber nicht, wann. In der Diele rannte ihr Katharina entgegen und war enttäuscht, weil sie Karol erwartet hatte. Sie wechselten ein paar Worte, und Sophie ging in ihr Zimmer. Nach etwa einer Stunde, Sophie besserte ihre Strümpfe aus, erschien Katharina mit einer verdächtig blassen Limonade und zwei Weingläsern. Sie wischte die roten Fransen aus der Stirn und schenkte ein.

»Ich brauche Geld«, sagte sie und nippte an ihrem Glas.

Sophie schmeckte an der Limonade und roch den Kartoffelschnaps unter dem Orangenbukett.

»Sollten wir nicht das Landhaus an der Sázava verkaufen? Wüßtest du jemanden, den wir fragen könnten?« Katharina kippte das Gemisch hinunter, ohne eine Miene zu verziehen. »Karol darf ich damit nicht belästigen.«

»Nein«, sagte Sophie.

»Du brauchst dich nicht zu bemühen«, sagte Katharina. »Es ist beschlagnahmt.« Sie griff über den Tisch, nahm Sophie die Nadel weg und stach sie sich in den Handrücken. »Solange das wehtut, muß man trinken. Weißt du, wer mir das beigebracht hat? Ein Zigeuner!« Sie lachte, wischte die Nadel an ihrer Bluse ab und gab sie Sophie zurück. »Ich brauche viel Geld.« Sie schwieg und rieb die dicke Nase zwischen den Fingern, als überlegte sie, ob sie weitersprechen sollte. »Ich muß operiert werden. Ich möchte ein Kind. Wenn ich ein Kind habe, ist alles in Ordnung, verstehst du? Karol dürfte mich heiraten und käme abends nach Hause. Ich würde nicht mehr trinken, sondern Strampelhosen stricken. Was siehst du mich so an? Karol will nicht, daß ich operiert werde. Er fürchtet, daß ich dabei draufgehe. Das ist keine Ausrede. Ich glaube es ihm. Aber wenn ich kein Kind kriege«, sagte sie wie eine Drohung, »gehe ich mit dir weg. Man kann sich auch freiwillig in die Aussiedlerliste eintragen lassen. Hast du dich schon gemeldet?«

»Nein«, sagte Sophie.

»Karol hat Schwierigkeiten. Sie haben ihn aus dem Personalausschuß gefeuert, weil er nicht zu Ende studiert hat. Das sind reaktionäre Argumente! Unsere Universität war der Aufstand!« rief Katharina und donnerte ihre kleine Faust auf den Tisch, daß der Stopfpilz herunterfiel. »Er wehrt sich nicht, weil er mich auf dem Hals hat. Er versteckt mich. Wir werden beobachtet. Manche Leute würden sich ein Bein ausreißen, wenn sie Karol oder seinem Vater etwas anhängen könnten. Vielleicht kommen sie eines Tages mit einem Haussuchungsbefehl.« Sie trank Sophies Glas aus. »Bist du mit Sixta einig geworden? Wie soll ich mich sonst ausdrücken? Hat er eine Wohnung? Warum ziehst du nicht zu ihm? Du mußt nicht denken, daß du uns störst. Ich sage es in deinem Interesse. Warte, ich zeige dir, was ich entdeckt habe.« Sie glitt vom Stuhl und rutschte auf den Knien zu Sophies Bett. »Du versprichst mir, daß es unter uns bleibt?« Sie zog einen Karton hervor, klappte ihn auf und ließ Sophie hineinschauen.

»Als Vater die Monstranz kaufte, warst du schon in Bukovice. Das Geld hatte er von Eugen Lustig. Weißt du noch, wie wir mit Herrn Hörnchen nach Wörlitz gefahren sind?«

»Ja«, sagte Sophie. »Und seit wann liegt sie dort?«

»Du verkaufst sie. Die Hälfte ist für dich. Massives Gold.«

»Warum hast du sie ausgerechnet unter mein Bett gestellt?« fragte Sophie.

»Du bist doch eine Nonne«, sagte Katharina und schloß den Deckel. »Warum sollst du nicht auf einer Monstranz schlafen? Zur Erinnerung an den Sieg von Juan d'Austria über die Türken! Lepanto, fünfzehnhunderteinundsiebzig! Ich habe noch alle Zahlen im Kopf, nur deinen Geburtstag nicht.« Sie erhob sich, gab dem Kasten einen Tritt, daß er unters Bett rutschte, und lächelte verlegen, weil sie sich an der Stuhllehne festhalten mußte. »Hau mir doch eine runter! Na, mach schon, du Himmelsziege!« Sie schrie so laut, daß ihre Stimme überschnappte. Obwohl sie schwankte, beugte sie sich vor und schien allen Ernstes auf eine Ohrfeige zu warten. Als Sophie sich nicht rührte, sagte sie verächtlich: »Wenn jemand so mit mir redete, würde ich ihn umbringen.«

»Du bist eben keine Nonne«, sagte Sophie und sah auf die Uhr.

»Du willst wieder weg.«

Katharina wischte den Ärmel über den Mund und schob den Stuhl aus dem Weg. »Laß mich nicht allein«, bat sie und torkelte zu Sophie, als wollte sie sie umarmen. »Karol kommt später. Im Ministerium wird ein Besiedlungsamt für die Grenzgebiete gebildet. Ist das nicht toll?«

»Ja«, sagte Sophie.

»Vielleicht kriegt er dort einen Posten, und wir gehn nach Preßburg zurück. Ich spreche schon viel besser slowakisch als früher. Ich lerne jeden Tag dreißig Vokabeln. Das ist doch enorm, oder? Du könntest mich abfragen. Hast du Lust? Ich schenke dir eine Garnitur aus Nylon, eine ganz neue. Karol hat sie von einem Emigranten, aber ich vertrage sie nicht auf der Haut. Ich hole das Wörterbuch!«

Karol kam gegen zehn, und Sophie fuhr in die Mezibranska, in der Hoffnung, daß Georg zu Hause wäre. Unterwegs rechnete sie aus, daß ihr Geld gerade hinreichte, um noch eine Woche lang mit der Tram zwischen Baumgarten und Innenstadt zu pendeln. Als auf ihr Klingeln niemand öffnete, sah sie unter den Fußabtreter und fand ein an sie adressiertes Kuvert, in dem ein Zettel und der Wohnungsschlüssel lagen. ›Verehrtes Fräulein!‹ schrieb Georg. ›Mein sogenannter Onkel hat sicher vergessen, Ihnen einen Schlüssel zu geben. Seien Sie bitte so freundlich, ihm zu sagen, daß ich in der Kaserne schlafe und meine Usambara-Veilchen bereits gegossen habe.‹ Eine Kinderhandschrift, dachte Sophie, stellte ihre Tasche ab, band sich die Schürze um und ging an die Arbeit.

Als sie Sixtas Zimmer, die Küche und den Korridor saubergemacht hatte, duschte sie, zog den grünweiß gestreiften Pyjama an und legte sich mit der Partitur, die noch immer am Klavier lehnte, auf das Bett. Am oberen Bogenrand stand, mit spitzem, hartem Bleistift, fast unleserlich: ›Der Jüngste Tag‹, Vorspiel.

Die Notation war kräftiger und durch das vertikale Liniensystem gut zu überblicken. Den Einsatz übernahmen eine Pikkoloflöte und eine Posaune, die mit punktierten Vierteln über den Anfang jagten, bis auf der nächsten Seite Fagott, Violine und Kontrabaß hinzutraten. Da es längst nach Mitternacht war, holte sie sich ein leises ›a‹ vom Klavier und versuchte, die Stimmen der Instrumente nachzusingen, aber die wechselnden Vorzeichen und das dauernde Umdenken vom Baß- in den Violinschlüssel machten sie müde. Sie blätterte rasch zu den Sängern weiter und summte noch den Sopran durch das erste Bild, doch als der Eilzug mit Becken, Ratschen und Pauken hinter den Kulissen vorbeifuhr und der Stationsvorstand Hudetz (Bariton) bedauerte, das Signal nicht gestellt zu haben, fielen ihr die Augen zu. Sie spürte nicht einmal, daß Sixta ihr nach einer Weile die Noten wegnahm.

Nach Georgs Abreise zog Sophie in die Mezibranska. Um ›Amery & Herschel‹, wie das Porzellangeschäft wieder hieß, machte sie nach wie vor einen Bogen. Fuhr sie mit der Tram durch den Graben, blickte sie vom Brückl bis zum Pulverturm in ihre Handtasche, als suchte sie nach Wechselgeld, und wenn sie vom Wenzelsplatz her in die Passage ›Schwarze Rose‹ ging, kehrte sie am Palais Sylva-Taroucca wieder um. Es ärgerte sie, daß sie nicht den Mut besaß, mit Sixta über Amery zu reden. Man konnte alles mit ihm besprechen, beruhigte sie sich, nur gab es einfach nichts, was noch der Rede wert gewesen wäre, weil Sixta ohnehin alles wußte.

Im August begegneten sie zwei Mädchen, denen die Männer nachliefen, weil sie sich, statt Strümpfe anzuziehen, mit Augenbrauenstift dunkle Nähte auf die Waden gemalt hatten.

»Not macht erfinderisch«, sagte Sixta, aber Sophie entging nicht, daß Not auch verführerisch machte, und während Sixta mit den ›Swing Serenaders‹ nach Budweis fuhr, um dort ein Konzert zu geben und seine Mutter wiederzusehen, holte sie von Katharina die zurückgelassenen Kleider ihrer Mutter und schneiderte sich aus den braven Hängern und würdigen Tailormades eine Fantasierobe mit Schärpengarnitur. Als sie ihn bei seiner Rückkehr darin empfing, nahm er sie in die Arme und trug sie in sein Zimmer wie eine Braut.

»Ich begreife immer noch nicht, daß du hier bist«, sagte er. »In Budweis dachte ich manchmal, ich komme zurück, und die Wohnung ist leer.«

»Was hättest du dann gemacht?« fragte sie.

»Ich hätte dich gesucht«, sagte er.

Noch am selben Abend spielte ihr Sixta endlich den ›Jüngsten Tag‹ vor.

»Wer hat das abgelehnt?« fragte sie, als er nach zwei Stunden den Klavierdeckel schloß. Er stemmte die Hände ins Kreuz und lachte.

»Ich habe es gar nicht erst angeboten. Das Quartett auch nicht. Entschuldige. Aber es ist sinnlos. Ich weiß, daß die Intendanten meine Partitur zu hundert anderen legen und sie mir nach einem halben Jahr zurückschicken. Es geht allen so. Ich beschwere mich nicht.« Er stand auf und streckte sich auf dem Bett aus. »Ich habe keinen Verein für Privataufführungen wie Schönberg, keine reiche Frau wie Strawinsky, und ich habe nicht die Geduld wie Janáček, und wenn ich manchmal meine eigene Musik höre, dann sage ich mir: du hast dich überschätzt, Verehrtester. Du gibst, was du hast, aber es ist zu wenig. Vielleicht muß man sechzig oder siebzig sein, um etwas Anständiges zu schreiben. Aus Überfluß, ohne Kaffee und Zigaretten. Wozu der Aufwand? Warum soll ich zittern und schwitzen und Baldriantee trinken, damit irgendein versoffener Dramaturg – sie sind alle versoffen, glaub es mir – seine Schnapsnase in meine Musik steckt und mir dann schreibt: ›Mit größtem Bedauern . . .‹ Nein. Ich habe kein Talent für die Nachwelt. Ich finde es anständiger, vier Takte Tonika, zwei Takte Subdominante und so weiter in die Tasten zu hauen und zuzusehen, wie das Volk die Fassung verliert, statt die Arrivierten anzupumpen und als Geheimtip herumzusitzen. Das ist das Schlimmste, was einem passieren kann. Die Genies in den Kneipen können alles, solange sie reden. Statt ihrer Arbeiten bringen sie ihre Pläne unter die Leute.«

»Ich finde deine Oper wunderbar«, sagte Sophie.

»Was hat denn das damit zu tun?« fragte er und richtete sich auf. »Du bist wunderbar.« Er ließ sich wieder zurücksinken und lächelte. »Du bist wunderbar. Es wäre viel einfacher, dich zu verkaufen, als meine Musik. Aber ich gebe dich nicht her. Ich gebe dich nie mehr her. Als ich dich das erste Mal sah, trugst du ein blaues Kleid mit weißen – wie nennt man diese Dinger?«

»Stulpen«, sagte Sophie.

»Als du Halsschmerzen hattest, schrieb ich einen Trauermarsch.« Er summte die Melodie und schlug mit der rechten Hand auf eine unsichtbare Pauke. »Weißt du das überhaupt? Nein?«

Sophie legte sich zu ihm und küßte ihn.

»Ich lasse mich nicht verkaufen«, sagte sie.

»Was meinst du, wo die Pause sein müßte?« fragte Sixta.

»Nach dem Walzer. Wenn Anna sich mit Hudetz am Viadukt verabredet.«

»Das habe ich mir auch gedacht!« rief er und lief zum Klavier. Er forderte sie auf, ein paar Stellen der Anna-Partie vom Blatt zu singen, und tadelte sie nicht, wenn sie falsch geatmet oder einen Intervallsprung verfehlt hatte. »Kalt bleiben!« sagte er nur. »Secco, secco, nicht mit der Seele – mit dem Bauch!«

Den folgenden Abend fuhr Sophie auf die Kleinseite hinüber und ging durch die kühle Thungasse zur Schloßstiege. Vom Haus zum ›Heiligen Nepomuk‹ bis zum ›Goldenen Löwen‹ waren die halbrunden Oberfenster nach außen gekippt, um die letzte Sonne in die Stuben zu lassen. Sophie zögerte in dem niedrigen, klammen Flur. Sie hatte Angst vor dem Wiedersehen mit Tante Marketa, und es erwies sich, daß ihre Angst berechtigt war.

Seit April, seit dem Tode ihres Freundes Kavalár, der Sophies Überspanntheiten einst als ›Pseudologia phantastica‹ diagnostiziert hatte, mied Frau Farel allen Umgang, auch den ihres Schwagers Amery. Sie betrauerte den in Mauthausen erschlagenen Nervenarzt zusätzlich zu dem an der Drina gefallenen Rittmeister, ihrem eigentlichen oder, wie sie früher zu sagen pflegte, einzigen Mann. Sie ließ Sophie eintreten, forderte sie aber nicht zum Sitzen auf und stellte sich mit gefalteten Händen neben den Anthrazitofen. Sie trug Schwarz, hatte das Haar an die Schläfen gesteckt, und alles an ihr schien wie eh und je, nur die bräunliche Unterlippe verriet, daß sie Malzbonbons kaute statt der gewohnten Veilchenpastillen. Verwirrt, weil sie gesiezt worden war, brachte Sophie ihre Bitte vor. Sie wußte, daß Frau Farel den Chefdirigenten des Nationaltheaters kannte, und machte nicht viel Worte. Es gab ein Geräusch, als würde ein Stein zerschlagen. Frau Farel hatte den Bonbon zerbissen und sagte: »Es tut mir leid, Ihrem Freund nicht behilflich sein zu können. Ich führe keine Konzertagentur.« Sophie wartete noch eine Weile auf ein Wort, das die Weigerung widerrief oder wenigstens den Abschied erleichterte, doch Tante Marketa war ganz mit ihrer Zunge beschäftigt. Am Rande des Teppichs glänzte das honigfarbene Parkett, von der Tischlampe hingen die perlmuttenen Fransen, und aus der Ofenklappe drang der Ruch von kaltem Koks. Der Besuch war beendet. Vor Jahren hatte sich die ›kleine Nichte‹ ins Gästebuch eintragen müssen, selbst wenn sie nur auf einen Kaffee gekommen war. Nun konnten sie sich nicht einmal die Hand reichen, so weit waren sie schon voneinander entfernt.

Tagelang bewegte sich Sophie wie im Traum. Sie hörte nicht, was Pavel fragte, oder antwortete so spät, daß er ihre Antwort nicht mehr begriff. Sie versalzte das Essen oder vergaß, es zu salzen, und auf dem Rückweg vom Café ›Manes‹ verlief sie sich in der Altstadt. Eines Morgens stand sie in der Halle des Wilson-Bahnhofs, ohne zu wissen, weshalb. Sie las die Zielorte der Abfahrtstafel, und plötzlich kam ihr der Gedanke, sich in einen Zug zu setzen und davonzufahren. Sie kaufte eine Bahnsteigkarte und steckte sie in den linken Ärmelumschlag, während sie die Stufen zum Tunnel hinunterging. Es ist nur zur Probe, sagte sie sich. Ich will nur ungefähr wissen, wie es ist. Der leere Perron enttäuschte sie. Es genügte nicht, sich vorzustellen, daß sie abreiste, sondern sie mußte auch die Lokomotive, die Waggons, die Fahrgäste, das Türenknallen und den Signalpfiff dazudenken. Der Stationsvorstand Hudetz aus Pavels Oper fiel ihr ein, und sie rannte zur Sperre zurück, wo der Schaffner die Karte verlangte. Sie sah in ihrer Tasche nach, fand sie aber nicht. Ich habe sie verloren, wollte sie sagen, brachte aber die Worte durcheinander und stotterte: »Ich habe sie vergessen.« Und während sie erklärte, auf den Bahnsteig gegangen zu sein, um ihren Bruder in den Zug zu setzen, glaubte sie, daß der Schaffner ihren Akzent erkannt hatte, denn er winkte aus dem

Fenster der Holzwanne, als wollte er eine Streife herbeirufen, die sie festnähme und abführte. Obwohl es kalt aus dem Tunnel heraufwehte, brach ihr der Schweiß aus. Sie schüttelte den Inhalt ihrer Handtasche, Geld, Lippenstift, Kamm und Spiegel, auf den Boden, drückte nur den Ausweis gegen die gefütterte Innenwand. Wenn sich der Schaffner nach dem Portemonnaie bückte, wollte sie davonlaufen. Er dachte nicht daran.

»Sie müssen mich doch gesehen haben, vorhin«, sagte sie.

»Freilich«, antwortete er und grinste. »Aber eine junge Dame sollte immer wissen, wo sie etwas hinsteckt.«

»Sie haben recht«, sagte Sophie unschuldig, und der Schaffner zog ihr, wie einem Falschspieler, die Karte aus dem Ärmel.

»Danke sehr. Haben Sie vielen Dank.«

Am gleichen Abend telefonierte sie aus Georgs Zimmer ins Pfarramt der Salvator-Kirche und fragte nach Kaplan Svoboda. Eine Frau, anscheinend die Köchin, behauptete, daß sie an Salvator nie einen Geistlichen dieses Namens gehabt hätten. Sophie bat, mit dem Pfarrer zu sprechen. Ob es ein Versehgang wäre, erkundigte sich die Köchin in einer Tonart, als wollte sie für diesen Fall ablehnen. Nein, doch es sei wichtig. Der Hohe Herr sagte ihr, daß Kaplan Svoboda nach St. Apollinar versetzt worden sei, und gab ihr die Nummer.

11 Weihnachtsgeschenke

In den beiden Zimmern der Mezibranska hatte ein Deutscher gewohnt, von dem Sixta und Sophie nur wußten, daß er bei einer Protektoratsbehörde gearbeitet hatte. Der tote Winkel im Korridor und die Trennwand neben der Eingangstür ließen erkennen, daß das gesamte rechtsseitige Hochparterre ursprünglich eine einzige Wohnung gewesen war. Bei der allgemeinen Konfiskation im Mai hatte Georg die Zimmer auf eigene Faust beschlagnahmt. Die Einrichtung war zurückgeblieben, einschließlich der Gardinen und Teppiche, des Bettzeugs, des Geschirrs und der Usambara-Veilchen. Nur die Bilder hatte der Vormieter entfernt, oder Georg hatte sie auf den Müll geworfen.

In der Tapete über Sixtas Couch war ein staubfreies Rechteck, hoch und schmal wie ein Fensterflügel.

Nach der Begegnung mit Svoboda ging Sophie seltener auf die Straße. Ihre Besorgungen erledigte sie am Wenzelsplatz, wo der Andrang in den Geschäften so groß war, daß sie von den Verkäuferinnen nicht erkannt wurde, wenn sie wiederkam. Es schien ihr, als bewegten sich die Passanten wie zu einem heimlichen Aufmarsch über die Boulevards, so einträchtig und bedrohlich, als könnten sie durch bloßen Trittwechsel Kolonnen aus Sechserreihen formieren, die alles niederstampften, was im Wege war. Oft bog sie vom Wenzelsplatz in die Krakauer Gasse und ging durch die Roggengasse nach Hause, um dem Ansturm auszuweichen.

Die Verwalterin, die die Lebensmittelkarten im Haus verteilte, erkundigte sich im September, warum das fremde Fräulein Fleischmarken erhielte, obwohl die Deutschen auf dieselben Rationen gesetzt wären wie die Juden im Krieg. Sixta schlug ihr die Tür vor der Nase zu und erwähnte den Vorfall nicht, doch Sophie hatte jedes Wort gehört. Sie rauchte viel und sah stundenlang in den Hof, wo der Herbstwind die ersten Kastanien von den Bäumen warf.

Da sie nie in Gesellschaft kam, besuchte Sixta mit ihr den Wirschowitzer Maler, bei dem er sich im vorigen Jahr versteckt hatte, und eine Woche später nahm Botticelli sie beide mit nach Pilgram, wo er eine Freundin hatte. Durch seine ›Ansichten‹, die er bei russischen Offizieren gegen ›Naturalien und Chemikalien‹ tauschte, also gegen Speck und Benzin, war er Besitzer eines alten Mercedes geworden. Er freute sich, das Auto seinen Gästen präsentieren zu können, und redete auf der Fahrt von Geschäften und Bräuten. Als er Sixta und Sophie vor dem Hotel in Pilgram auslud, versprach er, sie am nächsten Morgen abzuholen, und hielt sein Versprechen.

Von diesem Ausflug blieb in Sophies Erinnerung nur eine schlaflose Nacht. Wegen des Regens waren sie nicht zur Wallfahrtskirche hinaufgegangen, sondern hatten sich in das kahle Doppelbettzimmer gesetzt und sich immer wieder beteuert, wie angenehm es wäre, wenigstens auf einen Tag verreist zu sein. Durch das Fenster sahen sie am gegenüberstehenden Haus ein

Transparent, dessen Buchstaben allmählich zerflossen, bis die Aufschrift TOD DEM FASCHISMUS in der einbrechenden Dämmerung ganz unlesbar wurde. Nach Mitternacht fing vor dem Hotel ein Auto zu hupen an, in Abständen kurz-lang, lang-kurz, wie Morsezeichen. Nach einer Weile war wieder Ruhe, und Sophie hörte, wie Sixta sich auf die Seite drehte. Das Hupen begann von neuem, diesmal wie ein röchelndes Schnarchen aus einer unerschöpflichen Lunge. Sixta wartete einige Minuten, bis er aufstand und das Fenster öffnete. Er beugte sich zu Sophie und rief: »Ein Irrer!« Vor dem Hotel parkten mehrere Autos, aber der Irre, wenn es einer war, ließ sich nicht blicken. Als Sixta das Fenster schloß, hörte das Hupen auf, und fast eine halbe Stunde verging, ehe es in voller Lautstärke wieder losbrach. Sixta hatte eine neue Erklärung: Wackelkontakt. Sophie hielt sich die Ohren zu, doch es half nichts. Niemand außer ihnen schien daran Anstoß zu nehmen, als hätten sich die Anwohner rund um den Markt seit Jahren daran gewöhnt, als gehörte es zu den Nächten in Pilgram, daß von Mitternacht bis Morgen ein Auto durch die Dunkelheit röhrte. Als es hell wurde, ging Sixta hinunter. Sophie sah vom Fenster, wie er durch den Regen auf einen Wagen zulief und zuerst auf das Dach, dann auf die Motorhaube schlug. Draußen wurde es still. Nur in ihrem Zimmer, wie in einer Muschel, hielt das Dröhnen an.

In Prag fand sich Post. Sixta wurde um einen Besuch im Keller-Theater am Poritsch gebeten, kehrte gegen Abend mit einem Armvoll Rosen zurück und roch nach Rum. Da sie nicht genug Vasen hatte, steckte Sophie die langen Stiele in Milchflaschen und Bierkrüge, und während Pavel erzählte, kochte sie Kaffee.

Der Intendant hatte sich nach dem ›Jüngsten Tag‹ erkundigt und hatte das Horvathsche Schauspiel schon gelesen. Er wollte sein Theater für eine Experimentalaufführung zur Verfügung stellen, an zwei oder drei Abenden, und wäre bereit, noch ein paar Vorstellungen anzuhängen, wenn die Oper ein Erfolg würde. Bedingung sei allerdings, daß Sixta Sänger, Orchester und die Ausstattung beschaffe. Außer der Bühne, den Garderoben und dem technischen Personal könnte er nichts anbieten, weder Gagen noch Tantiemen. Wenn Sixta einen Klavierauszug vorspielen möchte, würde er ihm einen Dramaturgen schikken, der genauso wenig von Musik verstände wie er, der Intendant, selbst. Die Proben müßten jeweils um drei Uhr nachmittags beendet sein, wegen der Umbauten für das abendliche Kabarett. Und, ach so: ob Sixta sich zutraue, das Stück bis zum vierzehnten Februar zu produzieren? Das sei ein Donnerstag, die Kritiken erschienen also in den Samstagsblättern und man habe über das Wochenende Zeit genug, sich zu ärgern – d'accord?

»Du machst es?« fragte Sophie.

»Sonst hätte ich nichts getrunken«, sagte Pavel und lächelte, als wollte er sagen: Sonst hätte ich keine Blumen gekauft.

Bevor er ins ›Manes‹ ging, kündigte er an, daß er später nach Hause käme, weil er sich mit Freunden treffen wollte, um die Vorbereitungen zu bereden. Schon auf der Schwelle, fragte er: »Fällt dir bei der Geschichte nichts auf?«

Sophie runzelte die Stirn, als dächte sie nach.

»Woher wußte der Kerl, daß ich die Oper geschrieben habe?«

»Hast du ihn nicht gefragt?«

»Nein.«

»Vielleicht hat es ihm einer von deinen Freunden erzählt...«

»Ja«, sagte Sixta und wollte etwas hinzufügen, aber die Nachbarin zeigte sich in der Tür, deshalb winkte er nur zum Abschied. Sophie wartete eine Weile, band dann ein schwarzes Crêpetuch um den Kopf und lief nach Albertov hinauf, in die Apollinarisgasse.

Pfarrer Svoboda, im Krieg zum geistlichen Betreuer des Kliniksprengels avanciert, war gerade vom Nachtmahl aus der Küche der Psychiatrie zurückgekehrt und hatte sich wegen eines Bandscheibenschadens auf der Holztruhe in seinem Arbeitszimmer ausgestreckt. Bei ihrem ersten Wiedersehen im August hatte ihn Sophie fast nicht erkannt. Aus dem fleischigen Kaplan mit der Perlzwiebelnase und den Matronenhüften war ein hagerer Kleriker geworden, ein ›leptosomer Zwirnsfaden‹, nach Sellmann. Damals hatte ihm Sophie gebeichtet, ausführlicher als dem Geistlichen im Budweiser Altersheim und ›confessione ambulante‹, wie Svoboda sagte, nämlich zwischen den Beeten des Botanischen Gartens, bevor er ihr in der Apollinariskirche die Absolution erteilt hatte.

Er wollte von der Truhe steigen, doch sie bat ihn liegenzubleiben, zog einen Stuhl heran und bedankte sich bei Svoboda, daß er Sixtas Oper so prompt vermittelt hatte.

»Eine Premiere ist das einzige, was wir noch arrangieren können«, sagte er und legte die hohen Schnürschuhe wieder auf die Sessellehne. »Möglicherweise ist auch das bald vorbei, aber man darf nicht aufgeben. Wir haben das Kaiserreich überlebt, die erste und die zweite Republik – warum sollten wir ausgerechnet an der dritten zugrunde gehen?« Er schloß die Augen wie Schwester Modesta, die Bukovicer Eule, als hätte er sich in der Tageszeit geirrt. »Hat sich Herr Sixta gefreut, ja?« Die große Tugend der Beichtväter war ihre Vergeßlichkeit, doch diesen Namen hatte er behalten. »Das ist die Hauptsache. Manchmal ist es so leicht, jemandem eine Freude zu machen. An Salvator hatten wir einen Landstreicher. Der schlief in meinem Beichtstuhl, und der Mesner wollte den Gendarm holen, aber ich hab ihm gesagt, der Herr wäre ein verarmter Aristokrat, und seitdem hieß er in der ganzen Pfarrei ›der Herr Baron‹. Nur bei den Hochämtern mußte man aufpassen, weil er manchmal die Tür aufstieß und sich streckte – er war ein entsetzlich langer Kerl und immer betrunken, aber auf eine Art, wie man selber betrunken sein möchte, auch wenn man abstinent ist. Als ich ihn mal beim ›Pinkas‹ traf, hat er mir erzählt, daß es ihm durch geistige Anstrengung gelungen sei, eine Straßenbahn entgleisen zu lassen, ohne daß es Verletzte gegeben hätte! Sie wäre einfach vom Synek-Platz über das Pflaster gefahren, die Boleslavgasse hinauf, dann um das Nusler Theater herum und die Stufen der Křesomyslgasse hinunter ...« Svoboda nahm die Füße von der Sessellehne und stellte sie auf den Boden. »Möchten Sie, daß ich Ihnen den Segen gebe? Ich muß dann wieder ins Krankenhaus.«

»Es ist noch etwas«, sagte Sophie. »Herr Sixta wundert sich, wie der Intendant auf seine Oper gekommen ist. Könnten Sie mir nicht sagen, wer ...?«

Svoboda lächelte. »Wenn Sie es wissen wollen, erkundigen Sie sich einfach bei allen Frauen, die im letzten Monat einen Sohn geboren haben. Sie brauchen sich keine Sorgen zu machen. Er wird nicht lange darüber nachdenken. Ein Mann, der Erfolg hat, fragt nicht nach den Ursachen.« Sophie kniete nieder und blickte, während Svoboda ihr den Segen gab, auf seine angestaubten Schuhkappen. Beim Frühstück erfuhr sie, daß Sixta schon das halbe Orchester engagiert hatte. Am Nachmittag würde er sich im Konservatorium ein paar Sänger anhören, und für morgen sei er mit einem Bühnenbildner verabredet. »Du hilfst mir doch beim Ausschreiben der Stimmen? Das Theater borgt mir einen Umdrucker für die Kopien. – Ich muß nur Pauspapier, Spiritus und Stifte besorgen«, zählte er an der Hand ab. »Übrigens weiß ich, wer meine Oper empfohlen hat.«

Sophie preßte die Knie zusammen.

»Es kann nur Vavra gewesen sein. Er sitzt im wissenschaftlichen Beirat des Schulministeriums. Dort entscheiden sie, welche Theater subventioniert werden. Er ist doch ein feiner Kerl. Ich traue mich bloß nicht zu ihm.«

»Schick ihm wenigstens eine Karte zur Premiere«, sagte Sophie.

»Bestimmt. Und gegenüber dem Intendanten tue ich so, als hätte ich keine Ahnung.« Er trank rasch seinen Kaffee aus, um das Kopiergerät zu holen.

Am Abend hatte Sophie schon die ersten Seiten der Bariton-Partie geschrieben und abgezogen. Nach einer Woche hatten ihr die Bleistiftkanten eine Delle in den Mittelfinger gedrückt. Sie klebte ein Heftpflaster darüber und schrieb weiter. Noch im Schlaf strichelte sie Vor- und Auflösungszeichen, zog Balken und Hilfslinien, numerierte die Takte und malte die Hängelokken der Viertelpausen. Als Sixta ihre geröteten Augen sah, gab er die Hälfte der Partitur einem Kopisten. Den Vertrag mit dem Café ›Manes‹ hielt er ein, weil er sonst nicht gewußt hätte, wovon den Lebensunterhalt bezahlen. Noch immer suchte er nach einem Bariton und einer Altistin, und auch das Vorsingen kostete Geld, weil er die Bewerber zum Essen einladen mußte. Als sich der Dramaturg erkundigte, ob Sixta die Rechte an Horvaths Stück erworben hätte, fiel er aus allen Wolken. Die Agentur, die ihm das Lese-Exemplar geschickt hatte, existierte nicht mehr. Er telefonierte mit dem ehemaligen deutschen Theater in Mährisch-Ostrau, wo man sich auf den ›Jüngsten Tag‹ zwar besann, aber noch nichts davon gehört hatte, daß der Verfasser vor sieben Jahren gestorben war. Sixta fand eine Lösung, mit der sich auch der Dramaturg zufriedengab: die Aufführung sollte als Veranstaltung eines gemeinnützigen Vereins deklariert werden, dem die Zuschauer durch Erwerb der Eintrittskarte beitraten. Die Einnahmen würden wahrscheinlich nur die Kosten decken und eventuelle Überschüsse könnte man auf einem Sonderkonto der Staatsbank für die Erben stillegen.

Sophie arbeitete. Wenn sie sich ängstigte, dann nur um Sixta. Deshalb machte sie ihm Mut. Sie hielt ihn davon ab, die Kopien zu verbessern, nicht weil sie die Bogen ein zweites Mal hätte schreiben müssen, sondern weil sie nicht wollte, daß seine Begeisterung nachließ. Sie konnte die Partitur nicht mit den Augen hören, und wenn sie den blassen Halben und den bewimpelten Achteln durch die Lineatur folgte, oder wenn sie ein paar Takte auf dem Klavier anschlug, wünschte sie sich den Abend zurück, an dem ihr Sixta zum erstenmal den ›Jüngsten Tag‹ vorgespielt hatte, und wenn ihr die Illusion gelang, war sie beruhigt.

In der letzten Oktoberwoche gab sie Katharinas Drängen nach und fuhr mit ihr und der Lepanto-Monstranz nach Wirschowitz. Der Maler nannte einen Preis, dem Katharina sofort zustimmen wollte, weil er weit über der Summe lag, die der Arzt verlangte. Als Sophie zögerte, holte Botticelli ein Paket vom Hängeboden, für das man ihm, wie er sagte, schon ein philosophisches Doktordiplom, ein gepökeltes Schwein und eine zwölfjährige Jungfrau geboten hätte. In dem Paket waren Nylonstrümpfe. Sie einigten sich, daß Botticelli die gesamte Summe am nächsten Vormittag in Bubenetsch übergeben sollte. Die Monstranz ließen sie bei ihm, nur die Strümpfe nahmen sie mit. Sophie bat ihn nicht, den Tausch vor Sixta zu verschweigen. Mit diesem Mann Geheimnisse zu haben, schien ihr geschmacklos. Doch warum Sixta mit solchen Geschichten behelligen? Sie verzichtete sowieso auf ihren Anteil an dem Handel und nahm in Botticellis dunklem, nach Weinhefe stinkenden Korridor nur soviel Strümpfe aus dem Karton, wie in ihre Handtasche paßten. Für alle Fälle hatte sie mit Katharina einen Satz vereinbart, den die Rote am Telefon beiläufig erwähnen sollte, sobald der Maler das Geld nach Bubenetsch gebracht hatte. Am nächsten Vormittag rief Katharina an, sagte atemlos: »Die Türken sind geschlagen!« und legte auf. Ein bißchen ungeschickt für eine Partisanin, fand Sophie. Und wozu diese Eile? Heute, am Samstag, würde Katharina doch nicht mehr operiert werden.

Am Sonntag, während Sophie und Sixta die Modelle für das Bühnenbild betrachteten, feierte man auf dem Wenzelsplatz die Verstaatlichung der Großindustrie, der Banken und Versicherungen. Die Stimmen der Redner schallten in die Hinterhöfe der Mezibranska und weiter durch die geschlossenen Fenster bis in das Gasthaus ›Zum wilden Mann‹, in dem Pavel die daumengroßen Tische und Stühle verrückte. Als zum Abschluß der Demonstration die Internationale gesungen wurde, setzte er sich ans Klavier und spielte den Walzer, mit dem sich der Stationsvorstand Hudetz von der Wirtstochter Anna verabschiedete. Wenig später erschien Georg und setzte sich zu ihnen, als hätte er die Wohnung nicht vor drei Monaten, sondern vor drei Stunden verlassen. Am meisten gefiel ihm die Szenerie des vierten Bildes, in dem eine Gendarmenpuppe unter einem Mond aus Stanniolpapier stand.

»Was singt der?«

Sixta sagte es ihm.

»Sehr gut«, lobte Georg und ließ sich den Ablauf erklären. »Der Stationsvorstand bringt die Anna also um?«

»Man merkt, daß du bei der Polizei bist«, sagte Sixta.

»Nicht auf offener Bühne? Meinst du, das Publikum begreift den Mord?«

»Es ergibt sich aus dem nächsten Bild«, sagte Sophie schnell.

»Man rechnet doch von Anfang an damit!« schimpfte Sixta und schüttelte den Kopf, als hätte Sophie das Stück noch immer nicht begriffen.

Georg merkte Pavels Gereiztheit, griff in seinen Uniformrock und zog zwei knisternde Scheine heraus, braun-violett und blau-rot.

»Habt ihr schon das neue Geld gesehn? Der Fünfhunderter – und der Tausender! Noch in England gedruckt. Mit Wasserzeichen!«

»Seit wann gibt es das?« fragte Sophie.

»Seit gestern«, sagte Georg. »Aber nicht jeder darf soviel umtauschen, wie er möchte. Die Großverdiener lassen wir ein bißchen bluten. Seid froh, daß ihr bankrott seid!«

»Entschuldigt bitte!« sagte Sophie und ging in Georgs Zimmer. Sie wählte die Bubenetscher Nummer, doch es meldete sich niemand. Als Sixta im Korridor nach ihr rief, legte sie auf.

»Ich wollte dich nicht kränken«, sagte er. Sophie rieb die Stirn an seinem Jackenaufschlag, als hätte sie ihm verziehen.

Da Georg wieder zu ihnen ziehen würde, räumte sie sein Zimmer auf, wechselte die Bettwäsche, wischte den Staub von den Veilchen und kämmte die Teppichfransen.

»Ohne Sie hätte Pavel es nicht geschafft«, sagte Georg, als er heimkam, »und wenn Sie ihm nicht weiterhelfen, fällt er auf die Nase. Also fechten Sie's durch.« Er lächelte, als er zu den Usambaras trat und seinen kupierten Daumen in die feuchte Blumenerde steckte. »Den nehme ich immer«, erklärte er, »damit mir kein Dreck unter den Nagel kommt.« Er setzte sich, stemmte die Stiefel gegen seinen Blechkoffer und stülpte die Unterlippe vor, als überlegte er, ob er Sophie etwas sagen sollte, verzichtete aber darauf.

Katharina erschien gegen Mitternacht in der Mezibranska. Sie war zuvor im Café ›Manes‹ gewesen, um sich zu vergewissern, daß Sixta bei den ›Swing Serenaders‹ spielte. Obwohl Sophie ihr sagte, daß auch Georg nicht zu Hause war, flüsterte sie, und manchmal ließen sich die Worte nur erraten. Sie öffnete ihren Pelz und zeigte das im Futter versteckte Geld.

»Karol würde sich verdächtig machen, wenn er mit einer solchen Summe auf die Bank geht«, sagte sie. »Außerdem will ich nicht, daß er etwas davon erfährt. Du weißt, warum. Vielleicht gibst du es Sixta, damit er es gegen das neue Geld umtauscht.«

»Und wie erkläre ich ihm, woher ich es habe?«

»Sag ihm einfach die Wahrheit!«

Sophie schüttelte den Kopf. Sie fürchtete sich nicht davor, Pavel zu erzählen, daß sie mit Katharina zu Botticelli gegangen war, aber warum sollte sie ihm mit einer Geschichte kommen, die nicht einmal Karol erzählt werden durfte? Und was geschähe, wenn man Pavel fragte, wo er soviel Geld verdient hatte? Sollte er sich Katharina zuliebe verhören oder verhaften lassen? Sollte er seine Oper aufs Spiel setzen, um die Karriere des Hauptmanns Djudko nicht zu gefährden? »Nein«, sagte Sophie. »Es tut mir leid.«

»Ich bin so blöd«, sagte Katharina nach einer Weile.

»Warum?« fragte Sophie ahnungslos.

»Meine eigene Schwester haut mich übers Ohr, und ich merke es nicht. Wieviel kriegst du von Botticelli für den Schwindel?«

»Ich?«

»Ja, du!« fauchte Katharina. »Ihr beide habt mich doch reingelegt! Ihr habt genau gewußt, wann das neue Geld herauskommt und daß ich es nicht umtauschen kann!«

Sophie begriff. Sie holte die Nylonstrümpfe aus dem Schrank und warf sie Katharina vor die Füße. Dann hielt sie ihr die Zimmertür auf. Aber Katharina kapitulierte noch nicht. »Ich habe den Gobelin gefunden«, sagte sie versöhnlich. »Unter der Schlaraffia-Matratze. Christine hat es geahnt. Sie ist so praktisch wie Mutter. Aber ich hab aufgepaßt, als wenn ich's gerochen hätte. Der Gobelin bringt uns genauso viel wie die Monstranz, vielleicht sogar mehr.«

»Du kennst ja die Adresse in Wirschowitz«, sagte Sophie endgültig.

Katharina hatte eine Antwort auf der Zunge, die nur gebrüllt werden konnte. Sie verschluckte sich fast daran. Dann schloß sie sehr langsam ihren Pelz, als wollte sie Sophie Zeit für einen Widerruf lassen. Nein? Noch einen Blick wie ein Bajonett! Immer noch nicht? Sie stieg über die Strümpfe, trat in den Korridor und drehte sich nicht mehr um.

Die Proben für den ›Jüngsten Tag‹ fanden im Konservatorium statt, weil der Intendant das Theater erst ab Januar freigab. Sixta hatte Sophie eingeladen, ihn zu begleiten, wiederholte die Einladung aber nicht, als sie ›nein‹ sagte. Wie hätte er dem Orchester ihre Anwesenheit auch erklären sollen? Sie ertrug das Alleinsein wie eine Pflicht und ärgerte sich nur darüber, daß sie arbeitslos geworden war. Sixta aß mit den Musikern in einer Kneipe, Georg in der Kantine. Als sie sich einmal ein Schnitzel gebraten hatte, aß sie es aus der Pfanne, weil sie nicht wußte, für wen sie den Tisch decken sollte. An den Nachmittagen ging sie in die Trojagasse und wartete unter den Fenstern des Konservatoriums auf das Ende der Probe. Wenn es regnete, stellte sie sich in ein Haustor und zählte die schwarzen Pflastersteine, aber als die ersten Fröste ihre Laken auf die Dächer legten, lief sie zwischen der Passage und dem Moldau-Kai auf und ab, um sich warmzuhalten. Im Dezember wurde sie krank. Mein Gott, eine Grippe, weiter nichts. Sie versorgte sich selbst. Ihr tat Pavel leid, weil er auf einem Feldbett neben der Couch schlafen mußte. Als sie sich wieder erholt hatte, gab er ihr Geld für warme Stiefel. Sie hob einen Teil für Weihnachtsgeschenke auf und kaufte sich schwarze Spangenschuhe mit hohen Absätzen.

»Ich ziehe sie bei deiner Premiere an«, sagte sie und drehte sich, daß sie schwindlig wurde.

»Und wie kommst du über den Winter?« fragte Sixta.

»Gefallen sie dir nicht?«

»Darum geht es nicht.«

»Nur darum«, sagte Sophie und fragte, was er sich zu Weihnachten wünschte.

»Ich brauche nichts«, sagte er. »Ich brauche wirklich nichts.«

Sie machte sich trotzdem auf die Suche, kaufte für Georg eine Krawatte aus changierender Seide und überlegte, worüber Pavel sich freuen würde. Im Warenhaus ›Weißer Schwan‹ gegenüber dem Keller-Theater am Poritsch hatte sie eine rotlederne Schatulle gesehen, ein Kästchen für Zettel, Briefmarken oder Bleistifte. In Höhe der ›Goldenen Sonne‹, unterhalb der Stelle, wo der Herr mit den gefärbten Haaren an ihrem Geburtstag bedauert hatte, nicht mit einer einzigen Krone aushelfen zu können, ging sie über den Damm und ließ sich in die Türen des ›Weißen Schwans‹ schieben. Eine Zeitlang stand sie zwischen Pardubitzer Pfefferkuchen, Karlsbader Oblaten und Horitzer Röllchen eingeklemmt, bis sie an einen Tisch mit Marzipanschweinen gepreßt wurde, über denen grüne Luftballons schaukelten. An Rückzug war nicht zu denken. Die nach ihr Gekommenen wichen und wankten nicht. Als sie die Treppe zum Obergeschoß erreicht hatte, mußte sie sich am Geländer festhalten. In der Lederwarenabteilung fragte sie eine Verkäuferin nach der roten Schatulle. Ausverkauft? Erst im Januar wieder? Sie ging zur Kosmetikabteilung hinüber. Nein, keine Rasierseife, dachte sie unterwegs, wir sind doch nicht verheiratet. Wenn ich Geld für ein Grammophon hätte, das vielleicht, aber keine Rasierseife.

Sie stellte sich vor eine Schauvitrine, blickte in ihr blasses Gesicht zwischen den feuchten Fingerabdrücken auf der Scheibe und las die Preisschilder. Sie wollte sich gerade umdrehen, als sie neben ihrer Schulter den Kopf eines Mannes sah und den hochgeklappten Kragen seines Mantels mit dem Fischgrätenmuster. Sie las die Schrift auf einer bauchigen ›Scherk‹-Flasche mit schwarzem, geriffeltem Verschluß und kam sich dabei selbst so nah, daß sie die helle Narbe auf ihrer Stirn erkannte. Die Buchstaben des Etiketts verschwammen. Sie stemmte die Finger gegen das Glas, als wollte sie sich abstoßen von seinem Gesicht, doch er stand immer noch hinter ihr, drei oder vier Meter entfernt, mit blondem oder grauem Haar, was sich bei diesem Licht nicht unterscheiden ließ, mit schmalen, fast eingefallenen Wangen und zum Mund gezogenen Falten, die ihn seinem Vater ähnlich machten. Sie spürte, daß er sie sah, daß er ihre Augen suchte in dem fleckigen Glas, zwischen den Wirbeln und Bögen fremder Hände und den geschliffenen, gelben Flakons. Ich gehe weiter, nahm sie sich vor. Ich drehe mich nicht um, aber ich gehe. Bis zu den Bijouterien sind es zwanzig Schritte und von dort bis zur Treppe nicht mal so viel. Ich gehe an den Pulten vorbei, ohne mich umzudrehen, dann auf die Straße und zur Haltestelle, und wenn er mir folgt, laufe ich zum Theater hinüber, ins Büro des Dramaturgen, der kennt mich, dem sage ich, daß ich mich nach dem Probenplan erkundigen soll. Eine Frau versperrte ihr den Weg mit zwei Einkaufstaschen. Sophie nickte, ohne ein Wort verstanden zu haben. Die Frau versuchte, ihr über die Schulter zu sehen, und wiederholte die Frage. Sophie nannte ihr den Preis des ›Scherk‹-Wassers. Als die Frau beiseitetrat, war die Scheibe leer: Amery war verschwunden. Wie spät war es? Schon halb sechs? Pavel war sicher schon zu Hause. Zum Abendessen wollte sie Schinkenomeletts machen. Hatte sie ihm das weiße Hemd gebügelt? Um sieben müßte er im Café ›Manes‹ sein. Wenn sie jetzt die Treppen hinunterrannte und ein

Taxi fand, wäre alles noch zu schaffen, die Omeletts und das Hemd, und es gäbe keine Fragen. Wonach auch?

Kurz vor sechs war sie in der Mezibranska. Sixta stand in der Küche und strich die Manschetten auf dem Plättbrett glatt. Sophie nahm ihm das Eisen aus der Hand und bat ihn, sich auszuruhen, während sie das Hemd bügelte und die Omeletts machte. Beim Essen erzählte er, daß er den Staatsanwalt im ›Jüngsten Tag‹ umbesetzen würde. Sophie schwieg und spießte Schinkenwürfel auf die Gabel.

»Der Kerl ist unfähig«, sagte Sixta. »Aber wenn ich bis morgen keinen Tenor auftreibe, verordne ich allen Instrumenten Trauerflor, wie der Graf von Losimthal. Addio, Lauten! Addio, Geigen!« Er stand auf, um das Hemd zu wechseln. Seine Brusthaare lagen wie ein dunkler Besatz auf dem Ausschnitt seines Trikots. »Er muß die Partie über Weihnachten studieren, und sie ist nicht einfach.« Er streifte das weiße Hemd über und befühlte die Ärmel. »Es ist immer noch warm«, sagte er lächelnd.

Am anderen Morgen dachte sich Sophie eine Arbeit aus, die sie den ganzen Tag beschäftigen mußte. Als Sixta zur Probe gegangen war, nahm sie die Gardinen ab. Während der Voile in der Badewanne weichte, hämmerte sie Haken in die Wand und zog die Leine längs und überkreuz durch den Korridor. Dann wusch und spülte sie die Gardinen und hängte sie vor die offenen Zimmertüren, damit sie bis zum Abend trockneten. Doch schon am frühen Nachmittag langweilte sie sich. Warum sollte sie zuschauen, wie das Wasser von den Schleiern auf die Scheuertücher tropfte? Sie ging über das Brückl zum Altstädter Ring, sah unterwegs in die geblähten Nüstern eines Sezessionsmädchens auf der Milchglasscheibe eines Frisiersalons und wartete unter der astronomischen Uhr auf den Vorbeimarsch der Apostel zum Drei-Uhr-Läuten. Die Turmspitzen der Teynkirche verschwanden im Nebel, der Reformator drohte am Boden eines dampfenden Waschzubers, und die Pariser Straße führte nicht zum Letna-Berg, sondern in die Vavrasche Asenburg. Um vier war Sophie vor dem Konservatorium, um Sixta abzuholen. Er kam mit einigen Musikern aus dem Portal und zögerte einen Augenblick, bevor er zu ihr trat.

»Ich bin verabredet«, sagte er rasch und ein bißchen ungehalten,

als wollte er es vermeiden, Sophie seinen Begleitern vorzustellen. »Wir wollen zu einem Tenor. Vielleicht springt er ein.«
»Gut«, sagte sie und sah ihm nicht nach.
Am Karlsplatz nahm sie die ›14‹ und fuhr zum ›Weißen Schwan‹. Sie gab acht, daß sie nicht vor die Tische mit dem Weihnachtsgebäck geriet, und erkundigte sich in der Lederwarenabteilung noch einmal, ob die roten Schatullen am Lager wären. »Nein«, sagte die Verkäuferin und lächelte, weil sie die Kundin wiedererkannte, »aber ich hebe Ihnen im Januar eine auf.« Dann muß ich etwas anderes finden, redete sie sich ein. In der zweiten Etage ging sie durch die Reihen der Konfektionssakkos und faßte nach dem Ärmel eines braunen Tweedjacketts. Sixtas Größe wußte sie nicht, sie wollte das Jackett auch nicht kaufen und dankte verlegen, als der Rayonchef es vom Bügel nahm. Hinter einigen Slowakinnen in violetten Rüschenröcken und schwarzen, rosenbedruckten Kopftüchern ging sie in die dritte Etage und zwängte sich an Nußbaumgarnituren und Chippendale-Imitationen vorbei, bis sie vor der Tür des Notausgangs stand. Als sie die Hand auf die Klinke legte, wurde sie von einem Verkäufer zum Lift geschickt, doch der Boy ließ nur Kunden mit Paketen oder Kinderwagen einsteigen. Sie ging durch lackierte Küchen und Schlafzimmer zur Fensterfront und blickte hinaus.
Hatte er gestern wirklich hinter ihr gestanden, oder war es nur Einbildung gewesen? Warum hatte sie sich nicht umgedreht? Warum hatte sie geglaubt, daß er heute wiederkäme? Und wenn sie es immer noch glaubte, warum stellte sie sich nicht vor die Vitrine mit dem ›Scherk‹-Wasser und wartete auf ihn? Sie könnte sogar darum bitten, daß man seinen Namen über die Lautsprecher ausrief. Warum wollte sie ihn sehen und lief doch vor ihm davon?
In den Kanzleien auf der anderen Straßenseite saßen die Angestellten an den Schreibtischen. Die abgeblendeten Scheinwerfer der Automobile beleuchteten den nassen Asphalt und die Mantelschöße der Passanten. Von der Kontaktrolle der ›14‹ sprühten bläuliche Funken, doch die Tram sprang nicht aus dem Gleis, wie die Geisterbahn des betrunkenen Barons von Salvator, sondern glitt in die vorgeschriebene Richtung, und nur der Anhänger zitterte in der Kurve zur Havlitschekgasse.

»Suchst du etwas?« fragte Amery.

Die grauen Strähnen in seinem Haar, die dunklen Augen unter der knochigen Stirn und der weiche Mund.

»Ja«, sagte sie.

»Mich?«

»Ja«, wiederholte sie.

»Ich suche dich schon seit ...«, sagte er und ließ den Satz fallen. Was war jetzt eine Stunde, ein Jahr? Sie ging ihm durch die Schlafzimmer und die Küchen voraus. Auf der Treppe steckte sie die rotgewaschenen Hände in die Manteltaschen. Sie spürte weder die Stufen unter den Füßen noch die stoßenden Ellenbogen.

Sie gingen langsam zum Platz der Republik und sprachen miteinander wie zwei Schüler im Unterricht, leise und ohne sich anzublicken. Am Zollamt überquerte Sophie den Fahrdamm und drehte sich nicht um, obwohl Amery ihr nachsah, bis sie hinter dem Repräsentationshaus in der Menge verschwunden war.

Als sie die Wohnungstür öffnete, hörte sie Georg rufen: »Na, endlich!« Er hatte die Gardinen von der Leine genommen und sich über die Schultern gehängt. Sophie legte rasch den Mantel ab und kam ihm zu Hilfe. »Ich sehe aus wie die Salome beim Schleiertanz«, sagte er. »Wenn ich wenigstens wüßte, wo diese verdammten Klemmen hingehören! Wo ist denn hier oben und unten?«

»Haben Sie das bei Frau Groschup nicht gelernt?« lachte Sophie und zeigte ihm den Saum.

»Bei wem?«

»Bei Ihrer Frau Hauptmann in Budweis«, sagte Sophie und zog vorsichtig den ersten Schal herunter, damit er nicht an Georgs Achselklappen zerriß. »Wir breiten sie über den Stuhl, und wenn ich mit den Klemmen fertig bin, schieben Sie sie auf die Schiene. Ich halte die Leiter.«

»Gut«, sagte Georg und setzte sich auf das Brett.

Sophie zog den durchlaufenden Faden so weit heraus, bis der Voile in Falten fiel, und begann, die Klemmen in die Bandleiste zu zwicken.

»Hat Pavel schon angerufen?«

»Nein.«

»Wenn Sie jetzt so freundlich sein wollen«, bat sie nach einer Weile, doch Georg blieb sitzen.

»Wissen Sie es von Pavel?« fragte er. »Das mit der Frau Groschup?«

»Ja, er hat es mir geschrieben.«

»Wann?« fragte Georg und nahm die Gardine.

»Nach dem Prozeß«, sagte Sophie und hielt den Saum hoch, als Georg auf die Leiter stieg. »Ich fand es großartig, wie Sie sich verstellt haben. Dachten die Polizisten wirklich, daß Sie eine Frau sind?«

»Ja«, sagte Georg und tastete unter der Vorhangschabracke nach der Schiene. »Aber deswegen haben mir die Deutschen nicht vier Jahre Zwangsarbeit aufgebrummt.«

»Pardon«, sagte Sophie und hängte die übrigen Gardinen allein auf.

Als sie Sixta nach dem Essen zum ›Manes‹ begleitete, erzählte sie von ihrem Ungeschick. »Ich habe ihn bestimmt beleidigt.«

Sixta lachte. »Georg kann man gar nicht beleidigen. Der hat nur Angst, daß seine Vorgesetzten erfahren, daß er im Lager nicht zu den Politischen, sondern zu den Schwulen gesperrt wurde. Nein, wirklich, vergiß es! Fang überhaupt nicht wieder damit an. Morgen ist Weihnachten. Du bindest ihm deine Krawatte um den Hals, gibst ihm einen Kuß, aber keinen zu dicken, sonst werde ich eifersüchtig, und dann ist der Fall erledigt. Freu dich, daß ich einen Tenor gefunden habe!«

»Ist er gut?« fragte Sophie.

»Ich habe ihn mir eine halbe Stunde angehört. Er flötet noch wie eine Nachtigall, aber das gewöhne ich ihm ab. Er muß krähen wie ein Hahn auf dem Mist. So soll ein Staatsanwalt doch singen, oder?«

»Ich glaube schon«, sagte Sophie.

Statt sich am Café ›Manes‹ zu verabschieden, ging Sixta mit ihr die breite, gepflasterte Lände zur Moldau hinunter, bis unter den dunklen Bogen der Jirásekbrücke. »Du kommst zu spät«, flüsterte Sophie, als er sie umarmte, und schloß die Augen, als seine Lippen ihre Stirn berührten. Sie legte das Gesicht an seinen feuchten Mantel und spürte seinen Mund in ihrem Haar. Sie verstand nicht, was er sagte. Sie fühlte nur den Druck auf den Haarklemmen und den Hauch seines Atems.

Am nächsten Morgen, dem Heilig-Abend-Morgen, ging Sophie zum Tyl-Platz. In weißen Gummischürzen standen die Verkäufer neben ihren Fässern, langten die goldbauchigen Karpfen aus dem Wasser, warfen sie in die Blechschalen der Waagen und verschoben das Laufgewicht, bis sich der Balken in die Horizontale hob. Dann riefen sie den Preis und betäubten die Fische mit einem schmierigen Rundholz. Sophie kaufte einen Vierpfünder, ließ ihn, in Zeitungspapier gewickelt, in ihr Netz schieben und trug ihn, während er an ihrer Wade zappelte, nach Hause. Georg hatte versprochen, den Karpfen auszunehmen und abzuschuppen, Sixta war nach einem Weihnachtsbaum unterwegs, so blieb noch Zeit, sich nach einem Geschenk umzusehen. Sie steckte drei Paar Botticelli-Strümpfe in die Handtasche und lief zu einem kleinen Antiquitätenladen in der Weinbergstraße. Der Besitzer begriff sehr bald, daß Sophie abwartete, bis er die Kunden, die nach ihr gekommen waren, abgefertigt hatte. Er blickte in ihre Handtasche, erkundigte sich nach der Größe und holte aus seinem Hinterzimmer ein Trinkglas mit einem emaillierten Ornament aus vierblättrigem Klee und violetten Blüten, von einer goldenen Schleife umkränzt. »Biedermeier«, sagte er und packte es in einen Holzwollkarton.

»Und wieviel haben Sie davon?« fragte Sophie.

»Ich bitte Sie, das ist ein Einzelstück! Eine Rarität!«

Sophie wagte nicht, ihm zu sagen, daß man Nylonstrümpfe heutzutage gegen ein Mastschwein tauschen konnte, von Doktordiplomen und Jungfrauen ganz zu schweigen. Sie nahm das Glas.

Georg hatte den Karpfen schon portioniert, ein Drittel ›blau‹ für sich, ein Drittel ›gebacken‹ für Sixta: »Und wie mögen Sie's? Wie Pavel?«

Das Mittagessen fiel aus. Sophie half Sixta beim Baumputzen und stellte Pappteller mit Nüssen und Lebkuchen auf den kleinen Tisch. Gegen Abend ging sie in die Küche, machte Kartoffelsalat, panierte Georgs Drittel und legte Pavels und ihren Teil in ein großes Sieb, das sie zum Dünsten über den Wurzelsud hängte. Dann versteckte sie Pavels Glas und Georgs Krawatte unter dem Baum und zog ihre Fantasierobe an. Während sie den Küchentisch deckte, legten die Männer ihre Geschenke in Sixtas Zimmer, und beim Sieben-Uhr-Läuten begannen sie zu tafeln. Georg goß von seiner Sonderzuteilung ›Ludmilla‹ ein, nahm nach seinem Trinkspruch eine Gräte aus den Zähnen und küßte Sophie und Sixta, was darauf schließen ließ, daß er den Wein am Nachmittag schon gekostet hatte. Er verdrehte die Augen, machte Sophie Komplimente für ihr Kleid und sang, als sie in Sixtas Zimmer hinüberwechselten, mit solcher Inbrunst ›Heut ist uns der Herr geboren‹, daß weder Sophies Sopran noch Sixtas Klavier dagegen ankamen. Bei der Bescherung erhielt Georg zwei Krawatten, eine von Sophie, die andere von ›seinem Onkel‹. »Sehr originell«, bedankte er sich und hängte sie gleich beide um den Hals. Sophie mußte ein Paket öffnen. Als sie die Knoten aufgeknüpft und den Deckel angehoben hatte, erkannte sie die handgeschriebene Partitur des ›Jüngsten Tags‹ und las Sixtas Widmung – ›Für Sophie, meine einzige Liebe –‹ auf dem Titelblatt.

»Nein«, sagte sie und wurde blaß. »Das darfst du nicht.«

»Ich habe doch deine Kopien«, sagte Sixta.

Sie klappte den Deckel zu, ging wie blind in den Korridor und schloß sich im Badezimmer ein. Sie riß ein Handtuch vom Haken, knüllte es zusammen und preßte den trockenen Flausch gegen die Lippen, um nicht zu schreien. Sie wußte nicht, daß ihre Knie auf die Fliesen schlugen, doch als sie merkte, wie ihr der Magen in den Mund stieg, ließ sie das Tuch fallen und legte das Kinn auf den Wannenrand. »Das Schönste kommt erst noch!« brüllte Georg im Korridor. Ein Satz zum Heulen, und sie mußte lachen, und als sie lachte, kamen ihr die Tränen. Sie weinte in die Wanne und dachte: Ich weine in die Wanne. Sie putzte sich die Nase mit ihrer Schärpe und konnte es erst fassen, als der Brokat wieder an ihrer Hüfte hing. Sie blickte in den Spiegel und erinnerte sich an ihr Gesicht im Trübglas der Badezimmertür. Während sie zu Sixta und Georg zurückging, schien es ihr, als riefe sie um Hilfe, nachdem sie ertrunken war.

Georg hatte inzwischen sein Geschenk enthüllt, ein großes, goldgerahmtes Ölbild im Hochformat mit dem Dreiviertelpro-

fil, den nackten Schultern und dem in schwarzen Taft geschnür-
ten Leib einer jungen Frau.

»Für euch!« sagte Georg, als Sophie eintrat. »Es paßt genau auf
den Fleck in der Tapete. Ich hab's ausprobiert. Es könnte eine
Gräfin sein oder eine Komtesse, vielleicht eine Waldstein. Jedenfalls stammt es aus Dux. Auf der Rückseite ist ein Wappen.
Wir schauen es uns mal bei Tageslicht an. Gefällt es Ihnen?«

»Sehr«, sagte Sophie.

»Hast du's geklaut?« fragte Sixta lächelnd.

»Wo denkst du hin!«

»Also beschlagnahmt?« bohrte er weiter.

»Ich habe es bezahlt!« brüllte Georg und beruhigte sich erst, als
Sophie ihm einen Kuß gab. »Und was kriegt Pavel?« fragte er.

»Ich wollte nichts! Ich wollte nichts!« rief Sixta und wehrte
mit beiden Händen ab. Sophie zeigte auf den kleinen Karton
unter dem Baum. Als Sixta das Glas ausgepackt hatte, lief Georg
in die Küche und holte Wein.

Um elf schickte Sophie die Männer aus dem Zimmer, weil sie
sich umziehen wollte, um mit Sixta in die Christmette zu gehn.
Sie waren schon auf der Treppe, als Georg ihnen mit einer
Handvoll Karpfenschuppen nachgelaufen kam. »Ich hatte sie
auf die Heizung gelegt«, entschuldigte er sich. »Steckt sie ins
Portemonnaie! Schuppen bringen Geld und Glück!« Er verbeugte sich in dem zugigen Hausflur. »Das wünscht euch euer
Neffe und Freund Georg, genannt Georg von Podiebrad, Sohn
der Verdammnis, gräßliches Ungeheuer und räudiges Schaf.«

In der Roggengasse, auf dem Heimweg von St. Stefan, fragte
Sixta: »Hast du deine Schwester vorhin gesehen?«

»Nein«, antwortete Sophie und hielt den Schal vor den Mund.

»Komisch, daß ich heute schon mal an sie denken mußte«, sagte
er und stemmte den Rumpf gegen den Ostwind. »Und daß sie
am Heiligabend allein in die Kirche geht ...? Aber vielleicht
war sie's gar nicht.«

»Karol ist doch Kommunist«, sagte Sophie durch die Maschen.

»Ich rede von der Blonden«, sagte Sixta und erzählte, wie sich
Christine nach der Herkunft des goldenen Rahmens erkundigt
hatte. »Er sah fast so aus wie der Rahmen um das Bild, das uns
Georg geschenkt hat. Nicht genauso, aber so ähnlich. Sie hat

mir damals sogar Geld angeboten, wenn ich's ihr verrate. Wie
sollte ich wissen, woher ein Rahmen ohne Bild kommt? Diese
Frau ist irgendwie krank. Hast du sie eigentlich mal besucht,
seit du zurück bist?«
»Nein«, sagte Sophie und hängte sich bei Sixta ein.

12 Die Obere Burg

In die Obere Burg, den Wyschehrad, führen zwei Straßen, eine
ansteigende vom gleichnamigen Stadtteil her durch das Ziegeltor und eine ebene vom Pankraz durch das Tabor- und Leopoldtor. Für Fußgänger gibt es noch Stufenwege den steilen Rosen-
garten hinauf bis vor die Peter-und-Paul-Kirche und von der
Lumírgasse her einen Tunnel mit Ausstieg in der Nähe des
ehemaligen Mauthauses.
Vom Frühjahr bis in den Herbst war die Obere Burg das Ziel
von Liebespaaren und Ehepaaren wie von Müttern und Kin-
dermädchen, die ihre Wagen auf den Rasen des abgebrannten
Arsenals oder vor die Bänke am Dekanat schoben, und zu seiner
Zeit und mit seinen Begleitern hatte auch Eugen Lustig, wie
andere Leute, die lieber im Gehen als im Sitzen dachten, Ausflüge zu den Schanzen unternommen und, während er seinem
Sekretär knappe Anweisungen diktierte, auf den Yachthafen,
die Kaiserwiese oder die Tennisplätze geblickt. Sogar im Winter hatte der Wyschehrad Zulauf. Schulklassen und Reisende
aus der Provinz pilgerten zum Libussa-Bad, hörten dort von
der weisen Fürstin, die ihren Schimmel ausgesandt hatte, damit
er ihr den gewünschten Gemahl brächte, hörten von einem anderen Schimmel, der den Felsen hinuntergesprungen war, um
seinen Reiter vor der Hinrichtung zu bewahren, und wanderten
weiter zum Ehrenfriedhof, wo ihnen mit vielem Erbaulichen
die Geschichte eines Geigers erzählt wurde, der seine Konzerte
stets mit der Nationalhymne beschloß – auf der g-Saite gespielt! – und nun seit dreiundzwanzig Jahren hier begraben
lag.
Sophie kam meist von der Haltestelle am Hotel ›Union‹ und

ging an den ›Löwengruben‹ vorbei durch den Tunnel; Amery stieg die vereisten Stufen hinauf, und sie trafen sich bei der Martinsrotunde am Leopoldtor. Wenn die Sonne schien, breitete er eine Zeitung aus, und sie setzten sich auf eine Bank an den südlichen Schanzen. Wurde es zu kalt, stellten sie sich in den Windschatten der alten Probstei.

Nur die erste Begegnung hatten sie ausdrücklich verabredet. Danach trafen sie sich täglich um die gleiche Zeit, außer am Wochenende. Wenn Sophie am frühen Nachmittag zwischen Emaus-Kloster und Johannes am Felsen talwärts fuhr und für einen Augenblick die dunkle wartende Festung durch das Fenster der Straßenbahn sah, kam es ihr vor, als würde sie wie ein Bukovicer Gurkensetzling aus dem Gewächshaus ins Freie getragen. Sie schwor sich, den albernen Vergleich vor Jan zu verheimlichen, und verriet ihn, kaum daß sie ihn begrüßt hatte. Er lächelte und streichelte ihren Mantelärmel, als wollte er sagen: Mehr davon.

Amery redete nicht, um die Vergangenheit zu retten, sondern wie um nachzuholen, was er damals versäumt hatte, und Sophie schwieg nicht aus Gedankenlosigkeit, sondern weil jedes Wort acht Jahre wog. Mitunter verwechselte sie ihre Erfahrungen so gründlich mit seinen, daß sie nicht hätte sagen können, ob er von ihr oder von sich selber sprach. Als er erwähnte, er habe während des Krieges gemerkt, daß auch gescheite Bücher auf dumme Fragen nur dumme Antworten wußten, glaubte sie schon als Kind darauf gekommen zu sein. War ihr Vater nicht solch ein kluges Buch gewesen? Gewiß, hatte Sellmann gesagt, als sie ihn fragte, ob der liebe Gott durch die Wand sehen könnte, und sie hatte nächtelang darauf gewartet, daß er seinen Finger durch die Ziegel bohrte und hatte sich vor dem riesigen Fingernagel gefürchtet.

Im Gehen hielt sich Amery nach vorn geneigt und redete, ohne den Kopf zu wenden. Wenn er stehenblieb, reckte er die Schultern und suchte mit den Augen nach irgendeinem Punkt im Gelände, um Sophie nicht ins Gesicht zu sehen. Als sie einmal das Kopftuch abband, ihr Haar wegstrich und dabei die weiße Narbe an ihrer Stirn aufdeckte, stellte er sich an eine der Schießscharten in der Brustwehr und zeigte ihr den Ausblick auf den

Laurenziberg. Sie spürte seine Zärtlichkeit, ohne daß er sie berührte. Sie trug bei jedem Wetter dieselben offenen Pumps und rieb den Spann und die Knöchel, sobald sie saß. Eines Nachmittags brachte er ihr ein Paar gefütterte Halbstiefel mit und trat beiseite, während sie sie anzog. Als sie die Schuhe beim Abschied an der Rotunde wieder umtauschte, nickte er nur und ging dann langsam den Fahrweg zum Ziegeltor hinab.

Manchmal sprach er von seinen ›Sanatoriumsideen‹. In den Beskiden hatte er sich das Modell eines Kreuzworträtsels ausgedacht, bei dem die Synonyme doppelt oder, wenn man das Gefragte mitzählte, sogar dreifach in die gleichen Karos eingetragen werden und trotzdem mit den überschneidenden Lösungen zusammenstimmen mußten; es war, als wollte man auf der Linie des wirklich gelebten Lebens einen Ort finden, an dem man hätte abweichen und ein anderes Leben leben können.

Sophie begriff, was er sagte, wäre aber unfähig gewesen, es zu wiederholen. Doch sie mochte seine behutsame und nachdenkliche Art und fühlte sich in ihr geborgen und ernst genommen. Sie staunte nur über die Umwege, die er bis zu einem Ergebnis brauchte, das für sie von Anfang an festgestanden hatte. In solchen Minuten war er ihr so vertraut und so fremd zugleich, daß sie den Mut verlor. Erst Mitte Januar gab er seine Zurückhaltung auf. Als sie ihm erklärte, daß sie am folgenden Tag nicht an der Rotunde sein würde, sagte er:

»Das ist ausgeschlossen.«

»Es läßt sich nicht verschieben.«

»Nein, nein, du kommst«, verlangte er.

In ihrer Aufregung vergaß sie beim Abschied, die Stiefel gegen die Pumps zu wechseln, und merkte es erst an der Haltestelle. Sie fuhr mit der Straßenbahn um die Burg herum und begegnete Amery auf dem kleinen Platz unterhalb der Bastei.

»Wo sind meine Schuhe?« fragte sie, weil er den Karton nicht bei sich hatte.

»Im Flaschinett-Verleih«, sagte er lächelnd und zeigte auf das Haus mit dem Drehorgelschild. »Dort laß ich sie jeden Tag.«

Er trat mit ihr in den Flur, holte den Karton und stützte ihren Arm, während sie die Stiefel auszog. Um vor Sixta zu Hause zu

534

sein, fragte sie, ob Amery sie mit dem Auto zum Wenzelsplatz bringen könnte.

»Ich habe kein Auto mehr«, sagte er, »aber ich schaue mich nach einem Taxi um.«

Sophie war für den nächsten Tag um drei Uhr im Kellertheater am Poritsch angesagt, ohne daß Sixta davon wußte. Zum erstenmal hatte sie wieder Rouge aufgelegt und die Lippen geschminkt. Der Intendant küßte ihr die Hand und bot einen Sessel an. Über seinem Schreibtisch hing die Fotografie einer jungen Frau mit einem Säugling im Arm. »Womit kann ich Ihnen dienen?«

»Ich wollte Sie etwas fragen«, antwortete sie, »und ich würde mich freuen, wenn Herr Sixta nichts davon erfährt.«

Der Intendant drückte auf einen Knopf seiner Lautsprecheranlage, die Sixtas Probe von der Bühne ins Zimmer spielte. »Völlig einseitig«, beruhigte er. »Wir haben ihn, aber er hat uns nicht.«

»Könnten Sie mir für die Premiere ein paar Freikarten geben?«

»Wieviel?«

»Hundert?«

»Sie glauben nicht an seinen Erfolg?«

»Doch«, sagte Sophie und zwang sich zu lächeln. »Aber ich möchte sichergehen.«

Der Intendant hörte eine Weile dem Duett des verunglückten Lokomotivführers mit dem Streckengeher zu und grinste, als Sixta abklopfte und rief: »Du bist doch schon tot, Pokorný! Schrei nicht so, als ob du nochmal stirbst! Und du bist ganz ruhig, Ferda! Es heißt: ›Ich hab kein Gesicht‹! Halt das ›d‹ auf ›hab‹, das ist eine Halbe, keine Viertel, oder was du da singst! Acht, neun Takte zurück! Nein, elf! Entschuldigt! Und den Wind machen die Posaunen, nicht ihr!«

Der Intendant drückte den ›Aus‹-Knopf, faltete die weißen Hände über seinen Papieren und fragte:

»Kennen Sie Robert-Houdin?«

»Nein«, sagte Sophie überrascht.

»Ein französischer Magier und Theaterdirektor. Schon lange tot. Aber ich erwähne ihn, damit Sie nicht denken, daß die Weisheit, die ich an Sie weiterreiche, auf meinem eigenen Mist ge-

wachsen ist.« Er räkelte sich in seinem gepolsterten Armstuhl.
»Ein Publikum mit Freikarten läßt sich nicht verzaubern. Wer
ein Billett von der Intendanz oder vom Verfasser geschenkt
bekommt, geht mit der festen Überzeugung ins Theater, daß es
ohne ihn leer bleiben würde. Sieht er dann, daß alle Plätze besetzt sind, glaubt er natürlich, daß die anderen auch Freikarten
haben, und sagt sich: die Aufführung muß miserabel sein. Ist sie
einigermaßen gelungen, klatscht er nicht, weil er annimmt, daß
man ihn für einen Mann mit Freikarte hält. Das ist der Grund,
warum ich keine Freikarten verteile. Auch nicht für den ›Jüngsten Tag‹. Außerdem: Ich habe keine Angst. Meinen Sie, ich
hätte die Oper sonst akzeptiert? Niemals!« Er machte eine
Pause und sah auf das Bild seiner Frau, als überlegte er, ob er
seine Behauptung einschränken müßte, fuhr dann aber unbekümmert fort:»Das Buch ist gut. Horvath war leider Ungar,
doch er war auch Antifaschist.« Er seufzte. »Dieses Schicksal!
Von einem Baum erschlagen zu werden – und auf den Champs
Elysées! Entsetzlich!« Er schüttelte den Kopf. »Die Musik ist
sehr modern. Ich könnte Ihnen heute schon sagen, in welchen
Zeitungen sie verrissen wird. Im übrigen ist alles offen von
›très bien‹ bis ›très beschissièn‹. Wenn Herr Sixta vor der Premiere keine silbernen Löffel stiehlt oder sich wenigstens nicht
dabei erwischen läßt, sehe ich keinen Grund, pourquoi avoir du
chagrin. Wir schaffen es. Das Theater ist eine Mensch-ärgere-
dich-nicht-Industrie. Eine Lotterie, bei der wir die Nieten und
die Zuschauer die Gewinner sind. Sie brauchen nicht zu lachen,
meine Liebe, es sei denn, Sie wollen, daß ich Sie engagiere. Es
ist eine alte Nummer von mir, aber gut einstudiert und deswegen von höherer Wahrheit.« Er stand auf, griff nach ihrer kalten Hand und spitzte den Mund darüber. »Ich gebe Ihnen mein
Ehrenwort, daß alles unter uns bleibt.«
Sophie fuhr zur Burg, rannte durch den Tunnel und weiter
durch das Leopoldtor. Im Portal der Rotunde wartete Amery.
Sie lief auf ihn zu, sah mit enger werdenden Augen, daß er ihr
entgegenkam, und hörte noch den Karton zu Boden fallen, als er
sie umarmte. Sie spürte, wie ihr die Füße wegrutschten und daß
einer ihrer Schuhe im Schnee steckenblieb, doch sie wußte nicht,
ob es der linke oder der rechte war.

»Ich kann nur eine Viertelstunde bleiben«, sagte sie, als Amery ihr die Stiefel geben wollte. »Es lohnt sich nicht.«

Sie gingen den Weg zwischen den schwarzen Akazien zu den Schanzen hinauf. Die Straßen unterhalb Karlovs lagen schon im Dunkel, und mit jeder Lampe kam der Abend einen Schritt voran.

»Weißt du eigentlich, wo ich wohne?« fragte Sophie.

»Ja«, sagte Amery.

»Und bei wem?«

»Katja hat es mir erzählt.«

»Ich muß nach Hause«, sagte Sophie.

Seit dem Umzug des Ensembles ins Theater am Poritsch spielte Sixta nicht mehr bei ›Manes‹. Seine Mutter hatte ihm zu Weihnachten Geld überwiesen, von dem sich notfalls bis Ostern leben ließ, und das Konservatorium hatte angekündigt, daß es zur Premiere zwei Vertreter des Schulministeriums einladen würde, um ›die günstigsten Voraussetzungen für die Vergabe eines Staatsauftrages oder die Erteilung eines Stipendiums zu schaffen‹. An den Abenden bereitete sich Sixta auf die Probe des nächsten Tages vor, oder er ging mit Sophie in die Spätvorstellung eines amerikanischen Revuefilms. Von seiner Arbeit sprach er so oberflächlich wie von einer Sache, die längst erledigt war. Doch Sophie merkte, daß er nur ihr und Georg und wahrscheinlich auch sich selbst zuliebe so tat, als liefe alles nach Wunsch. Je näher der Tag der ersten Hauptprobe rückte, desto häufiger stand er nachts auf und ergänzte seine Regienotizen, oder saß, wie einst bei Vavra, vor dem stummen Klavier. Um Sophie nicht zu stören, wechselte er von der Couch auf das Feldbett und stellte einen Sessel ans Kopfende, damit die Leselampe sie nicht blendete. Er ahnte nicht, daß sie wach wurde, wenn er schrieb, und daß sie hörte, wie er sich auf dem Segeltuchgestell wälzte, nachdem er das Licht gelöscht hatte. Oft lagen sie beide mit offenen Augen bis in den Morgen. Wenn sie ihn beim Frühstück fragte, ob er gut geschlafen hätte, sagte er: »Großartig. Du auch?«

»Ja.«

Als sie sich einmal erkundigte, ob es Schwierigkeiten mit der Inszenierung gebe, starrte er sie an und fragte: »Wie kommst du denn darauf?« Seitdem fürchtete sie sich davor, ihm ihre Hilfe anzubieten. Seine Launen zu ertragen und ihn bis zur Premiere nicht aus den Augen zu lassen, schien ihr die einzige Art, ihm beizustehen. Er lebte wie in einem Rausch, aus dem er nur erwachte, wenn er mit sich allein war. Als ihm seine früheren Kompositionen in die Hand gerieten, warf er sie weg und schimpfte, als Sophie die Blätter aus dem Papierkorb nahm und in ihrem Koffer verschloß. Sogar mit seinem ›Neffen‹ hatte er Streit. Als Sophie beim Aufwischen die Mannlicher-Pistole zwischen den Couchgurten entdeckte, gab sie sie Georg, weil sie meinte, der deutsche Vormieter hätte sie vergessen. Sixta verlangte die Pistole von Georg zurück und ließ sich auch durch keine Drohung mit dem Waffengesetz schrecken. Um Sophie zu beruhigen, schob er sie aber nicht wieder unter die Couch, sondern legte sie hinter die Bände des Konversationslexikons in der obersten Reihe des Regals.

Ende Januar, bei einem gemeinsamen Essen im ›Slawischen Haus‹, fragte er Georg, wie er es anstellen müßte, in die Pathologie zu kommen.

»Ganz einfach«, sagte Georg, »du stirbst.«

»Nein, im Ernst«, sagte Sixta. »Ich möchte richtige Leichen sehn. Ich mache eine Oper, die ›Der Jüngste Tag‹ heißt, und kenne außer meinem Vater keinen Toten.«

»Meinst du, Rossini ist Friseur geworden für den ›Barbier von Sevilla‹?« fragte Sophie, und Sixta mußte lachen, daß sich die Gäste nach ihnen umsahen.

Von der ersten Hauptprobe kam er spät nach Hause. »Der Intendant hat mir die Briefe gezeigt!« rief er, noch im Mantel. »Das Brünner und das Pilsener Theater übernehmen den ›Jüngsten Tag‹, wenn er einschlägt! Aber das Schönste hab ich dir ja gar nicht erzählt. Die Vesela, die die Anna singt, hat mir heute ihren Freund vorgestellt. Sein Urgroßvater war Kommandant von Magdeburg unter Napoleon. Er hat Augen, daß man denkt, sie fallen in die Bouillon. Ich glaube, sie ist nur deswegen mit ihm liiert, weil er einen Sportwagen fährt. Er ist der Prager Korrespondent von ›Le Monde‹ und hat einen Schwager bei der Opéra Comique. Der ist Regisseur, und wir könnten ihn einladen. Die Frage ist nur, wer die Reise und die Spesen bezahlt.«

»Das überlege ich mir mal«, sagte Sophie.

»Und im Winter fahren wir zur Premiere nach Paris. ›Le jour du jugement dernier‹ – ist das richtig?«

»Ich glaube, ja«, sagte sie und hängte Sixtas Mantel an den Haken.

»Es ist Wahnsinn«, sagte er und umarmte sie, »aber Hoffnungen sind besser als Vorschüsse, oder?«

Noch am gleichen Abend richtete es Sophie so ein, daß sie mit Georg allein sprechen konnte. »Ich möchte etwas verkaufen«, sagte sie rundheraus, »und Sie müssen mir dabei helfen. Meine Schwester und ich haben noch einen Wandteppich, einen echten Mortlake-Gobelin. Vielleicht sagt Ihnen das nichts, aber es ist ein sehr teures Stück.«

»Bin ich ein Teppichhändler?«

»Wir haben schon mal etwas verkauft«, sagte Sophie und wurde rot. »Aber der Mann war ein Betrüger. Ich dachte, wenn Sie ...«

»Als Polizist?« lachte Georg.

»Eben«, sagte Sophie.

»Ich borge Ihnen tausend Kronen«, sagte Georg und wollte seine Brieftasche holen.

»Das reicht nicht«, sagte Sophie und erzählte, wofür sie das Geld brauchte.

»Das ist alles dummes Zeug!« rief Georg. »Dieser Graf Lemaleckmich hat doch nur das Maul aufgerissen, weil die Vesela dabei war. Aber selbst angenommen, er hat einen Schwager in Paris, und der Schwager ist wirklich Regisseur und fährt auf Ihre Kosten nach Prag – wissen Sie, was der hier macht? Er wohnt im ›Alcron‹, schlägt sich den Bauch voll und vernascht ein paar Weiber. Das sind die Franzosen. Und wenn er tatsächlich in die Vorstellung geht, sagt er nachher: Ich werde sehen, was sich tun läßt, Mussjöh. Und das ist das letzte, was Sie von ihm hören. Sonst fresse ich meinen Hut. Wenn ihn die Oper interessiert, zahlt er seine Fahrkarte selber. Ende.«

In der letzten Januarwoche blieb Sophie nur noch eine Stunde an den Nachmittagen für Amery. Als sie ihm sagte, daß sie sich vor Sixtas Premiere nicht mehr treffen könnten, hatte er genickt, aber wenn sie einkaufen ging oder Sixta vom Theater abholte, kam es ihr manchmal so vor, als stände er an der Rampe des

Nationalmuseums. Dann sah sie weder rechts noch links und lief einen Schritt schneller. Ein Mann wie Amery hätte anderes zu tun, als stundenlang im Regen auf sie zu warten. Doch eines Abends erkannte sie seinen Fischgrätenmantel vor dem Restaurant ›Pelikan‹ und zog Sixta auf die andere Seite des Grabens. Von nun an zweifelte sie nicht, daß er sie verfolgte, und es half wenig, wenn sie die Straßenbahn nahm. Sie brauchte sich nur umzudrehen und sah ihn im anderen Wagen. Er lehnte an der Wand der Plattform, blätterte in einer Zeitung oder blickte aus dem Fenster. Er gab ihr kein Zeichen und starrte sie nicht an. Er war nur immer dabei.

Am zweiten Montag im Februar, um die Mittagszeit, klingelte das Telefon. Sixta war von einem Preßburger Dirigenten zum Essen eingeladen und wollte ihn anschließend mit auf die Probe nehmen. Sophie ging in Georgs Zimmer und hob den Hörer von der Gabel.

»Wer ist am Apparat?« fragte Amery.

»Ich«, antwortete Sophie.

»Nur zehn Minuten! Ich habe eine wunderbare Nachricht.«

»Sag doch«, bat sie.

»Ich muß dich anschauen dabei.«

»Und wenn ich nicht kommen kann?« fragte Sophie und wechselte den verschwitzten Griff in die andere Hand.

»Heute ist der elfte«, sagte Amery. »Mein Geburtstag.«

Sophie ging über den Wenzelsplatz wie durch einen Nebel, der ihr die Schläfen, die Rippen und die Knie aufweichte. Während sie vor dem gelben Klotz der ›Assecurazioni Generali‹ auf die ›14‹ wartete, suchte sie mit zwei Fingern den Puls an ihrer linken Handwurzel. Entweder habe ich ein Herz aus Watte, dachte sie, oder ich bin schon gestorben, und niemand sagt es mir. Warum sind denn so viele schwarze Hüte unterwegs? Der Kondukteur griff ihr unter die Achsel, und sie umklammerte den Messingstab am Rückfenster. Dann flog die Wassergasse davon, und hinterm Karlsplatz, zwischen Emaus und Johannes, bäumte sich das verregnete Pflaster wie ein Echsenrücken. Noch im Festungstunnel wäre sie am liebsten umgekehrt, doch als sie Amery am Ausstieg sah, lief sie die Straße hinauf und fiel ihm in die Arme.

Unter seinem Schirm gingen sie an die Südwestecke der Schanzen. »Du wirst gleich alles verstehen«, sagte er und hauchte seinen Atem in die kalte Luft. »Erinnerst du dich noch an das goldene Fenster, das du mir geschenkt hast vor . . .?«

»Vor neun Jahren«, sagte Sophie.

»Christine hat es verbrannt«, sagte Amery. »Tut es dir leid?«

»Warum?« fragte Sophie. »Das Fräulein Siebenschein gibt es auch nicht mehr.« Sie glaubte, er wollte sie küssen, als er sie an sich zog, und gab acht, daß sie die Schuhe nicht verlor. »Wir müssen noch zwei oder drei Monate warten«, sagte Amery und gab sie wieder frei. In ihrer Verwirrung fragte sie nicht ›worauf‹, sondern: »Warum?«

»Christine hat den Antrag erst gestern unterschrieben. Sie will die Einbürgerung, bevor sie sich scheiden läßt. Sonst wird sie ausgewiesen. Vielleicht tut sie es auch wegen des Geschäfts. Ich habe es ihr versprochen. Der Laden am Graben ist das einzige, was übriggeblieben ist. Du weißt doch, daß man unsere Betriebe konfisziert hat. Nein? Ich dachte, ich hätte es dir erzählt.« Er kippte den Schirm nach vorn, daß der Regen wie vom Rand eines Eimers troff. »Ich war voriges Jahr ein paar Wochen in Haft. Mehr zur Unterhaltung als zur Untersuchung. Es ging gar nicht um mich. Ich war ja so eine Art Revolutionär. Ich konnte nur keinen Beruf daraus machen. Nein, irgend jemand hatte Christine wegen ihrer ›Jours fixes‹ denunziert. Den größten Teil der Schuld habe ich auf meine Rechnung genommen, den Rest der Doktor Sellmann. Ich hoffe, er wird es mir verzeihen, falls wir uns wiedersehen. Mein Vater wollte, daß ich prozessiere, weil der Präsident das Enteignungsdekret erst nach unserer Enteignung unterschrieben hat. Aber wozu? Wenn ich den Prozeß verliere, bleibt alles beim alten. Gewinne ich ihn, wird die Enteignung sowieso nur umdatiert. Was meinst du, warum der alte Lustig nicht nach Prag zurückkommt, sondern in Argentinien investiert? Weil er weiß, daß es vorbei ist mit uns. Es ist so albern. Die Leute freuen sich auf die Wahlen im Frühjahr, als wäre Politik eine Wetterfrage. Sie merken nicht, daß sich das Klima geändert hat. Die Welt geht unter, und sie denken, es ist ein Wolkenbruch. Eigentlich wollte ich mit dir nach England. Ich habe ein paar Freunde in Worcester und in Chelsea.

Aber ich möchte niemanden mehr sehen, der sich an mich erinnert. Wir brauchen ein anderes Land. Vielleicht Schweden.«
Sophie machte sich los und trat unter dem Schirm hervor.
»Oder Amerika. Wirst du seekrank?«
Sie hielt das Gesicht in den Regen und lächelte. Amery streckte den Arm mit dem Schirm aus und zeigte mit der freien Hand auf die Drahtschienen unter dem schwarzen Bezug.
»Du mußt dir ein riesiges Dach aus Glasplatten vorstellen, von einer Stahlkonstruktion getragen. Wenn man Metalloxyde in die Platten einläßt, kann man das Glas heizen, und der Schnee läuft ab. Sowas möchte ich bauen, in Kanada.«
Sophie wischte sich über das nasse Haar und zwinkerte den Regen aus den Augen. Sie dachte an das Land, das sie sich mit ihren Schwestern am Vogelherd ausgemalt hatte: die Wiesen aus Bienenstich. Und die Elbe aus Himbeersaft, hatte Katharina verlangt. Und der Himmel aus Plumpudding mit Wolken aus Eierschaum, hatte sich Christine gewünscht.
»Ich weiß sogar, wie du gestern angezogen warst«, sagte Amery.
»Du hattest ein graues Kleid mit weißen Knöpfen. Der Film hieß ›Rhapsody in blue‹, und ihr habt in der zwölften Reihe gesessen. Stimmt's?«
»Ja«, sagte sie und schob die Hände in die Ärmel.
»Ich laufe dir nicht mehr hinterher. Du kommst jetzt zu mir. Ich habe für Freitag ein Zimmer bestellt. Die Premiere ist doch am Donnerstag, nicht wahr? Hoffentlich wird sie ein Erfolg. Ich wünsche es ihm wirklich. Kennst du das Hotel ›Paris‹?«
»Mein Vater hat dort mal gewohnt«, sagte Sophie und ging voran.
Amery hielt den Schirm über sie. »Am Abend, zwischen sieben und acht«, sagte er. »Zimmer 402. Soll ich's dir aufschreiben?«
Sophie schüttelte den Kopf. »Sowas vergißt man nicht.«

13 Der Jüngste Tag

Sixtas Mutter hatte am Tag vor der Premiere anreisen wollen, kam aber schon am Dienstag nach Prag, weil sie befürchtete, daß an dem dunklen Anzug, den sie für Pavel in Budweis hatte schneidern lassen, noch etwas geändert werden müßte. So stand sie plötzlich vor der Tür, den Rand ihrer bleifarbenen Strickmütze in der verschwitzten Stirn, an der linken Hand einen Koffer und zwei Henkeltaschen, in der rechten das Paket mit dem Anzug, erwartete Anteilnahme, weil sie sich unterwegs verlaufen hatte, und Dank für die prompte Lieferung und hörte nun, daß ihr Zimmer im Hotel ›Graf‹ erst für Mittwoch reserviert worden war. Mit solchem Empfang hatte sie nicht gerechnet, und die Aussicht, statt ›bei den Kindern‹ im Hotel schlafen zu müssen, verwirrte sie. Hätte Sophie nicht sofort Kaffee gekocht, Frau Sixta wäre wieder nach Hause gefahren. Doch nach dem süßen Schwarzen, der geglückten Anprobe und einem Rundgang durch die Wohnung stellte sie fest, daß sie es Georg wirklich nicht zumuten konnte, drei Nächte auf dem Feldbett in der Küche zu übernachten.

Sixtas frühere vertrauliche Beziehung zu seiner Mutter war durch die Trennung während des Krieges zu einem respektvollen Brief- und Postkartenverhältnis verkümmert. Ihre Art, sich danach zu erkundigen, wann er endlich heiraten, sparen, zeitiger zu Bett gehen, weniger rauchen oder sich die Haare kürzer schneiden würde, und ihn am folgenden Abend, als hätte sie seine Antwort vergessen, dasselbe noch einmal zu fragen, hatte ihn auch bei seinem Besuch im vorigen Jahr gequält. Wenn er in ihrer Abwesenheit von ihr sprach, war sie noch immer ›eine wunderbare Frau‹, doch sobald er sie länger als einen Tag um sich hatte, reizten ihn ihr besessener Ordnungssinn und ihre oberflächliche Fürsorge zu Wutausbrüchen, die er erst beim Abschied bereute.

Am Morgen nach ihrer Ankunft – Frau Sixta hatte, wie sie sagte, eine schlaflose Nacht in Georgs Bett verbracht – trug Pavel den Koffer ins Hotel ›Graf‹ am Komenský-Platz und lief in die Mezibranska zurück, um Sophie zur Generalprobe abzuholen. »Wir haben es uns anders überlegt«, mußte er von seiner Mutter hören. »Sophie begleitet mich beim Einkaufen. Deine Oper kennt sie doch auswendig, und morgen abend sehen wir sie sowieso. Ich brauche Einweckgummis, Blumensamen, Stopfgarn, ein Benzinfeuerzeug für Herrn Volny, Angelhaken für Herrn Dycha, einen Drahtauslöser für den Fotoapparat von Doktor Havlitschek, Rasierklingen für Herrn Nechansky – das ist der Metzger, der mir immer Tafelspitz aufhebt . . .« Die Liste nahm kein Ende. Pavel blickte zu Sophie, die hinter seiner Mutter stand. Sie hob die Schultern und lächelte ratlos. »Dann noch ein paar Sachen, über die man nicht spricht«, schloß Frau Sixta.

»Und was meinst du?« fragte Pavel.

»Wir sind uns einig!« antwortete Frau Sixta für Sophie.

Verzicht ist der Preis der Familie, dachte Sixta auf dem Weg ins Theater und redete sich ein, daß es an Sophie gelegen hatte, ja oder nein zu sagen. Doch als die Tram über den Poritsch fuhr, merkte er, daß er einen Fehler gemacht hatte. Vom Büro des Dramaturgen telefonierte er mit Sophie und bat sie, seine Mutter allein in die Stadt zu schicken.

»Möchtest du ihr das nicht selber sagen?« fragte sie.

»Aber natürlich!« rief Frau Sixta, als er ihr erklärt hatte, daß er Sophie brauchte, weil sein Regieassistent nicht erschienen sei. »Das konnte ja niemand ahnen, mein Junge!« Sixta schmiß den Hörer auf die Gabel. Er ärgerte sich darüber, daß er zu feige gewesen war, die Wahrheit zu sagen.

Gegen die Regel, zur Generalprobe Rezensenten zuzulassen, die ihre Berichte gewöhnlich am gleichen Tage schrieben, um sie nach der Premiere nur noch zu ergänzen, hatte Sixta alle Gäste ausgeschlossen. An Schulterklopfen war ihm vorerst nicht gelegen, und eine leise Empfehlung, selbst wenn hilfreich oder warnend gemeint, hätte ihn beunruhigt. Er wartete, bis Sophie kam, stellte ihr den Intendanten vor und sah, wie sie sich neben ihn setzte, während er den halbdunklen Zuschauerraum verließ.

Auf der Bühne begrüßte er die Sänger und Arbeiter, winkte zur Beleuchterbrücke hoch und stieg, nach einer letzten Verständigung mit dem Inspizienten, in den Orchesterraum. Als das ›Fertig‹-Zeichen an seinem Pult aufleuchtete, sah er zu den Pikkoloflöten und Posaunen und gab den Einsatz.

Der Wechsel vom ersten zum zweiten Bild gelang, doch die

Pause zum dritten dauerte zu lange. »Im Stück liegen vier Monate zwischen den Szenen«, rief Sixta, als sich der Vorhang öffnete, »aber ihr wolltet es in vier Minuten schaffen!« Er hörte, daß ein Versenkungstisch, der die Wand der Gaststube zum ›Wilden Mann‹ trug, sich wegen eines Defekts in der Hydraulik nicht anhob. »Also laßt euch Zeit«, brummte er und drehte sich für eine Sekunde zu Sophie. Zum Zeichen, daß sie ihn sah, legte sie die rechte Hand auf die linke Schulter, und in ihrer Geste schien ihm so viel Zärtlichkeit, wie keine andere Hand sie hätte sagen können.

In der Pause bedankte sich Sixta zuerst bei ›Anna‹ und dem ›Stationsvorstand‹ für ihren Walzer und kletterte dann in die Druckpressenanlage, um sich zu vergewissern, daß die Hydraulik störungsfrei funktionierte. Als er zu den Musikern ging, blickten sie ihn erwartungsvoll an. Die meisten waren in seinem Jahrgang, darunter manche mit ähnlichem Schicksal. Er wußte, daß sie zu ihm hielten, um endlich einen der ihren und dadurch sich selbst bestätigt zu sehen. »Ich habe das Gefühl«, sagte er und wickelte sein Butterbrot dabei aus, »als wären die letzten drei Monate nicht ganz umsonst gewesen.« Das saß, und das genügte.

Im Schlußbild fühlte Sixta, wie sich seine Erregung auf die Sänger übertrug. Das Solo der Anna, aus dem Zwölftonschema gelöst, kam wie ein Volkslied: ›Der Himmel war ein strenger Engel, wir hörten die Worte und hatten Angst, sie zu verstehen‹, und nach der Frage des Stationsvorstands (›Waren das nicht Posaunen?‹), der Antwort des Drogisten (›Es war der Wind‹) und dem leisen Finale, in dem die Geigen mit den Bässen das Walzer-Thema des dritten Bildes wiederholten, blieb für eine Weile alles still. Sixta hockte sich auf die Stufe des Podests, nahm sein Taschentuch aus dem Jackett und wischte sich die nassen Hände. »War das Grün-Signal am Bahndamm heute zu erkennen?« hörte er den Inspizienten rufen. Sixta richtete sich auf, klammerte sich an das Pult und brüllte zurück: »Wenn es morgen genauso hell brennt, Herr Polatschek, werde ich Ihnen den Hintern küssen!« Er verneigte sich vor den Musikern und wollte gerade das Podest verlassen, als ihm jemand auf die Schulter tippte.

»Was halten Sie davon«, fragte der Intendant, »wenn wir die zweite Vorstellung für Sonntag ansetzen?«

»Ja«, sagte Sixta und sah unter dem aufgestützten Arm des Intendanten hindurch, wie Sophie sich von ihrem Platz erhob und den Mantel zuknöpfte. »Ich bin einverstanden.«

Der Intendant nannte den Namen des Weinlokals auf der Kleinseite, wo er Tische für die Premierenfeier bestellt hatte, doch Sixta hörte nicht mehr zu. Sophie kam langsam den Seitengang herunter und blickte in den Graben. Als sie sich über die Brüstung beugte, verschwand ihr Gesicht hinter dem schwarzen, nach außen gewellten Haarrand. »Die Karten für morgen habe ich dem Fräulein schon gegeben«, sagte der Intendant und brachte sein duftendes Hemd in Sixtas Riechweite. »Ich wußte gar nicht, daß sie singt. Sie hat es mir in der Pause erzählt. Vielleicht wäre sie besser als die Vesela. Schade, daß sie Deutsche ist. Wie heißt es bei Cyrano? Que diable va-t-elle faire dans cette galère! Finden Sie nicht auch?«

»Ich kann nicht französisch«, antwortete Sixta.

»Was hat sie, zum Teufel, auf dieser Galeere zu suchen«, übersetzte der Intendant.

»Das wird sich bald ändern.«

»Glauben Sie?« fragte der Intendant skeptisch und drehte dadurch die Versicherung Sixtas ins Allgemeine. Er winkte und entfernte sich mit den knappen Schritten eines Mannes, der es lieber sah, wenn die Dinge an ihn herankamen, als daß er ihnen nachlaufen mußte.

»Sag jetzt nichts«, bat Sixta.

Sophie strich ihr Haar in den hochgeschlagenen Mantelkragen und lächelte. »Ich kaufe heute nachmittag Angelhaken für Doktor Havlitschek und einen Drahtauslöser für Herrn Dycha, oder umgekehrt. Vor sieben werden wir nicht zu Hause sein. Wenn du willst, überrede ich sie sogar, daß sie mit mir ins Kino geht ...?«

»Auf keinen Fall«, sagte Sixta und hörte, wie der Architekt nach ihm rief. »Ich habe bei dem Intendanten französisch gelernt«, flüsterte er. »Je t'aime. Ist das richtig?«

Sophie nickte, und beim Abschied spürte er ihre Hand im Nakken.

Als sie am Abend zu viert beim Essen saßen, fiel Sixta ein, daß er Sophie vorschlagen könnte, Christine und Katharina zur Premiere einzuladen. Aber im letzten Moment besann er sich darauf, daß es ihm zu Weihnachten, auf dem Heimweg von St. Stefan, so vorgekommen war, als hätte sie ihre Schwestern ihm zuliebe verwechselt, und er verzichtete, im Unterschied zu damals, auf jede Frage. Es schien ihm lächerlich, daß er in den vergangenen Monaten nicht ein einziges Mal mit ihr von Amery gesprochen hatte – doch blieb dazu nicht ein Leben lang Zeit genug?

»Schmeckt es dir nicht, mein Junge?« fragte Frau Sixta.

»Im Gegenteil«, sagte er und blickte auf das Porträt der Waldsteinschen Gräfin, das den Fleck auf der Tapete verdeckte.

»Sophie schweigt sich ja aus«, sagte Frau Sixta, »aber du könntest mir wenigstens verraten, ob du mit der Probe zufrieden bist.«

»Sehr«, antwortete er und steckte einen halben Semmelknödel in den Mund, um Ruhe zu haben. Wäre mit dem goldenen Rahmen nicht die Erinnerung ins Haus geschneit, er hätte sich nie nach Christine erkundigt, und von Amery wollte er schon deswegen nicht reden, weil er fürchtete, Sophie wehzutun. Worte konnten einem, wenn sie sich auf die passenden Stimmungen reimten, im Mund zergehen, aber sie konnten, zu früh gesagt, auch den Magen umdrehn, und bei manchen war es ein Trost, wenn man sie nicht verstand.

»Köstlich, die Preißelbeeren«, lobte Frau Sixta.

»Von ›Jäger und Zoufalý‹«, sagte Georg.

»Möchten Sie noch welche«, fragte Sophie. »Und du?«

»Nein, danke.«

Eine Ehe führen, hatte ihm Botticelli erklärt, ist dasselbe wie Indien erobern. Man kommt nie an, weil man sich zuviel erzählt zwischen Damaskus und Haiderabad. Mußte er noch einmal sagen, daß er sie heiraten wollte? Sein Antrag war neun Jahre alt und galt nach wie vor. Vielleicht war es gescheiter, ihn bei Gelegenheit zu wiederholen. Er würde beim Standesamt fragen, ob er eine Deutsche zur Frau nehmen dürfte. Wenn sie nein sagten, ginge er mit Sophie auf die Galeere.

Er brachte seine Mutter zum Komenský-Platz und führte sie

auf ihr Zimmer. Während sie die Henkeltaschen auspackte und die Einkäufe von der Liste abhakte, tat es ihm plötzlich leid, daß sie im Hotel schlafen mußte wie eine Fremde, und als sie ihr durchbrochenes, taftunterlegtes Abendkleid auf den Bügel hängte, umarmte er sie, und sie weinte. Sie wurde sehr sanft. So kannte er sie, wenn sie mit ihm allein war. Eine herzverschlingende Frau, eine Seele, zu geräumig für einen Mann, kaum zu bewältigen für einen Sohn. Vor seiner Zwangsverpflichtung nach Deutschland hatte sie ihm seine ersten Schuhe gezeigt, und er hatte ihr gebeichtet, wie er sie als Kind um vier Kronen betrogen hatte, aber er war gegen ihr Gedächtnis nicht angekommen, und noch im Zug hatte er einen schweren Kopf gehabt von ihren Geschichten. Er mußte unters Bett schauen, bevor er sie verließ. Kein Räuber, kein Windhund hinter den Fransen? Dann mit Gott, mein Kind.

Beim Frühstück las Sixta die ausführliche Ankündigung der Premiere und gab die Zeitung Sophie.

»Herrlich«, sagte sie.

»Was meinst du, wieviel das Theater dafür bezahlt hat?«

»Nichts«, lächelte sie. »Das weißt du doch genau.«

Zu Mittag aßen sie im ›Schwarzen Roß‹, und nachdem Sixta seine Mutter und Sophie zum Friseur begleitet hatte, lief er zum Poritsch. Als er das ›Ausverkauft‹-Schild an der Theaterkasse sah, fragte er die Verkäuferin, ob das für den heutigen Abend gelte.

»Ja«, antwortete sie, ohne von ihrem Romanheft aufzublicken, »aber für Sonntag können Sie eine Karte haben. Allerdings nur noch sechzehnte Reihe.«

Er ging bis zum Hotel ›Axa‹, kehrte um und betrachtete das ›Ausverkauft‹-Schild, als hätte er es eben erst entdeckt. Er schlenderte zum Petersplatz, kam noch einmal zurück und sah eine ältere Dame vor der Kasse stehen.

»Am Sonntag ist die nächste Vorstellung«, sagte er zu ihr, als sie die Glastür öffnete und auf die Straße trat.

»Ich will keine Oper«, antwortete die Unbekannte, »ich will Kabarett.« Das ernüchterte ihn. Am liebsten hätte er sich bedankt.

Er fuhr nach Hause, badete und legte sich ins Bett.

Als am Abend die Lichter im Zuschauerraum erloschen, stieg

er auf das Podest, verbeugte sich vor dem schwarzen Schlund mit den weißen Hemden, hörte den Begrüßungsapplaus und wartete das Signal des Inspizienten ab, bevor er den Einsatz gab. Jetzt spürte er, daß ihm die Ärmel des neuen Anzugs zu eng waren, doch der Eilzug für das Unglück des Stationsvorstands Hudetz ließ sich nicht mehr aufhalten.

Der Beifall nach dem ersten Bild war höflich, nach dem zweiten lang genug für den Umbau, und im dritten wurde auf offener Szene geklatscht, so daß Hudetz und Anna den Walzer wiederholen mußten. Während der Pause gab Sixta sein Jackett der Kostümmeisterin, damit sie das Futter auftrennte, und ging in den Waschraum. Man machte ihm Platz vor dem Seifenschwenker, doch auf dem Rückweg in die Schneiderei merkte er, daß er sich nicht die Hände gewaschen, sondern die flüssige Seife an den Hosen abgewischt hatte. Er wollte die Vesela fragen, ob sie ein Reinigungsmittel hatte, und sah den Grafen Lemarois an der Tür ihrer Garderobe. »Scheren Sie sich auf Ihren Platz!« fuhr Sixta ihn an. Dem Urenkel des Kommandanten von Magdeburg quollen die Augen aus den Höhlen, doch er verzog sich.

»Wasser ist das beste«, sagte die Vesela. Sie drückte und rieb einen feuchten Schwamm gegen Sixtas Hüften. »Und sei ein bißchen nett zu meinem Franzosen, sonst wirst du nachher nicht fotografiert. Unser Bild kommt in ›Le Monde‹!«

»Auf die Titelseite?« fragte Sixta.

In der Schneiderei stellte er sich an die Dampfheizung, um die Hosen trocknen zu lassen. »Ich kann sie Ihnen auch bügeln«, bot ihm die Kostümmeisterin an, aber das wollte er nicht. Beim ersten Klingelzeichen zog er das Jackett über und lief in den Orchestergraben.

Die Dekoration des vierten Bildes, zwei graue Pfeiler unter einem Messingmond, gefiel dem Publikum so sehr, daß es bis in die Auftrittsmusik des Gendarmen klatschte. Doch als der Stationsvorstand im sechsten Bild den süßlichen Text von Annas Sterbebildchen sang, Standbein links, Spielbein rechts, den Zettel in der ausgestreckten Hand wie bei der Leporello-Arie in Königgrätz, lachte jemand, und Sixta fühlte die plötzliche Kälte in seinem Rücken. Der Beifall war freundlich, doch die Verwandlung zum letzten Bild dauerte qualvolle Minuten, in denen Papier raschelte, Schuhsohlen scharrten und Taschenverschlüsse schnappten. Sixta winkte den Paukisten an die Wanne für den Geisterzug. »Schab schön«, flüsterte er zu ihm hinüber und faltete die Finger um den Taktstock. Alles hängt von der Vesela ab, dachte er und starrte auf den Lichtknopf an seinem Pult.

Als der Vorhang die Beine der Sänger vor seinen Augen immer wieder verdeckte und immer wieder freilegte, und als er nicht mehr hörte, was ihm der erste Geiger ins Ohr sagte, begriff Sixta, daß er gewonnen hatte. Von der Rampe sah er den Grafen Lemarois mit einem Blitzgerät, dann Sophie, seine Mutter und Georg. Der Intendant und seine junge Frau lächelten wie Geburtstagskinder. Ein Herr in der zweiten Reihe grüßte mit beiden Händen und griff sich plötzlich in die Taille. Das mußte Vavra sein, der ›nordische‹. Er hatte den anderen das Zeichen zum stehenden Applaus gegeben und setzte sich nun wieder.

Das Ensemble war schon auf der Kleinseite, als Sixta mit Sophie, seiner Mutter und Georg das Theater verließ. Er wäre gern ein Stück zu Fuß gegangen, doch der Intendant hatte einen Wagen bestellt, und Frau Sixta warnte vor Erkältungen. Sie genoß es, neben dem Chauffeur zu sitzen, und bat darum, so langsam wie möglich über die Karlsbrücke zu fahren, wegen des Panoramas. In der ›Makarska‹-Weinstube fing das Umarmen von neuem an, und Sixta brauchte eine Weile, bis er sich zu seinem Tisch durchgekämpft hatte. Mit dem Trinken hatte man nicht gewartet, und der Intendant fürchtete anscheinend, mit seinem Toast zu spät zu kommen, denn sobald Sixta an seiner Seite war, klopfte er ans Glas. Nach ihm sprachen die Vertreter der Bühnengewerkschaft und des Schulministeriums, und als der Leiter der Dirigierklasse des Konservatoriums seinen Trinkspruch beendet hatte, erhob sich Sixta. Er überlegte, ob er auf den Stuhl steigen sollte, und sah Sophie an. Sie lächelte ihm zu. Ihr Gesicht war sehr weiß um den rotgeschminkten Mund.

»Meine Freunde!« rief Sixta und blieb stehen. Er merkte, wie aufgeregt er war, und hielt sein Glas mit beiden Händen fest.

Es klingt zu feierlich, dachte er, als er sich beim Ensemble und bei seinen Vorrednern bedankte. Ich muß einen Witz machen, wie die anderen. Er erzählte, wie er sich in der Pause die Seife an den Hosen abgewischt hatte, und die Vesela kreischte vor Vergnügen.

»Vergessen Sie nicht den Kuß, den Sie mir versprochen haben!« rief der Inspizient.

»Alles zu seiner Zeit, Herr Polatschek«, antwortete Sixta und gab acht, seinen Wein nicht zu verschütten, während er das Gelächter zur Ruhe brachte. »Jetzt will ich noch etwas anderes sagen«, fuhr er fort. »Ich will etwas nachholen, was mir schon lange . . .«

». . . auf der Seele liegt«, soufflierte der Intendant.

»Ja, genau. Und es betrifft jemanden an diesem Tisch hier. Ich könnte es ihr auch zu Hause sagen. Vielleicht wäre ihr das sogar lieber. Aber ich will, daß meine Freunde dabei sind.« Frau Sixta senkte den Kopf und zog ein gehäkeltes Tuch aus dem Ärmel. »Was ich dir gebe, geb ich keiner andern, sagt Nezval. Ich gebe es dir, Sophie, und ich trinke auf uns beide.«

»Salut und keine Tränen!« rief der Intendant und streckte Sophie, als Sixta mit ihr angestoßen hatte, sein Glas hin. Dann kamen Frau Sixta, Georg und die anderen an die Reihe, und Sixta paßte auf, daß keiner kniff.

»Danke«, sagte Sophie und: »Auf Ihre Gesundheit.« Und wieder: »Danke.«

Der Kritiker einer ehemaligen Legionärszeitung, der ›Nationalen Befreiung‹, nahm Sixta beiseite und fragte: »Darf ich Sie auf einen winzigen Fehler aufmerksam machen, Meister?«

»Bitte«, sagte Sixta und lächelte zu Sophie hinüber.

«Bei Nezval heißt es, wenn Sie gestatten: ›Was ich dir geben wollte, werde ich nie einer anderen geben.‹ Das ist ein feiner Unterschied.«

»Was?«

»Ich erlaube mir, Sie darauf hinzuweisen, daß Nezval nicht ›gebe‹, sondern ›geben wollte‹ schreibt.«

»Rutschen Sie mir den Buckel runter!« antwortete Sixta.

»Das werde ich mit Sicherheit nicht tun«, sagte der Kritiker und zog seine Uhr aus der Weste. »Sie haben doch den Lacher im sechsten Bild gehört, nicht wahr?« Er steckte die Uhr wieder ein und grinste. Sein linker Eckzahn hatte eine Metallkrone. »Ich glaube, auf diesen Lacher ließe sich eine kleine Theorie der modernen Oper bauen. Eine vernichtende, natürlich. Die Musik wird nicht unbedingt besser dadurch, daß es jetzt mehr Komponisten als früher gibt. Vielleicht werde ich diesen Gedanken noch heute nacht entwickeln. Selbst auf die Gefahr hin, daß ich die einzige böse unter so vielen guten Feen bin.«

»Es wäre mir eine Ehre«, sagte Sixta und verbeugte sich.

»Oh, ganz meinerseits«, sagte der Kritiker und holte seinen Mantel von der Garderobe.

Als Sixta am Freitagmittag erwachte, meinte er sich zu erinnern, daß sie von der ›Makarska‹ noch in ein anderes Lokal gegangen waren. Aber in welches? Er wollte Sophie fragen, doch sie lag nicht neben ihm, und er sah, daß sie auf dem Feldbett geschlafen hatte. Sie saß bei seiner Mutter in der Küche. Frau Sixta hatte den Koffer und die Taschen allein aus dem Hotel in die Mezibranska getragen und war schon ›gestiefelt und gespornt‹, als führe ihr Zug in einer halben Stunde. Sixta setzte sich zu ihnen und aß eine saure Gurke. Er nickte zu allem, was seine Mutter sagte, und widersprach nur, als sie eine Bouillon wärmen wollte. Sophie gab ihm eine Flasche Bier, und Frau Sixta erzählte, daß Herr Hrbek aus der Budweiser Goethestraße am Zwölffingerdarm operiert worden wäre, weil er jahrelang auf nüchternen Magen kaltes Bier getrunken hätte.

»Ich tue es doch nur heute, Mama«, sagte Sixta.

Im Bad ließ er Wasser einlaufen, zog den Pyjama aus und legte sich in die Wanne. Nach dem Rasieren sah er den Schaum mit den schwarzen Bartstoppeln um seine Knie schwimmen. Als er den Gummistöpsel herausriß und das Wasser in den Abfluß gurgelte, spülte die letzte Nacht über die ›Barbara‹-Bar und die ›Vlasta‹-Weinstube in die ›Makarska‹ zurück, bis zu dem Kritiker der ›Nationalen Befreiung‹. Wie hieß er überhaupt? Schramek, Schima oder Schamal? Schakal wäre der richtige Name für ihn. Aasfresser und Nachtheuler. Seine Besprechung konnte frühestens in der Samstagausgabe erscheinen. Doch wenn man in der Druckerei bei ›Melantrich‹ nachfragte, bekäme man die Druckfahne vielleicht noch vor Mitternacht. Sixta stellte den

Hahn auf die Handdusche um und spritzte sich mit kaltem Wasser ab.

Der Zug nach Budweis fuhr gegen sechs, und der Wilson-Bahnhof war keine Viertelstunde zu Fuß von der Mezibranska entfernt, aber um vier setzte Frau Sixta ihre Strickmütze auf, und Pavel mußte ihr versprechen, daß sie spätestens um fünf aus dem Haus gehen würden. Als sie ihre Tasche zur Tür brachte, fiel ihr ein, was sie vergessen hatte. Sie bat Sophie, die Schuhe auszuziehen und sich auf einen Zeitungsbogen zu stellen. Dann leckte sie einen Kopierstift an und begann, den Umriß von Sophies Füßen auf das Papier zu zeichnen.

»Ich habe alle deine Schuhe kontrolliert«, sagte sie und strich die Spitze des Kopierstifts noch einmal über die Zunge. »Ich lasse dir bei Herrn Pravda ein Paar Stiefel machen, mit Pelz gefüttert.«

»Du sollst mir aber nichts kaufen«, sagte Sophie, und Sixta hörte belustigt, daß sie sich duzten.

»Keine Widerrede«, keuchte Frau Sixta am Boden, »der Winter kommt erst noch.« Sie verlangte ein Zentimeterband, um den Spann, die Knöchel und die Wade zu messen. »Sei nicht so kitzlig, mein Kind«, sagte sie und schrieb die drei Zahlen auf die Zeitung. »Willst du schwarze oder braune?«

»Ich will gar keine«, sagte Sophie und stieg in die Spangenschuhe mit den hohen Absätzen, die sie am Vortag zum erstenmal getragen hatte.

»Schwarz ist eleganter«, entschied Frau Sixta, kniff die Zeitung zusammen und steckte sie in die Manteltasche.

Als Sixta seine Mutter am Bahnhof küßte und dabei ihre blaue Zunge sah, fiel ihm der Chow-Chow am Strahover Stadion ein. Zum nächsten Kuß hielt er ihr nur die Wange hin und schleppte den Koffer und die Taschen ins Abteil, während Frau Sixta sich von Sophie verabschiedete. Er wischte die beschlagene Scheibe mit dem Mantelärmel ab und beobachtete durch das verschmierte Glas, wie sie sich umarmten und wie Sophie die Stirn an Frau Sixtas Schulter legte. Er setzte sich auf den Rand der Holzbank, zündete sich eine Zigarette an und wartete.

»Hier ist Nichtraucher, bitte«, sagte eine Frauenstimme.

Sixta drückte die Zigarette aus, ohne sich umzudrehn. Jetzt

schüttelte Sophie den Kopf. Seine Mutter sprach auf sie ein, und ihr Atem zerfloß unter der blakenden Lampe. Dann schienen sie sich plötzlich einig zu sein, denn sie küßten sich, und Frau Sixta kletterte in das Abteil. »Am Sonntag denke ich an dich«, sagte sie zu Pavel und schickte ihn auf den Bahnsteig. Er ging zu Sophie und sah, wie sich seine Mutter mit der Frau unterhielt, die ihm das Rauchen verboten hatte. Als der Zug davonfuhr, trat Frau Sixta ans Fenster und winkte.

Auf dem Rückweg schlug er vor, in einem Restaurant zu Abend zu essen. Der Intendant habe ihm gestern einen Umschlag mit Geld zugesteckt, damit er ein paar Leute freihalten konnte. Es sei noch etwas übrig. Aber Sophie drängte nach Hause. »Mir ist kalt«, sagte sie. Sixta legte ihr den Arm um die Schultern und fühlte, daß sie zitterte. Auf der Treppe in der Mezibranska ließ er sie los, um die Schlüssel aus der Hosentasche zu langen. Sophie stolperte und stürzte auf die Steinstufen. Sie lachte, wie um nicht zuzugeben, daß sie sich wehgetan hatte. Im Korridor wollte ihr Sixta den Mantel abnehmen, doch sie ging voran und setzte sich in seinem Zimmer auf den Klavierstuhl.

»Ich freue mich so für dich«, sagte sie, als er nachkam.

Er erzählte ihr von dem Kritiker mit dem Blechzahn.

»Darüber darfst du dich nicht ärgern«, beruhigte ihn Sophie, stellte die Schuhspitzen auseinander und schwenkte mit dem Drehstuhl in einem Viertelkreis nach rechts und links. »An die guten Besprechungen glaubt man doch nur, wenn es mindestens eine schlechte gibt.«

»Ich hole sie mir nachher aus der Druckerei«, sagte Sixta und schwieg, als er im Korridor Schritte hörte. Georg trat ins Zimmer. »Woran erkennt man eine Alkoholvergiftung?« fragte er. »Hätte ich dem Inspizienten gestern abend bloß nicht gesagt, daß ich bei der Polizei bin. Dieser Hund hat mir garantiert Zigarrenasche in den Wein gekippt.« Er erkundigte sich nach Frau Sixta, doch als er merkte, daß niemand mit ihm reden wollte, drückte er beide Fäuste an die Schläfen und verließ das Zimmer.

»Wenn das Theater in Brünn den ›Jüngsten Tag‹ nachspielt«, sagte Sixta, »suchen wir uns eine andere Wohnung.« Als Sophie nicht antwortete, fragte er: »Warum ziehst du eigentlich deinen Mantel nicht aus?«

»Ich gehe nochmal weg«, sagte sie.

»Die Geschäfte sind geschlossen.«

»Ich will nichts einkaufen. Es ist alles da. Du mußt dir nur Brot holen, morgen früh. Ich hab es schon bezahlt, damit du dich nicht anzustellen brauchst.«

»Wo willst du hin?« fragte Sixta und sah, wie sie sich mit dem Stuhl zum Klavier umdrehte.

»Ich kann nicht mehr hierbleiben«, hörte er.

»Was hat meine Mutter am Bahnhof von dir gewollt?«

»Daß wir im Sommer . . .« Sie konnte nicht weitersprechen.

»Also was?«

»Daß wir in den Ferien bei ihr wohnen sollen, aber ich hab ihr gesagt, daß ich im Sommer schon nicht mehr da bin.«

»Wo willst du denn hin?«

Sixta hob die rechte Hand und versuchte, den kleinen Finger an den Ringfinger zu lehnen. Es gelang ihm nicht. Plötzlich begriff er, wie sinnlos seine Frage gewesen war. Durch die Lücke zwischen den Fingern sah er Sophie am Klavier sitzen, das schwarze Haar auf dem schwarzen Mantel. Er schloß die Augen und sah vom Ende einer Ahornallee langsam ein Mädchen auf sich zukommen, zuerst in einer Militärbluse mit einer grünen Krawatte, dann in einem Krankenhemd mit einem Verband um die Stirn und zuletzt in einem grauen Seidenkleid mit weißem Kragen. Es blieb vor ihm stehen und zeigte dabei die kleine Lücke zwischen den Schneidezähnen: ›Sie wissen, daß ich weggehe?‹

›Ich möchte Sie heiraten‹, hatte er damals gesagt.

»Du hast ihn getroffen«, sagte er jetzt.

»Ja«, sagte Sophie und wandte sich um.

»Wann?«

»Jeden Tag seit Weihnachten, bis Ende Januar. Dann noch einmal, diese Woche.«

»Hast du mit ihm geschlafen?«

»Nein.«

»Wozu hast du dich mit ihm getroffen?«

»Er wollte es.«

»Und jetzt?«

»Gehe ich zu ihm.«

»Nach Hause?«

»Er wohnt im Hotel.«

»In welchem?«

Sophie versuchte zu lächeln.

»Ich muß wenigstens wissen, wohin deine Post geschickt werden soll«, sagte Sixta ruhig.

»Hotel ›Paris‹.«

Sixta wollte nach den Zigaretten greifen, doch es kam ihm plötzlich so vor, als wäre sein Arm zu kurz, um sie zu erreichen. Er stand auf und stieß die Packung so hart gegen die linke Faust, daß gleich mehrere Zigaretten auf den Tisch fielen.

»Du hast also nur die Premiere abgewartet?« fragte er und steckte eine Zigarette in den Mund.

»Nein«, schluchzte sie.

Er legte die Zigarette auf den Tisch zurück, packte Sophie bei den Armen und trug sie auf die Couch. Er setzte sich neben sie und nahm ihr Gesicht zwischen die Hände.

»Ich liebe dich«, sagte er. »Weißt du das überhaupt?«

Sie nickte und wollte sich die Tränen abwischen, aber Sixta ließ es nicht zu.

»Und du bleibst hier«, sagte er.

»Aber er wartet«, flüsterte sie zwischen seinen Händen, »und wenn ich nicht komme, holt er mich.«

»Laß ihn warten«, sagte Sixta und küßte sie auf die nassen Lippen.

»Gehst du weg?« fragte sie, als er aufstand und die Zigarettenpackung in seine Jackettasche schob.

»Ich hole nur die Fahne aus der Druckerei. Ich muß wissen, was dieser Kerl geschrieben hat, sonst kann ich heute nacht nicht schlafen. In einer halben Stunde bin ich wieder da. Dann reden wir nochmal über alles.«

»Warum schickst du nicht Georg?«

»Der macht sich kalte Wickel«, sagte Sixta. »Außerdem würden sie ihm die Fahne gar nicht geben.« Er half Sophie aus dem Mantel und hängte ihn im Korridor an den Haken. »In einer halben Stunde!« rief er. »Spätestens!« Dann zog er die Tür ins Schloß und ging zu Georg.

»Ich springe schnell zu ›Melantrich‹«, sagte er zu ihm und hob

das feuchte Handtuch von seinem Gesicht. »Du setzt dich so lange zu Sophie und läßt sie nicht aus dem Haus, verstehst du?«
»Was hat denn das Kind?« fragte Georg.
»Erzähl ihr, wie du in Budweis den Wassermann gespielt hast. Das bringt sie auf andere Gedanken.«
Als Sixta den Wenzelsplatz hinunterlief, drehten sich die Fußgänger vor seinen Augen wie Silhouettenscheiben auf einem Schießstand. Vor der Lucerna-Passage wich er einem Pulk von Baskenmützen aus. Die Wassergasse blieb hinter ihm, das Café Julisch, das Lindt-Haus. Am Graben streifte er mit der Stirn einen Regenschirm. Er wollte sich entschuldigen, doch ihm war, als würden seine Schultern nach vornhin so schwer, daß er ihnen folgen mußte, um nicht zu fallen. Erst am Pulverturm wurde er langsamer, der Atem brannte ihm in der Kehle. Er stellte sich unter die Brüstung des Repräsentationshauses, zog ein Kuvert aus dem Mantel und zählte den Rest des Geldes, das ihm der Intendant am Abend zuvor gegeben hatte. Die letzten Meter zum Hotel ›Paris‹ ging er wie alle anderen auch, die an diesem Abend und bei diesem Wetter unterwegs waren, rasch und den Kopf gesenkt.
Durch den ledergesäumten Windschutz trat er in die Halle. Ein Zahlkellner mit weißem Backenbart wartete am Zugang zum Restaurant, unbeweglich, wie ausgestopft. Von den Tischen ragten die Zuckerhüte der Servietten und die Batterien der Sherry-, Wein- und Sektgläser. Sixta wußte nicht, daß Sellmann vor Jahren hier gewohnt hatte, beziehungsweise – der reiterlichen Wendung des Doktors folgend – ›im Paris abgestiegen war‹. Er schmeckte nur das Aroma aus Kofferleder, Eau de Cologne, Crème Caramel und Orientzigaretten. »Ich möchte zu Herrn Amery«, sagte er.
Der Empfangschef blickte auf das Schlüsselbrett.
»Zimmer 402«, sagte er. »Sind Sie angemeldet?«
Sixta nickte und stieg in den Lift. Er drückte den Knopf und fühlte sich plötzlich so leicht, als schwebte er aus eigener Kraft in die vierte Etage. Er ging den Korridor hinunter, fand die Nummer 402 und klopfte.
Amery zögerte, bevor er Sixta eintreten ließ. Er trug einen dunkelblauen Zweireiher mit Nadelstreifen, eine silbergraue

Krawatte und schwarze Schuhe. Auf dem Doppelbett lag eine Steppdecke mit einem Blumenmuster. Die Vorhänge waren zugezogen. Zwischen den tiefen Sesseln stand ein niedriger Tisch mit einem Eiskübel, einer geöffneten Sektflasche und zwei Gläsern, von denen das eine zur Hälfte gefüllt war.

»Was kann ich für Sie tun?« fragte Amery.

»Ich habe noch Schulden bei Ihnen«, sagte Sixta und legte den Umschlag auf den Tisch. »Vielleicht erinnern Sie sich gar nicht mehr?«

»Doch«, sagte Amery.

»Es ist allerdings nicht das ganze Geld«, sagte Sixta. »Ich bringe Ihnen den Rest in der nächsten Woche.«

»Ihre Premiere war ein Erfolg, hört man?« fragte Amery.

»Und noch etwas«, sagte Sixta. Er zeigte mit dem Kinn auf den Tisch. »Diese Ausgaben können Sie sich sparen.«

»Aha«, sagte Amery und setzte sich in den Sessel. »Sie meinen, Sophie kommt heute nicht? Haben Sie sie eingesperrt?« Er nippte an seinem Glas und goß nach. »Nun, dann morgen«, sagte er und schlug die Beine übereinander. »Auch nicht?« Er lächelte. »Ich glaube, ich muß Ihnen etwas erklären. Wollen Sie nicht Platz nehmen? Nein?«

Während er Amery zuhörte, schien es Sixta, als würde er von einer unsichtbaren, an allen Muskeln und Gelenken angesetzten Zwinge allmählich zerquetscht. Ihr Druck krampfte die Finger in die Handteller, winkelte die Arme an, schob die Rippen in die Lunge, kehrte die Augäpfel um und senkte die Ohren in das Schläfenbein, daß er glaubte, in sich selbst hineinzustürzen, in eine schweißnasse und blutnasse Tiefe, wo er der Wahrheit mit einem Mal so nahe kam wie nie vorher, weder im Jammertal mit dem zerschlagenen Gesicht auf den Tasten, noch unter dem Portal der Ignatiuskirche.

»Es ist völlig gleich, ob Sophie heute kommt oder morgen«, sagte Amery. »Vielleicht kommt sie in einem Monat, oder Sie heiraten sie erst noch. Das ist alles unwichtig. Sie würde zu mir kommen, auch wenn sie ein Kind von Ihnen hätte. Warum reden Sie sich ein, daß sie bei Ihnen bleibt? Meinen Sie wirklich, daß Sie fähig sind, eine Frau wie Sophie zu halten? Dann kennen Sie sie schlecht. Wollen Sie ihr ein Leben lang hinterherlau-

fen? Wollen Sie sie bewachen lassen? Wollen Sie ihre Taschen durchwühlen, immer in der Angst, eine Adresse oder eine Telefonnummer zu finden, unter der Sie doch nur mich erreichen? Schenken Sie sich das. Ich erinnere mich sehr gut, wie Sie zu mir kamen und Geld verlangten. Ja, damals dachte ich, Sie wollten mich erpressen. Pardon. Ich bedaure auch, was in Ihrer Wohnung passiert ist. Aber ich konnte mich nicht mehr bei Ihnen entschuldigen, weil ich . . . und dann wohnten Sie nicht mehr in Prag. Sie tun mir leid, verstehen Sie? Ich spreche ganz im Ernst. Sie sind ein Mensch, der bei einer Zeitung anruft und fragt: Ich bin so unglücklich – was soll ich tun? Oder war das im Konservatorium? Ich weiß es nicht mehr. Hatten Sie mir damals nicht von einer Dame erzählt, mit der Sie Ihre Ferien verbrachten? Ein Mädchen aus Wittingau, nicht wahr? Sie kamen sich bei ihr vor wie ein entdeckter Indianer, oder so ähnlich. Nein, Sie wollten in eine Bäckerei einheiraten. Sehen Sie, ich habe ein gutes Gedächtnis. Ich weiß sogar noch, wie Sie sagten, daß Sie auf der Rückfahrt die Zweige von den Kirschbäumen gerissen haben. Wäre das nicht eine Lösung? ›In die Hände klatschen sollen die Ströme . . .‹, oder wie sagten Sie? Seien Sie froh, daß Sie einen Ausgleich haben, und selbst wenn es mit dem Theater schiefgeht – waren Sie nicht Musiklehrer während des Krieges? Warten Sie! Bemühen Sie sich nicht! Ich schenke Ihnen . . .«
Er konnte die Hände noch bis zum Kinn heben, dann zuckte sein Rumpf über die Lehne und seine Füße stießen gegen den Tisch, bevor er vom Sessel rutschte. Sixta sah einen großen, grünen Splitter zwischen den umgestürzten Gläsern. Er öffnete die Hand, und der Flaschenhals fiel auf den Teppich. Er bückte sich und spürte Amerys krauses Haar an den Fingern. Als er sich erhob, drehte sich Amerys Gesicht wieder gegen die gefältelte Sesselschabracke.
Im Liftspiegel erkannte Sixta, daß ihm Sekt auf den Mantel gespritzt war. Er nahm sein Taschentuch und wischte über die Revers und den Kragen.
»Habe die Ehre«, sagte der Empfangschef, als Sixta an ihm vorbeiging.
Der Backenbart sprach mit einer Serviererin und verstummte, als der Windschutz beiseitegerissen wurde. Ein livrierter Boy

schleppte einen braunen, mit Holzleisten beschlagenen Koffer in die Halle.

Vom Hotel ›Paris‹ ging Sixta zum Obstmarkt und blieb unter den hellen Fenstern des Tyl-Theaters stehen, bis er merkte, daß seine Hände zitterten. Er lief zum Wenzelsplatz, ließ sich vom Nachtportier bei ›Melantrich‹ den Weg in die Druckerei zeigen und fragte den Faktor, ob er die Kritik von Herrn Schima bekommen könnte.

»Doktor Schimal!« verbesserte der Faktor in dem dröhnenden Büro. »Mit ›l‹ hinten. Aber die Nummer ist noch nicht fertig, und die Fahne darf ich Ihnen nur geben, wenn der Herr Doktor es persönlich erlaubt.«

Sixta wollte den Raum verlassen, doch der Faktor schrie schon in die Telefonmuschel und steckte sich für die Antwort den Zeigefinger ins freie Ohr. Dann holte er die Fahne aus dem Saal.

»Danke«, sagte Sixta, faltete den Bogen und steckte ihn in die Manteltasche.

Vor dem Haus in der Mezibranska zog er die Schlüssel aus der Hose und hörte, wie sie auf das Trottoir fielen. Er hob sie nicht auf.

»Eine halbe Stunde hattest du gesagt!« beschwerte sich Georg.

Alle Stimmen waren plötzlich so laut.

Sixta ging durch den Korridor voraus. Sophie saß in seinem Zimmer. Auf dem Tisch stand ein Schachbrett. Die weißen Figuren waren in der Überzahl.

»Wo ist denn die Kritik?« fragte Georg.

Sixta griff in die Tasche, gab ihm das Papier und lehnte sich an die Tür. Er blickte zu Sophie. Sie saß unter dem goldenen Rahmen.

»... und was ihn vor allen anderen seiner Generation auszeichnet ...«, hörte er Georg vorlesen.

Wie damals im Krankenhaus, als sie nicht hatte sprechen können, hob sie die rechte Hand. Was hatte es bedeutet? Ja oder nein? Sie lächelte. Also, ja? Er wollte zu ihr gehen und sich neben sie setzen, doch beim ersten Schritt drehte sich das Zimmer um ihn, und er bückte sich, als wollte er sich an seinen Schuhen festhalten, um nicht gegen die Decke zu fallen.

»Das ist nichts«, hörte er Georg sagen. »Das ist nur die Freude.«
Er streckte sich aus. Das Drehen und Dröhnen ließ nach. Der Himmel unter seinen Lidern wurde so sanft wie der Himmel zwischen Goldenkron und Frauenberg, und Sixta atmete so ruhig wie in den Nächten seiner Kindheit.

14 Südflug

Nachdem Georg die Mannlicher-Pistole in sein Zimmer geschafft und Sophie eingeschärft hatte, die Waffe niemandem gegenüber zu erwähnen, begleitete er Pavel zur Polizei. Eine halbe Stunde später brachte ein Krankenwagen den bewußtlosen Amery vom Hotel ›Paris‹ in die chirurgische Universitätsklinik, wo er am Samstagmorgen an Hirnbluten starb; an einem ›subduralen Hämatom‹, wie die Todesursache im ärztlichen Bericht hieß. Der Intendant, der gegen Mittag in der Mezibranska anrief, um zu den Kritiken zu gratulieren, hörte von Sophie, daß Sixta in Haft genommen worden war. Am Sonntag klebten Streifen mit der Aufschrift ›Wegen Erkrankung verschoben‹ auf den Theaterzetteln, die die zweite Vorstellung des ›Jüngsten Tags‹ ankündigten.
Die Voruntersuchung erstreckte sich auf alle Personen, die zu Sixta in Beziehung gestanden hatten. Der Verdacht einer Mitschuld Sophies bestätigte sich nicht, doch wurde ihr und ihren Schwestern untersagt, das Land vor Abschluß der Hauptverhandlung zu verlassen. Von diesem Verbot war besonders Katharina betroffen, weil sie ihren freiwilligen Transfer bereits im Januar beantragt hatte. Karol hatte sich lange dagegen gesträubt, obwohl ihm Dr. Djudko, der noch immer auf seine Berufung nach New York oder Ulan-Bator wartete, eindringlich zuredete, sich ›auf vernünftige, unter Genossen übliche Weise‹ von ihr zu trennen. Der Hauptmann war wankend geworden, als einige Zeitungen damit begannen, die Hintergründe der ›Bluttat im Hotel Paris‹ zu enthüllen; doch erst nach den Wahlen, die seiner Partei einen eindeutigen Erfolg und ihm selbst

die Anwartschaft auf Beförderung eintrugen, stellte er sich Katharinas Rückkehr nach Deutschland nicht mehr in den Weg. Die Vorladung Frau Sixtas und des Faktors der ›Melantrich‹-Druckerei blieb ergebnislos, wie auch die Vernehmung Bohuslav Amerys. Der alte, durch den Tod seines Sohnes närrisch gewordene Herr weigerte sich, das Protokoll mit seinem Namen zu unterschreiben, und setzte statt dessen ›Kaschka, Hanswurst‹ unter das Protokoll. Dagegen konnte der Empfangschef bezeugen, daß Sixta auf die Frage, ob er bei Amery angemeldet sei, genickt hatte. Der Prokurator stützte sich später auch auf diese Aussage, weil sie den Tötungsvorsatz zu bekräftigen und die Anklage wegen Mordes zu rechtfertigen schien.

Die Hauptverhandlung wurde im Juli eröffnet, da sich die Auslosung der Geschworenen durch die Wahlen verzögert hatte. Im selben Anzug wie bei der Premiere wurde Sixta von zwei Justizangestellten in die Anklagebank geführt. Als ihn der Vorsitzende zur Person befragte, antwortete er rasch und leise. Danach wies man den Zeugen ein separates Zimmer an und verordnete ihnen Stillschweigen, um Absprachen zu verhindern.

Der aufsichthabende Wachtmeister lehnte an der kühlen Heizung. Georg blies den Rauch seiner Zigarette durch einen Fensterspalt ins Freie. Der Empfangschef las in einer Illustrierten. Als er eine Seite umblätterte, stieß er mit den Füßen gegen den Tisch und entschuldigte sich. Sophie und Christine, die sich an diesem Morgen zum erstenmal nach neun Jahren wiedergesehen hatten, waren ohne Gruß in das Zeugenzimmer gegangen und warteten in den entgegengesetzten Ecken auf ihre Einvernahme.

Christine trug einen schwarzen, durch ein schleierartiges Nackenband an die Frisur gedrückten Hut. Als Georg in den Saal gerufen wurde, streifte sie die Glacés ab und legte die weiße Hand mit den beiden Eheringen auf die Ledertasche. Der Wachtmeister nahm ein angestaubtes Glas vom Bord, spülte es am Waschbecken aus und sah sich fragend um. Der Empfangschef dankte und zog einen Drehbleistift für das Kreuzworträtsel aus dem Jackett. Der Wachtmeister trank das Wasser mit so geräuschvollen Schlucken, daß Sophie die Hitze in dem kleinen Zimmer zu hören meinte. Der Empfangschef wurde in den Saal gerufen, ohne daß Georg zurückgekommen wäre. Der Wachtmeister stellte sich ans Fenster und atmete wie bei einem Lungentest. »Es beruhigt«, sagte er zwischen zwei Zügen, doch die Schwestern antworteten ihm nicht. Ihre Augen tasteten vom Saum zum Kragen der anderen, bis sich die Blicke kreuzten und vereinten, als sollte ein Kinderspiel wiederholt werden, bei dem, wer zwinkerte, verlor. Es gab keinen Sieger mehr. Wer jetzt noch auswich, war vor Jahr und Tag gescheitert, und wer noch standhielt, wußte nicht, warum.

Lange nach Christine wurde Sophie in den Saal geführt und vereidigt. Der Vorsitzende des Schwurgerichts bat sie um eine Schilderung der Vorgänge am Abend der Tat. Der Prokurator, ein jüngerer, hochgewachsener und fast kahler Herr, behandelte sie freundlich. Aus seinen Fragen war zu spüren, daß er den Geschworenen ein Opfer verworrener Umstände präsentieren wollte. Er unterstrich Sophies Aussage, daß der Angeklagte, bevor er die Wohnung verließ, weder von einem Besuch im Hotel ›Paris‹ noch von der Bezahlung seiner Schulden gesprochen hatte.

Der untersetzte, energische und gleichfalls glatzköpfige Verteidiger fing die Sache anders an. Mit der Frage, ob es zuträfe, daß die Zeugin bis Kriegsende ›Barmherzige Schwester‹ gewesen sei, brachte er das Publikum zum Lachen, und einige Geschworene husteten hinter vorgehaltener Hand. Seine Taktik wirkte. Dieser Frau wegen sollte der Angeklagte – nach dem triumphalen Erfolg seiner ersten Oper – ins Hotel ›Paris‹ gerannt sein, um einen Mord zu begehen, wie der Prokurator behauptete? Hatte er der Zeugin nicht eher mißtraut, als er ihr seine Schulden verschwieg? Mußte sie nicht zugeben, daß sie nur als Hilfskraft für ihn gearbeitet hatte und sogar von den Proben ausgeschlossen worden war?

Sophie sah zu Sixta hinüber, der das Gesicht gesenkt hatte. Nach ihrer Vernehmung unterbrach der Vorsitzende die Verhandlung für zwei Stunden.

Zum Essen war sie mit Jarmila verabredet, die sich im Februar mit ›Frinz‹, dem alten Erkennungswort, bei ihr gemeldet hatte. Das frühere Fräulein Mangl hieß inzwischen Podzemná, war aber seit dem letzten Herbst von Herrn Podzemný geschieden

und lief trotz Eurhythmie noch immer ›über den Onkel‹. Als
die Verhandlung um vierzehn Uhr fortgesetzt wurde, nahm
Sophie wieder im Zeugenzimmer Platz, diesmal allein mit dem
Wachtmeister.

Die Darlegungen der Sachverständigen und ihre Befragung
durch den Vorsitzenden, die Parteien und die Geschworen
beanspruchten den ganzen Nachmittag. Nach Auskunft des
Psychiaters war der Angeklagte geistig normal und für die Tat
insoweit verantwortlich, als seine Zurechnungsfähigkeit nicht
durch einen gesteigerten Selbstbehauptungswillen für den Fall
der Notwehr und eine hysterische Erwartungshaltung in bezug
auf die Kritiken eingeschränkt gewesen war. In Hinsicht auf
Sixtas Einsatz zur Zwangsarbeit und auf sein Leben im Untergrund gab der Psychiater zu bedenken, daß es bei Tätern mit
ähnlicher Vorgeschichte oft zu zwanghaften Aktionen gegen
Personen komme, die den Krieg vergleichsweise unbehelligt
überlebt hatten. Die Tatsache der Selbstanzeige erklärte sich
seiner Meinung nach weniger aus einem konkreten Schuldge-
fühl als aus einem elementaren Rechtsbewußtsein des Angeklagten, das sich durch mehrere Beispiele – darunter sein muti-
ges Eintreten vor einem faschistischen Gericht in Budweis – be-
legen ließe.

Erst gegen Abend wurde Sophie gesagt, daß sie nicht mehr gebraucht würde, und der Vorsitzende vertagte die Verhandlung.

Die Befragung Botticellis, des Intendanten, des Kritikers Schimal und des ›nordischen‹ Vavra am nächsten Morgen blieb ohne
verwertbares Resultat. Der Professor, der seit den Wahlen
nicht mehr im Schulministerium beschäftigt war, hielt bei der
Vereidigung seine zweifach gesicherte Hose fest, und seine Aus-
sagen wurden durch französische und englische Einschübe allmählich so konfus, daß sowohl der Prokurator wie auch der
Verteidiger auf eine weitere Vernehmung verzichteten.

Am Nachmittag wurde Sophie in den Saal geführt. Der Verteidiger stützte die gespreizten Finger auf die Akten und fragte
die Zeugin, ob sie es Amery zutraute, daß er den Angeklagten
mit Gewalt dazu hätte bringen wollen, sich von ihr zu trennen.
Sophie erinnerte sich, wie ihr Amery in der Charvatgasse seine
zerschrundene Hand gezeigt hatte. ›Ich weiß, von wem der

Brief stammt‹, hörte sie ihn sagen. ›Von daher droht keine Gefahr mehr. Das habe ich erledigt.‹ Und auch des Gesprächs auf dem Manglschen Gut, vor ihrer Abreise nach Bukovice, entsann sie sich. ›Ich trage es ihm nicht nach‹, hörte sie Pavel sagen. ›Das wäre albern. Aber warum hat er mich geschlagen?‹

Der Vorsitzende erhob Einwände gegen die Frage des Verteidigers und der Verteidiger formulierte neu:

»Gibt es nach Ihrer Kenntnis des Verstorbenen gewisse Anhaltspunkte dafür, daß er bereit war, Gewalt anzuwenden, um sich Ihrer Person zu versichern?«

Durch Georg wußte sie, daß Sixta behauptet hatte, von Amery angegriffen worden zu sein. Sie ahnte, daß sich diese Behauptung nicht auf den Abend im Hotel ›Paris‹ bezog.

»Ja«, sagte sie leise. War Christine soweit gegangen, dem Gericht zu erzählen, daß sie Pavel für den Absender des anonymen Briefs gehalten hatte? Oder war sie davor zurückgeschreckt, weil sie befürchten mußte, daß er dann den Handel mit dem goldenen Rahmen erwähnte?

»Welche?« fragte der Verteidiger.

»Es ist lange her«, antwortete Sophie leise und mußte den Mantel aufknöpfen, weil ihr plötzlich heiß wurde.

»Sie haben doch ein gutes Gedächtnis«, half der Vorsitzende.

»Am Gründonnerstag vor neun Jahren fuhr ich mit Herrn Amery nach Franzensbad. Unterwegs sagte ich ihm, daß ich seiner Frau unser Verhältnis erklärt hätte.«

»Und weiter?«

»Ich sah, wie er das Steuer nach rechts drehte.«

»Wollen Sie damit sagen, daß er den Unfall absichtlich verursachte?«

»Ja.«

»Ich muß Sie darauf aufmerksam machen, daß Sie unter Eid stehen.«

Sie nickte.

»Weshalb haben Sie diese Beobachtung bei der Voruntersuchung verschwiegen?«

»Ich glaubte, es wäre nicht so wichtig«, flüsterte Sophie.

»Und warum haben Sie es vor neun Jahren nicht gemeldet?« fragte der Prokurator in den stillen Saal.

Weil ich mir die Zunge zerbissen hatte, könnte ich sagen, dachte sie. Sie blickte zu Sixta. Er war bleich. Sie wandte das Gesicht zum Prokurator und sagte: »Weil es mir damals nichts ausgemacht hätte, mit ihm zu sterben.«

»Noch Fragen an die Zeugin?« erkundigte sich der Vorsitzende bei den Parteien, den Geschworenen und zuletzt bei dem Angeklagten. Sixta schüttelte den Kopf und wurde von seinen Bewachern an die Bank gedrückt, weil er sich so weit nach vorn gebeugt hatte, daß er zu fallen drohte.

Zwei Tage darauf gaben die Geschworenen ihren Spruch bekannt. Die Frage, ob der Angeklagte den Kaufmann Jan Amery vorsätzlich, beziehungsweise aus niedrigen oder ehrlosen Beweggründen ermordet habe, war einstimmig verneint worden. Das Schwurgericht verurteilte Pavel Sixta wegen Totschlags zu zehn Jahren schweren Kerkers.

Zu Sophies Geburtstag kam Katharina in die Mezibranska. Die Rote hatte Kontakt mit deutschen Genossen aufgenommen und wollte sobald wie möglich nach Berlin fahren.

»Und Christine?«

»Tina ist schon in Bayern. Sie möchte ihren Geschäftsführer nachkommen lassen.«

Gegen Abend gingen sie gemeinsam zum Riegergarten hinauf. Die Burg schwebte wie ein steinernes Schiff über der Stadt. »Niyatam kuru karma tvam«, sagte Katharina und lachte, weil Sophie nichts verstanden hatte. »Die Revolution kennt keine Heimat«, übersetzte sie sehr frei und machte eine Faust um ihre dicke Nase.

Einige Wochen später erhielt Sophie ihren Ausweisungsbescheid. Sie sagte Georg, daß sie die Partitur des ›Jüngsten Tags‹ hinter die Bände des Konversationslexikons in der obersten Reihe des Regals gelegt hatte.

»Warum nehmen Sie sie nicht mit?« fragte er. »Pavel hat sie Ihnen doch geschenkt.«

»Es ist besser, Sie heben sie für ihn auf, bis er zurückkommt«, sagte Sophie.

Dann lief sie zur Apollinaris-Kirche, um sich von Svoboda zu verabschieden, doch er war nicht zu Hause.

Georg und Jarmila brachten sie zum Bahnhof. Als der Zug anruckte, hielt der Polizist den kupierten Daumen in die Höhe, und Jarmila rief etwas, das nur ›Frinz‹ heißen konnte.

Sophie setzte die Füße in den schwarzen Spangenschuhen auf den Koffer und versuchte sich vorzustellen, wer sie am ›Vogelherd‹ als erster empfangen würde. Die Scheiben waren schmutzig. Das Glas ist braun von deinen Augen, hatte Jan gesagt. Weiße Wolken zogen über den Augusthimmel. Manche sahen wie Berge aus und manche schienen so groß wie ein Kontinent, doch gemessen an dem, was gewesen war, dauerten sie nicht länger als ein Rauchsignal. Irgendwann hörte alles auf, nur eines, glaubte Sophie immer noch, nicht. Einmal, nur einmal streifte mich die Liebe, hatte Vavra gesagt. Einmal leben wir. Einmal drehen wir uns um uns selbst und breiten die Arme aus. Einmal wird alles leicht. Einmal werden sogar die Füße leicht und heben sich an. Einmal fährt uns das Blut in die Finger, so drehen wir uns, legen den Kopf in den Nacken und heben die Füße an. Einmal kommt der Tag. Einmal wird alles leicht. Einmal fährt uns das Blut ins Herz, so drehen wir uns und breiten die Arme aus. Dann ist es soweit, wie Onkel Wilhelm sagt: Die Hühner fliegen nach Süden. Dann kommt die Zeit, die jetzt vorübergeht.